[清]蒲松齡 著
張友鶴 輯校

聊齋志異

會校會注會評本

圖書在版編目(CIP)數據

聊齋志異：會校會注會評本.典藏版 /（清）蒲松齡著；張友鶴輯校. —上海：上海古籍出版社，2019.6（2023.6 重印）
（中國古典文學叢書〔典藏版〕）
ISBN 978-7-5325-9213-5

Ⅰ. ①聊… Ⅱ. ①蒲… ②張… Ⅲ. ①筆記小説—中國—清代②《聊齋志異》—注釋③《聊齋志異》—小説評論 Ⅳ. ①I242.1②I207.419

中國版本圖書館 CIP 數據核字(2019)第 074159 號

中國古典文學叢書〔典藏版〕

聊齋志異

會校會注會評本

（全四册）

〔清〕蒲松齡 著

張友鶴 輯校

上海古籍出版社出版發行

（上海市閔行區號景路 159 弄 1-5 號 A 座 5F 郵政編碼 201101）

（1）網址：www.guji.com.cn

（2）E-mail：guji1@guji.com.cn

（3）易文網網址：www.ewen.co

浙江新華數碼印務有限公司印刷

開本 890×1240 1/32 印張 61.75 插頁 25 字數 1,042,000

2019 年 6 月第 1 版 2023 年 6 月第 5 次印刷

印數：4,751—6,250

ISBN 978-7-5325-9213-5

I·3383 定價：480.00 元

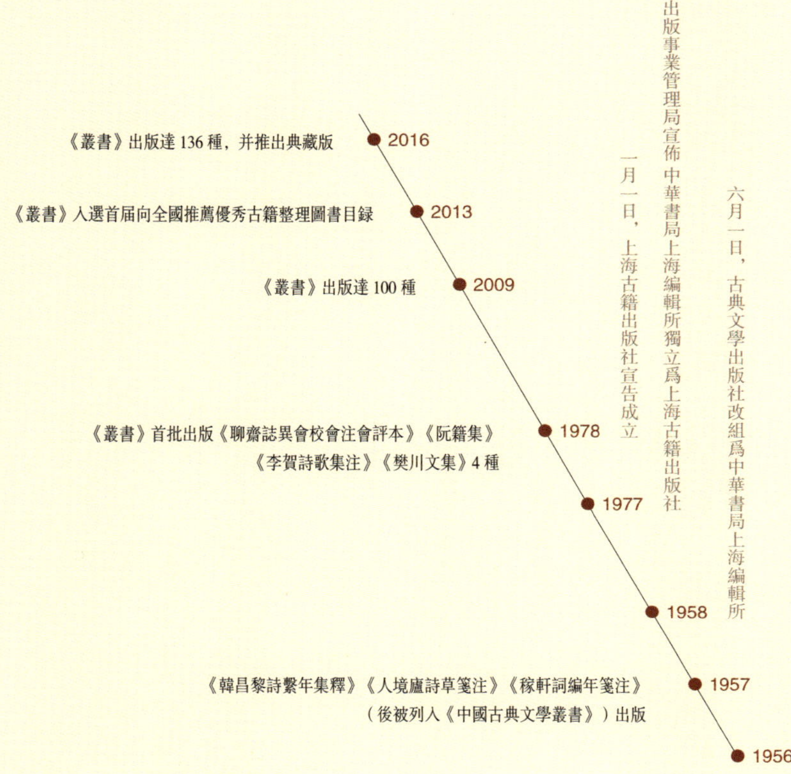
2016
《叢書》出版達 136 種，并推出典藏版
2013
《叢書》入選首屆向全國推薦優秀古籍整理圖書目録
2009
《叢書》出版達 100 種
1978
《叢書》首批出版《聊齋誌異會校會注會評本》《阮籍集》
《李賀詩歌集注》《樊川文集》4 種
一月一日，上海古籍出版社宣告成立
1977
十二月二十六日，國家出版事業管理局宣佈中華書局上海編輯所獨立爲上海古籍出版社
1958
六月一日，古典文學出版社改組爲中華書局上海編輯所
1957
《韓昌黎詩繫年集釋》《人境廬詩草箋注》《稼軒詞編年箋注》
（後被列入《中國古典文學叢書》）出版
1956
十一月一日，古典文學出版社成立

●

張友鶴（一九〇七—一九七一），安徽安慶人，民國報人。

聊齋自誌

披蘿帶荔三閭氏感而為騷牛鬼蛇神長爪郎吟而成癖自鳴天籟不
擇好音有由然矣松落落秋螢之火魑魅爭光逐逐野馬之塵罔兩見笑才
非干寶雅愛搜神情類黃州喜人談鬼聞則命筆遂以成編久之四方
同人又以郵筒相寄因而物以好聚所積益夥甚者人非化外事或奇於
斷髮之鄉睫在眼前怪有過於飛頭之國遄飛逸興狂固難辭永托曠
懷痴且不諱展如之人得毋向我胡盧耶然五父衢頭或涉濫聽而三生石
上頗悟前因放縱之言有未可概以人廢者松懸弧時先大人夢一病瘠
瞿曇偏袒入室藥膏如錢圓粘乳際寤而松生果符墨誌且也少羸
多病長命不猶門庭之淒寂則冷淡如僧筆墨之耕耘則蕭條似鉢每
搔頭自念勿亦面壁人果是吾前身耶蓋有漏根因未結人天之果而隨
風蕩墮竟成藩溷之花茫茫六道何可謂無其理哉獨是子夜熒熒燈

聊齋誌異卷一

般陽蒲松齡柳泉甫著

嵴湖鑄雪齋

考城隍

宋公諱燾邑庠生一日病臥見吏人持牒牽白顛馬來云
請赴試公言文宗未臨何遽得考吏不言但敦促之公力
病乘馬從去路甚生疏至一城郭如王者都移時入府廨
宮室壯麗上坐十餘官都不知何人惟關壯繆可識簷下
設几墩各二先有一秀才坐其末公便與連肩几上各有
筆札俄題紙飛下視之八字云一人二人有心無心二公
文成呈殿上公文中有云有心為善雖善不賞無心為惡

《聊齋志異》稿本

乾隆十六年（一七五一）鑄雪齋抄本

猪嘴道人

洛陽李嶼少年豪邁以財雄一鄉常蕩游阡陌間遇心愜目遣雖費一笑擲錢百萬不靳宣和間某太守自南郡解印還洛家富聲樂列屋一寵姬最殊秀天麗西都人家伎妾雖百數莫能出其右嘗以暮春遊名園玩賞牡丹偕侶相携穿花徑嶼望見之、為癡寄目不瞥瞬姬亦窺其容狀口雖笑叱而心頗慕之兩人遥相注意俱不能出言恨、而去明日又邂逅於別圃度無由得卸方寸憒亂搖、若風中懸旌思得暫促膝成談叟攏磐百計不能就時有猪嘴道人者售異術於塵中能顛倒四時生物人莫能識嶼獨厚遇忽造門求醉嶼欣然接納深思叩以其事或能副訢款乃設盛饌延致且以誠告道人初難之請至再四乃笑曰姑試為之嶼拜曰果遂願不敢忘報明日招往城外社壇四顧無人拈一片瓦呵視移時以付嶼曰吾去矣爾持此於庭壁間上下劃之當如願矣善藏此瓦每念至則懷以來嶼謹受教劃壁未幾豁然中開挾身而入徑趨曲室內斗帳畫屏極為華美姬臥其中宿酲未醒見人驚起顰顏微怒曰誰家

淄川蒲留仙先生著

聊齋志異

榕城黃氏選尤

乾隆黃炎熙選抄本

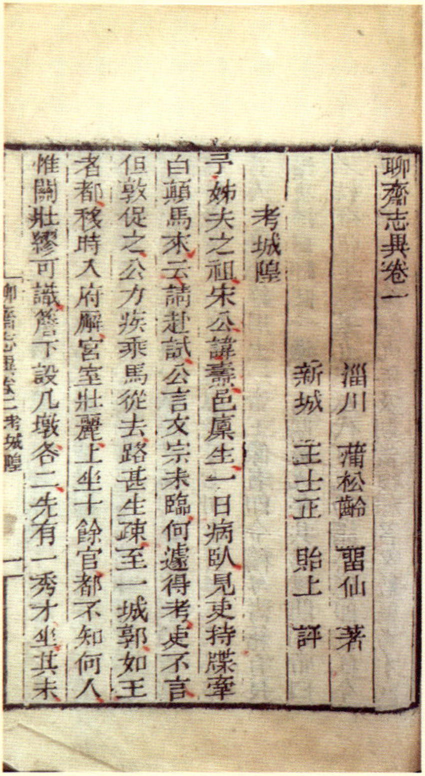

聊齋志異卷一

淄川　蒲松齡　留仙　著

新城　王士正　貽上　評

考城隍

予姊夫之祖宋公諱燾邑廩生一日病臥見吏持牒牽白顛馬來云請赴試公言文宗未臨何遽得考吏不言但敦促之公力疾乘馬從去路甚生疎至一城郭如王者都移時入府廨宮室壯麗上坐十餘官都不知何人惟關壯繆可識簷下設几墩各二先有一秀才坐其末

乾隆三十一年（一七六六）青柯亭刻本

狐

批點聊齋志異卷三

淄川　蒲松齡　留仙　著

新城　王士正　貽上　評

南海　何守奇　體正　批點

紅玉　十五

廣平馮翁者一子字相如父子俱諸生翁年近六旬性方鯁而家屢空數年間媼與子婦又相繼逝井臼自操之一夜相如坐月下忽見東鄰女自牆上來窺視之美近之微笑招以手不來亦不去固請之乃梯而過遂共寢處問其姓名曰妾

批點聊齋志異卷三　紅玉　　知不足齋原本

道光三年（一八二三）何守奇批點本

考城隍

白顛詩秦風有馬白顛的顙也額有白毛今名戴星馬

壯繆關帝謚

墩音敦平地有堆曰墩李

聊齋志異卷一

淄川留仙蒲松齡著　鄞縣粟仲沈道寛校訂

江寧地山何垠註釋　南陵芟亭何彤文校刊

考城隍

予姊夫之祖宋公諱燾邑廩生一日病臥見吏持牒牽白顛馬來云請赴試公言文宗未臨何遽得考吏不言但敦促之公力疾乘馬從去路甚生疎至一城郭如王者都移時入府廨宮室壯麗上坐十餘官都不知何人惟關壯繆可識簷下設几墩各二先有一秀才坐其末

道光十九年（一八三九）何垠注本

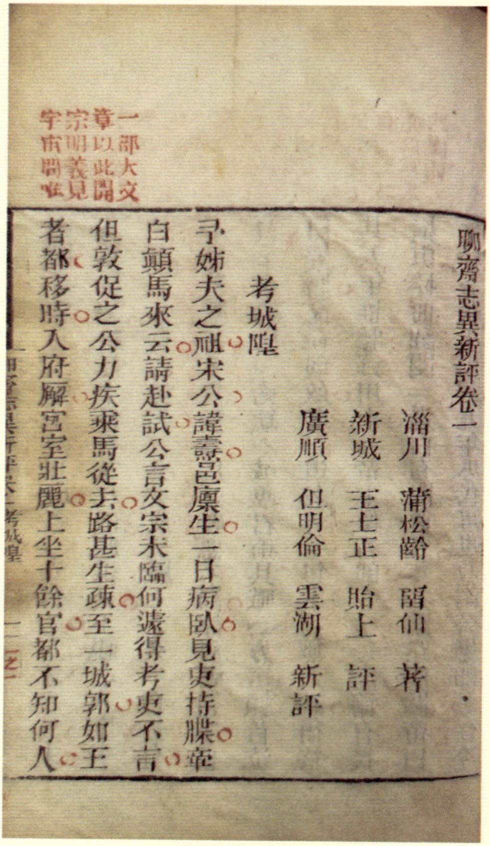

一部大文章以此開宗明義見宇宙間[illegible]

聊齋志異新評卷一

淄川　蒲松齡　留仙　著

新城　王士正　貽上　評

廣順　但明倫　雲湖　新評

考城隍

予姊夫之祖宋公諱燾邑廩生一日病臥見吏持牒牽白顛馬來云請赴試公言文宗未臨何遽得考吏不言但敦促之公力疾乘馬從去路甚生疎至一城郭如王者都移時入府廨宮室壯麗上坐十餘官都不知何人

考城隍　一

道光二十二年（一八四二）但明倫評本

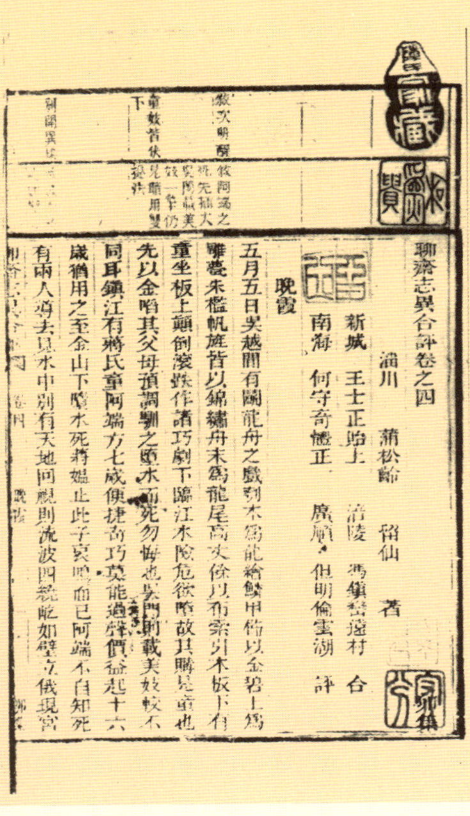

敘次明醒　童妓皆伏下

敘阿端之死先補大吳門最美妓一筆仍是顛用雙提法

聊齋志異合評卷之四

淄川　蒲松齡　留仙　著

新城　王士正貽上　涪陵　馮鎮巒遠村　合

南海　何守奇體正　廣順　但明倫雲湖　評

晚霞

五月五日吳越間有鬬龍舟之戲刳木爲龍繪鱗甲飾以金碧上爲雕甍朱檻帆旌皆以錦繡舟末爲龍尾高丈餘以布索引木板下有童坐板上顛倒滾跌作諸巧劇下臨江水險危欲墮故其購是童也先以金啗其父母預調馴之墮水而死勿悔也吳門則載美妓較不同耳鎮江有蔣氏童阿端方七歲便捷奇巧莫能過聲價益起十六歲猶用之至金山下墮水死蔣媼止此子哀鳴而已阿端不自知死有兩人導去見水中別有天地回視則流波四繞屹如壁立俄現宮

光緒十七年（一八九一）喻刊四家合評本

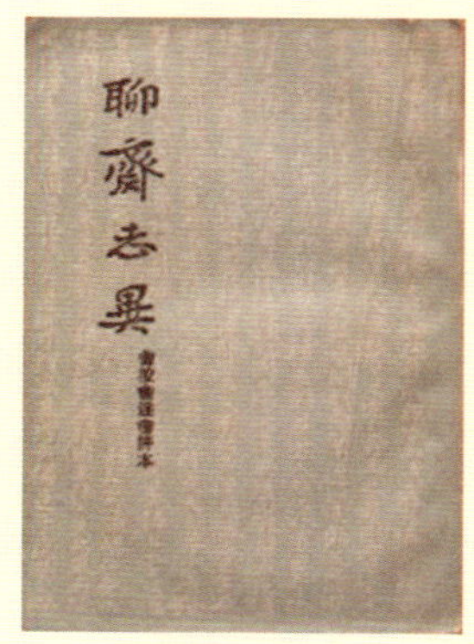

①

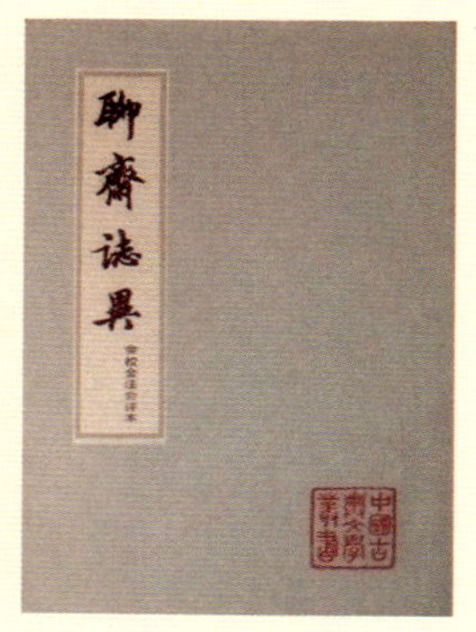

②

本社歷年諸版書影

① 一九六二年初版

② 《中國古典文學叢書》版

出版説明

清蒲松齡的《聊齋志異》是我國文學史上一部著名的短篇小説集。作者以民間流傳的故事爲基礎，通過他的藝術加工，創造出不少優秀作品。最早刻本爲乾隆三十一年（公元一七六六年）青柯亭本，十六卷，四百餘篇，但篇目并不完備。一九六三年，原中華書局上海編輯所出版了由張友鶴先生輯校的「會校、會注、會評」本（簡稱「三會本」），釐定爲十二卷，篇目有所增補。這是一個比較完備的本子。爲了滿足讀者和研究者的需要，我們將原中華書局上海編輯所一九六三年版的「三會本」重新出版，并請章培恒同志寫了《新序》。《新序》除了對蒲松齡和《聊齋志異》作了評價之外，還對本書的會校、會注、會評分别作了分析批判。原輯校者張友鶴先生的《後記》，對本書的輯校工作作有詳細的説明，仍附在書後，以供讀者參考。

本書附録部分原有《猪嘴道人》、《張牧》、《波斯人》三篇，係張友鶴先生從黄炎熙選抄殘本裏輯得。近年來經美、英學者馬泰來、白亞仁考證，這三篇均非蒲松齡作品。《波斯人》係宋濂所作，見《宋學士全集》卷二十八；《猪嘴道人》作者洪邁，載《新校輯補夷堅志·志補》卷十九；《張牧》篇收入明末文言短篇小説集《續艷異編》卷十、《廣艷異編》卷二十，作者未詳（參見《中華文史論叢》一九八〇年第一輯、第四輯）。一九七八年我們重版此書時，還保留上述三篇作品，一九八一年再版時則逕予删去。

新序

章培恒

一　蒲松齡和《聊齋志異》

《聊齋志異》是蒲松齡（公元一六四〇——一七一五年）一生的心血所萃〔一〕。書中雖然談狐説鬼，實際上却寄託着他的滿腔悲憤。正如《聊齋自志》所説，是一部「孤憤之書」。這種「孤憤」有其特定的時代背景，打着深刻的階級烙印。

蒲松齡，字留仙，别號柳泉居士，山東淄川（今淄博）人。在他五歲時（公元一六四四年），滿族貴族集團和吴三桂等統率的漢族地主武裝相結合，對明末的農民大起義進行血腥鎮壓；清王朝代替了明王朝的統治。自此以後，滿族地主階級一方面與漢族地主階級一起，極其殘酷地剥削和壓迫人民，利用各種機會，公開地、大規模地從事搶劫和燒殺，其結果，階級矛盾異常尖鋭，人民的反抗鬥争連續不斷；另一方面，滿族地主依靠軍事實力獲得了政治上的主要權力，通過巧取豪奪，也占有了漢族地主的部分財産，因而在地主階級内部除了原有的大地主兼并中小地主的矛盾之外，又産生了激烈的滿漢族地主之争。加以農民的長期反抗鬥争，既使地主階級的剥削收入相應減少，又使其各項費用、特别是鎮壓起義農民的軍事費用迅速上升。于是，地主階級的各個階層和個人爲了增加自己財富和把這些費用盡量轉嫁給别人，其内部争奪也達到了白熱化的程度：爾虞我詐，相互傾軋，彼此攘竊和殘殺，無所不用其極。在這場争奪中，占優勢的自然是滿族貴族集團，其次是漢族官僚大地主，處境最劣的是漢族中小地主。而蒲松齡就是這個階層的一員。他生在日趨没落的地主家庭，雖在十幾歲時就被録取爲秀才，文名籍甚，但却始終没有考上舉人，到七十一歲才援例成爲貢生。由于家境窘迫，一度當過幕客，又在「縉紳先生家」做過幾十年塾師〔二〕，終身鬱鬱不得志。從其切身遭遇中，他深深感到：像他這種政治地位的人，不可避免地要受到官府豪紳的欺凌，從而不止一次地發出過「糶穀賣絲，以辦太平之税，按限比銷，懼逢官怒」〔三〕之類的哀歎；同時，他更明確地認識到：像他這種經濟地位的人，在政治上又是很難得到進身機會的，故而提出了「仕途黑暗，公道不彰，非袖金輸璧，不能自達于聖明，真令人憤氣填胸」〔四〕的控訴。《聊齋自志》所謂「孤憤」的真實内涵，就在于此；它對《聊齋志異》的思想内容具有直接、重大的影響。

首先，這種「孤憤」雖只是漢族中小地主對其在本階級内所處地位的不平，但其中顯然包含着對迫使他們處于此一境地的滿族貴族集團和漢族官僚大地主的反感，甚至對主要由這些人所控制的清政府，也存在着某些不滿。所以，《聊齋志異》用了許多篇幅對之進行揭露和抨擊。由于作者相當瞭解當時地主階級的内部情況，所作揭露和抨擊頗爲尖鋭，成爲《聊齋志異》思想價值最高的部分。

在《聊齋志異》中，我們可以看到當時大地主階層的凶横和殘酷：他們任意搶奪財物、劫掠婦女，動不動就把人活活打死，而且不受法律的制裁；這是一伙無惡不作的魔鬼，又是勢燄薰天的土皇帝。《石清虚》、《紅玉》、《商三官》、《向杲》等篇都從不同角度揭示了這樣的社會現象。

爲什麽他們能如此胡作非爲？《聊齋志異》回答説：由于他們受到官府保護，官府與他們沆瀣一氣。《紅玉》篇中，馮相如被豪紳搶去並逼死妻子，毆斃父親，自己也給打成重傷，多次向官府告狀，毫無用處；後來一個俠士路見不平，刺死豪紳，官府却把相如逮捕起來，要他抵命。《成仙》篇更巧妙地指出：那些認爲「邑令爲朝廷官，非勢家官」的人，在那時的現實中只能碰得頭破血流。

在蒲松齡看來，地方官之所以與大地主豪紳相勾結，乃是出于搜刮財富以飽私囊的需要，而這種需要是普遍地存在于他們中間的。《鴞鳥》、《韓方》等篇，都寫了地方官怎樣無孔不入地刮地皮的故事；《夢狼》一篇，不僅把一個知縣比作猛虎，把他手下的皂隸比作惡狼，説他衙中「白骨如山」，而且公然提出：「天下之官虎而吏狼者，比比也。」這些虎狼爲了吃人肉、喝人血，必須幫手。幫手是誰呢？「今有一官握篆于上，必有一二鄙流，風承而痔舐之。其方盛也，則竭攫未盡之膏脂，爲之具錦屏；其將敗也，則驅誅未盡之肢體，爲之乞保留。」（《潞令》）有資格爲地方官「具錦屏」、「乞保留」的，自非豪紳大地主不可。在「竭攫」民膏民脂方面，地方官和豪紳大地主就是這樣地彼此不可分離。

根據《聊齋志異》的描寫，地方官的貪婪横暴又是受到他們上司，甚至受到朝廷的鼓勵和支持的。《潞令》説：「顛越貨多，則『卓異』聲起矣。」《夢狼》裏那個吞噬百姓、衙中「白骨如山」的知縣敍述其做官訣竅道：「上臺喜，便是好官；愛百姓，何術能令上臺喜也？」而他也果然獲得了「上臺」的喜愛，很快地升了官。尤其值得注意的，是《張鴻漸》、《黄九郎》兩篇。其中説：盧龍縣有幾個秀才，因爲向上級衙門揭發當地知縣趙某的「貪暴」，結果分别落得瘐死獄中、充軍遠方的下場，而被告趙某却安然無恙，繼續當他的盧龍縣令。又有一個翰林，因爲上疏彈劾「貪暴」的陝西藩司，以致革職還鄉，而陝西藩司却升爲翰林所在地的巡撫，迫使翰林夫婦雙雙自殺。蒲松齡特地點明：盧龍的那個案件已經發展成爲「欽案」——朝廷親自過問的案件；至于翰林彈劾陝西藩司一案，當然更是朝廷直接處理的。這實際上就是告訴讀者：「貪暴」官員正是清廷的寵兒。而由于當時秉持朝政的主要是滿族貴族集團，這種描寫也就顯然把批判的矛頭指向了他們。

不僅如此，《聊齋志異》還進而對滿族貴族集團本身作了揭露。他們過着窮奢極慾的生活，爲了買一頭鶉鳥，竟可以花八百兩銀子（《王成》）。這麽許多財富是哪裏來的？還不是人民的生命和膏血！《聊齋志異》揭發説：早在明代末年，滿族貴族集團及其所統率的軍隊就經常對關內人民進行極端凶殘的屠殺和搶劫，而在他們入主中原以後，其罪惡更是有增無已。一方面，他們制定一系列嚴法峻令，殘酷地榨取、迫害人民，以保護和擴大自己的利益。《仇大娘》篇寫仇禄被「旗下逃人」誣攀爲代其寄放資財，竟至籍没家産，發往關外給滿族貴族做奴隸。蒲松齡還在篇中冷冷地加上一句：「國初立法最嚴。」就正透露出其中的消息。另一方面，他們繼續在所謂平叛戰争中燒殺擄掠，聚斂財富。如在戡剿姜瓖時，把居住在當地的人民殺的殺，擄的擄，連漢族地主官僚的家屬也不能倖免，造成了「百里絶煙」的慘象；被擄去的無數婦女，則「插標市上，如賣牛馬」（《亂離二則》）。他們在鎮壓于七起義時，殺人如麻，連未參加起義的人民，甚至漢族中小地主，也成批地被殺被俘，不消説，被害者的財産也都落入他們之手（《野狗》、《公孫九娘》）。又如在討伐三藩之亂時，軍隊所過之處，「雞犬廬舍一空，婦女皆被淫污」。所以，蒲松齡總結説：「凡大兵所至，其害甚於『盗賊』。」（《張氏婦》）正因爲滿族貴族集團自己就是這樣一批無比貪婪、始終以殘害人民來滿足其慾望的人，諸如陝西藩司、盧龍縣令之類的貪官暴吏，自然成爲他們最得力的鷹犬，會得到支持和重用；「貪暴」横行乃是當時的必然現象。

就這樣，蒲松齡通過其所寫的一系列故事，深刻地揭示出：在當時的社會裏，從地方到朝廷，到處籠罩着黑暗，那是一個「原無皂白」的「强梁世界」（《成仙》）、「曲直難以理定」的「勢力世界」（《張鴻漸》）。與此相呼應，《聊齋志異》還揭發了這個「勢力世界」中的許多卑劣、荒謬的行爲，可鄙、可恥的人物，諸如《胡四娘》中四娘的兄嫂姊妹、《韋公子》中的韋公子等等，其矛頭主要也是指向地主階級的上層。儘管《聊齋志異》不可能揭露整個地主階級對農民的殘酷經濟剥削和政治壓迫，故事中所着力描寫、作者對以傾注深厚同情的受害者，基本上也都是漢族中小地主及其知識分子，然而，只要以馬克思主義觀點加以分析，作品中的上述内容，仍可作爲我們批判封建制度和地主階級的思想材料。

其次，與蒲松齡的「孤憤」相聯繫，《聊齋志異》對科舉制度進行了抨擊，對封建禮教的某些方面也有所衝激，這是書中具有積極意義的另一思想内容。

作品對科舉制度的揭露，相當廣泛。不僅反映了科舉考試中主司不公、選拔不當等現象（《于去惡》、《素秋》），而且還進一步揭示出：科舉制度並不能真正選拔有用的人材。《郭安》篇在描繪一個縣令對案件所作的昏聵判決後，尖刻地寫道：「此等明決，皆是甲榜（進士）所爲，他途不能也。」換言之，進士出身者的昏庸無能，遠甚於他途出身的官員。這真是對科舉制度的絶妙諷刺。

然而，科舉制度的害處還不止于此。《續黄粱》篇寫一個人在考取舉人後，就一心以爲高官在望，幻想着作威作福，搜刮民脂民膏，所以，當他在幻夢中一做上宰相，便幹盡壞事，「荼毒人民，奴隸官府，扈從所臨，野無青草」。而在這個人物身上，也正體現出考科舉者的共同特點。「秀才入闈，有七似焉：初入時，白足提籃，似丐。唱名時，官呵隸駡，似囚。……迨望報也，草木皆驚，夢想亦幻。時作一得志想，則頃刻而樓閣俱成。」（《王子安》）他們之所以不惜似丐似囚，忍受種種屈辱而去考試，無非是期待着一旦高中，拚命攫取良田美産，「樓閣俱成」；那麽，在其「得志」以後，自然要「荼毒人民」以飽私囊，使得「野無青草」了。當時不是「官虎而吏狼者比比也」麽？科舉制度正是製造這吃人惡虎的一個重要途徑。蒲松齡寫這一切，自然是由于他屢考未取，「不能自達于聖明」，以致「憤氣填胸」，但其對科舉制度所作的揭露，確實頗爲深刻，在某種程度上已經接近于較後的《儒林外史》。

至于《聊齋志異》對封建禮教的衝激，則集中在婚姻問題上。如《連瑣》、《聶小倩》等篇，贊美青年男女之間的交往和戀愛，《連城》、《封三娘》、《青梅》等更把父母包辦婚姻的悲慘後果和青年男女按照自己意願成婚後的幸福相對照，實際上也就暴露了前者的不合理。這都跟封建禮教相衝突，在那時有其進步意義。但蒲松齡寫這些作品，大部分還是爲了抒發他的「孤憤」。當時漢族中小地主在其本階級中既處境最劣，在婚姻問題上自也不免受到壓抑，不能與豪富者相競争。蒲松齡對此深爲不平，遂發而爲憤世疾俗之文，以爲婚姻關係中首先要反對這種重豪富而輕寒素的現象，只要能做到這一點，禮教的某些規定倒不妨衝破。如果仔細考察一下，就可發現：這些作品裏作爲正面人物的女子所屬意的都是漢族中小地主的知識分子，其中有些女子直接反對父母給她們所訂的婚約，也因這些婚約都是其父母貪圖富貴，硬把她們許配給豪富之家；蒲松齡對她們在婚姻方面這種不合封建禮教的行爲加以肯定，而抨擊她們父母的包辦婚姻，主要是贊揚她們能「識英雄于塵埃」，藉以對「儼然而冠裳也者，顧棄德行而求膏粱」加以鞭撻，並不是提倡婚姻必須自主。所以，同是包辦婚姻，但如父母要女兒嫁的是將來會有出息的寒素子弟，作者就對違抗父命者極盡調侃之能事，而對敬謹服從、聲言「父母教兒往也，即乞丐不敢辭」的女子大加褒美了。《姊妹易嫁》篇便是明證。

總之，因爲作者滿腔「孤憤」，他對當時的政治現實和科舉制度作了不同程度的批判，對封建禮教的某些方面敢于立異，這也就是《聊齋志異》中值得重視的思想内容。作品在表現這一切時，多採用積極浪漫主義的創作方法，而又存在現實主義的一面。作者寫仙鬼狐魅，但在其身上曲折地體現了人類社會一定的階級屬性；描畫幽冥世界，但它其實是現實生活的投影。例如那個「瘦怯凝寒」的女鬼連瑣，不正可作爲中小地主階級婦女的一種類型？《席方平》所刻劃的冥間的黑暗，不就是從當時的社會中提鍊出來？而且，作者又經常把仙鬼狐魅和現實社會中的人們、幽冥世界和現實生活交織在一起，在同一篇内，時或以幽渺之辭敍鬼狐，忽而以入木三分的筆觸繪生人。故《聊齋志異》既具有想象豐富、構思奇特、情節曲折、境界瑰異的特色，而又能直接、尖鋭地反映當時的社會矛盾，成爲我國古代膾炙人口的名著之一，在小説史上有其獨特地位。——明代後半期小説創作中的一個突出現象，是神魔小説的發達，其創作方法爲浪漫主義；到清代前半期，現實主義小説獲得空前重大的發展，其標志爲《儒林外史》、《紅樓夢》的先後問世。它們在我國小説的歷史中各自代表着一個階段，而《聊齋志異》的出現，則顯示着從前一階段到後一階段的演化。

然而，也正因爲《聊齋志異》所要抒發的「孤憤」，不過是漢族中小地主的不平之鳴，書中必然存在着不少封建糟粕。第一，作品雖對滿族貴族集團和漢族官僚大地主頗多揭露，但又對一些積極捍衛封建統治的官僚及其行爲大加吹捧，《于中丞》篇的歌頌于成龍，《公孫夏》中的美化郭琇，皆其例證；至于農民起義，自更受到作者的攻擊和誣衊，不僅清代的農民軍被辱罵爲「羣醜」（《鬼哭》），連明代的白蓮教起義亦遭詆毁（《白蓮教》、《小二》等）。這都清楚地説明：作品的基本傾向仍然是維護封建制度。第二，作品雖在婚姻問題上對封建禮教有所衝激，但對其他的封建道德則予以鼓吹，如《邵女》、《珊瑚》等篇，即純爲封建道德的説教。第三，作品的談狐説鬼，雖大多另有寄託，但也有些篇完全是宣揚迷信思想，别無其他含義，《噴水》、《尸變》、《四十千》等皆屬于這一類。而且，就是在一些較好的篇章中，也有摻雜上述錯誤思想的。所以，對于《聊齋志異》，我們必須按照毛主席關于文化遺産的指示，吸收其民主性的精華，剔除其封建性的糟粕，絶不能兼收并蓄，更不能贊揚其中的封建毒素。

二　評「會校、會注、會評」本

《聊齋志異》既是我國小説史上較有價值的著作，對之進行會校、會注、會評工作，爲研究者提供一份較爲完整的資料，自是一件有意義的事。本書輯校者在這方面花了辛勤的勞動，成績是主要的，但也有一些不足之處。

首先，關于會校。

輯校者廣泛收集《聊齋志異》的現存各種較重要的版本，凡十餘種。其中最重要的爲手稿本（半部）、鑄雪齋鈔本、青柯亭刻本。它們不僅編次不同，文字有互異之處，篇數多寡也互有出入。本書將各本所收篇章相互補充，共得文四百九十一篇（其中「又」篇和附則都屬于正文，不作一篇計算），連同附録九篇，較通行本增補近七十篇，成爲目前最完備的一個本子。

在文字校勘上，有手稿本可以依據者，以手稿本爲主，校以鑄雪齋、青柯亭等本。無手稿本可以依據者，則以鑄雪齋本爲主；鑄雪齋本是在文字上最接近手稿本的一個本子。由于底本選擇恰當，校勘又較嚴肅認真，手稿本的筆誤、鑄雪齋本的鈔寫之誤，能據別本改正的就儘量改正，因而本書也是目前在文字上比較可靠的一個本子。

對于各本的文字異同，輯校者除選擇其認爲正確的作爲正文外，並在校勘記中備列重要異文。這樣，即使輯校者有判斷欠妥之處，讀者仍可根據校勘記研究改正。所以，本書又是一個爲今後進一步勘正文字提供資料的本子。

也正因此，本書在會校方面的成績是很明顯的。其較重要的不足之處，則在于誤認爲鑄雪齋本的分卷編次與手稿本相同，故在編排上以鑄雪齋本爲依據，打亂了稿本的原來次序。而且，對兩本在分卷編次上的不同之處，在校勘記中不作任何説明，以致讀者若不將這兩本重加核對，亦將誤認爲彼此相同。因爲這問題比較複雜，需略加申述。

先説分卷。鑄雪齋本的祖本爲雍正時殿春亭鈔本，已佚。其分爲十二卷，實非蒲松齡原意。其理由是：據殿春亭主人《跋》，該本係據蒲松齡原稿過録，但他與蒲松齡及其子孫並不相識，稿本係轉託別人借來，時爲雍正二年。而蒲松齡兒子蒲箬在松齡逝世當年（康熙五十四年）所作《行述》、《祭父文》，蒲氏家屬在雍正三年請同邑張元所作《墓表》，皆説此書八卷〔五〕；蒲松齡孫立德在乾隆五年所作《聊齋志異跋》則説十六卷。蒲松齡子孫皆看到過原稿本〔六〕，若稿本確分十二卷，他們不應不知。爲什麼在他們的記載中從無十二卷之説，而與蒲家毫無關係的殿春亭主人却將其分爲十二卷，到底何所依據？此可疑者一。蒲氏子孫關于《聊齋志異》卷數的記載，前後互異，當是稿本並未標明全書共分若干卷；否則，蒲氏子孫既看過原稿，一覽即可了然，不當于卷數有參差異同之説。從文學古籍刊行社影印的現存四册手稿本來看，情况確也如此。除第一册正文第一頁（即《考城隍》篇）第一行有「聊齋志異一卷」六字外，其他各册各頁皆不標卷次。其尤可注意者，鑄雪齋本卷二、四、五、六、十、十一各卷的第一篇，卷一、三、四、五、九、十各卷的末一篇，皆見于現存稿本中；按照中國古籍體例，每卷第一頁第一行及末一頁末一行，多寫明該卷卷次，而稿本于此諸篇，皆未注明。換言之，在手稿本中既無全書分爲十二卷的任何迹象，亦無關于每卷起訖的任何痕迹，然則殿春亭主人究何所見而如此分卷？此可疑者二。在稿本《雲蘿公主》篇前有半頁殘目，輯校者認爲這「該是作者手定目録的一部分」，是很正確的。按照當時書籍體例，全書總目一般列于全書卷首，其于各卷分列子目者，則置于各該卷之首，絶無在某一卷中間置一目録之理。《雲蘿公主》前既有作者手定目録，足徵此爲作者手定某一卷的第一篇。但在鑄雪齋本中，此篇却爲第九卷的倒數第七篇。由此可知，鑄雪齋本的分卷法與蒲松齡的分法很不相同。此其三。殿春亭主人《跋》説：他在借得稿本後，即傭人鈔録，他自己則「讎校編次，晷窮晷繼，揮汗握冰，不少釋。此情雖癡，不大勞頓耶！」但若該本的分卷、編排，悉照原樣，實無多少「編次」工作可做。現既誇耀其「編次」的勞頓，足見殿春亭本在這方面已經動過一番手術，非復稿本原貌了。至于蒲氏子孫在卷數問題上的歧異，當是稿本八册（説見後），起初不知其如何分卷，因以一册當一卷，其後蒲立德或從其他方面（如蒲松齡的其他遺著、其生前友好的記述等）得知蒲松齡原欲分爲十六卷，故又糾正了八卷之説〔七〕。

再説全書各篇的編排順序。把鑄雪齋本與現存四册稿本互校，可以發現：稿本每一册内部的各篇排列次序，在鑄雪齋本中基本上都完整地保存着〔八〕，絶不將稿本這一册和另一册中的作品雜糅起來。輯校者即據此而認爲兩本編次相同；他在《後記》中舉出來證明兩本編排順序一致的證據，其實都只能證明鑄雪齋本保存了稿本每一册内部的各篇次序。然而，從現存四册稿本來看，每册皆未標明册次（文學古籍刊行社影印本所標册次，是該社編輯同志參照鑄雪齋等本加上去的，非原本所有），且除全書第一篇外，各篇又皆不標卷次，所以，有《自志》和《序》的一册固可肯定爲第一册，其他各册的孰先孰後實很難辨認。這樣，在據稿本重鈔時，也就很容易由于錯認册次而打亂原稿次序。乾隆時已有幾種《聊齋志異》鈔本，但「其編次前後，各本不同」，「實無從考其原目也」（青柯亭本《刻聊齋志異例言》）。這種現象的産生，恐正説明了鈔録者在辨認册次上很容易出錯，而未必是每一位鈔録者都喜歡標新立異，個個要在編次上獨搞一套。也正因此，鑄雪齋本雖基本保存了稿本每一册内部的各篇次序，但有没有將稿本各册的册次搞亂，却還是一個需要進一步研究的問題。加以鑄雪齋本的全書編次實太雜亂無章，它顯然不是按作品的内容性質或故事發生的時代順序來排列，又不是以各篇的質量高低或寫作先後爲次序，人們不得不發生懷疑：蒲松齡所精心結撰的這樣一部著作，爲什麽在編次上却如此亂七八糟、一無規律可尋呢？鑄雪齋本到底有没有把原稿的編次搞亂？

爲了回答這一問題，我們必須先推定原稿的大致面貌。現存的四册手稿本和鑄雪齋本爲此提供了必要的條件。把兩本互勘，可得結果如下：一、鑄雪齋本第一卷第一篇至第二卷二十一篇，約一卷半强，相當于現存稿本的第一册；第三卷第三十一篇至第五卷第六篇，約一卷半强，相當于現存稿本中以《劉海石》爲首的一册；處在這兩部分之間的第二卷二十二篇至第三卷三十篇，約一卷半弱，則不見于現存稿本。因通過兩本互勘，得知稿本一册相當于鑄雪齋本一卷半左右，且稿本每一册内部的各篇次第在鑄雪齋本中仍基本保持着，不與另一册稿本中的作品相混；鑄雪齋本中不見于現存稿本的這一部分，其前後的作品既已分別見于另兩册稿本，其本身的分量又接近于一卷半，在原稿中自當爲單獨的一册。二、鑄雪齋本第五卷第七篇至第六卷三十二篇，約一卷半强，相當于現存稿本中以《鴉頭》爲首的一册；第九卷四十三篇至第十一卷第八篇，約一卷半弱，相當于現存稿本中以《雲蘿公主》爲首的一册；處于這兩部分之間的第六卷三十三篇至第九卷四十二篇，約三卷强，則不見于現存稿本。根據上舉的同樣理由，這三卷多作品在稿本中當爲單獨的兩册；假定自第六卷三十三篇至第七卷末爲一册，其餘作品爲另一册，與稿本的實際情況雖未能完全符合，但必相差甚微。三、鑄雪齋本第十一卷第九篇至十二卷末，約一卷半强，不見于現存稿本；因這是最後一部分，而其前一部分（第九卷四十三篇至十一卷第八篇）已見于現存稿本，根據上舉理由，這一部分在原稿中亦必爲單獨的一册。

綜上所述，可知《聊齋志異》稿本共計八册，四册今存，另四册雖已亡佚，但其中各册的篇目及排列次序尚可據鑄雪齋本推得。若不以鑄雪齋本給這八册稿本所定的次序爲依據，而對現存四册稿本和現已推知其篇目、次序的另四册稿本加以考察，就可發現：稿本實在是按各篇寫作時間的先後來排列的。證據有二。

第一，從稿本每一册内部的各篇次序來看，凡有寫作年代可考的作品，皆先寫的排列在前，晚寫的排列在後，而絶没有相反的情況。如第一册的倒數第二篇《祝翁》，寫及康熙二十一年事，最早當即作于該年；而排在該篇前的《焦螟》，則提及「董侍讀默庵」。董默庵即董訥，官至總督、左都御史，此稱「侍讀」，當是寫作此篇時董訥尚爲侍讀。據《清史稿·部院大臣年表二》，訥于康熙二十三年起已任侍郎。侍郎爲正三品，侍讀爲正六品，品級懸殊。若訥于康熙二十一年尚官侍讀，二十三年絶不能升至侍郎。故此篇必爲康熙二十一年以前之作，亦即必作于《祝翁》之前。又如，以《鴉頭》篇爲首的一册稿本内，有《狐夢》篇，篇末云：「康熙二十一年臘月十九日，畢子與余抵足綽然堂，細述其異，余曰：『有狐若此，則聊齋之筆墨有光榮矣。』遂志之。」玩其語氣，係在聽到畢子所述之後即命筆爲記，故作此篇當不遲於康熙二十一年底；同册又有《上仙》、《絳妃》，分别記及「癸亥三月」及「癸亥歲」事，當皆作于《狐夢》之後，而其排列，亦皆後于《狐夢》。再如以《劉海石》爲首的一册内，其《五羖大夫》篇末云：「畢載積先生志。」是此篇實出于載積手；載積卒于康熙三十二年春，見蒲松齡該年所作《哭畢刺史》詩〔九〕，此篇亦必作于該年之前。同册又有《水災》，記及康熙三十四年事，其寫作時間當後于《五羖大夫》，在編排上亦列于《五羖大夫》之後。另如以《畫馬》爲首的一册内（此册稿本已佚，約相當于鑄雪齋本第八卷第一篇至第九卷四十二篇），《夏雪》篇記康熙丁亥年事，其下一篇《化男》云：「亦丁亥間事。」在其寫《化男》之前，必已寫過《夏雪》，故着一「亦」字。在排列上也先作者在前，遲作者在後。

第二，從稿本各册間的相互聯繫來看，在寫作時間上顯然各有斷限。凡可考定爲康熙四十一年以後的作品（如《夏雪》、《化男》），僅見于以《畫馬》爲首的一册内，而不見于其他七册。在該七册中，凡可考定爲康熙三十八年以後的作品（如《公孫夏》，説見後），又僅見于以《王者》爲首的一册内（該册稿本已佚，相當于鑄雪齋本第十一卷第九篇至十二卷末）。在其他六册中，凡可考定爲康熙三十四年以後的作品（如《水災》），僅見于以《劉海石》爲首的一册内。在下餘五册中，凡可考定爲康熙三十一年以後的作品（如記及康熙「辛未歲」及「次歲」的《何仙》），僅見于以《雲蘿公主》爲首的一册内，而不見于另四册。在該四册中，凡可考定爲康熙二十三年以後的作品（如《梅女》、《張誠》，説見後），僅見于以《大人》爲首和以《某公》爲首的兩册内（該兩册稿本已佚，約相當于鑄雪齋本第六卷三十三篇至第七卷末，第二卷二十二篇至第三卷三十篇）；而在其餘的兩册中，可考定爲康熙二十二年以後的作品（如《上仙》、《絳妃》）又僅見于以《鴉頭》爲首的一册内，而不見于以《考城隍》爲首的一册——全書的第一册内。這種現象很清楚地告訴我們：《聊齋志異》是按寫作先後編次的，所以，不但每一册稿本内部的各篇編排以寫作先後爲序，而且在各册稿本之間亦各有其寫作年代上的斷限，其可確定爲第一册者，在寫作年代上的斷限也最早——從中找不到一篇可肯定爲康熙二十二年以後的作品。

《聊齋志異》既以各篇寫作先後編次，也就可進而推定八册稿本的次序。以《考城隍》爲首的一册，既有《序》與《自志》，自爲第一册。該册倒數第二篇《祝翁》已述及康熙二十一年事，而以《鴉頭》爲首的一册内，其第五篇《狐夢》約寫于康熙二十一年底（説並見上），是該册頭幾篇與第一册末兩篇在寫作時間上正相銜接，當爲第二册。以《大人》爲首的一册内有《梅女》篇，提及康熙二十三年事；以《某公》爲首的一册内有《張誠》，其故事結束時，張氏于「明末」（崇禎十七年）爲「北兵」擄去後所生之子已四十一歲，當亦在康熙二十三年，故該兩册之作必遲于第一、二册。而《某公》册末一篇《鴝鵒》附王士禎評：「可與鸜鵒、秦吉了同傳。」「鸜鵒、秦吉了」指《大人》册中《阿英》。是王士禎在讀《鴝鵒》時已先讀過《阿英》，故聯想及之而有此評語。他讀《聊齋志異》是按照作者目録依次讀下去的〔一〇〕，此篇在作者目録中當排在《阿英》篇之後，《大人》册當在《某公》册之前。且《大人》篇有「李孝廉質君」之語。質君名斯義，康熙二十七年進士，此稱「孝廉」，當作于康熙二十七年之前；是該册之作實亦早于其他四册，當爲第三册。《某公》册末一篇《鴝鵒》末云：「畢載積先生記。」是該册各篇皆作于康熙三十二年畢載積死前。而以《劉海石》爲首的一册内有《水災》篇，記及康熙三十四年事，是該册當作于《某公》册之後。然該册中《水災》的前十五篇爲《五羖大夫》，亦畢載積生前作（説見上），是開始作該册時畢載積尚未死，而以《王者》爲首的一册内有《公孫夏》篇，記及郭琇任湖廣總督事，琇任此職始于康熙三十八年，見《清史稿·疆臣年表》；故《劉海石》册不可能列于《王者》册後，而必在其前。《王者》册又有《司訓》篇，引及「朱公子子青《耳録》」。朱子青于康熙四十一年已得候補主事，蒲松齡已以

「主政」來作爲對他的尊稱，有該年《朱主政席中得晤張杞園先生》詩可證〔一二〕；而此篇中對他的尊稱仍爲公子，其作于康熙四十一年前可知。故此册當列在以《畫馬》爲首的一册前；因該册有《夏雪》、《化男》，記及康熙四十六年事，自更在其後。至于以《雲蘿公主》爲首的一册，除《何仙》篇外，無作年可考。《何仙》言及「辛未歲」及「次歲」，又言及「李太史質君」，據《清史稿·疆臣年表》，李斯義于康熙四十三年已任福建巡撫，故該篇之作當在康熙三十一年或以後，而距康熙四十三年尚有相當時日，姑以列于《某公》册後、《劉海石》册前。若以此册列于《某公》册前，則此册自《何仙》至册末（約六分之五册）、《某公》册、《劉海石》册《五羖大夫》前諸篇（約十分之一册），皆當作于康熙三十一年至三十二年春畢載積去世前；蒲松齡寫這八册作品，前後凡數十年，倘説在這一年左右時間内竟寫了近兩册，似不甚可能。所以，《某公》册當爲第四册，《雲蘿公主》册爲第五册，《劉海石》册爲第六册，《王者》册爲第七册，《畫馬》册爲第八册。

這種排列雖未必完全正確，但當較鑄雪齋本接近原稿面貌。這問題之所以值得探討，因爲若能恢復其原來編次，就能清楚地看出蒲松齡在撰寫此書幾十年間的思想和創作的發展過程，對研究蒲松齡及《聊齋志異》頗爲有用。通過會校，本可在這方面作出貢獻，但由于輯校者誤認爲鑄雪齋本的分卷編次皆與稿本相同，反而把兩本在這方面的矛盾掩蓋起來了。這是會校工作中最重要的不足之處。

其次，關于會注。

輯校者把清代吕湛恩、何垠兩家注本加以匯集，删除其明顯的錯誤和重複之處，這對于讀者理解原作中的典故和某些字義以及作品所涉及的歷史人物，都有一定的幫助。但嚴格説來，吕、何兩注都并不很好。有應注而未注的，如《閻羅》篇「送左蘿石升天」（本書九〇四頁）語兩家都未注。左蘿石即南明福王時使清不屈而死的左懋第，蒲松齡表揚他，反映了自己的一種政治態度；如不注明，一般讀者不知左蘿石爲何人，也就不易理解該篇的意旨所在了。至于注釋的錯誤，數量也不是很少。有些是根本注錯了的，有些是正確和錯誤雜在一起的。前一種性質的錯誤，輯校者采取删的辦法，但也偶有删而未盡的，如《席方平》篇「即燒東壁之牀」一語，何注：「東牀，借用王羲之坦腹事。」輯校者未删。其實此處的「東壁之牀」，即故事中所述置于「東墀」的「火牀」，與「坦腹東牀」的典故毫不相干，何注搞錯了。屬于後一種性質的錯誤，則保留較多，如《焦螟》篇「董侍讀默庵」下吕注：「名訥，字茲重，平原人。康熙丁未探花，官兵部尚書。」就于正確中雜有錯誤。默庵是董訥的字，他做過總督和左都御史，却没有當過兵部尚書。像這類問題，輯校者實亦難于一一糾正，因爲這到底是「會注」而非新注。提出這一點來，不過是爲了説明注釋中尚有錯誤，希望讀者注意。

關于會評，輯校者也花了辛勤的勞動，搜集頗富。這對於研究《聊齋志異》和文學批評史的人來説，是可以作爲資料用的；但就這些評語本身來看，却包含着大量封建糟粕，有價值的見解實在少得可憐。在閲讀本書時，對評語部分尤需注意批判。

總之，這部《聊齋志異》的「會校、會注、會評」本，既爲文學史研究者提供了一份較有價值的參考資料，對一般古典文學愛好者解決閲讀上的困難也有若干幫助，其成績是明顯的。至于其中所存在的不足和錯誤之處，因輯校者已經去世，無從補正了。芟粗取精，去僞存真，還有待于讀者的抉擇揚棄。

一九七七年十月

注：

〔一〕《聊齋志異》卷首有康熙十八年（一六七九）所作《自志》，故有些研究者認爲《聊齋志異》在作者四十歲左右即已基本成書。但書中的大量作品皆作于康熙十八年之後，松齡子孫蒲箬等所作祭文，且言「暮年著《聊齋志異》八卷」，可見其于康熙十八年以前開始寫作，暮年不輟，前後凡數十年。又，祭文所言，當是指其于暮年最終著成，並非謂其于暮年才開始寫作。

〔二〕見《蒲松齡集》附録蒲箬《清故顯考歲進士、候選儒學訓導柳泉公行述》，中華書局上海編輯所一九六二年版。

〔三〕見《蒲松齡集》中《聊齋文集》卷五《答王瑞亭》。

〔四〕見《蒲松齡集》中《聊齋文集》卷五《與韓刺史樾依書》。

〔五〕見《蒲松齡集》附録蒲箬《清故顯考歲進士、候選儒學訓導柳泉公行述》、蒲箬等《祭父文》、張元《柳泉蒲先生墓表》。

〔六〕蒲箬等《祭父文》：「暮年著《聊齋志異》八卷，每卷各數萬言，高司寇、唐太史兩先生序傳于首，漁洋先生評跋于後，大抵皆憤抑無聊，借以抒勸善懲惡之心，非僅爲談諧調笑已也。間摘其中之果報不爽者演爲通俗之曲，……」于《聊齋志異》之内容、各卷字數、作序及作評之人皆言之甚詳，自非看過原稿不可；至蒲立德《跋》，寫于《聊齋志異》原稿卷後，當然更看到過原稿。

〔七〕有人認爲：《聊齋志異》原稿八册，不分卷，其後蒲立德重裝爲十六册，故説十六卷。但蒲立德對蒲松齡著作之不分卷者，似並不隨便稱爲若干卷。如松齡詩文，《行述》及《祭父文》皆僅言其篇數，足徵本不分卷。其後張元《墓表》已改稱爲文集四卷、詩集六卷，而蒲立德《東谷文集》中致王禹臣書云：「今來使下臨，僅搜得文稿三册、詩稿五册、詞稿一册，共九册。」仍不稱「三卷」、「五卷」。所以，他是否會僅僅由于《聊齋志異》已經過重裝，就隨意説成十六卷？在没有確切證據之前，似很難這樣肯定。何況蒲立德有没有把《聊齋志異》重裝過也還是疑問。

〔八〕這是指鑄雪齋本卷首所列目録而言。鑄雪齋本正文中各篇的排列，與目録常有不同，當是「錯簡」。

〔九〕《蒲松齡集》中《聊齋詩集》卷三癸酉《哭畢刺史》詩有「年年花發子雲居，此日登臨淚滿裾」語，詩當作于春日花發之時，故畢載積當卒于康熙三十二年癸酉春天。

〔一〇〕王培荀《鄉園憶舊録》：「《志異》未盡脱稿時，王漁洋先生士禎按篇索閲，每閲一篇寄還，按名再索。來往書札，余俱見之。」蒲松齡當先有目録給士禎，否則就不能「按篇索閲」、「按名再索」。所謂「按篇索閲」，亦即按照目録而逐篇索閲也。

〔一一〕見《蒲松齡集》中《聊齋詩集》卷四壬午詩。

目次

卷二

卷三

卷四

卷五

卷六

卷七

卷八

卷九

卷十

卷十一

卷十二

附録

聊齋自志

披蘿帶荔，［呂註］楚辭，九歌，山鬼：若有人兮山之阿，被薜荔兮帶女蘿。注：女蘿，菟絲也。山鬼被薜荔之衣，以菟絲爲帶也。薜荔、菟絲，皆緣物而生。山鬼杳忽無形，故衣之以爲飾也。三閭氏感而爲騷；［呂註］離騷經序：離騷經者，屈原之所作也。屈原名平，與楚同姓，仕於懷王，爲三閭大夫。○按：昭、屈、景三姓，皆楚之同族，楚王使屈原掌其譜系，故爲三閭大夫。牛鬼蛇神，［呂註］杜牧李賀詩序：鯨呿鼇擲，牛鬼蛇神，不足爲其虛荒誕幻也。長爪郎吟而成癖。［呂註］唐書，李賀傳：賀纖腰通眉，長指爪，能疾書。自鳴天籟，［呂註］莊子，齊物論：汝聞地籟而未聞天籟。注：聲所出曰籟。不擇好音，有由然矣。松落落秋螢之火，魑魅爭光；［呂註］世說：嵇康嘗於燈火下彈琴。有一人入室，初見時面甚小，須臾轉大，長丈餘。嵇熟視甚久，乃吹火滅，曰：吾恥與魑魅爭光。逐逐野馬之塵，［呂註］莊子，逍遥遊：野馬也，塵埃也，生物之以息相吹也。○按：野馬、塵埃，本是兩物。韓偓詩：牕裏日光飛野馬，是以塵爲野馬矣。野馬乃田間氣如馬爾，非塵也。罔兩［校］抄本作魍魎，通罔兩。見笑。［呂註］國語：木石之怪夔魍魎。孔叢子作罔兩。○南史，劉損傳：損宗人伯龍爲武陵太守，貧窶尤甚，慨然將營什一之利。一鬼在旁，撫掌大笑。伯龍曰：貧富固有命，乃復爲鬼所笑也。遂止。才非干寶，雅愛搜神；［呂註］晉書，干寶傳：寶博學多才，嘗爲著作郎。其父有寵婢，母甚妒之。父亡，母生納之墓中。寶時年小，不知也。後十餘年，母喪開墓，而婢扶棺如生。載歸經日，因言其父常與飲食，故不死。嫁之生子。寶兄嘗病氣絕，積日不冷。尋復蘇，言天地間鬼神事如夢覺。寶於是撰搜神記三十卷，集古今神祇靈異諸變幻狀甚悉。劉惔見之曰：卿可謂鬼之董狐。

情類[校]青本作同。黃州，喜人談鬼。[呂註]世説：蘇子瞻在黃州，每旦起不招客與語，必出訪客與遊，各隨其人高下，詼諧放蕩，不復爲畛畦。有不能談者，則强之使説鬼。或辭無有，則曰：姑妄言之。聞則命筆，遂以成編。久之，四方同人，又以郵筒相寄，[呂註]唐語林：白居易爲杭州刺史時，吳興守錢徽、吳郡守李穰，悉平生舊交，日以詩相寄贈。後元稹守會稽，參其酬唱。多以竹筒盛詩往來，謂之郵筒。○貫休詩：尺書裁罷寄郵筒。因而物以好聚，所積益夥。甚者：人非化外，事或奇於斷髮之鄉；[呂註]史記：泰伯、虞仲亡如荆蠻，文身斷髮。睫在眼前，[校]青本作目。怪有過於飛頭之國。[呂註]酉陽雜俎：嶺南溪洞中，往往有飛頭者，故有飛頭獠子之號。頭將飛一日前，頸有痕，匝項如紅縷。妻子遂看守之。其人及夜，狀如病，頭忽生翼，脱身而去。乃於岸泥尋蟹蚓之類食之。將曉飛還，如夢覺，其腹實矣。梵僧菩薩勝又言：闍婆國中有飛頭者。晉朱桓有一婢，其頭夜飛。王子年拾遺記：漢武時，因墀國使南方，有解形之民，能先使頭飛南海，左手飛東海，右手飛西澤。至暮，頭還肩上；兩手遇疾風，飄於海水外。又博物志：南方有落頭民，其頭能飛，以耳爲翼。將曉，還復着體。吳時往往得此人也。遄飛逸興，狂固難辭；永託曠懷，癡且不諱。展如之人，得毋[校]抄本作勿。向我胡盧耶？[呂註]按：胡盧，笑也。一作盧胡。然五父衢頭，[呂註]爾雅：四達謂之衢。五父，衢名。見禮、檀弓及左傳。或涉濫聽；而三生石上，頗悟前因。[呂註]傳燈録：有一省郎遊華寺，夢至碧巖下一老僧前，煙穗極微，云：此是檀越結願，香煙存而檀越已三生矣。○續酉陽雜俎：僧圓澤與李源善，約遊峨眉。舟次南浦，見一婦人。澤曰：此婦孕三年，遲吾爲子。今已見，無可逃者。三日公臨視我，以一笑爲緣。後十三年中秋夜，當相見於天竺寺。及暮澤亡，而婦産三日。往顧，果一笑。後如期往天竺井畔，牧童歌曰：三生石上舊精魂，賞月臨風不要論。慚愧故人遠相訪，此身雖異性靈存。放縱之言，有未可概以人廢者。松懸弧時，[呂註]禮、内則：子生，男子設弧於門左，女子設帨於門右。三日始負子，男射女否。庾信詩：蓬矢始懸弧。先大人夢一病瘠瞿曇，[呂註]釋迦譜：净飯遠祖拾國修行，受瞿曇姓，故曰瞿曇氏。按：佛言瞿曇，此言純淑也。偏袒入室，[呂註]金剛經：世尊入舍衛大城乞食，長老須菩提在大衆中，即從座起，偏袒右肩，右膝着地，合掌答敬。藥膏如錢，圓黏乳際。寤而松生，果符墨志。且也：少羸多病，〔呂註〕說文：羸，瘦也。注：羊主給膳，以瘦爲病，故從羊。長命不猶。〔呂註〕詩，召南：實命不猶。傳：猶，若也。門庭之淒〔校〕此據青本，稿本、抄本作棲。寂，則冷淡如僧；筆墨之耕耘，〔呂註〕張著翰林盛事：王勃能爲文，請者甚衆，金帛盈積，人謂心織而衣，筆耕而食。◯墨耘未詳。則蕭條似鉢。〔呂註〕傳燈録：清净禪師問：如何是和尚家風？曰：一瓶兼一鉢，到處是生涯。每搔頭自念：勿亦面壁人〔呂註〕神僧傳：初祖菩提達摩大師，自天竺泛海至金陵，與梁武帝語，知機不契，潛回洛陽，止嵩山少林寺，面壁而坐九年，形入石中。人謂其精誠貫金石也。果是〔校〕抄本無是字。吾前身〔校〕青本作生。耶？蓋有漏根因，未結人天之果；〔呂註〕傳燈録：梁武帝問達摩曰：朕造寺寫經，不可勝紀，有何功德？答曰：並無功德。此但人天小果，有漏之因。而隨風蕩墮，竟成藩溷之花。〔呂註〕南史：范縝對竟陵王子良曰：人生如樹花同發，隨風而墮，有拂簾幌墮於茵席之上者，殿下是也。有關籬牆落於糞溷之中者，下官是也。茫茫六道，〔呂註〕按：佛經有六道，謂天道、人道、魔道、地獄道、餓鬼道、畜生道。何可謂無其理哉！

獨是子夜熒熒，燈昏欲蕊；蕭齋瑟瑟，〔呂註〕國史補：梁武帝造寺，命蕭子雲飛白大書一蕭字。後寺燬，惟此一字獨存。李約見之，買歸東洛，建小室以玩之，號曰蕭齋。又杜陽雜編云：武帝造浮屠，令子雲飛白大書曰蕭寺。◯事文類聚云：張延賞於江南得蕭子雲壁書飛白蕭字一匣，以歸洛陽，授張諗。諗結一亭，號曰蕭齋。案冷疑冰。集腋爲裘，〔呂註〕王褒四子論：千金之裘，非一狐之腋。妄續幽冥之録；〔呂註〕宋劉義慶著幽冥録。浮白載筆，〔呂註〕說苑：魏文侯與大夫飲酒，使公乘不仁爲觴政，曰：飲若不盡，浮之大白。既而文侯不盡，舉大白浮君。按：白，罰爵也。僅成孤憤之書：〔呂註〕史記：韓非者，韓之公子也。不容於邪枉之臣，作孤憤、五蠹、說難十餘萬言。寄託如此，亦足悲矣！嗟乎！驚霜寒雀，抱樹無温；弔月秋蟲，偎闌〔校〕抄本作欄，通闌。自熱。知我者，其在青林黑塞間乎！〔吕註〕杜甫夢李白詩：魂來楓林青，魂返關塞黑。

康熙己未春日。〔校〕青本下有柳泉居士題五字，抄本上六字作柳泉自題。

小傳

淄川蒲松齡，字留仙，號柳泉。辛卯歲貢。以文章風節著一時。弱冠應童子試，受知於施愚山先生，〔呂註〕名閏章，字尚白，江南宣城人。順治己丑進士，官江西參議，提督山東學政，康熙己未，舉宏博，授翰林侍講。文名藉甚。乃決然舍去，一肆力於古文，悲憤感慨，自成一家言。性樸厚，篤交遊，重名義。與同邑李希梅、〔呂註〕名堯臣，號約菴。淄川諸生。有百四齋詩集。張歷友〔呂註〕名篤慶，號厚齋，別號崑崙山人。明大學士至發曾孫。康熙丙寅拔貢生。有崑崙山房詩集。諸名士結爲詩社，以風雅道義相切劘。新城王漁洋先生〔呂註〕名士禛，字子真，一字貽上，號阮亭。順治辛卯舉人，乙未進士。官刑部尚書，謚文簡。有漁洋、蜀道、南海、蠶尾等詩集。素奇其才，謂非尋常流輩所及也。家所藏著述頗富，而聊齋志異一書，尤膾炙人口云。淄川縣志

各本序跋題辭

高序

志而曰異，明其不同於常也。然而聖人曰：「君子以同而異。」何耶？其義廣矣、大矣。夫聖人之言，雖多主於人事；而吾謂三才之理，六經之文，諸聖之義，可一以貫之。則謂異之爲義，即易之冒道，無不可也。夫人但知居仁由義，克己復禮，爲〔校〕抄本爲上有足字。善人君子矣；而陟降而在帝左右，禱祝〔校〕青本作祀。而感召風雷，乃近於巫祝之説者，何耶？神禹創鑄九鼎，而山海一經，復垂萬世，豈上古聖人而喜語怪乎？抑爭子虚烏有之賦心，而〔校〕抄本無而字。預爲分道揚鑣者地乎？後世拘墟之士，雙瞳如豆，一葉迷山，目所不見，率以仲尼「不語」爲辭，不知鷁飛石隕，是何人載筆爾爾也？倘概以左氏之誣蔽之，無異掩耳者高語無雷矣。引而伸之，即「閶闔九天，衣冠萬國」之句，深山窮谷中人，亦以爲欺我無疑也。余謂：欲讀天下之奇書，須明天下之大道。蓋以人倫大道，淑世者聖人之所以爲木鐸也。然而天下有解人，則雖〔校〕抄本下有言字。孔子之所〔校〕抄本無所字。不語者，皆足輔功令教化之所不及。而諸皋、夷堅，亦可與六經同功。苟非其人，則雖日述孔子之所常言，而皆足以佐慝。如讀南子之見，則以爲淫辟皆可周旋；泥佛肸之往，則以爲叛逆不妨共事；不止詩書發塚，周官資篡已也。彼拘墟之士多疑者，其言則未嘗不近於正也。一則疑曰：政教自堪治世，因果無乃渺茫乎？曰：是也。然而陰騭上帝，幽有鬼神，亦聖人之言否乎？彼彭生覿面，申生語巫，武曌〔校〕抄本作照，通曌。宮中，田蚡枕畔，九幽斧鉞，嚴於王章多矣。而世人往往多疑者，以報應之或爽，誠有可疑。即如聖門之士，賢雋無多，德行四人，二者夭亡；一厄繼母，幾乎同於伯奇。天道憒憒，〔校〕抄本作憒憒。一至此乎！是非遠洞三世，不足消釋羣憾。釋迦馬麥，袁盎人瘡，亦〔校〕抄本亦上有世字。安能〔校〕青本無能字。知之？故非天道憒憒，人自憒憒故也。或〔校〕抄本下有再疑二字。曰：報應示戒可矣，妖邪不宜黜〔校〕青本作除。乎？曰：是也。然而天地大矣，無所不有；古今變矣，未可舟膠。〔校〕青本作膠舟。人世不皆君子，陰曹反皆正人乎？豈夏姬謝世，便儕共姜；榮公撤瑟，可參孤竹乎？有以知其必不然矣。且江河日下，人鬼頗同，不則幽冥之中，反是聖賢道場，日日唐虞三代，有是理乎？或又疑而且規之曰：異事，世固間有之矣，或亦不妨抵掌；而竟馳想天外，幻跡人區，無乃爲齊諧濫觴乎？曰：是也。然子長列傳，不厭滑稽；卮言寓言，蒙莊嚆矢。且二十一史果皆實録乎？仙人之議李郭也，固有遺憾久矣。而況勃窣〔校〕以下稿本缺，前半亦有殘缺，均據抄本補。文心，筆補造化，不止生花，且同煉石。佳狐佳鬼〔校〕青本作佳鬼佳狐。之奇俊也，降福既以孔皆，敦倫更復無斁，人中大賢，猶有愧焉。是在解人不爲法縛，不死句下可也。夫中郎帳底，應饒子家之異味；鄴侯架上，何須兔册之常詮？余〔校〕此據青本，抄本無余字。頋爲婆娑藝林者，職調人之役焉。古人著書，其正也，則以天常民彝爲則，使天下之人，聽一事，如聞雷霆，奉一言，如親日月。外此而書或奇也，則新鬼故鬼，魯廟依稀；內蛇外蛇，鄭門躑躅，非盡矯誣也。倘盡以「不語」二字奉爲金科，則萍實、商羊，羵羊、楛矢，但當摇首閉目而謝之足矣。然乎否耶？〔校〕青本作乎。吾願讀書之士，攬〔校〕青本作覽。此奇文，須深慧業，眼光如電，牆壁皆通，能知作者之意，並能〔校〕青本無能字。知聖人或雅言、或罕言、或不語之故，則六經之義，三才之統，諸聖之衡，一一貫之。異而同者，忘其異焉可矣。不然，癡人每苦情深，入耳便多濡首。一字魂飛，心月之精靈冉冉；三生夢渺，牡丹之亭下依依。檀板動而忽來，桃茢遺而不去，君將爲魍魎〔校〕青本作罔兩，通魍魎。曹丘生，僕何辭齊諧魯仲連乎？

康熙己未春日穀旦，〔校〕青本無上八字。紫霞道人高珩題。

唐序

諺有之云：「見橐駝謂馬腫背。」此言雖小，可以喻大矣。夫人以[校]抄本作於字。目所見者爲有，所不見者爲無。曰，此其常也；倏有而倏無則怪之。至於草木之榮落，昆蟲之變化，倏有倏無，又不之怪；而獨於神龍則怪之。彼萬竅之刁刁，百川之活活，無所持之而動，無所激之而鳴，豈非怪乎？又習而安焉。獨至於鬼狐則怪之，至於人則又不怪。夫人，則亦誰持之而動，誰激之而鳴者乎？莫不曰：「我實爲之。」夫我之所以爲我者，目能視而不能視其所以視，耳能聞而不能聞其所以聞，而況於聞見[校]抄本作見聞，下同。所不能[校]抄本無能字。及者乎？夫聞見所及以爲有，所不及以爲無，其爲聞見也幾何矣。人之言曰：「有形形者，有物物者。」而不知有以無形爲形，無物爲物者。夫無形無物，則耳目窮矣，而不可謂之無也。有見蚊睫[校]此據青本、抄本，稿本作腹。者，有不見泰山者；有聞蟻鬬者，有不聞雷鳴者。見聞之不同者，聾[校]稿本作盲。瞽未可妄論也。自小儒爲「人死如風火散」之說，而原始要終之道，不明於天下；於是所見者愈少，所怪者愈多，而「馬腫背」之説昌行於天下。無可如何，輒以「孔子不語」一詞了之，而齊諧志怪，虞初記異之編，疑信[校]稿本無信字。之者參半矣。不知孔子之[校]抄本無之字。所不語者，乃中人以下不可得而聞者耳，而謂春秋盡删怪神〔校〕抄本作神怪。哉！留仙蒲子，幼而穎異，長而特達。下筆風起雲湧，能爲載記〔校〕抄本作記載。之言。於制藝〔校〕稿本無藝字。舉業之暇，凡所見聞，〔校〕青本作聞見。輒爲筆記，大要多〔校〕抄本作皆。鬼狐怪異之事。向得其一卷，輒爲同〔校〕抄本無同字。人取去；今再得其一卷閲之。凡爲余所習知者，十之三四，最足以破小儒拘墟之見，而與夏蟲語冰也。余謂事無論〔校〕青本無論字。常怪，但以有害於人者爲妖。故日食〔校〕抄本作蝕。星隕，鷁飛鵒巢，石言龍鬭，不可謂異；惟土木甲兵之不時，與亂臣賊子，乃爲妖異耳。今觀留仙所著，其論斷大義，皆本於賞善罰淫與安義命之旨，足以開物而成務，正如揚雲法言，桓譚謂其必傳矣。

康熙壬戌仲秋既望，〔校〕青本無上八字。豹巖樵史唐夢賚拜〔校〕抄本無拜字。題。

余序

乙酉三月，山左趙公奉命守睦州，余假館於郡齋。太守公出淄川蒲柳泉先生聊齋志異，請余審定而付之梓。嚴陵環郡皆崇山，郡齋又多古木奇石。時當秋飆怒號，景物晡霿，狐鼠晝跳，梟獍夜嘷，把卷坐斗室中，青燈睒睒，已不待展讀，而陰森之氣，偪人毛髮。嗚呼！同在光天化日之中，而胡乃沉冥抑塞，託志幽遐，至于此極！余蓋卒讀之而悄然有以悲先生之志矣。按縣志稱先生少負異才，以氣節自矜，落落不偶，卒困于經生以終。平生奇氣，無所宣洩，悉寄之於書。故所載多涉諔詭荒忽不經之事，至于驚世駭俗，而卒不顧。嗟夫！世固有服聲被色，儼然人類；叩其所藏，有鬼蜮之不足比，而豺虎之難與方者。下堂見蠆，出門觸蠭，紛紛沓沓，莫可窮詰。惜無禹鼎鑄其情狀，鐲鏤決其陰霾，不得已而涉想於杳冥荒怪之域，以爲異類有情，或者尚堪晤對；鬼謀雖遠，庶其警彼貪淫。嗚呼！先生之志荒，而先生之心苦矣！昔者三閭被放，彷徨山澤，經歷陵廟，呵壁問天，神靈怪物，琦瑋僪佹，以洩憤懣，抒寫愁思。釋氏憫衆生之顛倒，借因果爲筏喻，刀山劍樹，牛鬼蛇神，罔非說法，開覺有情。然則是書之恍惚幻妄，光怪陸離，皆其微旨所存，殆以三閭侘傺之思，寓化人解脱之意歟？使第以媲美齊諧，希蹤述異相詑孅，此井蠡之見，固大盭於作者；亦豈太守公傳刻之深心哉！夫易筮載鬼，傳紀降神，妖祥災異，炳于經籍。天地至大，無所不有；小儒視不越几席之外，履不出里巷之中，非以情揣，即以理格，是惉惉者又甚於井蠡之見也。太守公曰：「子之説，可以傳先生矣。」遂書以爲序。

乾隆三十年，歲次乙酉十一月，仁和余集撰。

弁言

丙寅冬，吾友周子季和自濟南解館歸，以手録淄川蒲留仙先生聊齋志異二册相貽。深以卷帙繁多，不能全鈔爲憾。予讀而喜之。每藏之行笥中，欲訪其全，數年不可得。丁丑春，攜至都門，爲王子閏軒攫去。後予宦閩中，晤鄭荔薌先生令嗣。因憶先生昔年曾宦吾鄉，性喜儲書，或有藏本。果丐得之。命侍史録正副二本，披閲之下，似與季和本稍異。後三年，再至都門，閏軒出原鈔本細加校對，又從吴君穎思假鈔本勘定，各有異同，始知荔薌當年得於其家者，實原稿也。癸未官武林，友人鮑以文屢慫恿予付梓，因循未果。後借鈔者衆，藏本不能徧應，遂勉成以公同好。他日見閏軒，出以相贈，其欣賞爲何如！獨恨吾季和已赴九原，不獲與之商榷定論已。此書之成，出貲勷事者，鮑子以文；校讎更正者，則余君蓉裳、郁君佩先暨予弟臯亭也。

乾隆丙戌端陽前二日，萊陽後學趙起杲書於睦州官舍。

讀聊齋雜説

柳泉志異一書，風行天下，萬口傳誦，而袁簡齋議其繁衍，紀曉嵐稱爲才子之筆，而非著述之體。皆聾言也。先生此書，議論純正，筆端變化，一生精力所聚，有意作文，非徒紀事。予嘗評閲數過，每多有會心别解，不作泛泛語。自謂能抓着作者痛癢處。二十三年居沈黎，宗弟正仲寄一部，請加墨。時風雪滿天，地爐火冷，童子重爲燃煤煨酒，拂案挑燈，至得意處便疾書數行。嘗見近人有柳涯外編，敍先生易簀時，有「紅塵再到是金鄉」之句，柳涯遂謂聊齋後身，青林黑塞間倘别有其人乎？吾將遇之。

千古文字之妙，無過左傳，最喜敍怪異事。予嘗以之作小説看。此書予即以當左傳看，得其解者方可與之讀千古奇書。予又以此一副眼孔讀昭明文選。

是書遍天下無人不愛好之，然領會各有深淺。往日有一人聞予評文，索之再三，不肯出以相示。後索之不已，三日見還，無一領會語。噫！作者難，評者亦不易。惟建南黄觀察見而稱之。

署清令陽湖張安溪曰：聊齋一書，善讀之令人膽壯，不善讀之令人入魔。予謂泥其事則魔，領其氣則壯，識其文章之妙，窺其用意之微，得其性情之正，服其議論之公，此變化氣質、淘成心術第一書也。多言鬼狐，款款多情；間及孝悌，俱見血性，較之水滸、西廂，體大思精，文奇義正，爲當世不易見之筆墨，深足寶貴。

博陵李金枝宫李氏柳涯外編敍曰：予少師蒲柳泉先生，柳泉殁，泊然無所向。一日遊濟南，自趵突敬步至康莊泉，見柳下一少年，執筆欲有所題。進揖之，曰：「徐氏，住濼干。」予因問曰：「省垣以濟南名，而城北有清河，無濟水，或謂趵突泉即濟水，而泉在城南，不在城北，濼鎮濱大清河，乃名濼口，何也？」少年答曰：「大清河即濟水舊址也。濟三伏三見，至趵突出地，折而北，其由響閘北流入口處，獨名濼，折而東，合東平、平陰諸山之水，匯爲大清河耳。」予心佩其博。次日，次濼干，將以老友任子健爲先容而訪之。任應之曰：「此徐奇童也，年十六七，其父徐敬軒先生，寓金家莊，時年四十三，無子，祈夢小峨眉山。至一境，垂柳映清泉，一老儒至，手執蒲葉，彷彿聞聲曰：『此汝子也。』醒不甚解。次年舉一子，周歲，有冒雨而來者，問莊名，曰：『金家莊。』子方周歲，宴客請抱出見之，曰：『是矣，吾師也。吾師蒲柳泉，積學而殁，在去年此日，有句云：紅塵再到是金鄉。遍訪金鄉縣不可得，不圖今日遇之。』翁問：『爾師之貌若何？是否？』客問何由知。曰：『小峨眉夢也。夢執蒲，其姓也。柳近泉，其號也。吾夢解矣。』客嘆息而去。徐名崑，字后山，號柳涯，别號嘯山，平陽人，皆本夙因云。」乾隆五十六年辛亥，博陵弟子李金枝宫李氏題於棗林書屋，時年八十有二。

平生喜讀史、漢，消悶則惟聊齋。每飯後、酒後、夢後，雨天、晴天、花天，或好友談後，或遠遊初歸，輒隨手又筆數行，皆獨具會心，不作公家言。

聊齋非獨文筆之佳，獨有千古，第一議論醇正，準理酌情，毫無可駁。如名儒講學，如老僧談禪，如鄉曲長者讀誦勸世文，觀之實有益於身心，警戒愚頑。至説到忠孝節義，令人雪涕，令人猛省，更爲有關世教之書。

吾閒中偶然設想，柳泉一老貢士耳，同時王侯卿相，湮没不知姓名者不知凡幾，聊齋獨以此一書傳，海澨山陬，雅俗共賞。即聊齋其他詩古文詞，亦不似此流傳之遠。當時王公幸掛一二於卷中以傳者，蓋亦有之。趙甌北詩云：公卿視寒士，卑卑不足算，豈知鐘漏盡，氣焰隨煙散，翻借寒士力，姓名見豪翰。諒哉！

此書多敍山左右及淄川縣事，紀見聞也。時亦及於他省。時代則詳近世，略及明代。先生意在作文，鏡花水月，雖不必泥於實事，然時代人物，不盡鑿空。一時名輩如王漁洋、高念東、唐夢賚、張歷友，皆其親鄰世交。畢刺史、李希梅，著作俱在。聊齋家世交遊，亦隱約可見。獨柳泉别種詩文，不可得聞。予於雨村詩話中見古作一首，實非凡筆。

詞令之妙，首推左、國，其中靈婉輕快，不著一語呆笨。聊齋吐屬，錦心繡口，佳處難盡言，如邵女篇媒媪之言，司文郎篇宋生之言，其他所在多有，不能一一詳也。

往予評聊齋，有五大例：一論文，二論事，三考據，四旁證，五游戲。皆其平日讀書有得之言，淺人或不盡解。至其隨手記注，平常率筆，無關緊要，蓋亦有之，然已十得八九矣。李卓吾、馮猶龍、金人瑞評三國演義及水滸、西廂諸小説、院本，乃不足道。友人萬棗峯曰：「此徐退山批五經、史記、漢書手筆也。」

作文人要眼明手快，批書人亦要眼明手快。天外飛來，只是眼前拾得。坡詩云：作詩火速追亡逋，清景一失渺難摹。鈍根者毫無別見，只順文演説，如周静軒讀史詩，人云亦云，令觀者欲嘔。遠村此批，即昔鍾退谷先生坐秦淮水榭，作史懷一書，皆從書縫中看出也。

金人瑞批水滸、西廂，靈心妙舌，開後人無限眼界，無限文心。故雖小説、院本，至今不廢。惟議論多不醇正。董閬石先生深訾之。是書雖係小説體例，出入諸史，不特具有別眼，方能着語，亦須具有正大胸襟，理明義熟，方識得作者頭腦處。故紀文達推爲才子之筆，莫逮萬一。而趙清曜稱爲有功名教，無忝著述也。

是書傳後，效顰者紛如牛毛，真不自分量矣。無聊齋本領，而但説鬼説狐，侈陳怪異，筆墨既無可觀，命意不解所謂。臃腫拳曲，徒多舖陳；道理晦澀，義無足稱。不轉瞬而棄如敝屣，厭同屎橛，並覆瓿之役，俗人亦不屑用之，比似聊齋，豈不相懸萬萬哉！是之謂自尋苦惱。予謂當代小説家言，定以此書爲第一，而其他比之，自檜以下。

文有設身處地法。昔趙松雪好畫馬，晚更入妙，每欲構思，便於密室解衣踞地，先學爲馬，然後命筆。一日管夫人來，見趙宛然馬也。又蘇詩題畫雁云：野雁見人時，未起意先改。君從何處看，得此無人態？此文家運思入微之妙，即所謂設身處地法也。聊齋處處以此會之。

讀聊齋，不作文章看，但作故事看，便是呆漢。惟讀過左、國、史、漢，深明體裁作法者，方知其妙。或曰：何不逕讀左、國、史、漢？不知舉左、國、史、漢而以小説體出之，使人易曉也。

貪遊名山者，須耐仄路；貪食熊膰者，須耐慢火；貪看月華者，須耐深夜；貪見美人者，須耐梳頭。看書亦有宜耐之時。

聊齋之妙，同於化工賦物，人各面目，每篇各具局面，排場不一，意境翻新，令讀者每至一篇，另長一番精神。如福地洞天，别開世界；如太池未央，萬户千門；如武陵桃源，自闢村落。不似他手，黄茅白葦，令人一覽而盡。

文有消納法，於複筆、簡筆、捷筆處見之。

昔人謂：莫易於説鬼，莫難於説虎。鬼無倫次，虎有性情也。説鬼到説不來處，可以意爲補接；若説虎到説不來處，大段著力不得。予謂不然。説鬼亦要有倫次，説鬼亦要得性情。諺語有之：説謊亦須説得圓。此即性情倫次之謂也。試觀聊齋説鬼狐，即以人事之倫次，百物之性情説之。説得極圓，不出情理之外；説來極巧，恰在人人意願之中。雖其間亦有意爲補接，憑空捏造處，亦有大段吃力處，然卻喜其不甚露痕跡牽强之形，故所以能令人人首肯也。

或疑聊齋那有許多閒工夫，捏造許多閒話。予曰：以文不以事也。從古書可傳信者，六經而外，莫如左傳、史記。乃左氏以晉莊姬爲成公之女，史記以莊姬爲成公之妹。晉靈公使人賊趙宣子，左氏謂觸槐而死者鉏麑，公羊以爲壯士刎頸而死。傳聞異詞，以何爲信？且鉏麑槐下之言，誰人聞之？左氏從何知之？文人好奇，説鬼説怪，廿三史中指不勝屈，何獨於聊齋而疑之。取其文可也。

俗手作文，如小兒舞鮑老，只有一副面具。文有妙於駭緊者，妙於整麗者；又有變駭緊爲疎奇，化整麗爲歷落，現出各樣筆法。左、史之文，無所不有，聊齋彷彿遇之。

作文有前暗後明之法，先不説出，至後方露，此與伏筆相似不同，左氏多此種，聊齋亦往往用之。

此書即史家列傳體也，以班、馬之筆，降格而通其例於小説。可惜聊齋不當一代之制作，若以其才修一代之史，如遼、金、元、明諸家，握管編排，必駕乎其上。以故此書一出，雅俗共賞，即名宿巨公，號稱博雅者，亦不敢輕之。蓋雖海市蜃樓，而描寫刻畫，似幻似真，實一一如乎人人意中所欲出。諸法俱備，無妙不臻。寫景則如在目前，敍事則節次分明，鋪排安放，變化不測。字法句法，典雅古峭，而議論純正，實不謬於聖賢一代杰作也。

沈確士曰：文章一道，通於兵法。金兀朮善用突陣法，如拐子馬之類。韓昌黎習用之。大江之濱，有怪物焉，周公、伯樂等篇皆是也。蓋憑空突然説出一句，讀者並不解其用意安在，及至下文，層層疏説明白，遂令題意雪亮。再玩篇首，始知落墨甚遠，刻題甚近，初若於題無關，細味乃知俱從題之精髓抉摘比並出來，此即文家之突陣法也。聊齋用筆跳脱超妙，往往於中一二突接之處，彷彿遇之，惟會心人能格外領取也。

水經注形容水之清澈，曰：分沙漏石。又曰：淵無潛甲。又曰：魚若懸空。又曰：石子如樗蒲。皆極造語之妙。聊齋中間用字法，不過一二字，偶露句中，遂已絶妙，形容維妙維肖，彷彿水經注造語。讀者隨所見有會，不能一一指數也。

小說，宋不如唐，唐不如漢。飛燕外傳云：以輔屬體，無所不靡。麗娟傳云：玉膚柔軟，吹氣勝蘭，不欲以衣纓拂之，恐亂體痕也。故讀古書不多，不知聊齋之妙。

昔鍾退谷先生坐秦淮水榭，作史懷一書，皆從書縫中及字句之外尋出。間來議論名雋，語言超妙，不襲人牙慧一語。予批聊齋，自信獨具冷眼。倘遇竟陵，定要把臂入林。

友人曰：漁洋評太略，遠村評太詳。漁洋是批經史雜家體，遠村似批文章小說體。言各有當，無取雷同。然聊齋得遠村批評一番，另長一番精神，又添一般局面。

紀曉嵐曰：聊齋盛行一時，然才子之筆，非著書者之筆也。虞初以下，干寶以上，古書多佚，其可見者，如劉敬叔異苑、陶潛續搜神記，小說類也；飛燕外傳、會真記，傳記類也；太平廣記，事以類聚，故可並收。今一書而兼二體，所未解也。小說既述見聞，即屬敘事，不比戲場關目，隨意裝點。伶玄之傳，得之樊嫕，故猥瑣具詳；元稹之記，出於自述，故約略梗概。楊升庵僞撰秘辛，尚知此意。升庵多見古書故也，今嬿昵之詞，媟狎之態，細微曲折，摹繪如生，使出自言，似無此理；使出作者代言，則從何而見聞，又所未解也。留仙之才，予誠莫逮萬一，惟此二事，則夏蟲不免疑冰。劉舍人云：滔滔前世，既洗予聞；渺渺來修，諒塵彼觀。心知其意，倘有人乎？遠村曰：聊齋以傳記體敍小説之事，做史、漢遺法，一書兼二體，弊實有之，然非此精神不出，所以通人愛之，俗人亦愛之，竟傳矣。雖有乖體例可也。紀公閲微草堂四種，頗無二者之病，然文字力量精神，別是一種，其生趣不逮矣。

文之參錯，莫如左傳。馮天閑專以整齊論左。人第知參錯是古，不知參差中不寓整齊，則氣不團結，而少片段。能以巨眼看出左氏無處非整齊，於古觀其深矣。左氏無論長篇短篇，其中必有轉捩處。左氏篇篇變，句句變，字字變。上三條，讀聊齋者亦以此意參之，消息甚微，非深於古者不解。

聊齋短篇，文字不似大篇出色，然其敍事簡浄，用筆明雅，譬諸遊山者，才過一山，又問一山，當此之時，不無借徑於小橋曲岸，淺水平沙，然而前山未遠，魂魄方收，後山又來，耳目又費。雖不大爲着意，然正不致遂敗人意。又況其一橋，一岸，一水，一沙，並非一望荒屯絶徼之比。晚涼新浴，豆花棚下，摇蕉尾，説曲折，興復不淺也。

趙清曜謂：先生書成，就正於漁洋；漁洋欲以百千市其稿。先生不與，因加評騭而還之。予思漁洋一代偉人，文章總持，主騷壇者數十年，天下翕然宗之，何必與聊齋争之。且此書評語亦只循常，未甚搔着痛癢處，聊齋固不以漁洋重也。或謂漁洋跋，含蓄有味，不必多見，而見地自高，似未可推倒。予終不以爲然。後人拈筆，何敢遂輕前人。漁洋實有不足聊齋處，故以率筆應酬之，原非見地不高。公是公非，何能爲古人諱。

予讀李義山集，集前有一條云：詩人刻露天地間山川、草木、人物、百怪，幾於毫不留餘矣。故少達多窮，以其鑿破混茫，發洩太盡，犯造物之忌也。聊齋雖小説，描寫盡致，實犯此忌。故文名傳世，遇合蹇澀，以貢士終。壬戌在京師，與會理州嚴鶴堂爾讜同館。嚴曰：「聞聊齋犯雷劫。」予大怒曰：「此口孽也！聊齋聖賢路上人，觀其議論平允，心術純正，即以程、朱語録比對觀之，亦未見其有異也。慧業文人如聊齋者，殁後不向聖賢位中去，定向仙佛位中來也。可以妄語污衊也哉！」

先秦之文，段落渾於無形。唐、宋八家，第一段落要緊。蓋段落分，而篇法作意出矣。予於聊齋，鈎清段落，明如指掌。

近來説部，往往好以詞勝，搬衍麗藻，以表風華，塗繪古事，以炫博雅。聊齋於粗服亂頭中，略入一二古句，略裝一二古字，如史記諸傳中偶引古諺時語，及秦、漢以前故書。斑剥陸離，蒼翠欲滴，彌見大方，無一點小家子强作貧兒賣富醜態，所以可貴。

不會看書人，將古人書混看過去，不知古人書中有得意處，有不得意處；有轉筆處，有難轉筆處。趁水生波處，翻空出奇處，不得不補處，不得不省處，順添在後處，倒插在前處。無數方法，無數筋節。當以正法眼觀之，不得第以事視，而不尋文章妙處。此書諸法皆有。

聊齋説鬼説狐，層見叠出，各極變化。如初春食河豚，不信復有深秋蟹螯之樂。及至持螯引白，然後又疑梅聖俞不數魚蝦之語徒虚語也。

讀法四則

一、是書當以讀左傳之法讀之。左傳闊大，聊齋工細。其敍事變化，無法不備；其刻劃盡致，無妙不臻。工細亦闊大也。

一、是書當以讀莊子之法讀之。莊子惝恍，聊齋綿密。雖説鬼説狐，如華嚴樓閣，彈指即現；如未央宮闕，實地造成。綿密實惝恍也。

一、是書當以讀史記之法讀之。史記氣盛，聊齋氣幽。從夜火篝燈入，從白日青天出。排山倒海，一筆數行；福地洞天，别開世界。亦幽亦盛。

一、是書當以讀程、朱語録之法讀之。語録理精，聊齋情當。凡事境奇怪，實情致周匝，合乎人意中所欲出，與先正不背在情理中也。

時嘉慶二十三年戊寅歲小陽月下浣，涪陵馮鎮巒遠村氏識於清溪學署之紅椒山房。

但序

憶髫齡時，自塾歸，得聊齋志異讀之，不忍釋手。先大夫責之曰：「童子知識未定，即好鬼狐怪誕之説耶？」時父執某公在坐，詢余曷好是書。余應之曰：「不知其他，惟喜某篇某處典奥若尚書，名貴若周禮，精峭若檀弓，敍次淵古若左傳、國語、國策，爲文之法，得此益悟耳。」先大夫聞之，轉怒爲笑。此景如在目前，屈指四十餘年矣。歲己卯，入詞垣，先後典楚、浙試，皇華小憩，取是書隨筆加點，載以臆説，置行篋中。爲友人王薆堂、錢辰田兩侍讀，許信臣、朱桐軒兩學使見而許之，謂不獨揭其根柢，於人心風化，實有裨益。囑付剞劂而未果。兹奉命蒞任江南，張桐厢觀察、金瀛仙主政、葉素菴孝廉諸友，復慫恿刊布，以公同好。余亦忘其固陋，未知有當於聊齋之意與否。書成，爰記其顛末如此。時道光二十二年夏五月，廣順雲湖但明倫識於兩淮運署之題襟館。

喻序

聊齋評本，前有王漁洋、何體正兩家，及雲湖但氏新評出，披隙導窾，當頭棒喝，讀者無不頫首皈依，幾於家有其書矣。然竊觀聊齋筆墨淵古，寄託遥深，其毫顛神妙，實有取不盡而恢彌廣者。仁見仁，智見智，隨其識趣，筆力所至，引而伸之，應不乏奇觀層出，傳作者苦心，開讀者了悟，在慧業文人，錦繡才子，固樂爲領異標新於無窮已。吾合馮遠村先生手評是書，建南黄觀察見而稱之，謀付梓未果。先生一官沈黎，寒氈終老，没後僅刻晴雲山房詩文集、紅椒山房筆記，其他著述今皆散佚無存，惟是書膾炙人口，傳抄尚多副本。同治八年，州人士取篇首雜説數十則及片雲詩話刊行，而全集仍待梓也。予於親串中偶得一部閲之，既愛其隨處指點，或一二字揭出文字精神，或數十言發明作者宗旨，不作公家言、模棱語，自出手眼，别具會心，洵可與但氏新評並行不悖。因照但氏本增入，縮爲十二卷，箋題聊齋志異馮但合評。工既竣，而爲之略敍梗概云。時光緒十七年仲春月下浣，合陽喻焜湘蓀氏敍於補拙書屋之竹深處。

陳序

［校］以下劉、胡、段序均見遺本。

諸小説正編既出，必有續作隨其後，雖不能媲美前人，亦襲貌而竊其似；而蒲聊齋之志異獨無。非不欲續也，亦以空前絶後之作，使唐人見之，自當把臂入林，後來作者，宜其擱筆耳。兹幸獲其遺稿數十首，事新語新，幾於一字一珠，而又有可以感人心、示勸戒之意。反復披玩，真覺蒲先生鬚眉若生。時方夏日，對此清風颯然，令人憶蜀宫人納涼詞，所謂「冰肌玉骨涼無汗，水殿風來暗香滿」也。維時雪亭段君，踴躍付梓，快人快事，其有古人不見我之思乎？抑念兩美必合，聊齋之後復有聊齋，此亦天地間不可無之佳話，以視他書之贅而續之者何如也？諸友好批閲之餘，間述所聞，附記於後；僕亦登記數則。非敢幾聊齋萬一，抑以事有不可没者，爰率爾爲之，以詳其顛末云爾。

道光閼逢涒灘閏七月上浣，清源陳廷機序。

劉　序

將欲區文章之善否，不必以理法繩也，但取而讀之：讀未終篇，已厭其詞之長，必弗善矣；讀既終篇，猶嫌其詞之短，必甚善矣；至於全卷讀竟，心悵然如有失，深恨作書者之不再作，刻書者之不再刻，則善之善者也。聊齋正篇行世已久，其於小說，殆浸浸乎登唐人之堂而嚌其胾，使觀者終日嘯歌，如置玉壺風露中，雖浮甘瓜於清泉，沉朱李於寒水，不是快也。然僕讀之而憾其少，則以爲人心無厭之求，固不得遂，亦置之無可奈何而已。今乃得其遺稿若干首，奇情異采，矯然若生，而無是公烏有先生又于于然來矣。黎陽段君雪亭，毅然以付梓自任，斯豈獨聊齋之知己，抑亦衆讀聊齋者所鬱鬱於中，而今甫得一伸者也。故樂爲編次而序之。

鬲津劉瀛珍書

胡序

留仙公生擅仙才，錦在心而不竭；異史氏文參史筆，綉出口而遂多。當其倒醁醽而散墨，倚花木以揮毫，陋志怪於三齋，追新聞於南楚，豆棚瓜架，雨夕風晨，固已邀鑒賞於漁洋，不啻策衙官於屈、宋。矧夫夢羽衣於赤壁，又見坡公；訊修竹於東橋，重來杜老。昌黎毛穎，既磨墨而晨鈔；子厚梓人，復削青而夜刻。剩山殘水，著屐問箬村之酒；散仙逸鬼，呈形侑顧渚之茶。譬春蠶之作繭，見物斯成；似秋雁之銜蘆，聞聲即至。斯其雅趣詼奇，能啓文心於虀臼；豈第清詞俶詭，堪發妙想於子虛？聽彼散亡，不惟嘆幽光之晦；任其湮没，更恐招靈鬼之啼。幸有黎陽騷客，德水逸人，發思古之情，寓表微之意，用鏤棃棗，并貯牙籤。真覺千秋郢社，精神不間琴罇；十載黄州，咳唾無遺珠玉。人皆莞爾，僕亦欣然。嘉其豪興，聊爲酬以片詞；玩此風華，更請藏之什襲。

姑孰者島胡泉序

段序

留仙志異一書，膾炙人口久矣。余自髫齡迄今，身之所經，無論名會之區，即僻陬十室，靡不家置一册。蓋其學深筆健，情摯識卓，寓賞罰於嬉笑，百誦不厭。先乎此、後乎此之類書，無慮汗牛充棟，竟無能望其肩背者，是筆墨骨格，未許輕造也。顧才大如彼，知尋常傳文，不能以一介寒儒，表行寰宇，躊躇至再，末可如何，而假干寶搜神，聊志一生心血，欲以奇異之説，冀人之一覽，其情亦足悲矣。是書流傳既久，而俗坊吝於鉛槧，將其短類半删去之；漸久而失愈多，殊堪恨恨。然好事者尚可廣搜遠紹，符其原額。己巳春，於甘陵賈氏家獲睹雍正年間舊鈔，是來自濟南朱氏，而朱氏得自淄川者。内多數十則，平素坊本所無。余不禁狂喜。遂假録之，兩朝夕而畢。後復核對各本皆闕，殆當時初付剞劂，即亡之矣。好事之家，得其一鱗片甲，不啻天球，余何忍聽其湮没，而不公諸海内乎？然欲付梨棗而嗇於資，素願莫償，恒深歉悵。玆於道光癸未，與德州劉仙舫雨夜促膝言及之；仙舫毅然醵金，余遂得于甲申秋録而付梓，俾遺珠得還合浦，不但爲當時好事者之一快，即于風清月朗時，以盃酒酹告清曜先生之靈，九原有知，應亦大暢其未償之願也矣。

道光四年，歲次甲申仲秋，黎陽雪亭段𤅢書於清源。

青本刻聊齋志異紀事

荷邨先生丞杭時，嘗出聊齋志異一書相示，且將進梓人焉，予頗慫恿之。及擢守嚴陵，政通人和，始從事於梨棗。清俸不足，典質以繼之，然竟不克簣成而卒。先生弟臯亭屬予竟其業。比竣厥工，距道山之遊七閱月矣。覽先生自序，方以周君季和不及見爲恨，詎意墨瀋未乾，風流頓盡，予之痛先生，復有甚於先生之痛季和也。悲夫！

先生性恬澹，而獨淫於書，故與予交尤莫逆。嚴陵距杭三百里，借書之伻嘗不絕於道。志異之刻，余君蓉裳在幕中商榷爲多。比蓉裳計偕北上，偶一字之疑，亦走函俾予參定焉。今手書滿篋，觸目淒然，輒有山陽夜笛之感。

初先生之梓是書也，與蓉裳悉心酌定，釐卷十二，予第任讎校之役而已。今年正月，晤先生於吳山之片石居，酒闌閒話，顧謂予曰：「兹刻甲乙去留，頗愜私意，然半豹得窺，全牛未睹，其如未厭嗜奇者之心何！取四卷重加審定，續而成之，是在吾子矣。」予唯唯。後五月，十二卷始蕆事，而先生遽卒。未竟之緒，予竭蹷踵其後，一言之出，若有定數。嘻，異矣！

嚴郡試院，去郡衙半里許，非試事，則魚鑰塵封，重門蛛罥而已。五月十有八日，將試童子，先期遣隸掃除。時曉色初分，重扃乍啓，瞥見一緋衣人，高冠峩峩，端拱庭除。隸咸驚仆，人亦隨滅。至日，命題，鍵試，先生飲食言笑如常時。迨受卷未終，竟以暴卒。卒之前一日，徧謁郡僚，備盡覼縷，如話別者。然庫有公帑千金，悉命移貯縣庫，經畫從容，若有先告，何其異也！但不知緋衣何神耳。

五月朔日，臯亭先生夢至一所，經歷堂奥，皆非夙遊，奄然竟逝，魂已離舍，木立屍前，心復自知其死，顧亦無所繫戀。獨惜剞劂之工未竟，悲從中來，一慟而醒。明日以告先生。先生方握管撰序，聞之默然良久，若不能無動於中者。後先生凶問至署，臯亭奔赴，撫屍慟哭，俛仰之頃，悉符夢境。

先生既卒於試院，舉家惶遽無措。侍姬陳氏，哀哭盡禮，遂投繯死。家人驚救，已無及矣。後先生靈櫬歸里，以阻於道遠，遂卜葬澄清門外。嗟乎，冉冉貞魂，偕從泉下，纍纍遺塚，寂寞江濱，可哀也已！然而苦心勁節，已足與雲山江水俱長。表揚芳烈，吾黨之責也。因附記於此。

乾隆丙戌十一月望前三日，得閒居士鮑廷博以文識。

青本刻聊齋志異例言

一、先生是書，蓋倣干寶搜神、任昉述異之例而作。其事則鬼狐仙怪，其文則莊、列、馬、班，而其義則竊取春秋微顯志晦之旨，筆削予奪之權。可謂有功名教，無忝著述。以意逆志，乃不謬於作者，是所望於知人論世之君子。

一、是編初稿名鬼狐傳。後先生入棘闈，狐鬼羣集，揮之不去。以意揣之，蓋恥禹鼎之曲傳，懼軒轅之畢照也。歸乃增益他條，名之曰志異。有名聊齋雜志者，乃張此亭臆改，且多刪汰，非原書矣。茲刻一仍其舊。

一、先生畢殫精力，始成是書。初就正於漁洋，漁洋欲以百千市其稿。先生堅不與，因加評騭而還之。今刻以問世，并附漁洋評語。先生有知，可無仲翔沒世之恨矣。

一、是編向無刊本，諸家傳鈔，各有點竄。其間字斟句酌，詞旨簡嚴者有之；然求其浩汗疎宕，有一種粗服亂頭之致，往往不逮原本。茲刻悉仍原稿，庶幾獨得廬山之真。

一、編中所述鬼狐最夥，層見疊出，變化不窮。水佩風裳，翦裁入妙；冰花雪蕊，結撰維新。緣其才大於海，筆妙如環。

一、編中所載事蹟，有不盡無徵者，如姊妹易嫁、金和尚諸篇是已。然傳聞異辭，難成信史。

漁洋談異，多所採摭，亦相逕庭。至大力將軍一則，亦與觚賸雪遘差別。因并録之，以見大略。

一、是書傳鈔既屢，別風淮雨，觸處都有，今悉加校正。其中文理不順者，間爲更定一二字。至其編次前後，各本不同，兹刻只就多寡酌分卷帙，實無從攷其原目也。

一、原本凡十六卷，初但選其尤雅者釐爲十二卷；刊既竣，再閱其餘，復愛莫能舍，遂續刻之，卷目一如其舊云。

一、卷中有單章隻句，意味平淺者删之，計四十八條；從張本補入者凡二條。佳句已盡入錦囊，明珠實無遺鐵網矣。

一、聞之張君西圃云：濟南朱氏家藏志異數十卷。行將訪求。倘嗜奇之士，尚有別本，幸不吝見遺，當續刻之，以成藝林快事。

萊陽趙起杲清曜謹識

聊齋志異遺稿例言

一、是書本雍正年鈔本，則未刻之前，已貴洛陽紙價矣。的係原物，斷非後人剽竊。

一、所記之事，國朝居多，間及明季，其間未見敍明何代者，有一二字未敢抬寫，又未敢接寫，不得已以鄙意易而隱之。若鴞鳥一則，係康熙年事，聖天子不可不出格。白蓮教一則，明言徐鴻儒，則大兵不可不空格。意刊書之時，去此未遠，不便刻入，因成割愛歟？

一、此本係余依星巖手鈔校正無訛。第去原本已三鈔矣。魯魚亥豕，應不能免。苟有更得真本寄示更正，則幸甚。

一、所見聊齋刊本不一，有截其序者，有去其題詞、例言、小傳者，有删其短篇者，有分門别類，比之情史者，苟非自作聰明，即欲省其鉛槧，致令廬山面目，漸失其真。余薈萃各本核對，並無複見重出。倘另有善本續刊者，或爲已刊，亦祈見示，以便削除。

一、原刻十六卷，分沈浸穠郁等字；兹本雖條則不多，亦遵其例，分上窺姚姒四卷。

一、張榆村墓表，得之雅雨山左詩鈔；然文義不備，意其節録，未得全稿。其詩文若干集，亦未知刊否。如片紙僅存，會當求而梓之，以永其傳。

黎陽段雪亭識

跋一

［校］跋一、跋二見抄本、遺本。

余家舊有蒲聊齋先生志異鈔本，亦不知其何從得。後爲人借去傳看，竟失所在。每一念及，輒作數日惡；然亦付之阿閦佛國而已。一日，偶語張仲明世兄。仲明與蒲俱淄人，親串朋好，穩相浹，遂許爲乞原本借鈔，當不吝。歲壬寅冬，仲明自淄攜稿來，纍纍巨册，視向所失去數當倍。披之耳目益擴。乃出資覓傭書者亟録之，前後凡十閲月更一歲首，始告竣。中間讐校編次，晷窮晷繼，揮汗握冰，不少釋。此情雖癡，不大勞頓耶！書成記此，聊存顛末，並志向來苦辛。倘好事家有欲攫吾米袖石而不得者，可無怪我書慳矣。

雍正癸卯秋七月望後二日，殿春亭主人識。

跋　二

余讀聊齋志異竟，不禁推案起立，浩然而歎曰：嗟乎！文人之不可窮有如是夫！聊齋少負豔才，牢落名場無所遇，胸填氣結，不得已爲是書。余觀其寓意之言，十固八九，何其悲以深也！向使聊齋早脱韝去，奮筆石渠、天禄間，爲一代史局大作手，豈暇作此鬱鬱語，托街談巷議，以自寫其胸中磊塊詼奇哉！文士失職而志不平，毋亦當事者之責也。後有讀者，苟具心眼，當與予同慨矣。

雍正癸卯秋七月，南邨題跋。

跋 三

［校］跋三見青本。

志異十六卷，先大父柳泉先生著也。先大父諱松齡，字留仙，别號柳泉。聊齋，其齋名也。幼有軼才，學識淵穎；而簡潛落穆，超然遠俗。雖名宿宗工，樂交傾賞。然數奇，終身不遇，以窮諸生授舉子業，潦倒於荒山僻隘之鄉。間爲詩賦歌行，不愧於古作者；撰古文辭，亦往往標新領異，不勦襲先民：皆各數百篇藏於家。而於耳目所覩記，里巷所流傳，同人之籍録，又隨筆撰次而爲此書。其事多涉於神怪；其體倣歷代志傳；其論贊或觸時感事，而以勸以懲；其文往往刻鏤物情，曲盡世態，冥會幽探，思入風雲；其義足以動天地，泣鬼神，俾畸人滯魄，山魈野魅，各出其情狀而無所遁隱。此山經、博物之遺，遠遊、天問之意，非第如干寶搜神已也。初亦藏於家，無力梓行。近乃人競傳寫，遠邇借求矣。昔昌黎文起八代，必待歐陽而後傳；文長雄踞一時，必待袁中郎而後著。自今而後，焉知無歐陽、中郎其人者出，將必契賞鋟梓，流布於世，不但如今已也。則且跂予望之矣！

大清乾隆五年，歲次庚申春日，孫立悳謹識。

跋四

［校］跋四見抄本。

昔阮瞻作無鬼論，而鬼即來；干寶撰搜神記，而神如在。故司糾奉命，烏府之栢台遂空；而浮提稱王，寇公之蒨桃欲葬。玄機雲湧，冢中王弼重來；妙論風生，穴處雄狐却走。山精水怪，不妨以假爲真；牛鬼蛇神，未必將無作有。彼狗孝順、猿代役，亦屬物理之常；即頂書山、手畫花，無非立法之妙。總之：見怪不怪，我正即能辟邪；怕鬼有鬼，疑心適以殺子。惜世無文帝，賈生之前席全虛；且騎少青騾，曼卿之蓉城乏主。然則鷁飛星隕，知我者其惟春秋乎？只此魯連、曹丘，得斯人可與言詩矣。

乾隆辛未秋九月中浣，練塘老漁識。

題辭

冥搜鎮日一編中，多少幽魂曉夢通。五夜燃犀探祕録，〔校〕青本作錄。十年縱博借神叢。董狐豈獨人倫鑒，干寶真傳造化功。〔校〕青本作工，通功。常笑阮家無鬼論，愁雲颯颯起悲風。

盧家冥會自依稀，金盌千年有是非。莫向酉陽稱雜俎，還從禹穴問靈威。臨風木葉山魈下，研露空庭獨鶴飛。君自閒人堪説鬼，季龍鷗鳥日〔校〕青本作自。相依。

搦管蕭蕭冷月斜，漆燈射影走金蛇。嫏嬛洞裏傳千載，嵩嶽雲中迸九華。但使後庭歌玉樹，無勞前席問長沙。莊周漫説徐無鬼，惠子書成已滿車。

戊子崑崙外史張篤慶題〔校〕此據抄本，青本作崑崙外史張篤慶歷友題。

姑妄言之姑〔校〕青本作妄。聽之，豆棚瓜架雨如絲。料應厭作人間語，愛聽秋墳鬼唱時。〔校〕此據抄本，青本時作詩。按蒲松齡和詩次韻答王司寇阮亭先生見贈：志異書成共笑之，布袍蕭索鬢如絲；十年頗得黄州意，冷雨寒燈夜話時。可知詩字係時字形似誤刻，或後人臆改。遺稿本載此詩，詩亦作時，並有按語云：此詩今多誤刻，時字作詩字，則味短而句死矣。因正之。

漁洋老人題〔校〕此據抄本，青本作漁洋山人王士正貽上題。

冥搜研北隱牆東，腹笥言泉試不窮。秋樹根旁一披讀，燈昏風急雨濛濛。

香茆結[校]青本作縛。就新亭小，睡覺桐陰一欠伸。君試妄言余妄聽，不妨狐窟號詩人。

捃摭成編載一車，詼諧玩世意何如？山精野鬼紛紛是，不見先生志異書！

丙戌橡村居士題于濟上[校]此據抄本，青本作朱緗子青題。

庭梧葉老秋聲乾，庭花月黑秋陰寒。聊齋一卷破岑寂，燈光變緑秋窗前。搜神、洞冥常慣見，胡爲對此生辛酸？嗚呼！今[校]青本無今字。乃知先生生抱奇才不見用，雕空鏤影摧心肝。不堪悲憤向人説，呵壁自問靈均天。不然盧家塚内黄金盌，鄰舍桑根白玉環，亦復何與君家事，長篇短札勞千言？憶昔見君正寥落，豐頤雖好多愁顔。彈指嚮終二十載，亦與異物成周旋。不知相逢九地下，新鬼舊鬼誰煩寃？須臾月墮風生樹，一杯酹君如有悟。投枕滅燭與君别，黑塞青林君何處？

膠州高鳳翰西園題

續題

蒲公生不遇，老作山澤臞。仰面看屋梁，有毫莫從驅。白日無以遣，聊記腹所儲。唾餘寧肯拾，百家非我徒。山精泊木客，社鬼兼城狐，怪奇互呈態，臞臞以跦跦。用意固有在，豈獨辭榮荂？隨事寓勸賞，因端嚴譴誅。君看十萬言，實與良史俱。時復發光詭，誰爲懸通都？籍甚嚴陵守，同爲魯國儒。遺編藏篋衍，寶若英瓊瑜。今者省清俸，不顧愁妻孥，校讎身獨任，雕鐫工急呼。行行警昏俗，字字醒狂夫。於世殊有補，孰能並捶鑪？寄語守經人：莫視作謬誣。

錢塘王承祖遜先題

虛堂雨深螢燄澀，牀下喑喑蛩對泣。冰凝桃笙七尺秋，玉樓粟向幽衾粒。寒釭豆點青晶熒，弔影頹形隻素屏。蝴蝶漏沉忽飄去，一編坐對宵冥冥。薜衣蘿帶蒲夫子，地下干旌董狐起。禿管冥搜仰屋時，跳梁嘯梁入良史。古來美人生髑髏，神血未乾雙淚流。王母獨憐茂陵客，髓枯心欲空煩憂。白毫阿紫先邱首，夜戴天靈禮北斗。一顆媚珠明月光，魯男當之喪其守。不若尋常清晝逢，猙獰睒眒懷惺忪。君姑妄言臣妄聽，遮莫類異情偏鍾。萬本翼飛令貴紙，南山梨棗心甘死。

太守前身玉局翁，幽香燕寢相料理。幽憶怨斷平生心，日斜西海光沈沈。争得賈胡一寸石，死前擲置千黄金！

錢塘魏之琇玉横題

蒲君淄川一諸生，郡邑志乘傳其名。假非誦讀萬卷破，安有述作千人驚？聊齋志異若干卷，鬼狐仙怪紛幽明。跳梁載車已誕幻，海樓山市尤支撑。諦觀命意略不苟，直與子史相争衡！中藏懲勸挽澆薄，外示詼詭欺縱横。浸淫穠郁出變態，雕鏤藻繢窮奇情。周詳父子及夫婦，覼縷兄弟而友生。間徵地獄入貪戾，時啓天堂登廉貞。令升、元亮合再世，翰林協律應同鳴。邇來説郛頗充棟，積塵飽蠹供譏評：或緣選辭苦陳腐，或緣結體非詳精。就中事有共見者，筆力懸絶難並程。金鐘大鏞一以振，瓦釜牛鐸胥潛聲。久藏篋衍異莫炫，何啻神物埋豐城？嚴陵太守爲繡梓，紙價儵忽高吴荆。乾坤百年遇俊賞，海宇一日公奇擎。人生著書恨非好，詎見瓿甑堙都京。

杭郡沈烺敷曾題

君不見：神禹鑄鼎表夏德，能使神奸民不惑？又不見：漢皇前席問鬼神，賈生夜半宣室陳？

牛鬼蛇神莫須有，豎儒硜硜一經守。書生忽坐鵝籠中，奇文詫見聊齋翁。我探仇池窺禹穴，齊諧、洞冥肆披閱。司空見慣滋不悦，塵羹雜陳土飯設。聊齋胸次何超超，葫蘆不屑依樣描。混沌戲鑿虚空雕，陸離光怪騷復蕭。我有塊磊無酒澆，一編三復意也消，可短夏日長秋宵。高堂錦張粉黛列，琥珀光寒銀燭爇。掀髯請爲賓客述，主人鼓掌客擊節。空階露涼蟋蟀咽，星河影沈玉漏絶。翦燈試與兒女説，老妻掩耳兒咋舌。吁嗟乎！人間天上兩渺茫，胡爲筆荒墨又唐？我欲簪珥置玉堂，騶虞麒麟威鳳凰。大書金石相輝煌，窮愁著書劇可傷。聊假寓言列、老、莊，姑置高論周、程、張。嬉笑怒罵成文章，豐城夜夜牛斗光。歐陽不作亡中郎，歐陽、中郎，本柳泉後人跋語。百年何人爲表彰？玉函金匱名山藏。荷邨先生事蒐討，賸喜天留有遺稿。荆州每苦放翁借，書肆曾逢伯長惱。請傾敝篋質書畫，亟進良工命梨棗。銀鈎鐵畫極雕鏤，錦縹牙籤恣奇藻。傳鈔何假十手給，快覩争先一囊倒。塵封論衡網汲冢，奴命董狐僕干寶。風簷展讀愁易盡，雞林訪求恨不早。嗚呼！誰似嚴陵太守賢，奇書不惜萬人傳。莫驚紙價無端貴，曾費漁洋十萬錢！

天都鮑廷博以文題

丙戌之冬，志異刻成，距荷邨殁又五匝月矣。以文索余賦詩殿諸君之後；余不解詩，其何能作？雖然，題聊齋可不作，而悲荷邨不容已也。蓋余去年在郡齋時，與先生審訂是書，丹鉛錯列，參互考訂，斟酌去留，釐成一集。今刻前十二卷皆其手定，後四卷則附存之者也。每讀至思徑斷絶，妙想天開，輒如寥天孤鶴，俯視人世偪仄，不可一日居，深以未能擺脱世網，棲神太虚爲憾。且相約他日向平事了，散髮滄洲，相逢海上，共作神仙中語。夜深人静，舉酒相勞。余雖不解飲，亦引滿一巵。何圖然約在耳，而先生遽赴道山，集亦匏繫無用。俛仰今昔，第有腹痛。先是：公以例言屬余，會予計偕未報；及公卒之前十日，自製序文，復草例言數則，若不及待余之歸也者。陳生載周，董剞劂之役者也，十日前亦先公殁。嗚呼！何其奇也！未竟之緒，以文續而成之，今且竣矣。海内之士，争先睹以爲快；獨予中心棖觸，不能無廢書之歎。異日公嘗戲謂予曰：「此役告成，爲生平第一快事。將飾以牙籤，封以玉匣，百年之後，殉吾地下。倘幽窀有知，亦足以破岑寂。」豈意斯言，竟成語讖！尚當與以文遵富春，涉桐江，支笻挾册，登嚴陵之臺，招先生羈魂焚而告之。吾見南山之巔，白雲溶溶，凝而不流，如來照鑒，其必先生也哉！其必先生也哉！集不才，聊賦短章，以當楚些云爾。

不得奇人得異書，百家持較定何如？分明裂月撑霆手，肯讓文園賦子虚。
瑶想瓊思十萬言，殘編剩有粉蟫痕。百年落落逢知己，一笑虞翻地下魂。
分將鶴料佐雕鐫，要使奇書萬古傳。應是驚天逢帝怒，巫陽特遣下瑶天。
重泉若有列仙居，抵掌應知樂有餘。世外益多幽絶語，卻愁何處續虞初！
雞林珍重比琅玕，揮麈能翻舌底瀾。幾度燈前重展卷，淒風冷雨助悲歎！

嚴陵雲樹總蒼茫，江水無言送夕陽。冉冉羈魂招不得，空留遺册哭中郎！

仁和余集蓉裳題

埋頭學執化人袪，犖落文園賦子虛。忽地籟從天際發，搜襟快讀帳中書。干寶當年鬼董狐，巢居穴處總模糊。而今重把温犀照，牛鬼蛇神果有無？一生遭盡揶揄笑，伸手還生五色煙。但學青牛真祕訣，不須更問野狐禪。眼界從教大地寬，嫏嬛洞裏見青天。賈生前席還應接，翻盡人間括異編。

乾隆辛未九秋練塘漁人題

莊語難諧世，拂殘編，搜神博物，談仙説鬼。一盞客燈秋夜雨，風戛窗櫺破紙，彷彿聽楓根環珮。石上三生來噩夢，儘絲纏一縷春蠶死。勘破者，唯君耳。　寓言十九逢場戲，喜開函，淋漓載筆，吾家良史。鬼唱狐鳴兼虱賦，不止槐安穴蟻。真面目誰非誰是？我欲乘風天外去，看雞蟲得失原如此。須記取，蒙莊子。調寄賀新涼。

平原董元度寄盧氏題

留仙傳久矣，怎又把斷雨零雲，從頭説起？觸目琳瑯，沈吟却不似蘇豪柳膩。憶當年，抨彈紅紫隨時戲，也無心軒翥文林地。因此上，有遺志。　神仙富貴都虚耳，藉星星妖狐厲鬼，猶存忠義。暗惜年華如逝水，何苦勞勞不已？喜仙子蘭心蕙質，風流一洗寒酸氣。清酒一壺歌一曲，味詩書此外無他嗜。刊聊齋，有深意。

筆墨久抛荒，懶勞神雕蟲小技，鼓舌掀簧。靈心慧質，醒時世，不亞演法干將。快平生，窮通得失，悲歡笑駡假荒唐。奇快處，都是好文章。知音者，細參詳。　編摩賞悟讓劉郎，識透了聊齋心事，千古雄談。征誅揖讓火中光，頃刻風流雲散。昨夜殤魂喋新血，今朝狐媚理羅裳。迷樓幾個逃迷路？此中味，須得自親嘗。遣速續，恐遺忘。調寄貂裘换酒［校］按此詞即賀新郎，一名貂裘换酒，原誤刻作貂裳，今改。

姑孰者島胡泉［校］以下題辭均見遺本。

噫嘻！從古石室名山壽萬年，非有知己無與傳。往日英雄逝水流，忽焉没矣留殘編。風雨閉門非一日，胸中鬱結賴此宣。胡爲割愛者，竟欲删其全？設非雅人賞其後，不幾此紙成雲烟？獨絃落落誰能知？何異伯牙待鍾期。羅其失，拾其遺，如獲異珍手自披。續勒功豈清曜下？絶妙文章從此垂。君誠曠世心相感，不增前人後人一切凋殘零落悲。我意清曜亦應感且佩，請爲代謝一章詩。

越山燮堂袁宇泰

閱盡刊書人，始知著書艱。前人嘔心血，後人隨手删。聊齋有遺稿，讀之再三嘆。先生昔不遇，半世蹇且連。名心老愈淡，奇怪時鑽研。作鏡照魑魅，鑄鼎窮神姦。反覆拾遺記，凌躐搜神篇。譬若山海經，能否删其全？竊笑古人書，隱怪皆能傳。中不寓諷刺，意短情不宣。覽者既終卷，渾不知針砭。譬如讀時策，累牘無筆嚴。先生本史才，其筆真如椽。不獲大著作，假以蒙莊談。志異付梓時，去公將百年。我意趙清曜，亦祇窺一斑。果爲删後稿，其見何戔戔？删此册八則，豈爲無刀泉？乃使後之人，恨璧無時完。幸有好事者，原本藏玉函。得之如異珍，懲勸皆昭然。倘非趙删餘，足附清曜篇。清曜亦一快，蔚然成大觀。如爲删後本，人言拾唾殘。我欲慰聊齋，謂此殊不然。人如唾珠玉，不拾心何安？且恐既删後，抱憾歸九泉。清曜如有知，喜余蓋其愆。月昏燈焰緑，鬼嘯風聲酸。先生有遺稿，妖邪暗生歡。君又剞劂之，鬼其攫而看。雌雄劍已合，合浦珠已還。魍魎無遁形，天地無塵烟。此事君不任，何以慰留仙？

弋陽馮喜賡虞堂

卷一

＊考城隍

編按：今蒲松齡手稿本所載各篇均加＊記以爲識別。

予姊丈之祖，［校］青本丈作夫，抄本無上五字。宋公諱燾，邑廩［校］抄本作庠。生。一日，病卧，見吏人［校］青本無人字。持牒，牽白顛馬［呂註］詩，秦風：有馬白顛。傳：白顛，額有白毛，今謂之的顙。［何註］白顛，今名戴星馬。來，云：「請赴試。」公言：「文宗未臨，何遽得考？」［呂註］詩源指訣：陳子昂作感遇詩三十八首，王適見之，曰：海內文宗也。吏不言，但敦促之。公力疾［校］此據青本，稿本、抄本作病。乘馬從去。路甚生疎。至一城郭，如王者都。移時入府廨，宮室壯麗。上坐十餘官，都不知何人，惟關壯繆［呂註］蜀漢後主建興七年，追謚帝壯繆。宋高宗建炎三年，加封壯繆義勇武安王。孝宗淳熙十四年，加封壯繆義勇武安英濟王。郭子章謂繆與穆通。○［馮評］繆非美謚也。一説繆與穆通。○本朝定謚忠武。可識。簷下設几、墩［何註］墩音敦。平地有堆曰墩。李白詩：冶城訪遺跡，猶有謝公墩。各二，先有一秀才坐其末，公便與連肩。[何註]連肩，猶隨肩、比肩也。几上各有筆札。[呂註]前漢書，司馬相如傳：請爲天子遊獵之賦，賦成奏之。上許，令尚書給筆札。○按：札，木簡之薄者也；又櫛也，編之櫛齒相比也。見釋名。俄[何註]俄，五何切，頃刻也。題紙飛下。視之，八字云：「一人二人，有心無心。」二公文成，呈殿上。公文中有云：「有心爲善，雖善不賞；無心爲惡，雖惡不罰。」[但評]有心無心，明慎用刑之道，不外乎是。諸神傳贊不已。召公上，諭曰：「河南缺一城隍，[呂註]王敬哉冬夜箋記：城隍之名見於易，若廟祀則莫究其始。記曰：天子大蜡八，伊耆氏始蜡。注：伊耆，堯也。蓋蜡八神，水、庸居七。水，隍也；庸，城也；此正祭城隍之始。○按城隍廟之神，丘文莊以爲祀於開元之後。不知蕪湖建祠，昉於赤烏；武陵修祠，著之民吏。困學紀聞云：北齊慕容儼鎮郢城時，城中先有神祠，號城隍神。則六朝已有之矣。君稱其職。」公方悟，頓首泣曰：「辱膺寵命，何敢多辭。但老母七旬，奉養無人，請得終其天年，[呂註]戰國策，韓策：老母今以天年終。惟聽録用。」上一帝王像者，[校]抄本作者像。即命[校]青本作令。稽母壽籍。有長鬚吏，捧册翻閲一過，白：「有陽算九年。」共躊躇[校]此據青本，稿本、抄本作籌躇，後各篇同。○[何註]躊躇音儔除，進退貌。前漢書，李夫人傳：哀裴回以躊躇。間，關帝曰：「不妨令張生攝篆[呂註]漢許慎説文解字敍：秦書有八體。及新莽居攝，使大司空甄豐等校文書之部時，有六書，二曰篆書，即小篆也。下杜人程邈所作。五曰繆篆，所以摹印。○攝篆，謂攝其印，即所謂繆篆也。九年，瓜代[呂註]左傳，莊八年：齊侯使連稱、管至父戍葵丘，瓜時而往，曰：及瓜而代。可也。」乃謂公：「應即赴任；今推仁孝之心，[馮評]儒家、道教、釋典，三教一家，同此妙理。○此高一層議論，可通其理於聖學。昔半癡居士爲之解曰：中人以下雖有心爲善亦賞，中人以上雖無心爲惡亦罰。更爲圓通。給假九年，[但評]推仁孝而給假，得自聖帝之命，立言有本，有關名教不少。及期當復相召。」又勉勵秀才數語。二公稽首並下。秀才握手，送諸郊野。自言長山［馮評］新城別號長山。張某。以詩贈別，都忘其詞，中有「有花有酒春常在，無燭［校］青本作月。無燈夜自明」之句。公既騎，乃別而去。及抵里，豁若夢寤。［何註］寤，醒也。時卒已三日。母聞棺中呻吟，扶出，半日始能語。問之長山，果有張生，於是日死矣。後九年，母果卒。營葬既畢，浣濯入室而殁。其岳家居城中西門内，［校］抄本作裏。忽見公鏤膺朱幩，［吕註］詩，秦風：虎韔鏤膺。傳：膺，馬飾也。○詩，衛風：朱幩鑣鑣。傳：幩，飾也。國君以朱纏且以爲飾。［何註］膺，馬胸前帶也。鑣，補嬌切，馬銜外鐵。幩音汾，飾也。人君朱纏爲飾，一名扇汗，一名排沫。輿馬甚衆，登其堂，一拜而行。相共驚疑，不知其爲神。奔訊［校］抄本作詢。鄉中，則已殁矣。公有自記小傳，惜亂後無存，此其略耳。［但評］立言之旨，首揭於此。

○一部大文章，以此開宗明義，見宇宙間惟仁孝兩字，生死難渝；正性命，質鬼神，端在乎此，舍是則無以爲人矣。有心爲善四句，自揭立言之本旨，即以明造物賞罰之大公。至有花有酒二語，亦自寫其胸襟爾。

［何評］一部書如許，托始於考城隍，賞善罰淫之旨見矣。篇内推本仁孝，尤爲善之首務。

［但評］考城隍，寓言也。自公卿以至牧令，皆當考之。考之何？以仁孝之德，賞罰之公而已矣。

*耳中人

譚晉玄，邑諸生也。篤信導引之術，［呂註］莊子，刻意篇：吹噓呼吸，吐故納新，此導引之術，養形之人。又史記，留侯世家：願棄人間事，從赤松子遊耳。乃學辟穀導引輕身之術。寒暑不輟，［何註］輟音啜。歇也。行之數月，若有所得。一日，方趺坐，［呂註］婆娑論：結跏趺坐，是相員滿。注：跏趺，大坐也。［何註］趺音膚。趺坐，俗謂盤腿坐也。聞耳中小語如蠅，曰：「可以見矣。」開目即不復聞；合眸定息，又聞如故。謂是丹將成，竊喜。自是每坐輒聞。因思俟其再言，當應以覘之。一日，又言。乃微應曰：「可以見矣。」俄覺耳中習習然，似有物出。微睨［何註］睨音詣，側目偷視也。之，小人長三寸許，貌獰［何註］獰，尼耕切，狰獰，惡也。惡如夜叉［何註］夜叉，惡鬼也。叉音差，作乂非。柳宗元詩：入郡腰常折，逢人手盡叉。又唐書，酷吏傳：監察御史李全交酷虐，人號鬼面夜叉。狀，旋轉地上。心竊異之，姑凝神以觀其變。忽有鄰人假物，扣門而呼。小人聞之，意張皇，繞屋而轉，如鼠失窟。譚覺神魂俱失，不復知小人何所之矣。遂得顛疾，號叫不休，醫藥半年，始漸愈。［但評］謂丹將成而轉得顛疾，所謂畫虎不成者也。聖賢之道則不然。

［何評］導引之術，不得正宗，故生怪異。參同契言之甚詳。

尸變*

陽信某翁者，邑之蔡店人。村去城五六里，父子設臨路店，宿行商。有車夫數人，往來負販，輒寓其家。一日昏暮，四人偕來，望門投止。則翁家客宿邸滿。四人計無復之，堅請容納。翁沈吟思得一所，似恐不當客意。客言：「但求一席廈〔何註〕廈，沙去聲。旁屋也。宇，更不敢有所擇。」時翁有子婦新死，停尸室中，子出購材木未歸。翁以靈所室寂，遂穿衢〔何註〕衢音劬，四達道也。導客往。入其廬，燈昏案上；案〔校〕青本無案字。後有搭帳衣，紙衾覆逝者。又觀寢所，則複室中有連榻。四客奔波〔呂註〕韓愈表：老少奔波，失其業次。李翊俗呼小録：跑謂之波，立謂之站。○頗困，甫就枕，鼻息漸粗。〔但評〕尸變亦出非常，四客終日奔馳，竟至臨死而不知，可哀哉！惟一客尚矇矓。〔校〕青本、抄本作朦朧。忽聞靈牀上察察有聲。急開目，則靈前燈火，照視甚了：女尸已揭衾起；俄而下，漸入臥室。面淡金色，生絹抹額。俯近榻前，徧吹臥客者三。〔馮評〕深夜讀至此，紙暗燈昏，令人毛髮森立。客大懼，恐將及已，潛引被覆首，閉息忍咽以聽之。未幾，女果來，[校]青本無來字。吹之如諸客。覺出房去，即聞紙衾聲。出首微窺，見僵卧猶初矣。客懼甚，不敢作聲，陰以足踏諸客；而諸客絕無少動。顧念無計，不如著衣以竄。[何註]竄音爨，投也。裁[何註]裁見纔。起振衣，而察察之聲又作。[馮評]嚇煞人。客懼，復伏，縮首衾中。覺女復來，連續吹數數始去。少間，聞靈牀作響，知其復卧。乃從被底漸漸出手得袴，遽就著之，白足奔出。尸亦起，似將逐客。比其離幃，而客已拔關出矣。尸馳從之。客且奔且號，村中人無有警[何註]警，驚起也。者。欲叩主人之門，又恐遲爲所及。遂望邑城路，極力竄去。至東郊，瞥見蘭若，[呂註]柳宗元文：蘭若真公。注：官賜額者爲寺，私造者爲招提蘭若。○按若音惹。梵語招提，唐言四方僧。梵語阿蘭若，唐言無譁。聞木魚[呂註]劉斧摭遺：僧用木魚者，魚晝夜不合目，修行者忘寐，魚可化龍，凡可入聖。聲，乃急撾[何註]撾，擊也。山門。道人訝其非常，又不即納。旋踵，尸已至，去身盈尺。客窘益甚。門外有白楊，圍四五尺許，因以樹自幛；彼右則左之，彼左則右之。[校]此據抄本，稿本、青本無上五字。尸益怒。然各寖[何註]寖同浸，漸漬也。倦矣。尸頓立。客汗促氣逆，庇樹間。尸暴起，伸兩臂隔樹探撲之。客驚仆。尸捉之不得，抱樹而僵。道人竊聽良久，無聲，始漸出。見客卧地上。燭之死，然心下絲絲有動氣。負入，終夜始甦。[何註]甦音蘇，醒也。飲以湯水而問之，客具以狀對。時晨鐘已盡，曉色迷濛，道人覘樹上，果見僵女。大駭，[何註]駭，侯楷切，驚起也。公羊，哀六年：諸大夫見之，皆色然而駭。報邑宰。宰親詣質驗。使人拔女手，牢不可開。審諦[何註]諦音帝，審也。之，則左右四指，並捲如鉤，入木沒甲。又數人力拔，乃得下。視指穴如鑿孔然。遣役探翁家，則以尸亡客斃，紛紛正譁。[何註]譁音花，諠譁也。役告之故。翁乃從往，舁[呂註]舁音余。說文：共舉也。徐曰：用力也。兩手及爪皆用也。尸歸。客泣告宰曰：「身四人出，今一人歸，此情何以信鄉里？」宰與之牒，齎送以歸。

[何評]尸變之説，《子不語》以爲魂善魄惡；如是我聞以爲有物憑焉：竊意兩俱有之。

噴水*

萊陽宋玉叔先生［吕註］名琬，號荔裳。順治丁亥進士，官四川按察使。〇［馮評］宋琬字玉叔，官四川臬使，没於蜀。王漁洋輓之云：九原悲馬鬣，八口寄蠶叢。爲部曹時，所僦［何註］僦，賃也。第，甚荒落。一夜，二婢奉太夫人宿廳上，聞院内撲撲有聲，如縫工之噴衣［校］抄本作水。者。太夫人促婢起，穴窗窺視，見一老嫗，短身駝背，白髮如帚，冠一髻，長二尺［校］青本作寸。許，周院環走，竦急作鶴步，［校］青本作狀，抄本上二字作鵷行。行且噴，水出不窮。婢愕［何註］愕，驚顧貌。返白。太夫人亦驚起，兩婢扶窗下聚觀之。嫗忽逼窗，直噴櫺［何註］櫺音靈，楣下横櫺也。内；窗紙破裂，三人俱仆，而家人不之知也。東曦［何註］曦音羲，東方之日也。既上，家人畢集，叩門不應，方駭。撬［何註］撬，牽么切，舉也，舉開其扉也。又音波，搖也。扉入，見一主二婢，駢死一室。一婢鬲下猶温。扶灌之，移時而醒，乃述所見。先生至，哀憤欲死。細窮没處，掘深三尺餘，漸露白髮；

又掘之，得一尸，如所見狀，面肥腫如生。令擊之，骨肉皆爛，皮内盡［校］青本作皆。清水。

［但評］都中第宅，原多怪異之事。宣武門外有一宅，久無人敢居。某部郎以膽略自矜，居之。夜秉燭坐，桌上現一人頭。某方按劍欲擊之，忽見頭上又累一頭，瞬息間，已累接梁上矣。翌日乃遷去。

王阮亭云：「玉叔襁褓［何註］襁褓音鏹保，小兒衣也。失恃，此事恐［校］抄本無恐字。屬傳聞之訛。」

［何評］漁洋評甚明。

＊瞳人語

長安士方棟，頗有才名，而佻脱不持儀節。［但評］無德，則才適以濟惡耳，何足貴？每陌上見游女，輒輕薄尾綴之。清明前一日，偶步郊郭。見一小車，朱茀繡幰；［呂註］詩，衛風：翟茀以朝。疏：婦人乘車不露見，車之前後，設障以自隱蔽，謂之茀。○蒼頡篇：帛張車上爲幰，即車幔也。○器物叢談：帷，圍也，以自障。圍者，在四旁。在上者，曰幕，曰小幕；坐上承塵曰帟；上下四旁悉周曰幄；在車上曰幰。○坊本作轞誤。［何註］茀音弗，車之後户也。青衣［呂註］蔡邕青衣賦：察其所履，世之鮮希。宜作夫人，爲衆女師。伊何爾命，在此賤微。數輩，款段［呂註］後漢書，馬援傳：從弟少游曰：士生一世，但取衣食裁足，乘下澤車，御款段馬，爲郡掾吏守墳墓，鄉里稱善人，斯可矣。注：款段，馬名。款，緩也，言形段舒緩也。以從。内一婢，乘小駟，［何註］駟，馬名。左傳，僖公十五年：晉侯乘小駟，鄭所獻也。容光［校］青本作色。絶美。稍稍近覘之，見車幔洞開，内坐二八女郎，紅妝豔麗，尤生平所未睹。目眩神奪，瞻戀弗舍，或先或後，從馳數里。忽聞女郎呼婢近車側，曰：「爲我垂簾下。何處風狂兒郎，頻來窺瞻！」婢乃下簾，怒顧生曰：「此芙蓉城［呂註］歸田録：石曼卿去世後，有故人見之者，曰：我今爲仙，主芙蓉城。欲呼故人共遊，不諾，忿然騎一素騾而去。七郎子新婦歸寧，非同田舍娘子，放教秀才胡覷！」［何註］覷，蛆去聲，伺視也。張説傳：傳北寇覷邊。（按覷同覰）

言已，掬[何註]掬音匊，撮也。輣土颺[何註]颺音揚，飛揚也。生。生眯[何註]眯音米，物入目也。目不可開。纔一拭視，而[校]青本無而字。車馬已渺。驚疑而返。覺目終不快。倩人啓瞼[呂註]正韻：瞼音檢，目上下瞼也。[何註]瞼音檢，眼皮也。北史，姚僧垣傳：瞼垂覆目不得視。撥視，則睛上生小翳；[何註]翳音殪，蔽也。經宿益劇，淚簌簌[何註]簌音速，篩也。元稹連昌宮詞：風動落花紅簌簌。不得止；翳漸大，數日厚如錢；右睛起旋螺，[呂註]古器評：周虬鈕鐘銘文磨滅不可識，作旋螺之狀。百藥無效。[馮評]世多色障，作者爲欲金篦括之。懊悶欲絶，頗思自懺悔。[呂註]傳燈録：懺者，悔其前愆；悔者，懺其後過。[何註]懺，楚鑑切，自陳悔也。梵書。○[但評]賴有此耳。聞光明經[呂註]按：光明經十有九品。能解厄，持一卷，浼人教誦。初猶煩躁，久漸自安。旦晚無事，惟趺坐捻珠。持之一年，萬緣俱浄。[校]青本作静。忽聞左目中小語如蠅，[馮評]頓開異境。曰：「黑漆似，叵耐[呂註]叵與叵同。正字通：叵耐，不可耐也。叵音叵。[何註]叵音頗。殺人！」右目中應云：[校]青本作曰。「可同小遨遊，出此悶氣。」漸覺兩鼻中，蠕蠕[何註]蠕音蝡，蟲行動也。作癢，似有物出，離孔而去。久之乃返，復自鼻入眶[何註]眶音筐，眼眶也。西京賦：隅目高眶。註：高眶，深瞳子也。中。又言曰：「許時不窺園亭，珍珠蘭[呂註]羣芳譜：珍珠蘭，一名魚子蘭。色紫，蓓蕾如珠，花成穗，香甚濃。遽枯瘠死！」生素喜香蘭，園中多種植，日常自[校]青本無自字。灌溉；自失明，久置不問。[馮評]追敍。忽聞其[校]抄本作此。言，遽問妻：「蘭花何使憔悴死？」妻詰其所自知，因[校]青本無因字。告之故。妻趨驗之，花果槁矣。［馮評］從旁面寫。大異之。靜匿房中以俟之，［校］青本無上三字。見有小人自生鼻内出，大不及豆，營營然竟出門去。漸遠，遂迷所在。俄，連臂歸，飛上面，如蜂螘［何註］螘同蟻。之投穴者。如此二三日。又聞左言曰：「隧道［呂註］莊子，天下篇：若磨石之隧。○按：隧道，地中道也，若今延道。迂，還往甚非所便，［校］青本作非所甚便。不如自啓門。」右應云：［校］青本、抄本作曰。「我壁子厚，大不易。」左曰：「我試闢，得與而［何註］而，汝也。俱。」遂覺左眶内隱似抓裂。有［校］抄本作少。頃，開視，豁見几物。喜告妻。妻審之，則脂膜破小竅，黑睛熒［何註］熒音螢，光明也。熒，纔如劈［校］青本作破。椒。越一宿，幛盡消。細視，竟重瞳也，但右目旋螺如故，乃知兩瞳人合居一眶矣。生雖一目眇，而較之雙目者，殊更了了。由是益自檢束，鄉中稱盛德焉。［但評］誠心懺悔，萬緣俱靜，胸中既正，眸子自然復明。

異史氏曰：「鄉有士人，偕二友於途，［校］青本下有中字。遥見少婦控驢出其前。戲而吟曰：『有美人兮！』顧二友曰：『驅之！』相與笑騁。俄追及，乃其子婦。心赧氣喪，默不復語。［校］青本作言。友僞爲不知也者，評騭［何註］騭，從陟從馬，定也。洪範：惟天陰騭下民。殊褻。士人忸怩，吃吃［呂註］集韻：吃音乞。吃吃，笑貌。［何註］吃，口吃也。内忸怩而語不能達，如口吃者也。而言曰：『此長男婦也。』各隱笑而罷。

輕薄者往往自侮，良可笑也。至於眯目失明，又鬼神之慘報矣。芙蓉城主，不知何神，豈菩薩［呂註］金陵語録：定慧爲菩薩，止觀爲佛。按：菩薩者，本云菩提薩埵，省文言菩薩。梵語菩提，此云覺；梵語薩埵，此云有情。凡有生皆有情，菩薩乃有情中之覺者耳。○佛書：十一月十九日，南無清涼寶山白衣自在觀世音菩薩示現。現身耶？然小郎君生闢門户，鬼神雖惡，亦何嘗不許人自新哉。」

［何評］此即罰淫，與論語首論爲學孝弟，即繼以戒巧言令色意同。

［但評］此一則勉人改過也。輕薄之行，鬼神所忌。余嘗譬之水深則所載者重，土厚則所植者蕃。淺水不能載舟，且滯而將腐矣；磽土不能植物，且削而就圮矣。天之生我至重，而顧自輕之；天之待我至厚，而顧自薄之。不福之求，而惟禍之速；甚至鬼神示警，猶不自知悔悟，自覓生機，則夜臺孽鏡，能不爲此輩設乎？菩薩現身，救度衆生苦厄，願善男子、善女人，回頭是岸，立證菩提。善果既植，即以求富貴壽考，亦且立竿見影矣。

畫壁*

江西孟龍潭，與朱孝廉客都中。偶涉一蘭若，殿宇禪舍，俱不甚弘敞，[校]此據青本、稿本、抄本作廠。惟一老僧挂搭[校]青本作褡。○[呂註]類篇：褡，衣敝也。○葛長庚雲遊歌：福建出來到龍虎，上清宮中謁公主，未相識前來挂褡，知堂嫌我身襤褸。[何註]褡音答，僧衣也。其中。見客入，肅衣出迓，導與隨喜。[呂註]杜甫望兜率寺詩：時應清盥罷，隨喜給孤園。○按：釋家謂閑耍爲隨喜。[何註]隨喜，梵言，猶儒言遊玩也。殿中塑志公[呂註]神仙傳：志公面瑩徹如鏡，手足皆鳥爪。像。兩壁圖[校]抄本作畫。繪精妙，人物如生。東壁畫散花天女，[呂註]維摩經：會中有一天女，以天花散諸菩薩，悉皆墮落；至大弟子，便著不墜。天女曰：結習未盡，故花著身；結習盡者，花不著身。內一垂髫[何註]髫音迢，少女垂髮也。者，拈花微笑，櫻脣[校]青本作口。○[呂註]白居易詩：櫻桃樊素口，楊柳小蠻腰。欲動，[但評]幻色。眼波將流。[但評]眼界。朱注目久，不覺神搖意奪，[但評]意識界。恍然凝想。[校]抄本作思。○[稿本無名氏乙評]只緣凝想，便幻出多少奇境。[但評]妄想。身忽飄飄，如駕雲霧，已到壁上。[馮評]因思結想，因幻成真，實境非夢境。[但評]幻境。見殿閣重重，非復人世。一老僧說法座上，[馮評]又一老僧，志公耶？偏袒[何註]偏袒，僧衣，一名偏衫，覆一肩，袒一肩。杜詩：偏袒右肩露雙脚。繞視者甚衆。［馮評］觀者定神，否則飄飄已到壁上。朱亦雜立其中。少間，似有人暗牽其裾。回顧，［校］青本作視。則垂髫兒，囅然［呂註］玉篇：囅音蕆，笑貌。竟去。履即從之。過曲欄，入一小舍，朱［校］青本無朱字。次且［呂註］易，夬：其行次且。注：次且，行不進也。［何註］次且，同趑趄。不敢前。女回首，舉［校］抄本作搖。手中花，遥遥作招狀，乃趨之。舍内寂無人；遽擁之，亦不甚拒，遂與狎［何註］狎音洽，親近也。好。既而閉户去，囑勿［校］青本勿上有朱字。咳，夜乃復至，如此二日。女伴［校］此據青本、稿本，抄本下有共字。覺之，共搜得生，戲謂女曰：「腹内小郎已許大，尚髮蓬蓬學處子耶？」共捧簪珥，［何註］珥，璫也。促令上鬟。女含羞不語。一女曰：「妹妹姊姊，吾等勿久住，恐人不歡。」羣笑而去。［馮評］諸天女似都未破色界，此處何以容得？李卓吾大道，不分男女，此謂道非常道。生視女，髻雲高簇，鬟［何註］鬟音還，髻也。婦人首飾，所以總髮也。鳳低垂，比垂髫時尤豔絶也。四顧無人，漸入猥［何註］猥音煨，昵近也，愛也。褻，蘭麝熏心，［但評］罣礙。樂方未艾。［何註］艾，久也。詩：庭燎夜未艾。○［馮評］賭近盜，淫近殺，蘭麝香中，盡見羅刹世界，惟法眼見之。忽聞吉莫靴［呂註］張鷟朝野僉載：宗楚客造宅，磨文石爲階砌及地，著吉莫靴者，行則仰仆。○吉莫靴未詳。按正字通：鞊䩭，皮也。或從省作吉莫。［何註］靴，北方戎服，有長靿短靿，羣書考索所謂馬上鞋也。又考：婦人靴。李白詩：青黛畫眉紅錦靴。又太真外傳：妃子死之日，馬嵬媪得錦靿一隻，靴也。鏗［何註］鏗，聲也。鏗甚厲，縲［何註］縲音纍，黑索也。史記，太史公自序：幽於縲绁。鎖鏘然。旋有紛囂［何註］囂音鴞，喧也。騰辨之聲。女驚起，與生［校］青本作朱。竊窺，則見一金甲使者，〔呂註〕唐逸史：金甲神人。○國憲家猷：實録云：禹娶塗山之夕，大風雷震，中有甲步卒千餘人；有金甲、鐵甲；其不備甲者，以紅絹抹其頭額；皆佩刀以爲侍衛。黑面如漆，綰〔何註〕綰，烏版切，握也。鎖挈槌，衆女環繞之。使者曰：「全未？」答〔何註〕答從竹，從艸另是一字。言：「已全。」使者曰：「如有藏匿下界人，即共出首，勿貽伊戚。」又同聲言：「無。」使者反身鶚〔校〕青本作愕。○〔何註〕鶚，鷙鳥也。顧，似將搜匿。〔馮評〕又作險筆。女大懼，面如死灰。〔呂註〕莊子，齊物論：形固可使如槁木，心固可使如死灰乎。張皇謂朱曰：「可急匿榻下。」乃啓壁上小扉，猝〔何註〕猝同卒，倉卒也。遁〔何註〕遁音鈍，逃竄也。去。朱伏，不敢少息。〔但評〕恐怖。俄聞靴聲至房内，復出。未幾，煩喧漸遠，心稍安；然户外輒有往來語論者。〔馮評〕將落又起。朱跼蹐〔何註〕跼蹐，不安也。跼亦作局。詩：不敢不局。又：不敢不蹐。既久，覺耳際蟬鳴，目中火出，景狀殆不可忍，惟静聽以待女歸，〔但評〕顛倒夢想。竟不復憶身之何自來也。時孟龍潭在殿中，轉瞬不見朱，疑以問僧。僧笑曰：「往聽説法去矣。」問：「何處？」曰：「不遠。」少時，以指彈壁而呼曰：〔何評〕彈指頃。「朱檀越〔呂註〕按：梵語陀那鉢底，唐言施主。稱檀那者，訛陀爲檀。又稱檀越者，謂行檀施能越貧窮海故。〔何註〕檀越，大乘論：檀，施也。東坡詩：笑指蜜蜂作檀越。何久遊不歸？」旋見壁間畫有朱像，傾耳佇立，若有聽察。僧又呼曰：「遊侶久待矣。」遂飄忽自壁而下，灰心木立，目瞪〔何註〕瞪音棖，平聲。直視也。通作瞠。宋史，盛度傳：體肥艱於起拜；賓客有拜之者，則瞪視而詬詈之。足耎。〔何註〕耎同軟。弱也。戰國策：鄭魏，楚之耎國。孟大駭，從容問之，蓋方伏榻下，聞叩聲如雷，〔何評〕

猛喝。故出房窺聽也。［馮評］天語若雷，神目如電，苦奈世人不聞不見，何也？老禪大聲一喝，令我耳聾三日。共視拈花人，螺髻［呂註］山堂肆考：世尊於肉髻中出百寶光。肉髻如青螺，故云螺髻。翹然，不復垂髻矣。朱驚拜老僧，而問其故。僧笑曰：「幻由人生，［馮評］幻由人生一語，該括一部曇花記。［稿本無名氏乙評］通篇結穴。［但評］妙諦可參。貧道［校］青本作老僧。何能解。」朱氣結而不揚，孟心駭［校］此據青本，稿本、抄本下有嘆字。而無主。即起，歷階而出。［但評］不能猛省回頭，可知降而愈下。○結撰玄妙，想入非非。末後一語點醒，啓人智慧不少。

異史氏曰：「幻由人生，［校］此據青本，稿本作作。此言類有道者。人有淫心，是生褻境；人有褻心，是生怖境。菩薩點化愚蒙，千幻並作，皆人心所自動耳。老［校］青本下有僧字。婆心切，［呂註］傳燈録：義元禪師問黃蘗，如何是祖師西來意？三問三打，遂辭去。黃蘗指往大愚。愚曰：黃蘗恁麼老婆心切。師大悟，返黃蘗。黃蘗曰：汝回太速。師曰：只爲老婆心切。黃蘗哈哈大笑。惜不聞其言下大悟，披髮入山也。」［校］抄本無上段。

［何評］此篇多宗門語，至「幻由人生」一語，提撕殆盡。志内諸幻境皆當作如是觀。

［但評］有眼界，遂有意識；有意識，即有罣礙；而恐怖遠離，顛倒夢想，相因而生。我心自動，我不自解，而謂他人能解乎？然「幻由人生」一語，已是不解之解。——且是真解，且是妙解。解此則色相皆空，不生不滅，不垢不浄，不增不減，所謂無智亦無礙也。昔五

祖説金剛經，至「應無所住而生其心」句，六祖言下大悟，乃言：「何期自性，本自清淨；何期自性，本不生滅；何期自性，本自具足；何期自性，本無動摇；何期自性，能生萬法。識得此心，妙湛圓寂，不泥方所，本無所生」云云。以知悟道不在多言。惜朱之聞妙諦而不解也！

*山魈

〔何註〕魈音消。抱朴子：山精形如小兒，獨足向後。夜犯人；呼其名，則不能犯。

孫太白嘗言：其曾祖肄業於南山柳溝寺。麥秋〔何註〕陳澔曰：秋，百穀成熟之期也。於時雖夏，如麥則秋，故曰麥秋。旋里，經旬始返。啓齋門，則案上塵生，窗間絲滿。命僕糞除，〔吕註〕左傳，昭三年：張趯謂太叔曰：自子之歸，小人糞除先人之敝廬，曰：子其將來，注：糞除，掃除也。至晚始覺清爽可坐。乃拂榻陳卧具，扃〔吕註〕扃音駉。説文：外閉之關也。曲禮：入户奉扃。注：扃，門關木也。按：扃與扄異。扄音賞，户向也。從户向，與從户同者别。從扉就枕。月色已滿窗矣。輾轉〔何註〕輾轉，反覆也。又：輾，轉之半；轉，身之周也。移時，萬籟〔何註〕籟，聲也。莊子：天籟，地籟，人籟。萬籟，萬竅怒號之聲也。俱寂。忽聞風聲隆隆，山門豁〔校〕抄本作忽。然作響。竊謂寺僧失扃。注念間，風聲漸近居廬，俄而房門闢矣。大疑之。思未定，聲已入屋；〔校〕青本作室。又有靴聲鏗鏗然，漸傍寢門。心始怖。〔何註〕怖音布，懼也。俄而寢門闢矣。急視之，一大鬼鞠躬塞入，突立榻前，殆與梁齊。面似老瓜〔校〕抄本作鴉。皮色；目光睒閃，〔何註〕閃，去聲，視速。遶室〔校〕青本作屋。四顧；張巨口如盆，齒疎疎長三寸許；舌動喉鳴，呵喇〔何註〕喇音辣。之聲，響連四壁。〔馮評〕聊齋作險怪語，儼見奇鬼森立紙上。公懼極。又念咫尺〔何註〕咫音紙，八寸也。咫尺，言短小也。之地，勢無所逃，不如因而刺之。〔馮評〕有膽。乃陰抽枕下佩刀，遽拔而斫〔校〕青本作砍。之，中腹，作石缶聲。鬼大怒，伸巨爪攫〔何註〕攫音矍，下從又，撲取也。公。公少〔校〕青本作稍。縮。鬼攫得衾，捽〔何註〕捽音猝，當是揪字意。前漢書，金日磾傳：捽胡投何羅殿下。注：胡，頸也。之，忿忿而去。公隨衾墮，伏地號呼。〔馮評〕倘再攫奈何？家人持火奔集，則門閉如故。排窗入，見〔校〕抄本下有公字。狀大駭。扶曳登牀，始言其故。共驗之，則衾夾於寢門之隙。啓扉檢照，見有爪痕如箕，五指着處皆穿。既明，不敢復留，負笈〔呂註〕漢書，蘇章傳：負笈從師，千里不遠。注：笈，書箱也。〔何註〕史記：蘇秦負笈從師。而歸。後問僧人，無復他異。

〔何評〕竊意此非山魈。

〔但評〕凡久曠之宅，恒爲狐鬼所居。余於辛巳典試楚南，歸道經鄂垣，館於貢院，距楚北闈事竣日已再旬矣。是夜陰雲布合，風雨淒其，夜半時聞後山咿啞聲，若鬼車者。然唱和相隨，只一牆之隔。乃起挑燈啓戶，咳唾而示之，遂闃然返。蓋早知有人，則自退矣。

咬鬼*

沈麟生云：其友某翁者，夏月晝寢，矇矓〔校〕青本作朦朧。間，見一女子搴〔何註〕搴音愆，以手取物也，猶俗云掀也。簾入，以白布裹首，縗〔吕註〕玉篇：縗，喪服也。左傳，襄十七年：晏嬰麤縗斬。注：縗在胸前。〔何註〕縗，倉回切。服麻裙，向內室去。疑鄰婦訪內人者；又轉念，何遽以凶服入人家？正自皇惑，女子已出。細審之，年可三十餘，顏色黃腫，眉目蹙蹙〔校〕青本作慼慼。然，神情可畏。又逡巡不去，〔何註〕逡，七倫切。逡巡，行不進也。漸逼臥〔校〕抄本作近。榻。遂僞〔何註〕僞，詐也。睡以覷其變。無何，女子攝衣登牀，壓腹上，覺如百鈞重。心雖了了，而舉其手，手如縛；舉其足，足如痿〔何註〕痿音萎，無力不爲用也。也。急欲號救，而苦不能聲。女子以喙〔何註〕喙音劌，口也。嗅翁面，顴〔何註〕顴，頰骨也。鼻眉額殆徧。覺喙冷如冰，氣寒透骨。翁窘急中，思得計，待嗅至頤頰，當即因而齧之。未幾，果及頤。翁乘勢力齕〔何註〕齕音紇，齧也。其顴，齒沒於肉。女負痛身離，且掙且啼。翁齕益力。但覺血液交頤，溼流枕畔。

相持正苦，庭外忽聞夫人聲，急呼有鬼，一綏頰而女子已飄忽遁去。夫人奔入，無所見，笑其魘夢〔呂註〕說文：魘，夢驚也。類篇：夢不祥也。韓愈遊相西寺詩：怵惕夢成魘。〔何註〕魘音厭。之誣。翁述其異，且言有血證焉。相與檢視，如屋漏之水，流枕浹〔校〕抄本作浹枕。〔何註〕浹，子協切，徹也，猶滿也。席。伏而嗅之，腥臭異常。翁乃大吐。過數日，口中尚有餘臭云。〔但評〕顏色黄腫，是一醜鬼；眉目慼慼，是一哭鬼，登牀壓腹，是一冒失鬼；喙嗅人面，是一饞嘴鬼；冷如冰氣，是一喪心鬼；被人齕顴，是一没臉鬼；血流腥臭，是一齷齪鬼；合之，只是一白日鬼。

捉狐*

孫翁者，余姻家清服之伯父〔校〕青本作兄。也。〔校〕抄本無上十字。素有膽。一日，晝臥，彷彿有物登牀，遂覺身摇摇如駕雲霧。竊意無乃魘〔校〕此據青本，稿本、抄本作壓。狐耶？微窺之，〔校〕青本無之字。物大如貓，黄毛〔校〕青本作尾。而碧嘴，自足邊來。蠕蠕伏行，如恐翁寤。逡巡附體：着足，足痿；着股，股耎。甫及腹，翁驟起，按而捉之，握其項。物鳴急莫能脱。翁亟〔校〕青本無大字。〔校〕抄本作急。呼夫人，以帶縶〔校〕抄本作繫。◯〔何註〕縶音執，繫也。詩：縶之維之。其腰。乃執帶之兩端，笑曰：「聞汝善化，今注目在此，看作如何化法。」言次，物忽縮其腹，細如管，幾脱去。翁〔校〕抄本下有乃字。大愕，急力縛之；則又鼓其腹，粗於〔校〕青本作如。椀，堅不可下；力稍懈，又縮之。〔但評〕到手之物，忽縮忽盈。妙手空空，有如蕉鹿。翁〔校〕此據青本，稿本、抄本作公。下同。恐其脱，命夫人急殺之。夫人張皇四顧，不知刀之所在。翁左顧示以處。比回首，則帶在手如環然，物已渺矣。

*荍中怪

[何註] 荍音翹，穀也。同蕎。白居易詩：蕎麥鋪花白。

長山安翁者，性喜操農功。秋間荍熟，刈[何註] 刈音乂，殺也，取也，割也。堆隴畔。時近村有盜[何註] 盜上從次。左傳，文公十八年：竊賄爲盜，盜器爲姦。稼者，因命佃人，乘月輂運登場；俟其裝載歸，而自留邏[何註] 邏音羅，巡察也。守。遂枕戈露臥。目稍瞑，忽聞有人踐荍根，咋咋作響。心疑暴客。[呂註] 易，繫辭：重門擊柝，以待暴客。急舉首，則一大鬼，高丈餘，赤髮鬡[何註] 鬡音儜，鬇鬡，髮亂也。鬚，去身已近。大怖，不遑他計，踴身暴起，狠刺之。鬼鳴如雷而逝。恐其復來，荷戈而歸。迎佃人於途，告以所見，且戒勿往。衆未深信。越日，曝麥於場，忽聞空際有聲，翁駭曰：「鬼物來矣！」乃奔，衆亦奔。移時復聚，翁命多設弓弩以俟[校] 稿本俟下原有其來遥射四字，塗去。之。翼[校] 青本作翌，抄本作異。○[何註] 翌音弋，明日也。漢武紀：翌日親登嵩高。日，果復來。數矢齊發，物懼而遁。二三日竟不復來。麥既登倉，禾䕸[呂註] 集韻：䕸音皆，禾藁去皮穎也。或作稭。雜遝，[何註] 遝，徒合切，音沓。雜遝，衆多貌。前漢書，劉向傳：周文開基，西郊雜遝。翁命收積爲垛，[何註] 垛，本作垜。唐六典武舉有長垛馬射，即玉篇射垛也。今俗層累而高之曰一垜。河工料亦曰垜。而［校］青本無而字。親登［校］此據抄本、稿本、青本下有而字。踐實之，高至數尺。忽遥望駭曰：「鬼物至矣！」衆急覓弓矢，物已奔翁。翁仆，齕其額而去。共登視，則去額骨如掌，昏不知人。負至家中，遂卒。後不復見。不知其［校］抄本下有爲字。何怪也。［但評］荍中不知何怪。然再去再來，只奔此公，而後不復見。亦此公之死期將至，而後致此怪也。

宅妖*

長山李公，[校]青本作翁。大司寇[呂註]長山李司寇，名化熙，字五紘。明崇禎甲戌進士，官刑部尚書。之姪也。宅多妖異。嘗見廈有春凳，肉紅色，甚修潤。李以故[校]青本作故以。無此物，近撫按之，隨手而曲，殆如肉耎。駭而卻走。旋回視，則四足移動，漸入壁中。又見壁間[校]青本無間字。倚白梃，潔澤修長。近扶之，膩[何註]膩音二，滑澤也，肥膩也。宋玉招魂：靡顏膩理。然而倒，委蛇入壁，移時始没。康熙十七年，王生俊升設帳其家。日暮，燈火初張，生著履卧榻上。忽見小人，長三寸許，自外入，略一盤旋，即復去。少頃，荷二小凳來，[校]青本無來字。設堂中，宛如小兒輩用粱䕸心所製者。又頃之，二小人舁一棺入，僅[校]抄本無僅字。長四寸許，停置凳上。安厝[呂註]孝經：卜其宅兆而安厝之。注：厝，置也。[何註]厝音措。未已，一女子率廝[何註]廝音斯，析也。前漢書，陳餘傳：有廝養卒。注：廝，析薪者也。婢數人來，率細小如前狀。女子衰衣，麻綆〔校〕抄本作練。束腰際，布裹首；以袖掩口，嚶嚶〔何註〕嚶，鳥鳴，喻細聲也。而哭，聲類巨蠅。生睥睨良久，毛森立，如霜被於體。因大呼，遽走，顛牀下，搖戰莫能起。館中人聞聲畢集，堂中人物杳然矣。

〔何評〕王生膽太小。

王六郎*

許姓，家淄之北郭。業漁。每夜，攜酒河上，飲且漁。飲則酹〔校〕抄本下有酒於二字。○〔何註〕酹，以酒沃地而祭也。後漢書，橋玄傳：不以斗酒隻雞，過相沃酹。地，祝云：〔校〕青本作曰。「河中溺鬼得飲。」〔馮評〕清致。以〔校〕青本以上有率字。爲常。〔但評〕酹地而後飲，亦仁人之心。他人漁，迄無所獲；而許獨滿筐。一夕，方獨酌，有少年來，徘徊其側。讓之飲，慨與同酌。既而終夜不獲一魚，意頗失。少年起曰：「請於下流爲君毆〔何註〕毆同驅。之。」遂飄然去。少間，復返，曰：「魚大至矣。」果聞唼呷〔呂註〕集韻：唼，作答切，音帀，食聲也。○長箋：吸而飲曰呷。〔何註〕唼呷，謂多魚吞吐聲也。上林賦：唼喋菁藻。呷，呼甲切，魚食聲。有聲。舉網而得數頭，皆盈尺。喜極，申謝。欲歸，贈以魚，不受，曰：「屢叨佳醞，區區何足云報。如不棄，要當以爲常〔校〕此據青本、抄本，稿本作長。耳。」許曰：「方共一夕，〔校〕青本作息。何言屢也？如肯永顧，誠所甚願；但愧無以爲情。」〔校〕稿本下原有耳字，塗去。詢其姓字，曰：「姓王，無字；相見可呼王六郎。」遂別。明日，許貨魚，益沽酒。晚至河干，少年已先在，遂與歡飲。飲數杯，輒爲許敺魚。如是半載。忽告許曰：「拜識清揚，〔呂註〕詩，鄘風：子之清揚。傳：揚者：眉上之美名。〔何註〕清揚，言額角廣揚也。情逾骨肉。然相別有日矣。」語甚〔校〕青本作益。悽楚。驚問之。欲言而止者再，乃曰：「情好如吾兩人，言之或勿訝耶？〔何評〕半載猶不知其爲鬼，許何太愚。今將別，無妨明告：我實鬼也。素嗜酒。沈醉溺死，數年於此矣。前君之獲魚，獨勝於他人者，皆僕之暗敺，以報酹〔校〕抄本作酬。奠耳。明日業滿，當有代者，將往投生。相聚只今夕，故不能無感。」許初聞甚駭；然親狎既〔校〕青本無既字。久，不復恐怖。因亦欷歔，〔何註〕欷歔音希虛，悲泣氣咽而抽息也。酹而言曰：「六郎飲此，勿戚也。相見遽違，良足悲惻；然業滿劫脱，正宜相賀，悲乃不倫。」〔何註〕不倫，謂當喜而悲也。遂與暢飲。因〔校〕青本無因字。問：「代者何人？」曰：「兄於河畔視之，亭午，〔呂註〕太平御覽：日在午曰亭午。孫綽天台山賦：羲和亭午。〔何註〕亭午，日中也。杜詩：亭午頗和暖。有女子渡河而溺者，是也。」聽村雞既唱，灑涕而別。明日，敬伺河邊，以覘〔校〕青本作觀。其異。果有婦人抱嬰兒來，及河而墮。兒拋〔何註〕拋，匹交切，擲也。岸上，〔校〕此據青本、抄本，稿本無上字。揚手擲足而啼。婦沈浮者屢矣，忽淋淋攀岸以出，藉地少息，抱兒逕去。當婦溺時，意良不忍，思欲奔救；轉念是所以代六郎者，故止不救。及婦自出，疑其言不驗。抵暮，漁舊處。少年復至，曰：「今又聚首，且不言別矣。」［校］青本無矣字。問其故。曰：「女子已相代矣；僕憐其［校］青本無其字。抱中兒，代弟一人，遂殘二命，故舍之。更代不知何期。或吾兩人之緣未盡耶？」許感歎曰：「此仁人之心，可以通上帝矣。」［馮評］暗漏一句。由此相聚如初。數日，又來告別。許疑其復有代者。曰：「非也。前一念惻隱，［校］青本無上二字。果達［校］青本作感。帝天。今授爲招遠縣鄔［何註］鄔音隖，地名。鎮土地，來朝［校］抄本作日。赴任。倘不忘故交，當一往探，勿憚修阻。」許賀曰：「君正直爲神，甚［校］青本作足。慰人心。但人神路隔，即不憚修阻，將復如何？」少年曰：「但往，勿慮。」再三叮嚀而去。許歸，即欲治裝東下。妻笑曰：「此去數百里，即有其地，恐土偶［呂註］戰國策，齊策：蘇代見孟嘗君曰：臣過淄水，有土偶人與桃梗人相與語。桃梗謂土偶人曰：子，西岸之土也，挺以爲人。至歲八月，降雨下，淄水至，則汝殘矣。土偶曰：吾，西岸之土也；土則覆西岸耳。子，東國之桃梗也。刻削子以爲人，降雨下，淄水至，流子而去，則子漂漂者將何如耳。不可以共語。」許不聽，竟抵招遠。問之居人，果有鄔鎮。尋至其處，息肩逆旅，［呂註］左傳，僖二年：保於逆旅。注：逆旅，客舍也。［何註］劉伶酒德頌：以天地爲逆旅。問祠所在。主人驚曰：「得無［校］青本作毋，通無。客姓爲許？」許曰：「然。何見知？」又曰：「得勿［校］青本作毋。客邑爲淄？」曰：「然。何見知？」主人不答，［馮評］兩何見知，下接以主人不答，省卻多少閒話。遽出。

俄而丈夫抱子，媳[校]青本作息。女窺門，雜沓[校]青本作還。而來，環如牆堵。[何註]堵音賭，垣也。杜詩：集賢學士如堵牆，觀我落筆中書堂。許益[校]抄本作亦。驚。衆乃告曰：「數夜前，夢神言：淄川許友當即來，可助以資斧。[呂註]易，旅：得其資斧。注：斧，所以斫除荆棘，以安其居者也。[何註]資斧，俗謂路費也。旅卦：旅于處得其資斧。程傳：乃旅而得貨財之資，利用之器也。御案：雖得資而未免加斧，以自防衛，不忘戒心，安得快然。祇候已久。」許亦異之。乃往祭於祠而祝曰：「別君後，寤寐不去心，遠踐曩[何註]曩，囊上聲，昔日也。爾雅：曩，曏也。疏：在今而道既往。又晉語：曩而言戲乎？約。又蒙夢示居人，感篆中懷。愧無腆[何註]腆，他典切，厚也。物，僅有卮酒；如不棄，當如河上之飲。」祝畢，焚錢紙。[校]青本作紙錢。俄見風起座[校]抄本作塵。後，旋轉移時，始散。夜[校]抄本夜上有至字。夢少年來，衣冠楚楚，[呂註]詩，曹風：蜉蝣之羽，衣裳楚楚。傳：楚楚，鮮明貌。○説文：合五采鮮色爲⿰黹虘。詩云：衣裳⿰黹虘⿰黹虘。徐曰：今詩作楚楚，假借也。大異平時。謝曰：「遠勞顧問，喜淚交并。但任[校]青本作在。微職，不便會面，咫尺河山，[校]青本作山河。甚愴於懷。居人薄有所贈，聊酬夙好。歸如有期，尚當走送。」居數日，許欲歸。衆留殷懇，[校]青本作慇懇，抄本作殷勤。朝請暮邀，日更數主。許堅辭欲行。衆乃折柬[呂註]三國志，魏志：王凌傳，注：遥謂太傅曰：卿直以折柬召我，我當敢不至耶？抱襆，[何註]襆音卜，裳削幅也。與幞字不同。襆，被也，猶言行李也。若晉魏舒爲尚書郎，議者謂用非其人者，宜汰之。舒曰：吾即其人。幞被遝出。幞，是包裹之意。争來致贐，[何註]贐音燼，與賮同。送行者之禮也。不終朝，餽遺盈橐。蒼頭稚子畢集，祖送[呂註]前漢書，疏廣傳：廣以年老辭位，公卿設帳祖道都門外。○按：黃帝之子名祖，好遊，死於道，故今出行者祭郊次而後行，曰祖。〔何註〕祖，祖神也。共工之子，曰修。好遠遊，故祀爲祖神。祖，徂也。出村。欻有羊角風〔呂註〕莊子，逍遥遊：摶扶摇羊角而上者九萬里。注：羊角，風之旋者。起，隨行十餘里。許再拜曰：「六郎珍重！勿勞遠涉。君心仁愛，自能造福一方，無庸故人囑也。」〔但評〕造福一方數語，臨別贈言，方是君子之交。風盤旋久之，乃去。村人亦嗟訝而返。許歸，家稍裕，遂不復漁。後見招遠人問之，其靈驗〔校〕抄本作應。如響云。或言：即章丘石坑莊。未知孰是。

異史氏曰：「置身青雲，〔呂註〕史記，范雎傳：須賈頓首而死罪曰：賈不意君能致於青雲之上。○謝靈運詩：惜無同志客，共登青雲梯。注：仙者因雲而升，故謂之雲梯。○天禄識餘：史記云：伯夷、叔齊雖賢，得夫子而名益彰；顏淵雖篤學，附驥尾而行益顯。閭巷之人，欲砥行立名，非附青雲之士，惡能施於後世哉？青雲之士，謂聖賢立言傳世者，孔子是也。附青雲，則伯夷、顏淵是也。後世謂登仕路爲青雲，誤矣。試引數條以證之：京房易占：青雲所覆，其下有賢人隱。續逸民傳：嵇康早有青雲之志。梁孔稚珪隱居，多構山泉。衡陽王鈞往遊之。珪曰：殿下處朱門，遊紫闥，詎得與山人交耶？鈞曰：身處朱門，而情遊滄海；形入紫闥，而意在青雲。又袁彖贈隱士庾易詩曰：昔聞巢許，又覩臺尚。阮籍詩：抗身青雲中，網羅孰能施。李白詩：獵客張兔罝，不能挂龍虎；所以青雲人，高歌在巖戶。合而觀之，青雲豈仕進之謂乎？王勃文，窮且益堅，不墜青雲之志，即論語視富貴如浮雲之旨。若窮而常有覬覦富貴之志，則鄙夫而已矣。自宋人用青雲字於登科詩中，遂誤至今。無忘貧賤，此其所以神也。今日車中貴介，〔呂註〕左傳，襄二十六年：夫子爲王子圍寡君之貴介弟也。注：介，大也。寧復識戴笠〔呂註〕風土記：越俗性率樸。初與人交，有禮。封土壇，祭以雞犬，祝曰：卿乘車，我戴笠，他日相逢下車揖；君擔簦，我跨馬，他日相逢爲君下。人哉？〔馮評〕聊齋每篇，直是有意作文，非以其事也。余鄉有林下者，家綦貧。有童稚交，任肥秩。計投之必相周顧。竭力辦裝，奔涉千里，殊失所望；瀉囊貨騎，始得歸。其族弟甚諧，作月令嘲之云：「是月也，哥哥至，貂帽解，傘蓋不張，馬化爲驢，靴始收聲。」［但評］月令雅謔。念此可爲一笑。

王阮亭云：「月令乃東郡耿隱之事。」［校］抄本無此段。

［何評］惟德動天，人言天道遠者謬也。

［但評］一念之仁，感通上帝，所謂能喫虧者，天必不虧之也。然則利人之死，以求己之生；致人之危，以求己之安；逼人之敗，以求己之成；揚人之惡，以求己之善；甚且假公濟私，吹毛求疵，敗人名節，傾人身家，絶人性命，以求己之功名富貴者，伊古以來，罔不傾覆。前車之鑑，有仁人之心者，當毋忽此。若夫爲國鋤姦，爲民去害，又當鷹鸇逐之，且讎仇視之，不宜爲婦人之仁，亦且自置死生於膜外矣。因溺鬼不忍人死以代己也，故推論及之。

偷桃*

童時赴郡試，[校]青本無試字。值春節。舊例，先一日，各行商賈，彩樓鼓吹赴藩司，名曰「演春」。余從友人戲矚。是日遊人如堵。堂上四官皆赤衣，東西相向坐。時方稚，亦不解其何官。但聞人語嚌嘈，[何註]嚌嘈，人聲雜亂也。鼓吹聒耳。[何註]聒音括，聲擾也。抱朴子：春蛙長譁，而醜音見患於聒耳。忽有一人率披髮童，荷擔而上，似有所白；萬聲洶動，亦不聞[校]抄本下有其字。爲何語。但視堂上作笑聲。[馮評]寫瑣事細，從髫年望中看出，閒甚。情景如繪。即有青衣人大聲命作劇。其人應命方興，問：「作何劇？」堂上相顧數語。吏下宣問所長。答言：「能顛倒生物。」吏以白官。少頃復下，命取桃子。術人聲[校]抄本作應。諾。解衣覆笥上，故作怨狀，曰：「官長殊不了了！堅冰未解，安所得桃？不取，又恐爲南面者所[校]抄本無所字。怒。奈何！」其子曰：「父已諾之，又焉辭？」術人惆悵良久，乃云：[校]抄本作曰。「我籌之爛熟。春初雪積，人間何處可覓？唯王母園[呂註]漢武内傳：七月七日，王母自設天廚；又命侍女更索桃果。須臾，以玉盤盛仙桃七顆以呈王母。王母以四顆與帝，三顆自食。帝收其核欲種之。母曰：此桃三千年一生實，中夏地薄，種之不生。○漢武故事：東郡獻短人，呼東方朔至。短人指朔語上曰：西王母種桃，三千歲爲子，此兒已三過偷之矣。中，四時常不凋謝，[校]此據青本、抄本，稿本作卸。或有之。必竊之天上，乃可。」子曰：「嘻！天可階而升乎？」曰：「有術在。」乃啓笥，出繩一團，約數十丈，理其端，望空中擲[何註]擲音躑，抛也。去；繩即懸立空際，若有物以挂之。未幾，愈擲愈高，渺入雲中；手中繩亦盡。乃呼子曰：「兒來！余老憊，體重拙，不能行，得汝一往。」遂以繩授子，曰：「持此可登。」子受繩有難色，怨曰：「阿翁亦大憒憒！[何註]憒憒，憒音潰，惛憒也，心亂也。如此一綫之繩，欲我附之，以登萬仞之高天。倘中道斷絶，骸骨何存矣！」父又强嗚拍[校]青本作喝迫。之，曰：「我已失口，悔[校]抄本悔上有追字。無及。煩兒一行。兒勿苦，倘竊得來，必有百金賞，當爲兒娶一美婦。」子乃持索，盤旋而上，手移足隨，如蛛趁絲，漸入雲霄，不可復見。[馮評]如在目前。久之，墜一桃，如盌[何註]盌同椀。大。術人喜，持獻公堂。堂上傳視[校]抄本作示。良久，亦不知其真僞。忽而繩落地上，術人驚曰：「殆矣！上有人斷吾繩，兒將焉託！」移時，一物墮。[校]抄本作墜，下同。視之，其子首也。捧而泣曰：「是必偷桃，爲監者所覺。吾兒休矣！」又移時，一足落；無何，肢體紛墮，無復存者。術人大悲。一一拾置笥中而闔[校]此據青本，稿本、抄本作閤。之，曰：「老夫止此[校]青本下有一字。兒，日從我南北游。今承嚴命，不意罹〔何註〕罹音離，附麗也，遭也。此奇慘！當負去瘞〔何註〕瘞，埋也。之。」乃升堂而跪，曰：「爲桃故，殺吾子矣！如憐小人而助之葬，當結草〔呂註〕左傳，宣十五年：秦伐晉，魏顆敗秦師於輔氏；獲杜回，秦之力人也。初，魏武子有嬖妾，無子。武子疾，命顆曰：必嫁是。疾病則曰：必以爲殉。及卒，顆嫁之，曰：疾病則亂，吾從其治也。及輔氏之役，顆見老人結草以亢杜回，杜回躓而顛，故獲之。夜夢之曰：余，而所嫁婦人之父也。爾用先人之治命，余是以報。〔何注〕亂命，氣奪神散，故辭命亂出也。……武子，魏犫，顆之父。以圖報耳。」坐官〔校〕青本作客。駭詫，〔何註〕駭詫，驚駭詫異也。各有賜金。

術人受而纏諸腰，乃扣笥而呼曰：「八八兒，不出謝賞，將何待？」忽一蓬頭僮〔校〕抄本作童，通僮。首抵笥蓋而出，望北稽首，則其子也。以其術奇，故至今猶記之。後聞白蓮教，〔呂註〕通鑑記事：天啓二年，鉅野妖賊徐鴻儒，以白蓮教惑衆，黨數千人。初，深州人王森以救一妖狐，狐斷尾藏之。詔人，人聞香，多歸附之，號聞香教。事露，斃於獄。其子好賢及徐鴻儒、于宏志輩，約於中秋起兵。謀洩，鴻儒遂先反。用紅巾爲識，陷鄆城及鄒、滕、嶧，衆至數萬。山東巡撫趙彥同，監軍道王從義、徐從治，都司楊國盛、廖棟，及大同總兵楊肇基，次第擒滅之。○按，元史：韓林兒，欒城人也，以白蓮教燒香惑衆。其父名山童，與潁州劉福通、杜尊道、羅文素、韓咬住等謀起兵。官捕山童殺之。子林兒逃入武安山中，聚衆十餘萬，據亳州，國號宋，改元龍鳳。元兵來伐，敗走安豐。明祖挾還金陵，三年殂。據此，則白蓮教之名已久，不始於王森、徐鴻儒也。能爲此術，意此其苗裔耶？〔但評〕作劇甚奇，關白亦甚詭。此等人，即非邪教黨裔，而挾其巧幻之術，佐之以滑稽之口，將何事不可爲耶？迷拐婦女，以及刳孕婦之胎，攝幼孩之魂，致人之死以神其術，咒人之病以劫其財，爲盜爲奸，筆難罄述。自愛身家者，慎勿招之作劇，而引鬼入宅，開門揖盜也。堂堂薇署，赫赫赤衣，顧於法堂前傳命作劇耶？亦可謂不知爲政之道，而失旬宣之職矣。況迎春大典，新春令節，而使斷首刖足，肢體支解於階前，種種不祥，何樂爲是？

〔馮評〕明錢希言獪園一書，敍有此事，然遠不如。

〔何評〕戲幻。

*種梨

有鄉人貨梨於市，頗甘芳，價騰貴。有道士破巾絮衣，丐[何註]丐音蓋，乞也。於車前。鄉人咄[何註]咄，當没切，呵也。之，亦[校]青本作而。不去；鄉人怒，加以叱[何註]叱，尺栗切，訶也。曲禮：尊客之前不叱狗。戰國策：呴籍叱咄，則徒隸之人至矣。呴音鉤。罵。道士曰：「一車數百顆，老衲[吕註]按：衲，僧所服補衣也。五比邱曰：僧當著何衣？佛曰：衲衣。今僧通稱衲子，此借用。止丐其一，於居士亦無大損，何怒爲？」[馮評]近情語。觀者勸置劣者一枚令去，鄉人執不肯。肆中傭保[何註]史記，欒布傳：窮困賃傭於齊爲酒家保。注：於酒家作傭保也。者，見喋[何註]喋音牒，多言也。漢書，張釋之傳：喋喋利口。聒不堪，遂出錢市一枚，付道士。道士拜謝。謂衆曰：「出家人不解吝惜。我有佳梨，請出供客。」或曰：「既有之，何不自食？」曰：「吾[校]抄本作我。特需此核作種。」[何評]吝根。於是掬梨大[校]抄本無大字。啗。[何註]啗，與噉、啖並同。上從⺈不從爫，音淡。韓非子：孔子先飯黍而後啗桃。且盡，把核於手，解肩上鑱，[何註]鑱音巉，破土取藥之具。杜甫歌：長鑱長鑱白木柄，我生托子以爲命。

坎地[校]青本下有上字。深數寸，納之而覆以土。向市人索湯沃灌。好事者於臨路店索得沸瀋，[何註]沸瀋音芾沈，熱湯也。道士接浸坎處。[校]抄本作上。萬目攢視，見有勾萌[呂註]禮，月令：季春之月，句者畢出，萌者盡達。注：句，曲生者；萌，直生者。[何註]句亦作區。（按句通勾）出，[何評]吝芽。漸大；俄成樹，枝葉扶疎；[校]此據青本，稿本、抄本作蘇。○[何評]吝枝葉。倏而花，倏而實，[何評]吝成實。碩大芳馥，[何註]馥音伏，香也。纍[何註]纍，力追切，連綴也。纍滿樹。道人乃即樹頭摘賜觀者，頃刻向[校]青本作而。盡。[馮評]明季藩王多擁厚貲，一文不輕以享士。城破，賊盡出之以與獄囚。同此浩嘆。[何評]吝究竟。已，乃以钁伐樹，丁丁[呂註]詩，小雅：伐木丁丁。傳：丁丁，伐木聲。音争。良久，乃[校]抄本作方。斷；帶葉荷肩頭，從容徐步而去。初，道士作法時，鄉人亦雜[校]抄本下有立字。衆中，引領注目，竟忘其業。道士既去，始顧車中，則梨已空矣。方悟適所俵散，[呂註]六書故：俵散，分畀也。[何註]俵，標去聲。皆己物也。[但評]己物而借他人俵散，吝嗇者每每如是。又細視車上一靶[何註]靶音灞。漢書，王褒傳：王良執靶。注：轡革也。亡，是新鑿斷者。心大憤恨。急迹之。轉過牆隅，則斷靶棄垣下，始知所伐梨本，即是物也。道士不知所在。一市粲然。[呂註]穀梁傳，昭四年：軍人皆粲然而笑。注：粲然，盛笑貌，軍中皆啓齒白也。○[但評]皆己物也，人代勞耳。一市粲然，除傭保而外，以鄉人而笑鄉人者，問有多少？道士何沾沾計校鄉人，特借以警天下之吝惜者耳。

異史氏曰：「鄉人憒憒，憨[何註]憨音蚶，癡也。狀可掬，其見笑於市人，有以哉。每見鄉中稱素封[校]抄本作豐。○[吕註]史記,貨殖傳:今有無秩禄之奉,爵邑之入,而樂與之比者,號曰素封。注:謂富厚也。[何註]素封,封謂封爵;素,平日也。錢神論所謂,無勢而熱,無位而尊,言彼無爵位之人,而樂與有爵位者等,若素嘗封爵者然。太史公曰:千金之家,與王者同樂,豈所謂素侯者耶?者,良朋乞米則佛[何註]佛音拂,拂鬱也。然,且計曰:「是數日之資也。」或勸濟一危難,飯一煢獨,[何註]煢音瓊,身無依也,孤獨也。詩,小雅:哿矣富人,哀此煢獨。則又忿然[校]此據青本,稿本、抄本下有又字。計曰:「此十人、五人之食也。」[馮評]勘透世情,豈曰寓言十九。甚而父子兄弟,較盡錙銖。[何註]錙銖音菑殊。十黍爲絫,十絫爲銖,八銖爲錙,二十四銖爲兩。又註:錙銖,細微也。及至[校]青本作其。淫博迷心,則傾囊不吝;刀鋸臨頸,則贖命不遑。諸如此類,正不勝道,蠢爾鄉人,又何足怪。」[馮評]太倉一粟,性命以之;一擲千金,賤同糞土。世人欲學聖賢,當自免爲鄉人始。

[何評]核是吝惜之根。勾萌成樹,倏花倏實,俵散殆盡者,皆是物也。人無吝根,道士縱有妙術,烏得而散之?乃知過爲吝惜,未有不至散亡者,天之道也。車無靶則不可以行,吝惜二字是行不得的,道士所爲伐其本。

[但評]文之取義,評盡之矣。然又有不必淫博罰贖,而亦消歸烏有者。蓋五行百産之精,不能有聚而無散;以儻來之物,據爲己有,良朋不與,窮乏不與,甚至家庭骨肉亦不與,彼固有財而不能用,天必奪之以畀能用者矣。即令安分自守,豈能任其多藏哉!

勞山道士*

邑有王生，行七，故家子。少慕道，〔稿本無名氏乙評〕慕字，書法。已見信道不篤。聞勞山〔呂註〕齊乘：大勞、小勞，在即墨東南六十里，又名勞盛山。○顧寧人勞山考：勞山之名，齊乘以爲登之者勞。又曰：作牢。劉長生改爲鼇。皆鄙淺可笑。按，南史：名僧紹隱於長廣之嶗山。本草：天麻生嶗山。則字本作嶗。雖魏書地形志、唐書姜撫傳並作牢，乃傳寫之訛。寰宇記：秦始皇登勞盛山，望蓬萊。後人因謂此山一名勞盛山，誤也。勞、盛，二山名，勞即嶗，盛即成山。史記，封禪書：七曰日主祠成山。漢書作盛山，古字通用。又秦始皇紀：令入海齎捕魚具，而自以連弩候大魚射之。自琅琊北至榮成山弗見。至之罘，見巨魚，射殺一魚。正義云：榮成山，即成山也。按史記前代地理志並無榮成山，予向疑之，以爲其文在琅琊之下，成山之上，必勞字之誤。近見王充論衡實知篇引此，正作勞成山，乃知昔人傳寫之訛，唐時諸公亦未之考也。遂使勞山並盛之名，成山冒榮之號。今特著之，以正史書二千年之失。多仙人，負笈往遊。登一頂，有觀〔呂註〕觀，去聲。○分甘餘話：漢明帝時，西域僧迦葉摩騰、竺法蘭，以白馬馱經至雒陽，處之於鴻臚寺，故後僧所居皆曰寺。元帝疾，求方士。漢中送道士王仲都，處之於昆明觀，故後道士所居皆曰觀。上見雒陽伽藍記，又見石林燕語；下見雲麓漫鈔。宇，甚幽。一道士坐蒲團上，素髮垂領，而神觀爽邁。叩而與語，理甚玄妙。〔但評〕理甚玄妙，彼自以爲玄妙已耳，非能領會者。觀道士不示以入門之功，第曰，恐嬌惰不能作苦，已明知其不足與議矣。請師之。道士曰：「恐嬌惰不能作苦。」〔稿本無名氏乙評〕提嬌惰。答言：「能之。」其門人甚衆，薄暮畢集。王俱與稽首，遂留觀中。凌晨，[何註]凌晨，凌，歷也，自夜歷於晨也。道士呼王去，授以[校]抄本作一。斧，使隨衆採樵。王謹受教。過月餘，手足重繭，[呂註]穀梁傳：楚欲攻宋。墨子自魯趨楚，十日十夜，手重繭而不休，至郢見楚王。[何註]戰國策：足重繭而不休息。注：足傷皮皺如蠶繭也。不堪其苦，陰有歸志。[馮評]程諸門人，不堪其苦，陰有歸志者多也。一夕歸，見二人與師共酌，日已暮，尚無燈燭。師乃翦紙如鏡，黏壁間。俄頃，月明輝室，[校]青本作壁。光鑑毫芒。[馮評]小狡獪故賣弄之。諸門人環聽奔走。一客曰：「良宵勝樂，不可不同。」乃於案上取壺酒，[校]抄本作酒壺。分賚諸徒，且囑盡醉。王自思：七八人，壺酒何能徧給？遂各覓盎[何註]盎，于浪切。盂，[何註]盂音于，飯器。競飲先釂，[何註]釂音醮，飲酒盡也。史記，游俠列傳：郭解姊子負解之勢，與人飲，使之釂；非其任，强灌之。又曲禮：長者舉未釂，少者不敢飲。惟恐樽盡；而往復挹注，[何註]挹，掬挹也。注，傾注也。詩：挹彼注此。竟不少減。心奇之。俄一客曰：「蒙賜月明之照，乃爾寂飲。何不呼嫦娥來？」乃以箸擲月中。見一美人，自光中出。初不盈尺；至地，遂與人等。纖[何註]纖，息廉切，細小也。腰秀項，翩翩[何註]翩音篇，輕舉貌。李白詩：仙人飄翩下雲軒。作「霓裳舞」。[呂註]鄭嵎津陽門詩注：開元六年八月，葉法善引上入月宮。見一宮，榜曰：廣寒清虛之府。有素娥十餘人，皆乘白鸞，舞於廣廷桂樹之下，音樂清麗。歸止記其半，於笛中寫之。會西京節度使楊敬述進婆羅門曲，聲調相符，遂以月中所聞爲散序，敬述所進爲腔，名霓裳羽衣也。○太真外傳：妃醉中舞霓裳一曲，天顏大悦。已而歌曰：「仙仙乎，而還乎，而幽[何註]幽，囚也。太史公自序：幽於縲紲。我於廣寒乎！」〔馮評〕飛燕外傳：后歌歸風之曲，於中流風大起，后揚袖曰：仙乎，仙乎，去故而就新，寧忘懷乎？其聲清越，〔何註〕越，遠也。烈〔何註〕烈，美也。如簫管。歌畢，盤旋而起，躍登几上，驚顧之間，已復爲箸。〔馮評〕輕妙。三人大笑。又一客曰：「今宵最樂，然不勝酒力矣。其餞〔何註〕餞，酒食送行也。我於月宮可乎？」三人移席，漸入月中。衆視三人，坐月中飲，鬚眉畢見，如影之在鏡中。移時，月漸暗；門人然燭來，則道士獨坐而客杳〔何註〕日在木上爲杲，清晨也。日在木下爲杳，昏黑時也。客杳，言漸昏黑，不知客之所之也。矣。几上肴核尚存。〔校〕此據青本，稿本、抄本作故。壁上月，紙圓如鏡而已。道士問衆：「飲足乎？」曰：「足矣。」「足宜早寢，勿悮樵蘇。」〔呂註〕史記，淮陰侯列傳：李左車曰：樵蘇後爨，師不宿飽。注：樵取薪，蘇取草。○〔馮評〕帶此句妙。衆諾而退。王竊忻〔何註〕忻與欣同，歡忻也。慕，歸念遂息。

又一月，苦不可忍，而道士並不傳教一術。心不能待，辭曰：「弟子數百里受業仙師，縱不能得長生術，或小有傳習，亦可慰求教之心；今閱兩三月，不過早樵而暮歸。弟子在家，未諳〔何註〕諳音庵，歷也。此苦。」道士笑曰：「我固謂不能作苦，今果然。明早當遣汝行。」王曰：「弟子操作多日，師略授小技，此來爲不負也。」〔但評〕不求其道而求其術，王固荒唐，道士欺人亦可恨。道士問：「何術之求？」王曰：「每見師行處，牆壁所不能隔，但得此法足矣。」〔但評〕欲求穿牆之術，於意云何？道士笑而允之。乃傳以〔校〕抄本作一。訣，令自咒畢，呼曰：「入之！」王面牆不敢入。

又曰：「試入之。」王果從容入，及牆而阻。道士曰：[校]抄本無王面牆下二十三字。「俛[何註]同俯。首驟[校]抄本作輒。入，勿逡巡！」王果去牆數步，奔而入；及牆，虛若無物；回視，果在牆外矣。大喜，入謝。道士曰：「歸宜潔持，否則不驗。」遂助[校]青本無助字。資斧遣之[校]抄本無之字。歸。抵家，自詡[何註]詡，訏上聲，誇也。遇仙，堅壁所不能阻。妻不信。王傚[何註]傚音效，法也。其作爲，去牆數尺，奔而入，頭觸硬壁，驀[何註]驀音陌，忽也。猶今俗所言驀越、驀忽也。李賀詩：煙底驀没乘一葉。然而踣。[何註]踣音匐，僵卧也。呂氏春秋：將欲踣之，必先舉之。又註：倒也。妻扶視之，額上墳起，如巨卵焉。[但評]觀至此，當浮一大白。妻揶揄[呂註]集韻：揶揄，舉手相弄也。後漢書，王霸傳：市人皆大笑，舉手揶揄之。白居易詩：時遭人指點，數被鬼揶揄。之。[但評]道在是矣，自鳴得意，僅爲妻所揶揄，還算便宜。王慚忿，罵老道士之[校]青本無之字。無良而[校]抄本作也。已。[馮評]壁牆能入，奸盜可爲。頭觸而踣，道士所以全之也，何罵爲？〇自信得術，焉知不爲妻妾羞耶？

異史氏曰：「聞此事未有不大笑者；而不知世之爲王生者，正復不少。今有傖父，[呂註]晉陽秋：陸機呼左思爲傖父。按：傖，賤稱也。[何註]傖，助庚切，鄙賤之稱。方言：楚人謂之傖。喜疢[何註]疢，丑刄切，美嗜爲病也。毒而畏藥石，[呂註]左傳，襄二十三年：臧孫曰：季孫之愛我，疾疢也；孟孫之惡我，藥石也：美疢不如惡石。遂有舐癰吮痔[校]抄本作吮癰舐痔。〇[呂註]莊子，列禦寇：秦王有病，召醫。破癰潰疽者，得車一乘；舐痔者得車五乘。〇晉書：徐苗弟患口癰，苗爲吮之。〇按：宜作吮癰舐痔。[何註]舐，俗舓字，音士。以舌取物也。舐與咶同。後漢書，鄧后傳：夢及天而咶之。舌上從千。吮音雋，亦舐也。吳起傳：卒有病疽者，起爲吮之。者，進宣威逞暴之術，以迎其旨，詒〔校〕青本、抄本作紿。〇〔何註〕紿音殆，欺也。穀梁，僖元年：惡公子之紿。（按詒通紿）之曰：「執此術也以往，可以橫行而無礙。」初試未嘗不小〔校〕青本作少。效，遂謂天下之大，舉可以如是行矣，勢不至觸硬壁而顛蹶〔校〕抄本作蹷。〇〔何註〕蹶音厥，仆也，僵也。不止也。」〔馮評〕張角之太平書，靈素之五雷法，皆是也。推而言之，房琯之車戰，成法未嘗不是，皆觸硬壁而顛蹶者也。

〔何評〕以嬌惰不能作苦之質，縱需之以時日，不能入道；若又急求於兩三月間，勢不至頭觸硬壁不止也。惟恪守道士之言，俛首驟入，勿逡巡，此蓋有合於吾儒遜志時敏之言。吾願世之學道者，少安毋躁也。

〔但評〕文評自明。亦以見學問之途，非浮慕者所得與。雖有名師，亦且俟其精進有得，而後舉其道以傳之；苟或作或輟，遂欲剽竊一二以盜名欺世，其不觸處自踣者幾希！

長清僧*

長清僧某，道行高潔。年八〔校〕此據青本，稿本、抄本作七。十餘猶健。一日，顛仆不起，寺僧奔救，已圓寂〔吕註〕按僧亡曰真寂、順寂、圓寂。矣。僧不自知死，魂飄去，至河南界。河南有故紳〔何註〕紳，縉紳先生也。子，率十餘騎，按鷹獵兔。馬逸，〔何註〕逸音佚，奔也。成公二年：馬逸不能止。墮〔校〕抄本作墜。斃。魂適相值，〔校〕抄本作僧 魂適值。翕然而合，遂漸蘇。廝僕還〔校〕抄本作環。問之。張目曰：「胡至此！」衆扶歸。入門，則粉白黛〔何註〕黛音代，所以畫眉。緑者，紛集顧問。大駭曰：「我僧也，胡至此！」家人以爲妄，共提耳悟之。僧亦不自申解，但閉目不復有言。〔但評〕初張目曰，胡至此，猶是始蘇之言也。見粉白黛緑者大駭矣，曰，我僧也，胡至此。既已認定，何必向人嘵嘵？惟有閉目靜證而已。人當萬難爲情時，能認定己身曰，我何人也，則無論富貴、貧賤、患難，皆可以守之而不失矣。餉以脱粟〔吕註〕前漢書，公孫弘傳：位在宰相，封侯，而爲布被脱粟之飯。〔何註〕晏嬰食脱粟飯，謂僅脱其殼，不精熟也。則食，酒肉則拒。夜獨宿，不受妻妾奉。〔馮評〕還記得本來面目，是有定力，所以不致墮落。否則幾人到此，誤生平矣。數日後，忽思少步。衆皆喜。既出，少定，即有諸僕紛來，錢簿穀籍，雜請〔校〕抄本作諸。會計。〔呂註〕周禮：天官司會。注：司會，主天下之大計。疏：日計曰成，月計曰要，歲計曰會。公子託以病倦，悉卸〔校〕青本作謝。絶之。惟問：「山東長清縣，知之否？」共答：「知之。」曰：「我鬱無聊賴，欲往遊矚，〔何註〕矚音燭，視也。宜即治任。」〔何註〕任音壬，負擔也。王制：輕任并，重任分。衆謂新瘳〔何註〕瘳音抽，病愈也。詩，鄭風：云胡不瘳。未應遠涉，不聽。翼日遂發。抵長清，視風物如昨。無煩問途，竟至蘭若。弟子數人〔校〕青本無上二字。見貴客至，伏謁甚恭，乃問：「老僧焉往？」答云：「吾師曩已物化。」〔呂註〕莊子，刻意篇：聖人之生也天行，其死也物化。注：不忍斥言其死，故言隨物而化也。問墓所。羣導以往，則三尺孤墳，荒草猶未合也。〔馮評〕塚頭人是塚中人。衆僧不知何意。既而戒馬欲歸，囑曰：「汝師戒行之僧，〔呂註〕毘尼藏經：僧有五戒：不殺生，不偷盜，不邪淫，不妄言，不飲酒食肉。所遺手澤，〔呂註〕禮，玉藻：父没而不能讀父之書，手澤存焉爾。注：手之所持，猶存潤澤之迹也。宜恪〔何註〕恪音箈，敬慎也。守，勿俾損壞。」衆唯唯。乃行。既歸，灰心木坐，了不勾當〔呂註〕呂藍衍言鯖：勾當，幹當事也。〇按：勾音遘，當去聲。〔何註〕勾當，辦理也。曹彬傳：勾當公事。家務。居數月，出門自遁，直抵舊寺。謂弟子：〔校〕抄本下有曰字。「我即汝師。」衆疑其謬，相視而笑。乃述返魂之由，又言生平所爲，悉符。衆乃信，居以故榻，事之如平日。後公子家屢以輿馬來，哀請之，略不顧瞻。又年餘，夫人遺紀綱〔吕註〕左傳，僖廿四年：秦伯送衛於晉三千人，實紀綱之僕。〔何註〕紀綱，言能紀綱其家政之僕也。至，多所餽遺。金帛皆卻之，惟受布袍一襲而已。友人或至其鄉，敬造之。見其人默然誠篤；年僅而立，〔校〕抄本作三十。〇〔馮評〕摘用三十而立，如稱管仲爲微管，馬卿、楊雲、孟浩，凡古人已用者皆可用之，否則疑其割斷文理。而輒道其八十餘年事。

異史氏曰：「人死則魂散，其千里而不散者，性定故耳。予於僧，不異之乎其再生，而異之乎其入紛華靡麗〔校〕青本作靡麗紛華。之鄉，而能絕人以逃世〔校〕青本無世字。也。若眼睛一閃，而蘭麝薰〔校〕青本作生。心，有求死〔校〕抄本下有而字。不得者矣，况僧乎哉！」

〔但評〕行高乃不墮落，性定乃不動摇。心性清净，可以生，可以死；可以已死而再生，可以再生而若死。紛華靡麗，諸色皆空；槁木死灰，生心可住。依然故榻，三千界只此蒲團；受爾布袍，八十年本來面目。

蛇人*

東郡某甲，[校]青本作家。以弄蛇爲業。嘗蓄馴[何註]馴音旬，順從也。蛇二，皆青色：其大者呼之大青，小[校]青本下有者字。曰二青。二青額有赤點，尤靈馴，盤旋無不如意。蛇人愛之，異於他蛇。期年，大青死，思補其缺，未暇遑[校]青本作遑暇。也。一夜，寄宿山寺。既明，啓笥，二青亦渺。蛇人悵恨欲死。冥搜[何註]冥搜，謂雖幽暗之中，無所不搜。杜詩：方知象教力，足可追冥摻。摻，搜本字。亟呼，迄無影兆。然每值[校]抄本作至。豐林茂草，輒縱之去，俾得自適，尋復還；以此故，冀其自至。坐伺之，日既高，亦已絶望，怏怏[何註]怏怏，央上聲，不快也。遂行。出門[校]青本無門字。數武，[吕註]禮，曲禮：堂上接武，堂下布武。疏：武，足迹也。陳氏曰：文者上之道，武者下之道，故足在體之下曰武，卷在冠之下亦曰武。聞叢薪錯楚[何註]詩：翹翹錯薪，言刈其楚。言於錯雜薪中，而刈其翹木之楚也。中，窸窣[吕註]杜甫詩：河梁幸未拆，枝撐聲窸窣。注：窸窣，聲不安也。[何註]窸窣音悉捽，謂蛇行聲也。又註：子虛賦：媻珊勃窣上金堤。謂匍匐行也，又行聲也。作響。停趾愕顧，則二青來也。大喜，如獲拱璧。[呂註]左傳，襄二十八年：崔氏之臣曰：與我其拱璧。[何註]拱璧，玉器名。息肩路隅，蛇亦頓止。視其後，小蛇從焉。撫之曰：「我以汝爲逝矣。小侶而所薦耶？」出餌[何註]餌音耳，食也。飼[何註]飼音寺，以食食人也。之，兼飼小蛇。小蛇雖不去，然瑟縮[何註]瑟，蕭瑟也。縮音蹜，曲不伸也。昌黎謂：東野夫子瑟縮久不安。不敢食。二青含哺之，宛似主人之讓客者。[但評]既能薦侶，又以禮讓待之，竊位者殊愧此蛇。蛇人又飼之，乃食。食已，隨二青俱入笥中。荷去教之，旋折輒中規矩，與二青無少異，因名之小青。衒[何註]衒，俗云賣弄也。技四方，獲利無算。大抵蛇人之弄蛇也，止以二尺爲率；大則過重，輒便更易。——緣二青馴，故未遽棄。又二三年，長三尺餘，臥則笥爲之滿，遂決去之。一日，至淄邑東山間，飼以美餌，祝而縱之。既去，頃之復來，蜿蜒[何註]蜿音剜。蜒音延。西京賦：海鱗變而成龍，狀蜿蜿以蝹蝹。蝹音氳。李尤陽德殿賦：連壁徂之爛熳兮，雜蛇文之蜿蜒。笥外。蛇人揮曰：「去之！世無百年不散之筵。從此隱身大谷，必且爲神龍，笥中何可以久居也？」[但評]祝而縱之，示之以前程，告之以實語，蛇人亦多情者。蛇乃去。蛇人目送之。[校]抄本無上五字。已而復返，揮之不去，以首觸笥。小青在中，亦震震而動。蛇人悟曰：「得毋欲別小青耶？」[校]抄本作也。乃發笥。小青逕出，因與交首吐舌，似相告語。[但評]行者感別，居者遠將，外蛇內蛇，與鄭南門中蛇相去霄壤。已而委蛇並去。方意小青不返，[校]抄本作還。俄而踽踽[何註]踽踽，獨行也。獨來，竟入笥臥。由此隨在物色，

〔呂註〕後漢書，嚴光傳：帝思其賢，乃令以物色訪之。注：言以形貌求之也。〔何註〕光武以物色訪嚴光，故以訪尋爲物色也。迄無佳者。而小青亦漸大，不可弄。後得一頭，亦頗馴，然終不如小青良。而小青粗於兒臂矣。先是，二青在山中，樵人多見之。又數年，長數尺，圍如盌；漸出逐人，因而行旅相戒，罔敢出其途。一日，蛇人經其處，蛇暴出如風。蛇人大怖而奔。蛇逐益急，回顧已將及矣。而視其首，朱點儼然，始悟爲二青。下擔呼曰：「二青，二青！」蛇頓止。昂首久之，縱身遶蛇人，如昔弄狀。覺其意殊不惡；但軀巨重，不勝其遶。仆地呼禱，乃釋之。又以首觸笥。蛇人悟其意，開笥出小青。二蛇相見，交纏如飴糖狀，久之始開。〔但評〕隱身大谷，而不忘主人，不忘舊侶，於人吾見亦罕，而況於蛇。蛇人乃祝小青：〔校〕抄本下有曰字。「我久欲與汝別，今有伴矣。」謂二青曰：「原君〔校〕青本作汝。引之來，可還引之去。更囑一言：深山不乏食飲，〔校〕抄本作飲食，青本無飲字。勿擾行人，以犯天譴。」二蛇垂頭，似相領受。〔但評〕聞言頓悟，二蛇應有夙根，不然，何以藥石成仇者，反以人而不如蟲也。遽起，大者前，小者後，過處〔校〕青本無處字。林木爲之中分。蛇人竚立望之，不見乃去。自此〔校〕抄本作此後。行人如常，不知其〔校〕其，抄本作二蛇。何往也。

異史氏曰：「蛇，蠢然一物耳，乃戀戀有故人之意。且其從諫也如轉圜。〔何註〕圜同圓。漢高祖從諫如轉圜。獨怪儼然而〔校〕青本無而字。人也者，以十年把臂之交，數世蒙恩之主，輒〔校〕抄本作轉。思下井復投石〔呂註〕見韓昌黎柳子厚墓志銘。〔何註〕韓文：落陷阱不一引手救，反擠之，又下石焉者，皆是也。焉；又不然，則藥石相投，悍然不顧，且怒而仇焉者，亦羞此蛇也已。」〔校〕上六字，抄本作不且出斯蛇下哉。

〔馮評〕此等題我嫌污筆，寫來款款動人乃爾。與柳州捕蛇者說異曲同工。

斫蟒*

胡田村胡姓者，兄弟采樵，深入幽谷。遇巨蟒，兄在前，爲所吞。弟初駭欲奔；見兄被噬，〔何註〕噬音誓，啗也，齧人也。易曰：頤中有物曰噬嗑。遂奮〔校〕抄本無奮字。怒出樵斧，斫蟒〔校〕此據青本，稿本、抄本作蛇。首。首傷而吞不已。然頭雖已没，幸〔校〕青本作而。肩際不能下。弟急極無計，乃兩手持兄足，力與蟒争，竟曳兄出。蟒亦負痛去。視兄，則鼻耳俱化，〔校〕稿本下原有惟孔存焉四字，塗去。奄將氣盡。肩負以行，途中凡十餘息，始至家。醫養半年，方愈。至今面目皆瘢痕，鼻耳處惟孔存焉。噫！農人中，乃有弟弟如此者哉！〔但評〕農人未嘗學問，且非所以要譽於鄉黨朋友也。如此弟弟，乃真弟弟。或言：「蟒不爲害，乃德義所感。」信然！〔馮評〕近日曉嵐先生喜作此等語，於世道人心大有裨益。聊齋非君子人，吾不信也。

犬姦*

青州賈某，客于外，恒經歲不歸。家蓄〔校〕抄本作畜。一白犬，妻引與交。犬〔校〕抄本、遺本無犬字。習爲常。一日，夫至，〔校〕抄本作歸。與妻共臥。犬突入，登榻，嚙賈人竟死。後里舍稍聞之，共〔校〕遺本無共字。爲不平，鳴于官。官械〔何註〕械音邂，桎梏也。婦，婦不肯伏，收之。命縛犬來，始取婦出。犬忽見婦，直前碎衣作交狀。婦始無詞。使兩役解部院，一解人而一解犬。有欲觀其合者，共斂錢賂〔何註〕賂音路，遺也。役，役乃牽聚令交。所止處，觀者常數〔校〕抄本、遺本無數字。百人，役以此網利焉。後人犬俱寸磔以死。嗚呼！天地之大，真無所不有矣。然人面而獸交者，獨一婦也乎哉？

異史氏爲之判曰：「會于濮上，古所交譏；約于桑中，〔呂註〕詩，鄘風：期我乎桑中。人且不齒。〔呂註〕書，蔡仲之命：降霍叔於庶人，三年不齒。乃某者，不堪雌守之苦，浪思苟合之歡。夜叉伏牀，竟是家中牝獸；捷卿入竇，［校］遺本作闥。遂爲被底情郎。雲雨臺前，亂搖續貂之尾；温柔鄉［呂註］飛燕外傳：后進合德，帝大悦，謂爲温柔鄉。曰：吾老是鄉可矣。裏，頻款曳象之腰。鋭錐處于皮囊，一縱股而脱穎；留情結于鏃項，甫飲羽［校］遺本作投隙。而生根。忽思異類之交，直［校］遺本作真。屬匪夷之想。尨吠奸而爲奸，妒殘兇殺，律難治以蕭曹；人非獸而實獸，奸［校］遺本作污。穢淫腥，肉不食于豺虎。嗚呼！人奸殺，則擬女［校］抄本作女擬。以剮；至于狗［校］抄本、遺本作犬。奸殺，陽世遂無其刑。人不良，則罰人作犬；至于犬不良，陰曹應窮于法。宜支解以追魂魄，請押赴以問閻羅。」［校］青本無此篇。

黿神*

王公筠蒼，[呂註] 名孟震，淄川人。萬曆甲午舉人，乙未進士，授行人司行人，考選浙江道御史，巡按遼東，轉冀寧道參議，河東副使。京察，降河南布政司副理問，陞工部主事、員外、郎中，光祿寺丞，尚寶寺卿，左通政。以忤魏璫削籍。蒞任楚中。擬登龍虎山謁天師。[呂註] 元史，釋老傳：正一天師者，始自漢張道陵。其後四代孫曰盛來，居信之龍虎山；相傳至三十六代孫，名宗演。當至元十四年，世祖已平江南，遣使召之。至則待以客禮，命主領江南道教，仍賜銀印。及湖，甫登舟，即有一人駕小艇來，使舟中人爲通。公見之，貌修偉。懷中出天師刺，[呂註] 刺，七賜切。釋名：書姓名於奏白曰刺。[何註] 如今拜帖也。古人以竹爲之，刺名其上，故謂之刺。曰：「聞騶從[何註] 騶音鄒，官之護從也。名臣遺事：太宗爲泌解有避蹕事，問何官騶導雄偉，都人斂避？特授臺省知雜，以避擲蹕之患。將臨，先遣負弩。」[呂註] 逸周書：武王伐紂，散宜生、閎夭負弩前驅。[何註] 司馬相如傳：蜀太守以下郊迎，縣令負弩矢先驅。公訝其預知，益神之，誠意而往。天師治具[呂註] 前漢書，灌夫傳：將軍辛喜過魏其，魏其夫妻治具。注：具，酒食也。[何註] 治具，爲治食具也。相款。其服役者，衣冠鬚鬣，[何註] 鬣音獵，長鬚也。昭公七年：使長鬣者相。多不類常人。前使者亦侍其側。少間，向天師細語。天師謂公曰：「此先生同鄉，不之識耶？」[校] 青本作也。公問之。

曰：「此即世所傳雹神李左車[呂註]史記，淮陰侯傳：趙王、成安君聞漢且襲之也，聚兵井陘口。廣武君李左車說，不聽。漢兵夾擊，大破虜趙軍，斬成安君泜水上，禽趙王歇。信乃令軍中毋殺廣武君；有能生得之者，購千金。於是有縛廣武君而致戲下者。信乃解其縛，東向坐，西向對，師事之。○按：李左車，行唐人。初仕趙，封廣武君。趙既敗，信募得之，用其計下燕、齊諸城。其爲雹神，未詳始於何時。也。」公愕然改容。天師曰：「適言奉旨雨雹，故告辭耳。」公問：「何處？」曰：「章丘。」公以接壤關切，離席乞免。天師曰：「此上帝玉勅，雹有額數，何能相徇？」公哀不已。天師垂思良久，乃顧而囑曰：「其多降山谷，勿傷禾稼可也。」又囑：「貴客在坐，文去勿武。」神出，[校]青本作去。至庭中，忽足下生煙，氤氳[校]抄本作氳氤。○[何註]氤氳音因煴，氣合聚也。又註：亦作絪緼。易：天地絪緼，萬物化醇。匝[何註]匝，作嗒切，本作帀，周匝也。地。俄延踰刻，極力騰起，裁高於庭樹；又起，高於樓閣；霹靂[呂註]爾雅，釋天：疾雷爲霆霓。注：雷之疾者爲霹靂。○按：一作辟歷。又作劈歷，言所歷皆破折也。見埤雅、說文。一聲，向北飛去，[校]稿本下原有公駭曰三字，塗去。屋宇震動，筵器擺簸。[何註]擺，拜上聲，搖也。簸音播，揚米去糠也。擺簸，搖擺如簸物然。公駭曰：「去乃作雷霆耶！」天師曰：「適戒之，所以遲遲；不然，平地一聲，便逝去矣。」公別歸，志其月日，遣人問章丘，是日果大雨雹，溝渠皆滿，而田中僅數枚焉。

狐嫁女*

歷城殷天官，[呂註]名士儋，字棠川。明嘉靖庚子舉人，丁未進士，官吏部尚書，謚文莊。少貧，有膽略。邑有故家之第，廣數十畝，樓宇連亘。[何註]亘，個鄧切，延袤也。詩：亘之秬秠。常見怪異，以故廢無居人；久之，蓬蒿漸滿，白晝亦無敢入者。會公與諸生飲，或戲云：「有能寄此一宿者，共醵[呂註]禮，禮器：周禮其猶醵與。注：醵，合錢飲酒也。[何註]醵，會集也。爲筵。」公躍起曰：「是亦何難！」攜一席往。衆送諸門，戲曰：「吾等暫候之。如有所見，當急號。」公笑云：「有鬼狐，當捉證耳。」遂入。見長莎蔽徑，蒿艾如麻。時值上弦，[呂註]左傳，注：月體無光，待日照而光生。半則爲弦，全乃成望。曆書：月至八日上弦，至二十三日下弦。詩：如月之恒。箋：日月至朔交會，俱右行於天。日遲月疾，從朔而分。至三日，月去日已當二次，始死魄而出，漸漸遠日而月光稍長。八日、九日，大率月體正半昏，而中似弓之張而弦直，謂上弦也。後漸進，至十五、十六，月體滿與日正相當，謂之望，謂體滿而相望也。從此漸虧，至二十三日、二十四日，亦正半在，謂之下弦。幸[校]青本作新。月色昏黃，門戶可辨。摩娑[何註]摩娑，猶俗謂循牆摩壁之意。又作摩挲。韓愈石鼓歌：誰復著手更摩抄。數進，始抵後樓。登月臺，光潔可愛，遂止焉。西望月明，惟啣山一綫耳。[馮評]點綴小景如畫。坐良久，更無少異，竊笑傳言之訛。席地枕石，卧看牛女。一更向盡，恍惚欲寐。樓下有履聲，籍籍而上。假寐睨之，見一青衣人，挑蓮燈，猝見公，驚而卻退。語後人曰：「有生人在。」下問：「誰也？」[校]抄本作何。答云：「不識。」俄一老翁上，就公[校]青本無公字。諦視，曰：「此殷尚書，其睡已酣。但辦吾事，相公倜儻，[呂註]倜音惕。説文：倜儻，不羈也。[何註]文選：雅志倜儻。亦作俶儻。卓異也。儻，湯上聲。或不叱怪。」乃相率入樓。樓門盡闢。移時，往來者益衆。樓上燈輝如晝。公稍稍轉側，作嚔[何註]嚔音帝，噴鼻也。詩：願言則嚔。咳。翁聞公醒，乃出，跪而言曰：「小人有箕箒女，[呂註]東觀漢記：呂公謂高祖曰：臣有弱息，願奉箕箒。[何註]奉箕帚，爲婦也。今夜[校]抄本作值。于歸。不意有觸貴人，望勿深罪。」[馮評]狐亦爽朗可愛。公起，曳之曰：「不知今夕嘉禮，慚無以賀。」翁曰：「貴人光臨，壓除凶煞，幸矣。即煩陪坐，倍益光寵。」公喜，應之。入視樓中，陳設芳[校]抄本作綺。麗。遂有婦人出拜，年可四十餘。翁曰：「此拙荆。」[何註]拙荆，稱妻也。公揖之。俄聞笙樂聒耳，有奔而上者，曰：「至矣！」翁趨迎，公亦立俟。少選，[校]抄本作間。○[呂註]呂覽：少選，發而視之。注：少選，須臾也。[何註]猶少待也。籠紗[何註]籠紗，以紗籠燭也。宋太祖以葛籠燭，曰鐙籠。清異録：丁朱崖家有絳紗籠。一簇，導新郎入。年可十七八，丰采韶秀。翁命先與貴客爲禮。少年目公。

公若爲儐，[呂註]禮，聘義注：入紹禮曰相，出接賓曰擯。○按：擯，一作儐。執半主禮。次翁壻交拜，已，乃即席。少間，粉黛雲從，酒胾[呂註]正字通：切肉曰胾。[何註]胾，側吏切，肉也。魯頌：毛炰胾羹。又註：胾，肴饌也。霧霈，[何註]霈音沛。霧霈，熱氣蒸騰也。玉椀金甌，光映几案。酒數行，翁喚女奴請小姐來。女奴諾而入。良久不出。翁自起，搴幃促之。俄婢媼[何註]媼，烏皓切，老婦也。數[校]抄本無數字。輩，擁新人出，環珮璆[何註]璆音求，玉聲也。孔子世家：環珮玉聲璆然。然，麝蘭[校]青本作蘭麝。散馥。翁命向上拜。起，即坐母側。微目之，翠鳳明璫，[呂註]李端襄陽曲：雀釵翠鳳動明璫。[何註]璫音當，充耳也。容華絶世。既而酌以金爵，大容數斗。公思此物可以持驗同人，陰内袖中。僞醉隱几，頹然而寢。[校]青本作寐。皆曰：「相公醉矣。」居無何，聞新郎告行，笙樂暴作，紛紛下樓而去。已而主人斂酒具，少一爵，冥搜不得。或竊議卧客；翁急戒勿語，惟恐公聞。移時，内外俱寂，公始起。暗無燈火，惟脂香酒氣，充[校]青本作盈。溢四堵。視東方既白，乃從容出。探袖中，金爵猶在。及門，則諸生[校]抄本作人。先俟，疑其夜出而早入者。公出爵示之。衆駭問，因[校]抄本作公。以狀告。共思此物非寒士[呂註]世説：劉中郎遇褚司徒入朝，以腰扇障日。中郎從側過曰：作如此舉止，羞面見人，扇障何益？褚曰：寒士不遜！中郎曰：不能殺袁劉，安得免寒士？杜甫詩：安得廣厦千萬間，大庇天下寒士皆歡顔。所有，乃信之。後[校]抄本下有公字。舉進士，任於肥丘。有世家朱姓宴公，命取巨觥，[何註]觥，姑橫切，酒巵也。詩：稱彼兕觥。久之不至。有細奴掩口與主人語，主人有怒色。俄奉金爵勸客飲。諦［校］青本無諦字。視之，款式雕文，與狐物更無殊别。大疑，問所從製。答云：「爵凡八隻，大人爲京卿時，覓良工監製。此世傳物，什襲［呂註］闞子：宋之愚人，得燕石於梧臺之東，歸而藏之，以爲寶，革匱十重，緹巾什襲。○山海經，注：燕山多嬰石，似玉有符采。嬰帶，所謂燕石也。［何註］什襲，重疊包裹也。已久。緣明府［呂註］後漢書，張湛傳：明府注：郡守所居曰府；明府者，尊高之稱。前漢書：延壽爲東郡太守，門卒謂之明府，亦其義也。賓退録：明府，漢人以稱太守，唐人以稱縣令。○按：今依唐人稱縣令曰明府。辱臨，適取諸箱簏，［何註］簏音禄，竹器。僅存其七，疑家人所竊取；而十年塵封如故，殊不可解。」公笑曰：「金杯羽化矣。［呂註］唐書，柳公權傳：公權善書，公卿贈巨萬，多爲守藏奴海鷗龍安盜用。嘗别貯杯盂一笥，緘縢如故，而器皆亡。奴妄言叵測者。柳笑曰：金杯羽化矣。不復詰。○［但評］金杯羽化，是飛觥好注解。然世守之珍不可失。僕有一具，頗近似之，當以奉贈。」終筵歸署，揀爵馳送之。主人審視，駭絶。親詣謝公，詰所自來。公乃［校］抄本作爲。歷陳顛末。始知千里之物，狐能攝致，而不敢終留也。［但評］攝致千里之物而不敢終留，可見狐本不爲怪。○或笑狐攝人之物，自粧門面，終非己有，豈不可羞？吾謂：天下之物，當與天下公之。浮生如寄，除倫常性分之外，何者是自己所有？凡一切所有之物，雖暫寄於我，終久還當寄之他人。彼斤斤自守，而曰是我所自有也，亦甚愚也。

［何評］假寐，叟翁，揖媪，儐壻，寫尚書倜儻如畫，然要是有膽略耳。竊爵還爵，並見尚書雅度。

［但評］妖固由人興也。鬼狐之據人第宅，亦因其可欺而欺之耳。鬼狐不畏貴人，只畏正人。正人者，道義之氣，純是陽剛，彼陰邪者曷敢當之？不然者，其氣先已自餒，鬼狐乃得而乘之矣。今狐之言曰：「相公倜儻，或不叱怪。」可知狐本不爲怪，特鄙瑣者自怪之耳。以倜儻之人，狐且尊之敬之，況能養浩然之氣者哉！

嬌娜*

孔生雪笠，聖裔也。爲人蘊藉，［呂註］前漢書，薛廣德傳：廣德爲人温雅有蘊藉。又唐書，權德輿傳：蘊藉風流，自然可慕。［何註］薛廣德傳注：蘊藉，寬博有餘也。又註：多所蓄積也。○［但評］蘊藉人而得蘊藉之妻，蘊藉之友，與蘊藉之女友。寫以蘊藉之筆，人蘊藉，語蘊藉，事蘊藉，文亦蘊藉。工詩。有執友［呂註］禮，曲禮：執友稱其仁也。注：執友者，同師之友，共執志者，故曰執友。［何註］執友，同執一業者。令天台，寄函招之。生往，令適卒。落拓［呂註］史記，酈生傳：家貧落魄，無衣食業。杜牧詩：落魄江湖載酒行。○王鳳洲云：落魄之魄音托，與拓同。［何註］落拓，猶蹭蹬也。揚雄解嘲：何爲官之落拓也。注：不耦也。不得歸，寓菩陀寺，傭［何註］傭音容，賃傭也，雇役於人受直也，如孔仲山傭爲街卒之傭。爲寺僧抄録。寺西百餘步，有單先生第。先生故公子，以大訟蕭條，眷口寡，移而鄉居，宅遂曠焉。一日，大雪崩騰，寂無行旅。偶過其門，一少年出，丰采甚都。［何註］都，美盛也。史記，司馬相如列傳：車從雍雍，閒雅甚都。見生，趨與爲禮，略致慰問，即屈［校］青本作乞。降臨。生愛悦之，慨然從入。屋宇都不甚廣，處處悉懸錦幕；壁上多古人書畫。案頭書一册，籤云：［校］抄本作曰。

「瑯嬛［呂註］伊世珍瑯嬛記：張茂先博學强記。嘗爲建安從事，遊於洞宮，遇一人問曰：君讀書幾何？曰：未讀者二十年内書；若二十年外，華已盡讀之矣。其人議論超然，華頗内服。因共至一處，大石中忽有門，引華入，則別有天地，宮室嵯峨。入一室，陳書滿架，曰：此歷代史也。又一室，曰：此萬國志也。惟一室頗高，有二犬守之。華問故，曰：此皆玉京紫微金真七瑛丹書紫字諸祕籍。指二犬曰：此龍也。華歷觀諸室書，皆漢以前事，多所未聞者。心樂之，欲賃住數日。其人笑曰：君癡矣。命小童送出。華問地名，曰：此瑯嬛福地。［何註］瑯嬛，猶環海也。瑣記。」［馮評］名士案頭，雅致乃爾。［何評］瑯嬛又有瑣記。翻閱一過，俱［校］抄本作皆。目所未睹。［但評］得讀生平未見書，是從瑯嬛福地來。生以居單第，意［校］抄本作以。爲第主，即亦不審官閥。［何註］官閥，猶言世家也。史記，功臣年表：人臣功有五等。明其等曰閥，積日曰閲。元制：閥閲兩柱，相去一丈，端置瓦筒，曰烏頭，故曰烏頭閥閲。少年細詰［何註］詰音蛣，問也。行蹤，意憐之，勸設帳授徒。生嘆曰：「羈旅［何註］羇從奇。左傳，莊二十二年：羇旅之臣。（按羇通羈）之人，誰作曹丘［呂註］史記，季布樂布列傳：楚人曹丘生，與竇長君善。季布聞之，寄書諫之曰：吾聞曹丘生非長者，勿與通。及曹丘生歸，欲得書詣季布。竇長君曰：季將軍不悦足下，足下勿往。固請書，遂行。使人先發書。季布果大怒，待曹丘。曹丘至，即揖季布曰：楚人諺曰：得黄金百斤，不如得季布一諾。足下何以得此聲於梁楚哉？且僕楚人，足下亦楚人也。僕游揚足下之名於天下，顧不重耶？季布乃大悦，引入，留數月，厚送之。季布名所以益聞者，曹丘揚之也。［何註］曹丘，喜薦達人才者。者？」少年曰：「倘不以駑駘［呂註］楚辭：乘駑駘而馳驅。注：駑駘，馬之劣頓者。［何註］駑音奴，最下馬也。駘音台，駑馬脱銜也。崔實政論：馬駘其銜。見斥，願拜門牆。」生喜，不敢當師，請爲友。便問：「宅何久錮？」［何註］錮音顧，扃錮也。答曰：「此爲單府，曩以公子鄉居，是以久曠。僕皇甫氏，祖居陜。以家宅焚於野火，暫借安頓。」生始知非單。當晚，談笑甚懽，即留共榻。昧爽，［何註］昧，暗也；爽，明也。由昧而爽，謂初明時也，清晨也。即有僮子熾炭［校］抄本下有火字。於室。

少年先起入内，生尚擁被坐。僮入白：「太公[校]抄本作翁。來。」生驚起。一叟入，鬢髮皤[何註]皤音婆，老人白髮也。易，賁卦：賁如皤如。然，向生殷謝曰：「先生不棄頑兒，遂肯賜教。小子初學塗鴉，[呂註]堯山堂外紀：盧仝舉子名添丁，其幼喜塗抹詩書，往往令黑。仝戲賦詩曰：忽來案上翻墨汁，塗抹詩書如老鴉。○鎦炳詩：病目塗鴉不成字，粉牋香墨寫烏絲。勿以友故，行輩視之也。」已，乃[校]抄本作而。進錦衣一襲，貂帽、襪、履各一事。視生盥櫛[何註]盥音貫，洗手也。櫛，側瑟切，理髮也。已，乃呼酒薦[校]青本作進。饌。几、榻、裙、衣，不知何名，光彩射目。酒數行，叟興辭，曳杖而去。餐訖，公子呈課業，類皆古[校]稿本下原有人字，塗去。文詞，並無時藝。[何註]藝，文也。問之，笑云：[校]青本作曰。「僕不求進取也。」[但評]不求進取，操業便高。抵暮，更酌曰：「今夕盡懽，明日便不許矣。」呼僮曰：「視太公寢未；已寢，可暗喚香奴來。」僮去，先以繡囊將琵琶至。少頃，一婢入，紅妝豔絶。公子命彈湘妃。[何註]湘妃，舜妃也。彈湘妃，曲也。又註：博物志：舜南巡不返，娥皇、女英追之不及，至洞庭，淚下染竹，死爲湘水神。婢以牙撥[何註]牙撥，撥絃物也。童蒙訓：高麗琵琶，以象牙爲撥。勾動，激揚哀烈，節拍[呂註]爾雅，釋樂：和樂謂之節。○陳暘樂書：樂有拍板。韓文公目爲樂句。不類夙聞。又命以巨觴行酒，三更始罷。[但評]香奴行酒，只是借逕入題。次日，早起共讀。公子最惠，[校]青本、抄本作慧，通惠。過目成詠，[校]青本作誦。二三月後，命筆警絶。相約五日一飲，每飲必招香奴。[但評]五日一飲，每飲必招香奴，是真善讀書者，傖父固不解此。一夕，酒酣氣熱，目注之。[但評]反映下文，如樓臺倒影，星斗漾波，行文真有手揮目送之樂。公子已會其意，曰：「此婢[校]抄本下有乃字。爲老父所豢[何註]豢音宦，以穀養豕也。養。兄曠邈[何註]曠，闊也。邈音懇，遠也。無家，我夙夜代籌久矣。行當爲君謀一佳耦。」生曰：「如果惠好，必如香奴者。」公子笑曰：「君誠『少所見而多所怪』[吕註]牟子：古諺曰：少所見多所怪，見橐駝以爲馬腫背。者矣。以此爲佳，君願亦易足也。」居半載，生欲翺翔[何註]翺翔，猶遨遊也。郊郭，至門，則雙扉外扃。問之。公子曰：「家君恐交游紛意念，故謝客耳。」生亦安之。時盛暑溽[何註]溽音辱，溼暑也。熱，移齋園亭。生胸間腫[校]此據青本，稿本、抄本作瘇。起如桃，一夜如盌，痛楚吟呻。[校]青本、抄本作呻吟。○[何註]吟呻，氣也，嘆也。韓愈文：察其嚬呻。注：蹙額愁嘆也。歐陽修文：暫痛勿呻吟。○[馮評]串合。公子朝夕省視，眠食都[校]青本、抄本作俱。廢。[但評]八字寫出知交至情。又數日，創劇，[何註]創，本作瘡，破也。劇音屐，甚也。益絶食飲。太公亦至，相對太息。公子曰：「兒前夜思先生清恙，嬌娜妹子能療之。遣人於外祖母[校]抄本無母字。處呼令歸，何久不至？」俄僮入白：[校]抄本作曰。「娜姑至，姨與松姑同來。」[馮評]藏筆。先有藏筆省力。非深此道者不知。○[但評]有女同行，已在夙夜代籌中矣。父子疾[校]抄本作即。趨入内。少間，引妹來視生。年約十三四，嬌波流慧，細柳生姿。生望見顔[校]抄本作豔。色，嚬呻頓忘，精神爲之一爽。[但評]望見顔色，精神爲之一爽，是真能好色，非登徒子可比。公子便言：「此兄良友，不啻[校]抄本下有同字。○[何註]啻音翅。不啻，不止也。胞也，[但評]良友不啻胞，性分中語，難得。

妹子好醫之。」女乃斂羞容，揄［何註］揄音偷，垂也。莊子：被髮揄袂。長袖，就榻診視。把握之間，覺芳氣勝蘭。［吕註］漢武帝宫人麗娟，年十四，玉膚柔軟，吹氣如蘭。○［馮評］掩映之筆。女笑曰：「宜有是疾，心脈動矣。然症雖危，可治；但膚塊已凝，［校］青本作盈。非伐皮削肉不可。」［但評］解頤妙語，笑可傾城。聞其言，洗却無數鬱悶，況近嬌姿而蒙把握者耶？○慧心妙舌，如聞其聲，如見其人。心脈一動，非伐皮削肉，則疾不可爲；特恐無美人以爽其精神，無金釧以束其創腫，無佩刀以割其腐肉，無紅丸以清其骨體，徒付之庸醫之手，以屠刀妄削之，創去而身亦亡矣。心脈顧可妄動哉！乃脱臂上金釧安患處，徐徐按下之。創突起寸許，高出釧外，而根際餘腫，盡束在内，不似前如盌闊矣。［馮評］寫瑣細如見。乃一手啓羅衿，解佩刀，刃薄於紙，把釧握刃，輕輕附根而割。紫血流溢，沾染牀席。而［校］青本、抄本作生。貪近嬌姿，不惟不覺其苦，且恐速竣［何註］竣音逡，事畢也。割事，偎傍不久。［但評］幸哉創也。文心極曲，而筆實足以達之。未幾，割斷腐肉，團團然如樹上削下之癭。［何註］癭音嬰，木病腫者。爾雅：瘣木苻婁。注：木病尫傴癭腫無枝幹。瘣，胡罪切，木病無枝也。又呼水來，爲洗割處。口吐紅丸，［何評］此内丹也。如彈大，着肉上，按令旋轉：才一周，覺熱火蒸騰；再一［校］青本無一字。周，習習作痒；三周已，遍體清涼，沁入骨髓。［馮評］此一段過文也。女收丸入咽，曰：「愈矣！」趨步出。生躍起走謝，沉痼［何註］沉痼，痼本作錮，深沉久錮之疾也。若失。而［校］稿本而字原作但，改而字。懸想容輝，苦不自已。自是廢卷癡坐，無復聊賴。公子已窺之，曰：「弟爲兄[校]抄本無兄字。物色，得一佳偶。」[馮評]小波致。問：「何人？」曰：「亦弟眷屬。」生凝思良久，但云：「勿須。」[校]抄本下有也字。面壁吟曰：「曾經滄海難爲水，除卻巫山不是雲。」[呂註]唐元稹妻韋氏，有才思，早卒。稹作遣悲懷詩五首，中有句云：曾經滄海難爲水，除卻巫山不是雲。公子會其指，曰：「家君仰慕鴻才，常欲附爲婚姻。但止一少妹，齒太穉。[何註]穉同稚，幼也。有姨女阿松，年十八[校]青本作七。矣，頗不粗陋。如不見信，松姊日涉園亭，伺前廂，可望見之。」生如其教。果見嬌娜偕麗人來，畫黛彎蛾，[呂註]說文：黛，畫眉也。釋名：滅眉毛，去之以此畫代其處也。○詩，衛風：螓首蛾眉。傳：蛾，蠶蛾也，其眉細而長曲。蓮鉤蹴鳳，[呂註]南齊書：東昏侯鑿金爲蓮花貼地，令潘妃行其上，曰：此步步生蓮花也。○道山新聞：李後主宮嬪窅娘善舞。後主作金蓮，高六尺，飾以寶物，細帶纓絡，蓮中作品色瑞蓮；令窅娘以帛繞脚，令纖小屈上作新月狀。唐鎬詩曰：蓮中花更好，雲裏影常新。因窅娘作也。由是人皆效之。○中華古今注：古履絇繶皆畫五色，至漢始以錦爲飾。東晉以草木織成，有鳳頭聚雲五朵之履；宋有重臺履；梁有笏頭履、分梢履。[何註]黛，青黛也。彎蛾，如蛾眉之彎也。鉤，婦人鞋形似弓，故曰鉤。蹴音蹙，蹋也。與嬌娜相伯仲也。[馮評]互筆。[但評]松娘只此寫足，猶是對面烘襯之法。生大悅，請[校]抄本作求。公子作伐。公子翼日[校]青本作翼日公子，抄本作公子異日。自內出，賀曰：「諧矣。」乃除別院，爲生成禮。是夕，鼓吹闐咽，[何註]闐咽，皆鼓聲。塵落漫飛，以[校]青本作似。望中仙人，忽同衾幄，[何註]幄音渥，覆帳也。遂疑廣寒宮殿，未必在雲霄矣。[馮評]形容盡致。[但評]仍是對面虛接住，莫誤認作正面。合巹[呂註]禮，昏義：共牢而食，合巹而酳。注：巹謂半瓢。以瓠分爲兩瓢，謂之巹；壻與婦各執其一，故曰合巹。[何註]儀禮，士昏禮，注：巹，破瓠。合巹，對飲也。之後，甚愜

［何註］愜音篋，快足也。心懷。［但評］得近嬌姿，且污纖指，徒以齒穉，未遂婚姻，此恩此情，如天如海；況阿松佳偶，伯仲嬌娜，夙夜代籌，敢忘所自。則他日之矢共生死，不自他日始矣。一夕，公子謂生曰：「切磋之惠，無日可以忘之。近單公子解訟歸，索宅甚急。意將棄此而西。勢難復聚，因而離緒縈［何註］縈音煢，擾也。懷。」生願從之而［校］抄本無上二字。去。公子勸還鄉閭，［校］青本作里。生難之。公子曰：「勿慮，可即送君行。」無何，太公引松娘至，以黃金百兩贈生。公子以左右手與生［校］此據抄本，稿本、青本無生字。夫婦相把握，囑閉眸［校］抄本作目。勿視。飄然履空，但覺耳際風鳴。久之曰：「至矣。」啓目，果見故里。始知公子非人。喜叩家門。母出非望，又睹美婦，方共忻慰。及回顧，則［校］青本無則字。公子逝矣。［馮評］隨放隨收，縱送自如。松娘事姑孝；豔色賢名，聲聞遐邇。後生舉進士，授延安司李，［呂註］廣雅：皋陶爲李官，治刑獄。按：推官號爲司李，亦稱司理。［何註］司李，李通理，獄官也。宋蕭燧爲平江司李。禮，月令：孟秋之月，命理瞻傷、察創、視折。康熙年間，尚有司李，俗謂四府刑廳。攜家之任。母以道遠不行。松娘舉［校］抄本作生。一男，名小宦。生以忤［何註］忤，五故切，逆也。直指［呂註］杜佑通典：漢公卿百官表，侍御史有繡衣直指者，出討奸猾，理大獄。直指者，行無苟私也。○按：如國初之巡按。詳見胡四娘。罷官，罣［何註］罣音卦，亦礙也。礙不得歸。偶獵郊野，逢一美少年，跨驪［何註］驪，純黑馬也。詩：四驪濟濟。駒，頻頻瞻顧。［校］抄本作視。細視，［校］抄本作看。則皇甫公子也。［但評］一日三秋，來何暮也。攬［何註］攬同擥，持也。轡停驂，悲喜交至。邀生去，至一村，樹木濃昏，蔭［校］青本作陰。翳天日。入其家，則金漚浮釘，［何註］金漚浮釘，演繁露：公輸班見水中蠡，遂

象之立於門户，所謂釘也。義訓曰：飾金謂之鋪，浮謂之漚，今俗謂之浮漚釘也。漚音謳。宛然世族。［校］抄本作家。問妹子則［校］抄本作已。嫁；岳母已亡：深相感悼。［何註］悼，傷也。經宿別去，偕妻同返。嬌娜亦至，抱生子掇［何註］掇音剟，拾取也。提而弄曰：「姊姊亂吾種矣。」生拜謝曩德。笑曰：「姊夫貴矣。創口已合，未忘痛耶？」［但評］只三語十二言，而面面俱到，所謂回頭一笑，百媚俱生。○身之貴，卿之賜也。自別卿以來，心脈不敢妄動矣，創口雖合，曷敢忘痛。妹夫吴郎，亦來謁拜。［校］青本、抄本作拜謁。信宿［呂註］詩，周頌：有客宿宿，有客信信。傳：一宿曰宿，再宿曰信。［何註］莊公三年：凡師一宿爲舍，再宿爲信，過信爲次。乃去。一日，公子有憂色，謂生曰：「天降凶殃，能相救否？」［馮評］突又起波。生不知何事，但鋭自任。［何註］鋭自任，鋭，以芮切，喻殷情任事也。○［但評］只知自任，遑問何事，以死報之，不負公子，不負嬌娜矣。公子趨出，招一家俱［校］青本家下有人字，抄本無俱字。入，羅拜堂上。生大駭，亟問。公子曰：「余非人類，狐也。今有雷霆之劫。君肯以［校］抄本作一。身赴難，一門可望生全；不然，請抱子而行，無相累。」生矢［何註］矢，誓也。共生死。乃使仗劍於門。囑曰：「雷霆轟［何註］轟音横，羣車聲。擊，勿動也！」生如所教。果見陰雲晝暝，［何註］暝，夜也。昏黑如䃜。［校］此據青本，稿本、抄本作磐。○［何註］䃜，煙奚切，黑石也。回視舊居，無復閈閎；［何註］閈閎音翰宏，門閭也。惟見高冢巋［何註］巋，丘追切，音蘬。積山小而衆巋。然，巨穴無底。方錯愕間，霹靂一聲，擺簸山岳；急雨狂風，老樹爲拔。生目眩耳聾，屹［何註］屹音仡，山獨立貌，狀穩固也。不少動。［但評］如此真難爲生。忽於繁煙黑絮之中，見一鬼物，利喙長爪，自穴攫一人出，隨煙直上。瞥[何註]瞥，匹蔑切，過目速也。睹衣履，念似嬌娜。乃急躍離地，以劍擊之，隨手墮落。[馮評]髣髴史記荆軻刺秦王一段筆力。忽而[校]青本下有山字。崩雷暴裂，[校]青本作烈，抄本作作。生仆，遂斃。[馮評]文字亦是聞霹靂手段。少間，晴霽，嬌娜已能自蘇。見生死於旁，大哭曰：「孔郎爲我而死，我何生矣！」[校]青本作焉。○[但評]真能好色者，不必其果爲我所有也。孟子謂，無怨女曠夫，是與民同好色，即此意。夷堅志有云：譬如見白飯在地，必拾之，不必真食之也。此誠罕言而喻。讀至此，不知所云，遲之又久，得前人二語曰：天若有情天亦老，月如無恨月常圓。松娘亦出，共舁生歸。嬌娜使松娘捧其首；兄以金[校]青本無金字。簪撥其齒；自乃撮其頤，以舌度紅丸入，又接吻[何註]吻音抆，口旁也。而呵之。紅丸隨氣入喉，格格作響。移時，醒[校]抄本作豁。然而蘇。[但評]人爲我死，我何敢生。撮頤度丸，接吻呵氣，報之者不啻以身矣。生即不蘇，不已得死所哉。見眷口滿前，[校]抄本無上二字。恍如夢寤。於是一門團圞，[校]抄本作圓。驚定而喜。生以幽壙[校]抄本作曠。不可久居，議同旋里。滿堂交贊，惟嬌娜不樂。生請與吳郎俱，又慮翁媪不肯離幼子，終日議不果。忽吳家一小奴，汗流氣促而至。驚致研詰，[何註]研音妍，窮究也。詰，問也。則吳郎家亦同日遭劫，一門俱没。[馮評]世間有不可常理測之事，儒家曰數，釋道曰劫，五百年後神仙亦遇劫。易，繫辭曰：乾坤毁。毁即劫也，何況狐乎！嬌娜頓足悲傷，涕不可止。[但評]嬌娜能用情，能守禮，天真爛漫，舉止大方，可愛可敬。共慰勸之。而同歸之計遂決。生入城勾當數日，遂連夜趣裝。[呂註]前漢書，曹參傳：參爲齊相。及蕭何卒，參乃趣治行裝，曰：吾且入相。三日，果召參代何爲相。○趣音促。

［何註］趣，促也。亦作促。既歸，以閒園寓公子，恒反關之；生及松娘至，始發扃。生與公子兄妹，棋酒談讌，［何註］讌同宴。又註：讌即燕字，會也，與也。晉書，王羲之傳：欲與親知，時坐歡讌。若一家然。［但評］棋酒談讌，良友一家，南面王不易也。小宦長成，貌韶秀，有狐意。出遊都市，共知爲狐兒也。［馮評］此篇不寫松娘，極寫嬌娜，暗寫公子，落筆出人意表。

異史氏曰：「余於孔生，不羨其得豔妻，而羨其得膩友也。觀其容可以忘飢，［呂註］南部烟花録：隋煬帝每視御女吴絳仙謂内侍曰：古人謂秀色可餐，若絳仙者，可以療飢矣。聽其聲可以解頤。［呂註］前漢書，匡衡傳：衡能解詩。諸儒爲之語曰：匡説詩，解人頤。［何註］頤音夷，顣也。得此良友，時一談宴，則『色授魂與』，［呂註］司馬相如上林賦：色授魂與，心愉於側。注：彼色來授，我魂往與接也。尤勝於『顛倒衣裳』［呂註］後漢書，后妃紀：適情任欲，顛倒衣裳。［何註］本齊風，借喻也。矣。」

［何評］嬌娜一席，却被松娘奪去。使孔生矢志如雷轟時，未必不有濟也。

*僧孽

張姓〔校〕抄本作某。暴卒，隨鬼使去，見冥王。王稽簿，怒鬼使悮捉，責令送歸。張下，私浼鬼使，求觀冥獄。鬼導歷九幽，〔呂註〕見西遊記。刀山、劍樹，〔呂註〕見西遊記。一一指點。末至一處，有一僧扎〔校〕抄本作孔。股穿繩而倒懸之，號痛欲絶。近視，則其兄也。張見之驚哀，問：「何罪至此？」鬼曰：「是爲僧，廣募金錢，悉供淫賭，〔校〕上二字，抄本作飲博行淫。故罰之。欲脱此〔校〕青本作其。厄，須其〔校〕青本作是。自懺。」〔但評〕如此僧亦多矣，有不待冥罰而先死於法者。不能自懺，即鬼神亦未如之何也已。張既甦，疑兄已死。時其兄居興福寺，〔呂註〕按：常熟虞山有興福寺，即破山寺。唐常少府建題詩處也。淄川縣西三十里治頭店亦有寺名興福。因往探之。入門，便聞其號痛聲。入室，見瘡生股間，膿血崩潰，挂足壁上，宛然〔校〕此據抄本，稿本、青本無然字。冥司倒懸狀。駭問其故。曰：「挂之稍可，不則痛徹心腑。」〔校〕抄本作腹。張因告以所見。〔但評〕生時痛苦，即是陰罰；焉得見者而告之，使孽海衆生，翻然而登彼岸。僧大駭，乃戒葷酒，虔誦經咒。半月尋愈。遂爲戒僧。

異史氏曰：「鬼獄渺［校］抄本作茫。茫，惡人每以自解；而不知昭昭之禍，即冥冥之罰也。可勿懼哉！」

妖術*

于公者，[馮評]起首書于公，又不書名，下忽記崇禎年號，此作家屍閃迷人之筆。少任俠，[何註]相與信曰任，同是非曰俠。喜拳勇，力能持高[校]青本作二。壺，[呂註]周禮，夏官：挈壺氏，掌挈壺以令軍中。注：壺，盛水器也。[何註]壺，盛漏水之器。夏官：挈壺氏，凡軍士懸壺，以序聚櫜。注：軍駐必聚櫜守夜，故懸壺以秩序之。櫜，同柝。作[校]青本作上有高字。旋風舞。[呂註]唐書：安禄山作胡旋舞帝前，疾如風。崇禎間，殿試在都，僕疫不起，患之。會市上[校]青本無上字。有善卜者，能決人生死，將代問之。既至，未言。卜者曰：「君莫欲問僕病乎？」[但評]卜亦神矣；特行之不以其正，鬼神且將殛之。公駭應之。曰：「病者無害，君可危。」公乃自卜。卜者起卦，愕然曰：「君三日當死！」公驚詫良久。卜者從容曰：「鄙人有小術，報我十金，當代禳[呂註]周禮，女巫注：卻變異曰禳。[何註]禳，除癘殃也。之。」公自念，生死已[校]抄本作一。定，術豈能解。[馮評]卓識。[但評]有定識，有定力，世之巧爲趨避者，非徒無益，適以害之耳。不應而起，欲出。卜者曰：「惜此小費，勿悔勿悔！」[馮評]余生平亦不問星卜，明明告我，亦復何如。此語打破，卜人無立身地矣。

愛公者皆爲公懼，勸罄橐[何註]罄，盡也。橐音拓。孟子，注：無底曰橐，有底曰囊。毛詩小傳：小曰橐，大曰囊。以哀之。公不聽。倏忽至三日，公端坐旅舍，静以覘之，終日無恙。至夜，闔[校]此據青本，稿本、抄本作閤。户挑燈，倚劍危坐。一漏[吕註]漢書：張衡漏水，制以銅爲器，實以清水，各開孔，以玉虬吐漏；水入兩壺，左爲夜漏，右爲晝漏。○後漢書，律曆志：孔壺爲漏，浮箭爲刻，下漏數刻，以考中星，昏明正焉。宋會要：漏以銅盛水刻節，晝夜百刻。漏刻之法，有水秤，以木爲衡；衡上刻疏之曰天河。其廣長容水箭，箭有四，以木爲之，長三尺有五寸。著時刻更點於天河中，晝夜更用之。向盡，更無死法。[吕註]唐書，李日知傳：日知獨平寬無文致。嘗免一囚死。少卿胡元禮執不可，曰：吾不去，曹囚無生理。日知曰：僕不去，曹囚無死法。意欲就枕，忽聞窗隙窣窣[何註]窣音猝。或是窸窣，聲也。有聲。急視之，一小人荷戈入；及地，則高如人。公捉劍起，急擊之，飄忽[校]青本作空。未中。遂遽小，復尋窗隙，意欲遁去。[校]青本作出。公疾斫之，應手而倒。燭之，則紙人，已腰斷矣。[但評]公固卓識，然使無拳無勇，亦將奈之何矣。術之巧者，皆不可近。故凡公不敢卧，又坐待之。踰時，一物穿窗入，怪獰如鬼。纔及地，急擊之，斷而爲兩，皆蠕動。恐其復起，又連擊之，劍劍皆中，其聲不耎。審視，則土偶，片片已碎。於是移坐窗下，目注隙中。久之，聞窗外如牛喘，[何註]喘音舛，疾息也。有物推窗櫺，房壁震摇，其勢欲傾。公懼覆壓，計不如出而鬭之，遂剨[校]青本作砉，與剨通，抄本作劃。○[何註]砉音翕，皮骨相離聲。莊子：砉然嚮然，奏刀騞然。騞音畫，聲大於砉也。然脱扃，奔而出。見一巨鬼，高與簷齊；昏月中，見其面黑如煤，眼閃爍有黃光；上無衣，下無履，手弓而腰矢。公方駭，鬼則彎矣；〔校〕青本作矢。公以劍撥矢，矢墮；欲〔校〕稿本欲上原有公字，塗去。擊之，則又彎矣。〔但評〕敘次如繪圖，如觀陣，有聲有色，五花八門。公急躍避，矢貫於壁，戰戰有聲。鬼怒甚，拔佩刀，揮如風，望公力劈。〔馮評〕善作危語，吾愛其筆。公猱〔何註〕猱音猱，猴也。詩，小雅：毋教猱升木。進，刀中庭石，石立斷。公出其股間，削鬼中踝，鏗然有聲。鬼益怒，吼如雷，轉身復剁。〔何註〕剁，多去聲，斫也。公又伏身入；刀落，斷公裙。公已及脅下，猛斫之，亦鏗然有聲，鬼仆而僵。公亂擊之，聲硬如柝。〔何註〕柝，夜行所擊木也。易：重門擊柝。燭之，則一木偶，〔呂註〕説文：傀儡，木偶戲也。高大如人。〔馮評〕木偶。○凡作三層寫，都用寫真之筆。弓矢尚纏腰際，刻畫猙獰；劍擊處，皆有血出。〔校〕青本無出字。公因秉燭待旦。〔何註〕秉燭待旦，借用關壯繆事。顧錫疇正史約：壯繆三約，有二嫂在彼，給應人等不許到門語。陳注亦有操欲亂其君臣之義，使共一室，壯繆秉燭立侍，以待天明之説。方悟鬼物皆卜人遣之，欲致人於死，以神其術也。次日，偏告交知，與共詣卜所。卜人遥見公，瞥不可見。或曰：「此翳形〔何註〕翳形，蔽形也。翳，於計切。庾信賦：蟬有翳而不驚。老學庵筆記：有人以花葉給顧愷之曰：此蟬翳葉，以自蔽，則人不見己。顧癡信之。術也，犬血可破。」公如〔校〕抄本下有其字。言，戒備而往。卜人又匿如前。急以犬血沃立處，但見卜人頭面，皆爲犬血模糊，目灼灼〔何註〕灼音酌，昭昭也。如鬼立。乃執付有司而殺之。

異史氏曰：「嘗謂買卜爲一癡。世之講此道而不爽於生死者幾人？卜之而爽，猶不卜也。且即明明告我以死期之至，將復如何？況有借人命以神其術者，其可畏不尤甚耶！」

［何評］讚盡之矣。擊鬼一段，復錯落有致。

野狗*

于七〔呂註〕順治十八年秋，棲霞于七倡亂，據岠嵎山。發禁旅勦除之，始平。○〔馮評〕于七名小喜，登州人。順治十八年討平之。之亂，殺人如麻。鄉民李化龍，自山中竄歸。值大兵宵進，恐罹炎崑〔呂註〕書，胤征：火炎崑岡，玉石俱焚。注：崑，出玉山名；岡，山脊也。言火炎崑岡，不辨玉石之美惡而俱焚之也。之禍，急無所匿，僵卧於死人之叢，詐作尸。兵過既盡，未敢遽出。忽見闕頭斷臂之尸，起立如林。內〔校〕青本無內字。一尸斷首猶連肩上，口中作語曰：「野狗子來，奈何？」羣尸參差而〔校〕青本無而字。應曰：「奈何！」〔但評〕殺人如麻，豈果無炎崑之禍耶？闕頭斷臂而猶不免于野狗子之災，曰：奈何！奈何！果將奈何！俄頃，蹶然盡倒，〔校〕青本作忽然而倒。遂寂〔校〕抄本無寂字。無聲。李方驚顫欲起，有一物來，獸首人身，伏嚙人首，徧吸其腦。李懼，匿首尸下。物來撥李肩，欲得李首。李力伏，俾不可得。物乃推覆尸而移之，首見。李大懼，手索腰下，得巨石如椀，握之。物俯身欲齕。李驟起，大呼，擊其首，中嘴。物嗥如鴟，掩口負痛而奔。吐血道上。就視之，於血中得二齒，中曲而端鋭，長四寸餘。懷歸以示人，皆不知其何物也。

［馮評］彭磬泉敍蜀碧，亦有此一段事。

［何評］亂離中景況如見。

三生*

劉孝廉，能記前身事。與先文賁兄〔呂註〕名兆昌，天啓辛酉舉人。○按：賁，邑志作璧。爲同年，嘗歷歷言之。〔校〕上十三字，抄本作自言。一世爲搢紳，行多玷。〔何註〕玷，污也。詩：白圭之玷。六十二歲〔校〕青本無歲字。而没。初見冥王，待以〔校〕抄本作如。鄉先生〔呂註〕儀禮，士冠禮：遂以贄見於鄉大人、鄉先生。注：鄉先生，謂鄉中老人爲鄉大夫致仕者也。疏：先生亦有士。鄭不言者，經云鄉大夫，不言士，故先生亦略不言，其實當有士也。○歐陽修章望之字序：古所謂鄉先生者，一鄉之望也。禮，賜坐，飲以茶。覷冥王琖中，茶色清澈；己琖中濁如醪。〔何註〕醪音勞，汁滓酒也。暗疑迷魂湯得勿〔校〕青本作毋。此耶？〔校〕抄本作乎。乘冥王他顧，以琖就案角瀉之，僞爲盡者。俄頃，稽前生惡録；怒，命羣鬼捽下，罰作馬。〔但評〕鄉先生罰作馬。其人也，非馬也，馬固鄉先生也。即有厲鬼縶去。行至一家，門限甚高，不可踰。方趦趄間，鬼力楚之，痛甚而蹶。自顧，則身已在櫪下矣。但聞人曰：「驪馬生駒矣，牡也。」心甚明了，但不能言。覺大餒，不得已，就牝馬求乳。逾四五年，[校]抄本下有間字。體修偉。甚畏撻楚，見鞭則懼而逸。[校]青本作逃。主人騎，必覆障泥，[呂註]世説：王濟善解馬性。嘗乘一馬，著連錢障泥。前有水，馬不肯渡。濟曰：此必是惜障泥。解之，乃渡。○按：障泥，以披馬鞍旁者，見李義山隋宮詩注。[何註]障泥，馬韉也。緩轡徐徐，猶不甚苦；惟奴僕圉人，[何註]圉人，掌養馬者。不加韉裝以行，兩踝[何註]踝音跨，足踝也。夾擊，痛徹心腑。於是憤甚，三日不食，遂死。至冥司，冥王查其罰限未滿，責其規避，剥其皮革，罰爲犬。[但評]馬又罰作犬。犬之性猶人之性也，犬固鄉先生也。意懊喪，不欲行。羣鬼亂撻之，痛極而竄於野。自念不如死，憤投絕壁，顛莫能起。自顧，則身伏竇中，牝犬舐而腓字[呂註]詩，大雅：牛羊腓字之。傳：腓，芘也。字，愛也。[何註]腓音肥。大雅釋文：避也，謂避去其害之者也。之，乃知身已復生於人世矣。稍長，見便液，亦知穢；然嗅之而香，[馮評]犬嗅穢而香，聊齋從何處知得？可稱博物。但立念不食耳。爲犬經年，常忿欲死，又恐罪其規避。而主人又豢養，不肯戮。乃故嚙主人脱股[校]青本作股脱。肉。主人怒，杖殺之。冥王鞫狀，怒其狂猘，[呂註]説文：猘，狂犬也。[何註]猘，瘋犬也。左傳，襄公十七年作瘈狗。笞[校]青本下有之字。數百，俾作蛇。[但評]爲其規避而罰爲犬。犬畏規避，而乃狂猘乎？被杖殺而復笞之，且罰作蛇。此亦鄉先生之慣於取巧者，所以肖其鬼屈邪滑，陰柔狠毒之情態也。囚於幽室，暗不見天。悶甚，緣壁而上，穴屋而出。自視，則伏身茂草，居然蛇矣。遂矢志不殘生類，飢吞木實。積年餘，每思自盡不可，害人而死又不可；欲求一善死之策[校]抄本作法。而未得也。一日，卧草中，聞車過，遽出當路；車馳壓之，斷爲兩。[但評]自盡則規避，害人則狂猘；至求善死之策，而甘心當車就壓，鄉先生亦良苦矣。縉紳其鑒諸！冥王訝其速至，因蒲伏[何註]蒲伏，伏地也。自剖。冥王以無罪見殺，原之，准其滿限復爲人，是爲劉公。公生而能言，文章書史，過[校]青本下有目字。輒成誦。辛酉舉孝廉。每勸人：乘馬必厚其障泥；股夾之刑，勝於鞭楚也。

異史氏曰：「毛角之儔，乃有王公大人在其中；[馮評]憫世語，非罵世語也。所以然者，王公大人之內，原未必無毛角者在其中也。故賤者爲善，如求花而種其樹；貴者爲善，如已花而培其本：種者可大，培者可久。不然，且將負鹽車，[呂註]戰國策，楚策：汗明見春申君曰：君亦聞驥乎？夫驥之齒至矣。服鹽車而上大行，……中阪遷延，負轅不能上。伯樂遭之，下車攀而哭之，解紵衣以冪之。驥於是俯而噴，仰而鳴，聲達於天，若出金石聲者，何也？彼見伯樂之知己也。受羈馽，[呂注]韻會：馽，馬絡也。○集韻：馽音執，絆馬足也。[何註]詩：縶之維之。疏：縶之謂絆，維之謂縶也。與之爲馬；不然，且將啗便液，[校]青本作溺。受烹割，與之爲犬；又不然，且將披鱗介，葬鶴鸛，[何註]葬鶴鸛，謂葬鶴鸛之腹腸也。如優孟諫楚莊王以大夫禮葬馬曰：祭以粳稻，衣以火光，葬之於人腹腸。與之爲蛇。」

[何評]脱去毛角，便爲貴人，雅不可解。

狐入瓶*

萬村石氏之婦，祟［呂註］韻會：祟音粹。説文：神禍也。左傳，昭元年：實沈、臺駘爲祟。○前漢書，江充傳，注：祟者，禍咎之徵，鬼神所以示人也，故從出，從示。於狐，患之，而不能遣。扉後有瓶，每聞婦翁來，狐輒遁匿其中。婦窺之熟，暗計而不言。［但評］婦亦有膽有識，若商於人，豈能得而甘心哉。一日，竄入。婦急以絮塞其［校］抄本作瓶。口；置釜中，燂［何註］燂同燖，温也。湯而沸之。瓶熱。狐呼曰：「熱甚！勿惡作劇。」［呂註］劍俠傳：唐建中初，士人韋生移家汝州。路逢一僧，謂曰：此數里是貧僧蘭若，郎君能顧乎？士人許之。行十餘里，不至。疑之。乃密於韉中取弓彈之，正中其腦。僧若不覺。凡五發，僧始捫中處，徐曰：郎君莫惡作劇。婦不語。號益急，久之無聲。拔塞而驗之，毛一堆，血數點而已。

［何評］狐愚而婦智。

鬼哭*

[校]青本題作宅妖。

謝遷[呂註]高苑人，順治三年叛。之變，宦第皆爲賊窟。王學使七襄[呂註]名昌蔭，淄川人。崇禎丙子舉人，丁丑進士，授固始知縣，順治甲申起戶部主事，擢福建道御史，巡按山西，提督北直學政。之宅，盜聚尤衆。城破兵入，掃蕩羣醜，尸填墀，血至充門而流。公入城，扛[何註]扛音杠，對舉也。尸滌血而居。往往白晝見鬼；夜則牀下燐[呂註]淮南子：老槐生火，久血爲燐，人弗怪也。許慎云：兵死之血爲鬼火；燐，鬼火也。○又博物志：鬬戰死亡之處，其人馬血積久化爲燐。飛，牆角鬼哭。一日，王生皡迪，寄宿公家，聞牀底小聲連呼：「皡迪！皡迪！」已而聲漸大，曰：「我死得苦！」因哭，[校]青本作而。滿庭皆哭。公聞，仗劍而入，大言曰：「汝不識我王學院耶？」[馮評]王學院三字或可以嚇秀才，如何可以嚇鬼？[但評]託大語。吾不知其人面乎，鬼面乎？百聲嗤嗤，笑之以鼻。鬼答曰：我固識汝王學院矣。但聞百聲嗤嗤，[何註]嗤音蚩，笑貌。笑之以鼻。公於是設水陸道場，[呂註]指月錄：天台山修禪寺智者禪師，居天台二十二年，建大道場一十二所。命釋道懺度之。夜拋鬼飯，則見燐火營營，[校]青本、抄本作熒熒。隨地皆出。先是，閽人〔呂註〕周禮，天官：閽人掌守王宮中門之禁。〔何註〕閽音昏，司晨昏啓閉者。王姓者，〔校〕抄本無者字。疾篤，昏不知人〔校〕抄本下有事字。者數日矣。是夕，忽欠伸若醒。婦以食進。王曰：「適主人不知何事，施飯於庭，我亦隨衆啗噉。〔何註〕噉亦啗也。食已方歸，故不飢耳。」由此鬼怪遂絶。豈鈸鐃鐘鼓，燄口〔校〕青本無上二字。瑜伽，〔呂註〕禪宗記：禪僧衣褐，講僧衣紅，瑜伽僧衣葱白。瑜伽，即今應赴僧也。果有益耶？

異史氏曰：「邪怪之物，唯德可以已之。當陷城之時，王公勢正烜赫，聞聲者〔校〕青本無上二字。皆股栗；而鬼且揶揄之。想鬼物逆知其不令終耶？普告天下大人先生：出人面猶不可以嚇鬼，願無出鬼面以嚇人也！」

真定女*

真定界，有孤女，方六七歲，收養於夫家。相居一二[校]抄本作二三。年，夫誘與交而孕。腹膨膨而以爲病也，告之母。母曰：「動否？」曰：「動。」又益異之。[校]抄本無之字。然以其齒太穉，不敢決。未幾，生男。母歎曰：「不圖拳母，竟生錐兒！」[呂註]世説：不意拳母，乃生錐兒。[何註]拳母錐兒，言少小也。○[但評]拳母生錐兒，理不可解，謂之妖異也可。

焦螟*

董侍讀默庵〔呂註〕名訥，字兹重，平原人。康熙丁未探花，官兵部尚書。家，爲狐所擾，瓦礫磚石，忽如雹落，家人相率奔匿，待其間歇，乃敢出操作。公患之，假怍庭孫司馬〔呂註〕名光祀，號溯玉，平陰人。順治乙未進士，官兵部侍郎。第移避之。而狐擾猶故。一日，朝中待漏，〔呂註〕唐元和初，置待漏院。見國史補。宋王禹偁有待漏院記。適言其異。大臣或言：關東道士焦螟，居内城，總持勑勒〔何註〕勑勒，符法也。之術，頗有效。公造廬而請之。道士朱書符，使歸黏壁上。狐竟不懼，抛擲有〔校〕青本作猶。加焉。公復告道士。道士怒，親詣公家，築壇作法。俄見一巨狐，伏壇下。家人受虐已久，啣恨綦〔何註〕綦，甚也。深，〔校〕抄本作甚。一婢近擊之。婢忽仆地氣絶。道士曰：「此物猖獗，我尚不能遽服之，女子何輕犯爾爾。」既而曰：「可借鞫〔何註〕鞫音菊，窮理罪人也。狐詞亦得。」戟指〔呂註〕左傳，哀二十五年：褚師出，公戟其手。注：抵，徒手屈肘如戟形。〔何註〕戟指，以指作狀，俗云捻訣。咒移時，婢忽起，長跪。道士詰其里居。婢作狐言：「我西域〔校〕此據青本，稿本、抄本作城。産，入都者一〔校〕抄本無一字。十八輩。」道士曰：「輦轂下，〔呂註〕司馬遷報任安書：僕賴先人緒業，得待罪輦轂下二十餘年矣。○輦轂者，天子之車輿；京師乃天子輦轂之下。○〔但評〕輦轂下三字大得力，從昌黎公祭鱷魚文得來。何容爾輩久居？可速去！」狐不答。道士擊案怒曰：「汝欲梗吾令耶？再若遷延，法不汝宥！」狐乃蹙〔校〕青本作恐。怖作色，願謹奉教。道士又速之。婢又仆絶，良久始甦。俄見白塊四五團，〔校〕青本無上三字。滾滾如毬，附簷際而行，次第追逐，頃刻俱去。由是遂安。

〔何評〕道士能鞫之而不能執之，何也？恐終是道士詐術。

葉　生*

淮陽葉生者，失其名字。文章詞賦，冠絶當時；而所如〔校〕抄本作遇。不偶，〔何註〕不偶，數奇不偶也。困於名場。〔但評〕文章冠世，而困頓名場，不知場内諸公，所賞鑒者是何物事？會關東丁乘鶴，來令是邑。見其文，奇之。召與語，大悦。使即官署，受燈火；時賜錢穀恤其家。值科試，公游揚〔何註〕游揚，稱揚也。於學使，遂領冠軍。〔何註〕冠軍，蜀將黄忠，勇冠三軍，喻捷也。公期望綦切。闈後，索文讀之，擊節〔吕註〕按：擊節，謂擊几爲節也。稱歎。不意時數限人，文章憎命，〔但評〕八字中屈煞英雄不少。杜甫詩：文章憎命達，魑魅喜人過。榜既放，〔校〕抄本作既放榜時。依然鎩羽。〔吕註〕左思蜀都賦：鳥鎩羽。注：鎩，殘也。〔何註〕鎩，所拜切，鳥翮殘也。羽，翮也。顔延年五君詠：鸞翮有時鎩，龍性誰能馴。○〔但評〕我讀之爲之大哭。生嗒喪〔吕註〕莊子，齊物論：嗒然若喪其偶。而歸，愧負知己，形銷骨立，癡若木偶。公聞，召之來而慰之。生零涕不已。〔馮評〕一生知己，安得不感激涕零，誓以死報也。先主於武侯，亦隆中數語耳。〔但評〕此真知己，惟場外乃能遇之。當涕零不已時，魂夢早隨之去矣。公憐之，相期考滿入都，攜與俱北。生甚感佩。辭而歸，杜門不出。無何，寢疾。公遺問不絶；而服藥百裹，殊罔所效。公適以忤上官免，將解任去。函致生，〔校〕抄本作之。其略云：〔校〕青本作曰。「僕東歸有日；所以遲遲者，待足下耳。足下朝至，則僕夕發矣。」傳之卧榻。生持書啜泣。寄語來使：「疾革〔呂註〕禮，檀弓：成子高寢疾，慶遺入請曰：子之病革矣。注：革與亟同，急也。難遽瘥，請先發。」使人返白，公不忍去，徐待之。踰數日，門者忽通葉生至。〔馮評〕來得突，不説明。〔但評〕極幻異、極支離事，隨筆敍入，了無痕跡。公喜，逆〔校〕抄本作迎。而問之。生曰：「以犬馬病，勞夫子久待，萬慮不寧。今幸可從杖履。」公乃束裝戒旦。抵里，命子師事生，夙夜與俱。公子名再〔校〕青本作在。昌，時年十六，尚不能文。然絶惠，凡文藝三兩過，輒無遺忘。居之期歲，便能落筆成文。益之公力，遂入邑庠。生以生平所擬舉子〔校〕青本無子字。業，悉録授讀。闈中七題，並無脱漏，中亞魁。公一日謂生曰：「君出餘緒，〔呂註〕呂氏春秋：道之真以持身，其餘緒以爲國家。遂使孺子成名。然黃鐘〔何註〕黃鐘，律名，管最長，爲衆音之長。長棄〔呂註〕楚辭，卜居：黃鐘毁棄，瓦釜雷鳴。奈〔校〕抄本作若。何！」生曰：「是殆有命。借福澤爲文章吐氣，〔何評〕言之慨然。〔但評〕借福澤爲文章吐氣，是老死名場者無聊之極思。然即此而推，落魄者固不必與人争福澤，得意者又豈可自信得力於文章哉。使天下人知半生淪落，非戰之罪也，〔校〕青本無也字。〇〔呂註〕史記：項羽曰：此天亡我，非戰之罪也。〇〔馮評〕此數語爲古今不遇才人放聲一哭。願亦足矣。且士得一人知己，〔校〕青本無己字。可無憾，何必抛卻白紵，乃謂之利市哉。」［吕注］樂府解題：其譽白紵曰：質如輕雲色如銀，製以爲袍餘作巾，袍以光軀巾拂塵。○王禹偁詩：閑思蓬島會神仙，三百同年最少年；利市襴衫抛白紵，風流名字寫紅箋。［何註］紵音佇，秀才服也。公以其久客，恐悮歲試，勸令歸省。慘［校］抄本慘上有生字。然不樂。公不忍强，囑公子至都爲之納粟。［吕註］通志：漢文因晁錯言務農貴粟，詔許人納粟，得拜爵及贖罪。公子又捷南宮，［吕註］唐開元中，謂禮部爲南宮。［何註］南宮，一説是吏部，一説是禮部。授部中主政。攜生赴監，與共晨夕。踰歲，生入北闈，竟領鄉薦。會公子差南河典務，因謂生曰：「此去離貴鄉不遠。先生奮蹟雲霄，錦還［吕註］南史，柳慶遠傳：慶遠爲雍州刺史。帝餞於新亭曰：卿衣錦還鄉，朕無西顧之憂矣。李白詩：勗爾效才略，功成衣錦還。［何註］錦還，還鄉也。漢書，項羽曰：富貴不歸故鄉，如衣錦夜行。爲快。」生亦喜。擇吉就道，抵淮陽界，命僕馬送生歸。歸［校］青本、抄本無下一歸字。見門户蕭條，意甚悲惻。逡巡至庭中。妻攜簸具以出，見生，擲具［校］青本作且。駭走。生淒然曰：「我今貴矣。三四年不覿，［校］青本作覯。何遂頓不相識？」妻遥謂曰：「君死已久，何復言貴？所以久淹君柩者，以家貧子幼耳。今阿大亦已成立，行［校］抄本無行字。將卜窀穸。［吕註］左傳，襄十三年：唯是春秋窀穸之事。注：窀，厚也；穸，夜也：謂長夜也。勿作怪異嚇生人。」生聞之，［校］青本無之字。憮［何註］憮音武，失意貌。然惆［校］此據青本、抄本，稿本作籌。悵。逡巡入室，見靈柩儼然，［校］青本無上二字。撲地而滅。［馮評］茫茫萬古，此恨綿綿。萬古寃魂長不死，更從何處哭劉蕡？不知丁公聞之何以爲情也。妻驚視之，衣冠履舄［何註］施木於履下，亦履也。又釋名：舄，腊也；地溼，故以木複其下，使乾腊也。如脱［校］青本作蜕。委［吕註］説文：蜕，蟬蛇所解皮也。莊子，知北遊：子孫天地之委蜕也。焉。［校］青本無焉字。大慟，抱衣悲哭。子自塾中歸，見結駟［何註］駟，馬車也。結，結其靷也。史記，仲尼弟子列傳：子貢相衛，而結駟連騎。於門，審所自來，駭奔告母。母揮涕告訴。又細詢從者，始得顛末。從者返，公子聞之，涕墮垂膺。即命駕哭諸其室；出橐［校］抄本下有爲字。營喪，葬以孝廉禮。又厚遺其子，爲延師教讀。言於學使，逾年游泮。［馮評］滿紙於邑，先生此書不知呈教於施公愚山、費公褘祉否？

異史氏曰：「魂從知己，竟忘死耶？聞者疑之，余深信焉。同心倩女，至離枕上之魂；［呂註］陳玄祐離魂記：清河張鎰，有女名倩娘，端妍絕倫。甥王宙，幼聰悟，美容範。鎰每曰：他日當以倩娘妻之。後有賓寮之選者求之，鎰許焉。女聞而抑鬱。宙亦深恚恨，決別上船，夜半不寐。忽聞有一人至船上，視之，倩娘也。宙喜，連夜遁去。凡五年，生二子。女思父母，遂俱歸。宙先至，謝其事。鎰曰：倩娘病在閨中數年，何其詭説也？宙曰：現在舟中。鎰使人驗之，果真。疾走報鎰。室中女聞之，喜而起，出與相迎，翕然而合爲一體。千里良朋，猶識夢中之路。［呂註］韓非子：六國時，張敏與高惠爲友。每相思不能見，敏便於夢中往尋，行至半道，即迷不知路，遂回。如此者三。○沈約詩：夢中不識路，何以慰相思？而況繭絲蠅［校］青本、抄本作繩。迹，［呂註］文心雕龍：章句在篇，如繭之抽緒。○繩迹，未詳。或云：繩宜作蠅。亦未詳所出。［何註］列女傳：樂羊之妻，以繭絲比學。繩迹，史記：劉實賣牛衣自給，口誦書，手約繩。嘔［校］青本、抄本作吐。學士之心肝；［呂註］李賀詩序：賀每旦出，從小奚奴，背古錦囊。有所得，即書投囊中；暮歸足成之。其母見之曰：兒要當嘔出心肝乃已耳。流水高山，［呂註］呂氏春秋：伯牙鼓琴，鍾子期聽之。志在高山，子期曰：善哉乎！巍巍若泰山！志在流水，子期曰：善哉乎！湯湯若流水！通我曹之性命者哉！嗟呼！［校］抄本作乎。遇合難期，遭逢不偶。行蹤落落，對影長愁；傲骨嶙嶙，［何註］嶙音隣，山崖貌。搔頭［校］青本作首。自愛。嘆面目之酸澀，

［何註］酸澀，猶冷澀。風俗通：冷澀比於寒蚰蜒。來鬼物之揶揄。［呂註］世説：羅友在桓温府，以家貧乞禄，温許而不用。後同府有得郡者，温爲席送别。友獨後至。問之，答曰：昨奉教旨，首旦出門，於中途逢一鬼，大見揶揄云：我只見汝送人作郡，不見人送汝作郡。○徐夤詩：道在或期君夢想，貧來争奈鬼揶揄。頻居康了［呂註］遯齋夜話：柳冕應舉，多忌諱，謂安樂爲安康。榜出，僕還報曰：秀才康了。之中，則鬢髮之條條可醜；一落孫山［呂註］詩話：孫山應舉，綴名榜末。有同試者，託探得失。山答曰：解名盡處是孫山，餘人更在孫山外。之外，則文章之處處皆疵。古今痛哭之人，卞和［呂註］韓非子：楚卞和獻璞玉於厲王，王刖其左足。厲王薨，又獻於武王，王又刖其右足。武王薨，子文王立。和抱璞哭於楚山下。王使玉人理其璞而寶見焉。乃封和爲陵陽侯。和辭不就。惟爾；顛倒逸羣之物，伯樂［呂註］周孫陽字伯樂。伯樂本天星名，陽善識馬，故以爲字。○戰國策：人有賣駿馬者，見伯樂曰：臣比三旦立於市，人莫與言。子還而視之，去而顧之，臣請獻一朝之價。伯樂如其言。一旦而馬價十倍。伊誰？抱刺於懷，三年滅字；［呂註］後漢書，禰衡傳：建安初，游洛下，陰懷一刺；既而無所之，至刺字漫滅。○古詩：置書袖懷中，三年字不滅。側身以望，四海爲家。［馮評］可當一篇感士不遇賦讀。人生世上，祇須合眼放步，以聽造物之低昂而已。天下之昂藏［呂註］李泌詩：安能不富復不貴，空作昂藏一丈夫！淪落如葉生其人［校］青本、抄本無上二字。者，亦復不少，顧安得令威［呂註］後搜神記：漢丁令威，遼東人，學道於靈虛山。後化鶴歸遼，集華表柱云：有鳥有鳥丁令威，去家千年今始歸；城郭如故人民非，何不學仙冢纍纍？復來，而生死從之也哉？噫！」［馮評］人讀相如傳，本司馬自作，腐遷取之，以入史記。余謂此篇即聊齋自作小傳，故言之痛心。

［何評］異史氏慨乎言之，亦可謂談虎色變矣。

［但評］文章吐氣，必借福澤，所謂冥中重德行更甚於文學也。時數何以限人？文章何以憎

命？反而思之，毋亦僅浸淫於雕蟲小技，而於聖賢反身修行之道尚未講乎？吾人所學何事？身心性命，原非借以博功名；然此中進得一分功力，即是一分德行，即是一分福澤。自心問得過時，然後可求進取；不然者，制藝代聖賢立言，亦昧心之言耳，文章果足恃乎？

四十千*

新城王大司馬，［呂註］名象乾。隆慶庚午舉人，辛未進士，官兵部左侍郎，總督川、湖、貴州軍務，贈太師。有主計僕，家稱素封。忽夢一人奔入，曰：「汝欠四十千，今宜還矣。」問之，不答，徑入内去。既醒，妻産男。知爲夙孽，遂以四十千捆置一室，凡兒衣食病藥，皆取給焉。過三四歲，視室中錢，僅存七百。適乳媪抱兒至，調笑於側。因［校］抄本作僕。呼之曰：「四十千將盡，汝宜行矣。」言已，兒忽顔色蹙［何註］蹙通作顣。變，項折目張。再撫之，氣已絶矣。乃以餘貲治葬具而瘞之。此可爲負欠者戒也。昔有老而無子者，問諸高僧。僧曰：「汝不欠人者，人又不欠汝者，烏得子？」蓋生佳兒，所以報我之緣；生頑兒，所以取我之債。生者勿喜，死者勿悲也。［但評］僧言誠是。然當續之曰：至於我不欠人，人又不欠我，而或生佳兒，或生頑兒，此又存乎其人矣。

成仙*

文登周生，與成生少共筆硯，遂訂爲杵臼交。［呂註］後漢書，吳祐傳：公沙穆來游太學，無資糧，乃變服客傭爲祐賃舂。祐與語大驚，遂共定交於杵臼之間。○［稿本無名氏乙評］一語提綱。而成貧，故終歲常［校］抄本無常字。依周。以［校］抄本作論。齒則周爲長，呼周妻以嫂。節序登堂，如一家焉。［馮評］曲禮：嫂叔不通問，姊妹不雜坐。豈爲陳曲逆、齊諸兒設哉。然其立意何深至也。周妻生子，産後暴卒。繼聘王氏，成以少故，未嘗請見之也。［校］抄本無也字。一日，王氏弟來［校］青本無來字。省姊，宴於內寢。成適至。家人通白，周坐［校］青本無坐字。命邀之。［校］抄本作成。成不入，辭去。周移席外舍，追之而還。［校］抄本作周追之而還，移席外舍。甫坐，即有人白別業之僕爲邑宰重笞［何註］笞音癡，捶擊也。者。［馮評］突起大波。先是，［馮評］補敘法。看他用筆跳脱迅疾簡勁處。［何評］補序法。黃吏部家牧傭，牛蹊周田，［呂註］左傳，宣十一年：牽牛以蹊人之田。注：蹊，徑也。以是相詬。牧傭奔告主，捉僕送官，遂被笞責。周［校］抄本下有因字。詰得其故，大怒曰：「黃家牧豬奴，

〔何註〕晉書，陶侃傳：樗蒱者，牧豬奴戲耳。何敢爾！其先世爲大父〔呂註〕按：祖曰大父。漢書：鄭當時知交皆大父行。服役；促得志，乃無人耶！」氣填吭臆，〔何註〕吭音航，咽也。臆音億，胸也。忿而起，〔但評〕極力爲忍事最樂句反襯。欲往尋黃。成捺〔何註〕捺，難入聲，手重按也。而止之〔稿本無名氏乙評〕能忍。曰：「强梁〔呂註〕莊子，山木篇：從其强梁。注：强梁，多力也。又後漢書，禮儀志：强梁，神名，能食鬼。世界，原無皂白。〔馮評〕陳餘、張耳之事，與此同揆。〔稿本無名氏乙評〕看透世事語。〔何評〕識定。況今日官宰半强寇不操矛弧〔何註〕矛弧，旗名。左傳，隱公十一年：潁考叔取鄭伯之旗蝥弧以先登。喻强梁也。者耶？」周不聽。成諫止再三，至泣下，周乃止。〔馮評〕良友可愛可敬，勝讀伐木之詩，直可作棠棣之篇讀矣。怒終不釋，轉側達旦。謂家人曰：「黃家欺我，我仇也，姑置之；邑令爲朝廷官，非勢家官，縱有互爭，亦須兩造，〔呂註〕周禮，秋官：大司寇以兩造禁民訟。注：兩造，兩争者皆至也。何至如狗之隨嗾〔呂註〕玉篇：方言，秦、晉、冀、隴謂使犬曰嗾。左傳，宣二年：公嗾夫獒焉。者？〔何評〕忿甚。我亦呈治其傭，視彼將何處分。」家人悉慫恖〔校〕青本作恿。○〔何註〕慫恿音悚勇，勸也。（按恖通恿）之，計遂決，具〔校〕抄本作以。狀赴宰，宰裂而擲之。周怒，語侵宰。宰慚恚，〔何註〕恚，胡桂切，恨也。因逮繫〔何註〕逮，及也，追也。〔呂註〕按，前漢書，刑法志：逮繫，謂辭之所及，則追捕之。之。辰後，成往訪周，始知入城訟理。急奔勸止，則已在囹圄〔呂註〕禮，月令：省囹圄。注：囹，牢也；圄，止也。疏：夏曰鈞臺，殷曰羑里，周曰圜土。囹圄，秦獄名也。〔何註〕囹圄亦作囹圉，獄也。漢書，東方朔傳：囹圉空虛。矣。頓足無所爲計。時獲海寇三名，宰與黃賂囑之，使捏周同黨。據詞申黜頂衣，搒〔校〕青本作榜。掠〔何註〕搒，與榜同。掠，捶擊之也。

酷慘。成入獄，相顧悽酸。謀叩闕。[校]青本作閽，抄本闕旁增一閽字。周曰：「身繫重犴，[呂註]韓詩外傳：鄉亭之繫曰犴，朝廷曰獄。注：犴，犬也；犬能守，故謂獄曰犴。如鳥在籠；雖有弱弟，止足[校]抄本作堪。供囚飯耳。」成鋭身自任，[稿本無名氏乙評]慷慨自任，是稱杵臼之交。曰：「是予責也。難而不急，烏用友也！」[馮評]肝膽照人，我心霍霍。大難患見真朋友。[但評]大義凜然，仙根在此。乃行。[稿本無名氏乙評]只此二字中具多少慷慨。周弟贐之，則去已久矣。至都，無門入控。[何註]控，空去聲。引也，告也。詩：控於大邦。相傳駕將出獵。成預隱木市中；俄駕過，伏舞哀號，[馮評]黃鵠一舉，毫無瞻顧，快絶，快絶，無愧杵臼交，否則五倫中可謂無朋友。遂得准。驛送而下，着部院審奏。時閱十月餘，周已誣服論辟。[呂註]辟，刑也。書，君陳：辟以止辟。周禮，秋官：小司寇以八辟麗邦法。按死罪曰大辟，刑罪曰小辟。院接御批，大駭，復提躬讞。[何註]讞音彥，議刑也。黃亦駭，謀殺周。因賂監者，絶其食飲；[校]抄本作飲食。弟來餽問，苦禁拒之。成又爲赴院[校]稿本下原有哀字，塗去。聲屈，[馮評]叩閽用據筆，此編多用曲折，文章煩簡曲直，不肯猶人。始蒙提問，業已飢餓不起。院臺怒，杖斃監者。黃大怖，納數千金，囑爲營脱，以是得矇矓[校]青本、抄本作朦朧。題免。[何評]以叩閽之案，仍朦朧題免，世事可知。宰以枉法擬流。周放歸，益肝膽成。[但評]此爲前後關鍵。成自經訟繫，世情盡灰，[校]抄本作灰冷。招周偕隱。周溺[何註]溺，溺愛也。少婦，[稿本無名氏乙評]又不能忍。輒迂笑之。[馮評]非不知良友當從，其如有少婦何！成雖不言，而意甚決。[稿本無名氏乙評]能忍。[但評]此時周自周，成自成。成醒而周夢，成去而周留。成愚周，周復愚成；成笑周，周還笑成；兩人見識各殊，仙凡迴判。別後，數日不至。周使探諸其家，家人方[校]青本無方字。疑其在周所；兩無所見，始疑。周心知其異，遣人蹤跡之，寺觀壑谷，[校]抄本作岩壑。物色殆徧。時以金帛卹其子。又八九年，成忽自至，黄巾氅服，[吕註]唐李播仕隋，棄官爲道士，號黄冠子。世說：王恭著鶴氅。注：析羽爲裘衣曰氅。○岸然道貌。周[校]青本下有大字。喜，把臂曰：「君何往，使我尋欲徧？」[但評]君字我字，領地下段妙文。笑[校]抄本笑上有成字。曰：「孤雲野鶴，棲無定所。別後幸復頑健。」周命置酒，略道閒闊，欲爲變易道裝。成笑不語。周曰：「愚哉！[馮評]愚人不自愚而愚人，天下如此智者不少，可勝浩嘆！何棄妻孥猶敝屣[何註]屣音縰，履不躡跟也。也？」[馮評]癡人語可笑。[何評]入夢。[但評]其妻已成敝屣，而無如其不知。成笑曰：「不然，人將棄予，[稿本無名氏乙評]伏後。其何人之能棄。」問所棲止，答在勞山之[校]抄本無之字。上清宮。[吕註]勞山志略：上清宮在明霞洞下，宋建，即雲嵓子修真處。下清宮在天門峯北海濱。既而抵足寢，夢成裸[何註]裸，魯果切，赤體也。左傳，僖公二十三年：曹共公聞其駢脅，欲觀其裸。伏胸上，[何評]幻術。氣不得[校]青本作能。息。訝問何爲，殊不答。忽驚而寤，呼成不應；坐而索之，杳然不知所往。定移時，始覺在成榻。[何評]幻。駭曰：「昨不醉，何顛倒至此耶！」[馮評]頃刻五花八門，令人顛倒作奇想，七聖皆迷。乃呼家人。家人火之，儼然成也。[何評]幻甚。[但評]欲爲換骨，先爲換身。吾將使子之心如吾心，敢不使子之面如吾面乎？周故多髭，[何註]髭，鬚之在頷下者。以手自捋，[何註]捋，鸞入聲，手捋之也。則疎無幾莖。[何註]莖音牼。說文：草木榦也。取鏡自照，訝曰：「成生在此，[何評]同上。

我何往？」[校]青本下有也字。○[馮評]語妙。人謂人爲我，又謂我爲人，我謂我爲我，又謂人爲人。成生在此，我何往也？二語可以成禪。[但評]是夢中語，是將醒語。○以我問我，以我答我，我不知我，我不見我。爲之進一解曰：有我者即非有我，而凡夫之人以爲有我。不知莊周之爲蝴蝶與？蝴蝶之爲莊周與？文亦栩栩欲仙。○已而大悟，知成以幻[何注]幻音患，虛幻詭誕也。術招隱。[何註]招隱，招與俱隱也。文選有招隱詩。○[何評]點明。意欲歸內，弟以其貌異，禁不聽前。周亦無以自明。即命僕馬往尋成。數日入勞山。馬行疾，僕不能及。休止樹下，見羽客[呂註]廬山記：南唐保大中，道士譚紫霄，賜號金門羽客，亦曰元流真侶。往來甚衆。內一道人目周，周因以成問。[何評]不識己。道士笑曰：[何評]道士成而周貌者也，笑其不識己並不識成。「耳其名矣，似在上清。」言已逕[何註]逕音徑，近也，直捷也。去。周目送之，見一矢之外，又與一人語，亦不數言而去。與言者漸至，乃同社生。見周，愕曰：「數年不晤，人以君學道名山，今尚游戲人間耶？」[呂註]世說補：蘇長公在惠州，天下傳其已死。後七年北歸，見南昌太守葉祖洽，問曰：世傳端明已歸道山，今尚游戲人間耶？周述其異。生驚曰：「我適遇之，而以爲君也。」[但評]適遇之而以爲君，君將仙矣；怪不識自己面目，識之當不遠矣。語語玄妙，可入悟境。去無幾時，或當[校]抄本作亦。不遠。」[馮評]我不是他，他卻是我。顛倒因緣，可乎不可，借同社生作一點。周大異，曰：「怪哉！[稿本無名氏乙評]隱語。何自己面目覿面[校]青本無上二字。而不之[校]抄本無而之二字。識！」[何評]點明。[但評]天下不識自己本來面目如周者，何可勝道。特恬不爲怪，遂至夢夢而死，真是可憐！僕尋至，急馳之，竟無蹤兆。一望[校]稿本下原有無字，塗去。寥闊，進退難以自主。自念無家可歸，遂決意窮追。[馮評]絶其妄念。而怪險不復可騎，遂以馬付僕歸，[馮評]僕去方好點化。迤逦[何註]迤逦音以里，行貌。自往。遥見一僮獨坐，[校]抄本作立。趨近問程，且告以故。僮自言爲成弟子，代荷衣糧，導與俱行，星飯露宿，逴行殊遠。[校]抄本無上八字。○[吕註]按：逴，亦遠也。句本史記霍去病傳。[何註]逴同卓。方言：秦晉間蹇謂之逴。三日始至，又非世之所謂上清。時十月中，山花滿路，不類初冬。[馮評]眼光不定。僮入報客，[校]抄本無客字。成即遽[校]抄本無遽字。出，始認己形。執手[校]抄本下有而字。入，置酒[校]稿本下原有飲字，塗去。讌語。見異彩之禽，馴人不驚，聲如笙簧，時來鳴於座上。[稿本無名氏乙評]點染仙境，俱爲樂字伏後。心甚異之。然塵俗念切，[稿本無名氏乙評]終不能忍。無意留[校]青本作流。連。[但評]身心判然兩樣。地下有蒲團二，曳與並坐。[馮評]一箇蒲團一箇僧，借用不得。至二更後，萬慮俱寂，忽似瞀然一盹，[何註]盹音諄，目藏也，言小睡也。身覺與成易位。疑之。自捋頷下，則于思[吕註]左傳宣二年：于思于思，棄甲復來。注：于思，多鬚之貌。○按思與䰄同。者如故矣。[但評]不到真仙境，何從認己形？奈塵俗念切，未能穩坐蒲團，遂致于思于思，去而復來。塵俗念切，則身與成易位，故我依然，雖欲留之不可得矣。不到死心塌地，焉肯回首？○仍執初心，依然故我。既曙，浩然思返。成固留之。越三日，乃曰："乞少寐息，早送君行。"甫交睫，[何註]睫音接，目上下毛也。聞成呼曰："行裝已具矣。"遂起從之。所行殊非舊途。[馮評]針尖眼裏走得出來，芥菜子中尋條路去。覺無幾時，里居已[校]青本無已字。在望中。成坐候路側，俾自歸。周强之不得，因踽踽至家門。叩不能應，思欲越牆，覺身飄似葉，一躍已過。凡踰數重垣，始抵臥室，燈燭熒然，內人未寢，噥噥〔何註〕噥音農，語不明也。與人語。舐窗以〔校〕抄本作一。窺，則妻與一廝僕同杯飲，狀甚狎褻。〔何註〕狎音匣，親近也，褻，穢也。〇〔馮評〕大夢初覺，溺少婦者着眼。於是怒火如焚；〔馮評〕此時方有丈夫氣。計將掩執，又恐孤力難勝。遂潛身脫扃而出，奔告成，且〔校〕青本無且字。乞爲助。成慨然從之，〔校〕青本無之字。直抵內寢。周舉石撾門。內張皇甚。擂〔何註〕擂音雷，急擊鼓也。愈急，內〔校〕青本作門。閉益堅。成撥以劍，劃然頓闢。周奔入，僕衝户而走。成在門外，以劍擊之，斷其肩臂。周執妻拷〔何註〕拷音考，打也。訊，乃知被收時即與僕私。〔何評〕聯合前後。〔但評〕人之棄子，且八九年矣，不愚者尚未之知耳。〇此時屣已敝矣。周借劍決其首，〔稿本無名氏乙評〕能忍矣。罥〔何註〕罥音畎，挂也。鮑照蕪城賦：荒葛罥塗。腸庭樹間。乃從成出，尋途而返。驀然忽醒，則身在臥榻。驚而言曰：「怪夢參差，使人駭懼！」成笑曰：「夢者兄以爲真，真者乃以爲夢。」〔何評〕點醒。周愕而問之。成出劍示之，濺血猶存。〔馮評〕當頭棒喝。周驚怛〔校〕青本作懼。欲絕，竊疑成譸張爲幻。〔呂註〕書，無逸。〔何註〕譸張，譸音輈，誑也。書，無逸：民無或胥，譸張爲幻。〇〔但評〕以夢爲真，以真爲夢，明明指點，乃謂譸張，古今人同此大夢。成知其意，乃促裝送之歸。荏苒〔何註〕荏苒音稔冉，輾轉也。至里門，乃曰：「疇昔〔何註〕疇昔，曩昔也，猶前日也。疇，直由切。左傳，宣二年：羊斟曰：疇昔之羊子爲政。之夜，倚劍而相待者，非此處耶！〔馮評〕東坡賦句法。〔何評〕點醒。吾厭見惡濁，請還待君於此；如過晡[何註]晡音逋，申時也。不來，予自去。」周至家，門户蕭索，似無居人。還入弟家。[馮評]前有弱弟供飯一句，此處便非突出。弟見兄，雙淚遽墮，[校]抄本作交墜。曰：「兄去後，盜夜殺嫂，刳腸去，酷慘[何註]酷慘，極慘也。可悼。[何註]悼音導，傷也。於今官捕未獲。」周如[校]青本作亦。夢醒，[馮評]大夢初覺，回頭是岸。[但評]一生癡夢，到此才是真醒。○至此方醒，古人所以有大夢誰先覺之語也。邯鄲盧生廟題壁句云：願與先生借枕頭。余深玩之。因以情告，戒勿究。弟錯愕良久。周問其子，乃命老媪[校]抄本作嫗。抱至。周曰：「此襁褓物，宗緒所關，弟好[校]抄本作善。視之。兄欲辭人世矣。」遂起，徑出。[校]青本作去。弟涕泗[何註]泗音四。詩，澤陂：涕泗滂沱。傳：自目曰涕，自鼻曰泗。涕，亦淚也。追挽，笑行不顧。至野外，見成，與俱行。遥回顧[校]青本作頭。曰：「忍事最樂。」[馮評]名言可佩。神龍見首不見尾。[稿本無名氏乙評]一語收結。[何評]應前。[但評]能忍事便有仙根；即不仙，亦多樂境；多樂境，則亦仙矣。以此傳家，乃爲至寶，點金術猶覺多事。弟欲有言，成闊袖一舉，即不可見。悵立移時，痛哭而返。周弟樸拙，不善治家人生産，居數年，家益貧。周子漸長，不能延師，因自教讀。一日，早至齋，見案頭有函書，緘[何註]緘音監，束篋也，言封之如束篋之固也。封甚固，簽[何註]簽音籤，函上簽也。題「仲氏啓」。審之爲兄迹。開視，則虚無所有，祇見[校]青本作有。爪甲一枚，長二指許。心怪之。以甲置研上。出問家人所自來，並無知者。回視，則研石粲粲，化爲黄金。[馮評]欲向仙人索指頭不可得，皆友愛之報也。大驚。以試銅鐵，皆然。由此大富。以千金賜成氏子，因相傳兩家有點金術云。

［馮評］負氣者固足賈禍，而千古英雄短氣，男兒垂頭，皆溺少婦之人，豈特與良友偕隱不從哉。

［何評］前幅可爲負氣者戒，後幅可爲溺少婦者戒。周生兩遭磨折，逼入死港，不得不廢然思反矣。

［但評］前幅寫成肝膽照人，真誠磊落；後幅寫成幻形度友，委曲周旋。氣局縱横，筆墨恢詭。至周先以牧傭之微嫌，不能自忍，幾壞身家；繼則人已棄予，而猶溺之而不忍棄；顛倒至此，何從識自己面目乎？夢者以爲真，真者乃以爲夢。幸有良朋，反復警唤，半生懵懵，乃忽焉醒耳。「忍事最樂」一語，從閲歷中得來，回顧而出之，所謂「回頭是岸」也。即借此收束全文，通篇線索，一絲不走。

新郎*

江南梅孝廉耦長，［呂註］名庚，宣城人。康熙辛酉順天舉人。○［馮評］梅庚字耦長，又字杓司，宣城人。與施愚山、高遺山詠同里友善。○畫徵録：梅庚號雪評，又號聽山翁，康熙辛酉舉人，爲朱竹垞所得士。工詩，善書畫，爲王阮亭諸前輩所推重。知浙江泰順縣，以老乞歸。有兒童失學田園廢，也算從官一度同之句。著有吴市吟、山陽笛、漫與集。病中作詩别親舊，至女夫一首，未竟而卒，署曰推枕吟。言其鄉孫公，爲德州宰，［校］青本作牧。鞫一奇案。初，村人有爲子娶婦者，［校］此據青本、抄本，稿本無者字。新人入門，戚里畢賀。飲至更餘，新郎出，見新婦炫［何註］炫，耀光也。國策：炫熿於道。裝，趨轉舍後。疑而尾之。宅後有長溪，小橋通之。見新婦渡橋逕去。益疑。呼之不應。遥以手招壻，壻急趁之。相去盈尺，而卒不可及。行數里，入村落。［呂註］史記，五帝本紀：舜一年而所居成聚。注：聚，謂村落也。婦止，謂壻曰：「君家寂寞，我不慣住。請與郎暫居妾家數日，便同歸省。」言已，抽簪扣扉軋然，［何註］軋然，軋音近壓，車輾也。六書故：車載重，輾軋有聲也。叩門聲似之。有女僮出應門。婦先入。不得已，從之。既入，則岳父母俱在堂上。謂壻曰：「我女少嬌慣，未嘗一刻離膝下，一旦去故里，心輒戚戚。

今同郎來，甚慰係〔校〕抄本作繫。念。居數日，當送兩人歸。」乃爲除室，牀褥備具，遂居之。家中客見新郎久不至，共索之。室中惟新婦在，不知壻之所〔校〕抄本作何。往。由此〔校〕抄本作是。遐邇訪問，並無耗息。翁媪零涕，謂其必死。將半載，婦家悼女無偶，遂請於村人父，欲別醮〔呂註〕禮。昏義：父親醮子而命之迎。女子未醮、再醮，殆因此而言之也。注：醮，酌也。〔何註〕醮音釂。酌而無酬酢。昏義：父親醮子而命之迎。又儀禮，士昏禮：女子許嫁，笄而醴之稱字。亦醮意也。女。村人父益悲，曰：「骸骨衣裳，無可驗證，何知吾兒遂爲異物！〔呂註〕賈誼鵩鳥賦：化爲異物兮又何足悲。縱其奄喪，周歲而嫁，當亦未晚，胡爲如是急也！」〔校〕抄本作耶。婦父益啣之，訟於庭。孫公怪疑，無所措力，斷令待以三年，存案遣去。村人子居女家，家人亦大〔校〕青本無大字。相忻待。每與婦議歸，婦亦諾之，而因循不即行。積半年餘，中心徘徊，萬慮不安。欲獨歸，而婦固留之。一日，合家遑遽，似有急難。倉卒謂壻曰：「本擬三二日遣夫婦偕歸，不意儀裝未備，忽遘〔何註〕遘，遇也。閔凶。〔何註〕閔凶，閔通憫。左傳，宣十二年：楚少宰如晉師曰：寡君少遭閔凶。○〔但評〕合家犯白虎星，新人乃得紅鸞照命。不得已，即〔校〕抄本無即字。先送郎還。」於是送出門，旋踵急〔校〕抄本作即。返，周旋言動，頗甚草草。方欲覓途行，〔校〕抄本無行字。回視院宇無存，但見高冢。大驚，尋路急歸。至家，歷言端末，因與投官陳訴。孫公拘婦父〔校〕稿本下原有至字，塗去。諭之，送女于歸，始合卺焉。

［何評］此事不究本末。招去而復送歸，似非爲禍者。但何所見而倏去，何所見而倏來？都不可解。

［但評］剽竊新郎，幾致新人再醮，無情無恥，乃至于斯。至萬不得已而送歸，猶飾言儀裝未備，又何詐也！特不識其所云遘閔凶者何事耳。

*靈官

朝天觀道士某，喜吐納之術。有翁假寓觀中，適同所好，遂爲玄友。居數年，每至郊祭時，[校]青本作日。輒先旬日而去，郊後乃返。道士疑而問之。翁曰：「我兩人莫逆，[吕註]莊子，大宗師：子祀、子輿、子犁、子來四人，相與語曰：孰能以無爲首，以生爲脊，以死爲尻，知死生存亡之一體者，吾與之友矣。四人相視而笑，莫逆於心，遂相與爲友。[何註]楊寧與楊城爲莫逆交。可以實告：我狐也。郊期至，則諸神[校]青本無上二字。清穢，我無所容，故行遯耳。」又一年，及期而去，久不復返。疑之。一日忽至。因問其故。答曰：「我幾不復見子矣！曩欲遠避，心頗怠，[但評]後言此非福地，則此時欲遠避而心頗怠者，其故可知也。觸神怒而沾臭穢，宜哉。視陰溝甚隱，遂潛伏卷甕下。不意靈官糞除至此，瞥爲所睹，憤欲加鞭。余懼而逃。靈官追逐甚急。至黄河上，瀕將及矣。大窘無計，竄伏溷中。神惡其穢，始返身去。既出，臭惡沾染，不可復遊人世。乃投水自濯訖，又蟄隱[校]抄本無隱字。穴中，幾百日，垢濁始淨。今來相別，兼以致囑：[校]此據青本，稿本、抄本作祝。君亦宜引［校］抄本作隱。身他去，大劫將來，此非福地［呂註］洞天福地記：終南山太乙峯在長安西南五十里，左右十里内皆福地。也。」言已，辭去。道士依言別徙。未幾而有甲申之變。

［何評］每郊祭則靈官清穢，甲申前尚如此，信乎天子之威靈遠矣。

王蘭*

利津王蘭，暴病死。〔校〕青本作卒。閻王覆勘，乃鬼卒之悮勾也。責送還生，則尸已敗。鬼懼罪，謂王曰：「人而鬼也則苦，鬼而仙也則樂。苟樂矣，何必生？」王以爲然。鬼曰：「此處一狐，金丹成矣。竊其丹吞之，則魂不散，可以長存，但憑所之，罔〔校〕青本作無。不如意。子願之否？」王從之。鬼導去，入一高第，見樓閣渠然，而悄無一人。〔校〕抄本作闃其無人。有狐在月下，仰首望空際。氣一呼，有丸自口中出，直上入於〔校〕抄本無於字。月中；一吸，輒〔校〕抄本無輒字。復落，以口承之，則又呼之：如是不已。鬼潛伺其側，俟其吐，急掇於手，付王吞之。狐驚，盛氣相向。見二人在，恐不敵，憤恨而去。王與鬼別，至其家，妻子見之，咸懼卻走。王告以故，乃漸集。由此在家寢處如平時。其友張姓〔校〕抄本作某。者，聞而省之，相見，話温涼。因謂張曰：「我與若家〔校〕抄本下有世字。夙貧，今有術，可以致富。子能從我遊乎？」張唯唯。曰：[校]抄本曰上有王字。「我能不藥而醫，不卜而斷。[但評]鬼而能仙，不事參真，不須禮斗，不待吐納修煉，遂能不藥而醫，不卜而斷，其樂可知。我欲現身，[校]身，青本作我形。恐識我者，相驚以[校]抄本無以字。怪。附子而行，可乎？」張又唯唯。[馮評]圓一句，否則自行之可也。於是即日趣裝，至山西界。富[校]抄本富上有遇字。室有女，得暴疾，眩然瞀[何註]瞀音茂，目不明貌。韓愈詩：淚目苦矇瞀。又煩亂也。瞑。前後藥禳既窮。張造其廬，以術自炫。富翁止此女，常[校]抄本作甚。珍惜之，能醫者，願以千金爲[校]爲，抄本作相酬。報。張請視之。從翁入室，見女瞑臥，啓其衾，撫其體，女昏不覺。王私告張曰：「此魂亡也，當爲覓之。」[馮評]插一筆。張乃告翁：「病雖危，可救。」問：「需何藥？」俱言不須，「女公子[呂註]左傳，莊三十二年。[何註]莊公三十二年：雩，講於梁氏，女公子觀之。魂離他所，業遣神覓之矣。」約一時許，王忽來，具言已得。張乃請翁再入，又撫之。少頃女[校]青本無女字。欠伸，目遽張。翁大喜，撫問。女言：「向戲園中，見一少年郎，挾彈彈雀；數人牽駿馬，從諸其後。急欲奔避，橫被阻止。少年以弓授兒，教兒彈。方羞訶之，便攜兒馬上，累騎而行。笑曰：『我樂與子戲，勿羞也。』數里入山中，我馬上號且罵；少年怒，推墮路旁，欲歸無路。適有一人至，捉兒臂，疾若馳，瞬息至家，忽若夢醒。」翁神之，果貽千金。王夜與張謀，留二百金[校]青本無金字。作路用，餘盡攝去，款門而付其子；又命以三百餽張氏，〔馮評〕二百作路用，三百餽張氏，付其子者五百也。共完上所貽千金之數。乃復還。次日與翁别，不見金藏何所，益異〔校〕抄本作奇。之，厚禮而送之。踰數日，張於郊外遇同鄉人賀才。才飲博〔校〕抄本作賭。不事生産，〔校〕抄本作業。奇〔校〕抄本作其。貧如丐。聞張得異〔校〕青本無異字。術，獲金無算，因奔尋之。王勸薄贈令歸。才不改故行，旬日蕩盡，將復覓〔校〕抄本作尋。張。王已知之，曰：「才狂悖，不可與處，只宜賂之使去，縱禍猶淺。」踰日，才果至，强從與俱。張曰：「我固知汝復來。日事酗賭，千金何能滿無底竇？〔何註〕無底竇，竇，孔穴也。禮記，禮運：禮儀者，順人情之大竇。東坡詩：長輪不盡溪，欲滿無底竇。誠改若所爲，我百金相贈。」才諾之。張瀉囊授之。才去，以百金在橐，賭益豪；益之狹邪遊，〔呂註〕摭言：杜牧在揚州，爲狹邪遊，無虛夕。牛僧孺爲淮南節度，潛遣卒護之。揮灑如土。邑中捕役疑而執之，質於官，拷掠酷慘。才實告金所自來。〔但評〕賀才以無賴棍徒，薄贈之而不改，厚賂之而又不改；生前累贅，死後糾纏，王雖鬼仙，亦幾爲所拖累，況其在人也歟？乃遣隸押才捉張。數日〔校〕抄本無上二字。創劇，斃於塗。魂不忘〔校〕抄本下有於字。張，復往依之，因與王會。一日，聚飲於煙墩，才大醉狂呼，王止之，不聽。適巡方御史〔呂註〕池北偶談：世祖時，用都主事及中書舍人等官，假監察御史銜，巡按各直省。差竣，都察院殿最之。最者，得陞京官五品，餘則仍回居本職，不直授御史也。後仍歸御史，而巡方亦停不遣。過，聞呼搜之，獲張。張懼，以實告。御史怒，笞而牒於神。夜夢金甲人告曰：「查王蘭無辜而死，今爲鬼仙。醫亦仁［校］抄本作神。術，不可律以妖魅。今奉帝命，授爲清道使。賀才邪蕩，已罰竄鐵圍山。［呂註］長阿含起世經：海外有山，即是大鐵圍山，四周圍並一日月晝夜輪轉，照四天下，名一國土。○［何評］見釋典。［但評］日事酗賭而兼狹邪遊之人，鐵圍山早留一席以相待矣。張某無罪，當宥之。」御史醒而異之，乃釋張。張治［校］抄本作製。裝旋里。囊中存數百金，敬以［校］抄本下有一字。半送王家。王氏子孫以此致富焉。

［何評］詭異。

*鷹虎神

［校］抄本有目無文。

郡城東嶽廟，在南郭，大門左右神高丈餘，俗名「鷹虎神」，猙獰可畏。廟中道士任姓，每雞鳴，輒起焚誦。有偷兒預匿廊間，伺道士起，潛入寢室，搜括財物。奈室無長物，［呂註］文中子：君子之服儉以潔，無長物焉。按：長，去聲，餘也。○世說：王恭從會稽還，王大看之。見其坐六尺簟，因語恭卿：東來故應有此物，可以一領及我。大去後，即以所坐者送之。大聞之，驚曰：本謂卿多，故求耳。對曰：丈人不悉恭，恭作人無長物。惟於薦底得錢三百，納腰中，拔關而出。［校］青本作去。將登千佛山。南竄許時，方至山下。見一巨丈夫，自山上來，左臂蒼鷹，適與相遇。近視之，面銅青色，依稀似廟門中所習見者。大恐，蹲伏而戰。神詫曰：「盜錢安往！」偷兒益懼，叩不已，神揪［何註］揪，酒平聲，以手抓住也。令還入廟，使傾所盜錢，跪守之。道士課畢，回顧駭愕。盜歷歷自述，道士收其錢而遣之。

［何評］此事若道士令偷兒詐爲之，便可得財，須察。

王成*

王成，平原故家子。性最懶，生涯日落，惟剩[何註]俗賸字，餘也。破屋數間，與妻臥牛衣[呂註]前漢書，王章傳：章爲諸生，疾病無被，臥牛衣中，與妻決，涕泣。及爲京兆，欲上封事。妻止之曰：獨不念牛衣中涕泣時耶？注：牛衣，編亂麻爲之。[何註]牛衣，編草爲之，以覆牛者。中，交謫[呂註]詩，邶風：室人交徧謫我。[何註]謫音摘，責也。不堪。[但評]坐食山崩，徒擁牛衣而泣，故家子每每如是，可歎！時盛夏燠[何註]燠音郁，暖也。熱，村外[校]青本作中。故有周氏園，牆宇盡傾，唯存一亭；村人多寄宿其中，王亦在焉。既曉，睡者盡去；紅日三竿，[呂註]蘇軾詩：曈曨曉日上三竿。陸游詩：美睡三竿日。○按，南齊書，天文志：永明五年十一月，日出三竿，謂朱黃色赤暈也。今多借用。王始起，[但評]懶煞。逡巡欲歸。見草際金釵一股，拾視之，鐫有細字云：「儀賓府造。」[校]抄本作製。王祖爲衡府[呂註]明史：衡恭王祐楎，憲宗第六子。成化十三年封，弘治十三年之藩青州。○按：初，太祖第七子榑封齊王，建府青州西門內；後罪廢國除。弘治中，憲宗子祐楎復封此，建國曰衡，歷四世而革命。儀賓，[呂註]明史：明制，皇姑曰大長公主，皇姊妹曰長公主，皇女曰公主，親王女曰郡主，諸郡王女曰縣主，郡王孫女曰郡君，郡王曾孫女曰縣君，公主壻曰駙馬都尉，餘皆曰儀賓。家中故物，多此款式，因把釵躊躇。欻一嫗來尋釵。

王雖故[校]抄本無故字。貧，然性介，[何註]介，廉介也。○[但評]介難，貧而介尤難。遽出授之。嫗喜，極贊盛德，[馮評]大關目。曰：「釵直幾何，先夫之遺澤[何註]遺澤，禮，玉藻：父没而不能讀父之書，手澤存焉爾；母没而杯圈不能飲焉，口澤之氣存焉爾。也。」問：「夫君伊誰？」答云：「故儀賓王柬之也。」王驚曰：「吾祖也。何以相遇？」嫗亦驚曰：「汝即王柬之之孫耶？我乃狐仙。[馮評]此書言狐，或先説明，或後説明，或竟不説明，各有主意。百年前，與君祖繾綣。[何註]繾綣音遣捲。左傳，昭二十五年：繾綣從公。注：不相離也。廣韻：繾綣致盟。古詩：何以致繾綣。君祖殁，老身遂隱。過此遺釵，適入子手，非天數耶！」王亦曾聞祖有狐妻，信其言，便邀臨顧。嫗從之。王呼妻出見，負敗絮，[校]上三字，青本作敝衣蓬首。○[呂註]陶潛與子儼等書：余嘗感儒仲賢妻之言，敗絮自擁，無慚見子。又註：詩，衛風：首如飛蓬。菜色[呂註]禮，王制：民無菜色。注：饑而食菜則色病，故云菜色。黯[何註]黯音黵，深黑也。焉。嫗歎曰：「嘻！王柬之孫子，[校]抄本作之孫。乃一貧至此哉！」又顧敗竈無煙。曰：「家計若此，何以聊生？」妻因細述貧狀，嗚咽飲泣。嫗以釵授婦，使姑質錢市米，三日外[校]青本作後。請復相見。王挽留之。嫗曰：「汝一妻不能自[校]抄本作猶不能。存活，我在，仰屋[呂註]宋史，富弼傳：帝嘗因安石有所建明，卻之曰：富弼手疏稱，老臣無所告訴，但仰屋竊歎者，即當至矣。[何註]仰屋，謂仰屋而籌也。而居，復何裨[何註]裨，賓彌切，補也。益？」[馮評]是老祖母口氣。遂徑去。王爲妻言其故，妻大怖。王誦其義，使姑事之，妻諾。踰三日，果至。出數金，糴[何註]糴音狄，入米也。

粟麥各〔校〕青本、抄本下有一字。石。夜與婦共〔校〕抄本作宿。短榻。婦初懼之；然察其意殊拳拳，〔何註〕拳拳亦作惓惓，誠懇也。遂不之疑。翌日，謂王曰：「孫勿惰，〔馮評〕對上性懶。宜操小生業，坐食烏可長也？」〔但評〕介固盛德，惰亦敗類，欲其富貴，必去病根。王告以無貲。〔何註〕貲音髭，財也。曰：〔校〕校本曰上有嫗字。「汝祖在時，金帛憑所取；我以世外人，無需是物，故未嘗多取。積花粉之金四十兩，至今猶存。久貯〔何註〕貯音衧，積也，藏也。亦無所用，可將去悉以市葛，刻日赴都，可得微息。」王從之，購五十餘端以歸。嫗命趣裝，計六七日可達燕都。囑曰：「宜勤勿懶，〔校〕抄本作惰。宜急勿緩；遲之一日，悔之已晚！」〔馮評〕一字千金，故家子當書諸座右。〔但評〕十六字可作傳家格言，自學問以至於經濟，皆當本此意以力爲推行，不特操生業爲然也。王敬諾。囊貨就路，中途遇雨，衣履浸濡。〔何註〕濡音儒，又音孺，沾潤也。王生平未歷風霜，委頓〔呂註〕晉書，裴楷傳：楷有濁利疾。王渾請曰：楷今委頓，臣深憂之。○左傳，襄四年：甲兵不頓。注：頓，謂挫傷折壞，俗謂委頓是也。〔何註〕委頓，沉困也。不堪，因暫休旅舍。〔但評〕懶煞，緩煞。不意淙淙〔何註〕淙音賨，水聲也。徹〔何註〕徹，通徹也。暮，簷雨如繩。〔何註〕山谷詩：蓬窗高卧雨如繩。過宿，濘〔何註〕濘音寧。吳都賦：流汗霡霂，而中逵泥濘。益甚。見往來行人，踐淖〔何註〕淖音鬧。濡甚曰淖。成公：有淖于前，乃皆左右相違於淖。没脛，〔馮評〕善寫。心畏苦之。待至亭午，始漸燥，而陰雲復合，雨又大作。〔校〕抄本作滂沱。信宿乃行。〔但評〕懶煞，緩煞。將近京，傳聞葛價翔貴，〔呂註〕前漢書，食貨志：常苦枯旱，亡有平歲，穀價翔貴。注：翔，如鳥之回翔，謂不離乎貴也。若暴貴，稱騰踊也。[何註]翔貴猶昂貴。心竊喜。入都，解裝客店，主人深惜其晚。先是，[何評]補序。南道初通，葛至絕少。貝勒府購致甚急，[校]上七字，青本作京中巨室，購者頗多。價頓[校]青本作甚。昂，較常可三倍。前一日，方購足，[校]上三字，青本作貨葛雲集，價頓貶。後來者，并[校]青本無并字。皆失望。主人以故告王。王鬱鬱不得志。[校]上二字，抄本作樂。○[但評]悔之已晚。越日，葛至愈多，價益[校]抄本作亦。下。王以無利不肯售。遲十餘日，計食耗煩[校]青本作繁。多，倍益憂悶。主人勸令賤鬻，[校]抄本作賣。○[何註]鬻音育，賣也。改而他圖，從之。虧貲十餘兩，悉脱去。早起，將作歸計，啓[校]抄本作起。視囊中，則金亡矣。驚告主人。主人無所爲計。或勸鳴官，責主人償。王歎曰：「此我數也，於主人何尤？」[校]抄本作干。○[但評]寓中失金，責主人償，未嘗不是。然謂金之失果由主人，又未必然。鳴官而主人果償金，則冤主人；鳴官而主人不償金，則累主人。我得金而冤主人，不可也；我不得金而累主人，則尤不可也。歸之於數，不尤乎人，何等識見，何等器量！若而人，豈果貧困以終哉？主人聞而德之，贈金五兩，慰之使歸。自念無以見祖母，蹀踱[校]抄本作躞。○[何註]蹀踱音牒鑷。白馬賦：望朔雲而蹀足。行貌。踱，乍行乍止也。內外，進退維谷。[何註]谷，窮也。詩，大雅：進退維谷。適見鬭鶉者，一賭輒[校]抄本無輒字。數千；每市一鶉，恒百錢不止。意忽動，[但評]天誘其衷。計囊中貲，僅[校]青本下多一僅字。足販鶉，以商主人。主人亟慫恿之。且約假寓飲食，不取其直。[何註]取直之直，宿食之所直也。王喜，遂行。購鶉盈儋，復入都。［校］以商主人至復入都句，抄本作乃歸市販鶉而返。主人喜，賀其速售。至夜，大雨徹曙。［何註］曙音署，曉也。天明，衢［何註］衢音劬，四達道也。水如河，淋零猶未休也。居以待晴。連綿數日，更無休止。［但評］此則非惰之咎，而無心之遇，竟以遲緩得之，豈偶然哉。起視籠中，鶉漸死。王大懼，不知計之所出。越日，死愈多；僅餘數頭，併一籠飼之；經宿往窺，則一鶉僅存。［馮評］水盡山窮。因告主人，不覺涕墮。主人亦爲扼腕。［呂註］扼腕，振臂太息之狀。後周武帝謀伐齊，竇熾扼腕曰：臣請干櫓首啓戎行。王自度金盡罔歸，但欲覓死，主人勸慰之。共往視鶉，審諦之曰：「此似英物。［呂註］晉書，桓溫傳：溫生未期，溫嶠見之曰：此兒有奇骨，可試使啼。及聞其聲，曰：真英物也。父彝以嶠所賞，遂名溫。諸鶉之死，未必非此之鬬殺之也。君暇亦無所事，請把之；如其良也，賭亦可以謀生。」［馮評］絕處逢生。［但評］天實啓之。王如其教。既馴，主人令持向街頭，賭酒［校］青本下有肉字。食。鶉健甚，輒贏。主人喜，以金授王，使復與子弟決賭；三戰三勝。半年許，積［校］抄本積上有蓄字。二十金。心益慰，視鶉如命。［馮評］暗渡陳倉。先是，大親王［校］上三字，青本作有某王者。好鶉，每值上元，輒放民間把鶉者入邸［何註］邸音底，諸侯來朝所舍。漢書，文帝紀：至邸而議之。注：邸，至也，言所歸至也。相角。主人謂王曰：「今大富宜可立致；所不可知者，在子之命矣。」［馮評］先反敲一句。因告以故，導與俱往。囑曰：

「脱敗，〔何註〕脱敗，儻敗也。則喪氣出耳。倘有萬分一，鶉鬬勝，王必欲市之，君勿應；如固强之，惟予首是瞻，〔何註〕惟予首是瞻，謂視我首爲斷也。待首肯〔呂註〕宋史：王珪奏請太后同聽政，神宗首肯。而後應之。」王曰：「諾。」至邸，則鶉人肩摩〔呂註〕戰國策：車擊轂，人摩肩。〔何註〕肩摩，擁擠也。文選：車轂擊，人肩摩。於墀〔何註〕墀音池，下從牛，階下地也。天子曰赤墀、丹墀，砌以玉石曰玉墀。下。頃之，王出御殿。左右宣言：「有願鬬者上。」即有一人把鶉，趨而進。〔馮評〕先就旁人埶寫一層。王命放鶉，客亦放；略一騰踔，〔何註〕踔，丑教切，踰越也。後漢書，蔡邕傳：踔宇宙而遺俗兮。客鶉已敗。王大笑。俄頃，登而敗者數人。主人曰：「可矣。」相將俱登。王相之，曰：「睛有怒脈，此健羽也，不可輕敵。」命取鐵喙者當之。〔馮評〕將軍欲以巧勝人，盤馬彎弓惜不發。一再騰躍，而王鶉〔校〕稿本下原有已字，塗去。鎩羽。更選其良，再易再敗。王急命取宮中玉鶉。片時把出，素羽如鷺，神駿〔何註〕九方皋相馬，遺其玄黄而取其神駿。不凡。王成意餒，〔何註〕餒音委，若飢乏而氣不充體也。跪而求罷，〔馮評〕處處作勢，聊齋總不用平筆。曰：「大王之鶉，神物也，恐傷吾禽，喪吾業矣。」〔校〕曰大王之鶉至喪吾業矣句，抄本無。王笑曰：「縱之。脱鬬而死，當厚爾償。」成乃縱之。玉鶉直奔之。而玉鶉方來，則伏如怒雞以待之；〔何評〕鬬法略見。玉鶉健啄，則起如翔鶴以擊之；進退頡頏，〔何註〕頡頏，喻往來比式也，言纈航。詩，邶風：頡之頏之。注：飛而上曰頡，飛而下曰頏。相持約一伏時。玉鶉漸懈，而其怒益烈，其鬬益急。未幾，雪毛摧落，垂翅〔何註〕史記：馮翼始雖垂翅回溪，終能奮翼澠池。而逃。觀者千人，罔不歎羨。〔但評〕數語是一首絶妙鬬鶉行。王乃索取而親把之，自喙至爪，審周一過。問成曰：「鶉可貨否？」答云〔校〕抄本作曰。：「小人無恒産，與相依爲命，不願售也。」王曰：「賜而重直，中人之〔校〕青本無之字。産〔吕註〕前漢書，文帝紀：帝嘗欲作露臺，召匠計之，曰百金。上曰：百金，中人之産也，何以臺爲？可致。頗願之乎？」成俯思良久，曰：「本不樂置；顧大王既愛好之，苟使小人得衣食業，又何求？」〔但評〕措詞委婉可聽。王請〔校〕抄本作問。直，答以千金。王笑曰：「癡男子！此何珍寶而千金直也？」成曰：「大王不以爲寶，臣以爲連城之璧〔吕註〕史記：趙得和氏璧，秦昭王願以十五城易之，故又名連城璧。〔何註〕連城二字起於昭王賺趙璧事。又魏文帝送玉玦書曰：價越萬金，貴重萬金。不過也。」〔馮評〕善於詞令。王曰：「如何？」曰：「小人把向市廛，〔校〕抄本作中。日得數金，易升斗粟，一家十餘食指，無凍餒憂，〔校〕抄本無憂字。是何寶如之？」王言〔校〕抄本作曰。：「予不相虧，便與二百金。」成搖首。又增百數。成目視主人，主人色不動。乃曰：「承大王命，請減百價。」王曰：「休矣！誰肯以九百易一鶉者！」成囊鶉欲行。王呼曰：「鶉人來，鶉人來！」〔校〕抄本無上三字。實給六百，肯則售，否則已耳。」〔但評〕鶉人鶉人，始願實不及此；雖及此，豈非天乎？成又目主人，主人仍自若。成心願盈溢，惟恐失時。〔馮評〕寫得栩栩欲活，似從臺上演出，真妙筆也。與促織一篇同妙。曰：「以此數售，心實怏怏；但交而不成，則獲戾滋大。無已，即如王命。」王喜，即秤〔何註〕秤，俗稱字。諸葛亮曰：我心如秤，不能爲人輕重。付之。成囊金，拜賜而出。主人懟〔何註〕懟音墜，怨也。詩，大雅：彊禦多懟。曰：「我言如何，子乃急自鬻也？再少靳〔何註〕靳音㨷，吝也。左傳，莊十一年：宋公靳之。之，八百金在掌中矣。」〔馮評〕若必滿千金，又成呆筆。成歸，擲金案上，請主人自取之，主人不受。〔何評〕主人亦賢。又固讓之，乃盤計〔何註〕盤計，珠算也。飯直而受之。王治裝歸，至家，歷述所爲，出金相〔校〕稿本下原有示一門相四字，塗去。慶。嫗命治良田三百畝，起屋作器，居然世家。嫗〔校〕抄本無嫗字。早起，使成督耕，婦督織；稍惰，輒訶〔何註〕訶與呵同。之。〔馮評〕收前性懶。夫婦相安，不敢有怨詞。過三年，家益富。〔但評〕其富之基雖得於介，而終以不惰成之。通篇言數言命，而束之以此，可知富貴之來，雖曰天命，豈非人事哉！嫗辭欲去。夫妻〔校〕抄本作婦。共挽之，至泣下。嫗亦遂止。旭旦〔校〕青本作日。○〔何註〕旭音勗，日初出也。詩：旭日始旦。候之，已杳〔校〕抄本下有然字。矣。

異史氏曰：「富皆得於勤，此獨得於惰，亦創聞也。不知一貧徹骨，而至性不移，〔何評〕挽得轉。此天所以始棄之而終憐之也。懶中豈果有富貴乎哉！」〔校〕抄本無上段。○〔馮評〕喚醒世人。

〔但評〕拾釵而不取，亡金而任數，所謂「君子安貧，達人知命」者，非耶？其惰也，殆亦有說焉。老嫗、主人贈金，皆出諸意外，而卒以此致富，謂非天之所以報狷介士哉！

青鳳*

太原耿氏，故大家，第宅弘闊。後淩夷，[何註] 淩夷當作陵夷。言凡事始盛終衰，其陵替如丘陵之漸平也。漢書，成帝紀：帝王之道，日以陵夷。樓舍連亘，半曠廢之。因生怪異，堂門輒自開掩，家人恒中夜駭譁。耿患之，移居別墅，[呂註] 正韻：墅，田廬也。古人於家廬外立別墅。[何註] 墅，署上聲，別館也。唐書，裴休傳：與兄弟隱家墅。留[校] 抄本下有一字。老翁門焉。由此荒落益甚。或聞笑語歌吹[校] 稿本吹原作鼓，改吹。聲。耿有從子去病，狂放不羈。[何註] 羈音羇，馬絡頭也。不羈，言不可控制也。囑翁有所聞見，奔告之。至夜，見樓上燈光明滅，走報生。生欲入覘其異。止之，不聽。門户素所習識，竟撥蒿蓬，[校] 青本作蓬蒿。曲折而入。登樓，殊[校] 抄本作初。無少異。穿樓而過，聞人語切切。潛窺之，見巨燭雙燒，其明如晝。一叟儒冠南面坐，一媪[校] 青本作嫗。相對，俱年四十餘。東向一少年，可二十許；右一女郎，裁及笄[呂註] 禮，内則：十有五年而笄。注：笄，簪也。[何註] 笄音雞，簪也。女子十五而笄。又儀禮，士昏禮：女子許嫁，笄而醴之，稱字。又詩，鄘風，注：嫁而笄也。其端刻雞形。禮，檀弓，疏：吉笄，長尺二寸；齊衰笄，尺。惡笄，或用櫛，或用榛。耳。酒胾滿案，團[校] 抄本作圍。坐笑語。生突入，笑呼曰：「有不速之客［呂註］易，需：有不速之客三人來。注：速，召也。［何註］速，邀也。一人來！」［馮評］狂態如見。［何評］狂放不羈。羣驚奔匿。［但評］突如其來，即狐亦不能不驚。獨叟出叱［校］上二字抄本作詫。問：「誰何入人閨闥？」［何註］闥音撻，門也。生曰：「此我家閨闥，［校］上二字，抄本作也。君占之。［何評］狂放。旨酒自飲，不一［校］抄本無一字。邀主人，毋乃太吝？」［何評］狂放。［但評］生固狂放不羈，亦占得理足。叟審睇［校］睇，抄本作諦之。曰：「非主人也。」生曰：「我狂生耿去病，［何評］狂放。主人之從子耳。」叟致敬曰：「久仰山斗！」［呂註］唐書，韓愈傳贊：愈以六經之文，爲諸儒倡；自愈没後，其學盛行，學者仰之如泰山北斗。乃揖生入，便呼家人易饌。生止之。［何評］不羈。叟乃酌客。生曰：「吾輩通家，［呂註］後漢書，孔融傳：融十歲，隨父詣京師，造河南君李膺門云：我與公積代通家。膺曰：君祖父未嘗與僕有舊。融曰：吾先君孔子，與君先人李老君，同德比義而相師友，融與君非積代通家與？衆皆奇之。座客無庸見避，［何評］不羈。還祈招飲。」叟呼：「孝兒！」俄少年自外入。叟曰：「此豚兒［呂註］三國志，吳書注：吳曆曰：曹公見孫權軍伍整肅，歎曰：生子當如孫仲謀，劉景升兒子若豚犬耳！也。」揖而坐，略審門閥。叟自言：「義君姓胡。」生素豪，談議［校］抄本作論。風生，孝兒亦倜儻；傾吐間，雅相愛悦。［馮評］借此引出青鳳。生二十一，長孝兒二歲，因弟之。叟曰：「聞君祖纂塗山［何註］塗山，國名。今壽春有禹會諸侯處。外傳，知之乎？」答：［校］抄本下有曰字。「知之。」叟曰：「我塗山氏之苗裔［何註］漢塗禪，唐塗曉，皆塗山氏之裔。也。唐以後，譜系猶能憶之；五代而上無傳焉。幸公子一垂教也。」生略述塗山女佐禹之功，[呂註]吳越春秋：禹年三十未娶，行到塗山，恐時之暮，失其度制，乃辭曰：吾娶也，必有應矣。乃有白狐九尾造於禹。禹曰：白者，吾之服也。九尾者，王之證也。塗山之歌曰：綏綏白狐，九尾痝痝。我家嘉夷，來賓爲王。成家成室，我造彼昌。天人之際，於茲則行。明矣哉！遂娶塗山，謂之女嬌。[何註]塗山氏女名攸。漢書，武帝紀，注：禹治洪水，通轘轅山，化爲熊。謂塗山氏曰：欲餉，聞鼓聲乃來。禹跳石，誤中鼓。塗山氏往見，禹方作熊，慚而去。此佐禹之一事也。○[馮評]呂氏春秋云：禹未娶，行至塗山，恐時暮失制，曰娶必有應。乃有白狐九尾造焉。禹曰：白者吾服也；九尾者陽服也。於是娶於塗山云，名曰攸女，生啓。粉飾多詞，妙緒泉湧。[呂註]盧思道誄：麗詞泉湧，壯思雲飛。○[但評]果既得其奧，即不妨加以藻飾，此文之貴於潤色也。○[但評]果爾妙緒泉湧，焉得不動人聽聞？叟大喜，謂子曰：「今幸得聞所未聞。公子亦非他人，可請阿母及青鳳來共聽之，亦令知我祖德也。」孝兒入幃中。少時，媪偕女郎出。[但評]引出幃中人，粉飾多詞，得力不小。審顧之，弱態生嬌，秋波流慧，人間無其麗也。叟指婦云：[校]抄本作媪曰。「此爲老荆。」又指女郎：「此青鳳，鄙人之猶女[何註]禮，檀弓：兄弟之子，猶子也。則兄弟之女，猶女也。也。頗惠，[校]青本、抄本作慧。所聞見，輒記不忘，故喚令聽之。」生談竟而飲，瞻顧女郎，停睇不轉。[何評]狂放。女覺之，輒[校]抄本無輒字。俯其首。生隱躡[何註]躡音聶，蹈也。韓信請封假王，高帝怒，子房躡其足。蓮鉤，[何評]狂放。女急斂足，亦無慍怒。生神志飛揚，不能自主，拍案曰：「得婦如此，南面王不易也！」[何評]狂放。媪見生漸醉，益狂，與女俱起，遽搴幃[校]抄本無上四字。去。生失望，乃辭叟出。[但評]狂態可掬，叟亦難堪。而心縈縈，不能忘情於青鳳也。

至夜，復往，則蘭麝猶芳，而[校]抄本無而字。凝待終宵，寂無聲欬。歸與妻謀，欲攜家而居之，冀得一遇。妻不從，生乃自往，讀於樓下。夜方[校]抄本無方字。凭几，一鬼披髮入，面黑如漆，張目視生。生笑，[但評]不爲鬼動，其行可知。染[校]抄本作撚。指研墨自塗，[何評]不羈。灼灼然相與對視。[馮評]乾隆乙巳，從慶符縣尹張慕川遊，侯世承語余曰：最愛聊齋研墨塗面與鬼對視。豪爽俊快，天人胸襟，令人塵俗盡滌。鬼慚而去。[但評]世人嚇人者多假託鬼狐；狐又假託厲鬼，而慚於灼灼對視之狂生。可見鬼狐伎倆，原不足動人也。次夜，更既[校]抄本無既字。深，滅燭欲寢，聞樓後發扃，闢之閛然。[呂註]集韻：閛音怦，合扉聲。[何註]閛，坡庚切，閉門聲也。揚子法言：開之廓然見四海，閉之閛然不睹其裏。生[校]抄本無生字。急起窺覘，則扉半啓。俄聞履聲細碎，有燭光自房中出。視之，則青鳳也。驟見生，駭而卻退，[校]青本作走。遽闔雙扉。生長跽[校]青本作跪。而致詞曰：「小生不避險惡，實以卿故。幸無他人，得一握手爲笑，死不憾耳。」女遙語曰：「惓惓深情，妾豈不知，但叔[校]青本無叔字，抄本叔上有吾字。閨訓嚴，[校]抄本下有謹字。不敢奉命。」生固哀之云：[校]抄本作曰。「亦不敢望肌膚之親，但一見顏色足矣。」女似肯可，啓關出，捉之臂而曳之。生狂喜，相將入樓下，擁[何註]擁，雍上聲，抱也。而加諸膝。[何註]加膝，加於膝上也。禮，檀弓：進人若將加諸膝。女曰：「幸有夙分；過此一夕，即相思無用[校]抄本作益。矣。」[但評]停睇而俯首，躡足而不慍，搴幃去後，情思亦可知矣。不然，豈猶不知有鬼嚇不動之狂生在此？斯時何時，而乃獨自房中出乎？啓關捉臂，擁加諸膝，而曰：幸有夙分。蓋自使之留守時，竊已私心自喜矣。問：「何故？」曰：「阿叔畏君狂，故化厲鬼以相嚇，而君不動也。今已卜居他所，一家皆移什物赴新居，而妾留守，明日即發。」[校]稿本下原有矣字，塗去。青本、抄本下有矣字。言已，欲去，云：「恐叔歸。」生强止之，欲與爲歡。方持論間，叟掩入。女羞懼無以自容，俛首倚[校]抄本作依。牀，拈帶不語。叟怒曰：「賤婢[校]抄本作輩。辱吾[校]抄本作我。門户！不速去，鞭撻[何註]撻音闥，擊也。且從其後！」[馮評]此老閨訓嚴，尚且如此，世之幃薄不修者，有愧此狐。女低頭急去，叟亦出。尾[校]抄本尾上有生字。而聽之，訶詬萬端。聞青鳳嚶嚶啜[何註]啜音歠。詩，王風：啜其泣矣。泣。[但評]叟亦有治家不嚴之罪。嚶嚶啜泣時，心中有無限委屈。生心意如割，大聲曰：「罪在小生，[何評]狂放。於[校]青本、抄本作與。青鳳何與？倘宥鳳也，[校]抄本作青鳳。刀鋸鈇鉞，[何註]鈇音膚，莝斫刀也。鉞音越，斧也。小生[校]抄本無上二字。願身受之！」良久寂然，生[校]抄本無生字。乃歸[校]青本無歸字。寢。自此第内絶不復聲息矣。生叔聞而奇之，願售以居，不較直。生喜，攜家口而遷焉。居逾年，[校]上三字，青本作意。甚適，而未嘗須臾忘鳳[校]青本、抄本鳳上有青字。也。會清明上墓歸，見小狐二，爲犬逼逐。其一投荒竄去，一則皇急道上。望見生，依依哀啼，葛[何註]葛當作闒。文選，注：闒茸，猥賤也。耳輯[校]青本作戢。○[何註]戢音輯，藏也。首，似乞其援。生憐之，啓裳衿，提抱以歸。閉門，置牀上，則青鳳也。[馮評]如天落下。[但評]無意相遭，遂援其厄。深情所結，有此因緣。大喜，慰問。女曰：「適與婢子戲，遘此大厄。脱非郎君，必葬犬腹。望無以非類見憎。」生曰：「日切懷思，繫於魂夢。見卿如獲異寶，何憎之云！」女曰：「此天數也，不因顛覆，何得相從？然幸矣，婢子必以［校］抄本作言。妾爲［校］抄本無爲字。已死，可與君堅永約耳。」［但評］因遭顛覆，乃得相從，堅永約，人事得失，亦復何常。士之錯節盤根，所自信者，此心耳。天數不可知，聽之而已。生喜，另舍舍［校］抄本作居。之。積二年餘，生方夜讀，孝兒忽入。［馮評］孝兒忽又飄來，兔起鶻落之筆。生輟讀，訝詰所來。孝兒伏地，愴然曰：「家君有橫難，非君莫拯。［校］抄本作救。○［何註］拯，蒸上聲，救援也。將自詣懇，恐不見納，故以某來。」問：「何事？」曰：「公子識莫三郎否？」曰：「此吾年家子也。」孝兒曰：「明日將過。倘攜有獵狐，望君之［校］抄本無之字。留之也。」生曰：「樓下之羞，耿耿［何註］心有所存，不能忘也。詩，柏舟：耿耿不寐。在念，他事不敢預聞。必欲僕效綿薄，［呂註］前漢書，嚴助傳：淮南王曰：越人綿力薄材，不能陸戰。［何註］綿薄，力薄如綿也。非青鳳來不可！」孝兒零涕曰：「鳳妹已野死三年矣！」生拂衣［校］稿本下原有起字，塗去。曰：「既爾，則恨滋深耳！」執卷高吟，殊不顧瞻。孝兒起，哭失聲，掩面而去。生如青鳳所，告以故。女失色曰：「果救之否？」曰：「救則救之；適不之諾者，亦聊以報前橫耳。」女乃喜曰：「妾少孤，依叔成立。昔雖獲罪，乃家範應爾。」［但評］一則以禮，一則以情。以禮制情，情當自屈。生曰：「誠然，但使人不能無介介［呂註］後漢書，馬援傳：介介獨惡是耳。注：介介，猶耿耿也。［何註］介介，堅確不拔也。耳。卿果死，定不相援。」女笑曰：「忍哉！」［但評］忍哉二字恨詞也，而以笑出之，則感其如是，而又幸其不如是也。其詞若有憾焉，其實乃深喜之。次日，莫三郎果至，鏤膺虎韔，[呂註] 詩，秦風：虎韔鏤膺。傳：虎韔，以虎皮爲弓室也。鏤膺，鏤金以飾馬當胸帶也。[何註] 鏤音漏，刻金爲飾也。膺，馬胸前帶也。韔音暢，弓衣也。虎韔，畫虎於韔也。僕從甚赫。生門逆之。見獲禽甚多，中一黑狐，血殷[呂註] 殷音黫。左傳，成二年：左輪朱殷。注：朱，血色；血色久則殷。殷音近煙，今人謂赤黑爲殷色。毛革；撫之，皮肉猶温。便託裘敝，乞得綴補。[校] 青本作補綴。莫慨然解贈。生即付青鳳，乃與客飲。客既去，女抱狐於懷，三日而甦，展轉復化爲叟。舉目見鳳，疑非人間。女歷言其情。叟乃下拜，慚謝前愆。[但評] 叟之愆，不在樓下訶詬時，而在喚令聽談時。喜顧女曰：「我固謂汝不死，[但評] 其心不死，那得便死。今果然矣。」女謂生曰：「君如念妾，還乞[校] 抄本作祈。以樓宅相假，使妾得以申返哺[呂註] 春秋元命苞：三足烏，反哺之鳥，至孝之應也。○梁孝武帝孝思歌：慈烏反哺以報親。[何註] 束皙補南陔詩：嗷嗷林烏，受哺於子。注：純黑而反哺者烏也。哺音捕。又注：哺，喂養之也。之私。」生諾之。[但評] 以好結之冰玉，未有不相能者。耿生此舉，高石太璞遠甚。叟赧然謝別而去。入夜，果舉家來。由此如家人父子，無復猜[何註] 猜，倉來切，疑也。忌矣。生齋居，孝兒時共談讌。生嫡[何註] 嫡音的，正室也。出子漸長，遂使傅之；蓋循循善教，有師範焉。

[何評] 青鳳之愛生甚摯，而待之又甚誠，卒脱其死以及其叔，孰謂狂生不可近乎？叟家範綦嚴，觀孝兒可爲師，青鳳不敢懟可見。何物老狐，乃有此家法。

畫皮*

太原王生，早行，遇一女郎，抱襆獨奔，甚艱於步。急走趁之，［何註］趁之，尾綴之也。乃二八姝麗。心相愛樂。問：「何夙夜踽踽獨行？」女曰：「行道之人，不能解愁憂，［何評］挑之。何勞相問。」生曰：「卿何愁憂？或可効力，不辭也。」女黯然曰：「父母貪賂，鬻妾朱門。［呂註］晉書，麴允傳：允與游氏世爲豪族。西州語曰：麴與游，牛羊不數頭，南開朱門，北望青樓。○杜甫詩：出入朱門家，華屋列蛟螭。嫡妒甚，朝詈［何註］詈音荔，罵也。而夕楚辱之，所弗堪也，將遠遁耳。」［何評］再挑之。問：「何之？」曰：「在亡之人，烏有定所。」［何評］三挑之。生言：「敝廬不遠，即煩枉顧。」女喜，從之。生代攜襆物，導與同歸。女顧室無人，問：「君何無家口？」答云：「齋耳。」女曰：「此所良佳。如憐妾而活之，須祕［何註］祕，兵媚切，亦密也。密，勿洩。」生諾之。乃與寢合。使匿密室，過數日而人不知也。生微告妻。妻陳，疑爲大家媵［何註］媵音孕，送也。左傳，成八年：凡諸侯嫁女，同姓媵之。注：謂同姓二國以女媵之也。儀禮，鄉飲酒禮：主人媵爵於賓。注：先飲一爵，從一爵，從之也。亦此意也。

妾，勸遣之。生不聽。偶適市，遇一道士，顧生而愕。問：「何所遇？」答言：「無之。」道士曰：「君身邪氣縈繞，何言無？」生又力白。[但評]即令真是在亡之人，又豈可貪而匿之？明明引鬼入宅，妻勸之而不從，道士言之而不悟，色之迷人甚矣哉！道士乃去，曰：「惑哉！世固有死將臨而不悟者！」生以其言異，頗疑女。轉思明明麗人，何至爲妖，[馮評]天下如此人豈少也哉？意道士借魘[校]青本作厭，通魘。禳[呂註]前漢書，杜鄴傳，注：厭，壓也，鎮也。周禮，女巫注：卻變異曰禳。[何註]前漢書，杜鄴傳：折衝厭難。謂使之銷靡也。以獵食[呂註]易林：鷹鸇獵食，雉兔困極。[何註]獵食，獵，捷取也，謂以術捷取食也。者。[但評]死將臨而不悟，其言何等真切；乃初聞之而疑，轉思之，且以爲妄矣。忠言逆耳，固如是夫！無何，至齋門，門内杜，不得入。心疑所作，乃踰[何註]踰，越也。垝垣。[呂註]詩，衛風：乘彼垝垣。傳：垝，毁；垣，牆也。[何註]垝音詭，垣音袁。卑曰垣，高曰墉，牆也。又註：垝垣，敗堵也。則室門亦[校]抄本作已。閉。躡迹[校]抄本作足。而窗窺之，見一獰鬼，面翠色，齒巉巉[何註]巉音讒，高巖也，狀其牙之長也。如鋸。鋪人皮於榻上，執采筆而繪之；已而擲筆，舉皮，如振衣狀，披於身，遂化爲女子。[馮評]人見呼佳人，我見如獰鬼，人人如我眼，便是魯男子。此心即枯木，聖賢仙佛矣，不然心眼迷，北邙山下土。[但評]明明麗人也，而乃翠面鋸齒，徒披采繪之人皮者乎？世之以妖冶惑人者，固日日鋪人皮，執采筆而繪者也。吁！可畏矣！睹此狀，大懼，獸伏而出。急追道士，不知所往。徧迹之，遇於野，長跪乞[校]抄本作求。救。道士曰：「請遣除之。此物亦良苦，甫能覓代者，予亦不忍傷其生。」乃以蠅拂授生，令挂寢門。臨别，約會於青帝廟。[呂註]史記，封禪書：漢高祖二年，東擊項籍而還入關。問故秦時上帝祠，何帝也？對曰：四帝，有白、青、黃、赤帝之祠。高祖曰：吾聞天有五帝，而有四，何也？莫知其說。於是高祖曰：吾知之矣，乃待我而具五也。乃立黑帝祠，命曰北時。生歸，不敢入齋，乃寢內室，懸拂焉。一更許，聞門外戢戢〔何註〕戢音輯，斂戢不敢大聲也。有聲。自不敢窺也，〔校〕抄本無也字。使妻窺之。但見女子來，望拂子不敢進；立而切齒，良久乃去。少時，復來，罵曰：「道士嚇我。終不然，寧入口而吐之耶！」取拂碎之，壞寢門而入。徑登生牀，裂生腹，〔校〕青本作肚。掬生心而去。〔馮評〕納後婦者其心黑，應攫取而食之。〔但評〕彼在亡之人，固已登子之牀矣。不爲裂肚掬心，何以與子寢合乎？然此其共見者耳；更有甚於裂肚掬心而無形跡可窺者，父母、妻子、兄弟、朋友，皆不得知，何處求人而活之哉？妻號。婢入燭之，生已死，腔〔何註〕腔音啌，骨體也。血狼藉。〔呂註〕爾雅：翼狼性貪，聚物不整，故稱狼藉。○釋文：狼藉草而卧，去則穢亂爲狼藉也。陳駭涕不敢聲。明日，使弟二郎奔告道士。道士怒曰：「我固憐之，鬼子乃敢爾！」〔呂註〕世說：盧志於衆坐問陸士衡：陸遜、陸抗，是君何人？答曰：如君之於盧毓、盧珽。因謂弟士龍曰：我祖父名播海內，豈有不知。鬼子敢爾！即從生弟來。女子已失所在。既而仰首四望，曰：「幸遁未遠。」問：「南院誰家？」二郎曰：「小生所舍也。」道士曰：「現在君所。」二郎愕然，以爲未有。道士問曰：「曾否有不識者一人來？」答曰：「僕早〔校〕青本無早字。赴青帝廟，良不知。當歸問之。」去，少頃而返，曰：「果有之。晨間一嫗來，欲傭爲僕家操作，室人止之，尚在也。」道士曰：「即是物矣。」遂與俱往。仗木劍，立庭心，呼曰：「孽魅！〔校〕青本作業魅，抄本作孽鬼。償我拂子來！」嫗〔校〕青本作媼。在室，惶遽無色，出門欲遁。道士逐擊之。嫗〔校〕青本作媼。

仆，人皮劃[何註]劃，轟入聲，以刀劃破物也。然而脱；化爲厲鬼，卧嗥[何註]嗥音豪，熊虎聲。左傳，襄十四年：豺狼所嗥。如豬。道士以木劍梟其首；[呂註]史記，秦始皇本紀：嫪毐作亂敗，其徒二十人，皆梟首。注：懸首於木上曰梟。○天禄識餘：梟首者，百勞名。以其食母不孝，故古人食梟羹，死懸其首於木，標賊首以示衆，曰梟。身變作濃煙，[但評]麗人也，而老嫗矣、厲鬼矣，且卧嗥如豬，變作濃煙矣。衾裯中得意時，可謂無美不備矣。匝地作堆。道士出一葫蘆，拔其塞，置煙中，飀飀[何註]飀音劉。風賦：不疾不徐，飀飀微扇。然如口吸氣，瞬息煙盡。道士塞口入囊。共視人皮，眉目手足，無不備具。道士卷之，如卷畫軸聲，亦囊之，乃别欲去。陳氏拜迎於門，哭求回生之法。道士謝不能。陳益悲，伏地不起。道士沈思曰：「我術淺，誠不能起死。我指一人，或能之，往求必合有效。」[校]抄本無上六字。問：「何人？」曰：「市上[校]青本作人。有瘋者，時卧糞土中。試叩而哀之。倘狂辱夫人，夫人勿怒也。」二郎亦習知之。乃别道士，與嫂俱往。見乞人顛歌道上，鼻涕三尺，穢不可近。陳膝行[呂註]莊子，在宥：廣成子南首而卧；黄帝順下風膝行而進，再拜稽首而問。而前。乞人笑曰：「佳人愛我乎？」陳告之[校]抄本作以。故。又大笑曰：「人盡夫也，[呂註]左傳，桓十五年：人盡夫也，父一而已。活之何爲？」[但評]彼固愛佳人而甘心就死者，活之何爲？彼愛人之佳人，人亦將愛彼之佳人，彼之佳人且將轉而愛人矣。人盡夫也，活之何爲？此仙人警人語也，勿作瘋顛語看。陳固哀之。乃曰：「異哉！人死而乞活於我。我閻摩[校]抄本作羅。○[何註]閻摩，閻羅也。耶？」怒以杖擊陳。陳忍痛受之。市人漸集如堵。乞人咯[何註]咯字或當作喀。音客，吐聲。痰唾盈把，舉向陳吻曰：「食之！」陳紅漲於面，有難色；既思道士之囑，遂强啖［何註］啖音淡，吞貌。焉。覺入喉中，硬如團絮，格格［何註］格格，難下也。又註：格格，釋訓：舉也，言向上而不得下也。而下，停結胸間。乞人大笑曰：「佳人愛我哉！」遂起行，已，不顧。尾之，入於廟中。迫而求之，不知所在；前後冥搜，殊無端兆，［何註］兆，猶端也。晉書，樂志：神之來，光景昭；聽無聲，視無兆。慚恨而歸。既悼夫亡之慘，又悔食唾之羞，俯仰哀啼，但願即死。方欲展血斂尸，家人竚望，無敢近者。陳抱尸收腸，且理且哭。哭極聲嘶，［何註］嘶音西。漢書，王莽傳：大聲而嘶。嘶，聲破也。○［馮評］善寫狀。頓欲嘔。覺鬲［何註］鬲，胸鬲也。中結物，突奔而出，不及回首，已落腔中。驚而視之，乃人心也。［但評］咯痰唾以爲人心，仙術則奇；所苦者，强啖之人耳。不知其復活以後，亦嘗撫膺而痛心及此否？在腔中［校］青本無中字。突突猶躍，［馮評］此後之心非向日之心也，向日之心好色，此後之心何好，吾欲問之。熱氣騰蒸如煙然。［校］青本作焉。大異之。急以兩手合腔，極力抱擠，少懈，則氣氤氳自縫中出。乃裂繒帛急束之。以手撫尸，漸溫。覆以衾裯。［何註］衾音欽，大被也。裯音儔，亦被也。中夜啓視，有鼻息矣。天明，竟活。爲言：「恍惚若夢，但覺腹［校］青本作心。隱痛耳。」視破處，痂結如錢，尋愈。

異史氏曰：「愚哉世人！明明妖也，而以爲美。迷哉愚人！明明忠也，而以爲妄。［馮評］筆鋒銳入。然愛人之色而漁之，［呂註］禮，坊記：諸侯不下漁色。注：漁色，如漁人之取魚，貪欲無所擇也。妻亦將食人之唾而甘之矣。天道好還，［呂註］道德經：以道佐人主者，不以兵强天下。其事好還，師之所處，荆棘生焉。注：還，償也。但愚而迷者不寤［校］青本作悟，通寤。耳。可哀也夫！」［校］上四字，抄本作哀哉。

［何評］魅挑生之言甚工。使非有以自持，無不入其彀中矣。然魅之爲魅可畏，非魅之魅仍可畏，是故君子慎之。道士以蠅拂授王生，終不能救王生之死，是道士不濟。瘋者以咯痰啖生妻，乃竟能致王生之生，彼瘋者何人？

賈兒*

楚某翁，〔校〕上二字，抄本作客有。賈於外。〔校〕抄本下有者字。婦獨居，夢與人交；醒而捫〔何註〕捫音門，摸也。之，小丈夫也。察其情，與人異，知爲狐。未幾，下牀去，門未開而已逝矣。入暮邀庖媪〔校〕青本作嫗。伴焉。有子十歲，素別榻臥，亦招與俱。夜既深，媪兒皆寐，狐復來。婦喃喃〔何註〕喃音南，語聲。如夢語。媪覺，呼之，狐遂去。自是，身忽忽〔校〕此據青本、抄本，稿本少一忽字。若有亡。〔校〕抄本作忘。至夜，不〔校〕抄本不上有遂字。敢息燭，戒子睡勿熟。夜闌，兒及媪倚壁少寐。既醒，失婦，意其出遺；〔何註〕遺，俗言小便也。漢書，東方朔傳：小遺殿上。久待不至，始疑。媪懼，不敢往覓。兒執火徧燭〔校〕抄本作照。之。至他室，則母裸臥其中；近扶之，亦不羞縮。自是遂〔校〕抄本作則。狂，歌哭叫詈，日萬狀。夜厭與人居，另榻寢兒，媪〔校〕青本作嫗。亦遣去。兒每聞母笑語，輒起火之。母反怒訶兒，兒亦不爲意，因共壯兒膽。然嬉戲無節，日效杇[校]青本作圬，通杇。〇[何註]圬，哀都切，泥鏝也。左傳，襄三十一年：圬人以時塓館宮室。塓音覓，塗也。者，以磚石疊窗上，止之不聽。或去其一石，則滚地作嬌啼，人無敢氣觸[何註]氣觸，觸，犯也。聲氣之間，犯之輕者也。之。[馮評]寫癡迷態如見。過數日，兩窗盡塞，無少明。已乃合泥塗壁孔，終日營營，不憚其勞。塗已，無[校]青本無無字。所作，遂把廚刀霍霍磨之。[呂註]木蘭詩：爺娘聞我來，出郭相扶將；阿姊聞我來，當户理紅妝；小弟聞我來，磨刀霍霍向豬羊。[何註]霍霍，反覆疾也。見者皆憎其頑，不以人齒。[但評]壯兒膽，憎兒頑；憎之固非，壯之亦未是深知兒者。然兒誠不易知，待其做出而後知之耳。兒宵分隱刀於懷，以瓢[校]青本作匏。覆燈。伺母囈語，[呂註]囈，睡語也。列子：眠中啽囈呻呼。[何註]囈音藝。拾遺記：呂蒙囈語通周易。急啓燈，杜門聲喊。久之無異，乃離門，揚言詐作欲搜[校]青本、抄本作溲。〇[何註]溲音醜，溺也。後漢書，張湛傳：遺失溲便。狀。歘有一物，如貍，突奔門隙。急擊之，僅斷其尾，約二寸許，溼血猶滴。[但評]先斷其尾，已奪其魄矣。此討狐第一功。初，挑燈起，母便訽[何註]訽，許候切，罵也。罵，兒若弗聞。擊之不中，懊恨而寢。自念雖不即戮，[何註]戮，殺也。可以幸其不來。及明，視血迹踰垣而去。迹之，入何氏園中。至夜果絶，兒竊喜。但母[校]青本作見。癡卧如死。未幾，賈人歸，就榻問訊。婦嫚罵，[何註]嫚音慢，侮易也，渫污也。呂后紀：單于爲書嫚呂太后。又高祖本紀：高祖嫚罵儒生。視若仇。兒以狀對。翁驚，延醫藥之。[但評]不過醫藥耳、驅禳耳。翁已無策，孺子其奈之何？婦瀉藥訽罵。潛以藥入湯水雜飲之，數日漸安。父子俱喜。一夜睡醒，失婦所在；父子又覓得於别室。由是復顛，不欲與夫同室處。向夕，竟奔他〔校〕青本作别。室。挽之，罵益甚。翁無策，盡扃他扉。婦奔去，則門自闢。翁患之，驅禳備至，殊無少驗。兒薄暮潛入〔校〕青本作匿。何氏園，伏莽中，將以探狐所在。〔馮評〕聰慧哉此兒，皆由篤孝至性所發，觀之令人心動。〔但評〕不入虎穴，焉得虎子？探其虛實，審其蹤跡；知己知彼，百戰百勝。月初升，〔校〕青本作作。乍聞人語。暗撥蓬科，見二人來〔校〕青本無來字。飲，一長鬣奴捧壺；衣老椶色。語俱細隱，不甚可辨。移時，聞一人曰：「明日可取白酒一瓻〔校〕抄本作瓶。○〔何註〕瓻音絺，酒器。古詩：借書一瓻，還書一瓻。或訛作癡，聞見録作一癡。又通作鴟。黄庭堅詩：時送一鴟開鎖眉。來。」頃之，俱去，惟長鬣獨留，脱衣卧庭〔校〕抄本無庭字。石上。審顧之，四肢皆如人，但尾垂後部。兒欲歸，恐狐覺，遂終夜伏。未明，又聞二人以次復來，噥噥入竹叢中。兒乃歸。翁問所往，答：「宿阿〔校〕青本作何。伯家。」適從父入市，見帽肆挂狐尾，乞翁市之。翁不顧。兒牽父衣嬌聒之。翁不忍過拂，市焉。〔馮評〕前折斷之尾亦可取用。〔但評〕運籌制勝，有如大帥登壇，不用一卒一騎，佇看滅此朝食。不圖乳臭孺子，遂乃握是智珠。父貿易廛中，兒戲弄其側，乘父他顧，盜錢去，沽白酒，寄肆廊。有舅氏城居，素業獵。兒奔其家。舅他出。妗〔呂註〕集韻：妗，巨禁切，音衿，俗謂舅母曰妗。〔何註〕妗，舅之妻也。舅母二字，合聲爲妗。詰母疾，答云：「連朝〔校〕抄本作日。稍可。又以耗子〔何註〕耗子，鼠也。事物紺珠：曰黠蟲，以其善竊；

曰耗子，亦以其善竊也。嚙〔何註〕嚙同齧。衣，怒涕〔校〕青本作啼。不解，故遣我乞獵藥耳。」媼檢櫝，出錢許，裹付兒。兒少之。媼欲作湯餅〔呂註〕湯餅，即水引也，一名湯淘。青箱雜記：凡以麵煮之皆曰湯餅。啖兒。兒覷室無人，自發藥裹，竊盈掬而懷之。乃趨告媼，俾勿舉火，〔呂註〕莊子，讓王篇：曾子居衛，三日不舉火，十年不製衣。「父待市中，不遑食也。」遂徑〔校〕抄本無徑字。出，〔校〕青本、抄本作去。隱以藥置酒中。遨遊市上，抵暮方歸。父問所在，託在舅家。〔馮評〕荀灌娘十三歲救父圍城中，此子十歲謀狐，竟似用兵，可稱雙絕。兒自是日游廛肆〔何註〕廛音纏，一夫之居。肆，周禮注：盛物處。前漢書，刑法志：開市肆以通之。間。一日，見長鬣人亦雜儔中。〔校〕上五字，抄本作雜在人中。兒審之確，陰綴繫〔何註〕綴繫，猶尾綴意。之。漸與語，詰其居里。〔校〕抄本作里居。答言：「北村。」亦詢兒，兒僞云：「山洞。」長鬣怪其洞居。兒笑曰：「我世居洞府，君固否耶？」其人益驚，便詰姓氏。兒曰：「我胡氏子。曾在何處，見君從兩郎，顧忘之耶？」其人熟審之，若信若疑。兒微啓下裳，少少露其假尾，曰：「我輩混迹人中，但此物〔校〕青本無物字。猶存，爲可恨耳。」其人問：「在市欲何作？」〔校〕抄本作爲。兒曰：「父遣我沽。」其人亦以沽告。兒問：「沽未？」曰：「吾儕多貧，故常竊時多。」兒曰：「此役亦良苦，耽驚憂。」其人曰：「受主人遣，不得不爾。」因問：「主人伊誰？」曰：「即曩所見兩郎兄弟也。一私北郭王氏婦，一宿東村某翁家。翁家兒大惡，被斷尾，十日始瘥，[何註]瘥音磋，病愈也。今復往矣。」言已，欲別，曰：「勿悞我事。」兒曰：「竊之難，不若沽之易。我先沽寄廊下，敬以相贈。我囊中尚有餘錢，不愁沽也。」其人愧無以報。兒曰：「我本同類，何靳些須？暇時，尚當與君痛飲耳。」遂與俱去，取酒授之，乃歸。至夜，母竟安寢，不復奔。心知有異，告父同往驗之：則兩狐斃於亭上，一狐死於草中。喙津津尚有血出。酒瓶猶在，持而搖之，未盡也。父驚問：「何不早告？」曰：[校]抄本曰上有兒字。「此物最靈，一洩，則彼知之。」翁喜曰：「我兒，討狐之陳平[呂註]漢書：陳平字孺子，陽武人。高祖定天下，凡六出奇計。官左丞相，封曲逆侯。[何註]陳平佐高祖治天下，而以六出奇計爲功臣之冠。又干寶搜神記：卿可謂鬼之董狐，亦此意。○[但評]能出奇計，無愧陳平。也。」於是父子荷狐歸。見一狐禿[校]抄本下有半字。尾，刀痕儼然。自是遂安。而婦瘠殊甚，心漸明了，但益之嗽，嘔痰輒[校]抄本無輒字。數升，尋卒。北郭王氏婦，向祟於狐；至是問之，則狐絕而病亦愈。翁由此奇兒，教之騎射。後貴至總戎。

[何評]十歲兒具此膽識，其貴何疑。

[但評]十歲小兒，何以辨此？其殆天授乎！胸有成竹，目無全牛；膽大於天，心細若髮。虛以

餂之，實以證之；苦以難之，甘以餌之；同類以結之，後約以信之。討之於杯酒之中，玩之於股掌之上。其從容措置，不躁不矜，縝密而不肯輕洩者，老成人且難之，況乃孺子！

蛇癖*

予鄉〔校〕抄本無上二字，遺本予作金。王蒲令之僕吕奉寧，性嗜蛇。每得小蛇，則全吞之，如啖葱狀。大者，以刀寸寸斷之，始掬以食。嚼之錚錚，血水沾頤。且善嗅，嘗隔牆聞蛇香，急奔牆外，果得蛇盈尺。時無佩刀，先噬〔校〕遺本作嚙。其頭，尾尚蜿蜒於口際。〔校〕青本無此篇。

卷 二

金世成*

金世成，長山人。素不檢。忽出家作〔校〕遺本作爲。頭陀。類顛，啗不潔以爲美。犬羊遺穢於前，輒伏噉之。自號爲佛。愚民婦異其所爲，執弟子禮者以千萬〔校〕抄本作萬千。計。金訶〔校〕遺本作呵，通訶。使食矢，無敢違者。創殿閣，所費不貲，人咸樂輸之。邑令南公惡其怪，執而笞之，使修聖廟。門人競〔校〕遺本作争。相告曰：「佛遭難！」争募救之。宫殿旬月而成，其金錢之集，尤捷于酷吏之追呼也。

異史氏曰：「予聞金道人，人皆就其名而呼之，謂爲『今〔校〕抄本、遺本作金。世成佛』。品至啗穢，極矣。笞之不足辱，罰之適有濟，南令公處法何良也！然學宮圮而煩妖道，亦士大夫之羞矣。」一［校］青本無此篇。

［仙舫評］酷吏追呼，雖可腰纏萬貫，猶或焚香而咒之詛之；至妖道淫僧，謬託仙佛，逼勒修創，頃刻億萬，而人猶私心竊喜，自以爲能結善緣。然則金錢之集，豈惟捷於酷吏，抑亦巧於酷吏矣。嘗見富人家累巨萬，乞丐者索一文而吝弗與；及見人募化，則不惜傾囊。竊意其財必悖入之財，而後出以供木雕泥塑之用，爲黃冠禿髮所享也。豈不悲哉！（按仙舫名劉瀛珍）

董生*

董生，字遐思，青州之西鄙人。冬月薄暮，展被於榻而熾炭焉。方將篝燈，［呂註］宋史，陳彭年傳：彭年好學，母禁其夜讀，彭年篝燈密室，不令母知。○篝，燈籠也。［何註］篝音鉤，竹鐙也。又注：籠燭也。適友人招飲，遂扃户去。至友人所，座有醫人，善太素脈，［呂註］列子：太始者，形之始；太素者，質之始也。白虎通：始起之天始起，先有太素，後有太始，形兆既成，名曰太素。○太素脈，劉守素著，脈之可以知人之貴賤夭壽。［何註］楊上善，善風鑑者流，僞作太素脈法，可以診人貴賤窮通。偏診諸客。［馮評］蹊徑獨别。末顧王生九思及董曰：［校］此據青本、抄本，稿本無曰字。「余閱人多矣，脈之奇無如兩君者：貴脈而有賤兆，壽脈而有促徵。［何評］神醫。［但評］此太素脈奇而有理，亦真説得出。此非鄙人所敢知也。然而董君實甚。」共驚問之。曰：「某至此亦窮於術，未敢臆決。願兩君自慎之。」二人初聞甚駭，既以爲［校］抄本無爲字。模棱［呂註］盧氏雜記：唐蘇味道初拜相，門人問曰：天下方事之殷，相公何以燮和？味道但以手摸牀棱而已。時謂之蘇摸棱。［何註］蘇味道爲相決事，不欲明白，摸棱持兩端而已（按摸棱同模棱）。語，置不爲意。半夜，董歸，見齋門虛掩，大疑。

醺［何註］醺音薰，醉也。中自憶，必去時忙促，故忘扃鍵。［何註］鍵音楗。禮，月令：修鍵閉。注：鍵，牡；閉，牝也。周禮，地官：司門掌授管鍵。小爾雅：鍵謂之鑰。今俗統謂之鎖。入室，未遑爇［何註］爇同焫，燒也。火，先以手入衾中，探其溫否。纔一探入，則膩有卧人。大愕，［校］抄本作驚。斂手。急火之，竟爲姝［何註］姝音樞，美好也。麗，韶顏稚齒，神仙不殊。狂喜。戲探下體，則毛尾修然。［馮評］通部敍狐事，多篇變局，故觀此不厭。大懼，欲遁。女已醒，出手捉生臂，問：「君何往？」董益懼，戰栗哀求，願仙人［校］上二字，抄本作乞。憐恕。女笑曰：「何所見而仙［校］抄本作畏。我？」董曰：「我不畏首而畏尾。」［呂註］左傳，文十七年：畏首畏尾，身其餘幾。○［但評］信斯言也，則畏首畏尾之人不爲狐惑矣。一笑。［何評］諧語趣甚。女又笑曰：「君悞矣。尾於何有？」［校］青本作尾於何有，君誤矣。引董手，强使復探，則髀［何註］髀音陛，股也。肉如脂，尻［呂註］集韻：尻，丘刀切，音考，平聲。楚辭，天問，注：尻，脊骨盡處。［何註］禮，内則：兔去尻。骨童童。［何註］童，禿也。笑曰：「何如？醉態矇瞳，［校］青本作矇朧，抄本作矇矓。不知所見［校］抄本無上二字。伊何，遂誣人［校］抄本作妄。若此。」董固喜其麗，至此益惑，反自咎適然之錯。［但評］董之始見未嘗不明，顧既喜其色，又復惑其言，遂並此一隙之明亦反自咎其錯矣，不亡何待？然疑其所來無因。女曰：「君不憶東鄰之黄髮女乎？屈指移居者，已十年矣。爾時我未笄，君垂髫也。」董恍然曰：「卿周氏之阿瑣耶？」女曰：「是矣。」董曰：「卿言之，我彷彿［何註］彷彿，見不審貌。

憶之。十年不見，遂苗條［呂註］晉書，皇后傳贊：芬實窈窕，芳菲婉嬺。注：窈窕一作苗條。［何註］草初生曰苗，木生細枝曰條，婥約敷榮之意。如［校］青本作若。此！然何遽能來？」女曰：「妾適癡郎四五年，翁姑相繼逝，又不幸爲文君。［呂註］謂新寡也。剩妾一身，煢無所依。［校］青本作倚。憶孩時相識者惟君，［校］稿本下原有耳字，塗去。故［校］青本下有勉字。來相見［校］青本無見字。就。入門已暮，邀飲者適［校］抄本作始。至，遂潛隱以待君歸。待之既久，足冰肌粟，［校］抄本作栗。○［呂註］飛燕外傳：體温舒無軫粟。蘇軾詩：凍合玉樓寒起粟。［何註］肌膚如粟起也。故借被以自温耳，幸勿見疑。」董喜，解衣共寢，意殊自得。月餘，漸羸［何註］羸，力爲切，瘦也。瘦，家人怪問，輒言不自知。久之，面目益支離，［何註］支離，形神失常也。出莊子。乃懼，復造善脈者診之。醫曰：「此妖脈也。［何評］神醫。前日之死徵驗矣，［校］青本無矣字。疾不可爲也。」董大哭，不去。醫不得已，爲之鍼手灸［何註］灸，從久從火。臍，而贈以藥。囑曰：「如有所遇，力絶之。」董亦自危。既歸，女笑要之。怫［校］青本作拂。○［何註］怫，逆也。然曰：「勿復相糾纏，我行且死！」走不顧。女大慚，亦怒曰：「汝尚欲生耶！」［但評］聞之令人落魂喪膽。至夜，董服藥獨寢，甫交睫，夢與女交，醒已遺矣。益恐，移寢於内，妻子火［校］抄本作夾。守之。夢如故。窺女子已失所在。積數日，董嘔血斗餘而死。［但評］此時方知促徵之語，乃非模稜。王九思在齋中，見一女子來，[馮評]突接。以前有伏筆也。悅其美而私之。詰所自，曰：「妾，遐思之鄰也。渠[何註]渠音蘧，俗謂他人曰渠。舊與妾善，不意爲狐惑而死。此輩妖氣可畏，讀書人宜慎相防。」[但評]規戒語原當聽，不謂即以規戒語售其欺也。然此亦易辨耳，縱使非妖，天下豈有私奔之人，而能以正語規戒人者乎？其迷罔病瘠而不至於嘔血以死者，亦幸而免耳。王益佩之，遂相懽待。居數日，迷罔病瘠。忽夢董曰：「與君好者狐也。殺我矣，又欲殺我友。我已訴之冥府，洩此幽憤。七日之夜，當炷香室外，勿忘卻。」[馮評]狐何以畏炷香，見驅狐經。又夜注清水一盂於寢所，則不畏鬼，可避悶香。醒而異之。謂女曰：「我病甚，恐將委[何註]委，棄也。溝壑，或勸勿室也。」女曰：「命當壽，室亦生；不壽，勿[校]青本作不。室亦死也。」坐與調笑。王心不能自持，又亂之。已而悔之，而不能絕。及暮，插香户上。女來，拔棄之。夜又夢董來，[校]稿本來原作曰，改來。讓其違囑。次夜，暗囑家人，俟寢後潛炷之。[校]上二字，抄本作炷香室外。女在榻上，忽驚曰：「又置香耶！」[校]抄本作也。王言：「不知。」女急起得香，又折滅之。入曰：「誰教君爲此者？」王曰：「或室人憂病，信巫家作[校]抄本無作字。厭禳耳。」女徬徨[何註]徬徨，猶徘徊也。不樂。家人潛窺香滅，又炷之。女忽歎曰：「君福澤良厚。我悮害遐思而奔子，誠我之過。我將與彼就質於冥曹。君如不忘夙好，勿壞我皮囊也。」逡巡下榻，仆地而死。燭之，狐也。猶恐其活，遽呼家人，剥其革而懸焉。王病甚，見狐來曰：「我訴諸法曹。法曹謂董君見色而動，死當其罪；［但評］八字千古鐵案，處狐亦平允。但咎我不當惑人，追金丹去，復令還生。皮囊何在？」曰：「家人不知，已脱之矣。」狐慘然曰：「余殺人多矣，今死已晚；然忍哉君乎！」恨恨而去。王病幾危，半年乃瘥。

［何評］一法一戒，殷鑒炯然。

［但評］凡聞讜言者，始未嘗不駭然驚，憬然悟，惕然懼；乃一轉念間，即自涉游移，而寬以自恕矣，且謂彼模棱而置不爲意矣。迨錮蔽日深，事不可爲，徒掩泣而賫恨以死。天下豈止一董生哉！

齕石*

新城王欽文太翁［吕註］名與勅。順治甲申拔貢，封國子監祭酒，贈刑部尚書。西樵、漁洋兩先生之父也。家，有圉人王姓，幼入勞山學道。久之，不火食，惟啖松子及白石。［馮評］古有煮白石法，以白江石和藥煮之彌爛，可食。惜忘其藥名。徧體生毛。既數年，念母老歸里，漸復火食，猶啖石如故。向日視之，即知石之甘苦酸鹹，如啖芋然。母死，復入山，今又十七八年矣。

［附池北偶談一則］仙人煑石，世但傳其語矣。予家傭人王嘉禄者，少居勞山中。獨坐數年，遂絶煙火，惟啖石爲飯，渴即飲溪澗中水。徧身毛生寸許。後以母老歸家，漸火食，毛遂脱落。然時時以石爲飯。每取一石，映日視之，即知其味甘鹹辛苦。後母終，不知所往。

［何評］不如勿啖更佳。

廟鬼*

新城諸生王啓後者，方伯中宇公象坤[呂註]明嘉靖甲子解元，乙丑進士，歷任山西左布政使。漁洋先生之從伯祖也。曾孫。見一婦人入室，貌肥黑不揚。[呂註]左傳，昭二十八年：今子少不颺。注：颺與揚同，謂顏貌少不顯揚也。[何註]裴晉公小照自贊：爾才不長，爾貌不揚。笑近坐榻，意甚褻。王拒之，不去。由此坐臥輒見之。而意堅定，終不摇。婦怒，批其頰[呂註]左傳，莊十二年：宋萬遇仇牧於門，批而殺之。注：批，手擊也。○唐書，李正己傳：與大酋角逐，約曰：後者批之。既逐而先，正己批其頰。有聲，而亦不甚痛。婦以帶懸梁上，捽與並縊。王不覺自投梁下，引頸作縊狀。人見其足不履[校]上二字，抄本作離。地，挺然立空[校]抄本作當。中，即亦不能死。自是病顛，忽曰：「彼將與我投河矣。」望河狂奔，曳之乃止。如此百端，日常數作，術藥罔效。一日，忽見有武士綰鎖而入，怒叱曰：「樸誠者汝何敢擾！」[但評]惑之以狎邪，怒之以批摘，捽之以並縊，脅之以奔河：樸誠者偏多致其擾，偏不能禁其擾。而冥冥中乃有使之不敢擾者。幾見樸誠者爲惡人擾害到底？即縶婦項，自櫺中出。纔至窗外，婦不復人形，目電烱，[校]青本作閃。口血赤如盆。憶城隍廟門中有泥鬼四，絶類其一焉。於是病若失。

［何評］樸誠爲鬼神呵護如此，世多以智巧自矜，何哉？

陸判*

陵陽朱爾旦，字小明。性豪放。[稿本無名氏乙評]伏前半。然素鈍，[何註]鈍音遯，不利也。祖納謂梅陶、鍾雅曰：君，汝潁之士利於錐；我，燕冀之士鈍於椎。持我鈍椎，搥君利錐。又註：鈍，魯鈍也。○[稿本無名氏乙評]伏後半。學雖篤，尚未知名。[但評]唯其素鈍，故必易心；亦唯其篤學，乃可易心。於此須着眼，勿徒取其豪放也。

一日，文社衆飲。或戲之云：「君有豪名，能深夜赴[校]抄本作負。十王殿，負得[校]抄本無上二字。左廊[校]抄本下有下字。判官來，衆當醵作筵。」蓋陵陽有十王殿，神鬼皆以[校]抄本無以字。木雕，妝飾如生。東廡[何註]廡，無上聲，堂下周屋。有立判，緑面赤鬚，貌尤獰惡。或夜聞兩廊[校]抄本下有下字。拷訊聲。入者，毛皆森豎。[何註]豎，立也。故衆以此難朱。朱笑起，徑去。居無何，門外大呼曰：「我請髯[何註]髯，冉平聲，鬚也。宗師至矣！」[稿本無名氏乙評]名號便奇。衆皆[校]抄本無皆字。起。俄負判入，置几上，奉觴酹[校]青本作酬。之三。衆睹之，瑟縮不安於座。仍請負去。朱又把酒灌地，[何註]灌地，以酒酹地降神也。

祝曰：「門生狂率不文，[稿本無名氏乙評]惟其狂率不文，故納交于陸。[何評]豪狂，鈍。[但評]狂而守禮，不流于妄。大宗師諒不爲怪。荒舍匪遥，合乘興來覓飲，幸勿爲畛畦。」[何註]畛畦音軫攜。井田間陌曰畛，五十畝曰畦。畛畦，猶言彼此區別也。○[稿本無名氏乙評]二語通篇之骨，特爲提明。[但評]事雖豪放，然亦恭而有禮，不是徒爲遊戲博飲者，此判之所以稱爲達人而惠然肯來也。乃負之去。次日，衆果招飲。抵暮，半醉而歸，興未闌，挑燈獨酌。[校]青本作挑燭獨飲。忽有人搴簾入，視之，則判官也。[但評]陸亦達人，所以乘興而來，不爲畛畦。朱[校]抄本無朱字。起曰：「意[校]青本、抄本作噫。吾殆將死矣！前夕[校]青本作日。冒瀆，今來加斧鑕[何註]鑕音質，亦斧也。耶？」判啓濃髯[稿本無名氏乙評]如畫。微笑曰：「非也。昨蒙高義相訂，夜偶暇，敬踐達人之約。」[何評]稱其豪放。朱大悦，牽衣促坐，自起滌器爇火。判曰：「天道温和，可以冷飲。」朱如命，置瓶案上，奔告家人治肴果。妻聞，大駭，戒勿出。朱不聽，立俟治具以出。易琖[何註]琖音醆，小杯也。交酬，始詢姓氏。曰：「我陸姓，無名字。」[稿本無名氏乙評]無可名乎，是宜名經。與談古典，[校]抄本作典故。應答如響。問：「知制藝[何註]制，時王之制；藝，文章也。否？」曰：「妍媸[何註]妍音研，美也。媸音嗤，醜也。亦頗辨之。陰司誦讀，與陽世[校]抄本下有亦字。略同。」陸豪飲，一舉十觥。朱因[校]抄本作固。竟日飲，遂不覺玉山傾頹，[呂註]世說：山濤曰：嵇叔夜之爲人也，巖巖若孤松之獨立；其醉也，傀俄若玉山之將崩。[何註]晉裴楷儀容俊爽，人謂如近玉山。伏几醺睡。比醒，則殘燭昏黄，

［校］青本作黄昏。鬼客已去。［稿本無名氏乙評］煞句勁。自是三兩［校］青本作兩三。日輒一來，情益洽，［何註］洽音狹，浹洽也。○［稿本無名氏乙評］再提。時抵足卧。［校］青本作眠。朱獻窗稿，陸輒紅勒之，［吕註］夢溪筆談：嘉祐中，劉幾爲文，好爲險怪之語，歐公深惡之。會公主試，有一舉人論曰：天地軋，萬物茁，聖人發。公曰：此必劉幾。戲續曰：秀才剌，試官刷。以大朱筆横抹之，謂之紅勒帛。都言不佳。［何評］鈍。一夜，朱［校］青本下有輒字。醉，先寢。陸猶自酌。忽醉夢中，覺臟腑［校］上三字，抄本作腰腹。微痛；［稿本無名氏乙評］想前此並不痛。醒而視之，則陸危坐牀前，破腔出腸胃，條條整理。［稿本無名氏乙評］舊腔不破，心亦無慧矣。愕曰：「夙無仇怨，何以見殺？」陸笑云：「勿懼，我爲［校］抄本作與。君易慧心耳。」［馮評］慧心易得，所難得者赤心耳，安得髯宗師取天下無義男子黑心，一一更换之。從容納腸已，復合之，末以裹足布束朱腰。作用畢，視榻上亦無血迹。腹間覺少麻木。見陸置肉塊［稿本無名氏乙評］直曰肉塊，想亦一竅不通矣。几上，問之。曰：「此君心也。作文不快，知君之毛竅塞耳。適在冥間，於千萬心中，揀得佳者一枚，［但評］只慧心耳，乃千萬中揀得其一；更不知忠孝節義之心，可於恒河沙數，三千、大千世界，百千萬億乃至算數譬喻所不能及中揀得幾許？○出腸易心，肉塊竅塞者幸矣。但未卜此佳者從何處揀得來？爲君易之，留此以補闕［校］抄本作缺。數。」乃起，掩扉去。天明解視，則創縫已合，有綖而赤者存焉。［何註］綖音線，謂惟留赤痕也。自是文思大進，過眼不忘。［但評］可見文思不進，過眼輒忘者，非其人之罪也。或教之曰：胡不央陸判易之？曰：是即其取置几上留以補闕之肉塊也，烏得而再易之？數日，又出文［校］抄本無文字。示陸。陸曰：「可

矣。但君福薄，不能大顯貴，[何評]鈍。鄉、科而已。」[但評]可見心無定而福有定，心可易而福不可易。今之不自揣其心而妄希厚福者，想肉塊上別有一毛竅。問：「何時？」曰：「今歲必魁。」未幾，科試冠軍，秋闈果中經[校]抄本作魁。元。同社[校]抄本下有中諸二字。生[校]青本作友。素揶揄之；及見闈墨，相視而驚，細詢始知其異。共求朱先容，[呂註]鄒陽獄中上梁王書：蟠木根柢，輪囷離奇，而爲萬乘器者，以左右先爲之容也。注：謂先形容之也。○駱賓王詩：徒懷萬乘想，誰爲一先容。[何註]唐張行成補侍御史，太宗曰：朕自舉之，無先容也。願納交陸。[稿本無名氏乙評]不見得志者，納交亦非所願。陸諾之。衆大設以待之。更初，陸至，赤髯生動，目炯炯[何註]炯，俱永切，火明貌。如電。衆茫乎無色，齒欲相擊；漸引去。[稿本無名氏乙評]方交即去，陸豈能爲靈乎？[但評]社友之心未必盡是肉塊，然亦未必盡是光明磊落者，見此電光炯炯，能不失色引去。朱乃攜陸歸飲。既醺，朱曰：「湔[何註]湔音煎，浣也。腸伐胃，[呂註]華陀事，見後漢書。又五代史：王仁裕夢人刳其腸胃，文思大進。受賜已多。尚有一事欲[校]抄本無欲字。相煩，不知可否？」[稿本無名氏乙評]先易慧心，然後可易面目，煞有次第。陸便請命。朱曰：「心腸可易，面目想亦可更。[校]抄本無上二句。○[稿本無名氏乙評]數語一篇關鍵。山荊，予結髮[呂註]蘇武詩：結髮爲夫婦，恩愛兩不疑。注：結髮，始成人也。謂男年二十，女年十五時，取笄、冠爲義也。按，程伊川云：結髮只稱其幼小，言初上頭時，非謂合髻子也。人，下體頗亦不惡，但頭面不甚佳麗。尚[校]抄本無上二字。欲煩君刀斧，如何？」陸笑曰：「諾，容徐[校]抄本下有以字。圖之。」過數日，半夜來叩關。[校]抄本作門。朱急起延入。燭之，見襟裹一物。詰之，曰：「君曩所囑，向艱物色。適得一美人首，敬報君命。」〔但評〕有心腸佳而面目惡者，有面目佳而心腸惡者。換面目易，換心腸難。乃夫既已伐胃湔腸，夫人自然改頭換面。朱撥視，頸血猶溼。陸立促急入，勿驚禽犬。朱慮門户夜扃。陸至，一〔校〕抄本作以。手推扉，扉自闢。〔校〕抄本作開。引至卧室，見夫人側身眠。陸以頭授朱抱之；自於靴中出白刃如匕首，〔何註〕匕首，尺八短劍也。荆軻獻地圖於秦，圖窮而匕首見。按夫人項，着力如切腐〔校〕青本作瓜。狀，迎刃而解，〔吕註〕晉書：王濬討吴，州郡多望風歸命。杜預曰：兵威已振，譬如破竹，數節之後，皆迎刃而解，無復着手處也。首落枕畔。急於生懷，取美人頭合項上，詳審端正，而後按捺。已而移枕塞肩際，命朱瘞首静所，乃去。朱妻醒，覺頸間微麻，面頰甲錯；〔何註〕甲錯，謂血蹟乾澀，不細不平也。搓〔何註〕搓音蹉。東坡詩：手香新書緑橙搓。之，得血片。〔何評〕湔腸伐胃無痕，改頭換面有跡，其故可思。甚駭，呼婢汲盥。〔何註〕盥音貫，洗手也。婢見面血狼籍，驚絶。濯〔何註〕濯音濁，浣也。之，盆水盡赤。舉首則面目全非，又駭極。夫人引鏡自照，錯愕不能自解。朱入告之。因反復〔校〕青本、抄本作覆。細視，則長眉掩鬢，笑靨〔何註〕靨音魘，頰輔也。承顴，畫中人也。解領驗之，有紅綫一周，上下肉色，判然而異。先是吴侍御有女甚美，〔稿本無名氏乙評〕補敍首所從來。未嫁而喪二夫，故十九猶未醮也。上元遊十王殿。時遊人甚雜，内有無賴賊窺而豔〔何註〕豔，豔去聲，美也。之，遂陰訪居里，乘夜梯入；穴寢門，殺一婢於牀下，逼女與淫。女力拒聲喊。賊怒，亦[校]抄本作而。殺之。吳夫人微聞鬧聲，呼婢往視。見尸駭絶。舉家盡起，停尸堂上，置首項側，一門啼號，紛騰終夜。詰旦[何註]詰旦，詰朝也。詰音蛣。左傳，僖二十八年，詰朝將見。啓衾，則身在而失其首。徧撻侍女，謂所守不恪，[校]抄本作堅。致葬犬腹。侍御告郡。郡嚴限捕賊，三月而罪人弗得。漸有以朱家換頭之異聞吳公者。吳疑之，遣媼探諸其家；入見夫人，駭走以告吳公。公視女尸故存，驚疑無以自決。猜朱以左道[呂註]禮，王制：析言、破律、亂名、改作，執左道以亂政，殺。疏：左道，謂邪道。地道尊右，右爲貴。漢書云：右賢左愚，右貴左賤，故正道爲右，邪道爲左。[何註]禮，王制：執左道以亂政。注：扶異端邪道以惑人。殺女，往詰朱。朱曰：「室人夢易其首，實不解其何故。謂僕殺之，則冤也。」吳不信，訟之。收家人鞫之，一如朱[校]抄本作主。言。郡守不能決。朱歸，求計於陸。陸曰：「不難，當使伊女自言之。」[但評]使女自言之，女之冤已明，女之頭得所矣。吳夜夢女曰：「兒爲蘇溪楊大年所賊，[校]青本、抄本作殺。無與朱孝廉。彼不豔於[校]抄本無於字。其妻，陸判官取兒頭與之易之，是兒身死而頭生也。[馮評]人有心死而身生者，身死頭生，固是奇語。[但評]吳女身死而頭生，朱妻頭死而身生，頭固新而身則依然故也。其新人耶？其故人耶？合而觀之，兩人湊成一人；分而觀之，兩人兩個半截人。願勿相仇。」醒告[校]抄本無告字。夫人，所夢同。乃言於官。問之，果有楊大年；執而械之，遂伏其罪。吳乃詣朱，請見夫人，由此爲翁[校]青本作公。壻。乃以朱妻首合女尸而葬焉。朱三入禮闈，皆以場規被放，於是灰心仕進。積三十年，一夕，陸告曰：「君壽不永矣。」問其期，對以五日。「能相救否？」曰：「惟天所命，人何能私？且自達人觀之，生死一耳，何必生之爲樂，死之爲悲？」［稿本無名氏乙評］並示以順天安命，視前之易心易面，所得更進矣。［但評］生原足樂，死誠可悲。自達人觀之，生而有愧於生也者，生固無可樂，死亦不暇悲也。死而無憾於死也者，生固有可樂，死亦無可悲也。既有生，即有死；既知生，即知死；可以生，即可以死。又何必樂生，又何必悲死。朱以爲然。即治［校］抄本作製。衣衾棺槨，既竟，盛服而没。翌日，夫人方扶柩哭，朱忽冉冉自外至。夫人懼。朱曰：「我誠鬼，不異生時。慮爾寡母孤兒，殊戀戀耳。」夫人大慟，［何註］慟音洞，過哀也。涕垂膺。朱依依慰解之。夫人曰：「古有還魂之説，君既有靈，何不再生？」［校］青本作何其不再。朱曰：「天數不可違也。」問：「在陰司作何務？」曰：「陸判薦我督案務，授［校］抄本作受。有官爵，亦無所苦。」夫人欲再語，朱曰：「陸公［校］抄本作判。與我同來，可設酒饌。」趨而出。夫人依言營備。但聞室中笑飲，［校］抄本作語。亮［校］青本作豪。氣高聲，宛若生前。半夜窺之，窅［何註］窅音杳，深遠貌。然已［校］青本作而。逝。自是三數日輒一來，時而留宿繾綣，家中事就便經紀。子瑋方五歲，來輒捉［校］青本、抄本作提。抱；至七八歲則燈下教讀。子亦惠，九歲能文，十五入邑庠，竟不知無父也。從此來漸疏，［稿本無名氏乙評］略作一束，筆致閒逸。日月至焉而已。又一夕來，謂夫人曰：

「今與卿永訣矣。」問：「何往？」曰：「承帝命爲太華卿，行將遠赴，事煩途隔，故不能來。」母子持〔校〕青本作扶。之哭。曰：「勿爾！兒已成立，家計〔校〕青本作業。尚可存活，豈有百歲不拆之鸞鳳〔何註〕鸞，鳳之佐也。和爲鸞之雄，鳳爲凰之雄，錯舉交互之文。耶！」顧子曰：「好爲人，勿墮父業。十年後一相見耳。」〔稿本無名氏乙評〕再束，筆力斬然。徑出門去，於是遂絶。後瑋二十五，舉進士，官行人。奉命祭西岳，道經華陰，忽有輿從羽葆，〔呂註〕禮，雜記：匠人執羽葆。注：葆如蓋形，以羽爲之。〔何註〕葆音保，蓋也。西京賦：垂翟葆。注：以雉羽飾蓋也。馳衝鹵簿。〔呂註〕炙轂子：車駕行，羽儀導護之，謂之鹵簿。秦漢始有其名。後漢書，胡廣傳：天子出行，則具鹵簿。鹵，大楯也，所以扞敵。其部伍之次，皆著於簿。獨以鹵爲名者，行道之時，甲楯居外，餘兵在内，故但言鹵簿也。五禮精義曰：以大楯領一部之人，故曰鹵簿。訝之。審視車中人，其父也。下馬哭伏道左。父停輿曰：「官聲好，我目瞑〔校〕抄本作暝目。○〔何註〕瞑音溟，閉目也。矣。」〔但評〕官聲果好，先人瞑目，其榮多矣。龍章封錫，乃其餘事。瑋伏不起。朱促輿〔校〕青本作車。行，火馳不顧。去數步，〔校〕青本作武。回望，解佩刀遣人持贈。遥語曰：「佩之當〔校〕抄本作則。貴。」瑋欲追從，見輿馬人從，〔校〕青本作輿從人馬。飄忽若風，瞬息〔何註〕瞬音舜，目動也。息，氣一出一入也。喻速也。不見。痛恨良久。抽刀視之，製極精工，鐫字一行，曰：「膽欲大而心欲小，智欲圓而行欲方。」〔呂註〕本唐書孫思邈對盧照鄰語。○〔馮評〕十四字一字一珠，齊家治國，不外乎是。〔稿本無名氏乙評〕朱生不徒膽大矣，此亦得之于陸耶？結得警鍊非常。〔但評〕膽欲大而心欲小，智欲圓而行欲方，功力全在四欲字，精神全在兩而字，心術、人品、學問、經濟，皆包括在内。瑋後官至司馬。生五子，曰沉，曰潛，曰沕，〔何註〕沕音物，深微貌。賈誼鵩鳥賦：沕穆無窮。曰渾，曰深。一夕，夢父曰：「佩刀宜贈渾也。」從之。渾仕爲總憲，有政聲。

異史氏曰：「斷鶴續鳧，［吕註］莊子，駢拇篇：鳧脛雖短，續之則憂；鶴脛雖長，斷之則悲。矯作者妄；移花接木，［何註］異人録：張茂卿園中有樓，接牡丹於椿樹之杪，延客登樓賞之。創始者奇；而況加鑿削於肝腸，［校］抄本作心肝。施刀錐於頸項者哉？陸公者，可謂媸皮裹妍骨［何註］晉慕容超深自晦匿。姚興與語，大鄙之。答曰：妍皮不裹癡骨，妄語爾。矣。明季至今，爲歲不遠，陵陽陸公猶存乎？尚有靈焉否也？爲之執鞭，所欣慕焉。」

［何評］伐胃湔腸，則慧能破鈍；改頭换面，則媸可使妍。彼終紛擊齒引去者，皆有所畏而不肯爲者也。其亦異史氏之寓言也歟？

嬰寧*

王子服，莒之羅店人。早孤。絶惠，十四入泮。母最愛之，尋常不令遊郊野。聘蕭氏，未嫁而夭，故求凰［呂註］司馬相如琴歌：鳳兮鳳兮歸故鄉，遨遊四海兮求其凰。未就也。會上元，［何評］記時。有舅氏［何註］舅氏，母舅弟。詩，秦風：我送舅氏。子吴生，邀同眺矚。［何註］眺矚音耀燭，遠視也。方至村外，舅家有［校］抄本無有字。僕來，招吴去。生見游女如雲，乘輿獨遨。有女郎攜婢，撚［何註］撚字平仄兩收，以手執物也。梅花一枝，［但評］此一花字，生出下文無數花字。容華絶代，笑容可掬。［何註］掬音菊，兩手取物也。○［但評］笑字生出下文無數笑字，善屬文者須於此着眼。生注目不移，［校］此據青本、抄本，稿本作疑。竟忘顧忌。［何評］發端。女過去數武，顧婢［校］抄本下有子笑二字。曰：「个兒郎目灼灼似賊！」遺花地上，笑語自去。［但評］曰個兒郎而遺花笑語自去，其有意耶，其無意耶？生拾花悵然，神魂喪失，怏怏遂返。至家，藏花枕底，垂頭而睡，不語亦不食。母憂之。醮禳［校］稿本醮禳上原有道巫二字，塗去。○［呂註］正字通：凡僧道設壇祈禱曰醮。益［校］稿本益上原有病字，塗去。劇，［何註］劇音屐，甚也。肌革〔校〕稿本下原有精神朝夕四字，塗去。銳減。〔何註〕銳減，猶言暴減。醫師診視，投劑發表。〔但評〕不治其裏而發其表，醫甚庸庸。忽忽若迷。母撫問所由，默然不答。適吴生來，囑密〔校〕抄本作祕。詰之。吴至榻前，生見之淚下。吴就榻慰解，漸致研詰。〔何註〕研詰，細問也。生具吐其實，且求謀畫。吴笑曰：「君意亦復〔校〕抄本無復字。癡！此願有何難遂？當代訪之。徒步於野，必非世家。如其未字，事固諧〔何註〕諧音骸，和也。光武聽宋弘之對，謂公主曰：事不諧矣。矣；不然，拚〔何註〕當作拌，捐棄也。揚子方言：楚人凡揮棄物謂之拌。以重賂，計必允遂。但得痊瘳，成事在我。」生聞之，不覺解頤。吴出告母，物色女子居里，而探訪既窮，並無蹤緒。〔校〕青本、抄本作跡。母大憂，無所爲計。然自吴去後，顔頓開，食亦略進。數日，吴復來。生問所謀。吴紿之〔但評〕紿詞詭語，有謂其無心而倖中，是獃子話，不可讀聊齋，不可與論文。曰：「已得之矣。我以爲誰何人，乃我姑氏〔校〕抄本作之。女，〔馮評〕紿之也，後果姨。〔何評〕贗伏。即君姨妹行，〔校〕抄本無行字。今尚待聘；雖内戚有婚姻之嫌，實告之，無不諧者。」〔但評〕知此一段用意用筆，可以作虚冒題，可以作兩截題。○爲文最忌直率，最嫌急搶；此則硬將下文明明道破而不以爲急搶直率者，解人可索，不待君傳也。生喜溢〔何註〕溢音逸，滿盈也。眉宇，〔呂註〕唐書，元德秀傳：德秀字紫芝。房琯每見之，輒嘆曰：吾見紫芝眉宇，使人名利之心都盡。問：「居何里？」吴詭〔何註〕詭音垝，詐也。曰：「西南山中，〔馮評〕後果在西南山中。去此可三十餘里。」生又付〔校〕抄本無付字。囑再四，吴銳身自任而去。生由此

〔校〕抄本作是。飲食漸加，日就平復。探視枕底，花〔但評〕上題花即以引起下無數花字，並引起下無數笑字。雖枯，未便彫落。凝思把玩，如見其人。怪吴不至，折柬招之。吴支托〔何註〕枝梧推托也。不肯赴召。〔校〕抄本作招。生恚怒，悒悒〔吕註〕史記，商君列傳：安能邑邑待數十百年。注：邑邑，與悒悒通。〔何註〕悒音邑，憂也。漢成帝贊：言之可爲於邑。謂氣逆不下也。不歡。母慮其復病，急爲議姻；略與商搉，〔何註〕商搉，搉音覺。莊子：不可謂大揚搉乎。注：發揮商量也。北史，崔孝芬傳：商搉古今，間以嘲謔。又與榷通。輒摇首不願。惟日盼吴。吴迄無耗，〔何註〕迄，竟也，言終無音耗也。益怨恨之。轉思三十里非遥，何必仰息〔吕註〕後漢書，袁紹傳：孤客窮軍，仰我鼻息，譬嬰兒在股掌之上，絶其乳哺，立可餓殺。〔何註〕仰息，謂伺人之顔色辭氣而求之也。他人？懷梅袖中，負氣自往，〔何評〕癡絶。而家人不知也。伶仃獨步，無可問程，但望南山行去。約三十餘里，亂山合沓，空翠爽肌，寂無人行，止有鳥道。〔吕註〕李白詩：西瞻太白有鳥道。按謂其險絶，獸猶無蹊可行，特有飛鳥之道耳。遥望谷底，叢花亂樹中，〔但評〕花從遠處寫。隱隱有小里落。下山入村，見舍宇無多，皆茅屋，而意甚修雅。北向一家，門前皆絲柳，〔何評〕記。牆内桃杏尤〔校〕青本作猶。繁，〔馮評〕前上元，故言梅花，此言桃杏猶繁，益在三月，點綴光景，亦不錯亂。〔何評〕記。〔但評〕花從近處寫。間以修竹；野鳥格磔〔吕註〕本草：鷓鴣生江南，鳴曰鉤輈格磔。○李羣玉詩：正穿屈曲崎嶇路，又聽鉤輈格磔聲。〔何註〕格磔，磔音摘，鳥啼也。東坡詩：春山格磔鳴春禽。其中。意其〔校〕青本作是。園亭，不敢遽入。回顧對户，有巨石滑潔，因據坐少〔校〕青本無少字，抄本無據字。憩。〔何註〕憩從甜，歇息也。俄聞牆内有女子，長呼

「小榮」，其聲嬌細。方佇聽間，一女郎由東而西，執杏花一朵，俛首自簪。[但評]花從初見其人寫。舉頭見生，遂不復簪，含笑撚花而入。[但評]花從已見其人寫。審視之，即上元[校]稿本下原有日字，塗去。途中所遇也。[但評]前撚梅，此執杏。梅者，媒也；杏者，幸也。媒所以遺地上，笑而去；幸則唯含笑而入矣。心驟喜。但念無以階進；欲呼姨氏，顧[校]青本顧上有而字。從無還往，懼有訛[何註]訛同譌，錯誤也。悮。門内無人可問。坐卧徘徊，自朝至於日昃，盈盈望斷，並忘飢渴。時見女子露半面來窺，似訝其不去者。[但評]笑而入矣，幸矣；而又恐其去，料其必不去也，故來窺，故又時來窺；久而不去，個兒郎可喜而亦可訝矣。忽一老媪[校]青本作嫗。扶杖出，顧生曰：「何處郎君，聞自辰刻便[校]抄本無便字。來，以至於今。意將何爲？得勿飢耶？」[校]抄本作也。生急起揖之，答云：「將以盼親。」媪聾聵[校]青本作憒。○[何註]聾憒當作聾聵，從耳。晉語：聾聵不可使聽。不聞。[何評]伏幸媪不聞。又大言之，乃問：「貴戚何姓？」生不能答。媪笑曰：「奇哉！姓名尚[校]抄本無尚字。自不知，何親可探？我視郎君，亦書癡[呂註]唐書，竇威傳：竇氏兄弟皆喜武，獨威尚文，諸兄詆爲書癡。耳。不如從我來，啖以粗糲；[何註]粗糲，脱粟也。家有短榻可卧。待明朝歸，詢[校]稿本詢上原有細字，塗去。知姓氏，再來探訪，不晚也。」[校]抄本無上三字。生方腹餒思啗，又從此漸近麗人，大喜。從媪入，見門内白石砌路，夾道紅花，片片墮[校]抄本作墜。階上；[何評]記。[但評]花從門内寫。曲折而西，又啓一闕，豆棚花架滿庭中。[馮評]布小景幽潔可愛，使人如遊其間。[但評]花從窗內寫。肅客入舍，粉壁光明如鏡；窗外海棠枝朵，探入室中；[校]青本作內。○[何評]記。[但評]花從庭中寫。裀[校]青本作茵。○[何註]茵，蓐也。言枝朵如茵而藉於几榻上也。（茵通裀）籍几榻，罔不潔澤。甫坐，即有人自窗外隱約相窺。[但評]前從門內窺門外，此從窗外窺窗內。媼喚：「小榮！可速作黍。」外有婢子噭[何註]噭音叫，呼也。聲而應。坐次，具展宗閥。媼曰：「郎君外祖，莫姓吴否？」[馮評]到是老媼先問。曰：「然。」媼驚曰：「是吾甥也！[何評]實應。尊堂，我妹子。年來以家窶[校]此據青本，稿本、抄本作屢。貧，[呂註]詩，邶風：終窶且貧。傳：窶者，貧而無以爲禮也。[何註]窶音蔞。又無三尺[校]抄本下有之字。男，[呂註]費冠卿詩：生計唯餘三尺僮。遂至音問梗塞。[何註]梗音鯁，疏略也。塞，不通也。甥長成如許，尚不相識。」生曰：「此來即爲姨也，匆遽遂忘姓氏。」[馮評]紿之竟成真，語奇。媼曰：「老身秦姓，並無誕[何註]誕音坦，亦育也。育；弱息[何註]弱息，女也。僅存，[校]抄本無上二字。亦爲庶産。渠母改醮，遺我鞠養。頗亦不鈍，但少教訓，嬉[何註]嬉音熙，戲也。不知愁。[但評]從母口中說出笑字。少頃，使來拜識。」未幾，婢子具飯，雛尾盈握。[呂註]禮，內則：雛尾不盈握弗食。媼勸餐已，婢來斂具。媼曰：「喚寧姑來。」婢應去。良久，聞户外隱有笑聲。[但評]從户外寫笑，此是遠聞。媼又喚[校]青本無上二字。曰：「嬰寧，汝姨兄在此。」户外嗤嗤笑不已。[但評]從户外寫笑，此是近聞。婢推之以入，猶掩其口，笑不可遏。[但評]從入門寫笑，是遠見。媪瞋[校]此據青本，稿本、抄本作嗔。○[何註]瞋音嗔，怒目也。目曰：「有客在，咤咤叱叱，[呂註]史記，淮陰侯列傳：項王喑啞叱咤，千人皆廢。○按，玉篇：咤叱，怒也。蒼頡篇：大訶爲叱。[何註]咤音奼。禮，曲禮：毋咤食。注：謂於口舌中作聲。叱，字典作叱，音七。莊子，齊物論：叱者呼者。是何景象？」[校]抄本作景象何堪。女忍笑而立，[但評]從立定寫笑，是近見。生揖之。媪曰：「此王郎，汝姨子。一家尚不相識，可笑人也。」生[校]抄本無生字。問：「妹子年幾何矣？」媪未能解。生又言之。[馮評]前下一聾字，生出文章波瀾。女復笑不可仰視。[但評]從揖時寫笑，是正面見。媪謂生曰：「我言少教誨，此可見矣。[校]青本作也。年已十六，呆癡裁[校]抄本無裁字。如嬰兒。」生曰：「小於甥一歲。」曰：「阿甥已十七矣，得非庚午屬馬者耶？」生首應之。又問：「甥婦阿誰？」答云：[校]抄本作曰。「無之。」曰：「如甥才貌，何十七歲猶未聘？[校]青本、抄本下有耶字。嬰寧亦無姑家，極相匹敵；惜有内親之嫌。」[馮評]又閃一句。[但評]語漸合，旋即推開。生無語，目注嬰寧，不遑[校]青本作暇。他瞬。婢向女小語云：「目灼灼，賊腔未改！」女又大笑，[但評]照應伏筆，從婢小語寫笑。笑賊腔耶，笑媪言耶？顧婢曰：「視碧桃開未？」遽起，以袖掩口，細碎連步而出。至門外，笑聲始縱。[但評]一路熱鬧寫笑，又嫌冷淡花字，卻以碧桃開未微作點綴，復順便寫出門之笑，文心周匝乃爾！媪亦起，喚婢襆被，爲生安置。曰：「阿甥來不易，宜留三五日，遲遲送汝歸。如嫌幽悶，舍後有小園，可供消遣；有書可讀。」次日，至舍後，果有園半畝，細草鋪氈，楊花糝逕；〔何註〕糝，桑感切。以米和羹曰糝。逕，園内地也。謂細草鋪地如氈，而楊花點於氈上，如米之和於羹内，顔色鮮好也。有草舍三楹，花木四合其所。穿花小步，聞樹頭蘇蘇有聲，仰視，則嬰寧在上。見生來，〔校〕青本無來字。狂笑欲墮。〔但評〕此一段花字笑字，雙管齊下。生曰：「勿爾，墮矣！」女且下且笑，不能自止。方將及地，失手而墮，笑乃止。生扶之，陰捘其腕。〔吕註〕左傳，定八年：涉佗捘衛侯之手。注：捘，掐也。〔何註〕捘，尊去聲，掐也。此是調戲，非真掐也。女笑又作，倚樹不能行，〔何評〕活現。良久乃罷。生俟其笑歇，乃出袖中花示之。女接之曰：「枯矣。何留之？」曰：「此上元妹子所遺，故存之。」問：「存之何意？」〔校〕抄本作益。曰：「以示相愛不忘也。〔校〕抄本無也字。自上元相遇，凝思成疾，〔校〕抄本作病。自分〔何註〕分，自分之分，去聲。化爲異物；不圖得見顔色，幸垂憐憫。」女曰：「此大細事。至戚何所靳惜？待郎〔校〕青本作兄。行時，園中花，當喚老奴來，折一巨綑〔何註〕綑音捆。負送之。」〔何評〕憨絶。〔但評〕笑已止矣，捘其腕而又作。其有意耶，其無意耶？袖中花，卿所遺也，明教我留之以示相愛不忘。此等事，天地之大，包不住一情字。方將與卿訴之，而共證之，而乃若有知，若無知，似有情，似無情。語語離奇，筆筆變幻，因癡成巧，文亦如之。生曰：「妹子癡耶？」〔校〕青本、抄本下有女曰二字。「何便是癡？」曰：〔校〕青本、抄本曰上有生字。「我非愛花，愛撚花之〔校〕青本無之字。人耳。」女曰：

「葭莩[呂註]漢書，中山靖王傳：羣臣非有葭莩之親。注：葭，蘆也；莩，白也。皮至薄，言無薄親也。[何註]葭音嘉，蘆也。莩音孚，其筩中白皮。喻親情之至薄者也。之情，愛何待言。」[何評]憨絶。生曰：「我所謂愛，非瓜葛[呂註]世説：王長豫幼便和令，丞相愛恣甚篤。每共圍弈，丞相欲舉行，長豫按指不聽。丞相笑曰：詎得爾相與，似有瓜葛。注：蔡邕曰：瓜葛，疎親也。[何註]瓜葛之蔓，遇物則縁繫之，喻親戚之連屬也。王導戲其子曰：似有瓜葛。之愛，乃夫妻之愛。」女曰：「有以異乎？」[何評]憨絶。曰：「夜共枕席耳。」女俛[校]抄本下有首字。思良久，曰：「我不慣與生人睡。」[何評]更憨。[但評]俛思良久，而以癡語答之，且更不笑。其癡耶，其不癡耶？語未已，婢潛至，生惶恐遁去。少時，會母所。母問：「何往？」女答以園中共話。媪曰：「飯熟已久，有何長言，周遮[校]青本作啁嗻。○[呂註]按：啁音刀，嗻音遮。嘐啁囉嗻，多言也。乃爾？」女曰：「大哥欲我共寢。」[何評]險語更憨。言未已，生大窘，急目瞪之，女微笑而止。幸媪不聞，[但評]目瞪之而微笑而止，不使媪聞，何便是癡？猶絮絮究詰，[馮評]作書人亦太狡獪矣。始知前聾聵不聞一句之妙。生急以他詞掩之。因小語責女。女曰：「適此語不應説耶？」[馮評]癡語妙甚。生曰：「此背人語。」女曰：「背他人，豈得背老母。[何評]憨語可掬。且寢處亦常事，何諱之？」[但評]是直斥生不應説也，而囫圇得妙。又直斥以不得背父母，而又癡語掩之，妙語妙人。○遺花地上時，明明以花紿目灼灼賊矣。藏之枕底者何爲？出之袖中者又何爲？而乃曰，存之何意，且喚老奴折園中花送之，若與己不相干也者。迨指出撚花人，則又曰，親情愛何待言，並愛亦與己不相干也者。至説出夫妻之愛，則又曰，不慣與生人睡，而且以之告母，若不知其不應説也者，若不知其當背人也者。其癡若此，真可恨矣。顧其言曰：此語不應説耶？是明明謂汝不應向我説也。曰：豈得背老母。是明明謂必待父母之命也。其謂寢處亦尋常事，何諱之，若曰：是子自謂共枕席爲常事者，而顧謂我諱之乎？佹思良久時，不可謂非心中已自了了，不妨裝騃也。我嬰寧之不癡，無俟牆下惡作劇時而始見矣。觀其房中隱事不肯告人，此真尋常事而乃諱之耶？新婦之禮已成，笑可也。此語不應説也，不惟背他人，且將背老母也。時當笑則笑，時不當笑則不笑；事當癡則癡，事不當癡則不癡。吾欲忘憂，時時展卷而觀其笑；吾欲善事，時時捲卷而學其癡。生恨其癡，無術可以[校]抄本無以字。悟之。食方竟，家中[校]抄本無中字。人捉雙衛[呂註]清異録：驢一名衛，又名長耳公。〇資暇録：代呼驢爲衛，於文字未見。今衛地出驢，義在斯乎？或曰：以其有軸有槽，譬如諸衛有周曹也，因目曰衛。又爾雅翼云：晉衛玠好乘之，故以爲名。來尋生。先是，[馮評]追敍。母待生久不歸，始疑；村中搜覓幾[校]抄本作已。徧，竟無蹤兆。因往詢[校]青本、抄本作尋。吴。吴憶曩言，因教於西南山村[校]青本無村字。行覓。凡歷數村，始至於此。生[校]稿本下原有適字，塗去。出門，適相值，便入告媼，且請偕女同歸。媼喜曰：「我有志，匪伊朝夕。但殘[校]青本作賤。軀不能遠涉；得甥攜妹子去，識認阿姨，大好！」呼嬰寧。寧笑至。媼曰：「有何喜，笑輒不輟？若不笑，當爲全人。」[何評]其然。[但評]此時乃是真喜，乃是真笑；則將應之曰：若不笑，不得爲全人。因怒之以目。乃曰：[校]抄本無上二十一字。「大哥欲同汝去，可便[校]抄本無便字。裝束。」又餉[何註]餉同餉，有平仄二音。家人酒食，始送之出曰：「姨家田産豐[校]青本作充。裕，能養冗人。到彼且勿歸，小學詩禮，亦好事翁姑。即煩阿姨，爲汝擇一良匹。」[校]抄本作擇一良匹與汝。〇[馮評]閒中句妙。[但評]如此良匹，不惟女自擇，即媼亦早擇定矣。二人遂發。至山坳，[何註]坳音凹，窊下也。莊子：覆杯水於坳堂之上。回顧，猶依稀見媼倚門北望也。抵家，母睹姝麗，驚問爲誰。生以姨女[校]抄本作妹。對。母曰：「前吳郎與兒言者，詐也。[何評]實應。我未有姊，何以得甥？」[馮評]作者總不教人一看便知，所謂觀前便知，有後不爲。奇。問女，女曰：「我非母出。父爲秦氏，没時，兒在褓中，不能記憶。」母曰：「我一姊適秦氏，良確；然殂謝[何註]殂音徂，往也。書，舜典：帝乃殂落。爾雅注：謂命盡而往，若草木葉落也。謝，彫謝也。已久，那得復存？」因審[校]青本作細。詰面龐、誌[校]青本作痣，通誌。贅，[何註]痣音志。法輪經：老子腹有白痣。南史：弘景膝有黑痣，梁武帝有赤痣。贅音敷，疣也。梁武帝丁貴嬪多疣，帝納之，並失所在。李光易額疣，財耗散則疣減。一一符合。又疑曰：「是矣。然亡已多年，何得復存？」[校]抄本無上四字。○[馮評]又作一問。疑慮間，吳生至，女避入室。吳詢得故，惘[何註]惘，失志貌。然久之。忽曰：「此女名嬰寧耶？」生然之。吳亟[校]青本、抄本作極。稱怪事。問所自知，吳曰：「秦家姑去世[校]青本無世字。後，姑丈鰥居，祟於狐，病瘠死。狐生女名嬰寧，繃[呂註]前漢書，宣帝紀：曾孫雖在襁褓。注：師古曰：褓，即今之小兒繃也。○按：束兒席也。[何註]繃音伻，束也，謂兒所繃之席也。卧床上，家人皆見之。姑丈殁，狐猶時來；後求天師符黏壁間，[校]抄本作上。狐遂攜女去。將勿此耶？」[馮評]還有一半未明，後女自言之。彼此疑參。但聞室中吃吃[校]抄本作嗤嗤。皆嬰寧笑聲。母曰：「此女亦太憨生。」[校]抄本無生字。○[呂註]全唐詩話：隋帝召虞世南草敕帝旁，司花女袁寶兒注視世南。帝曰：寶兒多憨態，今注目於卿，可便嘲之。世南曰：學畫鴉黃半未成，垂肩嚲袖太憨生。吳[校]抄本下有生字。請面之。母入室，女猶濃笑不顧。〔但評〕此時之笑，及展拜時之放聲大笑，合巹時之笑極不能俯仰，尤爲不可不笑之時。何言之？不觀相從日淺，恐致駭怪之言乎？母促令出，始極力忍笑，又面壁移時，方出。纔一展拜，翻然遽入，放聲大笑。滿室婦女，爲之粲然。吴請往覘其異，就便執柯。尋至村所，廬舍全無，山花零落而已。吴憶姑〔校〕抄本無姑字。葬處，彷彿不遠；然墳壠〔何註〕壠音隴，亦墳也。湮〔何註〕湮音因，亦没也。没，莫可辨識，詫歎而返。母疑其爲鬼。入告吴言，女略無駭意；又弔其無家，亦殊無悲意，孜孜〔何註〕孜音咨，勤也，猶言不輟也。憨笑而已。〔但評〕此處略露笑字之由。蓋此身之來歷，既不可明言；疑其爲鬼，又不可置辨。無駭無悲，惟有孜孜憨笑以掩之，而徐察姑及郎之心而已。衆莫之測。母令與少女同寢止。昧爽即來省問，操女紅〔呂註〕前漢書，酈食其傳：紅女下機。又，錦繡纂組，害女紅者也。注：紅讀曰工。〔何註〕紅同工。漢書，注：古者五十無子，出不復嫁者，以婦道教人。婦道：婦德，婦言，婦容，婦工也。精巧絶倫。但善笑，禁之亦不可止；然笑處〔校〕青本無處字。嫣〔何註〕嫣音烟，美也。然，〔呂註〕宋玉登徒子好色賦：東家之子，嫣然一笑，惑陽城，迷下蔡。注：嫣然，巧笑態也。狂而不損其媚，人皆樂之。〔但評〕不損其媚，收束前面許多笑字。鄰女少婦，〔馮評〕露一鄰字。爭承迎之。母擇吉將爲〔校〕上二字，抄本作爲之。合巹，而終恐爲鬼物。竊於日中窺之，形影殊無少異。至日，使華妝行新婦禮；女笑極不能俯仰，遂罷。生以其憨癡，恐漏洩〔校〕抄本作洩漏。房中隱事；而女殊密祕，不肯道一語。每值母憂怒，女至，一笑即解。奴婢小過，恐遭鞭楚，輒求詣母共話；罪婢投見，恒得免。而愛花成癖，〔馮評〕生波。○愛花亦一篇眼目。〔但評〕不肯抛荒花字。物色偏戚黨；竊典金釵，購佳種，數月，階砌藩溷，［何註］藩音翻，籬也，又域也。莊子：吾願遊其藩。溷，混同，廁也。晉書，左思傳：門堂藩溷，皆著紙筆。無非花者。庭後有木香［呂註］羣芳譜：木香灌生，條長有刺，如薔薇花。開於四月，香馥清遠，高架方條，望若香雪。一架，故鄰西家。女每攀登其上，摘供簪玩。母時遇見，輒訶之。女卒不改。一日，西人［校］青本作鄰，下同。子見之，凝注傾倒。女不避而笑。西人子謂女意已屬，［校］抄本作屬己。心益蕩。［何註］蕩，淫蕩也。女指牆底笑而下，［但評］此爲笑裏刀，願普天下人畢生不逢此笑。西人子謂示約處，大悅。及昏而往，女果在焉。就而淫之，則陰如錐刺，痛徹於心，大號而踣。［馮評］妙，妙。好淫者看樣。細視，非女，則一枯木臥牆邊，所接乃水淋竅也。鄰父聞聲，急奔研問，呻而不言。妻來，始以實告。爇火燭竅，［校］抄本作窺。見中有巨蠍，如小蟹然。［馮評］皆蝎也，人不知之。翁碎木捉殺之。負子至家，半夜尋卒。鄰人訟生，訐［何註］訐音揭，發人陰私也。發嬰寧妖異。邑宰素仰生才，稔知其篤行士，謂鄰翁訟誣，將杖責之。生爲乞免，逐釋而出。［校］青本作遂釋而歸，抄本作遂釋而出。母謂女曰：「憨狂爾爾，早知過喜而伏憂也。［馮評］過喜伏憂，千古名言。邑令神明，［呂註］續漢書：度尚爲上虞長，政治嚴峻，明於疑理，朝中謂之神明。幸不牽累；設鶻突［呂註］呂藍衍言鯖：鶻突二字，當作糊塗，謂其不分曉也。按，呂原明家塾記云：太宗欲相呂正惠公。左右或曰：呂端之爲人糊塗。原明自注：糊塗，讀爲鶻突。帝曰：端小事糊塗，大事不糊塗。決意相之。糊塗二字，不讀本音也。官宰，必逮婦女質公堂，我兒何顔見戚里？」女正色，矢不復笑。[但評]笑已成功，何必復笑。○蓋至是而察姑及郎皆過愛矣，焉用笑？母曰：「人罔不笑，但須有時。」而女由是竟不復笑，雖故逗，[校]抄本下有之字。○[何註]通投，謂引以相投合之事也。亦終不笑；[馮評]笑字生波。[何評]收局。然竟日未嘗有戚容。一夕，對生零涕。異之。女哽咽[何註]哽音梗，咽，一結切，音噎。哽咽，聲塞也。曰：「曩以相從日淺，言之恐致駭怪。今日察姑及郎，皆過愛無有異心，[但評]此前日之所以必笑，此今日之所以不笑。直告或無妨乎？[馮評]至此始一并説明。○笑緣寫女涕，大是異事，筆端不測。[但評]至性語，而哽咽出之，曰：直告或無妨。則前此多少笑字，盡消納於零涕中。妾本狐産。母[校]抄本無母字。臨去，以妾託鬼母，相依十餘年，始有今日。[但評]此前日之所以必笑也。妾又無兄弟，所恃者惟君。老母岑寂[校]抄本作寢。○[何註]岑寂，孤寂也。岑音涔。歐陽修詩：山中苦岑寂。山阿，無人憐而合厝[吕註]孝經：卜其宅兆而安厝之。注：厝，置也。[何註]合厝，厝音措，置也，謂土封其上而置棺於下也。之，[但評]此今日之所以不笑也。九泉輒爲悼恨。君倘不惜煩費，使地下人消此怨恫，[何註]恫音通，痛也。詩：神罔時怨，神罔時恫。庶養女者不忍溺棄。」[馮評]仁孝之言，酸心刺骨。生諾之，然慮墳冢迷於荒草。女但言無慮。刻日，夫妻[校]抄本作婦。輿櫬[吕註]左傳，僖六年：大夫衰絰，士輿櫬。注：櫬，棺也。以親近其身，故名曰櫬。[何註]櫬音襯。而往。女於荒煙錯楚中，指示[校]青本作視。墓處，果得媪尸，膚革猶存。女撫哭哀痛。[馮評]以笑始，以哭終，大奇，大奇。[但評]今日之哭，正以哭其前日之笑耳。舁歸，尋秦氏墓合葬焉。是夜，生夢媪來稱謝，寤而述之。女曰：「妾夜見之，囑勿驚郎君耳。」生恨不邀留。女曰：「彼鬼也，生人多，陽氣勝，何能久居？」[馮評]此句周匝，否則女係生人，何能相隨鬼母。生問小榮，曰：「是亦狐，最黠。[何註]黠，慧也。狐母留以視妾，每攝[校]青本下有果字。餌相哺，故德之常不去心。昨問母，云已嫁之。」[何評]收全局。[但評]補出婢，不漏。由是歲值[校]抄本作至。寒食，夫妻[校]抄本作婦。登秦墓，拜掃無缺。女逾年，生一子。在懷抱中，不畏生人，見人輒笑，[馮評]笑字餘波嫋嫋。[何評]餘波。[但評]直收到上元之笑。○末結一笑字，可謂回頭一笑百媚生。亦大有母風云。[但評]有花乃有人，有人乃有笑；見其花如見其人，欲見其人，必袖其花。乃未見其人，而先見其里落之花，見其門前之花，則野鳥格磔中，固早有含笑撚花人在矣。未見其人，先聞其聲，見其花，見其笑，而後審視而得見所欲見之人。既照應起筆，即引逗下文，文中貴有頓筆也。至入門而夾道寫花，庭外寫花，窗外寫花，室内寫花，借許多花引出人來；而復未寫其人，先寫其笑，寫其户外之笑，寫其入門之笑，寫其見面之笑，又照應上元之言，照應上元之笑。許多笑字，配對上許多花字，此遙對法也。隨手借視碧桃撇開，寫花寫笑，雙雙縮住，然後再寫花，再寫人，再寫笑。樹上寫笑，將墮寫笑，墮時寫笑，墮後寫笑，束住笑字，正敘袖中之花，入正面矣，卻以園中花作一夾襯，隨又撇開。寫其笑，寫其來時之笑，寫其見母之笑，寫其見客之笑，寫其轉入之笑；又恐冷落花字，以山花零落，小作映帶，然後笑與花反復並寫，從花寫笑，從笑而寫不笑；既不笑矣，笑字無從寫矣，偏以不笑反復映襯，而忽而零涕，忽而哽咽，忽而撫哭哀痛，無非出力反襯笑字。更以其子見人輒笑，大有母風，收拾全篇笑字。此作者以嬉笑爲文章，如評中所云，隱於笑者矣。故爲瑣瑣批出，而不禁失聲大笑。○此篇以笑字立胎，而以花爲眼，處處寫笑，即處處以花映帶之。撚梅花一枝數語，已伏全文之脈，故文章全在提掇處得力也。以撚花笑起，以摘花不笑收，寫笑層見疊出，無一意冗複，無一筆雷同，不笑後復用反襯，後仍結轉笑字，篇法嚴密乃爾。

異史氏曰：「觀其孜孜憨笑，似全無心肝者；[馮評]阮籍善哭，士龍善笑，禰衡善罵，皆足千古。而牆下惡作劇，其黠孰甚焉。至悽戀鬼母，反笑爲哭，我嬰寧殆隱於笑者矣。［校］上六字，抄本作何嘗憨耶。竊聞山中有草，名『笑矣乎』。［呂註］陶穀清異録：菌蕈有一種，食之得乾笑疾，士人戲呼爲笑矣乎。○按：李白詩有悲來乎、笑矣乎二首，蘇軾謂貫休已下詞格，士人呼菌蕈爲笑矣乎，語本於此。○士人呼菌蕈爲笑矣乎，非草也。食之得乾笑疾，非嗅也。此注未知是否。［何註］本草：菌有名笑笑者，食之令人笑。嗅之，則笑不可止。房中植此一種，則合歡、忘憂，［呂註］六書故：合昏葉似槐，夜合晝開，故名合昏。俗語轉爲合歡。○詩，衛風：焉得萱草，言樹之背。傳：萱草合歡，食之令人忘憂者。○嵇康養生論：合歡蠲忿，萱草忘憂。並無顔色矣；若解語花，［呂註］天寶遺事：太液池千葉白蓮開，帝與楊妃共賞，指謂左右曰：爭似此解語花。正嫌其作態耳。」

［何評］嬰寧憨態，一片天真，過於司花兒遠矣。我正以其笑爲全人。

聶小倩*

甯采臣，浙人。性慷爽，[何註]慷爽，慷慨爽快也。廉隅[呂註]禮，儒行：砥礪廉隅。注：言求切磋琢磨之益，不刓方以爲圓也。[何註]禮，儒行：砥礪廉隅。注：廉，稜也。隅，角也。喻方正也。自重。每對人言：「生平無二色。」[馮評]廉隅自重，伏下見財；生平無二色，伏下見色。[但評]此先斷後敘法。〇廉隅自重，則財不能迷；生平無二色，則色無可惑；性又慷爽，則劍客之禦患，女鬼之傾心，皆從此出。自古以來，幾曾見有正人被妖邪害過？適赴金華，至北郭，解裝蘭若。寺中殿塔壯麗；然蓬蒿沒人，似絕行蹤。東西僧舍，雙扉虛掩；惟南一小舍，扃鍵如新。又顧殿東隅，修竹拱把；階[校]青本無階字。下有巨池，野藕已花。意甚[校]青本無甚字。樂其幽杳。會學使按臨，城舍價昂，思便留止，遂散步以待僧歸。日暮，有士人來，啓南扉。甯趨爲禮，且告以意。士人曰：「此間無房主，僕亦僑居。[呂註]按旅寓曰僑，六朝有僑置郡縣。能甘荒落，旦晚[校]抄本作暮。惠教，幸甚。」甯喜，藉藁代牀，支板作几，爲久客計。是夜，月明高潔，清光似水，二人促膝殿廊，各展姓字。士人自言：「燕姓，字赤霞。」甯疑爲赴試諸生，[校]上二字，抄本作者。

而聽其音聲，〔校〕青本作聲音。殊〔校〕青本作絶。不類浙。詰之，自言：「秦人。」語甚樸誠。既而相對詞竭，遂拱别歸寢。甯以新居，久不成寐。聞舍北喁喁，〔何註〕喁音愚。韓詩外傳：水濁則魚喁。謂口向上吞吐有聲，狀小語也。如有家口。起伏北壁石窗下，微窺之。見短牆外一小院落，有婦可四十餘；又一媼衣黦緋，〔吕註〕集韻：黦音謁，色變也。緋，衣長貌。〔何註〕緋音非，絳色也。插蓬沓，〔吕註〕蘇軾詩：蓬沓鄣前走風雨。自注：於潛女插大銀櫛尺許，謂之蓬沓。鮐背〔吕註〕爾雅，釋詁：鮐背。疏：言老人皮膚消瘠，背若鮐魚也。〔何註〕鮐音台，河豚别名，亦曰海魚，背隆起似老人背。詩，大雅：黄耇台背。台通鮐。龍鍾，〔吴註〕吴青壇讀書質疑：龍鍾，謂不昌熾，不翹舉，如藍鬖、拉塔之類。荀子，義兵篇：隴種東籠而退。注：籠種，遺失貌。或曰，即鍾也。新序：作隴種而退。龍鍾，似即隴種，語轉而然。薛蒼舒注廣韻：龍鍾，竹名，世言龍鍾，謂年老如竹之枝葉摇曳，不自矜持。其説杜撰不經，記事珠等書，據爲故實，可笑也。李齊翁資暇集解龍鍾，尤支離。○青箱雜記云：龍鍾切爲癃，潦倒切爲老，合二聲爲一音也。○癃，罷病也。〔何註〕龍鍾，竹名，節腫似老人難於轉側之狀。又註：龍鍾之説不一。裴度未第，乘蹇驢上天津橋。二老曰：須此人爲相。度曰：見我龍鍾，相戲爾。偶語月下。〔何評〕妖也。婦曰：「小倩何久不來？」媼云：〔校〕青本、抄本作曰。「殆好至矣。」婦曰：「將無向姥姥〔何註〕姥同姆。姥姥，老母也。有怨言否？」曰：「不聞，但意似蹙蹙。」婦曰：「婢子不宜好相識！」言未已，有一〔校〕抄本無一字。十七八女子來，彷彿豔絶。媪笑曰：「背〔校〕此據青本，稿本、抄本作齊。地不言人，我兩個正談道，小妖婢悄來無迹響。幸不訾〔何註〕訾音子，毁也。着短處。」又曰：「小娘子端好是畫中人，遮莫〔吕註〕藝苑雌黄：遮莫，蓋俚語，猶言儘教。自唐以來有之。李白詩：遮莫親姻連帝城，不如當身自簪纓。杜甫詩：久拚野鶴如雙鬢，遮莫鄰雞下五更。老身是男子，也被攝魂去。」女曰：「姥姥不相譽，[何註]譽，餘去聲，贊美也。更阿誰道好？」婦人女子又不知何言。甯意其鄰人眷口，寢不復聽。又許時，始寂無聲。方將睡去，覺有人至寢所。急起審顧，則北院女子也。驚問之。女笑曰：「月夜不寐，願修燕[何註]好學記，注：燕猶褻也。好。」甯正容曰：「卿防物議，我畏人言；略一失足，廉恥道喪。」[馮評]大丈夫之言，字挾冰霜。[但評]十六字金石之言，不可多得。女云：「夜無知者。」甯又咄之。女逡巡若復有詞。甯叱：「速去！不然，當呼南舍生知。」[校]此據青本、抄本，稿本無呼字。女懼，乃退。至户外復[校]抄本作忽。返，以黃金一鋌[何註]鋌音挺。金銀銅鐵之樸皆曰鋌。南史，梁廬陵王傳：嗣子應不慧，見內庫金鋌，問左右此可食否。置褥上。甯掇擲庭墀，曰：「非義之物，污吾[校]青本、抄本作我。囊橐！」[馮評]能破此兩關，非聖賢不能。女慚，出，拾金自言曰：「此漢當是鐵石。」詰旦，有蘭溪生攜一僕來候試，寓於東廂，至夜暴亡。足心有小孔，如錐刺者，細細有血出。俱莫知故。經宿，僕一死，[校]青本、抄本作一僕死，疑應作僕亦死。症亦如之。向晚，燕生歸，甯質之，燕以爲魅。甯素抗直，頗不在意。宵分，女子復至，謂甯曰：「妾閱人多矣，未有剛腸如君者。君誠聖賢，妾不敢欺。小[校]此據青本，稿本無小字，抄本小字係旁加。倩，姓聶氏，十八夭殂，葬寺側，[校]抄本作葬於寺中。輒[校]抄本無輒字。被妖物威脅，歷[校]青本無歷字。役賤務；覥[何註]覥本作靦，音腆，面慚也。顏向人，實非所樂。今寺中無可殺者，恐當以夜叉來。」甯駭求計。女曰：「與燕生同室可免。」問：「何不惑燕生？」曰：「彼奇人也，不[校]抄本不上有固字。敢近。」[馮評]二君皆奇人，然甯生爲難。問：「迷人若何？」[校]抄本作又問何以迷人。曰：「狎昵[校]青本作暱，通昵。○[何註]狎昵音匣匿，親近也。我者，隱以錐刺其足，彼即茫若迷，因攝血以供妖飲；又或[校]抄本作惑。以金，非金也，乃羅刹[何註]刹音莿。羅刹，鬼也。鬼骨，留之能截取人心肝：二者，凡以投時好耳。」[馮評]時好二字警世。[何評]可畏。[但評]因其淫而投之以色，因其貪而投之以金，自己求之，於夜叉何尤？甯感謝。問戒備之期，答以明宵。臨別泣曰：「妾墮玄海，求岸不得。郎君義氣干雲，必能拔生救苦。倘肯囊妾朽骨，歸葬安宅，不啻再造。」[呂註]任昉致大司馬記室牋：千載一逢，再造難答。注：易屯卦，天造草昧，言王者之恩，同於上帝，故曰再造也。甯毅然諾之。因問葬處，曰：「但記取[校]抄本無取字。白楊之上，有烏巢者是也。」言已出門，紛然而滅。明日，恐燕他出，早詣邀致。辰後具酒饌，留意察燕。既約同宿，辭以性癖躭寂。甯不聽，强攜臥具來。燕不得已，移榻從之。囑曰：「僕知足下丈夫，傾風良切。要有微衷，難以遽白。幸勿翻窺篋襆，違之，兩俱不利。」甯謹受教。既而[校]抄本無而字。各寢。燕以箱篋[校]此據青本、抄本，稿本作筐。○[何註]篋音蛺，笥也。置窗上，就枕移時，齁[呂註]集韻：齁音呴，鼻息也。[何註]王延壽王孫賦：鼻䶐齁以䶊䶎，皆鼻息也。音封呴吸歃。又註：齁，呼侯切。如雷吼。甯不能寐。近一更許，窗外隱隱有人影。俄而近窗來窺，目光睒閃。甯懼，方欲呼燕，忽有物裂篋而出，耀若匹練，觸折窗上石櫺，欻[校]此據青本，稿本作颷，抄本作飈。然一射，即遽斂入，宛如電滅。燕覺而起，甯僞睡以覘之。燕捧篋檢徵，[校]青本無徵字。取一物，對月嗅視，白光晶瑩，[何註]晶音精，瑩音榮，玉色也。長可二寸，徑韭葉許。已而數重包固，仍置破篋中。自語曰：「何物老魅，直爾大膽，致壞篋子。」遂復卧。甯大奇之，因起問之，且以所見告。[校]抄本作告以所見。燕曰：「既相知愛，何敢深隱。我，劍客也。若非石櫺，妖當立斃；雖然，亦傷。」問：「所緘何物？」曰：「劍也。適嗅之，有妖氣。」甯欲觀之。慨出相示，熒熒然一小劍也。於是益厚重燕。明日，視窗外，有血蹟。遂出寺北，見荒墳纍纍，[何註]纍纍，相連也。梁甫吟：里中有三墳，纍纍正相似。果有白楊，烏巢其顛。迨營謀既就，趣裝欲歸。燕生設祖帳，情義殷渥。[何評]禮正人。以破革囊贈甯，曰：「此劍袋也，寶藏可遠魑魅。」[但評]信義剛直，自與劍客臭味相投，革囊之贈，非同泛泛。甯欲從授[校]抄本作受。其術。曰：「如君信義剛直，[馮評]剛直人何嘗無情，但能止乎禮義。故古來忠臣孝子、義夫節婦，做出轟轟烈烈事業，皆情爲之也。若世間薄行之輩，見利貪，見色迷，稍有變動，棄如敝屣，王魁、元正豈不自謂多情，予謂柳下、魯男乃世之多情人也。可以爲此；然君猶富貴中人，非此[校]青本無此字。道中人也。」甯乃[校]抄本無乃字。託有妹葬此，發掘女骨，斂以衣衾，賃舟而歸。甯齋臨野，因營墳葬諸齋外。祭而祝曰：「憐卿孤魂，葬近蝸居，[呂註]古今注：蝸牛，陵螺也。殼如小螺，熱則自懸葉下。野人結圓舍如蝸牛之舍，故曰蝸居。〔何註〕蝸居，言屋之狹小也。蝸字之用本莊子，而意思不同。蝸音瓜，蝸牛也。莊子：有國於蝸牛之左角者曰觸氏，國於蝸牛之右角者曰蠻氏。爭地而戰，伏尸萬數，逐北旬有五日而後返。歌哭相聞，庶不見陵〔校〕抄本作凌。於雄鬼。〔但評〕光明磊落，於其言見之。一甌漿水飲，殊不清旨，幸不爲嫌。」祝畢而返。後有人呼曰：「緩待同行！」回顧，則小倩也。歡喜謝曰：「君信義，十死不足以報。請從歸，拜識姑嫜，〔校〕青本作嫜姑。○〔何註〕姑嫜，嫜音章，夫之父母也。媵御〔何註〕蔡邕獨斷：凡衣服加於身，飲食適於口，妃妾接於寢，皆曰御。無悔。」審諦之，肌映流霞，足翹細筍，白晝端相，嬌豔〔校〕抄本作麗。尤絶。遂與俱至齋中。囑坐少待，先入白母。母愕然。時甯妻久病，母戒勿〔校〕青本作毋。言，恐所駭驚。〔校〕青本作驚駭。言次，女已翩然入，拜伏地下。甯曰：「此小倩也。」母驚顧不遑。女謂母曰：「兒飄然一身，遠父母兄弟。蒙公子露覆，澤被髮膚，願執箕帚，以報高義。」〔但評〕妖由人興也，人棄常則妖興：人有淫心，是生色妖；人有利心，是生財妖。燕好未終，已喋其血；囊橐未入，早截其肝。非立穩脚根，心如鐵石，其不死於夜叉錐、羅刹骨者有幾？縱遇奇人，又豈輕爲不成丈夫者作保障哉？郎君義氣干雲，果能拔生救苦，感孤魂之有託，幸雄鬼之不陵，區區之誠，願執箕帚，報施之正，理亦宜然。然則生平無二色之人，何嘗不享美色之福哉？母見其綽約〔何註〕綽約猶言苗條也。莊子：綽約若處子。可愛，始敢與言，曰：「小娘子惠顧吾兒，老身喜不可已。但生平止此兒，用承祧緒，〔何註〕祧音挑，祖廟也。緒，統緒也。不敢令有鬼偶。」女曰：「兒實無二心。泉下人，既不見信於老母，請以兄事，依高堂，奉晨昏，如何？」母憐其誠，允之。即欲拜嫂。母辭以疾，乃止。女即入廚下，代母尸饔，[呂註]詩，小雅：有母之尸饔。傳：尸，主也。饔，熟食也。入房穿榻，[校]青本作户。似熟居者。日暮，母畏懼之，辭使歸寢，不爲設牀褥。女窺知母意，即竟去。過齋欲入，卻退，徘徊户外，似有所懼。生呼之。女曰：「室有[校]青本作中。劍氣畏人。向道途之不奉見者，良以此故。」[何評]補出。甯[校]青本下有已字。悟爲革囊，取懸他室。女乃入，就燭下坐。移時，殊不一語。久之，問：「夜讀否？[馮評]又生下。妾少誦楞嚴經，[呂註]宋史，藝文志：首楞嚴經卷。白居易詩：人間此病治無藥，惟有楞嚴四卷經。[何註]楞音稜。楞嚴，佛經。今强半[呂註]論語：君召使擯。疏：擯所以不隨命數者謙也，故並用强半之數也。隋煬帝詩：須知潘岳鬢，强半爲多情。[何註]强半，大半也。遺忘。浼求一卷，夜暇，就兄正之。」甯諾。又坐，默然，二更向盡，不言去。[馮評]戀戀如飛鳥依人。甯促之。愀然曰：「異域孤魂，殊怯荒墓。」甯曰：「齋中別無牀寢，且兄妹[校]青本作弟。亦宜遠嫌。」女起，容[校]此據青本，稿本、抄本無容字。顰蹙[何註]顰，顰眉也。蹙，蹙額也。音貧噈，憂愁貌。而欲啼，足恇儴[何註]恇音匡，儴，忍將切。行復止也。而懶步，從容出門，涉階而沒。甯竊憐之。欲留宿別榻，又懼母嗔。女朝旦朝母，捧匜沃盥，[呂註]左傳，僖二十三年：捧匜沃盥。注：匜，沃盥器也；言捧匜以供沃盥也。下堂操作，無不曲承母志。黄昏[呂註]淮南子：日至於虞淵，是謂黄昏。告退，輒過齋頭，就燭誦經。覺甯將寢，始慘然去。[校]抄本作出。先是，[馮評]追敍。甯妻病廢，母劬[何註]劬音渠，勤也。不可[校]抄本無可字。堪；自得女，逸[何註]逸與佚同。孟子：四肢之於安佚也。甚。心德之。日漸稔，親愛如己出，竟忘其爲鬼；不忍晚令去，留與同卧起。女初來未嘗食飲，［校］抄本作飲食。半年漸啜稀飦。［何註］飦音移，薄粥也。與酏、酏、飽三字同。母子皆溺愛之，諱言其鬼，人亦不之［校］抄本作知。辨也。無何，甯妻亡。母陰［校］抄本作隱。有納女意，然恐於子不利。女微窺［校］抄本作知。之，乘間告母［校］抄本無母字。曰：「居年餘，當知兒肝鬲。爲不欲禍行人，故從郎君來。區區無他意，止以公子光明磊［何註］磊亦作礌。石勒曰：大丈夫行事當礌礌落落如日月。落，爲天人所欽矚，實欲依贊三數年，借博封誥，以光泉壤。」［但評］借博封誥，以光泉壤，求諸天人所欽矚者，如操左券。母亦知［校］青本下有其字。無惡，但［校］抄本無但字。懼不能延宗嗣。女曰：「子女惟天所授。郎君註福籍，有亢宗子［呂註］左傳，昭元年：太叔曰：吉不能亢身，焉能亢宗？注：亢，蔽也。三，不以鬼妻［呂註］中朝故事：唐鄭亞妻，卒後復與合，生子畋，舉進士。人言鄭亞有鬼妻，鄭畋爲鬼胎。［何註］匈奴以亡人妻爲鬼妻。而遂奪也。」［馮評］聖賢原在人情中。母信之，與子議。甯喜，因列筵告戚黨。或請覿新婦，女慨然華妝出，一堂盡眙，［呂註］史記，滑稽列傳：目眙不禁。注：眙，直視也。○眙音答，去聲。［何註］眙，驚視木立也。西都賦：雖輕迅與僄狡，猶愕眙而不能階。反不疑其鬼，疑爲仙。由是五黨諸内眷，咸執贄［何註］贄，相見之禮也。周禮：女贄棗栗。又注：贄，讀去聲，幣帛也，古者執贄相見。以賀，爭拜識之。女善畫蘭梅，輒以尺幅酬答，得者藏什襲以爲榮。一日，俛頸窗前，怊［何註］怊音超，亦悵也。莊子，天地篇：怊乎若嬰兒之失其母。悵若失。［馮評］又波。忽問：「革囊何在？」曰：「以卿畏之，故緘置〔校〕抄本作致。他所。」曰：「妾受生氣已久，當不復畏，宜取挂牀頭。」甯詰其意，曰：「三日來，心怔忡〔何註〕怔忡音徵充，憂懼心悸也。無停息，意金華妖物，恨妾遠遁，恐旦晚尋及也。」甯果攜革囊來。女反復〔校〕青本、抄本作覆。審視，曰：「此劍仙將盛人頭〔校〕青本無頭字。者也。敝敗至此，不知殺人幾何許！妾今日視之，肌猶粟慄。」〔校〕青本作栗悚。乃懸之。次日，又命移懸户上。夜對燭坐，約甯勿寢。〔校〕抄本無上四字。欻有一物，如飛鳥墮。〔校〕抄本作至。女驚匿夾幙〔何註〕幙與幕同，帷幕也。間。甯視之，物如夜叉狀，電目血舌，〔校〕青本作口。睒閃攫拏而前。至門〔校〕稿本門原作前，改門。卻〔何註〕卻與却同。從節不從邑，從邑是隙字。步；逡巡久之，漸近革囊，以爪摘取，似將抓〔校〕青本作爪。裂。囊忽格然一響，大可合簣；〔何註〕簣，土籠也。恍惚有鬼物，突出半身，揪夜叉入，聲遂寂然，囊亦頓縮如故。甯駭詫。女亦出，大喜曰：「無恙矣！」共視囊中，清水數斗而已。後數年，甯果登進士。女〔校〕青本、抄本無女字。舉一男。納妾後，又各生一男，〔馮評〕各生一男，則小倩居然人矣，此等處但論其文，不必强核其事。皆仕進有聲。

〔何評〕妖不勝正，然非燕生，則甯幾不免。革囊制妖，維其物不維其人。

義鼠*

楊天一言：見二鼠出，其一爲蛇所吞；其一瞪目如椒，似〔校〕抄本似上有意字。甚恨怒，然遥望不敢前。蛇果腹，〔呂註〕莊子，逍遥遊：適莽蒼者三餐而反，腹猶果然。注：果然，飽貌。〔何註〕果腹，滿腹也。蜿蜒入穴。方將過半，鼠奔來，力嚼其尾。蛇怒，退身出。鼠故便捷，欻然遁去。〔馮評〕逼肖。蛇追不及而返。及入穴，鼠又來，嚼如前狀。蛇入則來，蛇出則往，如是者久。蛇出，吐死鼠於地上。鼠來嗅之，啾啾如悼息，啣之而去。友人張歷友爲作「義鼠行」。〔馮評〕張歷友有崑崙山房集，詩載其中。

〔但評〕此鼠不惟義；其不輕進、不遽退，俟蛇半入穴而後嚼之，蛇出即去，蛇入復來，至蛇吐鼠而後止，嗚呼！亦智矣哉！

地震*

康熙七年六月十七日戌刻，［校］抄本作時。○［何評］年月可按。地大震。余適客稷下，［呂註］史記，田敬仲完世家：宣王喜文學游說之士，七十六人，皆賜列第，是以齊稷下學士復盛。注：齊有稷門，城門也。談說之士，期會於稷門之下也。○按：魯城南門亦名稷門，是定公五年左傳注。方與表兄李篤之對燭飲。忽聞有聲如雷，［何評］元聲。自東南來，向西北去。衆駭異，不解其故。俄而几案擺簸，酒杯傾覆；屋梁椽柱，錯折有聲。相顧失色。久之，方知地震，各疾趨出。見樓閣房舍，仆而復起；牆傾屋塌之聲，與兒啼女號，喧如鼎沸。［呂註］前漢書，霍光傳：羣下鼎沸，今日之議，不得旋踵。人眩暈不能立，坐地上，隨地轉側。河水傾潑丈餘，雞［校］此據青本，稿本作鴨，抄本作鴉。鳴犬吠滿城中。踰一時許，始稍定。視街上，則男女裸［校］抄本下有體相二字。聚，競相告語，並忘其未衣也。後聞某處井傾仄，［校］抄本作側。通仄。不可汲；某家樓臺南北易向；棲霞山裂；沂水陷穴，廣數畝。此真非常之奇變也。

有邑人婦，夜起溲溺，回〔校〕青本下有視字。則狼啣其子。婦急與狼争。狼〔校〕青本無狼字。一緩頰，婦奪兒出，攜抱中。狼蹲不去。婦大號。鄰人奔集，狼乃去。婦驚定作喜，指天畫地，述狼啣兒狀，己奪兒狀。良久，忽悟一身未着寸縷，乃奔。此與地震時男婦〔校〕抄本作女。兩忘者，〔校〕抄本無者字。同一情狀也。人之惶急無謀，一何可笑！

〔何評〕災異。

海公子*

東海古蹟島，有五色耐冬花，四時不凋。而島中古無居人，人亦罕到之。登州張生，好奇，喜遊獵。聞其佳勝，備酒食，自掉[校]青本作棹。扁舟而往。至則花正繁，香聞數里；樹有大至十餘圍者。反復留[校]青本作流。連，甚慊所好。開尊自酌，恨無同游。忽花中一麗人來，紅裳炫目，略無倫比。見張，笑曰：「妾自謂興致不凡，不圖先有同調。」張驚問何人。曰：「我膠娼也。適從海公子來。彼尋勝翺翔，妾以艱於步履，故留此耳。」張方苦寂，得美人，大悦，招坐共飲。女言詞温婉，蕩人神[校]抄本作心。志，張愛好之。恐海公子來，不得盡歡，因挽與亂。女忻從之。相狎未已，忽聞風肅肅，[校]青本作蕭蕭。草木偃折有聲。女急推張起，曰：「海公子至矣。」張束衣愕顧，女已失去。旋見一大蛇，自叢樹中出，粗於[校]青本作如。巨筩。[校]抄本作桶。張懼，幛身大樹後，冀蛇不睹。蛇近前，以身繞人並樹，糾纏數匝；兩臂直束胯間，不可少屈。昂其首，以舌刺張鼻。鼻血下注，流地上成窪，［何註］窪音注，水洼也。乃俯就飲之。張自分必死，忽憶腰中佩荷囊，有［校］抄本有上有內字。毒狐藥，因以二指夾出，破裹堆掌中；［校］抄本作上。又側頸自顧其掌，令血滴藥上，頃刻盈把。蛇果就掌吸飲。飲未及盡，遽伸其體，擺尾若霹靂聲，觸樹，樹半體崩落，蛇臥地如梁而斃矣。張亦眩莫能起，移時方蘇。載蛇而歸。大病月餘。疑女子亦蛇精也。［但評］有好奇之癖者，恒多不測之禍，況乃見色而漁乎。以毒狐藥而獲免於難，亦幸矣夫。

［何評］凡人跡罕到處不可遊，必有怪異，獨遊更不可。

丁前溪*

丁前溪，諸城人。富有錢穀。游俠〔呂註〕荀悅漢紀：世有三游，德之賊也：一曰游俠，二曰游說，三曰游行。○前漢書季布傳：任俠有名。師古曰：俠之言挾，以權力俠輔人也。好義，慕郭解〔呂註〕前漢書，郭解傳：解字翁伯，河內軹人。少藏亡命作姦剽；及長改節，以德報怨，厚施而薄望，救人之命，不矜其功。之爲人。御史行臺〔呂註〕杜佑通典：行臺者，自魏晉有之，蓋隨其所管之道，置於外州，以行尚書事。按訪之。丁亡去，至安丘，遇雨，避身逆旅。雨日中不止。有少年來，館穀豐隆；既而昏暮，止宿其家，莝豆〔呂註〕史記，范睢蔡澤列傳：坐須賈於堂下，置莝豆其前。注：莝，斬芻也。〔何註〕莝音剉。詩，小雅：摧之秣之。箋：摧，今莝字也。飼畜，給食周至。問其姓字，少年云：「主人楊姓，我其內姪也。主人好交遊，適他出，家惟娘子在。貧不能厚客給，〔校〕上三字，青本作給客。幸能垂諒。」問：「主人何業？」則家無貲產，〔校〕青本作業。惟日設博場，以謀升斗。次日，雨仍不止，供給弗懈。至暮，剉芻；芻束溼，頗極參差。丁怪之。少年曰：「實告客：家貧無以飼畜，適娘子撤屋上茅耳。」丁益異之，謂其意在得直。天明，付之金，不受；强付少年持入。俄出，仍以反客，云：「娘子言：我[校]青本無我字。非業此獵食者。主人在外，嘗數日不攜一錢；客至吾家，何遂索償乎？」丁歎贊[校]青本、抄本作贊歎。而別。囑曰：「我諸城丁某，主人歸，宜告之。暇幸見顧。」數年無耗。值歲大饑，楊困甚，無所爲計。妻漫勸詣丁，從之。至諸，通姓名於門者。丁茫不憶，申言始憶之。跴[校]青本作躧。履[呂註]前漢書，雋不疑傳：跴履相迎。注：履不著跟曰跴。[何註]跴當作躧，音縰，舞履也。躧履猶趿履也。而出，揖客入。見其衣敝踵決，[呂註]劉向新序：原憲居環堵之室，子貢往見，正冠則纓絶，捉襟則肘見，納履則踵決。居之温室，設筵相款，寵禮異常。明[校]青本作翌。日，爲製冠服，表裏温煖。楊義之；而內顧[呂註]左思詩：外望無存祿，內顧無斗儲。增憂，褊心[呂註]莊子，山木篇：方舟而濟於河，有虛舡來觸舟，雖有褊心之人不怒；有一人在其上，則呼張歙之。○褊，一作惼，與偏同。陸機詩：軌迹未及安，長轡忽已整；道遐覺日短，憂深使心褊。不能無少望。居數日，殊不言贈別。楊意甚亟，[校]青本作急。告丁曰：「顧不敢隱，僕來時，米不滿升。今過蒙推解，[呂註]史記，淮陰侯列傳：漢王解衣衣我，推食食我。固樂；妻子如何矣！」丁曰：「是無煩慮，已代經紀矣。幸舒意少留，當助資斧。」走伻招諸博徒，使楊坐而乞頭，終夜得百金，乃送之還。歸見室人，衣履鮮整，小婢侍焉。驚問之。妻言：「自若[校]青本、抄本作君。去後，次日即有車徒齎送布帛菽[校]抄本作米。粟，堆積滿屋，云是丁客所贈。又婢十指，爲妾驅使。」楊感不自已。由此小康，不屑舊業矣。[但評]撒茅飼畜，不受償金，觀其謝客之言，直是博場中閱歷慣熟語。然自是俠義，不可以蕩子婦而忽之。至丁之代爲經紀，雖不皆出自橐中，而情致亦纏綿可喜。

異史氏曰：「貧而好客，飲博浮蕩者優爲之；最〔校〕抄本無最字。異者，獨其妻耳。受之施而不報，豈人也哉？然一飯之德不忘，〔呂註〕史記：范雎曰：一飯之德不忘，睚眦之嫌必報。注：睚，舉目也；眦，目匡也。舉目相忤者必報之也。丁其有焉。」

〔何評〕俠士輕財，正復爾爾。顧緩急人所時有，天下安可無此人乎？

海大魚*

海濱故無山。一日，忽見峻嶺重疊，綿亘數里，衆悉駭怪。又一日，山忽他徙，化而烏有。相傳海中大魚，值清明節，則攜眷口［校］稿本此字不清，似是口字。往拜其墓，故寒食時多見之。［校］青本、抄本、遺本無此篇。

*張老相公

張老相公，[校]青本下有者字。晉人。適將嫁女，攜眷至江南，躬市奩妝。[何註]奩，鏡奩也。奩妝，概謂隨嫁物事也。舟抵金山，[呂註]明一統志：金山在鎮江府城西北七里揚子江心。始名浮玉；唐貞元間裴頭陀開山得金，賜名金山。其山高一百九十尺，廣六百二十步。勝概爲天下第一。張先渡江，囑家人在舟，勿煿[何註]煿與爆同，火乾物。羶腥。蓋江中[校]青本無中字。有黿怪，聞香輒出，壞舟吞行人，爲害已久。張去，家人忘之，炙肉舟中。忽巨浪覆舟，妻女皆没。張迴棹，悼恨欲死。因登金山謁寺僧，詢黿之異，將以仇黿。僧聞之，駭言：「吾儕日與習近，懼爲禍殃，惟神明奉之，祈勿怒；時斬牲牢，投以半體，則躍吞而去。誰復能相仇哉！」張聞，頓思得計。[何評]謀。便招鐵工，起爐山半，冶赤鐵，重百餘斤。審知所常伏處，使二三健男子，以大鉗[何註]鉗音箝，所以持物者。舉投之。[校]稿本下原有少時二字，塗去。黿躍出，[校]稿本上二字原爲斃字，改躍出。疾吞而下。少時，波涌如山。頃之，浪息，則黿死已浮水上矣。行旅寺僧並快之，建張老相公祠，肖像其中，以爲水神，禱之輒應。

［但評］禮，祭法：能捍大患則祀之。黿壞舟吞人，患孰大焉。冶鐵投之，使吞而死，殄仇讎而安行旅，其神明功德，靡有涯矣。肖像祀之，斯其所以神。

［何評］智與夏公元吉制鱷魚同。

水莽草*

水莽，毒草也。蔓生似葛，花紫類扁豆。〔馮評〕以註疏訓詁例起，似爾雅、本草等書。悮食之，立死，即爲水莽鬼。俗傳此鬼不得輪迴，〔呂註〕五代徐夤詩：三卷貝多金粟語，可能長誦免輪迴。必再有毒死者，始代之。以故楚中桃花江一帶，此鬼尤〔校〕此據青本，稿本、抄本作猶。多云。楚人以同歲生者〔校〕青本無者字。爲同年，投刺相謁，呼庚兄庚弟，子姪呼庚伯，〔馮評〕又提，皆本史法。習俗然也。〔何評〕先注庚伯。有祝生造其同年某，中途燥渴思飲。俄見道旁一媼，張棚施飲，趨之。媼承迎入棚，給奉甚殷。嗅之有異味，〔但評〕老媼茶有何味，徒勞承迎給奉。不類茶茗。置不飲，起而出。媼急〔校〕抄本無急字。止客，便〔校〕抄本作急。喚：「三娘，可將好茶一杯來。」俄有少女，捧茶自棚後出。年約十四五，姿容豔絕，指環臂釧，晶瑩鑑影。生受琖神馳。嗅其茶，芳烈無倫。吸盡再〔校〕抄本作復。索。〔但評〕人既姿容豔絕，茶必芳烈無倫，不待嗅之而已吸盡矣。當名之曰少女茶，又曰迷魂湯，又曰樂死飲。覷媼出，戲捉纖腕，脱指環一枚。女頳〔何註〕頳從貞，音檉，赤色。爾雅：再染謂之頳。（按頳同頳）頰微笑，生益惑。〔但評〕同一水莽草也，而出之老媪，雖承迎惟謹，給奉甚殷，一嗅之而即知其不類茶茗，且置不飲，而去之惟恐不速矣；乃出之少女，不必其承迎之謹，給奉之殷也，而受琖神馳，一嗅之而爲芳烈無倫之茶，且吸盡再索，而求之惟恐不獲矣。色之爲害顧不重哉！即死而洩恨，果得鬼妻，然老母孤兒，豈果如生前之仰事俯畜耶？況指環才入手，而結髮人早已爲過牆春色也。倘見色不動，即令徧處皆水莽鬼，我知其必不能惑之矣。略詰門户。女曰：〔抄〕青本、抄本作云。「郎暮來，妾猶在此也。」〔馮評〕不答之答。生求茶葉一撮，並藏指環〔校〕稿本下原有乃別二字，塗去。而去。至同年家，覺心頭作惡，疑茶爲患，以情告某。某駭曰：「殆矣！此水莽鬼也。〔但評〕曰，非也，此好茶仙也。先君死於是。是不可救，且爲〔校〕抄本無上二字。奈何？」生大懼，出茶葉〔校〕青本無葉字。驗之，真水莽草也。〔但評〕前固嗅之而芳烈者。又出指環，兼〔校〕青本無兼字。述女子情狀。某懸想曰：「此必寇三娘也。」〔馮評〕前詰門户不答，此卻從旁人口中言之，筆法變動。生以其名確符，問何故知。曰：「南村富室寇氏女，夙有豔名。數年前，悞食水〔校〕此據青本、抄本，稿本作草。莽而死，必此爲魅。」或言受魅者，若知鬼〔校〕抄本下有之字。姓氏，求其故襠，〔何註〕襠音當，袴襠也。煮服可痊。某急〔校〕抄本無急字。詣寇所，實告以情，〔校〕抄本作故。長跪哀懇。寇以其〔校〕青本作生。將代女死故，靳不與。某忿而返，以告生。生亦切齒恨之，曰：「我死，必不令彼女脱生！」〔馮評〕帶拖一筆。某舁送之，〔校〕上二字，抄本作之歸。將至家門而卒。母號涕〔校〕抄本作啼。葬〔校〕青本作送。之。遺一子，甫周歲。妻不能守柏舟節，[校]抄本無上三字。○[呂註]詩，邶風。[何註]衛世子共伯蚤配，其妻共姜自誓之詩。半年改醮去。[但評]此固捉人纖腕者之妻，何能守？母留孤自哺，劬瘁[何註]瘁音萃，勞也。不堪，朝夕悲啼。一日，方抱兒哭室中，生悄然忽入。母大駭，揮涕問之。答云：「兒地下聞母哭，甚愴[何註]愴音搶，悽慘也。於懷，故來奉晨昏耳。兒雖死，已有家室，即同來分母勞，母其勿悲。」母問：「兒婦何人？」曰：「寇氏坐聽兒死，兒甚[校]抄本作深。恨之。死後欲尋三娘，而不知其處；近遇某庚伯，始相指示。[馮評]又帶。兒往，則三娘已投生任侍郎家；兒馳去，强捉之來。今爲兒婦，亦相得，頗無苦。」移時，門外一女子入，華妝豔麗，伏地拜母。生曰：「此寇三娘也。」雖非生人，母視之，情懷差慰。生便遣三娘操作。三娘雅不習慣，然承順殊憐人。由此居故室，遂留不去。女請母告諸[校]青本下有其字。家。生意[校]抄本意旁有欲字。勿告；而母承女意，卒告之。寇家翁媼，聞而大駭。命車疾至，視之，果三娘，相向哭失聲，女勸止之。媼視生家良貧，意甚憂悼。[但評]已鬼而猶厭其貧，貧者將何以爲人矣。女曰：「人已鬼，又何厭貧？[馮評]鬼不厭貧，僧道焚楮帛冥鏹何爲？祝[校]青本祝上有且字。郎母子，情義拳拳，兒固已安之矣。」因問：「茶媼誰也？」曰：「彼倪姓。自慚不能惑行人，故求兒助之耳。今已生於郡城賣漿[何註]漿，所以解渴，如今之茶。史記，信陵君列傳：毛公藏於博徒，薛公藏於賣漿家。者之家。」因顧生曰：

「既壻矣，而不拜岳，妾復何心？」生乃投拜。女便入廚下，代母執炊，〔何註〕炊音吹，爨也。供翁媼。〔校〕上二字，抄本作客。媼〔校〕抄本媼上有翁字。視之悽心，既歸，即遣兩婢來，爲之服役；金百斤、布帛數十匹，酒胾不時餽送，小阜〔何註〕阜，殷阜也。古歌：南風之時兮，可以阜吾民之財兮。祝母矣。寇〔校〕稿本下原有媼字，塗去。亦時招〔校〕稿本下原有女字，塗去。歸寧。居數日，輒曰：「家中無人，宜早送兒還。」或故稽之，則飄然自歸。翁乃代生起夏屋，〔呂註〕詩，秦風：夏屋渠渠。〔何註〕夏屋，大屋，見詩注。營備臻〔何註〕臻，聚也，衆也。至。然生終未嘗至翁家。一日，〔馮評〕又生波折。村中有中水莽〔校〕抄本下有草字。毒者，死而復甦，相〔校〕抄本作競。傳爲異。生曰：「是我活之也。彼爲李九所害，我爲之驅其鬼而去之。」母曰：「汝何不取人以自代？」曰：「兒深恨此等輩，方將〔校〕稿本下原有爲字，塗去。盡驅除之，何屑此爲！〔校〕青本作爲此。且兒事母最樂，〔馮評〕鬼以事母爲樂，生人豈忘之，何耶？不願生也。」〔但評〕人未有不畏鬼者，畏其爲害而人不知也。鬼而能恕且孝，鬼不且將畏人乎哉。由是中毒者，往往具豐筵，禱諸〔校〕青本無諸字，抄本作祝。其庭，輒有效。積十餘年，母死。生夫婦亦〔校〕抄本無亦字。哀毁，但不對客，惟命兒縗麻擗踊，〔呂註〕禮，檀弓：擗踊，哀之至也。疏：拊心爲擗，跳躍爲踊。〔何註〕擗踊音辟勇。教以禮儀〔校〕青本、抄本作義。而已。葬母後，又二年餘，爲兒娶婦。婦，任侍郎之孫女也。〔馮評〕不另起爐竈。先是，任公妾生女數月而殤。後聞祝生[校]青本作女。之異，遂命駕其家，訂翁壻焉。至是，遂以孫女妻其子，往來不絶矣。一日，謂子曰：「上帝以我有功人世，策爲『四瀆牧龍君』。[呂註]借用柳毅事。今行矣。」俄見庭下有四馬，駕黃幨[何註]幨音襜，車帷也。車，馬四股皆鱗甲。夫妻[校]稿本下原有皆字，塗去。盛裝出，同登一輿。子及婦皆泣拜，瞬息而渺。[何註]渺音眇，管子，内業篇：渺渺乎如窮無極。是日，寇家見女來，拜別翁媼，亦如生言。媼泣挽留。女曰：「祝郎先去矣。」出門遂不復見。其子名鶚，字離塵，請諸[校]抄本無諸字。寇翁，以三娘骸[校]青本作體。骨與生合葬焉。

[何評]以己中毒而死，遂深恨之，不復取人自代，且樂事母不願生，此念可質之上帝。惟惑人如倪媼，仍使之轉生，則彼蒼爲憒憒耳。

造畜*

魘昧〔校〕青本作媚。之術，不一其道，或投美〔校〕青本作羹。餌，紿之食之，則人迷罔，相從而去，俗名曰「打絮巴」，江南謂之「扯絮」。小兒無知，輒受其害。又有變人爲畜者，名曰「造畜」。此術江北猶少，河以南輒有之。揚州旅店中，有一人牽驢五頭，暫縶〔校〕青本作繫。櫪下，云：「我少選〔校〕抄本作旋。即返。」兼囑：〔校〕此據青本、抄本，稿本作祝。「勿令飲啖。」遂去。驢暴日中，蹄齧殊喧。主人牽着涼處。驢見水，奔之；遂縱飲之。一滾塵，化爲婦人。怪之，詰其所由，舌强而不能答。乃匿諸室中。既而驢主至，驅〔校〕抄本作繫。五羊於院中，驚問驢之所在。主人曳客坐，便進餐飲，〔校〕青本作飯。且云：「客姑飯，〔校〕青本作飲。驢即至矣。」主人出，悉飲五羊，輾轉皆〔校〕抄本作化。爲童子。陰報郡，遣役捕獲，遂械殺之。

〔何評〕不知此爲何術，要不可不知。主人甚智。

〔但評〕打絮巴、扯絮諸名目，其術大抵相同，其稱號則各省不一。在吾鄉則謂之「高脚騾子」。其在途也，婦女多至二三百口，託詞販賣，實術拐也。間有逃出者，問之，曰：「被迷時，覺天地昏暗，或兩旁皆虎豹，或皆江河，只中間一線道，遂不覺隨之走也。」此皆川、楚人爲之。

*鳳陽士人

鳳陽一士人，負笈遠遊。謂其妻曰：「半年當歸。」十餘月，竟無耗問。妻翹盼綦切。一夜，纔就枕，紗月摇影，離思縈懷。方反側間，有一麗人，珠鬟[校]抄本作環。○[何註]以珠飾鬟。鬟音還，髻也。絳帔，[何註]絳帔，絳色之帔。帔音被，裙屬。方言：帬也，陳魏之間曰帔。褰帷而入，笑問：「姊姊，得無欲見郎君乎？」妻急起應之。麗人邀與共往。妻憚修阻，麗人但請勿慮。即挽女手出，並踏月色，約行一矢之遠。覺麗人行迅速，女步履艱澀，[何註]澀與濇同，滯也。呼麗人少待，將歸着複履。麗人牽坐路側，自乃捉足，脱履相假。女喜着之，幸不鑿枘。[吕註]宋玉九辯：圜枘而方鑿兮，吾固知其鉏鋙而難入。[何註]不鑿枘，無不合也。史記，孟子荀卿列傳：持方枘欲内圓鑿，其能入乎？言不合也。周禮，考工記：調其鑿枘而合之。又莊子：鑿不圍枘，而枘自入之。復起從行，健步如飛。移時，見士人跨白騾來。見妻大驚，急下騎，問：「何往？」女曰：「將以探君。」又顧問麗者[校]抄本作人。伊誰。女未及答，麗人掩口笑曰：「且勿問訊。娘子奔波匪[校]抄本作非。易；郎君星馳夜半，人畜想當俱殆。妾家不遠，且請息駕，早旦而行，不晚也。」顧數武之外，即有村落，遂同行，入一庭院，麗人促[校]抄本作捉。睡婢[馮評]字法細。起供客，曰：「今夜月色皎然，不必命燭，小臺石榻可坐。」士人縶蹇[呂註]山堂肆考：性能旋磨及駄負，龐褐低小，不甚駿異，故曰蹇驢。檐梧，[何註]梧，檐前柱也。史記，項羽本紀，注：小柱爲枝，大柱爲梧。乃即坐。麗人曰：「履大不適於體，途中頗累贅否？歸有代步，[呂註]李尤車銘：輪以代步，屏以蔽容。又裴度酬張祕書寄馬詩：代步本慚非逸足，緣情何意極高文。[何註]代步，謂騾也。乞賜還也。」女稱謝付之。俄頃，設酒果，麗人酌曰：「鸞鳳久乖，[何註]乖，離也。圓在今夕；濁醪一觴，敬以爲賀。」士人亦執琖酬報。[校]青本作答。主客笑言，履舄交錯。[呂註]史記淳于髡語。士人注視[校]青本作目。麗者，[校]青本作人。屢以游詞相挑。夫妻乍聚，並不寒暄[呂註]南唐書，孫忌傳：忌口吃，初與人接，不能道寒暄；坐定，辭辨鋒起。一語。麗人亦美[校]抄本作眉。目流情，妖[校]抄本妖上有而字。言隱謎。[何註]謎，迷去聲，隱語也。女惟默[何註]默音墨，不語也。坐，僞爲愚者。久之漸醺，[校]青本作酣。○[何註]酣音邯，酒後也。二人語益狎。又以巨觥勸客，士人以醉辭，勸之益苦。士人笑曰：「卿爲我度一曲，即當飲。」麗人不拒，即以牙杖[校]青本作板。撫提琴而歌曰：「黃昏卸得殘妝罷，窗外西風冷透紗。聽蕉聲，一陣一陣細雨下。何處與人閒磕[校]抄本作嗑。牙？[何註]磕，克盍反，兩口相擊聲。江淮俗謂閒話爲磕牙。望穿秋水，[呂註]李賀詩：一雙瞳人翦秋水。西廂記：望穿了盈盈秋水。不見還家，潸潸[何註]潸下從月，音删，涕流也。詩，小雅：潸焉出涕。淚似麻。又是想他，又是恨他，手拿着紅繡鞋[何註]麗情集：唐郭華吞鞋而死，店主於喉中拔出紅繡鞋一隻。兒占鬼卦。」[呂註]春閨祕戲：夫外出，以所着履卜之：仰則歸，俯則否，名占鬼卦，○[馮評]俗中雅調，似金瓶梅中所唱，非大雅之音也。[但評]句句字字，皆翹盼時所想到者，而出自麗人歌之，雖曰效顰，適成爲鉤搭其夫之語，真是難堪。歌竟，笑曰：「此市井里巷[校]抄本無上二字。之謠，不足[校]上二字，抄本作有。污君聽；然因流俗所尚，姑效顰[呂註]襄陽記：劉季和謂張坦曰：我何如荀令君？坦曰：古有好婦人，患而捧心顰眉，見者皆以爲美；其鄰醜婦效之，見者皆走。公欲下官遁走耶？耳。」音聲靡靡，[呂註]史記，殷本紀：紂使涓作淫聲，北里之舞，靡靡之樂。注：靡靡者，相隨順之意。風度狎褻。士人搖惑，若不自禁。少間，麗人僞醉離席；士人亦起，從之而去。久之不至。婢子乏疲，伏睡廊[校]抄本作廂。下。女獨坐，塊然[校]抄本無上二字。○[何註]塊然言昏悶無知也。無侶，中心憤恚，[校]抄本無上四字。頗難自堪。思欲[校]抄本作欲思。遁歸，而夜色微茫，不憶道路。輾轉無以自主，因起而覘之。裁[校]抄本作甫。近其[校]抄本無其字。窗，則斷雲零雨之聲，隱約可聞。又聽之，聞良人與己素常猥褻之狀，盡情傾吐。女至此，手顫心搖，[何註]顫音戰，手不自主。搖，心不自持也。殆不可過，[校]抄本作遏。念不如出門竄溝壑以死。[但評]又是想他，又是恨他，手顫心搖，無可奈何他，不如一死不見他，且自由他。兒女之情態，寫來逼真。憤然方行，忽[校]青本無忽字。見弟三郎乘馬而至，遽便下問。女具以告。三郎大怒，立與姊回，直入其家，則室門扃閉，枕上之語猶喁喁也。三郎舉巨石如斗，[校]抄本無上二字。抛擊窗櫺，三五碎斷。内大呼曰：「郎君腦破矣！奈何！」女聞之，愕然[校]抄本無上二字。大哭，[馮評]小女子性情如見。謂弟曰：「我不謀與汝[校]抄本無上二字。殺郎君，今且若何！」三郎撐目曰：「汝嗚嗚促我來；甫能消此胸[校]青本作心。中惡，又護男兒、怨[校]抄本作怒。弟兄，我不貫與婢子供指使！」返身欲去。女牽衣曰：「汝不攜我去，將何之？」三郎揮姊仆地，脱體而去。[校]抄本無上二十二字。女頓驚寤，始[校]稿本始上原有乃字，塗去。知其夢。[馮評]陡收，是寫夢之筆。越日，士人果歸，乘白騾。[馮評]捷筆。女異之而未言。士人是夜亦夢，所見所遭，述之悉符，[馮評]簡括。互相駭怪。既而三郎聞姊夫[校]抄本下有自字。遠歸，亦來省問。語次，謂[校]抄本作問。士人曰：「昨宵夢君歸，今果然，亦大異。」士人笑曰：「幸不爲巨石所斃。」三郎愕然問故，士以夢告。三郎大異之。蓋是夜，三郎亦夢遇姊泣訴，憤激投石也。三夢相符，但不知麗人何許耳。

[何評]似從詩甘與子同夢翻出。

[但評]翹盼綦切，離思縈懷，夢中遭逢，皆因結想而成幻境，事所必然，無足怪者。特三人同夢，又有白騾證之，斯爲異耳。

耿十八*

新城耿十八，病危篤，自知不起。謂妻曰：「永訣〔呂註〕江淹別賦：誰能摹暫離之狀，寫永訣之情者乎？在旦〔校〕青本作早。晚耳。我死後，〔校〕上七字，抄本作之後。嫁守由汝，請言所志。」妻默不語。耿固問之，且云：「守固佳，嫁亦恒情。明言之，庸何傷？〔校〕抄本無上三字。行與子訣。子守，我心慰；子嫁，我意斷也。」妻乃慘然曰：「家無儋石，〔呂註〕三國志，蜀志：董和署大司馬府事，二十餘年家無儋石之財。儋，小甕。石，二十斤。又齊人名小甕爲儋石。君在猶不給，何以能守？」耿聞之，遽握〔校〕抄本作捉。妻臂，作恨聲曰：「忍哉！」〔馮評〕斬截爽豁，實悽戀語也。世之早夭人戀戀床頭，愛不能舍，愍同此心。言已而沒。手握不可〔校〕青本作能。開。妻號。家人至，兩人攀指，力擘之，始開。耿不自知其〔校〕抄本無其字。死，出門，見小車十餘兩，兩各十人，即以方幅書名字，黏〔校〕抄本作貼。車上。御人見耿，促登車。耿視車中已有九人，〔校〕青本作人已有九。並己而十。又視黏單上，己名最後。車行咋咋，響震耳際，亦不自〔校〕抄本無自字。知何往。俄至一處，聞人言曰：「此思鄉地也。」聞其名，疑之。又聞御人偶語云：「今日剿〔何註〕剿，芻刮切，斷也。又切聲。三人。」耿又駭。及細聽其言，悉陰間事，乃自悟曰：「我豈不〔校〕抄本無不字。作鬼物耶！」頓念家中，無復可懸念，惟老母臘高，〔何註〕禮，月令：孟冬，臘先祖五祀。注：周禮所謂蜡祭也。説文：冬至後三戌爲臘。臘，接也，新故交接也。秦以來皆賀，謂次日即新歲也。臘高，即年高也。妻嫁後，缺於奉養；〔馮評〕予最不喜伶人演莊子試妻一齣，謂庸流婦女誘之使蹈於惡而致之死。此朝廷無禁婦人再醮之條，不以難者强人也。或曰劈棺何甚也？若耿十八之婦，庸婦耳。念之，不覺涕〔校〕青本作淚。漣。〔但評〕所以得復生者，此一念之孝耳，豈真匠人能使之逃哉。又移時，見有臺，高可數仞，游人甚夥；〔校〕抄本作多。囊頭械足之輩，嗚咽而下上，聞人言爲「望鄉臺」。諸人至此，俱踏轅下，紛然競登。〔校〕青本無上二字。御人或撻之、或止之，獨至耿，則促令登。登數十級，始至顛頂。翹首一望，則門閭庭院，宛在目中。〔校〕抄本作前。但内室隱隱，如籠煙霧。悽惻不自勝。回〔校〕青本作四。顧，一短衣人立肩下，即以姓氏問耿。耿具〔校〕抄本作俱。以告。其人亦自言爲東海匠人。見耿零涕，問：「何事不了於心？」耿又告之。匠人謀與越臺而遁。耿懼冥追，匠人固言無妨。耿又慮臺高傾跌，匠人但令從己。遂先躍，耿果從之。及地，竟無恙。〔吕註〕前漢書，賈誼傳：六七公者皆無恙。○風俗通：恙，毒蟲也，喜傷人。古人草居露宿，故早相見問勞，必曰無恙。〔何註〕無恙，猶言無病也。儀禮，聘禮：公問君，賓對公再拜。鄭注云：拜其無恙。

又風俗通：噬蟲善食人心，古者草居多被此毒，故相問勞。喜無覺者。視所乘車，猶在臺下。二人急奔。數武，忽自念名字黏車上，恐不免執名之追；遂反身近車，以手指染唾，塗去己名，始復奔，哆口坌息，[呂註] 正韻：哆音侈。説文：口張也。○坌息，未詳。○韻會：坌音莝，聚也。後漢書，禰衡傳：溢氣坌湧。[何註] 坌，蒲悶切，聚也，聚息，猶屏氣也。唐書，儒學傳：坌息京師。不敢少停。少間，入里門，匠人送諸其室。驀睹己尸，醒然而蘇。覺乏疲躁渴，驟呼水。家人大駭，與之水，飲至石餘。乃驟起，作揖拜狀；[校] 抄本作伏。既而出門拱謝，方歸。歸則僵臥不轉。家人以其行異，疑[校] 青本作恐。非真活；然漸覘之，殊無他[校] 青本作別。異。[校] 抄本無異字。稍稍近問，始歷歷言其[校] 抄本無其字。本末。問：「出門何故？」曰：「別匠人也。」「飲水何多？」曰：「初爲我飲，後乃匠人飲也。」投之湯羹，數日而瘥。由此厭薄其妻，不復共枕席云。[校] 抄本無云字。

珠兒*

常州民李化，富有田產。年五十餘，無子。一女名小惠，容質〔校〕青本作貌。秀美，夫妻最憐愛〔校〕青本作愛憐。之。十四歲，暴病夭殂，冷落庭幃，益少生趣。始納婢，經年餘，生一子，視如拱璧，名之珠兒。兒漸長，魁梧〔呂註〕史記，留侯世家：太史公曰：予以爲其人，計魁梧奇偉；至見其圖，狀貌如婦人好女。應劭曰：魁梧，丘墟壯大之意。可愛。然性絶癡，五六歲尚不辨菽麥；〔呂註〕左傳，成十八年：周子有兄而無慧，不能辨菽麥，故不可立。言語蹇〔校〕青本作强。澀。李亦好而不知其惡。會有眇僧，〔何註〕眇僧，瞽僧也。募緣於市，輒知人閨闥，於是相驚以神；且云，能生死禍福人。幾十百千，執名以〔校〕抄本作一。索，無敢違者。詣李募百緡。〔何註〕緡音珉，錢貫也。李難之。給十金，不受；漸至三十金。僧厲色曰：「必百緡，〔校〕抄本作金。缺一文不可！」李亦〔校〕抄本無亦字。怒，收金遽〔校〕抄本作而。去。僧忿然而〔校〕抄本無而字。起，曰：「勿悔，勿悔！」

無何，珠兒心暴痛，巴[何註]巴音琶，搔也。刮牀席，色如土灰。李懼，將八十金詣僧乞[校]抄本作求。救。僧笑曰：「多金大不易！然山僧何能爲？」李歸[校]抄本作回。而兒已死。李慟甚，以狀愬邑宰。宰拘僧訊鞫，亦辨給無情詞。笞之，似擊鞔革。[呂註]集韻：鞔音瞞。說文：履空也。[何註]鞔音瞞，今以皮包鼓曰瞞鼓，瞞工，見呂覽。令搜其身，得木人二、小棺一、小旗幟五。宰怒，以手疊訣舉示[校]青本作視。之。僧乃懼，自投無數。宰不聽，杖殺之。[何評]明宰。[但評]何物妖僧，敢於光天化日之下，謂能生死禍福人，以攫人財，戕人命，而斬人祀乎？宰執而殺之，人皆以爲快，吾獨以爲惜。惜之何以？曰：殺之已晚！李叩謝而歸。時已曛[何註]曛音熏，日入餘光也。謝靈運詩：夕曛風氣陰。暮，與妻坐牀上。忽一小兒，偃儴入室，曰：「阿翁行何疾？極力不能得追。」視其體貌，當得七八歲。李驚，方將詰問，則見其若隱若現，恍惚如煙霧，宛轉間，已登榻坐。[校]抄本無坐字。李推下之，墮地無聲。曰：「阿翁何乃爾！」瞥然復登。李懼，與妻俱奔。兒呼阿父、阿母，嘔啞[何註]啞音鴉。嘔啞，小兒聲。不休。李入妾室，急闔其扉；還顧，兒已在膝下。李駭問何爲。答曰：「我蘇州人，姓詹氏。六歲失怙恃，[何註]失怙恃，無父母也。詩，小雅：無父何怙，無母何恃。不爲兄嫂所容，逐居外祖家。偶戲門外，爲妖僧迷殺桑樹下，驅使如倀鬼，[呂註]聽雨記談：人遇虎，衣帶自解；虎見人裸而後食之，皆倀所爲。按：虎齧人死，魂不敢他適，輒隸事虎，名曰倀。冤閉窮泉，不得脱化。幸賴阿[校]青本作我。翁昭雪，[呂註]五代史，毛璋傳：璋復下獄，鞫之無狀。中丞呂夢奇議曰：璋前經推劾，已蒙昭雪，而趙延祚責賂之，故復致織羅。乃稍宥璋。願得爲子。」李曰：「人鬼殊途，何能相依？」兒曰：「但除斗室，爲兒設牀褥，日澆一杯冷漿粥，餘都無事。」李從之。兒喜，遂獨卧室中。晨來出入閨閣，[校]抄本作戶庭。如家生。[校]上三字，青本作了不異人，抄本生旁有兒字。聞妾哭子聲，問：「珠兒死幾日矣？」答以七日。曰：「天嚴寒，尸當不腐。試發冢啓[校]抄本作起。視，如未損壞，兒當得活。」[校]上二字，抄本作活之。李喜，與兒去，開穴驗之，軀殼如故。方此[校]抄本作深。忉怛，[何註]忉怛，憂也。忉音刀，憂心貌。詩，陳風：心焉忉忉。怛，都達反，勞也。詩，齊風：勞心怛怛。回視，失兒[校]抄本作兒失。所在。異之，舁尸歸。方置榻上，目已瞀動；少頃呼湯，湯已而汗，汗已遂起。羣喜珠兒復生，又加之慧黠便利，迥異曩[校]抄本作平。昔。[但評]喪子得子，且易癡頑爲慧黠，化强澀爲便利，軀殼如故，魁偉依然，已是便宜，當亦無憾，況爲金陵嚴子方來討債負者耶？但夜間僵卧，毫無氣息，共轉側之，冥然若死。衆大愕，謂其復死；天將明，始若夢醒。羣就問之。答云：「昔從妖僧時，有兒等二人，其一名[校]抄本下有呼字。哥子。昨追阿[校]抄本作我。父不及，蓋在後與哥子作別耳。今在冥間，[校]抄本作司。爲姜員外作義嗣，亦甚優游。[校]抄本無上四字。夜分，固來邀兒戲。適以白鼻騧[呂註]樂府，高陽樂人歌：可惱白鼻騧。李白詩：銀鞍白鼻騧，綠地障泥錦。[何註]騧音瓜，黃馬黑喙也。詩，秦風：騧驪是驂。送兒歸。」母因問：「在陰司見珠兒否？」曰：「珠兒已轉生矣。[馮評]隨手了結。渠與阿翁[校]青本作父。無父子緣，不過金陵嚴子方，來討百十千債負耳。」［馮評］鄷都天子殿聯云：恩仇成父子，緣怨結夫妻。珠兒爲嚴子方，小惠又何人？初，李販於金陵，欠嚴貨價未償，而嚴翁死，此事人無［校］抄本作無人。知者。李聞之大駭。［但評］由此觀之，兒女之間，着實可怕。母問：「兒見惠姊否？」兒曰：「不知，再去當訪之。」又二三日，謂母曰：「惠［校］抄本無惠字。姊在冥中［校］抄本作陰司。大好，嫁得楚江王小郎子，珠翠滿頭髻；一出門，便十百作呵殿聲。」母曰：「何不一歸寧？」曰：「人既死，都與骨肉無關切。倘有人［校］青本無人字。細述前生，［校］青本下有者字。方豁［何註］豁，呼刮切，豁然開悟也。然動念耳。［何評］此自一說，然固有不如此者。韓子云：鬼神茫昧。其信然。昨託姜員外，夤緣［何註］夤緣，干進也。又緣，連也。宋穆修詩：介立傍無援，陰排密有夤。韓愈詩：青壁無路難夤緣。夤通寅。見姊。姊姊［校］青本少一姊字。呼我坐珊瑚牀上。［校］抄本無以上九字。與［校］抄本與上有便字。言父母懸念，渠都如眠睡。兒云：『姊在時，喜繡並蒂［何註］蒂音帝，當作蔕，果鼻也。花，翦刀刺手爪，血涴［校］青本作浣。○［何註］涴音澣，洗濯也。言血出之多，綾爲所涴也。綾子上，姊就刺作赤水雲。今母猶挂牀頭壁，顧念不去心。姊忘之乎？』［馮評］生波。姊始悽感，云：『會須白郎君，歸省阿母。』」母問其期，答言不知。一日謂母：「姊行且至，僕從大繁，當多備漿酒。」少間，奔入室，曰：「姊來矣！」移榻中堂，曰：「姊姊且憩坐，少悲啼。」諸人悉無所見。兒率人焚紙酹［校］青本作酬。飲於門外，反曰：「騶從暫令去矣。姊言：『昔日所覆緑錦［校］抄本無錦字。被，曾爲燭花燒一點如豆大，尚在否？』」母曰：「在。」即啓笥出之。兒曰：「姊命我陳舊閨中。乏疲，且小卧，翌日再與阿母言。」東鄰趙氏女，故與惠爲繡閣交。是夜，忽夢惠幞頭紫帔〔呂註〕廣韻：幞頭，周武帝所製，裁幅巾出四脚以幞頭，乃名焉。○劉熙釋名：帔，披也，披之肩背不及下也。又揚子法言：帬，陳魏之間謂之帔。〔何註〕幞頭，席上腐談：以幞巾裹頭也。來相望，言笑如平生。且言：「我今異物，父母覿面，不啻河山。將借妹子〔校〕上二字，抄本作姊。與家〔校〕抄本下有猶字。人共話，〔校〕青本、抄本作語。勿須驚恐。」質明，方與母言，忽仆地悶絕。踰刻始〔校〕抄本作方。醒，向母曰：「小惠與阿〔校〕抄本作我。嬸別幾年矣，頓鬖鬖〔何註〕鬖音三，髮垂也，又亂髮也。白髮生！」母駭曰：「兒病狂耶？」女拜別即出。母知其異，從之。直達李所，抱母哀啼。母驚不知所謂。女曰：「兒昨歸，頗委頓，未遑一言。兒不孝，中途棄高堂，勞父母哀念，罪何可贖！」〔校〕抄本作罪莫大焉。母頓悟，乃哭。已而問曰：「聞兒今貴，甚慰母心。但汝棲身王家，何遂能來？」女曰：「郎君與兒極燕好，姑舅亦相撫愛，頗不謂妒醜。」惠生時，好以手支頤；女言次，輒作故態，神情宛似。〔馮評〕用捷筆。未幾，珠兒奔入曰：「接姊者至矣。」〔馮評〕小惠去不多著筆，前接姊者至矣一句已了，一筆是兩筆，作文煩簡處宜知。女乃起，拜別泣下，曰：「兒去矣。」言訖，〔何註〕訖音鮀，畢也。復踣，移時乃甦。〔校〕抄本作醒。後數月，李病劇，醫藥罔〔校〕抄本作無。效。兒曰：「旦夕恐不救也！二鬼坐牀頭，一執鐵杖子，一挽苧蔴繩，長四五尺許，兒晝夜哀之不去。」母哭，乃備衣衾。既暮，兒趨入曰：「雜人婦，且避〔校〕抄本作退。去，姊夫來視阿翁。」俄頃，鼓掌而〔校〕抄本作大。笑。母問之，曰：「我笑二鬼，聞〔校〕抄本作見。姊夫來，〔校〕青本作至。俱匿牀下如龜鼈。」又少時，望空道寒暄，問姊〔校〕青本下有夫字。起居。既而拍手〔校〕青本作掌。曰：「二鬼奴哀之不去，至此大快！」乃出至〔校〕抄本作之。門外，卻回，曰：「姊夫去矣。二鬼被鎖馬鞅〔何註〕鞅音怏，馬頸組也。上。阿父當即無恙。姊夫言：歸白大王，爲父母乞百年壽也。」〔馮評〕小王子翁壻情深乃爾。〔但評〕親情庇護，鬼神不免。一家俱喜。至夜，病良已，數日尋瘥。延師教兒讀。兒甚惠，十八入邑庠，猶能言冥間事。見里中病者，輒指鬼祟所在，以火爇之，往往得瘳。後暴病，體膚青紫，自言鬼神責我綻〔校〕抄本作洩。露，〔何註〕綻音袒，衣縫也。禮，內則：衣裳綻裂。此借綻裂以喻漏洩意，故曰綻露。由是不復言。

小官人*

太史某公，忘其姓氏。晝卧齋中，忽有小鹵簿，出自堂陬。〔吕註〕説文：陬，阪隅也。馬大如蛙，人細於〔校〕抄本作如。指。小儀仗〔吕註〕唐書，百官志：庫部郎中、員外郎各一人，掌戒器、鹵簿、儀仗。以數十隊；一官冠皂紗，着繡襆，〔校〕青本作幞。乘肩輿，紛紛出門而去。公心異之，竊疑睡眼之訛。頓見一小人，返入舍，攜一氈包，大如拳，竟〔校〕青本作徑。造牀下。白言：「家主人有不腆〔何註〕不腆，不厚也。腆，他典切。之儀，敬獻太史。」言已，對立，即又不陳其物。少間，又自笑曰：「戔戔〔吕註〕易，賁：束帛戔戔。注：戔戔，淺小之意。微物，想太史亦當〔校〕青本作當亦，抄本無當字。無所用，不如即〔校〕青本無即字。賜小人。」〔但評〕小人常態如此，況乃真正如蟻。太史頷之。〔吕註〕左傳，襄二十六年：衛侯入，逆於門者，頷之而已。注：頷，摇其頭。〔何註〕頷之，首肯也，猶今云點頭也。唐書：郭子儀孫數十人，羣來問安，不能盡識，頷之而已。欣然攜之而去。後不復見。惜太史中餒，不曾詰所自來。

〔何評〕小官人出太史之門，以苞苴見饋，反爲小人所欺，中餒故也，又安能詰其所自來？

胡四姐*

尚生，泰山人。獨居清齋。會值秋夜，銀河[呂註]白孔六帖：天河曰銀河。高耿，[何註]耿，明也。明月在天，徘徊花陰，頗存遐想。忽[校]青本下有有字。一女子踰垣來，[但評]纔存遐想，而狠毒之人即踰垣來矣。幻妄之心可稍作哉！故我佛救世，千言萬語，只要人無所往而生其心。笑曰：「秀才何思之深？」生就視，容華若仙。驚喜擁入，窮極狎昵。自言：「胡氏，名三姐。」問其居第，但笑不言。生亦不復置問，惟相期永好而已。自此，臨無虚夕。一夜，與生促膝燈幕，生愛之，矚盼[校]青本作眸。○[何註]矚音燭。眸，目瞳子也。矚眸，視之甚也。不轉。[馮評]起下。女笑曰：「眈眈[何註]眈音酖。易，頤：虎視眈眈。笑其視之太審也。視妾何爲？」曰：「我視卿如紅藥[校]抄本作葉。碧桃，即[校]抄本作雖。竟夜視，不爲[校]上二字，抄本作勿。厭也。」三姐[校]上二字據抄本，青本作女，稿本作三，應漏一姐字。曰：「妾陋質，遂蒙[校]青本無蒙字。青盼如[校]青本作若。此；若見吾家四妹，不知如何顛倒。」[校]青本作顛倒何似。生益傾動，恨不一見顏色，長〔校〕抄本無以上二十四字。跽〔校〕青本、抄本作跪。哀請。踰夕，果〔校〕抄本本當。偕四姐來。〔校〕抄本下有明日果至四字。年方及笄，荷粉露垂，杏花煙潤，嫣然含笑，媚麗欲絕。生狂喜，引坐。三姐與生同笑語；四姐惟手引繡帶，俛首而已。未幾，三姐起別，妹欲從行。生曳之不釋，顧三姐曰：「卿卿〔呂註〕本世説王安豐語。又温庭筠詩：自恨青樓無近信，不將心事許卿卿。煩一致聲！」三姐乃笑曰：「狂郎情急矣！妹子一爲少留。」四姐無語，姊〔校〕青本作姐。遂去。二人備盡歡好。既而引臂替枕，傾吐生平，無復隱諱。四姐自言爲狐。生依戀其美，亦不之怪。四姐因言：「阿姊〔校〕青本作姐。狠毒，業殺三人矣。惑之，罔〔校〕抄本作無。不斃者。妾幸承溺愛，不忍見滅亡，當早絕之。」〔馮評〕以狐治狐，奇。〔但評〕一念之正，是以卒免於難，大丹得成。生懼，求所以處。四姐曰：「妾雖狐，得仙人正法，當書一符黏寢門，可以卻之。」遂書之。既曉，三姐來，見符卻退，曰：「婢子負心，傾意新郎，不憶引綫人〔呂註〕淮南子：線因針而入，不因針而急；女因媒而嫁，不因媒而親。○西廂記：誰做針兒將線引。矣。汝兩人合有夙分，余亦不相仇；但何必爾？」乃逕去。數日，四姐他適，約以隔夜。是日，生偶出門眺望，山下故有槲〔何註〕槲音斛，樹與櫟相類。林，〔校〕抄本作胡林，青本作槲木。蒼莽中，出一少婦，亦頗風韻。近謂生曰：「秀才何必日〔校〕青本無日字。沾沾〔何註〕沾沾，輕薄也。史記，魏其武安侯列傳：魏其者沾沾自喜耳。戀胡家姊妹？渠又不能以一錢相贈。」即以一貫授生，曰：「先持歸，貰〔何註〕貰音世，買也。良醞；〔何註〕醞音慍，酒也。我即攜小肴饌來，與君爲歡。」生懷錢歸，果如所教。少間，婦果至，置几上燔雞、鹹彘肩各一，即抽刀子縷切爲臠；〔何註〕臠音孌，塊切肉也。釃〔何註〕釃音躧，以筐漉酒也。酒調謔，〔何註〕調謔，戲謔也。歡洽異常。繼而滅燭登牀，狎情蕩甚。既曙〔校〕抄本作明。○〔何註〕曙，曉也。始起。方坐牀頭，捉足易舄，忽聞人聲；傾聽，已入幃幕，則胡姊妹也。〔馮評〕四姐前以符禁三姐，兹何以又同來？婦乍睹，倉皇而遁，遺舄於牀。二女逐叱曰：「騷狐！何敢與人同寢處！」追去，移時始返。四姐怨生曰：「君不長進，與騷狐相匹偶，不可復近！」〔但評〕心一妄動，既致狠狐，復引騷狐，可危也哉！遂悻悻〔何註〕悻音幸，怒也。欲去。生惶恐自投，情詞哀懇。三姐〔校〕此從青本，抄本、稿本作姊。從旁解免，四姐怒稍釋，由此相好如初。一日，有陝人騎驢造門曰：「吾尋妖物，匪伊朝夕，乃今始得之。」生父以其言異，訊所由來。曰：「小人日泛煙波，遊四方，終歲十餘月，常八九離桑梓，〔呂註〕詩，小雅：惟桑與梓，必恭敬止。被妖物蠱殺吾弟。〔但評〕是在三人之內者。歸甚悼恨，誓必尋而殄〔何註〕殄，田上聲，絕也。滅之。奔波數千里，殊無蹟兆。今在君家。不翦，當有繼吾弟〔校〕抄本下有而字。亡者。」時生與女密邇，父母微察之，聞客言，大懼，延入，令作法。出二瓶，列地上，符咒良久。有黑霧四團，分投瓶中。客喜曰：「全家都到矣。」遂以豬脬〔何註〕脬音拋，膀胱也。裹瓶口，緘封甚固。生父亦喜，堅留客〔校〕抄本無客字。飯。生心惻然，近瓶竊視，〔校〕青本無視字，抄本作聽。聞四姐在瓶中言曰：〔校〕抄本無曰字。○〔馮評〕得仙人正法者，乃亦入瓶中耶？「坐視不救，君何負心？」〔但評〕我固不忍見君滅亡，而君何忍見我滅亡乎？生益〔校〕抄本作意。感動。急啓所封，而結不可解。四姐又曰：「勿須爾，但放倒壇上旗，以鍼刺脬作空，〔校〕青本作孔。予即出矣。」生如其請。〔校〕抄本作言。果見白氣一絲，自孔中出，凌霄而去。客出，見旗橫〔校〕青本作倒，抄本作垂。地，〔校〕青本下有上字。大驚曰：「遁矣！此必公子所爲。」搖瓶俯聽，曰：「幸止亡其一；此物合不死，猶可赦。」乃攜瓶別去。後生在野，督傭刈麥，遙見四姐坐樹下。生近就之，執手慰問。且曰：「別後十易春秋，今大丹已成。但思君之念未忘，故復一拜問。」生欲與偕歸。女曰：「妾今〔校〕青本無今字。非昔比，不可以塵情染，後當復見耳。」言已，不知所在。又二十年餘，生適獨居，見四姐自外至。生喜與語。女曰：「我今名列仙籍，〔馮評〕便作到真仙，情根終不能斷。本〔校〕抄本無本字。不應再履塵世。但感君情，敬〔校〕抄本作特。報撤瑟〔呂註〕儀禮：有疾病者，齊撤琴瑟。之期。〔何註〕撤瑟期，死期也。任昉詩：非君撤瑟辰。注：君子無故不撤琴瑟。可早處分後事；亦勿悲憂，妾當度君爲鬼仙，亦無苦也。」〔校〕青本無也字。○〔但評〕得爲鬼仙，便有長進，不與騷狐相匹偶矣。乃別而去。至日，生果卒。尚生乃友人李文玉之戚好，嘗親見之。

［馮評］聊齋愛作此等筆摇動人，果實事耶？李文玉必非揑造出。

［何評］四姐合不死，豈非有未嘗殺人故耶？乃名列仙籍，猶惓惓於生，何故人之多情也？

祝翁*

濟陽祝村有祝翁者，年五十餘，病卒。家人入室理縗經，〔呂註〕説文：經，喪者戴也。儀禮，喪服：苴經。注：麻在首在腰皆曰經。首經象緇布冠之缺頂，腰經象大帶。忽聞翁呼甚急。羣奔集靈寢，則見翁已復活。羣喜慰問。翁但謂媪曰：「我適去，拚不復返。〔校〕抄本作還。行數里，轉思抛汝一副老皮骨在兒輩手，寒熱仰人，亦無復生趣，不如從我去。故復歸，欲偕爾同行也。」〔馮評〕此數語觀之令人泣下。凡事暮年老親，非孝子順婦，鮮不蹈此病。〔但評〕余見有老死而遺其妻者，兒輩分爨，計日輪養，寒熱仰人，互相推諉，且有多求一食一衣而莫之應者，真無復生趣矣。祝翁呼與同行，真是曉事，真是快事。咸以其新蘇妄語，殊未深信。翁又言之。媪云：「如此亦復佳。〔校〕上二字，抄本作善。但方生，如何便得〔校〕抄本無得字。死？」翁揮之曰：「是不難。家中俗務，可速作〔校〕抄本無作字。料理。」媪笑不去。翁又促之。乃出户外，延數刻而入，紿之曰：「處置安妥矣。」翁命速妝。媪不去，翁催益急。媪不忍拂其意，遂裙妝以出。媳女皆匿笑。翁移首於枕，手拍令卧。媪曰：「子女皆在，雙雙挺卧，是何景象？」

翁搥〔何註〕搥音捶，擊也。牀曰：「並死有何可笑！」子女輩見翁躁急，共勸媼姑從其意。〔校〕抄本作言。媼如言，並枕僵卧。家人又共笑之。俄視〔校〕抄本作時。媼笑容忽斂，又漸而兩眸俱合，久之無聲，儼〔何註〕儼，嚴上聲，敬也，喻不動也。如睡去。衆始近視，則膚已冰而鼻無息矣。試翁亦然，始共驚怛。康熙二十一年，翁弟婦傭於畢刺史〔呂註〕名際有，字載績，淄川人。明户部尚書自嚴子。順治中歲貢，以廕授稷山縣知縣，陞通州知州。之家，言之甚悉。

異史氏曰：「翁其夙有畸〔何註〕畸音箕，異也。行與？泉路〔呂註〕杜甫送鄭虔詩：便與先生應小訣，九重泉路盡交期。茫茫，去來由爾，奇矣！且白頭者欲其去則呼令去，抑〔校〕青本無抑字。何其暇也！人當屬纊〔呂註〕禮記：疾病，外內皆埽。君大夫徹縣，士去琴瑟。寢東首於北牖下。廢牀，……屬纊以俟絕氣。注：纊，新綿也，屬之口鼻，以驗氣之有無也。之時，所最不忍訣者，牀頭之暱人耳；苟廣其術，則賣履分香，〔呂註〕魚豢魏略：太祖顧命曰：餘香可分與諸夫人；諸舍中無所爲，學作履組賣也。〔何註〕曹孟德銅雀臺故事。司馬温公曰：操至分香賣履，家人婢妾，處之無不詳盡，無一語及禪代事，奸哉！分香謂分給香物，賣履謂業履爲生也。可以不事矣。」

〔何評〕翁媼之死甚暇。此事既有年月，當不謬。

猪婆龍*

猪婆龍［呂註］國憲家猷：南都上河地，明初江岸常崩，蓋猪婆龍於此抉搜故也。有老漁曰：當炙犬爲餌，以甕通其底，貫釣索而下之，所獲皆鼉。老漁曰：鼉之大者食犬，即世所謂猪婆龍也。産于西江。［校］抄本、遺本作江西。形似龍而短，能橫飛；常出沿江岸撲食鵝鴨。或獵得之，［校］本篇在稿本中重出。上三字，另篇作捉得。則貨其肉于陳、柯。［校］遺本下有家字。此［校］遺本無此字。二姓皆友諒之［校］另篇無之字。裔，世食猪婆龍肉，他族不敢食也。一客自江右來，得一頭，縶舟中。［校］另篇多弄之爲戲四字。一日，泊舟錢塘，［校］錢塘二字稿本筆劃脱落不清，似是錢塘二字。另篇作泊江口。縛稍懈，忽躍入江。俄頃，波濤大作，［校］另篇多巨浪如山四字。估舟［校］另篇多擺簸一時四字。傾沉。

某　公 ［校］青本題上多陝右二字。

陝右某公，辛丑進士。能記前身。嘗言前生爲士人，中年而死。死後見冥王判事，鼎鐺油鑊，［何注］鐺音當，鑊音穫，皆釜也。一如世傳。殿東隅，設數架，上搭猪羊犬馬［校］青本作羊犬牛馬。諸皮。簿吏呼名，或罰作馬，或罰作猪；皆裸之，於架上取皮被［何注］被與披同。之。俄至公，聞冥王曰：「是宜作羊。」鬼取一白羊皮來，捺覆公體。吏白：「是曾拯一人死。」王檢籍覆視，示［校］青本無示字。曰：「免之。惡雖多，此善可贖。」［但評］宜罰作羊，而以拯死之德贖之，且成進士。報施善人，顧不重哉。鬼又褫［何注］褫，奪取也。其毛革。革已黏體，不可復動。兩鬼捉［校］青本作提。臂按胸，力脱［校］青本作拔。之，痛苦不可名狀；皮片［校］青本下多一片字。斷裂，不得［校］青本作復。盡脱。［校］青本、抄本作浄。既脱，近肩處，猶黏羊皮大如掌。公既生，背上有羊毛叢生，翦去復出。

［何評］一善可贖多惡，正當於此處認真。

快刀

明末，濟屬多盜。邑各置兵，捕得輒殺之。章丘盜尤〔校〕青本無尤字。多。有一兵佩刀甚利，殺輒導窾。〔呂註〕莊子，養生主：批大郤，導大窾，因其固然。〔何註〕窾音空，空也。莊子：批大郤，導大窾。郤同隙。一日，捕盜十餘名，押赴市曹。內一盜識兵，逡巡告曰：「聞君刀最〔校〕青本作甚。快，斬首無二割。求殺我！」兵曰：「諾。其謹依我，無〔校〕青本作勿。離也。」盜從之刑處，〔校〕青本作至刑所。出刀揮之，豁然頭落。數步之外，猶圓轉而大贊曰：「好快刀！」

俠女

顧生，金陵人。博於材藝，而家綦貧。又以母老，不忍離膝下，惟日爲人書畫，受贄以自給。行年二十有五，伉儷［呂註］左傳，成十一年：己不能庇其伉儷而亡之。注：伉儷，配偶也。［何註］伉儷，夫妻也。猶虛。對户舊有空第，一［校］青本一上有適字。老嫗及少女，税［何註］税，舍車也。又註：釋詁：税，舍也，放置也。史記，李斯列傳：我未知所税駕。居其中。以其家無男子，故未問其誰何。一日，偶自外入，見女郎自母房中出，年約十八九，秀曼［何註］曼音萬，美也。唐李光顔侍妹，秀曼都雅。都雅，［馮評］秀曼都雅，寫俠女又是一番風度。世罕其匹，見生不甚避，而意凜［何註］凜音廩，寒栗也。如也。［何評］俠氣。［但評］落落大方，凜凜正氣。生入問母。母曰：「是對户女郎，就吾乞刀尺。［呂註］古詩：左手持刀尺，右手翦綾羅。郭泰機詩：衣工秉刀尺。適言其家亦止［校］青本作只。一母。此［校］青本下有母字。女不似貧家産。問其何爲不字，［呂註］易，屯：女子貞不字，十年乃字。［何註］字，女子許嫁也。則以母老爲辭。明日當往拜其母，便風以意；倘所望不奢，兒可代養其母。」〔校〕青本作老。明日造其室，其母一聾媪耳。視其室，並無隔宿糧。問所業，則仰女十指。徐以同食之謀試之，媪意似納，而轉商其女；女默然，意殊不樂。〔校〕青本作然。母乃歸。詳其狀而疑之〔校〕青本無之字。曰：「女子得非嫌吾貧乎？爲人不言亦不笑，豔如桃李，而冷如霜雪，奇人也！」〔馮評〕畫出俠女。〔但評〕與唐太宗謂魏徵語一般神味。○數語爲俠女寫生，字字有觔兩。母子猜歎而罷。一日，生坐齋頭，有少年來求畫。姿容甚美，意頗儇佻。〔何註〕儇佻，儇薄輕佻也。詰〔校〕青本下有其字。所自，以「鄰村」對。嗣後三兩日輒一至。稍稍稔熟，漸以嘲謔；生狎抱之，亦不甚拒，遂私焉。由此往來暱甚。會女郎過，少年目送之，問〔校〕青本下有以字。爲誰。對以「鄰女」。少年曰：「豔麗如此，神情一〔校〕此據青本，抄本無一字。何可畏！」〔但評〕既知之而必故犯之，所謂定不欲生也。少間，生入內。母曰：「適女子來乞米，云不舉火者經日矣。此女至孝，貧極可憫，宜少周卹之。」生從母言，負斗米〔校〕青本作粟。款門〔校〕青本下有而字。達母意。女受之，亦不申謝。〔但評〕此等見解，此等舉動，豈俗人所能知。日嘗至生家，見母作衣履，便代縫紉；〔何註〕紉，以線貫針也。禮，內則：衣裳綻裂，紉箴請補綴。出入堂中，操作如婦。生益德之。每獲餽餌，必分給其母，女亦略不置齒頰。母適疽生隱〔校〕青本作陰。處，宵旦號咷。〔何註〕咷音濤，泣不止也。易，同人：先號咷而後笑。女時就榻省視，爲之洗創敷藥，日三四作。母意甚不自安，而女不厭其穢。母曰：「唉！[校]此從青本，抄本作誒，通唉。○[呂註]莊子，知北遊：狂屈曰：唉！吾知之。○按：唉，烏來切，音哀，歎聲也。安得新婦如兒，而奉老身以死也！」言訖悲哽。[但評]此一哭，哭出女後面兩次笑來。女慰之曰：「郎子大孝，勝我寡母[校]青本作婦。孤女什百矣。」母曰：「牀頭蹀躞[何註]蹀音牒，躞音燮，謂往來牀笫間也。之役，豈孝子所能爲者？且身已向暮，旦夕犯霧露，[何註]言將歸山丘，而日犯霧露也。深以祧續爲憂耳。」言間，生入。[馮評]母言未畢，生突入，否則女答以何言？此文妙處。母泣曰：「虧[何註]虧同虧，負也。娘子良多！汝無忘報德。」生伏拜之。女曰：「君敬我母，我勿[校]青本作弗。謝也；君何謝焉？」[馮評]名論可包游俠、刺客兩傳。[但評]能孝其親者，必能敬人之親。彼孝其親而敬我之親，我何謝焉？且彼敬吾親，是代吾孝吾親也，所謂小恩可謝，大恩不可謝也。又彼既代吾養吾之親，吾亦惟代之孝其親耳，焉用謝？且母亦深以祧續爲憂矣，不孝有三，無後爲大，將以身報之，爲延一綫之續，盡我之孝，以成彼之孝。意若曰：君敬我母，我弗謝焉，我敬君母，君何謝焉，吞吐之間，言固親切而有味也。是一篇俠女傳，卻是一篇孝婦傳。於是益敬愛之。然其舉止生硬，[何註]硬，堅也。生，未熟也。墨客揮犀：北都有妓張八，舉止生硬，人謂之生張八。魏野贈詩曰：君爲北道生張八，我是西州熟魏三；莫怪尊前無笑語，半生半熟未相諳。毫不可干。一日，女出門，生目注之。女忽回首，嫣然而笑。[何評]成竹。生喜出意外，趨而從諸其家。挑之，亦不拒，欣然交懽。已，戒生曰：「事可一而不可再！」生不應而歸。明日，又約之。女厲色不顧而去。日頻來，時相遇，並不假以詞色。少[校]青本作稍。游戲之，則冷語冰人。[呂註]外史：孟蜀與潘在廷以財結權要。或戒之，乃曰：非是求援，不欲其以冷語冰人耳。忽於空處問生：「日來少年誰也？」生告之。女曰：「彼舉止態狀，無禮於妾頻矣。以君之狎暱，故置之。請更[校]青本作便。寄語：再復爾，是不欲生也已！」生至夕，以告少年，[校]上七字，青本作少年至，生以告。且曰：「子必慎之，是不可犯！」少年曰：「既不可犯，君何犯之？」[但評]狐亦黠甚。生白其無。曰：「如其無，則猥褻之語，何以達君聽哉？」[何評]語甚捷。生不能答。少年曰：「亦煩寄告：[校]青本作語。假惺惺[何註]惺音星，了慧也。元曲：葫蘆的憐懵懂，惺惺的惜惺惺。勿作態；不然，我將徧播揚。」生甚怒之，情見於色，少年乃[校]青本作方。去。一夕方[校]青本無方字。獨坐，女忽至，笑曰：「我與君情緣未斷，寧非天數！」生狂喜而抱於懷。欻聞履聲籍籍，兩人驚起，則少年推扉入矣。生驚問：「子胡爲者？」笑曰：「我來觀貞潔[校]青本下有之字。人耳。」[但評]其言亦似有理，特找錯對頭耳。顧女曰：「今日[校]青本無日字。不怪人耶？」女眉豎頰紅，默不一語。急翻上衣，露一革囊，應手而出，則尺許晶瑩匕首也。少年見之，駭而卻走。追出户外，四顧渺然。女以匕首望空拋擲，戛[何註]戛音拮，聲響也。然有聲，燦若長虹；[何註]虹音洪，蝃蝀也。禮，月令：季春，虹始見。俄一物墮地作響。生急燭之，則一白狐，身首異處矣。[但評]報仇是本文正面，劍術是報仇實蹟，正面難寫，而實蹟又不可不寫。乃於此處借狐以寫匕首之神異，後之殺仇取頭，只用虛寫便足。大駭。女曰：「此君之孌童[呂註]天禄識餘：北齊許散愁，自少不登孌童之牀，不入季女之室。○孌，美好貌也。○[但評]是固禽處而獸愛之者，狐而童耶？童固無不狐者也。也。我固恕之，奈渠定不欲生何！」收刃入囊。生曳[校]青本作拽。令入。曰：「適[校]青本下有以字。妖物敗意，請[校]青本下有俟字。來宵。」出門逕去。次夕，女果至，遂共綢繆。詰其術，女曰：「此非君所知。宜須慎祕，洩恐不爲君福。」又訂以嫁娶，曰：「枕席焉，提汲焉，非婦伊何也？業夫婦矣，何必復言嫁娶乎？」生曰：「將勿憎吾貧耶？」曰：「君固貧，妾富耶？今宵之聚，正以憐君貧耳。」臨別囑曰：「苟且之行，不可以屢。當來，我自來；不當來，相強無益。」後相值，每欲引與私語，女輒走避；然衣綻炊薪，悉爲紀理，不啻婦也。積數月，其母死，生竭力[校]青本下有營字。葬之。女由是獨居。生意[校]青本下有其字。孤寢[校]青本作寂。可亂，踰垣入，隔窗頻呼，迄[何註]迄音乞，至也，終也。不應。視其門，則空室扃焉。竊疑女有他約。夜復往，亦如之。遂留佩玉於窗間而去之。越日，相遇於母所。既出，而女尾其後曰：「君疑妾耶？人各有心，不可以告人。今欲使君無疑，[校]青本下有而字。烏得可？[校]青本作可得。然一事煩急爲謀。」問之，曰：「妾體孕已八月矣，恐旦晚臨盆。[呂註]按：婦人產事用盆，考之諸書無有也。惟香祖筆記云：昌平紅崖谷有道人，戒行甚嚴。一夜，有婦人叩門求宿，時天寒，憐而納之。婦以言挑，道人不爲動。忽言腹痛，就盆產一兒。詰旦，抱去。道人惡盆污，覆諸澗中。誤染左手，五指皆金色；復視澗際，沙石亦皆金色矣。[何註]古者藉盆以生，故將生曰臨盆。歐陽文忠公諫立皇子。帝曰：後宮有臨盆者。『妾身未分明』，[呂註]杜甫詩：妾身未分明，何以見姑嫜？○〔但評〕身未分明，何以見姑？其用心亦良苦矣。能爲君生之，不能爲君育之。可密告〔校〕青本下有老字。母，覓乳媼，僞爲討螟蛉〔呂註〕詩，小雅：螟蛉有子，蜾蠃負之。傳：螟蛉，桑上小青蟲也，似步屈。蜾蠃，土蜂也，取桑蟲負之於木空中，七日而化爲其子。〔何註〕螟蛉音冥靈，喻抱養者。者，勿言妾也。」〔但評〕人各有心，自盡其道而已矣。必欲見信於人，烏可得？生諾，以告母。母笑曰：「異哉此女！聘之不可，而顧私於我兒。」〔但評〕我亦云然。不觀後日之言，幾不能白其苦衷。喜從其謀以待之。又月餘，女數日不至。母〔校〕青本作出。疑之，往探其門，蕭蕭閉寂。叩良久，女始蓬頭垢面自內出。啓而入之，則復闔之。入其室，則呱呱〔何註〕呱呱，兒泣也。書，益稷：啓呱呱而泣。呱音姑。者在牀上矣。母驚問：「誕幾時矣？」答云：「三日。」捉綳席而視之，則〔校〕青本無則字。男也，且豐頤而廣額。喜曰：「兒已爲老身育孫子，伶仃一身，將焉所託？」女曰：「區區隱衷，不敢掬示老母。俟夜無人，可即抱兒去。」〔但評〕聘之不可，而顧私之，區區隱衷，不敢掬示老母，夜抱兒去，吾事了矣。母歸與子言，竊共異之。夜往抱子歸。更數夕，夜將半，女忽款門〔何註〕款門，叩門也。入，手提革囊，笑曰：「我〔校〕青本無我字。大事已了，請從此別。」急詢〔何註〕詢音旬，問也。其故，曰：「養母之德，刻刻不去諸〔校〕青本作於。懷。向云『可一而不可再』者，以相報不在牀笫〔呂註〕左傳，襄二十七年：牀笫之言不踰閾。注：笫，簀也。揚子法言：牀，陳楚之間謂之笫。〔何註〕笫音姊。也。爲君貧不能婚，將爲君〔校〕青本無君字。延一綫之續。本期一索〔何註〕易：一索而得男。而得，不意〔校〕青本作圖。信水〔何註〕婦人月經如潮水之有信，故曰信

〔但評〕侃侃而談，奇情至理，區區隱衷，可以掬水。復來，遂至破戒而再。今君德既酬，妾志亦〔校〕青本作已。遂，無憾矣。」〔馮評〕唐貞元初，長安里空舍有婦人傭以居者，始來，房主問姓，答言：三歲失父母，不知。視其貌，常人也。閉關如無人在，且無敢侮。居一歲，歸同里人，生一子。忽夜遁去，未曉還。至再至三。夫疑之。一夜，婦出人首於囊曰：我生於蜀，父爲小史，當事以非法殺之，今得報，願足矣。又執其子手曰：其母殺人，人疑子必無狀，且賤之。遂殺其子，謝其夫曰：勉仁與義也，無先己而後人也。異時子遇難，必有以報者。與夫絶，如飛鳥去。〇相報不在牀第，而又不能不報者，爲君示天下人矣。〇君德既酬，妾志已遂，二語真説得快暢之至。問：「囊中何物？」曰：「仇人頭耳。」檢而窺之，鬚髮交而血模糊。〔校〕青本下有也字。〇〔馮評〕子璋髑髏血模糊，手提擲還崔大夫。此段如讀杜詩，可以愈瘧。駭絶，復致研詰。曰：「向不與君言者，以機事不密，〔何註〕易：機事不密則害成。懼有宣洩。今事已成，不妨相告：妾浙人。父官司馬，陷於仇，彼〔校〕青本作被。籍〔何註〕籍，户口册籍也，謂按籍而收其家也。吾家。妾負老母出，隱姓名，埋頭項，已三年矣。所以不即報者，徒以有〔校〕青本作老。母在；母去，又〔校〕青本無又字。一塊肉〔呂註〕宋史：陸秀夫負帝昺同溺。太后楊氏聞之曰：我忍艱關至此者，正爲趙氏一塊肉耳；今無望矣！累〔校〕青本累上有又字。腹中：因而遲之又久。曩夜出非他，道路門户未稔，〔何註〕稔音荏，熟也。恐有訛悞耳。」〔馮評〕補明。言已，出門。又囑曰：「所生兒，善視之。君福薄無壽，此兒可光門閭。夜深不得驚老母，〔但評〕並老母一邊亦無兒女之態，仙乎，仙乎！我去矣！」方悽然欲詢所之，女一閃如電，瞥爾間遂不復見。〔馮評〕張祐詩云：黄昏風雨黑如盤，別我不知何處去。驚心動魄之筆。生嘆惋木立，〔何註〕惋音腕。嘆惋木立，駭恨也。若喪魂魄。明以[校]青本作曰。告母，相爲歎[校]青本作嗟。異而已。後三年，生果卒。子十八舉進士，猶奉祖母以終老云。

異史氏曰：「人必室有俠女，而後可以畜孌童也。不然，爾愛其艾豭，[呂註]左傳，定十四年：既定爾婁豬，盍歸吾艾豭。注：婁豬，求子豬也，得牡則定。婁，老也；艾，牡豕也。[何註]婁豬，母豬也，又曰求子豬也。艾豭，牡豬也。衛侯爲夫人南子召宋朝。宋野人歌曰：既定爾婁豬，盍歸吾艾豭。彼愛爾婁豬矣！」

王漁洋曰：「神龍見首不見尾，此俠女其猶龍乎！」[校]抄本無此段。

[何評]此劍俠也，司馬女何從得此異術？

酒友

車生者，家不中貲。〔呂註〕史記，游俠列傳：郭解家貧不中貲。注：言家貲不滿額。〔何註〕貲音髭，財産也。中貲，中人之貲産也。而耽飲，夜非浮三白〔何註〕白，酒器也。浮，飲也。不能寢〔校〕青本作寐。也，以故牀頭樽常不空。一夜睡醒，轉側間，似有人共臥者，意是覆裳墮耳。摸之，則茸茸〔何註〕茸音戎，細毛也。左傳，僖五年：狐裘尨茸。有物，似貓而巨；燭之，狐也，酣醉而大〔校〕青本作犬。臥。視其瓶，則空矣。〔但評〕此狐是畢吏部一流人物，引爲酒友，終身可以無憾。因〔校〕青本無因字。笑曰：「此我酒友也。」〔馮評〕我量不及三蕉葉，卻喜見名人豪飲。與君爲友，狐許我否？不忍驚，覆衣加臂，與之共寢。留燭以觀其變。半夜，狐欠伸。生笑曰：「美哉睡乎！」啓覆視之，儒冠之俊人也。起拜榻前，謝不殺之恩。生曰：「我癖〔何註〕癖音辟，嗜好之疾也。於麴糵，〔何註〕麴糵音麯臬，酒母也。書，説命：爾惟麯糵。而人以爲癡；卿，我鮑叔〔呂註〕史記，管晏列傳：管仲曰：生我者父母，知我者鮑子也。〔何註〕鮑叔薦管仲，管仲嘗謂鮑叔知我。也。如不見疑，當爲〔校〕青本作作。糟丘〔呂註〕南史，陳暄傳：暄嗜酒，其兄子秀致書於暄友人何胥，冀以諷諫。暄聞之，與秀書曰：速營糟丘，吾將老焉，爾無多言。［何註］紂以酒爲糟丘。之良友。」［馮評］白家烏帽重屏裏，初試紅泥小火爐，恰是滄州酒船到，不愁風雪壓屠蘇。酒車冒雪遠銜泥，尺素殷勤謝傳題。一樹山查紅破蕊，花前催進玉東西。漁洋答謝方山惠滄酒詩，頗得此中三昧。［但評］耽飲而家不中貲，宜以酒爲命矣；乃瓶之罄而無吝心，狐既醉而無殺心，引爲鮑叔，共老糟丘，杖頭錢不空，其願已足，可謂醉裏菩提，酒中仙子。人以爲癡，其癡正不易及。叟登榻，復［校］青本下有共字。寢。且言：「卿可常［校］青本下有相字。臨，無相猜。」狐諾之。生既醒，則狐已去。乃治旨酒一盛，耑［校］青本作專。伺狐。抵夕，果至，促膝歡飲。狐量豪善諧，於是恨相得晚。［呂註］史記，平津侯主父列傳：主父偃上書闕下，趙人徐樂、齊人嚴安俱上書言世務。天子召見三人，謂曰：公等皆安在？何相見之晚也！○又灌夫傳：魏其、灌夫兩人相爲引重，其游如父子然；相得讙甚無厭，恨相知晚也。狐曰：「屢叨良醞，何以報德？」生曰：「斗酒之歡，何置齒頰！」狐曰：「雖然，君貧士，杖頭錢［呂註］世說：阮宣子常步行，以百錢挂杖頭，至酒店，便獨酣適，雖當世貴盛，不肯詣也。○王勃詩：不應長賣卜，須得杖頭錢。［何註］阮宣百錢挂杖頭，至酒店便酣飲，家無儋石，晏如也。大不易。當爲君少謀酒貲。」［但評］平生止此恨耳，果爾，當與君同老是鄉。明夕，來告曰：「去此東南七里，道側有遺金，可早取之。」詰旦而往，果得二金，乃市佳餚，以佐夜飲。狐又告曰：「院後有窖藏，宜發之。」如其言，果得錢百餘千。喜曰：「囊中已自有，莫漫愁沽［呂註］賀知章詩：莫漫愁沽酒，囊中自有錢。矣。」［馮評］囊中二句，截用韻語，趣甚。［但評］只此已足，夫復何求？狐曰：「不然，轍中水胡可以久掬？合更謀之。」異日，謂生曰：「市上蕎價廉，此奇貨可居。」［呂註］史記，呂不韋列傳：秦安國君中男名子楚，爲秦質子於趙。趙不甚禮。呂不韋賈邯鄲，見而憐之，曰：此奇貨可居。注：言可居積以乘時射利也。［何註］蕎音翹，麥也。謂蕎爲奇貨，而使其居積也。從之，收蕎四十餘石。人咸非笑之。未幾，大旱，禾豆盡枯，惟菽可種；售種，息十倍。由此益富，治沃田二百畝。但問狐，多種麥則麥收，多種黍則黍收，一切種植之早晚，皆取决於狐。日稔密，呼生妻以嫂，視子猶子焉。後生卒，狐遂不復來。

王阮亭云：「車君灑脱可喜。」

［何評］車耽於酒，故狐但爲之謀酒貲而已；至沃田二百畝，多收黍麥，自是種植所得，非倖獲也。

蓮香

桑生，名曉，字子明，沂州人。少孤，館於紅花埠。〔何註〕埠同步，水濱也。桑爲人靜穆〔何註〕穆，深遠也。自喜，日再出，就食東鄰，餘時堅坐而已。東鄰生偶至〔校〕抄本無上二字。戲曰：「君獨居不畏鬼狐耶？」〔何評〕總批。〔但評〕一篇離奇變幻之文，皆從戲字生出，故作文之要在於立意立胎。○鬼狐雙提，而以戲語出之，了無痕跡。笑答曰：〔校〕青本作云。「丈夫何畏鬼狐？雄來吾有利劍，雌者尚當開門納之。」鄰生歸，與友謀，梯妓於垣而過之，彈指叩扉。〔但評〕因戲引出妓。生窺問其誰，妓自言爲鬼。生大懼，齒震震有聲。妓逡巡自去。鄰生早至生齋，生述所見，且告將歸。鄰生鼓掌曰：「何不開門納之？」〔但評〕借逕而入，極巧極便。生頓悟其假，遂安居如初。積半年，一女子夜來叩齋。〔但評〕因妓之戲引起狐。生意友人之復戲也，〔何評〕結在此。啓門〔校〕青本作户。延入，則傾國〔呂註〕前漢書，李延年傳：延年侍上，歌曰：北方有佳人，絕世而獨立，一顧傾人城，再顧傾人國。寧不知傾城與傾國，佳人難再得！上嘆息曰：善哉！豈有此乎！平陽主因言延年有女弟。上召見之，妙麗善舞，由是得幸。〔何註〕傾國，謂美也。之姝。驚問所來。曰：「妾蓮香，西家妓女。」埠上青樓〔呂註〕杜牧詩：贏得青樓薄倖名。注：青樓，妓女所居。○南史，齊東昏侯紀：武帝興光樓，上施青漆，世人謂之青樓。後人名倡居亦曰青樓。故多，信之。〔何評〕妓以爲鬼，狐以爲妓，漸引。息燭登牀，綢繆甚至。自此三五宿〔校〕青本作日。輒一至。一夕，獨坐凝思，一女子翩然入。〔但評〕因狐引起鬼。生意其蓮，〔校〕青本下有香字。承〔校〕青本無承字。○〔但評〕借妓而出蓮香，文勢已不鶻突，已不疎散，乃出李女，而猶必牽合蓮香，此鈎連法也。通篇鬼狐並寫，俱用此法，即所謂緊字訣。逆與語。覿面殊非，年僅十五六，軃〔何註〕軃應作嚲，多上聲，袖垂也。袖垂髫，風流秀曼，行步之間，若還若往。大愕，疑爲狐。〔何評〕狐以爲妓，鬼以爲狐，實借妓以引出狐鬼。女曰：「妾良家女，姓李氏。慕君高雅，幸能〔校〕青本作賜。垂盼。」生喜。握其手，冷如冰，問：「何涼也？」曰：「幼質單寒，夜蒙霜露，那得不爾！」既而羅襦〔何註〕羅襦，羅衣也。戰國策：淳于髡曰：羅襦襟解，微聞香澤。衿解，儼然處子。女曰：「妾爲情緣，葳蕤〔呂註〕楚辭：上葳蕤而防露。注：葳蕤，草木初生貌。述異記：葳蕤草一名麗草，又呼爲女草。〔何註〕葳，於非切。蕤，鋭平聲。葳蕤一名麗草，一名娃草，一名女草，皆謂質之弱媚也。之質，一朝失守。不嫌鄙陋，願常侍枕席。房中得無有人否？」生云：「無他，止一鄰娼，顧〔校〕青本下有亦字。不常至。」女曰：「當謹〔校〕青本作謹當。避之。妾不與院中人等，君祕勿洩。彼來我往，彼往我來可耳。」〔但評〕處處俱用串插之筆，雙管齊下，如牟尼一串，如玉環無端，此作兩扇題之妙訣也。雞鳴欲去，贈繡履一鉤，曰：「此妾下體所着，弄之足寄思慕。然有人慎勿〔校〕青本作無。弄也！」受而視之，翹翹如解結錐。〔馮評〕善寫狀。心甚愛悦。越夕無人，便出審玩。女飄然忽至，遂相款昵。〔何註〕款昵，款洽而親昵也。自此每出履，則女必應念而至。異而詰之。笑曰：「適當其時耳。」一夜蓮〔校〕青本下有香字。來，驚曰：〔校〕青本作云。「郎何神氣蕭索？」生言：「不自覺。」蓮便告別，相約十日。去後，李來恒無虛夕。問：「君情人何久不至？」因以相〔校〕青本作所。約告。李笑曰：「君視妾何如蓮香美？」曰：「可稱兩絕。但蓮卿肌膚温和。」李變色曰：「君謂雙美，對妾云爾。渠必月殿仙人，妾定不及。」〔但評〕吐屬極佳，醋而有味。因而不懽。乃屈指計，十日之期已滿，囑勿漏，將竊窺之。〔何評〕漸引合。〔但評〕欲明點出鬼狐，而借逕相窺；欲寫其相窺，而借端競美。文思幽折乃爾。次夜，蓮香果至，笑語甚洽。及寢，大駭曰：「殆矣！十日不見，何益憊〔何註〕憊，羸困也。通俗文：疲極也。損？保無他遇否？」生詢其故。曰：「妾以神氣驗之，脈拆拆〔校〕青本作析析。如亂絲，鬼症也。」〔但評〕借狐口中點出鬼。次夜，李來，生問：「窺蓮香何似？」曰：「美矣。妾固謂〔校〕青本作疑。世間無此佳人，果狐也。〔但評〕借鬼口中點出狐。去，吾尾之，南山而穴居。」生疑其妒，漫應之。踰夕，戲蓮香曰：「余固不信，或謂卿狐者。」[但評]知其狐而不信爲狐。蓮亟問：「是誰所[校]青本作之。云？」笑曰：「我自戲卿。」蓮曰：「狐何異於人？」曰：「惑之者病，甚則死，是以可懼。」蓮香[校]青本無香字。曰：「不然。如君之年，房後三日，精氣可復，縱狐何害？設旦旦而伐之，人有甚於狐者矣。[馮評]名言。後生小子敬而聽之。[何評]名言。[但評]人甚於狐，今謂惑人婦爲狐媚者，轉覺降一等。天下病[校]青本作痨。尸瘵鬼，[何註]痨瘵音勞祭。痨，損病也。寧皆狐蠱[何註]蠱音古，惑也。死耶？雖然，必有議我者。」生力白其無。蓮詰益力。生不得已，洩之。蓮曰：「我固怪君憊也。然何遽至此？得勿非人乎？[但評]筆筆跌宕，字字婉折。君勿言，明宵，當如渠之窺妾者。」[何評]漸引合。[但評]即以其人之道，還治其人之身。是夜李至，裁三數語，聞窗外嗽聲，急亡去。蓮入曰：「君殆矣！是真鬼物！暱其美而不速絕，冥路近矣！」生意其妒，默不語。蓮曰：「固知君不[校]青本下有能字。忘情，然不忍視君死。明日，當攜藥餌，爲君以[校]青本作一。除陰毒。幸病蒂猶淺，十日恙當已。請同榻以視[校]青本作俟。痊可。」次夜，果出刀圭[呂註]神仙傳：老君使玉女持金案玉杯盛藥賜之，曰：此是神丹，飲者不死。夫婦各一刀圭。清異録：高麗博學記：酥名一刀圭，醍醐名小刀圭，酪名水刀圭，乳腐名草創刀圭。庾信詩：盛丹須竹節，量藥用刀圭。○陶弘景名醫別録：凡散藥云刀圭者，十分方寸匕之一，準如梧桐子大也。方寸匕者，作匕正方一寸，抄散取不落爲度。○池北偶談：刀圭字常用之，而未有確義。碧里雜存云：在京師買得古錯刀三枚，形似今之剃刀；其上一圈，如圭璧之形，中一孔，即貫索之處。蓋服食家舉刀取藥，僅滿其上之主，言其少耳。泉、布、錯刀，皆古錢名也。〔何註〕刀圭，古撮藥器也。藥啖生。頃刻，洞下三兩〔校〕青本作兩三。行，覺臟腑清虛，精神頓爽。心雖〔校〕青本無雖字。德之，然終不信爲鬼。〔校〕青本下有病字。〇〔但評〕知其鬼而不信爲鬼。蓮香〔校〕青本無香字。夜夜同衾偎〔何註〕偎音煨，傍也。生；生欲與合，輒止〔校〕青本作拒。之。數日後，膚革充盈。欲別，殷殷囑絶李。生謬應之。及閉户挑燈，輒捉履傾想。李忽至。數日隔絶，頗有怨色。生曰：「彼連宵爲我作巫醫，請勿爲懟，情好在我。」李稍懌。〔何註〕懌音睪，悦也。詩，小雅：既見君子，庶幾悦懌。生枕上私語曰：「我愛卿甚，乃有謂卿鬼者。」李結舌〔吕註〕前漢書，李尋傳：智者結舌，邪僞並興。良久，罵曰：「必淫狐之惑君聽也！若不絶之，妾不來矣！」遂嗚嗚飲泣。生百詞慰解，乃罷。隔宿，蓮香至，知李復來，怒曰：「君必欲死耶！」生笑曰：「卿何相妒之深？」蓮益怒曰：「君種死根，妾爲若除之，不妒者將復何如？」〔校〕青本作如何。生託詞以戲曰：「彼云前日之病，〔校〕青本作疾。爲狐祟耳。」蓮乃歎曰：「誠如君言，君迷不悟，萬一不虞，妾百口何以自解？請從此辭。百日後當視君於卧榻中。」留之不可，怫〔校〕青本作拂。然逕去。由是於〔校〕青本無於字。李夙夜必偕。約兩月餘，覺大困頓。初猶自寬解；日漸羸瘠，惟飲饘粥〔何註〕禮，檀弓，注：厚曰饘，稀曰粥。一甌。欲歸就奉〔校〕青本無奉字。養，尚戀戀不忍遽去。因循數日，沈綿不可復起。鄰生見其病憊，日遣館僮餽［何註］餽，饋同，送給飲食也。給食飲。［校］青本作飲食。生至是［校］青本下有始字。疑李，因謂李曰：「吾悔不聽蓮香之言，一至於此！」言訖而瞑。移時復甦，張目四顧，則李已去，自是遂絶。生羸臥空齋，思蓮香如望歲。［呂註］左傳，昭三十二年：閔閔焉如農夫之望歲。注：望歲之熟也。又哀十六年：國人望君如望歲焉。注：歲，年穀也。一日，方凝想間，忽有搴簾入者，則蓮香也。臨榻哂曰：「田舍郎，［何評］語絶妙，久其思易婦也。我豈妄哉！」［呂註］本集異記王之渙揶揄高適、王昌齡語。生哽咽良久，自言知罪，但求拯救。蓮曰：「病入膏肓，［呂註］左傳，成十年：晉侯疾，求醫於秦。秦伯使醫緩爲之。未至，公夢疾爲二豎子，曰：彼良醫也，懼傷我，焉逃之？其一曰：居肓之上，膏之下，若我何？［何註］膏肓，鬲也。膏肓之間，藥力不能至，故晉侯聞二豎子曰：居肓之上，膏之下，其若我何！實無救法。姑來永訣，以明非妒。」生大悲曰：「枕底一物，煩代碎之。」蓮搜得履，［何評］引合。持就燈前，反復［校］青本作覆。展玩。李女欻入，卒見蓮香，返身欲遁。蓮以身蔽［校］此據青本，抄本作閉。門，李窘急不知所出。生責數之，李不能答。蓮笑曰：「妾今始得與阿姨面相質。昔［校］青本作曩。謂郎君舊疾，未必非妾致，今竟何如？」李俛首謝過。蓮曰：「佳麗如此，［何評］憐之亦愛之。乃以愛結仇耶？」［馮評］以愛結仇四字，可當一部度人經。［何評］至言。李即［校］青本無即字。投地隕泣，乞垂憐救。蓮遂［校］青本無遂字。扶起，細詰生平。曰：「妾，李通判女，早夭，瘞於牆外。已死春蠶，遺絲未盡。［呂註］李商隱詩：春蠶到死絲方盡，蠟炬成灰淚始乾。與郎偕好，妾之願也；致郎於死，良非素心。」[但評]致死良非素心，語固真誠；然古今緣愛成仇，因情致死者，豈皆其素心哉！此非特奸邪之事始然也。淫慾無度，以瘵而死，即琴瑟之好，何獨不然！蓮曰：「聞鬼物利人死，以死後可常聚，然否？」曰：「不然。兩鬼相逢，並無樂處；[校]青本作趣。〇[何評]自此一說，恐不盡如此。如樂也，泉下少年郎豈少哉！」蓮曰：「癡哉！夜夜爲之，人且不堪，而況於鬼？」李問：「狐能死人，何術獨否？」蓮曰：「是採補者流，妾非其類。故世有不害人之狐，[但評]世本無害人之狐，亦無害人之鬼，特人之自害耳。斷無不害人之鬼，以陰氣盛也。」生聞其語，始知狐鬼皆真。[但評]此句全收上文，並直收到戲字。〇點鬼狐二字，即從鬼口中說出狐，從狐口中說出鬼，用意用筆，已極曲折，而作者猶嫌其直也，本李欲窺蓮，卻先從蓮口中隱露李之爲鬼，然後寫鬼之窺蓮爲狐，因以狐語狐，使知議我者爲窺我之人，而即以渠之窺我者窺之，而見其爲鬼。以鬼窺狐，復以狐窺鬼，以鬼之指狐而不信其爲狐，以狐之指鬼而不信其爲鬼，復以鬼語鬼，而使鬼怨狐，勸之絕狐，狐復怒鬼，戒之絕鬼。鬼狐相敵，而勢兩不相下矣，乃又託爲鬼之誣狐，致狐去而鬼獨留，夫然後開門並納鬼狐者，不死於狐而死於鬼矣，死於鬼而始悔於狐矣。始死而鬼去，復甦而狐來，以狐絕鬼，復以狐致鬼，鬼避狐，狐質鬼，而後鬼乃自認爲鬼，狐亦自認爲狐。鬼狐二字，至此方算正點。又從狐口中鬼狐並寫，而後以始知狐鬼皆真，作一小束。五花八門，千山萬水，真耐人尋繹也。幸習常見慣，[呂註]雲溪友議：劉禹錫赴任蘇州，道過揚州。州帥杜鴻漸飲之酒，大醉歸驛。稍醒，見二女在旁，驚非己有也，問之，乃曰：郎中席上與司空詩，因遣妾來侍寢。問：何詩？曰：高髻雲鬟宮樣妝，春風一曲杜韋娘；司空見慣渾閑事，惱亂蘇州刺史腸。頗不爲駭。但念殘息如絲，不覺失聲大痛。蓮顧問：「何以處郎君者？」李赧[何註]赧音戁，面慚赤也。然遜謝。蓮笑曰：「恐郎强健，醋娘子要食楊梅[呂註]傳家寶：醋娘子食楊梅，酸中酸。也。」李斂祍[何註]斂祍，拜也。祍，衽同，衣襟也。

斂，整肅也。謂整肅其衣襟而拜也。斂字從文不從欠。曰：「如有醫國手，〔呂註〕國語，晉語：平公有疾，秦伯使醫視之。文子曰：醫及國家乎？對曰：上醫醫國，其次療人，固醫官也。○朱子題跋：故御史中丞胡公，剛直著於大觀、政和之間。熹先君子雅相敬重，贈以詩，有問訊袖中醫國手，不應長與一筇閑之句。又陳與義詩：秀眉使君醫國手。〔何註〕一國之高手也。國語：上醫醫國。山谷詩：倘令憂民病，從此得國醫。使妾得無負郎君，便當埋首地下，敢復〔校〕青本無復字。靦〔何註〕靦音腆，面目貌。詩，小雅：有靦面目。然于〔校〕青本無于字。人世耶！」蓮解囊出藥，曰：「妾早知有今，別後採藥三山，凡三閱月，物料始備，瘵蠱至死，投之無不蘇者。然症何由得，仍以何引，〔何評〕引法。不得不轉求效力。」問：「何需？」曰：「櫻口中一點香唾耳。我一〔校〕青本作以。丸進，煩接口而唾之。」〔但評〕本以狐醫，卻先用鬼醫。非鬼唾真可以作引也，情文相生，仍是互寫法耳。李暈生頤頰，俯首轉側而視其履。蓮戲〔校〕青本無戲字。曰：「妹所得意惟履耳！」〔校〕青本作耶。李益慚，俯仰若無所容。蓮曰：「此平時熟技，今何吝焉？」遂以丸納生吻，轉促逼之。李不得已，唾之。蓮曰：「再！」又唾之。凡三四唾，丸已下咽。少間，腹殷然如雷鳴。〔呂註〕詩，召南：殷其靁，在南山之下。注：殷，雷發聲。○按：殷音隱，上聲。復納一丸，自乃〔校〕青本作乃自。接脣而布以氣。生覺丹田火熱，精神煥發。蓮曰：「愈矣！」李聽雞鳴，彷徨別去。蓮以新瘥，〔何註〕少愈也。尚須調攝，〔何註〕攝音歙，調養也。就食非計；因將户外〔校〕青本作外户。反關，僞示生歸，以絶交往，日夜守護之。李亦每夕必至，給奉殷勤，事蓮猶姊。蓮亦深憐愛之。居三月，生健如初。李遂數夕

[校]青本作夜。不至;偶至,一望即去。相對時,亦悒悒不樂。蓮常留與共寢,必不肯。生追出,提抱以歸,身輕若[校]青本作如。芻靈。[呂註]禮,檀弓:塗車芻靈,自古有之,明器之道也。注:芻靈,束草爲人形,以爲死者之從衛,謂之芻靈,亦明器之類。女不得遁,遂着衣偃卧,踡[何註]踡音權,踡跼不伸也。其體不盈二尺。蓮益憐之,陰使生狎抱之,而撼[何註]撼,搖動也。搖亦不得醒。生睡去;覺而索之,已杳。後十餘日,更不復至。生懷思殊切,恒出履共弄。蓮[校]青本下有歎字。曰:「窈娜[何註]窈音杳,幽静也。娜,乃可切,美貌。李白詩:花腰呈嫋娜。如此,妾見猶憐,[呂註]世説:桓温尚明帝女南康公主。温平蜀,以李勢女爲妾。主聞,拔刀率婢往,欲斫之。見女神色閑正,辭氣悽惋,乃擲刀曰:我見猶憐,何况老奴!何況男子!」生曰:「昔日弄履則至,心固疑之,然終不料其鬼。今對履思容,實所愴惻。」因而泣下。先是,富室張[校]青本作章,下同。姓有女字[校]此據青本,抄本作子。燕兒,年十五,不汗而死。終夜復蘇,起顧欲奔。張扃户,不得[校]青本作聽。出。女自言:「我通判女魂。感桑郎眷注,遺舄猶存彼處。[但評]作鬼時得意惟履,再生猶不能忘。我真鬼耳,[但評]必至隔世乃認真鬼。錮我何益?」以其言有因,詰其至此之由。女低徊反顧,茫不自解。或有言桑生病歸者,女執辨其誣。[何註]誣音無,謗也。家人大疑。東鄰生聞之,踰垣往窺,見生方與美人對語;掩入逼之,張皇間已失所在。鄰生駭詰。生笑曰:「向固與君言,雌者則納之耳。」[但評]用真實事作支吾語,又回映起處,極有情致。鄰生述燕兒之言。生乃啓

關，將往偵探，[呂註]後漢書，清河孝王傳：內使御者偵伺得失。注：偵，探察也。[何註]偵音檉，探伺也。杜預左傳注：諜者曰游偵，曰間諜。苦無由。張母聞生果未歸，益奇之。故使傭媪索履，生遂[校]青本作遽。出以授。燕兒得之喜。試着之，鞋小於足者盈寸，大駭。攬[何註]攬，撮持也。鏡自照，忽恍然悟己之借軀以生也者，因陳所由。母始信之。女鏡面大哭曰：「當日形貌，頗堪自信，每見蓮姊，猶增慚怍。[何註]作亦慚也。今反若此，人也不如其鬼也！」[但評]至是鬼狐兩合矣，又以鬼恥爲鬼，生出波折。復嫌抛卻鬼狐二字，而以雌者納之，人不如鬼等語，頻頻點綴，即以照應上文，方不致前後成兩樣文字。○到底仍用穿插之筆，不樂爲鬼，乃借軀以生，人也不如鬼，寫癡情女子，真是可憐。把履號咷，勸之不解。蒙衾僵卧。食之，亦不食，體膚盡腫；凡七日不食，卒不死，而腫漸消；覺飢不可忍，乃復食。數日，徧體瘙癢，[何註]瘙癢音騷養。禮，內則：問衣燠寒，疾痛苛癢，而敬抑搔之。皮盡脫。晨起，睡舄遺墮，索着之，則碩大無朋[何註]朋，比也。詩，唐風：碩大無朋。矣。因試前履，肥瘦脗[何註]脗，武粉切，脗合也。莊子，齊物論：爲其脗合。合，乃喜。[但評]此時真得意惟履矣，收拾上文無數履字。復自鏡，則眉目頤頰，宛肖生平，益喜。盥櫛見母，見者盡眙。[校]此據青本，抄本作怡。蓮香聞其異，勸生[校]青本下有以字。媒通之；而以貧富懸邈，[校]青本作絕。不敢遽進。會媪初度，[呂註]離騷：皇覽揆予於初度兮，肇錫予以嘉名。注：初度，初生年時也。[何註]初度，生日也。因從其子壻行，往爲壽。媪睹生名，故使燕兒窺簾認客。生最後至，女驟[何註]驟音縐，疾奔也。出，捉袂，欲從與俱歸。母訶譙[何註]訶同呵，譙同誚，誚讓也。之，始慚而入。生審視宛然，不覺零涕，因拜伏不起。媪扶之，不以爲侮。[何註]侮音武，戲侮也。生出，浼女[校]青本作母。舅執柯。媪議擇吉贅[呂註]史記，滑稽列傳：淳于髡者，齊之贅壻也。注：言不當出在妻家，亦猶人身體有贅疣，非所應有也。[何註]家貧出贅妻家曰贅壻。生。生歸告蓮香，且商所處。[校]青本作聘。蓮悵然良久，便欲別去。[但評]一波未已，一波又興。生大駭泣下。蓮曰：「君行花燭[呂註]何遜新婚詩：霧夕蓮出水，霞朝日照梁；何如花燭夜，輕扇掩紅妝。於人家，妾從而往，亦何形顏？」生謀先與旋里而後迎燕，蓮乃從之。生以情白張。張聞[校]此據青本，抄本作問。其有室，怒加誚讓。燕兒力白之，乃如所請。至日，生往親迎。[何註]親迎，所謂壻至女門，御輪先歸也。家中備具，頗甚草草；及歸，則自門達堂，悉以罽毯[何註]罽音猘，毯，土敢切，織毛爲席也。又註：罽，毛氍毹也，即今貼地花氈。漢書，東方朔傳：狗馬被績罽。貼地，百千籠燭，燦列如錦。[何評]狐也。[但評]蓮香終是可愛。蓮香扶新婦入青廬，[呂註]酉陽雜俎：北方婚禮，用青布幔爲屋，謂之青廬，於此交拜成禮。搭面[何註]搭面，縭也。詩，豳風：親結其縭。既揭，歡若生平。蓮陪卺飲，因[校]青本無因字。細詰還魂之異。燕曰：「爾日抑鬱無聊，徒以身爲異物，自覺形穢。[呂註]世説：王濟見衛玠，歎曰：珠玉在前，覺我形穢。[何註]穢，汙也。別後憤[何註]憤，樊上聲，懣也。不歸墓，[馮評]作鬼也要有志氣。隨風漾泊。[何註]漾泊，如水上之木，一因風水，或漾而行，或泊而止也。每見生人則羨之。晝憑草木，夜則信足浮沈。[校]青本作沈浮。偶至張家，見少女卧牀上，近[校]青本作迎。附之，未知遂能活也。」蓮聞之，默默若有所思。[但評] 鬼恥爲鬼，鬼已人矣。狐雖生，終非人也。鬼以身爲異物，自慚形穢而求生；狐得不以身爲異類，自慚形穢而求死乎？狐不死不得爲人，是狐之恥爲狐而卒得爲人者，由有感於鬼之恥爲鬼而然也。故下文只以恥於爲鬼一句作收，已是兩邊都到。逾兩月，蓮舉一子。產後暴病，日就沈綿。捉燕臂曰：「敢以孽種相累，我兒即若兒。」燕泣下，姑慰藉之。爲召巫醫，輒卻之。沈痼[何註] 痼音顧，久固也。彌留，[呂註] 書，顧命：病日臻，既彌留。注：彌，久也。[何註] 書，顧命：成王謂其病既大甚，而留連不愈也。又註：彌留，疾篤也。氣如懸絲。生及燕兒皆哭。忽張目曰：「勿爾！子樂生，我[校] 青本下有自字。樂死。如有緣，十年後可復得[校] 青本作相。見。」言訖而卒。啓衾將斂，尸化爲狐。[但評] 必至死後，乃化真狐。生不忍異視，厚葬之。子名狐兒，燕撫如己出。每清明，必抱兒哭諸其墓。後[校] 青本下有數年二字。生舉於鄉，家漸裕。而燕苦不育。狐兒頗慧，然單弱多疾。燕每欲生置媵。一日，婢忽白：「門外一嫗，攜女求售。」[馮評] 如此陡入，掃卻多少語言，文字斷不茸沓，若順敘蓮娘如何投生，一一寫來，便是呆筆。燕呼入。卒見，大驚曰：「蓮姊復出耶！」生視之，真似，亦駭。問：「年幾何？」答云：「十四。」「聘金幾何？」曰：「老身止此一[校] 此據青本，抄本無一字。塊肉，但俾得所，妾亦得噉飯處，後日老骨不至[校] 青本無至字。委溝壑，足矣。」生優價而留之。[但評] 兩個再生人，俱不失本來面目。燕握女手，入密室，撮其頷[校] 青本作提其頷，同本作提其領。而笑曰：「汝識我否？」答言：「不識。」詰其姓氏，曰：「妾韋姓。父徐城賣漿者，死三年矣。」燕屈指停思，蓮死恰十有四載。又審視〔校〕青本作顧。女，儀容態度，無一不神肖者。乃拍其頂而呼〔校〕青本下有之字。曰：「蓮姊，蓮姊！十年相見之約，當不欺吾。」女忽如夢醒，豁然曰：「咦！」〔何注〕咦音夷。說文：南陽謂大呼曰咦。又笑貌。愚按：近今江寧驚異之辭亦然。熟〔校〕青本熟上有因字。視燕兒。生笑曰：〔校〕青本作云。「此『似曾相識〔校〕青本下有之字。燕歸〔校〕此據青本，抄本作飛。來』〔呂注〕晏殊春恨詞：無可奈何花落去，似曾相識燕歸來。也。」〔何評〕愴絶語，□如泫然可知。〔但評〕用成語指點有情。女泫〔何注〕泫，流涕貌。禮，檀弓：孔子泫然流涕。然曰：「是矣。聞母言，妾生時便能言，以爲不祥，犬血飲之，遂昧宿因。今日始〔校〕青本作殆。如夢寤。娘子其恥於爲鬼之李妹耶？」〔馮評〕數語從女口中追敘，便已醒豁。共話前生，悲喜交至。〔校〕青本作集。〇〔但評〕鬼狐二字至此大收束。一日，寒食，燕曰：「此每歲妾與郎君哭姊日也。」〔何評〕愴絶。遂與親登其墓，荒草離離，木已拱矣。〔呂注〕左傳，僖三十二年：爾墓之木拱矣。〔何注〕左傳，僖三十二年：公使謂之（蹇叔）曰：爾何知？中壽，爾墓之木拱矣。注：中壽而墓木已拱，死將至矣。女亦太息。燕謂生曰：「妾與蓮姊兩世情好，不忍相離，宜令白骨同穴。」〔但評〕鬼狐並爲生人，奇矣。直寫前世之白骨同穴，則更奇。鬼狐若此，鬼狐何害。生從其言，啓李家得骸，舁歸而合葬之。〔何評〕蓮李合來。親朋聞其異，吉服臨穴，不期而會者數百人。余庚戌南遊至沂，阻雨，休於旅舍。有劉生子敬，其中表〔呂注〕後漢書，鄭太傳：明公將帥皆中表腹心，周旋日久。親，出同社王子章所撰［何註］撰音饌。唐書，百官志：史館修撰。注：屬詞紀事也。桑生傳，約萬餘言，得卒讀。此其崖略［呂註］莊子，知北遊：將爲汝言其崖略。［何註］崖略，猶大略也。耳。［馮評］自己登場，書庚戌，書劉子敬，書王子章，皆證實之言。

異史氏曰：「嗟乎！死者而求其生，生者又求其死，天下所難得者，非人身哉？奈何具此身者，往往而置之，遂至靦然而生不如狐，泯然而死不如鬼。」

王阮亭云：「賢哉蓮娘！巾幗［呂註］晉書，宣帝紀：諸葛亮率衆十餘萬出斜谷，壘於郿之渭水南原。數挑戰，帝不出。亮因遺帝巾幗婦人之飾。帝怒，表請決戰，天子不許。○巾幗，女子未笄之冠也。［何註］幗音蟈，婦人喪冠。中吾見亦罕，況狐耶！」

［何評］蓮以憐稱，李以履著，同歸于桑，曰相連理。揆其託名假義，爲狐爲鬼，並屬子虛。故夫女也借身，無異張冠李戴；蓮兮再世，何殊弧佩韋弦？至若兩屬祕密，並慕竊窺，納李垂危，依蓮復活，正易所謂「見豕負塗，載鬼一車，先張之弧，後脫之弧」者矣。夫何遊魂漾泊，宛如兔死狐悲，寒食淒涼，祇有墓門草宿，一片迷離景況，祇令魂銷。浮屠氏不三宿桑間，良有以也。

阿寶

粵西孫子楚，名士[呂註]裴啓語林：司馬懿克日交戰，使人偵之，孔明綸巾羽扇，指麾三軍，從容自若。懿歎曰：諸葛君可謂名士矣。也。生有枝指。[呂註]莊子，駢拇篇：駢拇枝指，出乎性哉，而侈於德。○釋文引三倉云：枝指，手有六指也。性迂[何註]迂，迂闊。訥，[何註]訥，不能言也。人誑之，輒信爲真。或值座有歌妓，則必[校]青本作即。遥望卻走。或知其然，誘之來，使妓狎逼之，則赬顔徹頸，[何註]赬，赤色。徹，通也。言面赤徹於頸也。汗珠珠下滴。因共爲笑。遂貌其呆狀，相郵[何註]郵音由，驛也。傳作醜語，[呂註]見柳子厚與裴塤書。而名之「孫癡」。[但評]情之所鍾，正在我輩。若夫歌妓舞妓，非真有定識定守，自不得以目中有妓，心中無妓自飾以欺人。生之赬顔汗面，正其不癡處；特癡人説癡話，而指之曰癡耳。邑大賈某翁，與王侯埒富。[何註]埒，鸞入聲。言富與王侯相等埒也。姻戚皆貴冑。[何註]冑音宙，裔也，嗣也，言皆貴家人弟也。有女阿寶，絶色也。日擇良匹，大家兒爭委禽[呂註]左傳，昭元年：鄭徐吾犯之妹美，公孫楚聘之矣；公孫黑又使强委禽焉。注：禽，雁也。納采用雁。[何註]委禽，聘禮也。妝，皆不當翁意。生時失儷，[呂註]左傳，成十一年：郤犨奪施氏婦。婦人曰：鳥獸猶不失儷，子將若何？注：儷，偶也。有戲之者，勸其通媒。生殊不自揣，果從其教。翁素耳其名，而貧之。媒媪將出，適遇寶，問之，以告。女戲曰：「渠去其枝指，余當歸之。」媪告生。生曰：「不難。」媒去，生以斧自斷其指，大痛徹心，血益［校］青本作溢。傾注，濱死。［何註］濱即瀕，猶近也。濱死，言幾死也。過數日，始能起，往見媒而示之。媪驚，奔告女。女亦奇之。戲請再去其癡。［馮評］隨筆又轉。［何評］絶好戲法。生聞而譁辨，自謂不癡；［但評］我亦辨其不癡。然無由見而自剖。轉念阿寶未必美如天人，何遂高自位置如此？由是曩念頓冷。［但評］曩念頓冷句，小作頓挫。會值清明，俗於是日，婦女出遊，輕薄少年，亦結隊隨行，恣其月旦。［呂註］後漢書，許劭傳：劭與從兄靖，俱有高名，好共覈論鄉黨人物；每月旦輒更其品題，故汝南有月旦評。［何註］月旦，評論也。許劭每月旦評題人物，人號月旦評，亦望人日新月易意也。○［但評］此則惡俗。有同社數［校］青本作友。人，强邀生去。或嘲之曰：「莫欲一觀可人［呂註］禮，雜記：管仲遇盜取二人焉，上以爲公臣。曰：其所與遊辟也，可人也。又温造福張建封爲可人，見唐書。［何註］可人，謂可意之人。后山詩：客有可人期不來。否？」生亦知其戲己；然以受女揶揄故，亦思一見其人，忻然隨衆物色之。遥見有女子［校］青本無子字。憩［何註］憩，俗憩字，息也。樹下，惡少年［呂註］前漢書，昭帝紀：發郡國惡少年。注：無賴子弟也。○唐書，崔融傳：天下之關必險，道市必要津，豪宗惡少在焉。環如牆堵。衆曰：「此必阿寶也。」趨之，果寶。審諦之，娟麗無雙。少頃，人益稠。［何註］稠音酬，人多也。女起，遽去。衆情顛倒，品頭題足，紛紛若狂；生獨默然。及衆他適，回視，生［校］青本無生字。猶癡立故所，呼之不應。羣曳之曰：「魂隨阿寶去耶？」［但評］借人言作點醒筆，文心巧妙乃爾。○魂隨阿寶去句，明點而不嫌其直。亦不答。衆以其素訥，故不爲怪，或推之，或挽之，［吕註］左傳，襄十四年。［何註］襄十四年：夫二子者，或輓之，或推之，欲無入得乎。（按挽通輓）以歸。［馮評］寫情癡工。此下魂依阿寶一段，已於此透過。一面是兩面。至家，直上牀卧，終日不起，冥如醉，唤［校］青本作呼。之不醒。家人疑其失魂，招於曠野，莫能效。强拍問之，則矇矓［校］青本作朦朧。應云：「我在阿寶家。」及細詰之，又默不語。家人惶惑莫解。初，生見女去，意不忍舍，覺身已從之行，漸傍其衿帶間，人無呵者。遂從女歸，坐卧依之，夜輒與狎，甚相得；［校］青本作意甚得。然覺腹中奇餒，思欲一返家門，而迷不知路。女每夢與人交，［但評］以魂相交，另是一世界。問其名，曰：「我孫子楚也。」心異之，而不可以告人。［但評］在阿寶家只作朦朧語，而魂夢之交，從女一邊實敍，順出招魂，便不費手。生卧三日，氣休休若將澌［何註］澌音斯，盡也。滅。家人大恐，託人婉告翁，欲一招魂其家。翁笑曰：「平昔不相［校］青本作省。往還，何由遺魂吾家？」家人固哀之，翁始允。巫執故服、草薦以往。女詰得其故，駭極，不聽他往，直導入室，任招呼而去。巫歸至門，生榻上已呻。既醒，女室之香奩什具，何色何名，歷言不爽。女聞之，益駭，陰感其情之深。［馮評］此與杜麗娘之於柳夢梅，一女悦男，一男悦女，皆以夢感，俱千古一對情癡。［但評］束筆即作起筆。生既離牀寢，［校］青本無寢字。坐立凝思，忽忽若忘。每伺察阿寶，希幸一再遘之。浴佛節，［吕註］荆楚歲時記：四月八日，諸寺各以五香水浴佛，作龍華會，以爲彌勒下生之徵也。聞將降香水月寺，遂早旦往候道左，目眩[何註]眩音衒，潰亂也。睛勞。日涉午，[何註]涉午，經午也。女始至。自車中窺見生，以摻手[何註]詩，魏風：摻摻女手。注：摻摻猶纖纖。搴簾，凝睇不轉。生益動，尾從之。[但評]盈盈一水間，脈脈不得語，情景可想。女忽命青衣來詰姓字。生殷勤自展，魂益搖。車去，始[校]青本始上有生字。歸。歸復病，冥然絶食，夢中輒呼寶名。每自恨魂不復靈。家舊養一鸚鵡，忽斃，小兒持弄於牀。生自念倘得身爲鸚鵡，振翼可達女室。[但評]文亦栩栩欲飛。○願作比翼鳥，化爲鸚鵡飛，癡人偏遇此巧事。心方注想，身已翩然鸚鵡，[馮評]若仍前魂隨之去，便少趣，忽附一鸚鵡，又開異境，文情之妙，不可名狀。遽飛而去，直達寶所。女喜而撲之，鎖其肘，飼以麻子。大呼曰：「姐姐勿鎖！我孫子楚也！」[但評]魂附鳥，鳥得達女所，固是如願；然幸而適逢鸚鵡，乃得以言語相通，否則癡人屈死矣。女大駭，解其縛，亦不去。女祝曰：「深情已篆[何註]篆音瑑，鏤銘也。中心。今已人禽異類，姻好何可復圓？」鳥云：「得近芳澤，於願已足。」他人飼之不食，女自飼之則食。女坐，則集其膝；臥，則依其牀。如是三日。女甚憐之。陰使人瞷[校]青本作瞰，通瞷。○[何註]瞰音闞，視也。生，生則僵臥氣絶，已三日，但心頭未冰耳。女又祝曰：「君能復爲人，當誓死相從。」鳥云：「誑我。」女乃自矢。鳥側目若有所思。少間，女束雙彎，解履牀下，[校]青本作上牀。鸚鵡驟下，啣履飛去。[但評]雖已旦旦相要，而驟取其誓物，於人則癡，於鳥則不癡。○緑鳥啣繡履，於紅喙上添出幾分顏色。女急呼之，飛已遠矣。女使嫗往探，則生已寤。家人見鸚鵡啣繡履來，墮地死，方共異之。生既[校]青本作旋。蘇，即索履。衆莫知故。適嫗至，入視生，問履所在。生曰：「是阿寶信誓物。借口相覆：小生不忘金諾[呂註]劉勰新論：季布不遇曹丘，則百金之諾不揚。庾信詩：空守黄金諾。[何註]言諾勝於金，故曰金諾。也。」嫗反命。女益奇之，故使婢泄其情於母。母審之確，乃曰：「此子才名亦不惡，但有相如之貧。[呂註]史記，司馬相如列傳：司馬相如者，蜀郡成都人也。家貧無以自業。素與臨邛令王吉相善，於是往舍都亭。臨邛令繆爲恭敬，日往朝相如。臨邛中多富人，卓王孫家僮八百人，程鄭亦數百人。二人乃相謂曰：令有貴客，爲具召之。酒酣，臨邛令前奏琴曰：竊聞長卿好之，願以自娛。是時卓王孫有女文君，新寡，好音，故相如繆與令相重而以琴心挑之。文君竊從户窺之，心悦而好之，夜亡奔相如，相如乃與馳歸。家居徒四壁立。文君久之不樂，曰：長卿第俱如臨邛，從昆弟假貸，猶足爲生，何至自苦如此？相如與俱之臨邛，買一酒舍酤酒，而令文君當鑪；相如身自著犢鼻褌，與保庸雜作，滌器於市中。卓王孫聞而恥之，爲杜門不出。擇數年得壻若[校]青本作如。此，恐將爲顯者笑。」[但評]才字敵不上貧字，可歎！且充其類而曰相如之貧，又曰恐爲顯者笑，更可歎！女以履故，矢不他。[何評]托履故耳，女心許孫已久矣。[但評]生以癡感，女以癡應。翁媪[校]青本下有乃字。從之。馳報生。生喜，疾頓瘳。翁議贅諸家。女曰：「壻不可久處岳家；況郎又貧，久益爲人賤。[何評]甚是。兒既諾之，處[校]青本無處字。蓬茆而甘藜藿，[何註]茆與茅通，從節。蓬茆，所居也。藜藿，所食也。不怨也。」[校]青本無也字。◯[但評]女之志固可嘉，女之識尤可愛，此皆人不易及處，無怪其高自位置也。生乃親迎成禮，相逢如隔世懽。[但評]相逢如隔世懽，淡語有味，確不可移。自是[校]青本下有生字。家得匳妝，小阜，頗增物産。而生癡於書，不知理家人生業；女善居積，亦不以他事累生。居三年，家益富。生忽病消渴，[何註]消渴，中熱病也。卒。[馮評]又作險筆。女哭之痛，淚眼不晴，[校]青本無上四字。至絕眠食。勸之不納，乘夜自經。[但評]如此情種，自宜以死報之。婢覺之，急救而醒，[校]青本作甦。終亦不食。三日，集親黨，將以殮生。聞棺中呻以息，[馮評]用筆之妙，真如一波甫平，一波又起，操縱自如，起跌由我，極行文之樂事。啓之，已復活。自言：「見冥王，以生平樸誠，命作部曹。忽有人白：『孫部曹之妻將至。』王稽鬼録，言：『此未應便死。』又白：『不食三日矣。』王顧謂：『感汝妻節義，姑[校]青本作始。賜再生。』」[但評]至誠所感，凡在倫理中者，皆當作如是觀。故嘗謂天下人惟患不癡。因使馭卒控馬送余還。」由此體漸平。值歲大比，[呂註]周禮，地官：鄉大夫受教法於司徒，以歲時入其書。三年則大比，考其德行、道藝，而興賢者、能者。[何註]周禮，地官：三年大比，鄉老及鄉大夫羣吏獻賢能之書於王，即今鄉試也。入闈[何註]禮部閲試，設棘圍之，以防假濫。今貢院也。之前，諸少年玩弄之，共擬隱僻之題七，引生僻處與語，言：「此某家關節，[呂註]唐書，穆宗紀：國家設文學之科，本求才實。聞近日浮薄之徒，扇爲朋黨，謂之關節，干擾主司。〇唐國史補：進士爲時所尚久矣。由此出者，終身爲文人。其都會謂之舉場，通稱謂之秀才，投刺謂之鄉貢，得第謂之前進士，互相推敬謂之先輩，俱捷謂之同年，有司謂之座主，不試而貢者謂之拔解，造請權要謂之關節。〇吳青壇讀書質疑：世以下之所以通款曲於上者曰關節，唐時已有此語。段文昌言於文宗曰：今歲禮部殊不公，所取進士，皆子弟無藝，以關節得之。又摭言云：造請權要，謂之關節。按，漢書，佞幸傳：高祖有籍孺，孝惠有閎孺，與上卧起，公卿皆因關說。乃知關節蓋本於關說也。宋人言：關節不到，有閻羅包老。此即通款曲之說也。〇明楊士奇主試聯云：場列東西，兩道文光齊射斗；簾分内外，一毫關節不通風。[何註]關節，如關門之必以符節也。敬祕相授。」生信之，晝夜揣摩，[何註]揣摩，謂揣度摩倣之也。蘇秦三年揣摩成。制成七藝。衆隱笑之。

時典試者慮熟題有蹈襲[何註]襲音習，蹈襲，録舊等事也。弊，力反常經，[校]青本作徑。題紙下，七藝[校]青本作首。皆符。生以是掄魁。[何註]掄音崘，擇也。魁，魁首也。唐書，劉迪傳：文部始掄材，終授位。○[但評]擬題得中，乃癡字餘波，勿認作正面。明年，舉進士，授詞林。上聞[校]青本下有其字。異，召問之。生具[校]青本無具字。啓奏。上大嘉悦。後[校]青本作即。召見阿寶，賞賚[何註]賚，賜也。有加焉。

異史氏曰：「性癡則其志凝：[校]此據青本，抄本作癡。○[馮評]半癡子曰：世間只有情難畫，誰似先生寫狀來？故書癡者文必工，藝癡者技必良；世之落拓而無成者，皆自謂不癡者也。且如粉花[吕註]吴景奎正月樂詞：含章宮中萬玉妃，粉花點額芳霏霏。蕩産，盧雉[吕註]唐國史補：洛陽令崔師本好爲古之摴蒱。其法三分其子三百六十，限以二關，人執六馬。其骰五枚，上爲黑，下爲白；黑者刻二爲犢，白者刻二爲雉。擲之全黑者爲盧，其采十六；二雉三黑爲雉，其采十四；二犢三白爲犢，其采十；全白爲白，其采八：四者，貴采也。開爲十二，塞爲十一，塔爲五，秃爲四，撅爲三，梟爲二：六者，雜采也。[何註]梟曹氏以五木作博具，以梟、盧、雉、犢、塞爲勝負名色。傾家，顧癡人事哉！以是知慧黠而過，乃是真癡；彼孫子何癡乎！」

[何評]魂屬陽，最易飄散，故須魂魄相拘。孫子凡離魂者再，魄不拘魂故也。使非別有所以拘之者，則散矣。孫子之癡，直是誠樸。阿寶使去其癡，實是觀其誠否耳。指截魂離，鬼神且深許之矣，阿寶能勿爾乎？

［但評］聞戲言而斷指，此爲真癡。而忽而離魂，忽而化鳥，自我得依芳澤，使彼深篆中心。隻鳥飛來，息壤在彼，遂令高自位置者，戲語成真，甘蓬茆而安藜藿；且以癡報癡，至以身殉。人鬼相隔，且感此癡，癡亦何負於人哉？嘗謂天下之爲人臣、爲人子、爲人弟、爲人友者，果能以至誠之心處之，天下不復有難處之事矣。癡顧可少乎！

九山王

曹州李姓者，邑諸生。家素饒。而居宅故不甚廣；舍後有園數畝，荒置之。一日，有叟來稅屋，出直百金。李以無屋爲辭。叟曰：「請受之，但無煩［校］青本作顧。慮。」李不喻其意，姑受之，以覘其異。越日，村人見輿馬眷口入李家，紛紛甚夥，共疑李第無安頓所，問之。李殊不自知，歸而察之，並無蹟響。過數日，叟忽來謁。且云：「庇宇下已數晨夕。事事都草創，起爐作竈，未暇一修客子禮。今遣小［校］青本作兒。女輩作黍，幸一垂顧。」［馮評］且重直，復修禮，人類中亦鮮此周到。李從之。則入園中，欻見舍宇華好，嶄然［何註］嶄然，新貌。一新。入室，陳設芳麗。酒鼎沸於廊下，茶煙裊於厨中。俄而行酒薦饌，備極甘旨。時見庭下少年人往來甚衆。又聞兒女喁喁，幕［校］青本幕上有簾字。中作笑語聲。家人婢僕，似有數十百口。李心知其狐。席終而歸，陰懷殺心。每入市，市硝硫，積數百斤，暗布園中殆滿。驟火之，燄亘霄漢，如黑靈芝，［呂註］神農本草，注：黑芝生常山，久食身輕，延年不老。古今注：建初中，潁川生靈芝，秋白冬黑。燔臭灰瞇不可近；但聞鳴啼嗥動之聲，嘈雜聒耳。既熄，入視。則死狐滿地，焦頭爛額［呂註］前漢書，霍光傳：客有過主人者，見其竈直突，旁有積薪。客謂主人：更爲曲突，遠徙其薪；不者，且有火患。主人嘿然不應。俄而家果失火。鄰里共救之，幸而得息。於是殺牛置酒，謝其鄰人。灼爛者在於上行，餘各以功次坐，而不録言曲突者。人謂主人曰：向使聽客之言，不費牛酒，終亡火患；今論功而請賓，曲突徙薪亡恩澤，焦頭爛額爲上客耶？主人迺悟而請之。者，不可勝計。［馮評］讀昌黎陸渾山火詩，輒爲竟日不快，以焚炙太過，殘殺生靈太多也。方閱視間，叟自外來，顏色慘慟，責李曰：「夙無嫌怨；荒園歲報百金，非少；何忍遂相族［校］青本作絕。滅？此奇慘之仇，無不報者！」忿然而去。疑其擲礫［何註］礫，瓦礫也。爲殃，而年餘無少怪異。時順治初年，山中羣盜竊發，［馮評］如此過接無痕。嘯聚萬餘人，官莫能捕。生以家口多，日憂離亂。［馮評］此生亦憂家口耶？狐之家口呢？適村中來一星者，［呂註］王應麟云：十一星行曆推人命貴賤，始於唐貞元初都利術士李弼乾。傳有聿斯經本通考秤星三卷，以日月五星及羅睺、計都、紫氣、月孛、十一曜演十二宮度數，以推人命貴賤、壽夭、休咎，不知所自起。或云：天竺梵學也。吴萊集十一星，日、月及金、木、水、火、土爲七政，益以四餘爲十一曜。四餘者，紫氣爲木之餘，月孛爲水之餘，羅睺爲火之餘，計都爲土之餘也。［何註］星者善以星象度數推算者也。昌黎集：李虛中以人生年月日時推人壽夭貴賤，百不失一。自號「南山翁」，言人休咎，了若目覩，名大譟。李召至家，求推甲子。翁愕然起敬，曰：「此真主也！」李聞大駭，以爲妄。翁正容固言之。李疑信半焉。乃曰：「豈有白手受命而帝者乎？」翁謂：「不然。自古帝王，類多起於匹夫，誰是生而天子者？」［馮評］族矣！南山翁之仇復矣。

生惑之，前席而請。翁毅然以「卧龍」[呂註]後漢紀：徐庶謂昭烈曰：諸葛孔明，卧龍也。自任。請先備甲冑數千具、弓弩數千事。李慮人莫之歸。翁曰：「臣請爲大王連諸山，深相[校]青本下有訂字。結。使諱[校]青本無諱字。言者謂大王真天子，山中士卒，宜必響應。」李喜，遣翁行。發藏鏹，造甲冑。[校]青本作兵甲。翁數日始還，曰：「借大王威福，加臣三寸舌，[呂註]史記，留侯世家：留侯乃稱曰：今以三寸舌，爲帝者師。諸山莫[校]青本作無。不願執鞭靮，[何註]靮音的，靷也。禮，檀弓：執靮而從。從戲[校]此據青本，抄本作戟。下。」[呂註]戲，呼爲切，同麾，旗屬。○周禮，夏官：建大麾以田。麾或作戲。○史記，項羽本紀：諸侯罷戲下，各就國。注：戲，同麾。浹旬之間，果歸命者數千人。於是拜翁爲軍師；[馮評]宋駝子耶？建大纛，[何註]纛音獨，羽葆幢也。設彩幟若林；據山立栅，聲勢震動。邑令率兵來討，翁指揮羣寇，大破之。令懼，告急於兗。兗兵遠涉而至，翁又伏寇進擊，兵大潰，將士殺傷者甚衆。勢益震，黨以萬計，因自立爲「九山王」。翁患馬少，會都中解馬赴江南，遣一旅要路篡[何註]篡，奪取也。取之。由是「九山王」之名大譟。加翁爲「護國大將軍」。高卧山巢，公然自負，以爲黄袍之加，[呂註]宋史：太祖次陳橋驛，軍士直逼寢所，願輔太尉爲天子。帝驚起披衣，未及對，而黄袍已加身矣。指日可俟矣。東撫以奪馬故，方將進勦；又得兗報，乃發精兵數千，與六道合圍而進。[馮評]此李姓家之硫磺燄硝也。軍旅旌旗，彌滿[校]青本作漫。山谷。「九山王」大懼，召翁謀之，則不知所往。「九山王」

窘極無術，登山而望曰：「今而知朝廷之勢大矣！」［校］青本作也。○［馮評］一語喚醒國初時許多癡夢。［何評］愚人。山破，被擒，妻［校］青本無妻字。孥戮之。始悟翁即老狐，蓋以族滅報李也。［馮評］二句簡甚。

異史氏曰：「夫人擁妻子，閉門［校］青本作閉户，同本作箕踞。科頭，［呂註］王維詩：科頭箕踞長松下。注：科頭，不冠也。謂髮縈繞成科結也。［何註］科頭，露頂也。何處得殺？——即殺，亦何由族哉？狐之謀亦巧矣。而壤無其種者，雖溉不生；彼其殺狐之殘，方寸已有盜根，故狐得長其萌而施之報。今試執途人而告之曰：『汝爲天子！』未有不駭而走者。明明導以族滅之爲，而猶樂聽之，妻子爲戮，又何足云？然人之聽匪言也，始聞之而怒，繼［校］青本作既，下同。而疑，又繼而信；［馮評］此語用之於前便少味。迨至身名俱殞，而始知其誤也，大率類此矣。」

［何評］誠爲福倡，禍與妄隨，使李妄念不生，狐何從報？故昔人謂災及其身，只是一妄念所致，信然。

［但評］新吾呂子曰：「滿腔子是惻隱之心，滿六合是運惻隱之心處。君子視六合飛潛動植纖細毫末之物，見其得所，則油然而喜，與自家得所一般；見其失所，則閔然而感，與自家失所一般。」仁人好生，其言藹如也。佛經卵生、胎生、溼生、化生，皆令人無餘涅槃而滅

度之。可知物雖異類，不當有衆生見存於中，即不能到得萬物育盡物性境地，兩不相妨，奚不可者？數畝荒園，百金重直，非陰據也。修客子禮，博主人歡，非惡祟也。兒女喁喁，僕婢諾諾，非劫盜也。即心知其狐，狐亦何負於汝？乃以禮致罪，不怨而仇，陰懷殺心。楚人一炬，方謂一網打盡，無鼾睡於卧榻之前；豈知奇慘之仇，彼已得請於帝乎？因其殘忍之心，而導以悖逆之舉，山巢高卧，聚族而殲，拏戮之時，不知亦聞嗚啼嘷動之聲否？滅人之族，人亦滅其族。然則滅之者狐也，非狐也。

遵化署狐

諸城丘公爲遵化道。署中故多狐。最後一樓，綏綏〔呂註〕詩，衛風：雄狐綏綏。傳：綏綏，獨行求匹之貌。者族而居之，以爲家。時出殃人，遣之益熾。官此者惟設牲禱之，無敢迕。丘公莅任，聞而怒之。狐亦畏公剛烈，化一嫗告家人曰：「幸白大人：勿相仇。容我三日，將攜細小避去。」公聞，亦嘿不言。次日，閱兵已，戒勿散，使盡扛諸營巨炮驟入，環樓千座並發；數仞之樓，頃刻摧爲平地，革肉毛血，自天雨而下。但見濃塵毒霧之中，有白氣一縷，冒烟冲空〔校〕上四字，遺本作冲雲。而去。衆望之曰：「逃一狐矣。」而署中自此平安。後二年，公遣幹僕賫銀如干數赴都，將謀遷擢。事未就，姑窖藏于班役之家。忽有一叟詣闕聲屈，言妻子橫被殺戮；又訐公尅削軍糧，夤緣當路，現頓某家，可以驗證。奉旨押驗。至班役家，冥搜不得。叟惟以一足點地。悟其意，發之，果得金；金上鐫有「某郡解」字。已而覓叟，則失所在。執鄉里姓〔校〕此據遺本，抄本作鄉。名以求其人，竟亦無之。

公由此罹難。乃知叟即逃狐也。

異史氏曰：「狐之祟人，可誅甚矣。然服而舍之，亦以全吾仁。公可云疾之已甚者矣。抑使關西爲此，豈百狐所能仇哉！」［校］青本無此篇。

余聞之虞堂云：臨清署五堂久荒廢爲狐藪，然其後別有狐室，遂祝而遣之。其文曰：「仙凡異路，蓬萊豈在人間？物我無猜，爾予原非同類。向以空堂闃寂，鳥雀不驚，遂爾聚族來居，門檽自掩。兹者，嚴君於八月廿一日移守是州，余於九月初二日入居此室。咒幻迹於藏經，法力曾施於德水；拱仙踪於虛白，雄心又肆於清源。予之事也，爾合知之。乃於昨夜，輒擾同人。塵世之雕梁畫棟，方笑爾爲鵲巢鳩居；非種之女愛男癡，反謂我爲桃僵李代。試思牆上遊魂，未足驚游人之膽；房中喧響，不能醒高士之眠。自是志一神凝，妖邪莫亂；尚欲藏頭露尾，盤據於斯。今與仙約，其聽予言：仙人好樓居，別自有清涼世界；狂生恃膽壯，再休得窺伺閨房。聊將清酒陌錢，作君之餞；莫笑儷六駢四，鑒我之狂。」是夜，從人聞室內人聲嘈雜，若數十輩匆匆有事者；若男若女，若老若幼，出入沓雜。虞堂殊不聞；僕從等搥門鑿牕而呼之，亦不覺。迨寤時，寂無聲矣。後遂絶跡。不百日，忽夜夜作響，叵耐殊甚。善慰之不止。因復作文祭之。其文曰：「前以楮帛告於仙人，所以判人鬼之關，而界仙凡之路。旋即深閨絶響，方喜幻迹潛形。數日以來，眠則止，醒則聞，雖未嘗驚我高枕；晝而伏，夜而動，實足以愧爾仙名。榻上丁丁之履，有似於娼；門前落落之扃，有似於盜。有聲無形，闞我室而趦趄，有似於鬼；瞻前忽後，登余門而上下，有似於妖。向與爾輩相交，到處與以寬大；不意今番相擾，反欲施其神通。潮州刺史，曾有驅鱷之文；漢北狂生，豈無斬狐之劍？爾若知難而退，可以相容；倘敢觸怒而來，幸勿後悔！」至夜竟不復聞。惟朔望焚香其室，舊規也，亦仍之。雪亭附記（按雪亭名段甡）

張誠

豫人張氏者，其先齊人。明末[校]上二字，青本作靖難兵起。○[吕註]明建文二年七月，燕王靖難兵起。[何註]靖音穽，治理也。左傳，僖九年：君務靖亂。齊大亂，妻爲北[校]青本無北字。兵掠[何註]掠音略，奪取也。去。張常客豫，遂家焉。娶於豫，生子訥。無何，妻卒，又娶繼室，生子誠。繼室牛氏悍，[何註]悍音翰，强梁也。每嫉[何註]嫉，妒忌也。訥，奴畜之，啖以惡草具。[吕註]史記，陳丞相世家：陳平既多以金縱反間於楚軍，項王果疑之，使使至漢。漢王爲太牢具舉進。見楚使，即佯驚曰：吾以爲亞父使，乃項王使。復持去，更以惡草具進楚使。注：惡草具，謂以粗惡之物具饌也。[何註]啖音淡。如淳曰：食無菜茹爲啖。惡草，不堪食之蔬菜也。使樵，日責柴一肩；無則撻楚詬詛，[何註]詬，許候切，詛，阻去聲。罵也。不可堪。隱畜甘脆[何註]俗脆字，物易碎者。餌[何註]餌，食之也。誠，使從塾師讀。誠漸長，性孝友，不忍兄劬，[但評]犂牛之子，此是天生。陰勸母。母弗聽。一日，訥入山樵，未終，值大風雨，避身巖下，雨止而日已暮。腹中大餒，遂負薪歸。母驗之少，怒不與食；飢火燒心，入室僵[何註]僵音姜，仆也。卧。誠自塾中來，見兄嗒然，問：「病乎？」曰：「餓耳。」問其故，以情告。誠愀[何註]愀音悄，變色也。然便去。移時，懷餅來餌兄。兄問其[校]青本無其字。所自來。曰：「余竊麪倩鄰婦爲之，但食勿言也。」訥食之。囑弟曰：「後勿復然，事泄[何註]泄與洩同，漏也。管子：古言牆有耳者，微謀外泄之謂。累弟。且日一啗，飢當不死。」[但評]竊麪餌兄，曰：但食勿言。是不慮其泄而累也。囑勿復然曰：飢當不死。是不惟恐其累弟，抑且不知怨母也。至性至情，難兄難弟，讀者至此，已涕不可忍。誠曰：「兄故弱，烏能多樵！」次日，食後，竊赴山，至兄樵處。兄見之，驚問：「將何作？」答曰：[校]青本作云。「將助樵採。」[馮評]一片天真，令人下淚。問：「誰之遣？」曰：「我自來耳。」兄曰：「無論弟不能樵，縱或能之，且猶不可。」於是速之歸。誠不聽，以手足斷柴助兄。且云：「明日當以斧來。」兄近止之。見其指已破，履已穿。悲曰：「汝不速歸，我即以斧自剄[何註]剄音頸，割頸也。死！」[馮評]漏下一句。誠乃歸。兄送之半途，方復回。樵既歸，詣塾，囑其師曰：「吾弟年[校]青本無年字。幼，宜閉[校]青本作閑。之。山中虎狼多。」[校]青本作惡。○[馮評]語云：富貴天生。豈知忠孝亦是天生，否則何以此等人不多見也。夫富貴何足道，忠孝所性自具，何寥寥也。[但評]曰：我自來。我惟知助兄耳。曰：能且不可。兄亦止知愛弟耳。至於指已破，履已穿，弟心正快，而兄心碎矣。受責而諱，懷斧復樵，一束方盈，不辭而去。皇天后土，共見共聞。日日如斯，不將使友兄悌弟困頓以終乎？虎從何來？俾之離而合之，更令多得一兄，以成全其孝友之德。天助善人，玉汝於成，如是如是。師曰：[校]青本作言。「午前不知何[校]青本作所。往，業夏楚[呂註]禮，學記：夏楚二物，收其威也。注：夏，榎也。楚，荆也。以二物爲扑，以警其怠忽，使之收斂威儀也。[何註]周禮，注：夏楚二物，一員一方。之。」歸謂誠曰：「不聽吾言，遭答責矣。」誠笑曰：［校］青本作云。「無之。」明日，懷斧又去。兄駭曰：「我固謂子勿來，何復爾？」誠不應，刈薪且急，汗交頤不少［校］青本無少字。休。約足一束，不辭而返。［但評］不應，不休，不辭，包括許多言語，令人灑落多少眼淚。師又責之，乃實告之。師嘆其賢，遂不之禁。兄屢止之，終不聽。一日，與數人樵山中，欻有虎至。眾懼而伏。虎竟啣誠去。［但評］爲助兄而竟啣於虎，虎似兇頑；爲尋弟而更得一兄，虎實慈悲。此虎不可謂非菩薩遣來者。虎負人行緩，爲訥追及。訥［校］青本無訥字。力斧之，［馮評］圓一句，爲訥作地步。中胯。虎痛狂奔，莫可尋逐，痛哭而返。眾慰解之，哭益悲。曰：「吾弟，非猶夫人之弟；況爲我死，我何生焉！」［校］青本作爲。○［但評］即猶夫人之弟，且不可忍。以非猶夫人之弟，而爲我死，我即欲生，豈復更有生理乎！遂以斧自刎其項。眾急救之，入肉者已寸許，血溢如湧，［何註］湧音勇，騰也。眩瞀［何註］眩瞀音衒茂，目動亂不定也。殞［校］青本作濱。絶。［但評］懷餅刈薪，誰則遣之？斧虎劙頸，誰則逼之？一出於孩提，一出於樵豎。弟是難弟，兄是難兄。眾駭，裂之衣而約之，羣扶而［校］青本作以。歸。母哭罵曰：「汝殺吾兒，欲劙［何註］劙音離，分割也。俗謂游其刃以緩割也。頸以塞責耶！」［但評］寃哉天乎！訥呻云：「母勿煩惱。弟死，我定不生！」置榻上，創痛不能眠，惟晝夜依［校］青本作倚。壁坐哭。父恐其亦死，時就榻少哺之，牛輒詬責。［何評］可畏。訥遂不食，三日而斃。村中有巫走無常［呂註］祝允明語怪：酆都走無常事，彼中以此爲常。人行道路間，忽擲跳數四，便仆於地，冥然如死。途人家屬，但聚觀以伺之。或六時，或竟日，甚或越宿，必自甦，不復驚異救治也。比其甦，叩之，則多以句攝。蓋冥府追逐繫宂時，鬼吏不足，則取諸人間，令攝鬼卒，承牒行事；或有搬運負戴之役亦然。皆名走無常。者，［馮評］左氏接法。訥途遇之，緬訴［何註］緬音湎。緬訴，遠述也。囊苦。因詢［校］青本作問。弟所，巫言不聞。遂反身導訥去。［馮評］句法，即伏下。至一都會，見一皂衫人，自城中出。巫要遮［何註］遮音僬，亦要也。一作邀遮，攔阻以留之也。李白詩，關吏相邀遮，又親戚讙邀遮，皆留之之意也。代問之。皂衫人於佩囊中檢牒［何註］檢，查檢也。牒音疊，公文也。審顧，男婦百餘，並無犯而張者。巫疑在他牒。皂衫人曰：「此路屬我，何得差逮。」訥不信，強巫入內［校］青本無內字。城。城中新鬼、故鬼，［呂註］左傳，文二年：吾見新鬼大，故鬼小。往來憧憧，［何註］憧音衝，意不定也。易，咸卦。亦有故識，就問，迄無知者。忽共譁言：「菩薩至！」仰見雲［校］青本作空。中，有偉人，［何註］偉音韙。偉人，大人也。毫光徹上下，頓覺世界通明。巫賀曰：「大郎有福哉！菩薩幾十［校］青本作千。年一入冥司，拔諸苦惱，［呂註］法華經：十二因緣：觸緣受，受緣愛，愛緣取，取緣有，有緣生，生緣老、死、憂、悲、苦、惱。今適值之。」［馮評］凡傳奇中至無可轉關處，輒以仙佛救濟，幾成爛套。諺云：戲不夠，神仙湊。此卻令人不厭，故何也？孝子悌弟，感動天人，此理至常，無足怪。［但評］無邊苦惱，惟菩薩乃能拔之。但幾千年一入冥司，則待楊枝甘露者，已不啻恒河沙數矣。便捽訥跪。衆鬼囚［校］青本作因。紛紛籍籍，合掌齊誦慈悲救苦之聲，鬨騰［何註］鬨騰，鬨音喧，鬬聲比語也。震地。菩薩以楊柳［校］青本無柳字。枝偏灑甘露，其細如塵。俄而霧收光斂，遂失所在。訥覺頸上沾露，斧處不復作痛。巫仍導與俱歸。望見里門，始別而去。訥死二日，豁然竟甦，悉述所遇，謂誠不死。母以爲撰造[何註]撰造，撰音饌，亦造也。謂疑其揑造也。之誣，反詬罵之。訥負屈無以自伸，而摸創痕良瘥。自力起，拜父曰：「行將穿雲入海往尋弟；[但評]言言心血，字字淚珠。如不可見，終此身勿望返也。願父猶以兒爲死。」[但評]聞之傷心。翁引空處與泣，無敢留之。[何評]可畏。訥乃去。每於衝衢[何註]衢音種劬，衝通道也。訪弟耗；途中資斧斷絕，丐而行。逾年，達金陵，懸鶉[呂註]荀子：子夏貧，常懸鶉衣於壁。百結，[呂註]晉書，董威傳：威輦於市，得殘碎繒，輒結以爲衣，號曰百結衣。[何註]鶉音淳。子夏之衣，懸結爲鶉。又董威隱居白社，以殘絮縷帛爲衣，號百結衣，所謂懸鶉也。又註：懸鶉，敝衣也。傴僂[呂註]左傳，昭七年：一命而僂，再命而傴。按：僂，力主切。傴，舒羽切。[何註]傴僂，曲背也。又註：傴僂，卑遜之形於外也。左傳，昭七年：一命而僂，再命而傴，三命而俯，循牆而走。道上。偶見十餘騎過，走避道[校]青本作路。側。內一人如官長，年四十已來，健卒怒馬，騰踔[何註]踔音䮓，踶也。前後。一少年乘小駟，屢視[校]青本作顧。訥。訥以其貴公子，未敢仰視。少年停鞭少駐，[何註]駐音注，馬立也。忽下馬，呼曰：「非吾兄耶！」[何評]天也。[但評]尋弟得弟，卻不肯以兄見弟，偏以弟認兄，文已變化矣。本尋弟而更得一兄，又不肯遽以弟先認兄，偏以兄子弟。離離奇奇，啓人文思，端推此種。訥舉首審視，誠也。[馮評]然恐相逢是夢中。握手大痛，失聲。誠亦哭[但評]訥哭，誠亦哭，讀者亦哭，天下後世人讀之，無不哭。曰：「兄何漂落以[校]青本作一。至於此？」訥言其情，[馮評]一句已括。誠益悲。騎者並下問故，以白官長。官[校]青本下有長字。命脱騎載訥，連轡歸諸其家，始詳詰之。[馮評]遙接法。初，[馮評]追敘法。虎啣誠去，不知何時置路側，卧途中經〔校〕青本作竟。宿。適張別駕〔校〕青本作千户，下同。自都中來，過之，見其貌文，憐而撫之，漸蘇。言其里居，則相去已遠。因載與俱歸。又藥敷傷處，數日始痊。別駕無長君，子之。蓋適從遊矚也。誠具爲兄告。言次，別駕入，訥拜謝不已。誠入内，捧帛衣出，進兄，乃置酒燕敘。別駕問：「貴族在豫，幾何丁壯？」訥曰：「無有。父少齊人，流寓於豫。」別駕曰：「僕亦齊人。貴里何屬？」答曰：「曾聞父言，屬東昌轄。」〔何註〕轄音鎋，管轄也。驚曰：「我同鄉也！何故遷豫？」訥曰：「明季清兵入境，掠前母去。〔校〕上十字，青本作前母被兵掠去。父遭兵燹，〔呂註〕説文：兵火曰燹。○燹音銑。蕩無家室。〔校〕青本作産。先賈於西道，往來頗稔，故止焉。」又驚問：「君家尊何名？」訥告之。別駕瞠〔何註〕瞠音樘，直視也。莊子：夫子奔軼絶塵，而回瞠乎後矣。而視，〔校〕視，青本作眎之。○〔何註〕眎，古視字。○〔何評〕可思。俛首若疑，疾趨入内。無何，太夫人出。共羅拜，已，問訥曰：「汝是張炳之之孫耶？」〔馮評〕補出張炳之。古法。曰：「然。」太夫人大哭，謂別駕曰：「此汝弟也。」〔何評〕天也。訥兄弟莫能解。太夫人曰：「我適汝父三年，流離北去，身屬黑固山〔校〕青本作某指揮。半年，生汝兄。又半年，固山〔校〕青本作指揮。死，汝兄以補秩旗下〔校〕上四字，青本作以父蔭。遷此官。今解任矣。每刻刻念鄉井，遂出籍，復故譜。屢遣人至齊，殊無所覓耗，何知汝父西徙哉！」乃謂別駕曰：「汝以弟爲子，折福死矣！」別駕曰：「曩問誠，誠未嘗言齊人，想幼稚不憶耳。」[馮評]補斡一句。乃以齒序：別駕四十有一，爲長；誠十六，最少；訥二十二，[校]青本作年二十。則伯而仲矣。[馮評]處處用句法。[但評]敍次奇妙，不可多得。別駕得兩弟，甚歡，與同卧處，盡悉離散端由，將作歸計。太夫人恐不見容。別駕曰：「能容則共之；否則析之。[馮評]爽直語。天下豈有無父之國？」[吕註]禮，檀弓：晉獻公將殺其世子申生。公子重耳謂之曰：子盍言子之志於公乎？曰：不可。君安驪姬，是我傷公之心也。曰：然則盍行乎？曰：不可。君謂我欲弑君也。天下豈有無父之國哉？吾何行如之？○[但評]此千户亦難得。於是鬻宅辦裝，刻日西發。既抵里，訥及誠先馳報父。父自訥去，妻亦尋卒；塊然一老鰥，[馮評]妻亦旋卒句安頓最好，否則太夫人歸，如何位置。又寫翁，筆筆入神。[何註]鰥音關，魚也。孟子：老而無妻曰鰥。又白虎通：鰥之言鰥鰥無所親。形影自弔。忽見訥入，暴喜，怳怳[何註]怳通恍，恍惶也。以驚；又覩誠，喜極，不復作言，潸潸以涕；又告以別駕母子至，翁輟泣[校]青本作涕。愕然，不能喜，亦不能悲，蚩蚩[何註]蚩，赤之切，無知之貌。以立。未幾，別駕入，拜已；太夫人把翁相向哭。既見婢媪[校]青本作媪婢。廝卒，内外盈塞，坐立不知所爲。[何評]錯落有致。[但評]語經百鍊，筆有化工，讀者亦惟怳怳以驚，復潸潸以涕，既而蚩蚩以立，遲之又久，亦坐立不知所爲，咄咄稱奇而已。○只是兄弟同歸見父耳，看他分作三樣寫法：見訥驚，驚其生還也。此一喜猶在意中也。又覩誠，則喜出望外，悲從中來矣，復何言。至聞千户母子至，不惟非意中，亦且非望外，不喜，不能，喜，亦不能；不悲，不能，悲，亦不能。未見時，惟愕然蚩蚩以立；既見後，亦坐立不知所爲而已。用筆之妙，乃至於斯。誠不見母，問之，方知已死，[馮評]鍊句收。號嘶氣絶，食頃始甦。別駕出貲，建樓閣；延師教兩弟；馬騰於槽，人喧於室，居然大家矣。

異史氏曰：「余聽此事至終，涕凡數墮：［馮評］柳泉善墮，柳泉至性爲之也。人孰無情，予讀曾友于、珊瑚等篇，不勝嗚咽，誠足以教天下後世之爲子爲弟者矣。十餘歲童子，斧薪助兄，慨然曰：『王覽［呂註］晉書，王祥傳：祥至孝，後母朱氏，遇之無道。祥愈恭謹。朱氏子覽，年數歲，每見祥被箠，輒涕泣抱其母。母以非理使祥，覽輒與俱。及長，娶妻，母虐使祥妻，覽妻亦趨之。母密使酖祥，覽徑起取酒，母奪而反之。母賜祥饌，覽必先嘗。母懼，遂止。固再見乎！』於是一墮。至虎啣誠去，不禁狂呼曰：『天道憒憒如此！』於是一墮。及兄弟猝遇，則喜而亦墮；轉增一兄，又益一悲，則爲別駕墮。一門團欒，［何註］團音摶，欒音鸞，圓也。孟郊詩：可惜大雅音，戀此小團欒。驚出不意，喜出不意，無從之涕，則爲翁墮［校］此據青本，抄本無墮字。也。不知後世亦有善涕如某者乎？」［校］青本作否。

王漁洋曰：「一本絕妙傳奇，敍次文筆亦工。」［校］抄本無此段。

［何評］一門孝友，出于惇誠。訥既攀祥，誠亦提覽，如斯天性，雖欲不化屯塞爲祥和慶洽而不得也。

［但評］一篇孝友傳，事奇文奇。三復之，可以感人性情；揣摩之，可以化人文筆。

汾州狐

汾州判朱公者，居廨多狐。公夜坐，有女子往來燈下。初謂是家人婦，未遑顧瞻；及舉目，竟不相識，而容光豔絶。心知其狐，而愛好之，遽呼之來。女停履笑曰：「厲聲加人，誰是汝婢媪耶？」〔但評〕以官派加人，可笑之至。朱笑而起，曳坐謝過。遂與款密，久如夫妻之好。忽謂曰：「君秩當〔校〕青本作將。遷，别有日矣。」問：「何時？」答曰：〔校〕青本作云。「目前。但賀者在門，弔者即在閭，不能官也。」三日，遷報果至。次日即得太夫人訃音。〔吕註〕禮，檀弓：伯高死於衛，赴於孔子。注：赴同訃，告喪也。通作報。又喪服小記：報葬者報虞。注：報讀爲赴，急疾之意。赴、報、訃三字，古通用。公解任，欲與偕旋。狐不可。送之河上。强之登舟。女曰：「君自不知，狐不能過河也。」朱不忍别，戀戀河畔。女忽出，言將一謁故舊。移時歸，即有客來答拜。女别室與語。客去乃來，曰：

「請便登舟，妾送君渡。」朱曰：「向言不能渡，今何以渡？」〔校〕青本作云。曰：「曩所謁非他，河神也。妾以君故，特請之。彼限我十天〔校〕青本作日。往復，故可暫依耳。」遂同濟。至十日，果別而去。

巧娘

廣東有搢紳［何註］搢紳，帶也，有爵位者服之。史記，五帝本紀：其言不雅馴，薦紳先生難言之（按薦紳、搢紳均同搢紳）。傅氏，年六十餘。生一子，名廉。甚慧，而天閹，［呂註］續韻府：男子無陽事，終身無嗣育者，謂之天閹。［何註］閹音淹。生而閹曰天閹，無勢而精閉者也。臞仙肘後經：騸馬、宦牛、羯羊、閹猪、鐓雞、善狗、浄貓是也。鐓音隊，羯音許，皆去勢之名。［馮評］明楊一青號三目公，亦天閹，其夫人臨歿時，公問何言，曰：吾至今一處子耳。十七歲，陰裁如蠶。遐邇聞知，無以女女者。［校］上五字，青本作無女以女。自分宗緒已絕，晝夜憂怛，而無如何。廉從師讀。師偶他出，適門外有猴戲者，廉觀［校］此據青本，抄本作視。之，廢學焉。度師將至而懼，遂亡去。離家數里，見一白衣女郎，偕小婢出其前。女一回首，［校］青本作視。妖麗無比。蓮步蹇緩，［何註］蹇緩，滯澀也。廉趨過之。女回顧婢曰：「試問郎君，得毋欲如瓊乎？」［校］青本作否。婢果呼問。廉詰其何爲。女曰：「倘之瓊也，有尺一書，［呂註］前漢書，匈奴傳：漢遺匈奴書牘以尺一寸，中行説教爲尺二寸牘報漢。［何註］漢用尺一板寫詔書，後人書札亦多用此。煩便道寄里門。老母在家，亦可爲東道主。」［呂註］左傳，僖三十年：若舍鄭以爲東道主，行李之往來，共其乏困，君亦無所害。廉出本無定向，念浮海亦得，因諾之。女出書付婢，婢轉付生。問其姓名居里，云：「華姓，居秦女村，去北郭三四里。」生附舟便去。至瓊州北郭，日已曛暮。問秦女村，迄無知者。望［校］青本作往。北行四五里，星月已燦，芳草迷目，曠無逆旅，窘［何註］窘，窮無計也。甚。見道側［校］青本下有一字。墓，［馮評］先露一墓字。思欲傍墳棲止，大懼虎狼。因攀［何註］攀，盼平聲，手攀也。樹猱［何註］猱音猱，猿屬。升，蹲踞［何註］蹲踞音存踞，不敢立也。其上。聽松聲謖謖，［呂註］世說：世目李元禮謖謖如勁松下風。［何註］謖音縮，峻挺貌。宵蟲哀奏，中心忐忑，［呂註］五音集韻：忐忑音毯忒，心虛也。［何註］道藏三元經：心心忐忑。悔至［校］青本作念。如燒。忽聞人聲在下，俯瞰之，庭院宛然；一麗人坐石上，雙鬟挑畫燭，分侍左右。麗人左顧曰：「今夜月白星疎，華姑所贈團茶，可烹一琖，賞此良夜。」生意其鬼魅，毛髮直［校］青本作森。豎，不敢少息。忽婢子仰視曰：「樹上有人！」女驚起曰：「何處大膽兒，暗來窺人！」生大懼，無所逃隱，遂盤旋下，伏地乞宥。女近臨一睇，［校］青本作諦。反恚爲喜，［校］青本作歡。曳與並坐。睨之，年可十七八，姿態豔絕。聽其言，亦［校］青本下有非字。土音。問：「郎何之？」答云：「爲人作寄書郵。」［呂註］晉書，殷浩傳：父羡爲豫章太守，都下人士因其致書者百餘函。行次石頭，皆投之水中，曰：沉者自沉，浮者自浮，殷洪喬不爲致書郵。女曰：「野多暴客，露宿可虞。不嫌蓬蓽，[何註] 蓽音必。禮，儒行：蓽門圭窬。蓬蓽，概言草舍也。願就稅駕。」邀生入。室惟一榻，命婢展兩被其上。生自慚形穢，願在下牀。[何評] □也。[但評] 見美色而願在下牀，自坐懷不亂之後，惟有此人。女笑曰：[校] 青本作云。「佳客相逢，女元龍[呂註] 三國志，魏志，張邈傳：陳登字元龍。許汜與劉備共在劉表坐，表與備共論天下人。汜曰：陳元龍湖海之士，豪氣不除。昔遭亂過下邳，見元龍，元龍無客主之意，自上大牀臥，使客臥下牀。何敢高臥？」生不得已，遂與共榻，而惶恐不敢自舒。未幾，女暗中以纖手探入，輕捻脛股。生僞寐，若不覺知。又未幾，啓衾入，搖生，迄不動。女便下探隱處。乃停手悵然，悄悄[何註] 悄，七小切。出衾去。[但評] 女元龍敗興而返。俄[校] 青本下有隱字。聞哭聲。生惶愧無以自容，恨天公之缺陷而已。女呼婢篝燈。婢見啼痕，驚問所苦。[但評] 婢問所苦，極不投機，應答之曰：我自嘆吾命，從不曾受過苦耳。女搖首曰：「我[校] 青本下有自字。歎吾命耳。」婢立榻前，眈望顏色。女曰：「可喚郎醒，遣放去。」生聞之，倍益慚怍；且懼宵半，茫茫無所復之。籌念間，一婦人排闥[校] 青本作闥。○[呂註] 史記，樊噲傳：高祖病，詔户者無得入羣臣；噲乃排闥直入。[何註] 闥音合，門扇也。入。婢白：[校] 青本作曰。「華姑來。」微窺之，年約五十餘，猶風格。見女未睡，便致詰問。女未答。又視榻上有臥者，遂問：「共榻何人？」婢代答：「夜一少年郎，寄此宿。」

婦笑曰：「不知巧娘諧花燭。」見女啼［校］青本作涕。淚未乾，驚曰：「合巹之夕，悲啼［校］青本作涕。不倫；將勿郎君粗暴也？」［校］青本作耶。○［何評］無意觸及，每每有此。［但評］愈反逼，愈有趣。女不言，益悲。婦欲捋衣視生，一振衣，書落榻上。［馮評］見書卻如此出落，皆不用平筆。婦取視，駭曰：「我女筆意也！」拆讀歎咤。［何註］咤通詫，異也。女問之。婦云：「是三姐［校］青本作兒。家報，言吳郎已死，煢無所依，且爲奈何！」女曰：「彼固云爲人寄書，幸未［校］青本作不。遣之去。」婦呼生起，究詢書所自來。生備述之。婦曰：「遠煩寄書，當何以報？」又熟視生，笑問：「何迕巧娘？」生言：「不自知罪。」又詰女。女歎曰：「自憐生適閹寺，殁奔椓人，［呂註］書，傳：男女不以禮交者，其刑宮。故閹人謂之椓人。［何註］椓，竹角切。書，呂刑：劅刵椓黥。是以悲耳。」［但評］因適閹寺而死，死後而奔，又遇椓人，生死同命，真是可悲。婦顧生曰：「慧黠兒，固雄而雌者耶？是我之客，不可久溷他人。」［但評］雄而雌，在女則悲；婦口中先加以慧黠兒三字，又說一固字，復繼曰，是我之客，蓋已奇貨居之矣。遂導生入［校］青本作於。東廂，探手於袴［校］青本作胯。而驗之。笑曰：「無怪巧娘零涕；然幸有根蒂，猶可爲力。」［校］青本無力字。○［但評］此極褻穢語，而偏出之以雅馴，趣極。挑［校］青本挑上有乃字。燈徧翻箱簏，得黑丸，授生，令即吞下，祕囑勿吪，［呂註］詩，王風：尚寐勿吪。注：吪，動也。乃出。生獨卧籌思，不知藥醫何症。將［校］青本無將字。

比五更，初醒，覺臍下熱氣一縷，直冲隱處，蠕蠕然似有物垂股際；自探之，身已偉男。心驚喜，如乍膺九錫。〔呂註〕穀梁傳：禮有九錫：一，輿馬，二，衣服，三，樂器，四，朱户，五，納陛，六，虎賁，七，弓矢，八，鈇鉞，九，秬鬯。○三國志，魏志：建安十八年，使御史大夫郄慮持節，策命曹操爲魏公，加九錫。〔何註〕膺，受也。膺九錫，受九命爲上公也。懦色才分，婦〔校〕青本下有即字。入，以炊餅納生室，叮囑耐坐，反關其户。出語巧娘曰：「郎有寄書勞，將留招〔校〕青本作召。三娘來，與訂姊妹交。且復閉置，免人厭惱。」乃出門去。生回旋無聊，時近門隙，如鳥窺籠。望見巧娘，輒欲招呼自呈，慚訥而止。〔但評〕本欲自呈，仍慚訥而止，巧娘命運未轉。延及〔校〕青本作至。夜分，婦始攜女歸。發扉曰：「悶煞郎君矣！三娘可來拜謝。」途中人逡巡入，向生斂衽。婦命相呼以兄妹。巧娘笑曰：〔校〕青本作云。「姊妹亦可。」〔何評〕趣語。〔但評〕兄妹之呼，夫婦相暱之辭，受其紿而戲之曰姊妹，此時笑，他時哭矣。並出堂中，團坐置飲。飲次，巧娘戲問：「寺人亦動心佳麗否？」生曰：「跛者不忘履，盲〔何註〕盲音蝱，目無睛也。者不忘視。」〔但評〕目之以寺人，而即以跛者、盲者答之，各以其類，可悟文章設色生香之法。〔何評〕答亦妙。相與粲然。巧娘以三娘勞頓，迫令安置。婦顧三娘，俾與生俱。三娘羞暈〔何註〕羞而頰赤也。暈，如海棠暈之暈，東坡所謂紅潮登頰也。不行。婦曰：「此丈夫而巾幗者，何畏之？」〔何評〕欺巧娘也。敦促偕去。私囑生曰：〔校〕青本作云。「陰爲吾壻，陽爲吾子，可也。」生喜，捉臂登牀，發硎［呂註］莊子，養生主：庖丁釋刀對曰：今臣之刀十九年矣，所解數千牛矣，而刀刃若新發於硎。［何註］硎，砥石也。新試，其快可知。既於枕上問女：「巧娘何人？」曰：「鬼也。才色無匹，而時命蹇落。適毛家小郎子，病閹，十八歲而不能人，因邑邑不暢，賫恨如［校］青本作入。冥。」生驚，疑三娘亦鬼。女曰：「實告君，妾非鬼，狐耳。巧娘獨居無耦，我母子無家，借廬棲止。」生大愕。女云：［校］青本作曰。「無［校］青本作勿。懼，雖故鬼狐，非相禍者。」由此日共談讌。雖知巧娘非人，而心愛其娟好，獨恨自獻無隙。生蘊藉，善詼噱，［何註］稗官小史曰詼說。噱，笑也。謂善以詼說取笑也。頗得巧娘憐。一日，華氏母子將他往，復閉生室中。生悶氣，繞屋隔扉呼巧娘。巧娘命婢，歷試數鑰，乃得啓。生附耳請間。巧娘遣婢去。［何評］會意。生挽就寢榻，偎向之。女戲掬臍下，曰：「惜可兒［呂註］世說：桓温行經王敦墓邊過，望之曰：可兒，可兒！此處闕然。」語未竟，觸手盈握。驚曰：「何前之渺渺，而遽纍［何註］纍，倫追切，大索也。然！」生笑曰：「前羞見客，故縮；今以誚謗難堪，聊作蛙怒［呂註］韓非子：越王屢欲伐吴。欲人之輕死也，出見怒蛙，乃爲之式。從者曰：奚敬於此？曰：爲其怒也。○又越絶書：句踐見怒蛙而式之。左右問故。曰：蛙如是怒，何敢不揖？於是勇士皆歸越。耳。」［但評］蛙怒二字新穎。遂相綢繆。已而恚曰：「今乃知閉户有因。昔母子流蕩棲［校］青本無棲字。無所，假廬居之。三娘從學刺繡，妾曾不〔校〕青本作不曾。少祕惜；〔何註〕祕讀去聲，惜吝不教也。乃妒忌如此！」生勸慰之，且以情告。巧娘終啣〔何註〕啣，當作銜，憾也。之。生曰：「密之，華姑囑我嚴。」語未及已，華姑掩入。二人皇遽方起。華姑瞋〔校〕此據青本，抄本作嗔。〔何註〕瞋音嗔，怒張目也。目，問：「誰啓扉？」巧娘笑逆〔校〕青本作迎。自承。華姑益怒，聒絮不已。巧娘故哂曰：「阿姥亦大笑人！是丈夫而巾幗者，何能爲？」〔何評〕妙語啓頤。〔但評〕反脣相稽，語意絶妙。若曰：是丈夫而巾幗者，子謂三娘勿畏，而顧謂我畏之乎？三娘見母與巧娘苦相抵，〔何註〕抵音紙，側擊也。前漢書，杜周傳：贊業因勢而抵。意不自安，以一身調停〔呂註〕宋史，哲宗元祐五年：神宗元豐、熙寧間，小人如章惇、蔡京、呂惠卿等，争起邪説，以摇在位。呂大臨、范純仁欲引用其黨，以平夙怨，謂之調停。蘇軾不可。兩間，始各拗〔何註〕拗音郁，抑也。西都賦：乃拗怒而少息。怒爲喜。巧娘言雖憤烈，然自是屈意事三娘。〔但評〕將三人同爲姊妹，焉得不屈意事之。但華姑晝夜閑防，〔校〕青本作防閑。兩情不得〔校〕青本作能。自展，眉目含情而已。一日，華姑謂生曰：「吾兒姊妹皆已奉事君。念居此非計，君宜歸告父母，早訂〔校〕青本作定。永約。」即治裝促生行。二女相向，容顏悲惻；而巧娘尤不可堪，淚滚滚如斷貫珠，殊無已時。華姑排止之。便曳生出。至門外，則院宇無存，但見荒冢。華姑送至舟上，曰：「君行後，老身攜兩女〔校〕青本作兒。僦屋於貴邑。倘不忘夙好，李氏廢園中，可待親迎。」生乃歸。時傅父覓子不得，正切焦慮，見子歸，喜出非望。生略述崖末，兼致華氏之訂。父曰：「妖言何足聽信？汝尚能生還者，徒以閹廢故；[何評]誤認妙。不然，死矣！」[但評]那知其已膺九錫而榮歸耶。生曰：「彼雖異物，情亦猶人；況又慧麗，娶之亦不爲戚黨笑。」父不言，但嗤之。生乃退而技癢，[呂註]顏之推曰：應劭風俗通云：太史公記高漸離變姓名爲人傭保，聞客擊筑技癢，不能無出言，謂懷其技而腹癢也。今史記作徬皇，蓋俗傳寫之訛耳。○潘岳閒居賦：徒心煩而技癢。注：技癢，有技不能自忍也。[何註]有技不能自忍，如癢之不可耐。不安其分，輒私婢；漸至白晝宣淫，意欲駭[校]青本作炫。聞翁媪。一日，爲小婢所窺，奔告母。母不信，薄觀之，[呂註]左傳，僖二十三年：晉重耳至曹。曹共公聞其駢脅，欲觀其裸浴，薄而觀之。注：薄，迫也。始駭。呼婢研究，盡得其狀。喜極，逢人宣暴，以示子不閹，將論婚於世族。生私白母：「非華氏不娶。」母曰：「世不乏美婦人，何必鬼物？」生曰：「兒非華姑，無以知人道，背之不祥。」[何評]亦是。傅父從之，遣一僕一嫗往覘之。出東郭四五里，尋李氏園。見敗垣竹樹中，縷縷有炊煙。嫗下乘，直造其闥，則母子拭几濯溉，似有所[校]青本無所字。伺。嫗拜致主命。見三娘，驚曰：「此即吾家小主婦耶？我見猶憐，何怪公子魂思而夢繞之。」便問阿姊。華姑歎曰：「是我假女。三日前，忽殂謝去。」因以酒食餉嫗及僕。嫗歸，備道三娘容止，父母皆喜。末陳巧娘死〔校〕青本無死字。耗，生惻惻欲涕。至〔校〕青本無至字。親迎之夜，見華姑親問之。答〔校〕青本作笑。云：「已投生北地矣。」生欷歔久之。迎三娘歸，而終不能忘情巧娘，凡有自瓊來者，必召見問之。或言秦女墓夜聞鬼哭。生詫其異，入告三娘。三娘沉吟良久，泣下曰：「妾負姊矣！」詰之，答云：「妾母子來時，實未〔校〕青本下有嘗字。使聞。兹之怨啼，將無是姊？向欲相告，恐彰母過。」生聞之，悲已而喜。即命輿，宵晝兼程，馳詣其墓。叩墓木而呼曰：「巧娘，巧娘！某在斯。」俄見女郎〔校〕青本作娘。綳嬰兒，自穴中出，舉首酸嘶，怨望無已。生亦涕下。探懷問誰氏子，巧娘曰：「是君之遺孽〔何註〕孽，本作櫱，萌櫱也。也，誕三月〔校〕青本作日。矣。」生歎〔校〕青本無歎字。曰：「悞聽華姑言，使母子埋憂地下，罪將安辭！」乃與同輿，航海〔何註〕航，度也。與杭通。詩：一葦杭之。而歸。〔但評〕巧娘墓運，直至今日才脱。抱子告母。母視之，體貌豐偉，〔何註〕豐偉，肥大也。不類鬼物，益喜。二女諧和，事姑孝。後傅父病，延醫來。巧娘曰：「疾不可爲，魂已離舍。」督治冥具，既竣而卒。兒長，絶肖父；尤慧，十四游〔校〕青本作入。泮。高郵翁紫霞，

〔馮評〕高珩號紫霞，官侍郎，尤西堂所謂淄川先生文章伯是也。客於廣而聞之。地名遺脱，亦未知所終矣。〔校〕青本無矣字。

〔何評〕鬼能生子，異與聶小倩同。

〔但評〕此篇拈一鬮字，巧弄筆墨，措詞雅不傷纖，文勢極抑揚頓挫之妙。

吴令

吴令某公，忘其姓字。剛介有聲。吴俗最重城隍之神，木肖之，被〔校〕此據遺本，抄本無被字。錦藏機如生。值神壽節，則居民〔校〕上二字，遺本作各。斂貲爲會，輦遊通衢；建諸旗幢雜鹵簿，森森部列，鼓吹行且作，闐闐咽咽然，一道相屬也。習以爲俗，〔校〕遺本作常。歲無敢懈。公出，適相值，止而問之。居民以告。又詰知所〔校〕遺本作其。費頗奢。公怒，指神而責〔校〕遺本下有數字。之曰：「城隍實〔校〕遺本無實字。主一邑。如冥頑無靈，則淫昏之鬼，無足奉事；其有靈，則物力宜惜，何得以無益之費，耗民脂膏？」言已，曳神於地，笞之二十。從此習俗頓革。公清正無私，惟少年好戲。居年餘，偶於廨中梯簷探雀鷇，失足而墮，折股，尋卒。人聞城隍祠中，公大聲喧怒，似與神争，數日不止。吴人不忘公德，羣集祝而解之，別建一祠祠公，聲乃息。祠亦以城隍名，春秋祀之，較故神尤著。吴至今有二〔校〕遺本作兩。城隍云。〔校〕青本無此篇。

州人崇奉碧霞君，歇馬廳外，行宫十餘所，各雕木爲像，壽節輦遊街衢，遠達鄉郭。製儀衛，作百戲，窮工極巧，奢麗非常。夜則張燈，蠟燭之費，日不下數百斤。鼓樂喧譁，月餘不息。觀者至二百里外，水舟陸車，絡繹不絶。作劇者自列肆販賈以至陶冶梓匠，肩挑食力之儔，届期胥舍業，著優人衣，塗花面，間傅粉作婦人粧。撫輦隨行者數百人，衣冠齊楚，頂戴瑩然，或親舉樂器，沿街吹擊，意洋洋甚自得。此俗習慣已久。惟旱潦歲歉，輦輿不出，否則男婦叢雜，一郡若狂矣。省菴附記（按省菴名陳廷機）

〔者島評〕城隍非淫祀也，列諸祀典久矣。曳而笞之，不亦過乎？而責數之語，則生氣凛然。意公之剛介清正，有以厭之也。然戲探雀鷇，則不仁甚矣。死而爲神，豈天上以其無私耶？抑人奉之而或而憑焉者耶？（按者島名胡泉）

口技

村中來一女子，〔馮評〕直入擺脱。年二十〔校〕上二字青本作廿。有四五。攜一藥囊，售其醫。有問病者，女不能自爲方，俟暮夜問〔校〕青本作請。諸神。晚潔斗室，閉置其中。衆繞門窗，傾耳寂聽；但竊竊語，莫敢欬。内外動息俱冥。〔校〕此據青本，抄本無上二字。○〔馮評〕先從聽者安頓一筆，無聲説到有聲。至夜〔校〕夜，青本作半更。許，忽聞簾聲。女在内曰：「九姑來耶？」一女子答云：「來矣。」又曰：「臘梅從九姑來耶？」似一婢答云：「來矣。」三人絮語間雜，刺刺〔吕註〕韓愈送殷員外文：丁寧顧婢子語，刺刺不能休。注：刺刺，多言也。○按：刺，七賜切。不休。俄聞簾鉤復動，女曰：「六姑至矣。」亂言曰：「春梅亦抱小郎子來耶？」〔馮評〕看他一個又一個，一層又一層。一女〔校〕青本下有子字。曰：「拗哥子！嗚嗚〔校〕青本作之。○〔何註〕晉賈充兒見充喜躍，充就乳母懷中嗚之。不睡，定要從娘子來。身如百鈞重，負累煞人！」旋聞女子殷勤聲，九姑問訊聲，六姑寒暄聲，二婢慰勞聲，小兒喜笑聲，一齊嘈雜。［馮評］總筆。即聞女子笑曰：［馮評］又作兩筆寫。「小郎君亦大好耍，遠迢迢抱貓兒來。」既而聲漸疎，簾又響，滿室俱譁，曰：「四姑來何遲也？」有一小女子細聲答［校］青本無答字。曰：「路有千里且溢，與阿姑走爾許時始至。阿姑行且緩。」遂各各道温涼聲，［校］青本無聲字。並移坐聲，喚添坐聲，參差並作，喧繁滿室，食頃始定。［馮評］閒細。不忙不亂。即聞女子問病。［馮評］還他問病一事，又合寫。九姑以爲宜得參，六姑以爲宜得芪，四姑以爲宜得朮。參酌移時，即聞九姑喚筆硯。無何，折紙戢戢然，拔筆擲帽丁丁然，磨墨隆隆然；既而投筆觸几，震震［校］此據青本，抄本作震筆。作響，便聞撮藥包裹蘇蘇然。［馮評］點綴小景。頃之，女子推簾，呼病者授藥並方。［馮評］了問病事。反身入室，即聞三姑作別，三婢作別，小兒啞啞，［何註］啞，乙革切，笑語聲。易，震卦：笑言啞啞。貓兒唔唔，［何註］唔，貓怒聲。又一時並起。九姑之聲清以越，六姑之聲緩以蒼，四姑之聲嬌以婉，以及三婢之聲，各有態響，聽之了了可辨。［馮評］許多小節次，寫來一絲不亂，耳際分明，眼中如見，而又能出筆簡老，亦包括，亦變幻，鬼神於文者也。羣訝以爲真神。而試其方，亦不甚效。此即所謂口技，特借之以售其術耳。然亦奇矣！

昔[校]青本無昔字。王心逸[呂註]名德昌，字歷長。長山諸生，順治丙戌進士。太常卿楨之姪孫。工隸書，精天文及句股算法。嘗言：[校]上二字，青本作云。在都偶過市廛，聞絃歌聲，觀者如堵。近窺之，則見[校]青本無上二字。一少年曼聲度曲。並無樂器，惟以一指捺頰際，且捺且謳；聽之鏗鏗，與絃索無異。亦口技之苗裔也。

王漁洋云：「頗似王于一（猷定）集中李一足傳。」[校]抄本無此段。○[呂註]李一足名夔，未詳其家世。有母及姊與弟。貌甚癯，方瞳微髯，生平不近婦人。好讀書，尤精於易，旁及星歷醫卜之術。出嘗駕牛車，車中置一櫃，藏所著諸書，逍遥山水間。所至，人爭異之。天啓丁卯，至大梁，與鄢陵韓叔夜智度交。自言其父爲諸生，貧甚，稱貸於里豪。及期無以償，致被毆死。時一足尚幼。其母銜冤十餘年。姊適人，一足亦婚。母召其兄弟告之。一足長號，以頭搶柱大呼。母急掩其口，不顧，奮身而出。斷一梃爲二，與弟各持，伺仇於市，不得；往其家，又不得；走郭外，得之。兄弟奮擊碎其首。仇眇一目，抉其一祭父墓前。歸告其母。母曰：仇報，禍將及。乃命弟奉母他徙，遂别去。時姊夫爲令於兖，往從之。會姊夫出，姊見之，驚曰：聞汝擊仇，仇復活，今徧迹汝，其遠避之。爲治裝，贈以馬。一足益恚恨，乃鐫其梃曰：没棱難斫仇人頭。遂單騎走青、齊。海上見漁舟數百泊市米，一足求載以濟，遂舍騎登舟，渡海至一島，名高家溝。其地延袤數十里，五穀尠少。居民數百户，皆蛋籍。風土淳朴，喜文字，無從得師。見一足至，各率其子弟往學焉。其地不立塾，晨令童子持一錢詣師，師書一字於掌以教之，則童子揖而退。明日復來。居數年，積錢盈室。辭去，附舟還青州，走狹邪，不數日，錢盡散，終不及私。由遼西過三關，越晉，歷甘涼，登華岳，入於楚，抵黔、桂，復歷閩海、吴、越間，各爲詩文紀遊。二十載乃返其家。仇死，所坐皆赦。母亦没。登其墓，大哭數日不休。自以足蹟徧天下，恨未入蜀。會鄢陵劉觀文除夔守，招之同下三峽，遊白帝、綿、梓諸山，著依劉集一卷。其弟自母喪，不知所在。一日，欲寄弟以書，屬韓氏兄弟投汴之通衢。韓如其言。俄一客衣白袷，幅巾草履，貌與一足相似，近前揖曰：我張大龔也。兄書已得達。言訖，不見。辛巳，李自成陷中州諸郡，韓氏兄弟避亂至泗上，見一足於途，短褐敝屣，鬚眉皆白；同至玻璃泉，談笑竟日，數言天下事不可爲。問所之，曰：往勞山訪元直。韓笑之。一足正色曰：此山一洞，風雨時，披髮鼓琴，人時見之，此三國時徐庶也。約詰朝復來，竟不果。甲申後，聞一足化去。先一日，徧辭戚友，告以遠行。是日，鼻垂玉筯尺許，端坐而逝。袖中有周易全書一部。後數月，濟人有至京師者，見之正陽門外。又有見於趙州橋下，持梃觀水，佇立若有思者。韓子智度，不妄言人也，述其事如此。◯按：此傳與本文事不相符，文體亦不相類。漁洋先生謂其相似，莫明其故。友人云：聊齋此條，與林鐵崖先生秋聲詩自序頗覺相似，與李一足傳俱列張山來虞初新志，或漁洋誤記爲此傳耳。其説近理。因録其序於後：徹呆子當正秋之日，杜門簡出。氈有針，壁有衷甲，若無可排解者。然每聽謠諑之來，則濡墨吮筆而爲詩；詩成，以秋聲名篇。適有數客至，不問何人，留共醉；酒酣，令客各舉似何聲最佳。一客曰：機聲、兒子讀書聲佳耳。予曰：何言之莊也？又一客曰：堂下呵騶聲、堂後笙歌聲何如？予曰：何言之華也？又一客曰：姑婦楸枰聲最佳。予曰：何言之佼也？一客獨嘿嘿，乃取大杯滿酌而前，曰：先生喜聞人所未聞，僕請數言爲先生撫掌可乎？京中有善口技者，會賓客大讌，於廳事之東北角，施八尺屏障；口技人坐屏障中，一桌、一椅、一扇、一撫尺而已。衆賓團坐。少頃，但聞屏障中撫尺一下，滿堂寂然，無敢譁者。遥遥聞深巷中犬吠聲，便有婦人驚覺欠伸，摇其夫，語猥褻事。夫囈語，初不甚應。婦摇之不止，則二人語漸間雜，牀又從中戛戛。既而兒醒，大啼。夫令婦撫兒。乳兒含乳啼，婦拍而嗚之。夫起溺，婦亦抱兒起溺。牀上又一大兒醒，狺狺不止。當是時，婦手拍兒聲，口中嗚聲，兒含乳啼聲，大兒初醒聲，牀聲，夫叱大兒聲，溺鉢中聲，溺桶中聲，一時齊發，衆妙畢備。滿座賓客，無不伸頸側目，微笑嘿歎，以爲妙絶也。既而夫上牀寢；婦又呼大兒溺畢，都上牀寢；小兒亦漸欲睡。夫齁聲起；婦拍兒，亦漸拍漸止。微聞有鼠作作索索，盆器傾側；婦夢中咳嗽之聲。賓客意少舒，稍稍正坐。忽一人大呼火起。夫起大呼，婦亦起大呼，兩兒齊哭。俄而百千人大呼，百千兒哭，百千犬吠。中間力拉崩倒之聲，火爆聲，呼呼風聲，百千齊作。又夾百千求救聲，曳屋許許聲，搶奪聲，潑水聲，凡所應有，無所不有。雖人有百手，手有百指，不能指其一端；人有百口，口有百舌，不能名其一處也。於是賓客無不變色離席，奮袖出臂，兩股戰戰，幾欲先走。而忽然撫尺一下，衆響畢絶。撤屏眎之，一人、一桌、一椅、一扇、一撫尺而已。若而人者，可謂善畫聲矣。遂録其語以爲秋聲序。◯［馮評］王猷定序于一集，中有李夔字一足。余觀之殊不似。猷定，南昌人，貢生，以詩古文詞自負，對客斷斷講論，每講一事，輒原其本末，蓋兼有筆札喉舌之妙，其行楷書法亦通神。有四照堂集行世。

［馮評］從來短英雄之氣，灰志士之心，亂倫紀之常，離骨肉之歡，甚至衾裯迷戀，甘酖毒以爲宴安，枕簟啁嘈，慰紅顔而惱白髮，身家破喪，福澤消亡，皆出自婦人女子之口。一女子能幻出九姑、六姑、四姑，以及三婢，更有小兒。一女子之口能爲九姑之聲，六姑、四姑之

聲，三婢、小兒之聲。時而竊竊語，時而絮絮語，時而亂言，時而笑，時而譁。且參差并作，喧繁滿室，俱能清越嬌婉，使聽者信其神而不疑，購其方而恐失。富家則千金不失，貧士亦三叩弗顧。術蓋奇哉！其售其術亦巧哉！巧言如簧，窮形盡相，無惑乎人之受其欺也。然吾謂不足以欺人也。蓋受其欺者，徒聽之故也。使不徒接之以耳，而更察之以目，雖婦人長舌，何足當君子一瞬哉？且吾掩耳不聽，則並不知有其術也，焉用察爲！乃世之聽婦人女子言者，一聽而神昏，再聽而魂迷，三聽而手足失所，聽未及終而耳聾矣。得女子而失丈夫，古今同慨。松齡先生其有見於此，因托技於口，托口技於女子，托女子口技於暮夜，以垂戒後世歟！然百世後，女子終售其技，男兒終中其技，豈聊齋之不善言哉！然男兒有耳，固不能禁女子有口也。

[但評]假諸神以售其醫，人有行之者矣。然只索之於祈禱、告召、厭咒之間，愚者被其惑，黠者可以辨其詐也。乃托之於口技，又不沾沾於醫術，而敍寒暄、談瑣事，且其人不一而足，以堅竊聽者之信；然後閒閒問病，切切開方，一似斟酌盡善者。鄉愚何知，有不以爲真神者乎？近又有靈姑者，能於人前請仙，問病者應服何劑，所遇何邪，遊魂何地，即有從空答之，以服某方可愈，禳何神可瘳，魂在何處可返，言之鑿鑿。不假於昏夜，不假於暗室，當面搗鬼，羣皆敬而信之。細測其聲之所自來，則不在空中，不在口中，而乃在其人之胸以上，喉以下也。斯又口技之流而更出奇者。

狐聯

焦生，章丘石虹先生[呂註]名毓瑞，字輯五。順治丁亥進士，官户部左侍郎。之叔弟也。讀書園中。宵分，有二美人來，顔色雙絶。一可十七八，一約十四五，撫几展笑。焦知其狐，正色拒之。長者曰：「君髯如戟，何無丈夫氣？」[呂註]孔叢子：子高曰：昔臣嘗行臨淄市，見屠商焉，身修八尺，鬚髯如戟。○南史，褚彦回傳：山陰公主見褚彦回，悦之，以白帝。帝令就之，彦回不從。公主曰：君鬚髯如戟，何無丈夫氣？○[但評]有丈夫氣者不必髯如戟，狐之所謂丈夫氣者，自别有所指也。此氣無則腐之矣，一笑。焦曰：「僕生平不敢二色。」女笑曰：「迂哉！子尚守腐局[何註]腐音輔。漢書，英布傳：上置酒對衆折隨何曰：腐儒！言破爛無所堪用也。耶？下元鬼神，凡事皆以黑爲白，況牀第間瑣事乎？」焦又咄之。女知不可動，乃云：[校]青本作曰。「君名下士，[呂註]北史序傳：薛道衡聘陳，作人日詩曰：入春纔七日，離家已二年。南人嗤之。及云人歸落雁後，思發在花前，乃曰：名下固無虚士。妾有一聯，請爲屬對，能對我自去：戊戌同體，腹中止[校]青本作只。欠一點。」焦凝思不就。女笑曰：「名士固如此乎？我代對之可矣：己巳連蹤，足下何不雙挑。」[但評]聯雅而趣，笑煞名士，真是可人。一笑而去。長山李司寇言之。[校]此據青本，抄本無上七字。

濰水狐

濰邑李氏有別第。忽一翁來稅居，歲出直金五十，諾之。既去無耗，李囑家人別租。翌日，翁至，曰：「租宅已有關說，〔呂註〕史記，梁孝王世家：有所關說於景帝。注：關，通也。謂因之以通其辭說，亦如行者之有關津也。何欲更僦他人？」李白所疑。翁曰：「我將久居是；所以遲遲者，以涓吉〔呂註〕左思魏都賦：涓吉日，陟中壇。注：涓，擇也。〔何註〕涓音蠲。前漢書，郊祀歌：涓選休成。注：除惡選取美成者也。在十日之後耳。」因先納一歲之直，曰：「終歲空之，勿問也。」李送出，問期，翁告之。過期數日，亦竟渺然。及往覘之，則雙扉〔校〕青本作扇。內閉，炊煙起而人聲雜矣。訝之，投刺往謁。翁趨出，逆而入，笑語可〔校〕青本作相。親。既歸，遣人饋遺其家；翁犒〔何註〕犒，勞也。又註：考去聲，餉也。賜豐隆。又數日，李設筵邀翁，款洽甚歡。問其居里，以秦中對。李訝其遠。翁曰：「貴鄉福地也。秦中不可〔校〕青本下有久字。居，大難將作。」

[馮評]康熙十二年冬月廿一日，吳三桂反。十三年臘月，陝西提督王輔臣叛。時方承平，置未深問。越日，翁折柬報居停[呂註]宋史，丁謂傳：謂議貶寇準，同列不敢言，獨王曾以帝語質之。謂顧曰：居停主人勿復言。蓋指曾以第假準也。之禮，供帳飲食，備極侈[校]青本作奢。麗。李益驚，疑爲貴官。翁以交好，因自言爲狐。李駭絶，逢人輒道。邑搢紳聞其異，日結駟於門，願納交翁，翁無不傴僂接見。漸而郡官亦時還往。獨邑令求通，輒辭以故。令又託主人先容，翁辭。李詰其故。翁離[校]青本作移。席近客而私語曰：「君自不知，彼前身爲驢，今雖儼然民上，乃飲糙而[校]青本無而字。亦醉[呂註]崔令欽教坊記：蘇五奴妻善歌舞，亦有姿色。有邀請其妻者，五奴輒隨之前。人欲五奴沉醉以通其妻者，多勸之酒。五奴曰：但多與我錢，雖飲糙亦醉，不須酒也。○糙音追，粉餌也。者也。[馮評]罵煞。然非盡以概之天下也，觀者勿怒。[何評]妙語解頤。僕固異類，羞與爲伍。」[但評]嘗見龐然堂上者，多如此狀，殊爲不解，今乃知其前身固如是也。若問其來生，則非所敢知矣。李乃託詞告令，謂狐[校]此據青本，抄本無狐字。畏其神明，故不敢見。[校]青本下有也字。令信之而止。[校]青本作罷。○[但評]大令而不齒於狐，爲其飲糙亦醉也。給之以神明而自信，此令終身爲驢矣。此康熙十一年事。未幾，秦罹兵燹。狐能前知，信矣。

異史氏曰：「驢之爲[校]青本作一。物龐然也。一怒則踶趹嗥嘶，[何註]踶音弟。莊子，馬蹄篇：怒則分背相踶。趹音抉。戰國策：挨前趹後。謂前足挨向前，後足趹於後也。嗥嘶音豪西，大聲也。戰國策：嗥，熊虎聲。玉篇：嘶，馬鳴也。眼大於盎，氣粗於[校]青本作如。牛；不惟聲難聞，狀亦難見。倘執束芻而誘之，則帖耳輯[校]青本作戢。首，喜受羈勒矣。以此居民上，宜其飲糙而亦醉也。顧臨民者，以驢爲戒，而求齒於狐，則德日［校］青本作自。進矣。」

［何評］古有烏官，今又有驢令，狐烏得不畏其神明耶？

［但評］此狐與彼狐之事同，此李與彼李之心異。［校］按：彼狐彼李，見九山王篇。彼則心知其狐而陰害之，此則自言爲狐而益親之。然則居停主人亦不可不擇。前狐之受奇慘禍，亦其無知人之明耳。觀此狐之所以處大令者，可以見矣。

紅玉

廣平馮翁有[校]青本作者。一子，字相如。父子俱諸生。翁年近六旬，性方鯁，[何註]鯁音梗，與骨鯁之鯁通。而家屢空。數年間，媪與子婦又相繼逝，井臼[何註]井所以汲，臼所以舂。馬充爲太守，俸入盡給交友，妻子自操井臼。自操之。一夜，相如坐月下，忽見東鄰女自牆上來窺。視之，美。近之，微笑。招以手，不來亦不去。固請之，乃梯而過，遂共寢處。問其姓名，曰：「妾鄰女紅玉也。」生大愛悦，與訂永好。女諾之。夜夜往來，約半年許。翁夜起，聞女[校]青本無女字。子含[校]青本作舍。○[何註]史記，萬石張叔列傳：建爲郎中令，每五日洗沐歸謁親，入子舍，竊問侍者，取親中裙廁牏，身自浣滌。注：中裙，近身衣。廁牏，受糞器。牏音偷。笑語，窺之，見女。怒，喚生出，罵曰：「畜産[校]青本作生。所爲何事！如此落寞，[何註]落寞，猶言式微也。尚不刻苦，乃學浮蕩耶？[何評]嚴父。人知之，喪汝德；[何評]人不知，獨不喪德耶？人不知，促[校]青本促上有亦字。汝壽！」[但評]愈落寞愈加刻苦，所謂我不能如命何，命亦不能奈我何也。喪德促壽，義方懿訓，不可多得。○責其浮蕩，分知與不知兩層。喪德不可，促壽亦不可。恐其喪德，嚴父之教也；畏其促壽，慈親之心也。爲人子者，宜深體之。生跪自投，泣言知悔。[何評]賢子。

翁叱女曰：「女子不守閨戒，既自玷，[何註]玷音坫，猶云汙也。詩，大雅：白圭之玷。而又以[校]青本作復。玷人。倘事一發，當不僅貽寒舍羞！」罵已，憤然歸寢。女流涕曰：「親庭罪責，良足愧辱！[但評]言正而切。我二[校]青本作兩。人緣分盡矣！」生曰：「父在不得自專。卿如有情，尚當含垢[何註]垢音苟。含垢，謂包涵其垢汙也。左傳，宣十五年：瑾瑜匿瑕，國君含垢。爲好。」[但評]言强而婉。○女不以爲愧辱而去無是理，生不念其舊好而留亦無是情；然辭去者易措詞，挽留者難置議。須看其下筆輕圓處。女言辭決絕，生乃灑涕。女止之曰：「妾與君無媒妁[何註]妁音灼，亦媒也。之言，父母之命，踰牆鑽隙，何能白首？此處有一佳耦，[何註]耦，匹也，配也。左傳，宣三年：石癸曰：吾聞姬姞耦，其子孫必蕃。注：姬姞二姓，宜爲配耦。可聘也。」告[校]青本告上有生字。以貧。女曰：「來宵相俟，妾爲君謀之。」[但評]代謀佳偶，所薦得人，狐有義有識。次夜，女果至，出白金四十兩贈生。曰：「去此六十里，有吴村衛氏，[校]青本下有女字。年十八矣，高其價，故未售也。君重啗[何註]啗音淡，猶餌之也。高帝使酈生、陸賈説秦將，啗以利。之，必合諧允。」言已，別去。生乘間語父，欲往相之。而隱饋金不敢告。[校]青本下有父字。翁自度無貲，以是故，止之。生又婉言：「試可乃已。」[呂註]尚書，堯典。[何註]堯典謂試其治水也。翁頷之。生遂假僕馬，詣衛氏。衛故田舍翁。生呼出引[校]青本作外。與閒語。衛知生望族，[呂註]秦觀王儉論：王謝二氏，最爲望族。江左以來，公卿相將出其門者十七人。又見儀采軒豁，心許之，而慮其靳於貲。生聽其詞意吞吐，會其旨，傾囊陳几上。衛乃喜，浼鄰生居間，書紅箋而盟焉。生入拜媪。居室偪側，[何註]偪音逼，近也。偪側，猶淺窄也，障蔽也。女依母自幛。微睨之，雖荆布[呂註]後漢書，梁鴻傳：鴻妻孟光，始以裝飾入門，七日而鴻不答。乃更爲椎髻，著布衣荆釵，操作而前，鴻大喜。[何註]荆布，謂荆釵布裙也。之飾，而神情光豔，心竊喜。衛[校]青本無衛字。借舍款壻，便言：「公子無須親迎。待少作衣妝，即合巹送去。」生與期[校]青本期上有訂字。而歸。詭告翁，言衛愛清門，不責貲。翁亦喜。至日，衛果送女至。女勤儉，有順德，[何評]賢婦。琴瑟甚篤。踰二年，舉一男，名福兒。會清明抱子登墓，遇邑紳宋氏。[馮評]軒然大波。宋[校]此據青本，抄本無宋字。官御史，坐行賕[呂註]正韻：賕音求。說文：以財枉法相謝也。徐曰：非理而求之也。史記，滑稽列傳：又恐受賕枉法。[何註]賕，賄賂也。免。居林下，大煽[校]青本作搧。威虐。[但評]此等御史，貽玷柏臺。是日亦上墓歸，見女豔之。問村人，知爲生配。料馮貧士，誘以重賂，冀可摇，使家人風示之。生驟聞，怒形於色；既思勢不敵，斂怒爲笑，歸告翁。[校]青本下重一翁字。大怒，奔出，對其家人，指天畫地，詬罵萬端。家人鼠竄[呂註]宋紀：金人圍太原，童貫欲遁歸。張孝純止之曰：平生推重太師幾許威重，及臨事乃捧頭鼠竄，何面目見天子乎？而去。宋氏亦怒，竟遣數人入生家，毆翁及子，[馮評]尚有天日耶！洶若沸鼎。[何註]洶音匈，沸音芾，鼎，釜也。言洶洶如湯之沸於鼎者。詩，大雅：如沸如羹。女聞之，棄兒於牀，披髮號救。羣篡舁之，閧然便去。[但評]無日無天，令人髮指。父子傷殘，吟呻〔校〕青本作呻吟。在地，兒呱呱啼室中。鄰人共憐之，扶之〔校〕青本作置。榻上。經日，生杖而能起。翁忿不食，嘔血尋斃。生大哭，抱子興詞，上至督撫，訟幾徧，卒不得直。後聞婦不屈死，〔馮評〕聞婦不屈死，帶便補了上文，何等捷便簡當。〔何評〕節女。益悲。寃塞胸吭，無路可伸。每思要路刺殺宋，而慮其扈從〔何註〕扈音祜，後從也。上林賦：扈從橫行。繁，兒又罔託。日夜哀思，雙睫爲〔校〕青本下有之字。不交。忽一丈夫弔諸其室，〔馮評〕丈夫來得突。虬髯〔何註〕虬同虯，龍屬髯鬚也。又註：虬音觩，龍子也。髯從冄，而占切。鬚之在頰者。漢書，高帝紀：美鬚髯。闊頷，曾與無素。挽坐，欲問邦族。客遽曰：「君有殺父之仇，奪妻之恨，而忘報乎？」〔但評〕俠士其猶龍乎？用筆亦有神龍夭矯，不可挾制之勢。生疑爲宋人之偵，姑僞應之。〔馮評〕文有突筆，不嫌其突者，馮生抱屈含寃，急急欲得一人以爲之報復，人心也，即天理也，亦即文理，何嫌於突！客怒眦〔何註〕眦同眥，音劑。眼外角曰外眥，內角曰內眥。欲裂，〔呂註〕史記，項羽本紀：樊噲瞋目視項王，頭髮上指，目眦盡裂。○〔何評〕俠客。遽出曰：「僕以君人也；今乃知不足齒之傖！」〔呂註〕世說：顧辟彊謂王子敬，不足齒之傖耳。○傖，賤稱也。○〔但評〕一慷爽，一慎密，如聞其聲，如見其人。生察其異，跪而挽之，曰：「誠恐宋人餂〔何註〕餂音忝，以言探人意也。我。今實佈腹心：僕之臥薪嘗膽〔呂註〕山堂肆考：越句踐臥薪嘗膽，欲以報吳。者，固有日矣，但憐此褓中物，恐墜宗祧。〔何註〕祧，遷廟也。墜宗祧，覆宗滅嗣也。君義士，能爲我杵臼〔呂註〕史記，趙世家：趙朔娶成公姊爲夫人。大夫屠岸賈欲誅趙氏，乃治靈公之賊。韓厥諫之，不聽。韓厥告趙朔趣亡。朔不肯，曰：子必不絕趙祀，朔死不恨。韓厥許諾，稱疾不出。賈不請而擅與諸將攻趙氏於下宮，殺趙朔，滅其族。趙朔妻成公姊有遺腹，走公宮匿。趙朔客曰公孫杵臼，謂朔友人程嬰曰：胡不死？程嬰曰：朔之婦有遺腹。若幸而男，吾奉之；即女也，吾徐死耳。居無何而朔婦生男。屠岸賈聞之，索於宮中，不獲。程嬰謂杵臼曰：今一索不得，後必且復索之，奈何？杵臼曰：立孤與死孰難？程嬰曰：死易，立孤難耳。杵臼曰：趙氏先君遇子厚，子彊爲其難者，吾爲其易者。二人乃謀取他人嬰兒，負之匿山中。程嬰出，謬謂諸將軍曰：嬰不肖，不能立趙孤。誰能與我千金，吾告趙氏孤處。諸將皆喜，許之。發師隨程嬰攻公孫杵臼，殺杵臼與孤兒。諸將以爲趙氏孤兒已死，皆喜。然趙氏真孤乃反在。程嬰卒與俱匿山中，居十五年。晉景公疾，卜之，大業之後不遂者爲祟。景公問韓厥，對曰：大業之後，在晉絕祀者，其趙氏乎？景公問：趙尚有後子孫乎？韓厥具以實告。於是景公乃與韓厥謀立趙孤兒，名曰武。召程嬰，徧拜諸將，遂反與程嬰、趙武攻屠岸賈，滅其族，復與趙武田邑如故。程嬰乃辭諸大夫，謂趙武曰：昔下宮之難，我非不能死，我思立趙氏之後。今趙武既立，我將下報趙宣孟與公孫杵臼。趙武啼泣，頓首固請。程嬰曰：不可，彼以我爲能成事，故先我死；今我不報，是以我事爲不成。遂自殺。否？」客曰：「此婦人女子之事，非所能。君所欲託諸人者，請自任之；所欲自任者，願得而代庖[呂註]莊子，逍遥遊：庖人雖不治庖，尸祝不越樽俎而代之矣。焉。」[但評]杵臼之事，而以爲婦人女子，非輕杵臼也，以代庖之事觀之，則抱呱呱者直婦人女子事耳。亦作者有意爲下文抱養事作一伏筆，又恐犯實，急以請自任之一語掩過，遂全無痕跡。生聞，崩角[何註]孟子：若崩厥角稽首。注：商人稽首至地，若角之崩也。在地。客不顧而出。生追問姓字，曰：「不濟，不任受怨；濟，亦不任受德。」遂去。[但評]丈夫二字，直對婦人女子言，且與狐女對照，如兩山並峙，突如其來，飄然而去。此段文氣，純胎息左盲，非徒摹其形似者。生懼禍及，抱子亡去。至夜，宋家一門俱寢，有人越重垣入，殺御史父子三人，及一媳一婢。[校]上四字，青本作一婢一媳。○[馮評]快哉，快哉！蘇子美讀之，當浮大白。宋家具狀告官。官大駭。宋執謂相如，於是遣役捕生，生遁不知所之，於是情益真。宋僕同官役諸處冥搜。夜至南山，聞兒啼，迹得之，繫縲[校]青本作累。而行。兒啼愈嗔，羣奪兒拋棄之。生寃憤欲絕。見邑令，問：「何殺人？」生曰：「寃哉！某以夜死，我以晝出，且抱呱呱者，何能踰垣殺人？」令曰：「不殺人，何逃乎？」生詞窮，不能置辨，乃收諸獄。生泣曰：「我死無足惜，孤兒何罪？」［馮評］左傳句法。令曰：「汝殺人子多矣；殺汝子，何怨？」生既褫革，［何註］褫音豸。褫革，奪去衣頂也。屢受梏［何註］梏，械也。慘，卒無詞。令是夜方卧，聞有物擊牀，震震有聲，［馮評］即用此人作轉圜，妙甚。大懼而號。舉家驚起，集而燭之，一短刀，銛［何註］銛，思廉切，亦利也。漢書，賈誼傳：莫邪爲鈍兮，鉛刀爲銛。利如霜，剁［何註］剁，多去聲，斫也。牀入木者寸餘，牢不可拔。［馮評］惜乎不中。［但評］錮弊之牢不可破者，即以利刀之牢不可拔者破之。安得各官牀面皆有此一刀！令睹之，魂魄喪失。荷戈徧索，竟無蹤跡。［校］青本作緒。心竊餒。又以宋人死，無可畏懼，乃詳諸憲，代生解免，竟釋生。生歸，甕無升斗，孤影對四壁。幸鄰人憐餽食飲，苟且自度。念大仇已報，則囅然喜；思慘酷［何註］酷音焅，虐也。之禍，幾於滅門，則淚潸潸墮；及思半生貧徹骨，宗支不續，則於無人處，大哭失聲，不復能自禁。［馮評］無一漏筆。［但評］數語爲一篇之警策。○從生心中寫出三層，使讀者咸賞其情致之纏綿，用筆之周匝，幾忘其爲承接過渡之筆。如此半年，捕禁益懈。乃哀邑令，求判還衛氏之骨。及［校］青本作既。葬而歸，悲怛欲死，輾轉空牀，竟無生路。忽有款門者，［馮評］飄然而來。［但評］前者丈夫弔諸其室，至大寃昭雪，丈夫之事已畢矣；而婦人女子，忽來款門。以杵臼之事果出之於婦人女子，巾幗有色而丈夫無色，狐有色而人無色矣。凝神寂聽，聞一人在門外，譨譨［何註］譨，奴侯切，謣平聲。語不明也。楚辭：羣司譨譨。與小兒語。生急起窺覘，似一女子。扉初啓，便問：「大宛昭雪，可幸無恙？」其聲稔熟，而倉卒不能追憶。燭［校］青本燭上有爇火二字。之，則紅玉也。［馮評］讀者中心癢癢，快甚慰甚。［但評］從天降下，來何暮也。挽一小兒，嬉笑跨［何註］跨音胯，兩股間也。下。生不暇問，抱女嗚哭。女亦慘然。既而推兒曰：「汝忘爾［校］青本作而。父耶？」兒牽女衣，目灼灼視生。細審之，福兒也。大驚，泣問：「兒那得來？」女曰：「實告君：昔言鄰女者，妄也。妾實狐。［馮評］聊齋每落筆，都作勢不平。適宵行，見兒啼谷口，［校］青本作中。抱養於秦。聞大難既息，故攜來與君團聚耳。」生揮涕拜謝。兒在女懷，如依其母，竟不復能識父矣。天未明，女即遽起。問之，答曰：「奴欲去。」生裸跪牀頭，涕不能仰。女笑曰：「妾誑君耳。今家道新創，非夙興夜寐不可。」乃翦莽擁篲，［何註］篲同彗，埽竹也。類男子操作。生憂貧乏，不［校］青本下有能字。自給。女曰：「但請下帷［呂註］前漢書，董仲舒傳：下帷講誦，三年不窺園。讀，勿問盈歉，［何註］盈歉，有無也。或當不殍餓死。」遂出金治織具；租田數十畝，僱傭耕作。荷鑱誅茅，［呂註］楚辭，卜居：寧誅鋤草茅以力耕乎？○庾信江南賦：誅茅宋玉之宅。牽蘿補屋，日以爲常。里黨聞婦賢，益樂貲助之。約半年，人煙騰茂，類素封家。生曰：「灰燼［何註］燼，火餘也。之餘，卿白手再造矣。然一事未就安妥，如何？」詰之，答曰：〔校〕青本作云。「試期已迫，巾服尚未復也。」〔校〕青本作耳。女笑曰：「妾前以四金寄廣文，〔呂註〕舊唐書：天寶九載，國學增置廣文館，以鄭虔爲博士，故今稱教職曰廣文。〔何註〕廣文，學官也。杜詩：廣文先生官獨冷。已復名在案。若待君言，悞之已久。」生益神之。是科遂領鄉薦。時年三十六，腴田〔何註〕腴田，膏腴之田。連阡，〔何註〕阡陌，田間道也。夏屋渠渠〔呂註〕詩，秦風：夏屋渠渠。傳：渠渠，深廣貌。矣。女嬝娜如隨風欲〔校〕青本無欲字。飄去，而操作過農家婦；雖嚴冬自苦，而手膩如脂。自言三十八歲，人視之，常若二十許人。〔馮評〕戛然而止。

異史氏曰：「其子賢，其父德，故其報之也俠。非特人俠，狐亦俠也。遇亦奇矣！然官宰悠悠，〔何註〕悠悠，繆悠也。莊子：繆悠之説，荒唐之言。豎人毛髮，〔何註〕豎人毛髮，毛髮上指也。刀震震入木，何惜不略移牀上半尺許哉？使蘇子美讀之，必浮白曰：『惜乎擊之不中！』」〔呂註〕世説補：蘇子美好飲酒。在外舅杜祁公家，每夕以一斗爲率。公密使覘之。子美讀漢書張良傳，至良與客狙擊秦皇帝，撫掌曰：惜乎擊之不中！遂滿引一大白。公曰：有如此下酒物，一斗不足多也。

王阮亭云：「程嬰、杵臼，未嘗聞諸巾幗，況狐耶！」

〔何評〕俠殺御史一家而不殺宰，意宰之不勝殺也。當興訟時，上至督撫，卒不得直，獨宰也乎哉！

龍 [校]青本下有三則二字。

北直界有墮龍入村。其行重拙，入某紳家。其户僅可容軀，塞而入。家人盡奔。登樓譁譟，銃砲轟然。龍乃出。門外停貯潦水，淺不盈尺。龍入，轉側其中，身盡泥塗；極力騰躍，尺餘輒墮。泥蟠三日，蠅集鱗甲。忽大雨，乃[校]青本無乃字。霹靂拏空而去。[但評]固龍也，然而墮矣。龍而墮，其行未有不重拙者，即在縉紳豈復以爲龍乎？强塞而入，非其所依，譁譟而銃礟之固宜。

房生與友人登牛山，入寺游矚。忽椽間一黄磚墮，上盤一[校]青本無一字。小蛇，細裁如蚓。忽旋一周，如指；又一周，[校]青本無上五字。已如帶。共驚，知爲龍，羣趨而下。方至山半，[校]青本下有間字。聞寺中霹靂一聲，[校]青本下有震動山谷四字。天上黑雲如蓋，一巨龍夭矯其中，移時而没。[校]青本作始。

章丘小相公莊，有民婦適野，值大風，塵沙撲面。覺一目眯，如含麥芒，揉之吹之，迄不愈。啓瞼而審視之，睛固無恙，但有赤綫蜿蜒於肉分。或曰：「此蟄龍也。」〔校〕青本作婦終無損。婦憂懼待死。積三月餘，天暴雨，忽巨霆一聲，裂眦〔何注〕裂眦，謂眦欲裂也。而去。婦無少損。

袁宣四〔吕注〕名藩，號松籬，淄川人。康熙癸卯舉人。言：「在蘇州值陰晦，霹靂大作。衆見龍垂雲際，鱗甲張動，爪中搏一人頭，鬚眉畢見；移時，入雲而没。亦未聞有失其頭者。」〔校〕青本無此則。

〔何評〕龍不得雲雷，與蛇蚓何異！龍蟄於目，古來有之，可謂之神物矣。

〔虞堂評〕結語有妙趣。（按虞堂名馮喜賡）

〔但評〕方其墮也，見重拙之軀，皆謂蠢然一物耳；否則亦必曰：「不祥之物耳。」以不盈尺之淺潦，未能轉側，困辱泥塗，雖極力騰躍，而尺餘輒墮；小至蠅蚋，且得而憑陵之。又必羣起而睨之曰：「無能爲也，技止此耳。」及其際風雲、遭霖雨，霹靂一聲，拏空而去，鱗甲焕耀，潤澤羣生，乃驚心駭目，相與動容而告曰：「龍也！」士之辱在泥塗，屈久乃信，而倨之恭之者，前後判若兩人，何以異是？

林四娘

青州道陳公寶鑰，［馮評］陳公字緑崖，康熙二年觀察青州。閩人。夜獨坐，有女子搴幃入。視之，不識；而豔絶，長袖宫裝。笑云：「清夜［校］青本作宵。兀［何註］兀音杌，不動也。韓愈文：恒兀兀以窮年。坐，得勿寂耶？」公驚問何人。曰：「妾家不遠，近在西鄰。」公意其鬼，而心好之。捉袂挽坐，談詞風雅，大悦。擁之，不甚抗拒。顧曰：「他無人耶？」公急闔户，曰：「無。」促其緩［何註］緩，寬褪也。裳，意殊羞怯。公代爲之殷勤。女曰：「妾年二十，猶處子也，狂將不堪。」狎褻既竟，流丹浹席。既而枕邊私語，自言「林四娘」。［馮評］林西仲云：四娘，莆田人。明崇禎時，父爲江寧府庫官，逋帑下獄，四娘與表兄某悉力營救，同卧起半載，實無私。父出獄而疑不釋。四娘因投繯，以明其無他。公詳詰之。曰：「一世堅貞，業爲君輕薄殆盡矣。有心愛妾，但圖永好可耳，絮絮何爲？」無何，雞鳴，遂起而去。由此夜夜必至。每與闔户雅飲。談及音律，輒能剖［何註］剖音掊，判也。悉［何註］悉，通解也。宫商。公遂意其工於度曲。曰：「兒時之所習也。」公請一領雅奏。女曰：「久矣不託於音，[呂註] 禮，檀弓：孔子之故人原壤，其母死，夫子助之沐椁。原壤登木曰：久矣予之不託於音也。歌曰：……云云。節奏强半遺忘，恐爲知者笑耳。」再强之，乃俯首擊節，[呂註] 晉書，樂志：魏晉之世，有孫氏，善歌舊曲；宋識善擊節唱和。○天禄識餘：擊節二字，謂擊几爲節，若擊缶爲節之類也。今人不解此義，以爲彈指者，非。唱伊涼[呂註] 大唐傳載：天寶中，樂章多以邊地爲名，如伊州、涼州、甘州之類皆是。其曲遍繁聲，皆名入破。後其地盡爲西蕃所没破，乃其兆矣。[何註] 東坡詩：便教長笛弄伊涼。之調，[校] 青本作詞。其聲哀婉。歌已，泣下。公亦爲酸惻，抱而慰之曰：「卿勿爲[校] 青本下有此字。亡國之音，使人悒悒。」[校] 青本作於邑。○[呂註] 楚辭，九章：氣於邑而不可止。注：於邑，氣結而不下也。[何註] 於邑亦作烏邑。漢書，成帝紀：言之可爲於邑。女曰：「聲以宣意，哀者不能使樂，亦猶樂者不能使哀。」[但評] 歌以永言，聲以宣意，哀樂所感，著乎聲歌，一毫不能假借。亡國之音哀以思，至作鬼度曲，猶不能改，故聲音之道，先王慎焉。兩人燕昵，過於琴瑟。既久，家人竊聽之，聞其歌者，無不流涕。夫人窺見其容，疑人世無此妖麗，非鬼必狐；懼爲厭[校] 青本作魘。蠱，[何註] 魘蠱，音近掩古，魘魅蠱惑也。（按厭通魘）勸公絶之。公不能聽，但固詰之。女愀然曰：「妾衡府宮人也。遭難而死，十七年矣。以君高義，託爲燕婉，[何註] 燕安婉順也。詩：燕婉之求。然實不敢禍君。倘見疑畏，[校] 青本作畏疑。即從此辭。」公曰：「我不爲嫌；但燕好若此，不可不知其實耳。」乃問宮中事。女緬述，津津[何註] 津津，謂詳細言之，有條不紊也。可聽。談及式微[何註] 詩，式微，注：式，語辭。微，猶衰也。之際，則哽咽不能成語。[但評] 比花蕊夫人宮調如何？女不甚睡，每夜輒起誦準提、金剛諸經咒。[呂註] 準提咒：南無薩哆喃，三藐三菩陀，俱胝喃怛姪他唵折隸主隸準提娑婆訶。○元史，釋元傳：若歲祝釐禱，祠之常號，有曰覩思哥兒，華言準提咒也。有曰闊兒魯弗下屯，華言金剛咒也。公問：「九原[何註] 九原，猶九京、九泉也。能自懺耶？」曰：「一也。妾思終身淪落，欲度來生耳。」又每與公評騭詩詞，瑕輒疵之；至好句，則曼聲[呂註] 列子，湯問篇：昔韓娥爲曼聲長歌。曼，美也，長也。嬌吟。意緒風流，使人忘倦。公問：「工詩乎？」曰：「生時亦偶爲之。」公索其贈。笑曰：「兒女之語，烏足爲高人道。」居三年，一夕忽慘然告別。公驚問之。答云：「冥王以妾生前無罪，死[校] 青本無死字。猶不忘經咒，俾生王家。別在今宵，永無見期。」言已，愴[校] 青本作慘。然。公亦淚下。[校] 青本作墮。乃置酒相與痛飲。女慷慨而歌，爲哀曼之音，一字百轉；每至悲處，輒便哽咽。數停數起，而後終曲，飲不能暢。乃起，逡巡欲別。公固挽之，又坐少時。雞聲忽唱，乃曰：「必不可以久留矣。然君每怪妾不肯獻醜；今將長別，當率成一章。」索筆構成，曰：「心悲意亂，不能推敲，[呂註] 全唐詩話：賈島於京師騎驢得句云：鳥宿池邊樹，僧敲月下門。始欲著推字，又欲下敲字，乃引手作推敲之勢。時韓愈爲京兆尹，不覺衝至第三節。左右擁至尹前，賈具道所以。愈曰：敲字佳。遂與並轡歸，爲布衣之交。乖音錯節，慎勿出以示人。」掩袖[校] 青本作袂。而去。公送諸門外，湮然[校] 青本下有而字。沒。公悵悼良久。視其詩，字態端好，珍而藏之。詩曰：「靜鎖深宮十七年，誰將故國問青天？

閒看殿宇封喬木，泣望君王化杜鵑。〔呂註〕寰宇記：蜀王杜宇號望帝。時有荆人鼈靈既死，其尸隨水上至汶山下，忽復生，帝立爲相。後帝淫鼈靈妻，遂禪位於鼈靈，號開明氏。帝自亡去，升西山隱焉，化爲子鵑。時適二月，子鵑鳥鳴，故蜀人悲之，聞子鵑鳴，即曰：是我望帝也。海國波濤斜夕照，漢家簫鼓静烽煙。紅顏力弱難爲厲，惠〔校〕青本作蕙。質心悲只問禪。日誦菩提千百句，閒看貝葉〔呂註〕酉陽雜俎：貝多出摩伽陀國，長六七尺，經冬不凋。西域經書，用此皮葉。〔何註〕西域經多以貝葉書之。柳詒超詩：閒持貝葉書，步出東齋讀。兩三篇。高唱梨園〔呂註〕唐書，禮樂志：明皇知音律，酷愛法曲。選子弟坐部伎三百人，按曲於驪山繡嶺下梨園。聲有誤者，必覺而正之。時宮女數百，亦謂梨園子弟。歌代哭，請君獨聽亦潸然。」詩中重複脱節，疑有〔校〕有，青本作傳者。錯悞。

按漁洋先生「池北偶談」亦載此事。詩則作七律，德州盧雅雨先生采入「山左詩鈔」。附録於此，以備參考：「閩陳寶鑰，字緑厓，觀察青州。一日，燕坐齋中，忽有丫鬟，年可十四五，姿首甚美，搴簾入曰：『林四娘見。』陳驚愕，莫知所以。逡巡間，四娘已至前萬福。蠻髻朱衣，繡半臂，鳳嘴靴，腰佩雙劍。陳疑其仙俠。不得已，揖就坐。四娘曰：『妾，故衡府宮嬪也。生長金陵。衡王昔以千金聘妾入後宮，寵絶倫輩。不幸早死，殯於宮中。不數年，國破，遂北去。妾魂魄猶戀故墟。今宮殿荒蕪，聊欲假君亭館延客。固無益於君，亦無損於君，願無疑焉。』陳唯唯。自是日必一至，每張筵，初不見有賓客，但聞笑聲酬酢。久之設具讌陳，及陳鄉人公車者，十數輩咸在坐。嘉肴旨酒，不異人世，然亦不知何從至也。酒酣，四娘敍述宮中舊事，悲不自勝。引節而歌，聲甚哀怨。舉坐沾衣罷酒。如是年餘。一日，黯然有離別之色，告陳曰：『妾塵緣已盡，當往終南。以君情誼厚，一來取別耳。』自後遂絶。有詩一卷，長山李五絃司寇有寫本。又程周量會元記其一詩云：『静鎖深宮憶往年，樓臺簫鼓遍烽煙。紅顔力薄難爲厲，黑海心悲只學禪。細讀蓮花千百偈，閒看貝葉兩三篇。梨園高唱升平曲，君試聽之亦惘然。』」

［附林西仲（雲銘）林四娘記］晉江陳公寶鑰，字緑崖。康熙二年，任山東青州道僉事。夜輒聞傳桶中有敲擊聲，問之則寂無應者。其僕不勝擾，持槍往伺，欲刺之。是夜但聞詈聲。已而推中門突入，則見有鬼，青面獠牙，赤體挺立，頭及屋簷。僕震駭，失槍仆地。陳急出，訶之曰：「此朝廷公署，汝何方妖魑，敢擅至此？」鬼笑曰：「聞尊僕欲見刺，特來受槍耳。」陳怒，思檄兵格之。甫起念，鬼笑曰：「檄兵格我，計何疎也！」陳愈怒。遲明，調標兵二千名守門。抵夜，鬼却從牆角出，長僅三尺許；頭大如輪，口張如箕，雙眸開合有光；蹩跚於地，冷氣襲人。兵大呼，發炮矢，炮火不燃。檢韔中矢，無一存者。鬼反持弓回射，矢如雨集，俱向衆兵頭面掠過，亦不之傷。兵懼奔潰。陳又延神巫作法驅遣，夜宿署中。時臘月嚴寒，陳甫就寢，鬼直詣巫卧所，攫去衾氈衣褌。巫窘急呼救。陳不得已，出爲哀祈。鬼笑曰：「聞此神巫乃有法者也，技止此乎？」遂擲還所攫。次日，神巫慚懼，辭去。自後署中飛甎擲瓦，晨昏不寧。或見牆覆棟崩，急避之，仍無他故。陳患焉。嗣余有同年友劉望齡赴都，取道青州，詢知其故，謂陳曰：「君自取患耳。天下之理，有陽則有陰。若不急於驅遣，亦未擾擾至此。」語未竟，鬼出謝之。劉視其獰惡可畏，勸令

改易頭面。鬼即辭入暗室中。少選，復出，則一國色麗人，雲翹靚妝，嬝嬝婷婷而至。其衣皆鮫綃霧縠，亦無縫綴之迹。香氣飄揚，莫可名狀。自稱爲林四娘。有一僕名實道，一婢名東姑，皆有影無形；惟四娘則與生人了無異相也。陳日與歡飲賦詩，親狎備至，惟不及亂而已。凡署中文牒，多出其手。遇久年疑獄，則爲廉訪始末，陳一訊皆服。觀風試士，衡文甲乙，悉當，名譽大振。先是陳需次燕邸，貸京商二千緡。商急索，不能應；議償其半，不允。四娘出責之曰：「陳公豈負債者？顧一時力不及耳。若必取盈，陷其圖利敗檢，於汝安乎？我鬼也，不從吾言，力能禍汝。」京商素不信鬼，笑曰：「汝乃麗人，以鬼怖我！若果鬼也，當知我在京廬舍、職業。」四娘曰：「廬舍、職業，何難詳道？汝近日於某處行一負心事，説出，恐就死耳。」京商大駭，辭去。陳密叩商所爲，終不洩。其隱人之惡如此。性耽吟咏，所著詩，多感慨凄楚之音，人不忍讀。凡吾閩有訪陳者，必與狎飲。臨別輒贈詩。其中庾詞，日後多驗。有一士人，悦其姿容，偶起淫念。四娘怒曰：「此獠何得無禮！」喝令杖責。士人忽然仆地，號痛求哀，兩臂杖痕周匝。衆爲之請。乃呼婢東姑，持藥飲之，了無痛苦，仍與驩飲如初。陳叩其爲神始末。答曰：「我莆田人也。故明崇禎年間，父爲江寧府庫官，逋帑下獄。我與表兄某，悉力營救。同卧起半載，實無私情。父出獄而疑不釋。我因投繯，以明無他，烈魂不散耳。與君有桑梓之誼而來，非偶然也。」計在署十有八月而别。别後，陳每思慕不置。康熙六年，補任江南傳驛道，爲余述其事，屬余記之。

［何評］林四娘直是不能忘情耳，乃知情固非死物。

卷　三

江中*

王聖俞南游，泊舟江心。既寢，視月明如練，未能寐，使童僕爲之按摩。〔呂註〕周禮，天官：疾醫以五味、五穀、五藥養其病。疏：扁鵲治趙太子尸蹶之病，使子明炊湯，子儀服神，子術按摩。又唐書，百官志：太醫者，掌醫療之法，其屬有四：一曰醫師，二曰鍼師，三曰按摩師，四曰呪禁師。忽聞舟頂如小兒行，踏蘆蓆作響，遠自舟尾來，漸近艙户。慮爲盜，急起問童。童亦聞之。問答間，見一人伏舟頂上，垂首窺艙内。大愕，按劍呼諸僕，一舟俱醒。告以所見。或疑錯誤。俄響聲又作。羣起〔校〕青本作趨。四顧，渺然無人，惟踈星皎月，漫漫江波而已。衆坐舟中。〔校〕青本作衆危坐舟上。旋見青火如燈狀，〔何評〕鬼燐。突出水面，隨水浮游；漸近舡，［校］青本作船。則火頓滅。即有黑人驟起，屹立水上，以手攀舟而行。衆譟曰：「必此物也！」欲射之。方開［校］青本作關。弓，則遽伏水中，不可見矣。問舟人。舟人曰：「此古戰場，鬼時出没，其無足怪。」

魯公女

招遠張于旦，性疎狂不羈。讀書蕭寺。時邑令魯公，三韓人。有女好獵。生適遇諸野，見其風姿娟秀，着錦貂裘，跨小驪駒，翩然若畫。［何評］三韓人如畫。歸憶容華，極意欽想。後聞女暴卒，悼歎欲絶。魯以家遠，寄靈［校］青本作柩。寺中，即生讀所。生敬禮如神明，朝必香，食必祭。每酹［校］青本作酬。而祝曰：［何評］疎狂可想。「睹卿半面，長繫夢魂；不圖玉人，［吕註］王子年拾遺記：蜀先主甘后，玉質柔肌，態媚容冶。河南獻玉人，高三尺。乃取玉人致后側，后與玉人潔白齊潤。嬖寵者，非惟妒甘后，而亦妒玉人。奄［何註］奄音厭，忽也。然物化。今近在咫尺，而邈若河山，［校］青本作山河。恨如何也！然生有拘束，死無禁忌，九泉有靈，當珊珊［吕註］漢武帝李夫人歌：是耶非耶？立而望之，翩何珊珊其來遲！○一作姍，行貌。［何註］珊珊，聲也。宋玉神女賦：動霧縠以徐步兮，拂墀聲之珊珊。步下從少。而來，慰我傾慕。」［但評］無端而視之，殊爲非禮。乃深情所感，果達九泉。可見天下無不可通之誠，無不可感之人，況倫常所關，而行之以禮者哉。日夜祝之，幾半月。［校］青本作年。一夕，［馮評］一夕，一月，一日，聊齋多如此用筆，變化萬端，觀者不覺，惟我見之。挑燈夜讀，忽舉首，則女子含笑立燈下。生驚起致問。女曰：「感君之情，不能自已，遂不避私奔之嫌。」生大喜，［校］青本下有挽坐二字。遂共歡好。自此無虛夜。謂生曰：「妾生好弓馬，以射麞殺鹿爲快，罪業深重，死無歸所。如誠心愛妾，煩代誦金剛經一藏數，生生世世不忘也。」［馮評］誦經即可懺罪，予每疑之。然聞諸古德及先輩傳書，往往有驗。生敬受教，每夜起，即柩前捻［何註］捻，入聲字，兩指取物也。韻見十二葉。而少陵詩盡捻書籍賣，竟作平韻，待考。珠諷誦。偶值節序，欲與偕歸。女憂足弱，不能跋履。生請抱負以行，女笑從之。如抱嬰兒，殊不重累。遂以爲常。考試亦載與俱。然行必以夜。生將赴秋闈，女曰：「君福薄，徒勞馳驅。」遂聽其言而止。積四五年，魯罷官，貧不能輿其［校］此據青本，抄本無上二字。櫬，將就窆［何註］窆音砭，葬下棺也。周禮，春官：共喪之窆器。注：下棺豐碑之屬。之，苦無葬地。生乃自陳：「某有薄壤近寺，願葬女公子。」魯公喜。生又力爲營葬。魯德之，而莫解其故。魯去，二人綢繆如平日。一夜，側倚［校］青本作侍。生懷，淚落如豆，曰：「五年之好，於今別矣！受君恩義，數世不足以酬！」生驚問之。曰：「蒙惠及泉下人，［校］青本無人字。經咒藏滿，今得生河北盧户部家。如不忘今日，過此十五年，八月十六日，煩一往會。」［但評］以身相報，不計其年，而且訂於再生，約以異地。自古及今，以至百千萬億劫，三千、大千世界，只是一個情字。生泣下曰：「生三十餘年矣；又十五年，將就木[呂註]左傳，僖二十三年：我二十五年矣，又如是而嫁，則就木焉。焉，會將何爲？」女亦泣曰：「願爲奴婢以報。」少間曰：「君送妾六七里。此去多荊棘，妾衣長[校]青本作裳。難度。」乃抱生項，生送至通衢。見路旁車馬一簇，[何註]簇音鏃，湊集也。禮，月令：孟春之月，其音角，律中大簇。言萬物簇生也。馬上或一人，或二人；車上或三人、四人、十數人不等；獨一鈿車，[何註]鈿車，鈿平去二音。車以金花爲飾也。繡纓[校]青本作帷。朱幰，僅一老媼在焉。見女至，呼曰：「來乎？」女應曰：「來矣。」乃回顧生云：「盡此，且去；勿忘所言。」生諾。女子行近車，媼引手上之，展軨[呂註]禮，曲禮：展軨效駕。注：軨，車轄頭，轄也。亦作鈴。[何註]軨音靈，和鈴也。即發，車馬闐咽[何註]闐音田。闐咽，車馬聲滿也。而去。生悵悵而歸，志時日於壁。因思經咒之效，持誦益虔。夢神人告曰：「汝志良嘉。但須要到南海[呂註]按：觀音大士示現在浙江定海縣東落伽山，故稱南海觀音。詳見番僧落伽註。○唐王勃讚曰：南海之深幽絕處，碧紺嵯峨連水府；號曰七寶落伽山，自在觀音於彼住。○落一作洛。去。」問：「南海多遠？」曰：「近在方寸地。」[馮評]唤醒世人。[但評]爲愛持誦經曲者指出要旨，以是姻緣，功德不少。○南海近在方寸地，方寸地即是南海。未有南海不在方寸地者，特恐方寸地未必即是南海耳。醒而會其旨，念切菩提，修行倍潔。三年後，次子明、長子政，相繼擢高科。生雖暴貴，而善行不替。夜夢青衣人邀去，見宮殿中坐一人，如菩薩狀，逆[校]青本作迎。之曰：「子爲善可喜。惜無修齡，幸得請於上帝矣。」生伏地稽首。唤起，賜坐；飲以茶，味芳如蘭。又令童子引去，使浴於池。池水清潔，游魚可數，入之而温，掬之有荷葉香。移時，漸入深處，失足而陷，過涉滅頂。[何註]滅頂，没頂也。易，大過：過涉滅頂。驚寤。異之。由此身益健，目益明。自捋其鬚，白者盡簌簌落；又久之，黑者亦落。面紋亦漸舒。[馮評]此事爲天下所無之事，在此段書爲人人意中所有。人情即天道，何妨謂實有是事。至數月後，頷禿面童，[校]此據青本，抄本作童面。宛如十五六時。輒[校]青本無輒字。兼好游戲事，亦猶童。過飾[校]青本作失。邊幅，[吕註]後漢書，馬援傳：公孫述稱帝於蜀，隗囂使援往觀之。述盛陳陛衛，以延援入，欲授援以封侯大將軍位。賓客皆樂留。援曉之曰：公孫不吐哺走迎國士，反修飾邊幅，如偶人形，此子何足久稽天下士乎？注：言若布帛修整其邊幅也。[何註]飾邊幅，謂布幅以邊爲約束也。詳任秀檢幅註。二子輒匡救之。未幾，夫人以老病卒。子欲爲求繼室於朱門。生曰：「待吾至河北來[校]青本作去。而後娶。」屈指已及約期，遂命僕馬至河北。訪之，果有盧户部。先是，盧公生一女，生而能言，長益慧美，父母最[校]青本無最字。鍾愛之。貴家委禽，女輒不欲。怪問之，具述生前[校]青本作前生。約。共計其年，大笑曰：「癡婢！張郎計今年已半百，人事變遷，其骨已朽；縱其尚在，髮童而齒壑[校]青本作豁。○[何註]髮童，猶頭童。頭童齒壑，見韓愈文。矣。」女不聽。母見其志不搖，與盧公謀，戒閽人勿通客，過期以絶其望。[馮評]曲行。未幾，生至，閽人拒之。退返旅舍，悵恨無所爲計。閒遊郊郭，因循而暗訪之。女謂生負約，涕不食。母言：「渠不來，必已殂謝；即不然，背盟之罪，亦不在汝。」女不語，〔校〕青本作言。但終日卧。盧患之，亦思一見生之爲人，乃託遊遨，遇生於野。視之，少年也，訝之。班荆〔呂註〕左傳，襄二十六年：伍舉奔鄭，將遂奔晉；聲子將如晉，遇之於鄭郊，班荆相與食。注：班，布也。略談，甚倜儻。公喜，邀至其家。方將探問，盧即遽起，囑客暫獨坐，匆匆入内，告女。女喜，自力起。窺審〔校〕青本無審字。其狀不符，零涕而返，怨父欺罔。公力白其是。女無言，但泣不止。公出，意緒懊〔何註〕懊音襖，懊惱也。喪，對客殊不款曲。生問：「貴族有爲户部者乎？」公漫應之。首他顧，似不屬客。生覺其慢，辭出。女啼〔校〕青本作涕。數日而〔校〕青本作竟。卒。〔馮評〕文字曲折之妙。生夜夢女來，曰：「下顧者果君耶？年貌舛異，覿面遂致違隔。妾已憂憤死。煩向土地祠速招我魂，可得活，遲則無及矣。」既醒，急探盧氏之門，果有女亡二日矣。生大慟，進而弔諸其室。〔何評〕不修邊幅，疎狂如初。已而以夢告盧。盧從其言，招魂而歸。啓其衾，撫其尸，呼而祝之。俄聞喉中咯咯〔何註〕咯音酪，喉中聲也。有聲。忽見朱櫻乍啓，墜〔校〕青本作墮。痰塊如冰。扶移榻上，漸復吟呻。〔校〕青本作呻吟。盧公悦，肅客出，置酒宴會。細展官閥，知其巨家，益喜。擇吉成禮。居半月，攜女而歸。盧送至家，半年乃去。夫婦居室，儼如〔校〕青本作然。小耦，不知者，多誤以子婦爲姑嫜焉。〔但評〕女子死而復生，生而復死，情緣所結，固也。生以青衣邀去，飲茶賜浴，遂成童面，且致修齡，以行將就木之人，儼然小耦。菩薩慈悲，以楊枝甘露，灑作並蒂蓮花，真有不可思議者。盧公逾年卒。子最幼，爲豪强〔呂註〕漢書，田延年傳：誅鉏豪强。注：强，暴也。所中傷，家産幾盡。生迎養之，遂家焉。

〔何評〕生自愛慕女公子耳，女公子初不知有生也。祇以死後每食必祭，遂訂以來生。豈情之所鍾，固不以生死隔耶？

道士

韓生，世家也。好客。同村徐氏，常飲於其座。會宴〔校〕青本無宴字。集，有道士托鉢〔何註〕鉢音潑，鉢盂也。梵書：自釋迦相傳有衣鉢。門上。〔校〕青本作外。家人投錢及粟，皆不受；亦不去。家人怒，歸不顧。韓聞擊剥之聲甚久，詢之〔校〕青本無之字。家人，以情告。言未已，道士〔校〕青本作人。竟入。〔馮評〕有本事人方敢托大，然有本事人又何必托大。道士無客心耳。韓招之坐。道士向主客皆一舉手，即坐。略致研詰，始知其初居村東破廟中。韓曰：「何日棲鶴〔呂註〕高僧傳：舒州灊山，景色奇絶，寶志禪師與白鶴道人皆欲居之，白於梁武帝。帝命各以物志其地者得之。道人云：某以鶴止處爲記。志公云：某以卓錫處爲記。○錫，杖也。大智論：菩薩多用錫杖。東觀，竟不聞知，殊〔校〕青本無殊字。缺地主之禮。」答曰：「野人新至，無交游。聞居士揮霍，〔呂註〕陸機文賦：紛紜揮霍，形難爲狀。〔何註〕揮霍，疾貌。言紛紜酬應，不惜金錢也。又手反覆也。摇手爲揮，反手爲攉，同霍。深願求飲焉。」韓命舉觴。道士能豪飲。徐見其衣服垢敝，頗偃〔校〕此據青本，抄本作淹。蹇，〔何註〕偃蹇，倦怠也。不甚爲禮；

［馮評］主人禮之，座客偏輕之，不解。韓亦海客［何註］海客，江湖客也。遇之。［但評］以衣服觀人，俗不可耐。滔滔皆是，可奈何！道士傾飲二十餘杯，乃辭而去。自是每宴會，道士輒至，遇食則食，遇飲則飲，韓亦稍厭其頻。［校］青本作煩。飲次，徐嘲之曰：「道長日爲客，寧不一作主？」［但評］忘却本身。道士笑曰：「道人［校］青本作士。與居士等，惟雙肩承一喙耳。」［馮評］笑煞多少。［但評］反脣相稽，罕譬而喻。○雙肩承一喙，居士之通例。徐慚不能對。道士曰：「雖然，道人懷誠久矣，會當竭力作杯水之酬。」飲畢，囑曰：「翌［校］青本作翼。午幸賜光寵。」次日，相邀同往，疑其不設。行去，［校］青本無上二字。道士已候於途；且語且步，已至寺門。［校］青本無上八字。入門，則院落一新，連閣雲蔓。［何註］蔓音萬，延也，言樓閣蔓延也。大奇之，曰：「久不至此，創建何時？」道士答：「竣［何註］竣與手爲皴裂之皴，均七倫切。工未久。」比入其室，陳設華麗，世家所無。二人肅然起敬。甫坐，行酒下食，皆二八狡童，［何註］狡童，狡獪之童也。錦衣朱履。酒饌芳美，備極豐渥。［何註］渥音握。豐渥，多且旨也。飯已，另有小進。珍果多不可名，貯以水晶玉石之器，光照几榻。酌以玻璃琖，圍尺許。道士曰：「喚石家姊妹來。」［馮評］石字着眼。童去少時，二美人入。一細長，如弱柳；一身短，齒最稚；［何註］稚，少年也。媚曼［何註］媚言神情之美，曼謂聲音之細也。雙絕。道士即［校］青本無即

字。使歌以侑酒。少者拍板而歌，長者和以洞簫，[呂註] 三禮圖：無底者謂之洞簫。其聲清細。既闋，[何註] 闋音缺，樂之終也。道士懸爵促釂，又命徧酌。顧問：「美人久不舞，尚能之否？」遂有僮僕展氍毹[呂註] 風俗通：織毛爲褥曰氍毹。[何註] 氍毹音衢俞，舞人踐以舞者。於筵下，兩女對舞，長衣亂拂，香塵四散；舞罷，斜倚畫屏。二人心曠神飛，不覺醺醉。道士亦不顧客，舉杯飲[校] 青本作引。盡，起謂客曰：「姑煩自酌，我稍[校] 青本作少。憩，即復來。」即去。南屋[校] 青本作屋南。壁下，設一螺鈿[呂註] 正韻：陷蚌曰螺鈿。○呂藍衍言鯖：狪狪蠻國，其王號鬼王，其別帥曰羅殿王，在辰交之間，即今雲貴界外也。世用其蛤飾器，謂之羅殿。今江南徽州工人以製杯盤屏匣，精工細巧，實出於此。俗謂之螺鈿，乃羅殿之誤也。[何註] 嵌螺曰螺鈿。又註：以螺殼爲飾也。之牀，女子爲施錦裀，扶道士卧。道士乃曳長者共寢，[校] 青本作枕。命少者立牀下爲之爬搔。[何註] 爬搔音琵騷，搔也。二人睹此狀，頗不平。徐乃大呼：「道士不得無禮！」[但評] 雙肩承喙者偏不能忍。往將撓[何註] 撓，饒上聲，擾亂之也。之。道士急起而遁。見少女猶立牀下，乘醉拉向北榻，公然擁卧。視牀上美人，尚眠繡榻。顧韓曰：「君何太迂？」韓乃逕登南榻，[校] 青本作牀。欲與狎褻，[但評] 石家姊妹，使之歌以侑酒則可矣。女而石也，道士不妨曳以共枕耳；韓、徐乃欲與狎褻耶？而美人睡去，撥之不轉。因抱與俱寢。[但評] 此等石美人，讓君擁抱何妨？天明，酒夢俱醒，覺懷中冷物冰人；視之，則抱長石卧青[校] 青本無青字。階下。急視徐，徐尚未醒；見其枕遺屙〔呂註〕未詳。○按，玉篇：屙音阿，上廁也。與此不符。〔何註〕遺，溺也。屙，廁也。之石，酣寢敗廁中。〔但評〕逐臭夫只合享受此。蹵〔何註〕蹵，子六切，躡也。起，互相駭異。四顧，則一庭荒草，兩間破屋而已。〔馮評〕記當日有一老生，見此書曰：没頭没腦，無首無尾，突起突止，此何書也？不知妙處在是。〔但評〕道士何爲閒情逸致而作此劇？必徐素有不潔之行，故就色示警，使之枕遺屙之石，寢敗廁之中，可謂請君入甕矣。石而式歌且舞，衣散香塵，石耶人耶？靈頑之頓殊，而薰蕕之互異耶？殆不翅仙凡之各判，亦實因人而施之耶？

〔何評〕此是道士幻術。

胡氏

直隸有巨家，欲延師。忽一秀才，踵門自薦。主人延入。〔校〕此據青本，抄本作之。詞語開爽，遂相知悅。秀才自言胡氏。遂納贄館之。胡課業良勤，淹洽〔何註〕淹博優洽也。非下士等。〔但評〕詞語開爽，學又淹洽，欲坦腹東牀，胡亦自有所恃。然時出游，輒昏夜始歸；扃閉儼然，不聞〔校〕青本無聞字。款叩〔何註〕不款叩，言不須款門，叩門也。而已在室中矣。遂相驚以狐。然察胡意固不惡，優重之，不以怪異廢禮。胡知主人有女，求爲姻好，屢示意，主人僞不解。一日，胡假而去。次日，有客來謁，縶黑衛於門。〔馮評〕衛是衛地所産之驢，尤悔菴有黑白衛傳奇。主人逆〔校〕青本作迎。而入。年五十餘，衣履鮮潔，意甚恬〔何註〕恬音甜，安静也。雅。既坐，自達，始知爲胡氏作冰。主人默然，良久曰：「僕與胡先生，交已莫逆，何必婚姻？且息女已許字矣。煩代謝先生。」客曰：「確知令愛〔校〕此據青本，抄本作媛。待聘，何拒之深？」再三言之，而主人不可。客有慙色，曰：「胡亦世族，何遽不如先生？」

主人直告曰：「實無他意，但惡非[校]青本無非字。其類耳。」[但評]非吾族類，何足婚姻，此議自正。第既不以女妻之，而又婦其妹，未免欺狐，未免不恕耳。客聞之怒；主人亦怒，相侵益亟。客起抓主人；主人命家人杖逐之，客乃遁。遺其驢，視之，毛黑色，批耳修尾，大物也。牽之不動；驅之則隨手而蹶，喓喓[何註]要音腰，蟲聲。詩，召南：喓喓草蟲。然草蟲耳。主人以其言忿，知必相仇，戒備[何註]教戒家人而守備之也。之。次日，果有狐兵大至：或騎或步，或戈或弩，馬嘶人沸，聲勢洶洶。[何註]洶音匈，如潮之湧也。主人不敢出。狐聲言火屋，主人益懼。有健者，率家人譟[何註]譟同噪，羣呼也。穀梁傳，定公十年：齊人鼓譟而起。出，飛石施箭，兩相冲擊，互有[校]青本作相。夷[何註]夷，傷也。傷。狐漸靡，紛紛引去。遺刀地上，亮如霜雪；近拾之，則高粱葉也。衆笑曰：「技止此耳。」然恐其復至，益備之。明日，衆方聚語，忽一巨人，自天而降：高丈餘，身橫數尺；揮大刀如門，[校]青本下有扇字。逐人而殺。羣操矢石亂擊之，顛踣而斃，則芻靈耳。衆益易之。狐三日不復來，衆亦少懈。主人適登廁，俄見狐兵，張弓挾矢而至，亂射之；集矢[校]青本作矢集。於臀。[何註]臀音屯，腿臀也。大懼，急喊衆奔鬬，狐方去。拔矢視之，皆蒿梗。[但評]草蟲其驢耶？高粱葉其刀耶？芻靈其巨人耶？蒿梗其矢耶？狐兵如是，不足患矣。如此月餘，去來不常，雖不甚害，而日日[校]青本少一日字。戒嚴，[何註]正字通：敵將至設備曰戒嚴，敵退曰解嚴。主人患苦之。一日，胡生率衆[校]青本作師。

至。主人身［校］青本作自。出，胡望見，避於衆中。［何評］賓主可想。［但評］尚不失先生面目。○見主人而避，先生休矣。然而猶可以理說，終是讀書人本色。主人呼之，不得已，乃出。主人曰：「僕自謂無失禮於先生，何故興戎？」羣狐欲射，胡止之。主人近握其手，邀入故齋，置酒相款。從容曰：「先生達人，當相見諒。以我情好，寧不樂附婚姻？但先生車馬、宮室，多不與人同，弱女相從，即先生當知其不可。且諺云：『瓜果之生摘者，不適於口。』先生何取焉？」［但評］主人之言，亦婉而成章，遂釋兵戎，言歸於好。辭之不可以已也如是夫！胡大慙。主人曰：「無傷，舊好故在。如不以塵濁見棄，在門牆之幼子，年十五矣，願得坦腹牀下。［呂註］世說：郗鑒使門生求壻於王導。導令就東廂徧觀子弟。門生歸謂鑒曰：王氏諸少並佳。然聞信至，咸自矜持；惟一人在東牀坦腹卧，獨若不聞。鑒曰：此真佳壻。訪之，乃羲之也。以女妻之。不知有相若者否？」胡喜曰：「僕有弱妹，少公子一歲，頗不陋劣。以奉箕帚，如何？」［馮評］兵戎變而禮讓，匪寇婚媾。主人起拜，胡答拜。於是酬酢甚歡，前郤俱忘。［但評］婚姻所以合二姓之好也；爲好成仇，以仇求好，即使强就，終不相安。瓜果生摘，比喻切當。彼即驕横，亦當廢然返矣。本欲坦腹於人之牀，轉使人坦腹於己之牀。由胡而觀，可云賠了夫人又折兵也。由主人觀，應占易睽卦之上九爻。命羅酒漿，［何註］羅酒漿，排列酒漿也。徧犒從者，上下歡慰。乃詳問里居，［但評］車馬宮室，不與人同，何里居之可問？將以奠雁。［呂註］儀禮，士昏禮：主人升西面，賓升北面，奠雁，再拜稽首。注：用雁爲贄者，取其順陰陽往來。示不再偶也。胡辭之。日暮繼燭，醺醉乃去。由是遂安。年餘，胡不至。或疑其約妄，而主人堅待之。又半年，胡忽至。既道溫涼已，乃曰：「妹子長成矣。請卜良辰，遣事翁姑。」主人喜，即同定［校］青本作訂。期而去。至夜，果有輿馬送新婦至。奩妝豐盛，［但評］輿馬中有草蟲否？奩妝内有高粱葉、芻靈、蒿梗否？設室中幾滿。新婦見姑嫜，温麗異常。主人大喜。胡生與一弟來送女，談吐俱風雅，又善飲。天明乃去。新婦且能預知年歲豐凶，故謀生之計，皆取則焉。胡生兄弟，以及胡媪，時來望女，人人皆見之。

［何評］胡生終是可人，故能偶此良姻。

戲術 [校]青本下有二則二字。

有桶戲者，桶可容升；無底，中空，亦如俗戲。戲人以二席置街上，持一升入桶中；旋出，即有白米滿升，傾注席上；又取又傾，頃刻兩席皆滿。然後一一量入，畢而舉之，猶空桶。奇在多也。

利津李見田，在顔鎮[呂註]在益都西南百八十里。明嘉靖間，撫兵王公世貞創建之，蓋成巨鎮云。閒遊陶場，欲市巨甕，與陶人争直，不成而去。至夜，窑中未出者六十餘甕，啓視一空。陶人大驚，疑李，踵門求之。李謝不知。[校]青本作去。固哀之，乃曰：「我代汝出窑，一甕不損，在魁星樓下非與？」如言往視，果一一俱在。樓在鎮之南山，去場三里餘。傭工運之，三日乃盡。

丐僧

濟南一僧，不知何許人。赤足衣百〔校〕此據青本，抄本作白。衲，日於芙蓉、明湖諸館，誦經抄募。與以酒食、錢、粟，皆〔校〕青本作迄。弗受；叩所需，又不答。終日未嘗見其餐飯。〔校〕青本作飲。或勸之曰：「師既不茹葷酒，當募山村僻巷中，何日日往來於羶鬧〔何註〕羶音膻，羊臭也。鬧從門，不静也。之場？」僧合眸〔校〕青本作掌。諷誦，睫毛長指許，若不聞。少選，又語之。僧遽張目厲聲曰：「要如此化！」〔但評〕要如此化，即非如此化，是名如此化。又誦不已。久之，自出而去。或從其後，固詰其必如此〔校〕青本下有化字。之故，走不應。叩之數四，又厲聲曰：「非汝所知！老僧要如此化！」〔但評〕又曰要如此化者，即非如此化，而凡夫之人，以爲必如此化。積數日，忽出南城，卧道側，如僵，三日不動。〔校〕此據青本，抄本作動。居民恐其餓死，貽累近郭，因集勸他徙。欲飯，飯之；欲錢，錢之。僧瞑然不應。

羣摇而語之。僧怒，於衲中出短刀，自剖其腹；以手入内，理腸於道，而氣隨〔校〕青本作遂。絶。衆駭，告郡，藁葬〔吕註〕見後漢書，馬援傳。藁，草也。之。異日爲犬所穴，席見。踏之似空；發視之，席封如故，猶空繭〔何註〕繭，蠶繭也。然。

伏狐

太史某，爲狐所魅，[校]青本作祟。病瘠。符禳既窮，乃乞假歸，冀可逃避。太史行，而狐從之。大懼，無所爲謀。一日，止於涿門外，有鈴醫，自言能伏狐。太史延之入。投[校]青本作授。以藥，則房中術也。促令服訖，入與狐交，鋭不可當。狐辟易，[吕註]史記，項羽本紀：赤泉侯爲騎將，追項王。項王瞋目叱之，赤泉侯人馬俱驚，辟易數里。注：言人馬俱驚，開張易舊處乃至數里也。[何註]辟易，言退避而易其處也。哀而求罷；不聽，進益勇。狐展轉營脱，苦不得去。移時無聲，視之，現狐形而斃矣。

昔[校]青本無昔字。余鄉某生者，素有嫪毐[吕註]史記，吕不韋列傳：乃私求大陰人嫪毐以爲舍人。索隱：士罵淫曰嫪毐。一曰：嫪，姓也。○按：紹聞堂金壺字考抄：嫪毐音勞藹，士人之無行者。摎毐音劉藹，秦始皇時人；今誤以嫪毐爲秦人，非。[何註]大陰，謂有兼人之具也。之目，自言生平未得一快意。夜宿孤館，四無鄰。忽有奔女，扉未啓而已入；心知其狐，亦欣然樂就狎[校]青本無狎字。之。衿襦甫解，貫革直入。狐驚痛，啼聲吱[何註]吱音支。吱吱，啼聲也。然，如鷹脱韝，[何註]韝音鉤，捍臂以臂鷹者。韓愈詩：勢如脱韝鷹。穿窗而出。

〔校〕此據青本，抄本下有去字。某猶望窗外作狎暱聲，哀喚之，冀其復回，而已寂然矣。此真討狐之猛將也！宜榜門驅狐，可以爲業。

〔何評〕以房術伏狐，至移時而斃，物猶如此，人何以堪！

蟄龍

於陵曲銀臺[呂註]宋史，職官志：銀臺司掌收天下奏狀。○按：即今之通政司。公，讀書樓上。值陰雨晦冥，見一小物，有光如螢，蠕蠕而行。[校]青本作登几。過處，則[校]青本作輒。黑如蛐[校]青本作蛐。○[何註]蛐音曲，蛐蟮也。跡。漸盤卷上，卷亦焦。意爲龍，乃捧卷[校]青本無卷字。送之。至門外，持立良久，蠖[呂註]易，繫辭：尺蠖之屈，以求信也。[何註]蠖音獲，屈伸蟲也。曲不少動。公曰：「將無謂我不恭？」執卷返，仍置案上，冠帶長揖[校]青本下有而後二字。送之。方至簷下，但見昂首乍伸，離卷橫飛，其聲嗤然，光一道如縷；數步外，回首向公，則頭大於甕，身數十圍矣；又一折反，霹靂震驚，騰霄而去。回視所行處，蓋曲曲自書笥中出焉。[但評]公誠恭敬有禮，龍亦從容有度。

蘇仙

高公明圖知郴州時，有民女蘇氏，浣衣於河。河中[校]青本無中字。有巨石，女踞其上。有苔一縷，緑滑可愛，浮水漾動，遶石三匝。女視之心動。既歸而娠，腹漸大。母私詰之，女以情告。母不能解。數月，竟舉一子。欲寘隘巷，[呂註]詩，大雅。女不忍也，藏諸櫝而養之。遂矢志不嫁，以明其不二也。然不夫而孕，終以爲羞。兒至七歲，未嘗出以見人。兒忽謂母曰：「兒漸長，幽禁何可長也？去之，不爲母累。」問所之。曰：「我非人種，[呂註]世説新語：阮仲容先幸姑家鮮卑婢。姑當遠移，仲容自追之曰：人種不可失。行將騰霄昂壑[呂註]唐書，房喬傳：高孝基名知人。謂裴矩曰：僕觀人多矣，未有如此郎者；當爲國器，但恨不見其聳壑昂霄云。耳。」女[校]青本作母。泣詢歸期。答曰：「待母屬纊，兒始來。去後，倘有所需，可啓藏兒櫝索之，必能如願。」言已，拜母竟[校]青本作徑。去。出而望之，已杳矣。女告母，母大奇之。女堅守舊志，與母相依，而家益落。偶缺晨炊，仰屋無計。忽憶兒言，往啓櫝，果得米，賴以舉火。由是有求輒應。逾三年，母病卒；一切葬具，皆取給於櫝。既葬，女獨居三十年，未嘗窺户。〔馮評〕女必有所依，否則志即堅定，煢煢一身，何以能之三十年也？一日，鄰婦乞火者，見其兀坐空閨，語移時始去。居無何，忽見彩雲繞女舍，亭亭如蓋，中有一人盛服立，審視，則蘇女也。迴翔久之，漸高不見。鄰人共疑之。窺諸其室，見女靚妝〔吕註〕左思蜀都賦：都人士女，袨服靚妝。注：靚妝，粉白黛黑也。〔何註〕靚音浄，裝飾也。上林賦：靚妝刻飾。謂粉白黛黑也。凝坐，氣則已絶。衆以其無歸，議爲殯殮。忽一少年入，丰姿俊偉，向衆申謝。鄰人向亦竊知女有子，故不之疑。少年出金葬母，植二桃於墓，乃别而去。數步之外，足下生雲，〔校〕青本作雲生。不可復見。後桃結實甘芳，居人謂之「蘇仙桃樹」，年年華茂，更不衰朽。官是地者，每攜實以餽親友。

李伯言

李生伯言，沂水人。抗直有肝膽。忽暴病，家人進藥，卻之曰：「吾病非藥餌可療。陰司閻羅缺，欲吾暫攝其篆耳。死［校］青本無死字。勿埋我，宜待之。」是日果［校］青本作竟。死。騶從導去，入一宮殿，進冕服；［校］青本作服冕。隸胥祗候甚肅。案上簿書叢沓。［何註］叢沓，叢多而亂沓也。沓，達合切，合也。一宗，江南某，稽生平所私良家女八十二人。鞫之，佐證不誣。按冥律，宜炮烙。［呂註］通鑑：紂爲銅柱，以膏塗之，加於炭火之上，使有罪者緣之，名炮烙之刑。堂下有銅柱，高八九尺，圍可一抱；空其中而熾炭焉，表裏通赤。羣鬼以鐵蒺藜［呂註］前漢書，鼂錯傳：具藺石，布渠荅。注：渠荅，鐵蒺藜也。○又隋書，煬帝紀：帝征遼東，置鐵蒺藜於要路水中刺人馬。［何註］蒺藜，鐵爲之，五角，軍中斷後所用。撻驅使登，手移足盤而上。甫至頂，則煙氣飛騰，崩然一響如爆竹，［呂註］荆楚歲時記：正月一日，是三元之日也。雞鳴而起，先於庭前爆竹，以辟山魈惡鬼。○按，神異經云：西方山中有人焉，長尺餘，一足。性不畏人；犯之令人寒熱，名曰山魈。以竹著火中，烞熚有聲，而山魈驚憚。後人遂象其形，以火藥爲之。人乃墮；團伏移時，始復蘇。又撻之，爆墮如前。三墮，則匝地如煙而散，不復能〔校〕青本作能復。成形矣。〔但評〕如煙而散，不復成形，冥間除卻一色鬼。又一起，爲同邑王某，被婢父訟盜占生女。王即生姻家。先是一人賣婢，王知其所來非道，而利其直廉，遂購之。至是王暴卒。越日，其友周生〔校〕青本無生字。遇於途，知爲鬼，奔避齋中。王亦從入。周懼而祝，〔校〕青本作視。問所欲爲。王曰：「煩作見證於冥司耳。」驚問：「何事？」曰：「余婢實價購之，今被誤〔校〕青本作誣。控。此事君親見之，惟借季路一言，〔呂註〕左傳，哀十四年：小邾射以句繹來奔，曰：使季路要我，吾無盟矣。無他說也。」周固拒之。王出曰：「恐不由君耳。」未幾，周果死，同赴閻羅質審。李見王，隱存左袒〔呂註〕前漢書，高后紀：周勃入軍門，行令軍中曰：爲呂氏右袒，爲劉氏左袒。軍皆左袒。〔何註〕左袒，袒護也。意。忽見殿上火生，燄燒梁棟。李大駭，側足立。吏急〔校〕青本作隱。進曰：「陰曹不與人世等，一念之私不可容。〔但評〕如此言，則人世只是私念充塞耳。急消他念，則火自熄。」李斂神寂慮，火頓滅。〔但評〕火生殿梁，遂消他念，陰曹有此，公道乃彰。天下貪邪之官，幸而堂上無此火；天下屈抑之民，不幸而堂上無此火。已而鞫狀，王與婢父反復相苦。〔校〕青本作詰。問周，周以實對。〔校〕青本作告。王以故犯論笞。笞訖，遣人俱送回生。周與王皆三日而甦。李視事畢，輿馬而返。中途見闕〔校〕青本作缺。頭斷足者數百輩，伏地哀鳴。停車研詰，則異鄉之鬼，思踐故土，恐關隘阻隔，乞求路引。李曰：「余攝任三日，已解任矣，何能爲力？」衆曰：「南村胡生，將建道場，代囑可致。」李諾之。至家，騶從都去，李乃甦。胡生字水心，與李善，聞李再生，便詣探省。李遽問：「清醮何時？」胡訝曰：「兵燹之後，妻孥瓦全，［呂註］北史，魏宗室傳：景皓曰：大丈夫寧可玉碎，不能瓦全。向與室人作此願心，未向一人道也。何知之？」李具以告。胡歎曰：「閨房一語，遂播幽冥，可懼哉！」［但評］閨房一語，遂播幽冥，屋漏之間，猶有君子。乃敬諾而去。次日，如王所，王猶憊臥。見李，肅然起敬，申謝佑庇。李曰：「法律不能寬假。今幸無恙乎？」王云：「已無他症，但笞瘡膿潰耳。」又二十餘日始痊；臀肉腐落，瘢痕如杖者。

異史氏曰：「陰司之刑，慘於陽世；責亦苛於陽世。然關説不行，則受殘酷者不怨也。誰謂夜臺［呂註］阮瑀七哀詩：冥冥九泉室，漫漫長夜臺。按：墓穴曰夜臺，一曰長夜。［何註］泉臺一曰夜臺。歐陽修詩：泉臺一閉夜，萬里不知春。無天日哉？第恨無火燒臨民之堂廨耳！」

［何評］福善禍淫之旨顯然。

黃九郎

何師參，字子蕭，齋於苕溪之東，門臨曠野。薄暮偶出，見婦人跨驢來，少年從［校］青本下有諸字。其後。婦約五十許，意致清越。轉視少年，年可十五六，丰采過於姝麗。何生素有斷袖［呂註］前漢書，佞幸傳：董賢字聖卿，雲陽人也。父恭爲御史，任賢爲太子舍人。哀帝立，賢隨太子官爲郎。哀帝望見，悅其儀貌，拜爲黃門郎。繇是始幸，寵愛日甚。爲駙馬都尉侍中。常與上卧起。嘗晝寢，偏藉上袖；上欲起，賢未覺，乃斷袖而起。其恩愛至此。之癖，睹之，神出於舍；翹足目送，影滅方歸。次日，早伺之。落日冥濛，少年始過。生曲意承迎，笑問所來。答以「外祖家」。生請過齋少憩，辭以不暇；固曳之，乃入。略坐興辭，堅不可挽。生挽［校］青本作握。手送之，殷囑便道相過。少年唯唯而去。生由是凝思如渴，往來眺注，［何註］眺，望也。注，注意其人也。足無停趾。一日，日啣半規，少年欻至。大喜，要入，命館童行酒。問其姓字，答曰：［校］青本作云。「黃姓，第九。童子無字。」問：「過往何頻？」曰：「家慈在外祖家，常多病，故數省之。」酒數行，欲辭去。生掉〔校〕青本作捉。臂遮留，〔何註〕遮留，遮其道而留之也。下管鑰。〔何註〕鑰，籥同。管亦籥也。九郎無如何，赬顔復坐。挑燈共語，温若處子；而詞涉游戲，便含羞，面向壁。未幾，引與同衾。九郎不許，堅以睡惡爲辭。强之再三，乃解上下衣。着袴卧牀上。生〔校〕此據青本，抄本作何。滅燭；少時，移與同枕，曲肘加髀而狎抱之，苦求私暱。九郎怒曰：「以君風雅士，故與流連；乃此之爲，是禽處而獸愛之也！」〔但評〕一路寫來，真是禽獸之行耳，殊玷辱風雅二字。○禽處而獸愛之，極鄙穢事，偏説得極風雅，極藴藉。未幾，晨星熒熒，九郎逕去。生恐其遂絶，復伺之，蹀躞〔校〕青本作踱。凝盼，目穿北斗。過數日，九郎始至，喜〔校〕青本無喜字。逆謝過；强曳入齋，促坐笑語，竊幸其不念舊惡。〔但評〕無恥無賴。無何，解屨〔校〕青本作履。登牀，又撫哀之。九郎曰：「纏綿之意，已鏤肺膈，然親愛何必在此？」〔但評〕則將應之曰：不在此，何必親愛？生甘言糾纏，但求一親玉肌。九郎從之。生俟其睡寐，潛就輕薄。九郎醒，攬衣遽起，乘夜遁去。生邑邑若有所失，〔校〕青本作亡。忘啜廢枕，日漸委悴。〔何註〕委悴，委頓憔悴也。○〔何評〕色□□。惟日使齋童邏偵〔呂註〕晉書，戴洋傳：宜遠偵邏。注：邏，察巡也。〔何註〕邏察而偵探之也。焉。一日，九郎過門，即欲逕去。童牽衣入之。見生清癯，〔呂註〕前漢書，司馬相如傳：形容甚癯。注：癯，瘠也。○〔但評〕遂欲喪軀，竟至於此，非名士不能如是。大駭，慰問。生實告以情，淚涔涔〔何註〕涔音岑，淚下貌。江淹詩：涔淚猶在目。又漬也。隨聲零落。九郎細語曰：「區區之意，實以相愛無益於弟，而有害於兄，〔校〕青本作君。故不爲也。君既樂之，僕何惜焉？」〔但評〕此曰僕何惜，不惜其無益於弟也；後曰君勿悔，勿悔其有禍於君也。語則單承，意則雙到。生大悅。九郎去後，病〔校〕青本作疾。頓減，數日平復。九郎果至，遂相繾綣。曰：「今勉承君意，幸勿以此爲常。」既而曰：「欲有所求，肯爲力乎？」問之，答曰：「母患心痛，惟太醫齊野王先天丹可療。君與善，當能求之。」生諾之。臨去又囑。生入城求藥，及暮付之。九郎喜，上手稱謝。又强與合。九郎曰：「勿相糾纏；請爲君圖一佳人，勝弟萬萬矣。」生問誰何。九郎〔校〕青本無上二字。曰：「有表妹，美無倫。倘能垂意，當執柯斧。」生微笑不答。〔但評〕微笑不答，有斷袖之癖者，所重固不在彼。九郎懷藥便去。三日乃來，復求藥。生恨其遲，詞多誚讓。九郎曰：「本不忍禍君，故踈之；既不蒙見諒，請勿悔焉。」由是燕會無虛夕。〔馮評〕地下有鬼門，好色者自入之。凡三日必一乞藥。齊怪其頻，曰：「此藥未有過三服者，胡久不瘥？」因裹三劑並授之。又顧生曰：「君神色黯然，〔校〕青本作淡。○〔何註〕黯淡，無光采也。病乎？」曰：「無。」脈之，驚曰：「君有鬼脈，病在少陰，不自慎者殆矣！」歸語九郎。九郎歎曰：「良醫也！我實狐，久〔校〕青本無久字。恐不爲君福。」生疑其誑，藏其藥，不以盡予，慮其弗至也。〔但評〕名士如此，死不足惜。居無何，果病。延齊診視，曰：「曩不實言，今魂氣已遊墟莽，［何註］墟音虛，丘也。莽即莊子適莽蒼之莽，近郊之色也。言魂離舍也。秦緩何能爲力？」九郎日來省侍，［校］青本作視。曰：「不聽吾言，果至於此！」生尋卒。九郎痛哭而去。先是，邑有某太史，少與生共筆硯；十七歲擢翰林。時秦藩貪暴，而賂通［校］青本無通字。朝士，無有言者。公抗疏劾［何註］疏，條陳也。劾，彈劾也。其惡，以越俎［何註］越俎，謂越職言事也。免。藩陞是省中丞，日伺公隙。［馮評］地上有門曰禍門，而作惡者自投之。地下有門曰鬼門，而好色者自趨之。此二門者皆一入而不可出。公少有英稱，曾邀叛王青盼，因購得舊所往來札，脅公。公懼，自經。夫人亦投繯［呂註］漢書：淳于長因投繯而死。注：投繯，謂以繩爲繯而投之也。死。公越宿忽醒［校］青本作甦。曰：「我何子蕭也。」［但評］醜未露盡，何甘便死。詰之，所言皆何家事，方悟其借軀返魂。留之不可，出奔舊舍。撫疑其詐，必欲排陷之，使人索千金於公。公僞諾而憂悶欲絕。忽通九郎至，喜共話言，悲歡交集。既欲復狎。九郎曰：「君有三命耶？」［但評］冷語可畏。公曰：「余悔生勞，不如死逸。」［馮評］師曠曰：南風不競，多死聲。南從男。因訴冤苦。九郎悠憂［校］青本作然。以思。［但評］出之頑童之計，何事不可爲。少間曰：「幸復生聚。君曠無偶，前言表妹，慧麗多謀，必能分［校］青本下有君字。憂。」公［校］青本無公字。欲一見顏色。曰：「不難。明日將取伴老母，此道所經。君僞爲弟也兄者，［馮評］檀弓句法。

我假渴而求飲焉。君曰『驢子亡』，則諾也。」［但評］取則古人語意，奧折簡老。○魂雖何子蕭，而軀則太史也，故薦人自代之謀得成。不然，雖目睹仙人，亦終微笑不答耳。不見撫公既得九郎，而視侍妾十餘，皆同塵土乎？計已而別。明日亭午，九郎果從女郎經門外過。公拱手絮與語。略睨女郎，娥眉［校］青本作媚。秀曼，誠仙人也。九郎索茶，公請入飲。九郎曰：「三妹勿訝，此兄盟好，不妨少休止。」扶之而下，繫驢於門而入。公自起瀹茗。因目九郎曰：「君前言不足以盡。今得死所矣！」［但評］只是要死，偏不肯死；身雖不死，心已早死；不死之死，後人笑死。女似悟其言之爲己者，離榻起立，嚶喔［何註］嚶，鳥鳴。喔音渥，聲嬌細也。而言曰：「去休！」公外顧曰：「驢子其亡！」九郎火急馳出。公擁女求合。女顏色紫變，窘若囚拘。大呼九兄，不應。曰：「君自有婦，何喪人廉恥也？」［但評］此則名士故態，而太史公之品行喪盡矣。其自言曰：悔生勞不如死逸。余謂生玷不如死潔也。蓋果死，則斷袖之癖只名士當之；今不幸而生，乃並污太史耳。公自陳無室。女曰：「能矢山河，［校］青本作河山。勿令秋扇見捐，［呂註］班婕妤怨歌行：新裂齊紈素，皎潔如霜雪；裁成合歡扇，團團似明月。出入君懷袖，動搖微風發。常恐秋節至，涼飆奪炎熱；棄捐篋笥中，恩情中道絕。則惟命是聽。」公乃誓以皦日。［呂註］詩，王風：謂予不信，有如皦日。女不復拒。事已，九郎至。女色然［何註］莊子：色然而怒。以顏色示怒也。怒讓之。九郎曰：「此何子蕭，昔之名士，今之太史。［但評］昔之名士，今之太史，勿作美滿語看。吾謂與其兼二，不如止一；與其有今，不如仍昔。昔者固然，今者難必。古人老終，惟防蕩佚。與兄最善，其人可依。即聞諸妗氏，當不相見罪。」日向晚，公邀〔校〕青本作要。遮不聽去。女恐姑母駭怪。九郎鋭身自任，跨驢逕去。居數日，有婦攜婢過，年四十許，神情意致，雅似三娘。公呼女出窺，果母也。瞥睹女，怪問：「何得在此？」女慚不能對。公邀入，拜而告之。母笑曰：「九郎稚氣，胡再不謀？」〔呂註〕左傳，襄二十四年：公孫同乘兄弟也，胡再不謀？女自入廚下，設食供母，食已乃去。公得麗偶，頗快心期；而惡緒縈懷，恒蹙蹙有憂色。女問之，公緬述顛末。女笑曰：「此九兄一人可得解，君何憂？」公詰其故。女曰：「聞撫公溺聲歌而比頑童，此皆九兄所長也。投所好而獻之，怨可消，仇亦可復。」〔何評〕可畏。〔但評〕可見凡獻媚者，不惟報怨，直是復仇。○如此復仇，亦大異事；然無足異也，宴安酖毒，余聞之矣，況比頑童乎？公慮九郎不肯。女曰：「但請哀之。」越日，公見九郎來，肘行〔何註〕肘行，匍匐而迎之也。而逆之。九郎驚曰：「兩世之交，但可自效，頂踵所不敢惜。何忽作此態向人？」公具以謀告。九郎有難色。女曰：「妾失身於郎，誰實爲之？脱令中途彫喪，焉置妾也？」〔何評〕無□。九郎不得已，諾之。公陰與謀，馳書與〔校〕青本作於。所善之王太史，而致九郎焉。王會其意，大設，招撫公飲。命九郎飾女郎，〔校〕青本作裝。作天魔舞，〔呂註〕元史：順帝以宮女十六人按舞，名曰天魔舞。○薩都剌詩：紅簾高捲香風起，十六天魔舞袖長。宛然美女。撫惑之，亟請於王，欲以重金購九郎，惟恐不得當。王故沈思以〔校〕青本作似。難之。遲之又久，始將公命以進。撫喜，前郤頓釋。自得九郎，動息不相離；侍妾十餘，視同塵土。九郎飲食供具如王者；賜金萬計。半年，撫公病。〔但評〕此公已無二命矣。九郎知其去冥路近也，遂輦金帛，假歸公家。既而撫公薨。九郎出貲，起屋置器，畜婢僕，母子及妗並家焉。九郎出，輿〔校〕青本作裘。馬甚都，人不知其狐也。余有「笑判」，並志之：

男女居室，爲夫婦之大倫；燥溼互通，乃陰陽之正竅。迎風待月，〔呂註〕會真記：鶯鶯詩：待月西廂下，迎風户半開。拂牆花影動，疑是玉人來。尚有蕩檢〔何註〕蕩檢，喪其儀檢也。之譏；斷袖分桃，〔呂註〕說苑：彌子瑕愛於衛君。衛法，竊駕君車，刑刖。瑕母病，夜往告之。瑕駕君車而出。君聞之曰：孝哉！爲母犯刖。瑕食桃而甘，不盡而奉君。君曰：愛我而忘其口。〔何註〕韓子云：彌子瑕食桃而甘，以其半啖衛君。後得罪，君曰：是固以餘桃啖我者。難免掩鼻之醜。人必力士，鳥道乃敢〔校〕青本作方可。生開；洞非桃源，〔呂註〕陶潛桃花源記：晉太元中，武陵人，捕魚爲業。緣溪而行。忽逢桃花林，夾岸數百步，中無雜樹。林盡，於水源得一山；山有小口，便舍船從口入。土地平曠，屋舍儼然；有良田美池，阡陌交通，雞犬相聞。其中往來種作，男女衣著，悉如外人。見漁人，大驚，問所從來。具答之。便邀至家，設酒食。停數日，辭去。既出，得其船，便扶向路，處處志之。至郡，詣太守說。太守遣人隨往，尋向所志，不復得路。南陽劉子驥，高士也，聞之，忻然欲往，未果，尋病卒。後遂無問津者。漁篙寧許〔校〕青本作容。悮入？今某從下流而忘返，舍正路而不由。雲雨未興，輒爾上下其手；〔呂註〕見左傳，襄二十六年。此借用。陰陽反背，居然表裏爲奸。華池[何註]黄庭經注：膽爲中池，口爲華池，腹爲玉池。置無用之鄉，謬説老僧入定；[呂註]傳燈録：智隍禪師菴居二十年。無策禪師往問曰：在此作什麽？隍曰：入定。蠻洞[呂註]茅君内傳：鬼神所治有二十八洞。有六洞皆外國，鬼所不治，犬、戎、鳥、獸、蠻、裸是也。乃不毛之地，[呂註]公羊傳，宣十二年：錫之不毛之地。注：不毛者，磽确不生五穀也。[何註]毛，桑麻五穀之屬。出師表：深入不毛。遂使眇帥[何註]眇帥，唐李克用眇一目，號獨眼龍。稱戈。繫赤兔[呂註]三國志，魏志：呂布有駿馬，名赤兔，能馳城飛塹。語云：人中有呂布，馬中有赤兔。於轅門，如將射戟；[呂註]三國志，蜀志：袁術將紀靈攻劉備。呂布曰：布不喜合戰，但喜解鬭。觀布射戟：小支中者，各解兵；不中，可留決戰。布一發正中戟支。靈等悉解去。後曹操擊布，降之。布曰：明公所患不過於布，今布服矣。令布將騎，明公將步，天下不足定也。時劉備在坐。布顧謂曰：玄德，卿爲坐上客，我爲降虜，繩縛我急，獨不可一言耶？操笑曰：縛虎不得不急。乃命緩布。備曰：不可。明公不見布之于丁建陽、董卓之事乎？操頷之。布目備曰：大耳兒最叵信！猶記轅門射戟時否？遂被殺。探大弓於國庫，[呂註]左傳，定八年：陽虎如公宫，竊寶玉、大弓以出。直欲斬關。[呂註]左傳，襄二十三年：臧紇斬鹿門之關以出。或是監内黄鱣，訪知交於昨夜；[呂註]耳談：南京有王祭酒，嘗私一監生。其人夢鱣出胯下，以語人。人爲謔語曰：某人一夢最蹺蹊，黄鱣鑽臀事可疑；想是監中王學士，夜深來訪舊相知。分明王家朱李，索鑽報於來生。[呂註]晉書，王戎傳：家有好李，常出貨之，恐人得其種，恒鑽其核。彼黑松林[呂註]見西遊記。此借用。戎馬頓[校]青本作頻。來，固相安矣；設黄龍府[呂註]在遼東開元城外，見宋史。此借用。潮水忽至，何以禦之？宜斷其鑽刺之根，兼塞其送迎之路。

[何評]太史疏劾惡藩，致捐軀殞命，可謂不辱其生者矣。子蕭借宅獻僮，投其所好，可謂不辱其軀者乎？子蕭名士，吾不謂然。

金陵女子

沂水居民趙某，以故自城中歸，見女子白衣哭路側，甚哀。睨之，美。悦之，凝注不去。女垂涕曰：「夫夫也，〔呂註〕禮，檀弓：曾子指子游示人曰：夫夫也，爲習於禮者。按以我稱人曰夫夫。路不行而顧我！」趙曰：「我以曠野無人，而子哭之慟，實愴於心。」女曰：「夫死無路，〔校〕青本作歸。是以哀耳。」趙勸其復擇良匹。曰：「渺此〔校〕青本作茲。一身，其何能擇？如得所託，媵之可也。」〔何評〕方求藥。趙忻然自薦，女從之。趙以去家遠，將覓代步。女曰：〔校〕青本作言。「無庸。」乃先行，飄若仙奔。〔校〕青本作飄忽若奔。〇〔何評〕方最神。至家，操井臼甚勤。積二年餘，謂趙曰：「感君戀戀，猥相從，忽已三〔校〕青本作二。年。今宜且去。」趙曰：「曩言無家，今焉往？」曰：「彼時漫爲是言耳，何得無家？身父貨藥金陵。倘欲再晤，可載藥往，可〔校〕青本作當。助資斧。」趙經營，爲貰輿馬。女辭之，出門逕去；追之不及，瞬息遂杳。居久之，頗涉懷想，〔何評〕藥求方。

因市藥詣金陵。寄貨旅邸，訪諸〔校〕上二字，青本作詣。衢市。忽藥肆一翁望見，曰：「壻至矣。」延之入。女方浣裳庭中，見之不言亦不笑，浣不輟。趙啣恨遽出。翁又曳之返。女不顧如初。翁命治具作飯，〔校〕青本作飲。謀厚贈之。女止之曰：「渠福薄，多將不任；宜少慰其苦辛，再檢十數醫方與之，便喫著不盡〔呂註〕宋史：王曾發解，及南省廷試，皆爲首。劉子儀曰：狀元一生喫著不盡。曾正色曰：曾平生之志，不在溫飽。矣。」翁問所載藥，女云：「已售之矣，直在此。」翁乃出方付金，送趙歸。試其方，有奇驗。沂水尚有能知其方者。以蒜臼接茅簷雨水，洗瘊〔校〕青本作疣。贅，其方之一也，良效。

王阮亭云：「女子大突兀！」

〔橫山評〕仙耶鬼耶？吾不得而知之也。以其迹近於狐，故以歸之狐。（按：此評見王金範刻本。王本係分類編列，此篇被列入狐類，故云「以歸之狐」。橫山即王金範別名。）

〔何評〕有方無藥不可，有藥無方罔濟。方以配藥，藥以配方。有方無藥，則必求藥；有藥無方，則須求方。藥至而方浣裳，使恨而遽出，不曳之返，則蔑以濟矣。方多而藥將不任，檢十數方使與藥配，宜其喫著不盡矣。

湯公

湯公名聘，[馮評]湯公字稼堂，仁和人。辛丑進士。抱病彌留。忽覺下部熱氣，漸升而上：至股則足死；至腹則股又死；至心，心之死最難。凡自童稚以及瑣屑久忘之事，都隨心血來，一一潮過。如一善，則心中清净[校]青本作静。寧帖；一惡，則懊憹煩燥，似油沸鼎中，其難堪之狀，口不能肖似之。[馮評]此一段格物君子所不及知，誰是死過來人也。然人生氣聚則生，氣散則死。魄生魄降，此理之常。自足死、股死，然後心死，亦覺可聽。[但評]知心之死最難，有如許難堪之狀，慎勿於得意時死心爲惡，而自以鼎中油煎心也。猶憶七八歲時，曾探雀雛而斃之，只此一事，心頭熱血潮湧，食頃方過。[馮評]斃一雛雀，如是難死。從古奸人陷害忠良，如秦長脚之於岳忠武，不知秦賊是如何死法。直待平生[校]青本作生平。所爲，一一潮盡，乃覺熱氣縷縷然，穿喉入腦，自頂顛出，騰上如炊，踰數十刻期，[校]青本作許。魂乃離竅，忘軀殼矣。而渺渺無歸，漂泊郊路間。一巨人來，高幾盈尋，掇拾之，納諸袖中。入袖，則疊肩壓股，其人甚夥，薅惱悶氣，殆不可過。公頓思惟佛能解厄，因宣佛號，纔三四聲，飄墮袖外。巨人復納之。三納三墮，巨人乃去之。［馮評］倘人人記得阿彌陀佛四字，朗然闃誦，則巨人袖中空矣。閻羅王當奈何？公獨立徬徨，未知何往之善。憶佛在西土，乃遂西。無何，見路側一僧趺坐，趨拜問途。僧曰：「凡士子生死録，文昌［呂註］四川七曲山清虚觀碑：帝君生於唐時，姓張諱亞子，越人也。後徙蜀，即梓潼居焉。其人俊雅灑落；其文明麗浩蕩。爲蜀中宗師，有功文教。已發解，隨第春官。帝君感時事，托爲方外遊。蜀人慕之，構祠清虚觀，題曰梓潼君祠。遠近禱之，輒應。咸曰天有梓潼，君信其人矣。及孔聖司之，必兩處銷［校］青本作勾。名，乃可他適。」公問其［校］青本作所。居，僧示以途，奔赴。無幾，至聖廟，見宣聖［呂註］從祀景行録：孔子自周敬王四十二年，魯哀公誄爲尼父，西漢追謚褒成宣尼父，東漢封褒尊侯，後魏改謚文聖尼父，後周進封鄒國公，隋贈先師尼父，唐太宗升爲先聖，尊爲宣父，高宗贈太師，武后封道隆公，玄宗追謚文宣王，宋改至聖文宣王。南面坐，拜禱如前。宣聖言：「名籍之落，仍得帝君。」因指以路。［校］青本作途。公又趨之。見一殿閣，如王者居。俯身入，果有神人，如世所傳帝君像。［校］青本作狀。伏祝之。帝君檢名曰：「汝心誠正，宜復有生理。但皮囊腐矣，非菩薩莫能爲力。」因指示令急往。公從其教。俄見茂林修竹，殿宇華好。入，［校］青本下有之則二字。見螺髻莊嚴，［呂註］法苑珠林：三十六相，微妙莊嚴。按：言佛像之光彩也。金容滿月；［呂註］梁簡文帝惟衛佛像銘：灼灼金容，巍巍滿月。瓶浸楊柳，翠碧垂煙。公肅然稽首，拜述帝君言。菩薩難之。公哀禱不已。傍有尊者白言：「菩薩施大法力，撮土可以爲肉，折柳可以爲骨。」菩薩即如所請，手斷柳枝，傾瓶中水，合淨土爲泥，拍附公體。［但評］菩薩大法力，亦必因其有生理爲之；不然，瓶中水雖多，能爲天下之不誠正者而肉之骨之乎？使童子攜送靈所，推而合之。棺中呻動，家人駭［校］此據青本，抄本下有然字。集。扶而出之，霍然病已。［校］此據青本，抄本上四字在家人句上。計氣絶已斷七矣。

［馮評］順治十一年甲午，溧水湯聘就試省城，病劇而逝，覺魂自頂出，思求觀音指引。大士令詣宣聖，繼謁文昌，註名禄籍：查某年月日，湯某買舟詣如皋，舟人少女美，欲就，湯正色拒之，當前程遠大。亟令還魂。告之曰：汝見色不淫，故來相救。至辛丑中進士。見丹桂籍註。

［何評］此事累見他書。乾隆年間，復有一湯聘，官至巡撫。

［但評］人爲善時，其心之清静安帖固已。即爲惡之人，其始亦未有不懊憹煩燥者；特牿亡反復，夜氣無存，遂相安於自然耳。將死之時，心血來潮，必一一潮盡而後得死。清涼多，則雖死猶未死也；煩燥多，則自家心下已過不去，況更有許多煩燥罪孼，令其消受耶？

閻羅

萊蕪秀才李中之，性直諒不阿。每數日，輒死去，僵然如尸，三四日始醒。或問所見，則隱祕不洩。時邑有張生者，亦數日一死。語人曰：「李中之，閻羅也。余至陰司，亦其屬曹。」其門殿對聯，俱能述之。或問：「李昨赴陰司何事？」張曰：「不能具述。惟提勘曹操，笞二十。」

異史氏曰：「阿瞞一案，想更數十閻羅矣。畜道、劍山，種種具在，宜得何罪，不勞挹取；乃數千年不決，何也？[校]青本作耶，下同。豈以臨刑之囚，快於速割，故使之求死不得也？異已！」

王阮亭云：「中州有生而爲河神者，曰黃大王。[呂註]池北偶談：黃大王者，河南人。生爲河神。有妻子。每瞑目久之，醒輒云，適至某地，踢幾船。

好事者以其時地訪之，果有覆舟者，皆不爽。李自成灌大梁，使人劫之往。初決河水，輒他泛溢，不入汴城。自成怒，欲殺之。水乃大入。始賊未攻汴，一日，黄對客慘沮不樂。問之，曰：賊將借吾水灌汴京，奈何！未幾，自成果至。黄至順治中尚在。鬼神以生人爲之，此理不可曉。」

［但評］翰林學士錢公某，每日午後即僵卧，雞鳴始醒。人問之，亦不肯洩。道光元年，都中疫，京官亦間有死者。公於年前微洩之。其家人言：「公自言：日有輿馬來迎，至一署，堂廨宏敞，列公案四，公居其一。鞫獄時，雖戚友亦若不相識者。」余曾與公同席，問：「冥間所最忌者何事？」公曰：「刀山、劍獄，皆爲惡人設之。我輩士大夫家，凡事皆當借以自惕，亦懷刑之道也，即殺生一件亦宜慎。」問：「前輩如設筵宴客，豈能不殺生？」答曰：「正謂不可多設筵宴也。萬不可已，亦只從市頭購已宰割者，較之自殺，稍覺心安。孟子言君子遠庖廚，即此意耳。」其家人又言：「公冥間官銜爲陝西監察御史。」

連瑣

楊于畏，移居泗水之濱。齋臨曠野，牆外多古墓，夜聞白楊蕭蕭，聲如濤湧。〔馮評〕一起悲風滿紙，陰幽逼人。夜闌秉燭，方復悽斷。〔何註〕悽斷，猶悽絶也。忽牆外有人吟曰：「玄夜淒風卻倒吹，流螢惹草復沾幃。」〔馮評〕詩有鬼氣。〔但評〕孤寂如鶩，幽恨如綿，十四字已是寫足；楊之續句，特從空處發其餘意耳。反復吟誦，其聲哀楚。聽之，細婉似女子。疑之。明日，視牆外，並無人迹。惟有紫帶一條，遺荊棘中；拾歸置諸窗上。向夜二更許，又吟如昨。楊移杌登望，吟頓輟。悟其爲鬼，然心向慕之。次夜，伏伺牆頭。一更向盡，有女子珊珊自草中出，手扶小樹，低首哀吟。楊微嗽，女忽〔校〕青本作急。入荒草而没。楊由是伺諸牆下，聽其吟畢，乃隔壁而續之曰：「幽情苦緒何人見？翠袖單寒月上時。」〔何評〕詩好。〔但評〕承上二句而暢言之，真能道其所欲道，而復道其所不能道者矣。苦吟者遇斯風雅，能不惠然肯來耶？狂生囉唣，亦情所不能自已者；而紫帶復繫，又不得謂非緣也。雖無魚水之歡，已在琴瑟之數，煢煢弱質，忍使之受屈於輿臺鬼哉？夢去鋤兇，呼來將伯，寶刀似妾，亦各酬以所好焉耳。卒之青鳥雙鳴，紅顔再世，十餘年如一夢，樂今朝而悲往昔，豈能忘翠袖單寒時耶？久之，寂然。楊乃入室。方坐，忽見麗者自外來，斂衽曰：「君子固風雅士，妾乃多所畏避。」楊喜，拉坐。瘦怯凝寒，若不勝衣。〔呂註〕禮記，檀弓：趙文子退然如不勝衣。問：「何居里，久寄此間？」答曰：「妾隴西人，隨父流寓。十七暴疾殂謝，今二十餘年矣。〔馮評〕已知爲鬼，不妨直說。九泉荒野，孤寂如鶩。所吟，乃妾自作，以寄幽恨者。思久不屬；蒙君代續，懽生泉壤。」楊欲與懽。蹙然曰：「夜臺朽骨，不比生人，如有幽懽，促人壽數。妾不忍禍君子也。」〔馮評〕床第中得此正言，後生少短折之恨矣，乃不意聞諸鬼物耶？楊乃止。戲以手探胸，〔校〕青本下有懷字。則雞頭之肉，〔呂註〕天寶遺事：明皇於華清宮別疏温泉，賜楊貴妃澡瑩。一日，新浴後，對鏡勻面，褪露一乳。明皇捫弄云：輭温新剝雞頭肉。安禄山曰：潤滑初來塞上酥。妃笑曰：信是胡兒只識酥。依然處子。又欲視其裙下雙鉤。女俛首笑曰：「狂生太囉唣！〔何註〕囉唣，江南俗語，謂瑣碎也。囉音羅；唣，字書未見。矣！」楊把玩之，則見月色錦襪，約綵線一縷。〔校〕青本作綹。○〔呂註〕類篇：綹音柳。絲十爲綸，綸十爲綹。〔何註〕緯十縷爲綹。沈佺期曬衣篇：上有仙人長命綹，中看玉女迎歡繡。更視其一，則紫帶繫之。問：「何不俱帶？」曰：「昨宵畏君而避，不知遺落何所。」楊曰：「爲卿易之。」遂即窗上取以授女。女驚問何來，因以實告。乃去綫束帶。既翻案上書，忽見連昌宮詞。〔呂註〕唐元稹作。○〔馮評〕連昌宮中滿宮竹，元微之詩。慨然曰：「妾生時最愛讀此。今視之，殆如夢寐！」與談詩文，慧黠可愛。翦燭西窗，〔呂註〕李商隱詩：何當共翦西窗燭。如得良友。自此每夜但聞微吟，少頃即至。輒囑曰：「君祕勿宣。〔馮評〕逗下。妾少膽怯，恐有惡客〔呂註〕前漢書，公孫弘傳：寧逢惡賓，無逢故人。見侵。」楊諾之。兩人懽同魚水，〔呂註〕管子：齊桓公使管仲求甯戚。戚應之曰：浩浩乎！育育乎！管仲不知。婢子曰：浩浩乎水，育育者魚；未有室家，安召我居？注：魚水，喻人配偶。戚有伉儷之思，故陳此詩。雖不至亂，而閨閣之中，誠有甚於畫眉〔呂註〕前漢書，張敞傳：敞爲京兆尹，爲婦畫眉。有司以奏。上問之。對曰：臣聞閨房之內，夫婦之私，有甚於畫眉者。上弗責備也。者。女每於燈下爲楊寫書，〔馮評〕生下。字態端媚。又自選宮詞百首，録誦之。〔何評〕雅致翩翩。使楊治棋枰，購琵琶。每夜教楊手談。〔呂註〕語林：王中郎以圍棊爲坐隱，支道林以圍棊爲手談。○羣仙傳：待詔王積薪夜宿村店，聞姑婦隔壁圍棊；及明視之，無棊具。問之，曰：蓋手談也。不則挑弄絃索，作「蕉窗零雨」之曲，酸人胸臆；楊不忍卒聽，則爲「曉苑鶯聲」之調，頓覺心懷暢適。〔馮評〕何處得此雅鬼。〔但評〕始作蕉窗零雨之曲，繼而曉苑鶯聲之調，上映流螢惹草之句，下伏青鳥鳴樹之根。文之點染在此，文之脈絡亦在此。挑燈作劇，樂輒忘曉。視窗上有曙色，則張皇遁去。一日，薛生造訪，〔馮評〕突添一人。生波。值楊晝寢。視其室，琵琶、棋局具〔校〕青本作俱。在，知非所善。又翻書得宮詞，見字迹端好，益疑之。楊醒，薛問：「戲具何來？」答：「欲學之。」又問詩卷，託以假諸友人。薛反覆檢玩，見最後一葉細字一行云：「某月日連瑣〔何註〕杜彬琵琶皮爲弦，自從彬死，世莫傳。玉連瑣聲入黃泉，左思詩，注：言語如玉聲瑣瑣也。書。」笑曰：「此是女郎小字。〔馮評〕點出。何相欺之甚？」楊大窘，不能〔校〕青本作知。置詞。薛詰之益苦，楊不以告。薛卷挾，[校]青本作薛執卷挾之。楊益窘，遂告之。薛求一見。楊因述所囑。薛仰慕殷切；楊不得已，諾之。夜分，女至，爲致意焉。女怒曰：「所言伊何？乃已喋喋向人！」楊以實情自白。女曰：「與君緣盡矣！」楊百詞[校]青本作辭。通詞。慰解，終不懽，起而別去，曰：「妾暫避之。」明日，薛來，楊代致其不可。薛疑支託，暮與窗友二人來，淹留不去，故撓之，恒終夜譁，大爲楊生白眼，而無如何。衆見數夜杳然，寖有去志，喧囂漸息。忽聞吟聲，共聽之，悽婉欲絶。[何評]女亦多事。要是引下王生耳。薛方傾耳神注，内一武生王某，[校]青本作武友王生。○[馮評]前添一薛生，此又添一武生，下俱有用。掇巨石投之，[校]青本作去。○[但評]赳赳之態，活現紙上。大呼曰：「作態不見客，甚[校]抄本甚旁有那字。得好句，嗚嗚惻惻，使人悶損！」[馮評]俗下詩壇得此生一喝，豈不大快！吟頓止。衆甚怨[校]青本作怒。之。楊恚憤見於詞色。次日，始共引[校]青本無引字。去。楊獨宿空齋，冀女復來，而殊無影迹。踰二日，女忽至。泣曰：「君致惡賓，幾嚇煞妾！」楊謝過不遑。女遽出曰：「妾固謂緣分盡也，從此別矣。」挽之已渺。[馮評]忽來忽去，閃閃不定。由是月餘，更不復至。楊思之，形銷骨立，莫可追挽。一夕，方獨酌，忽女子搴幃入。楊喜極曰：「卿見宥耶？」女涕垂膺，默不一言。亟問之，欲言復忍，曰：「負氣去，又急而求人，難免愧恧。」［何註］恧，女六切，同忸。小爾雅：心愧爲忸。○［但評］傳神之筆。○曲折纏綿，委婉動聽，如聞其聲，如見其形。楊再三研詰，乃曰：「不知何處來一齷齪［呂註］正韻：齷齪，急促局狹貌。亦作握齪。史記，司馬相如列傳：委瑣握齪。［何註］齷音渥；齪，測角切。隸，逼充媵妾。顧念清白裔，豈屈身輿臺［呂註］左傳，昭七年：輿臣隸，僕臣臺。注：輿，衆也，謂佐皁舉衆事也。臺，給臺廝役也。［何註］輿臺，賤職也。左傳，昭七年：士臣皁，皁臣輿，輿臣隸，隸臣僚，僚臣僕，僕臣臺。之鬼？然一綫弱質，烏能抗拒？君如齒妾在琴瑟之數，必不聽自爲生活。」楊大怒，憤將致死；但慮人鬼殊途，不能爲力。女曰：「來夜早眠，妾邀君夢中耳。」於是復共傾談，坐以達［校］青本作待。曙。女臨去，囑勿［校］青本作令。晝眠，留待夜約。楊諾之。因於午後薄飲，乘醺登榻，蒙衣偃臥。忽見女來，授以佩刀，引手去。至一院宇，方闔門語，聞有人掿［何註］掿音搦，手掿也。石撾門。女驚曰：「仇人至矣！」楊啓户驟出，見一人赤帽青衣，蝟毛繞喙。［呂註］南史：梁鮑泉征長沙不克，元帝責之曰：鬚如蝟毛，徒勞繞喙！○［何評］齷齪隸。怒咄之。隸橫目相仇，言詞兇謾。［何註］謾音瞞，欺也。楊大怒，奔之。隸捉石以投，驟如急雨，中楊腕，［校］青本下有下字。不能握刃，［校］青本作刀。○［但評］此時秀才休矣，須讓惡賓出色。方危急所，［校］青本作間。遥見一人，腰矢野射。審視之，王生也。［馮評］絶處逢生。大號乞救。王生張弓急至，射之中股；再射之，殪。［呂註］詩，小雅：殪此大兕。注：一矢而死曰殪。［何註］殪音翳，殺也。楊喜感謝。王問故，具告之。

王自喜前罪可贖，[馮評]王雖武人，亦温婉知趣。遂與共入女室。女戰惕羞縮，遥立不作一語。案上有小刀，長僅尺餘，而裝以金玉；出諸匣，光芒鑑影。[校]青本作光鑑毫芒。王歎贊[校]青本作贊嘆。不釋手。與楊略話，見女慙懼可憐，乃出，分手去。楊亦自歸，越[校]青本作赴。牆而仆，於是驚寤，聽村雞已亂鳴[校]青本作唱。矣。覺腕中痛甚；曉而視之，則皮肉赤腫。亭午，王生來，便言夜夢之奇。[馮評]甘與子同夢。楊曰：「未夢射否？」王怪其先知。楊出手示之，且告以故。王憶夢中顔色，恨不真見。自幸有功於女，復請先容。夜間，女來稱謝。楊歸功王生，遂達誠懇。女曰：「將伯之助，[呂註]詩，小雅：將伯助予。義不敢忘。然彼赳赳，[呂註]詩，周南：赳赳武夫。傳：赳赳，武貌。妾實畏之。」[馮評]武夫總失便宜。既而曰：「彼愛妾佩刀。刀實妾父出使[校]青本無使字。粤中，百金購之。妾愛而有之，纏以金絲，瓣以明珠。[馮評]重寫寶刀。大人憐妾夭亡，用以殉葬。今願割愛[呂註]班彪王命論：高四皓之名，割肌膚之愛。[何註]割愛，謂割截所愛也。山谷詩：濁酒未割愛。相贈，[馮評]紅粉送佳人，寶劍贈烈士，此爲本地風光。見刀如見妾也。」[但評]美人贈寶刀，比夢中顔色差得多少！想赳赳者常佩之，不復如投石時嗔其作態不見客也。次日，楊[校]青本下有中字。致此意。王大悦。至夜，女果攜刀來，曰：「囑伊珍重，此非中華物也。」由是往來如初。積數月，忽於燈下，笑而向楊，似有所語，面紅而止者三。生抱問之。答曰：「久蒙眷愛，妾受生人氣，日食煙火，白骨頓有生意。但須生人精血，可以復活。」〔馮評〕受生人氣久便可得生，每夜與鬼爲伍，鬼氣盛，無乃轉於鬼道近乎？〔何評〕果否。楊笑曰：「卿自不肯，豈我故惜之？」女云：〔校〕青本作曰。「交〔校〕青本作妾。接後，君必有念〔校〕青本作廿。餘日大病，然藥之可愈。」遂與爲懽。既而着衣起，又曰：「尚須生血一點，能拚痛以相愛乎？」楊取利刃刺臂出血；女卧榻上，便〔校〕青本作使。滴臍中。乃起曰：「妾不來矣。君記取百日之期，視妾墳前，有青鳥鳴於樹頭，〔校〕青本作巔。○〔但評〕青鳥來報，應從西王母處來。即速發冢。」楊謹受教。出門又囑曰：「慎記勿忘，遲速皆不可！」乃去。越十餘日，楊果病，腹脹欲死。醫師投藥，下惡物如泥，浹辰〔呂註〕左傳，成九年：浹辰之間，而楚克其三都。注：浹，周匝也。辰，日辰也。浹辰，謂自子至亥，周十二日也。而愈。計至百日，使家人荷鍤以待。日既夕，〔校〕青本作西。果見青鳥雙鳴。楊喜曰：「可矣。」乃斬荆發壙。見棺木已朽，而女貌如生。摩之微温。蒙衣舁歸，置煖處，氣咻咻〔何註〕咻咻音休，口出氣也。然，細於屬絲。漸進湯酏，半夜而蘇。每謂楊曰：「二〔校〕青本無二字。十餘年如一夢耳。」〔馮評〕此下似尚有數句，想漁洋删去之耳。西廂、水滸皆以一夢結，同是此意。然再綴數語，便是俗筆。〔但評〕如聞鈞天廣樂之聲，戛然而止。

王阮亭云：「結盡而不盡，甚妙。」

［馮評］漁洋獨賞結句之妙，其實通篇斷續即離，楚楚有致。

［何評］死二十餘年，得生人精血復活，其信然耶？

單道士

韓公子，邑世家。有單道士，工作劇，公子愛其術，以爲座上客。單［校］青本下有日字。與人行坐，輒忽不見。公子欲傳其法，單不肯。公子固懇之。單曰：「我非吝吾術，恐壞吾道也。所傳而君子則可；不然，有借此以行竊者矣。公子固無慮此，然或出見美麗而悅，隱身入人閨闥，是濟惡而宣淫也。［馮評］其人而君子，何必工此術，出其身以與天下相見可也。［但評］欲傳其法，已不存君子之心矣。濟惡宣淫，直是當面揭其隱微，老羞變怒，道士合受牛鞭。不敢從命。」公子不能强，而心怒之，陰與僕輩謀撻辱之。恐其遁匿，因以細灰布麥場上；思左道能隱形，而履處必有印迹，可隨印處急擊之。［何評］公子亦巧。於是誘單往，使人執牛鞭立撻之。單忽不見，灰上果有履迹，左右亂擊，頃刻已迷。公子歸，單亦至。謂諸僕曰：「吾不可復居矣！［校］青本無矣字。向勞服役，今且別，當有以報。」袖中出旨酒一盛，又探得肴一簋，並陳几上。陳已，復探；凡十餘探，案上已滿。遂邀衆飲，俱醉。

一一仍内袖中。韓聞其異，使復作劇。單於壁上畫一城，以手推撾，城門頓闢。因將囊衣篋物，悉擲門内，乃拱别曰：「我去矣。」躍身入城，城門遂合，道士頓杳。後聞在青州市上，教兒童畫墨圈於掌，逢人戲抛之，隨所抛處，或面或衣，圈輒脱去，落印其上。又聞其善房中術，能令下部吸燒酒，盡一器。公子嘗面試之。

江南武進有少年稍婆，能以酒數十觔傾盆内，解褌坐入吸之，頃刻立盡。梓園（按梓園即王金範）

［何評］道士自褻其術，故取辱。

白于玉

吴青庵，筠，少知名。葛太史見其文，每嘉歎之。託相善者邀至其家，領其言論風采。曰：「焉有才如吴生，而長貧賤者乎？」因俾鄰好致之曰：「使青庵奮志雲霄，當以息女奉巾櫛。」〔何註〕巾，佩巾。櫛，梳篦之總名。時太史有女絶美。生聞大喜，確自信。〔但評〕一美字，一喜字，一信字，先伏於此；下文無限妙緒，由此而生。既而秋闈被黜，使人謂太史：「富貴所固有，不可知者遲早耳。請待我三年不成而後嫁。」於是刻志益苦。一夜，月明之下，有秀才造謁，白皙〔何註〕皙，白也。詩：揚且之皙也。短鬟，細腰長爪。詰所來，自言：「白氏，字于玉。」〔馮評〕豈白玉蟾之苗裔耶？略與傾談，豁人心胸。悦之，留同止宿。遲明欲去，生囑便道頻過。白感其情殷，願即假館，約期而別。至日，先一蒼頭〔呂註〕前漢書，鮑宣傳：蒼頭盧兒，皆用致富。注：漢名奴爲蒼頭，非純黑，以別於良人也。〔何註〕漢書，蕭望之傳，注：蒼頭，老奴也。送炊具來。少間，白至，乘駿馬如龍。生另舍舍之。白命奴牽馬去。遂共晨夕，忻然相得。生視所讀書，並非常所見聞，亦絕無時藝。訝而問之。白笑曰：「士各有志，僕非功名中人也。」夜每招生飲，出一卷授生，皆吐納之術，多所不解，因以迂緩置之。他日謂生曰：「曩所授，乃『黄庭』〔呂註〕集仙録：晉魏夫人學道，景林真人授以黄庭内景經。之要道，仙人之梯航。」〔呂註〕王惲詩：正煩煙火通青海，未用梯航致白環。〔何註〕謂由此求仙，如登天得梯，浮海得航也。生笑曰：「僕所急不在此。」〔但評〕所急不在此，以迂緩置之，宜矣。乃又有不肯置之，而復另有所急者。以目賤之人，而欲梯航夫真仙，吾不知其日誦黄庭，究作何解也。且求仙者必斷絕情緣，使萬念俱寂，僕病未能也。」白問：「何故？」生以宗嗣爲慮。白曰：「胡久不娶？」笑曰：「『寡人有疾，寡人好色。』」白亦笑曰：「『王請無好小色。』所好何如？」〔校〕青本作如何。生具以情告。白疑未必真美。生曰：「此遐邇所共聞，非小生之目賤也。」白微哂而罷。次日，忽促裝言别。生淒然與語，刺刺不能休。白乃命童子先負裝行。兩相依戀。俄見一青蟬鳴落案間，〔馮評〕落想總不猶人，故排場甚新，蹊徑獨别。白辭曰：「輿已駕矣，請自此别。如相憶，拂我榻而卧之。」方欲再〔校〕青本作再欲。問，轉瞬間，白小如指，翩然跨蟬背上，嘲哳〔何註〕嘲哳音趙制，聲也。而飛，杳入雲中。〔但評〕青蟬效駕，么鳳代乘，戛然升空時，吴亦應小如指。生乃知其非常人，錯愕良久，悵悵自失。踰數日，細雨忽集，〔馮評〕點雨境，逗入夢境，最妙。思白綦切。視所卧榻，鼠迹碎瑣；嘅〔何註〕嘅音慨，嘆也。然掃除，設席即寢。無何，見白家童

［校］青本作僮，下同。來相招，忻然從之。俄有桐鳳［何註］桐鳳，小鳥也。翔集，童捉謂生曰：「黑徑難行，可乘此代步。」生慮細小不能勝任。童曰：「試乘之。」生如所請，寬然殊有餘地，童亦附其尾上；戛然一聲，凌升空際。未幾，見一朱門。童先下，扶生亦下。問：「此何所？」曰：「此天門也。」門邊有巨虎蹲伏。生駭懼，童一［校］青本作以。身障之。見處處風景，與世殊異。童導入廣寒宮，内以水晶爲階，行人如在鏡中。桂樹兩章，［呂註］史記，貨殖列傳：山居千章之荻。注：大樹曰章。杜甫詩：千章夏水清。［何註］兩章，兩株也。參空合抱；花氣隨風，香無斷際。亭宇皆紅窗，時有美人出入，［但評］廣寒美人，先作一引。冶容秀骨，曠世並無其儔。童言：「王母宫佳麗尤勝。」然恐主人伺久，不暇留連，［但評］王母宫一句，只是借作映襯耳。若再鋪敍，便嫌繁縟，故隨手撇開。導與趨出。移時，見白生［校］青本下有已字。候於門。握手入，見簷外清水白沙，涓涓流溢；玉砌雕闌，殆疑［校］青本作擬。桂闕。［何註］桂闕，月宫也。甫坐，即有二八妖鬟，來薦香茗。少間，命酌。有四麗人，斂衽鳴璫，［何註］鳴璫，璫音當，金玉摩擊之聲。柳宗元詩：幾時環珮觸鳴璫。給事左右。纔覺背上微癢，麗人即［校］青本下有以字。纖指長甲，探衣代搔。生覺心神摇曳，罔所安頓。［馮評］與「王請無好小色」作注解。既而微醺，漸不自持，笑顧麗人，兜搭與語。美人輒笑避。［但評］花團錦簇，須玩其布置停匀，無一混雜處，無一冗複處。白令度曲侑觴。［何註］侑觴，謂以樂侑酒也。一衣絳綃者，引爵向客，

便即筵前，宛轉清歌。諸麗者笙管敖曹，〔何註〕敖曹，敖與嗷同，喧噪也。荀子：百姓讙敖。曹，羣也，輩也。言吹笙吹管，一輩輩相喧噪也。楚辭，招魂：分曹并進。敖，左半從士從方。嗚嗚〔何註〕嗚嗚，曲聲也。楊惲報孫會宗書：仰天拊缶而呼嗚嗚。雜和。既闋，〔何註〕闋，樂終也。一衣翠裳者，亦酌亦歌。尚有一紫衣人，與一淡白軟綃者，吃吃笑，暗中互讓不肯前。白令一酌一唱。〔馮評〕千態萬狀，亦盡態極妍。紫衣人便來把琖。生託接杯，戲撓纖腕。女笑失手，酒杯傾墮。白譙訶之。女拾杯含笑，俛首細語云：「冷如鬼手馨，强來捉人臂。」〔呂註〕世說：王司州嘗乘雪往王螭許。司州言氣少有牾逆於螭，便作色不夷。司州覺惡，便輿牀就之，持其臂曰：汝詎復足與老兄計？螭撥其手曰：冷如鬼手馨，强來捉人臂。○按：馨字，晉人以爲語助。白大笑，罰令自歌且〔校〕青本作自。舞。舞已，衣淡白者又飛一觥。生辭不能釂。女捧酒有愧色，乃强飲之。細視四女，風致〔何註〕風致，風情態度也。翩翩，無一非絕世者。〔但評〕只四人耳，先合寫，中間分寫、單寫、雙寫；一寫再寫後，又合寫。便令觀者眼花撩亂，應接不暇。遽謂主人曰：「人間尤物，〔呂註〕左傳，昭二十八年：叔向欲娶于申公巫臣氏。其母曰：夫有尤物，足以移人；苟非德義，則必有禍。注：尤，異也。僕求一而難之；君集羣芳，能令我真個銷魂否？」〔呂註〕麗情集：詹天游風流才思，不減昔人。故宋駙馬楊家有十姬，皆絕色；名粉兒者，尤絕。一日，招天游飲，出諸姬佐觴。天游屬意粉兒，口占一詞曰：淡淡春山兩點青，嬌羞一點口兒櫻，一梭兒玉一窩雲。白藕香中見西子，玉梅花下見昭君，不曾真個也銷魂！楊遂以粉兒贈之，曰：令天游真個銷魂也。○〔馮評〕吾笑秦皇、漢武既想成仙，又思好色，天上有如此便益事耶？白笑曰：「足下意中自有佳人，此何足當巨眼〔何註〕巨眼，大眼，猶俗云高眼也。之顧？」生曰：「吾今乃知所見之不廣也。」〔但評〕曾經滄海難爲水，除却巫山不是雲，至此始知所見不廣，始認生平目賤。白乃盡招諸女，俾自擇。生顛倒不能自決。白以紫衣人有把臂之好，遂使襆被奉客。〔但評〕固是仙凡路殊，何以襆被奉客？既而衾枕之愛，極盡綢繆。生索贈，女脫金腕釧付之。忽童入曰：「仙凡路殊，君宜即去。」女急起遁去。生問主人，童曰：「早詣待漏，去時囑送客耳。」生悵然從之，復尋舊途。將及門，回視童子，不知何時已去。虎哮驟起，生驚竄而去。望之無底，而足已奔墮。一驚而寤，則朝暾已紅。方將振衣，有物膩然墮褥間，視之，釧也。〔何評〕否則夢不足憑。心益異之。由是前念灰冷，〔但評〕前已收拾美字、喜字，前念灰冷句，並收拾信字。每欲尋赤松〔呂註〕列仙傳：赤松子，神農時雨師也。後至崑崙山西王母石室之中，隨風雨上下，炎帝少女追之，亦得仙去。○史記，留侯世家：願棄人間事，欲從赤松子遊耳。○按：晉黃初平亦號赤松子。遊，而尚以胤續爲憂。〔馮評〕拖一句。過十餘月，晝寢方酣，夢紫衣姬自外至，懷中繃嬰兒曰：「此君骨肉。〔校〕青本作血。天上難留此物，敬持送君。」〔馮評〕天上可以生子，則小神仙多於耍孩兒矣。乃寢諸牀，牽〔校〕青本下有生字。衣覆之，匆匆欲去。生強與爲懽，乃曰：「前一度爲合巹，今一度爲永訣，百年夫婦，盡於此矣。君倘有志，或有見期。」〔但評〕兩度春風，百年夫婦，君倘有志，或有見期，懷中嬰兒，可參妙諦。生醒，見嬰兒臥襆褥間，繃以告母。母喜，傭媼哺之，取名夢仙。生於是使人告太史，身〔校〕此據青本，抄本作自。已將隱，令別擇良匹。太史不肯。生固以爲辭。太史告女。女曰：「遠近無不知兒身〔校〕青本下有已字。許吳郎矣，今改之，是二天也。」

因以此意告生。生曰：「我不但無志於功名，兼絶情於燕好。所以不即入山者，徒以有老母在。」太史又以商女。女曰：「吴郎貧，我甘其藜藿；吴郎去，我事其姑嫜：定不他適。」[馮評]賢哉女也。使人三四返，迄無成謀，遂諏日[何註]諏日，擇日也。備車[校]青本作輿。馬妝奩，嬪[何註]嬪音頻，往爲婦也。書，堯典：嬪于虞。於生家。生感其賢，敬愛臻至。女事姑孝，曲意承順，過貧家女。[但評]葛女守貞安貧，事姑盡禮，自是身有仙骨，食煙火人不能道其隻字。踰二年，母亡，女質奩作具，[何註]質奩作具，典質奩妝，作喪具也。罔不盡禮。生曰：「得卿如此，吾何憂！顧念一人得道，拔宅飛昇。[呂註]太清記：許真君拔宅上昇，惟車轂錦帷墮故宅。○宋无許山人詩：仙詔未頒遲拔宅，家資猶戀一溪桃。余將遠逝，一切付之於卿。」女坦然，殊不挽留。生遂去。女外理生計，內訓孤兒，井井有法。夢仙漸長，聰慧絶倫。十四歲，以神童領鄉薦；[但評]神童只應天上生來。十五入翰林。每褒封，不知母姓氏，封葛母一人而已。值霜露[校]青本作露霜。之辰，[何註]禮，祭義：霜露既降，君子履之，必有悽愴之心；雨露既濡，君子履之，必有怵惕之心。輒問父所，母具告之。遂欲棄官往尋。母曰：「汝父出家，今已十有餘年，想已仙去，何處可尋？」後奉旨祭南岳，中途遇寇。窘急中，一道人仗劍入，寇盡披靡，[何註]披，散也。靡，委靡也。史記，項羽本紀：於是項王大呼馳下，漢軍皆披靡。圍始解。[校]青本作破。德之，餽以金，不受。出書一函，付囑曰：「余有故人，與大人同里，煩一致寒暄。」問：「何姓名？」答曰：[校]青本作云。

「王林。」因憶村中無此名。道士曰：「草野微賤，貴官自不識耳。」臨行，出一金釧曰：「此閨閣物，道人拾此，無所用處，[校]青本作可用。即以奉報。」視之，嵌[何註]嵌，鑲嵌也。鏤精絕。懷歸以授夫人。夫人愛之，命良工依式配造，[校]青本無造字。終不及其精巧。偏問村中，並無王林其人者。私發其函，上云：「三年鸞鳳，分拆各天；葬母教子，端[校]青本作專。賴卿賢。無以報德，奉藥一丸；剖而食之，可以成仙。」[但評]函上數語，恰好綰束後半幅文字。後書「琳娘夫人妝次」。讀畢，不解何人，持以告母。母執書以泣，曰：「此汝父家報也。琳，我小字。」始恍然悟「王林」爲拆白謎[呂註]説文：謎，隱語也。文心雕龍：謎者，迴互其辭，使昏迷也。[何註]謎，迷去聲，暗藏語也。也。悔恨不已。又以釧示母。母曰：「此汝母遺物。而翁在家時，嘗以相示。」又視丸，如豆大。喜曰：「我父仙人，啖此必能長生。」母不遽吞，受而藏之。會葛[校]青本無葛字。太史來視甥，女誦吳生書，便進丹藥爲壽。太史剖而分食之。頃刻，精神煥發。[但評]一人得道，拔宅飛昇，曲折寫來，反繳上文迂緩置之諸語，並太史亦照應到。太史時年七旬，龍鍾頗甚；忽覺筋力溢於膚革，遂棄輿而步，其行健速，家人坌息始能及焉。踰年，都城有回禄[呂註]左傳，昭十八年：鄭禳火于玄冥回禄。注：回禄，火神也。之災，火終日不熄。夜不敢寐，畢集庭中。見火勢拉雜，寖及鄰舍。一家徊徨，[何註]徊徨音回皇，猶彷徨也。不知所計。忽夫人臂上金釧，戛然有聲，脱臂飛去。望之，大可數畝；團覆宅上，形如月闌；釧口［校］此據青本，抄本無釧字。降［校］青本作向。東南隅，歷歷可見。衆大愕。俄頃，火自西來，近闌則斜越而東。迨火勢既遠，竊意釧亡不可復得；忽見紅［校］青本作虹。光乍斂，釧錚然墮足下。［但評］收金釧。都中延燒民舍數萬間，左右前後，並爲灰燼，獨吴第無恙，惟東南一小閣，［校］青本作樓。化爲烏有，［何註］烏有，無有也。即釧口漏覆處也。葛母年五十餘，或見之，猶似二十許人。［但評］結亦盡而不盡。

［何評］人之所以欲成仙者，以其樂耳。賢如葛女，則閨幃中即仙矣，而又何羨乎。

夜叉國

交州徐姓，泛海爲賈。忽被大風吹去。開眼至一處，深山蒼莽。冀有居人，遂纜[何註] 纜音濫，以竹索維舟也。船而登，負糗腊[何註] 糗音餿，乾糧也。腊音昔，乾肉也。焉。方入，見兩崖[校] 青本作岸。皆洞口，密如蜂房；内隱有人聲。至洞外，佇足一窺，中有夜叉二，牙森列戟，目閃雙燈，爪劈生鹿而食。驚散[校] 青本作喪。魂魄，急欲奔下；則夜叉已顧見之，輟食執入。二物相語，如[校] 青本作類。鳥獸鳴，爭裂徐衣，似欲啗噉。徐大懼，取橐中糗糒，[何註] 糗糒，糗，平九切，糒音避，乾糧也。並牛脯進之。分啗甚美。復翻徐橐。徐搖手以示其無。夜叉怒，又執之。徐哀之曰：「釋我。我舟中有釜甑，[何註] 甑，子孕切。黄帝作甑，熟飯器也。可烹飪。」[何註] 飪音荏，煮也。夜叉不解其語，仍怒。徐再與手語，夜叉似微解。從至舟，取具入洞，束薪燃火，煮其殘鹿，熟而獻之。二物噉之喜。夜以巨石杜門，似恐徐遁。徐曲體遥卧，深懼不免。天明，二物出，又杜之。少頃，攜一鹿來付徐。徐剥革，於深洞〔校〕青本作洞深。處〔校〕青本下有取字。流水，汲煮數釜。俄有數夜叉至，羣〔校〕上二字，青本作羣至。集〔校〕青本無集字。吞噉訖，〔但評〕物有朋友之誼。共指釜，似嫌其小。過三四日，一夜叉負一大釜來，似人所常用者。於是羣夜叉各致狼麋。既熟，呼徐同噉。〔但評〕物有酬勞之念。居數日，夜叉漸與徐熟，出亦不施禁錮，聚處如家人。〔但評〕物有家人之情。徐漸能察聲知意，輒效其音，爲夜叉語。夜叉益悦，攜一雌來妻徐。〔但評〕物有恤鰥之義。徐初畏懼，莫敢伸；〔校〕青本作近。雌自開其股〔校〕青本無上四字。就徐，徐乃〔校〕青本無上二字。與交。雌〔校〕青本無雌字。大歡悦。〔校〕上二字，青本作喜。每留肉餌徐，若琴瑟之好。〔但評〕物有唱隨之好。一日，諸夜叉〔校〕上二字，青本作物。早起，項下各挂明珠一串，更番出門，若伺貴客狀。〔校〕青本無狀字。命徐多煮肉。徐以問雌，〔馮評〕上有能效其音爲夜叉語一句，故與夜叉問答。雌云：「此天壽節。」雌出謂衆夜叉曰：「徐郎無骨突子。」〔但評〕物有室家之謀。衆各摘其五，並付雌；雌又自解十枚；共得五十之數，以野苧〔何註〕野苧，野麻也。爲繩，穿挂徐項。徐視之，一珠可直百十金。俄頃俱出。徐煑肉畢，雌來邀去，云：「接天王。」至一大洞，廣闊數〔校〕青本作盈。畝。中有石，滑平如几；四圍俱有石座；上一座蒙一〔校〕青本作以。豹革，餘皆以鹿。〔但評〕物有上下之分。夜叉二三十輩，列坐滿[校]青本作洞。中。少頃，大風揚塵，張皇都出。見一巨物來，亦類夜叉狀，竟奔入洞，踞坐鶚顧。羣隨入，東西列立，悉仰其首，以雙臂作十字交。[但評]物有跪拜之節。大夜叉[校]上三字，青本作物，下同。按頭點視，問：「臥眉山衆，盡於此乎？」羣鬨應之。顧徐曰：「此何來？」雌以「堉」對。衆又讚其烹調。即有二三夜叉，奔取熟肉陳几上。[但評]物有供獻之情。大夜叉掬啗[何註]掬啗，雙手取食也。盡飽，極贊嘉美，且責常供。又顧徐云：「骨突子何短？」衆白：[校]青本作曰。「初來未備。」物於項上摘取珠串，脫十枚付之；[但評]物有賞賚之恩。○國而夜叉，曷取諸？初入其處，羣起而争啗之矣，乃糗精並牛脯進，而怒即稍解也；釜甑煮熟鹿獻，而喜即時形也。且樂不欲獨，而爲之敬客焉；珍不敢私，而爲之獻上焉。憐其鰥，則予以琴瑟之好；賞其勞，則錫以骨突之榮。是夜叉其國，而不夜叉其俗也；夜叉其面，而不夜叉其心也。今有入其鄉，而秦越視之，魚肉視之，供之者已罄其貲，而求者未厭；事之者已竭其力，而受者若忘。方且盡其室家而滅之，方且奪其子女而私之。此邦之人，視臥眉山衆爲何如？不且誤入毒龍國哉？夜叉且恐爲人所凌，吾願見夜叉，不願見此人矣。倶大如指頂，圓如彈丸。雌急接，代徐穿挂，[但評]物有拜賜之儀。徐亦交臂作夜叉語謝之。物乃去，躡風而行，其疾如飛。衆始享其餘食而散。[但評]物有享餕之禮。居四年餘，雌忽產，一胎而生二雄一雌，皆人形，不類其母。衆夜叉皆喜其子，輒共拊弄。[但評]物有保赤之慈。一日，皆出攫食，惟徐獨坐。[校]青本作在。忽別洞來一雌，欲與徐私，[但評]人且多私奔，何怪於物？徐不肯。夜叉怒，撲徐踣地上。徐妻自外至，暴怒相搏，齕斷其耳。〔但評〕物有嫉邪之見。○母夜叉固無不喫醋者，幸徐能自守，不然，亦將齕斷其耳。少頃，其雄亦歸，解釋令去。自此雌每守徐，動息不相離。〔但評〕此防洩之道則然，不可以母夜叉好喫醋而薄之。又三年，子女俱能行步。徐輒教以人言，漸能語，啁啾〔何註〕啁與嘲通，啾音遒，小兒聲。之中，有人氣焉。雖童也，而奔山如履坦途。與徐依依有父子意。一日，雌與一子一女出，半日不歸。而北風大作。徐惻然念故鄉；攜子至海岸，見故舟猶存，謀與同〔校〕青本無同字。歸。子欲告母，徐止之。父子登舟，一晝夜達交。至家，妻已醮。出珠二枚，售金盈兆，家頗豐。子取名彪。十四五歲，能舉百鈞，粗莽好鬬。交帥見而奇之，以爲千總。值邊亂，所向有功。〔但評〕子有敵愾之動。十八爲副將。時一商泛海，亦遭〔校〕青本無遭字。風飄至臥眉。方登岸，見一少年，視之而驚。知爲中國人，便問居里。商以告。少年〔校〕青本下有乃字。曳入幽谷一小石洞，洞外皆叢棘；且囑勿出。去移時，挾鹿肉來啖商。自言：「父亦交人。」商問之，而知爲徐，商在客中嘗識之。因曰：「我故人也。今其子爲副將。」〔校〕青本作總。少年不解何名。商曰：「此中國之官名。」又問：「何以爲官？」曰：「出則輿馬，入則高〔校〕青本下有坐字。堂；上一呼而下百諾；見者側目視，側足立：此名爲官。」少年甚歆動。商曰：「既尊君在交，何久淹此？」少年以情告。商勸南旋。曰：「余亦常作是念。但母非中國人，言貌殊異；且同類覺之，必見殘害：[但評]思慮周至。用是輾轉。」[何註]詩注：輾者轉之半，轉者輾之周，比不安也。乃出曰：「待北風起，我來送汝行。煩於父兄處，寄一耗問。」商伏洞中幾半年。時自棘中外窺，見山中輒有夜叉往還；大懼，不敢少動。一日，北風策策，[呂註]韓愈詩：秋風一披拂，策策鳴不已。[何註]策策，落葉聲。少年忽至，引與急竄。囑曰：「所言勿忘卻。」商應之。又以肉置几上，商[校]青本無上七字。乃歸。徑抵交，達副總府，備述所見。彪聞而悲，欲往尋之。父慮海濤妖藪，[何註]藪音叟。易林：山林麓藪，非人所處。險惡難犯，力阻之。彪撫膺痛哭，父不能止。[但評]至性至情，毫無假借。乃告交帥，攜兩兵至海內。[校]上三字，青本作入海。〇[但評]子有迎養之誠。逆風阻舟，擺簸海中者半月。四望無涯，咫尺迷悶，無從辨其南北。忽而湧波接漢，乘舟傾覆。彪落海中，逐浪浮沉。[校]青本作流。久之，被一物曳去；至一處，竟有舍宇。彪視之，一物如夜叉狀。彪乃作夜叉語。夜叉驚訊之，彪乃告以所往。夜叉喜曰：「臥眉，我故里也。唐突[呂註]晉書，周顗傳：庾亮嘗謂顗曰：諸人咸以君方樂廣。顗曰：何乃刻畫無鹽，唐突西施也？〇按唐突，猶言觸犯。〇呂藍衍言鯖：律有唐突之罪。劉禹錫磨鏡篇云：卻思未磨時，瓦礫來唐突。曹子建牛鬬詩：行至土山頭，欲起相唐突。其語蓋有自也。[何註]唐突，猶驟進也，冒犯也。樂府：小喜多唐突。可罪！君離故道已八千里。此去爲毒龍國，[呂註]未詳。〇大唐傳載：北臺下有青龍池，約二畝。佛經言禁五百毒龍之所。向臥眉非路。」乃覓舟來送彪。〔校〕各本均作徐，應彪字之誤。夜叉在水中推行如矢，〔但評〕至誠感神。瞬息千里，過一宵，已達北岸。見一少年，臨流瞻望。彪知山無人類，疑是弟；近之，果弟。因執手哭。既而問母及妹，並云健安。〔校〕青本作安健。彪欲偕往，弟止之，倉忙便去。回謝夜叉，則已去。〔校〕去，青本作杳矣。未幾，母妹俱至，見彪俱哭。彪告其意。母〔校〕青本無母字。曰：「恐去爲人所淩。」彪曰：「兒在中國甚榮貴，人不敢欺。」歸計已決，苦逆風〔校〕青本作風逆。難渡。母子方徊徨間，忽見布帆南動，其聲瑟瑟。〔何註〕瑟瑟，風聲。樂府陌上桑曰：風瑟瑟。彪喜曰：「天助吾也！」相繼登舟，波如箭激；三日抵岸，見者皆奔。彪向三人脱分袍袴。抵家，母夜叉見翁怒罵，恨其不謀。〔但評〕此宜怒罵，不得以母夜叉概之。徐謝過不遑。家人拜見主母，無不戰慄。彪勸母學作華言，衣錦，厭粱肉，乃大欣慰。母女皆男兒裝，類滿制。〔校〕青本無上三字。數月稍辨語言。弟妹亦漸白皙。弟曰豹，妹曰夜兒，俱强有力。彪恥不知書，教弟讀。豹最慧，經史一過輒了。又不欲操儒業；仍使挽强弩，馳怒馬，登武進士第。聘阿游擊女。夜兒以異種，無與爲婚。會標下袁守備失偶，强妻之。夜兒〔校〕青本下有能字。開百石〔何註〕三十斤爲鈞，四鈞爲石。唐書：汝輩挽兩石弓，不如識一丁字。弓，百餘步射小鳥，無虛落。袁每征，輒與妻俱。〔但評〕女有相夫之力。歷任同知將軍，奇勳半出於閨門。豹三十四歲掛印。［何註］掛印，謂要缺總戎掛提督銜也。母嘗從之南征，每臨巨敵，輒擐［何註］擐音患，脱去也。唐詩：擐甲鎧裝紅。甲執鋭，爲子接應，見者莫不辟易。詔封男爵。豹代母疏辭，封夫人。［但評］母不惟佐夫教子，亦且執馘獻功。封男爵可也，封夫人亦可也，蓋以其夫人而男兒者也。○夜叉之子，粗莽好鬭，其種然也。而建功戡亂，則忠；泛海尋親，則孝。至誠所感，菩薩化身，遂遠害於毒龍，果得逢於母弟；帆風天助，奉母而歸。以視席厚履豐，板輿迎養，其難易迥不相侔矣。豹也既操儒業，復作虎臣，如熊如羆，難兄難弟。而且女能貫札，佐壻奇勳；母克披堅，爲兒後勁。娘子軍全摧巨敵，夫人城同建一門。盛矣哉！

異史氏曰：「夜叉夫人，亦所罕聞，然細思之而不罕也：家家牀頭有个夜叉在。」［馮評］遊戲收。

［何評］或問夜叉究不知何狀。曰：請思之。

小髻

長山居民某，暇居，輒有短客來，久與扳〔何註〕扳，攀同。談。素不識其生平，頗注疑〔校〕青本無疑字。念。客曰：「三數日，將便徙居，與君〔校〕青本無上二字。比鄰矣。」過四五日，又曰：「今已同里，旦晚可以承教。」問：「喬〔校〕青本作僑。居何所？」亦不詳告，但以手北指。自是，日輒一來，時向人假器具；或吝不與，則自失之。羣疑其狐。村北有古冢，陷不可測，意必居此。共操兵杖往。伏聽之，久無少異。一更向盡，聞穴中戢戢然，似數十百人作耳語。衆寂不動。俄而尺許小人，連遱〔何註〕連遱，相連不絕也。遱音樓。而出，至不可數。衆譟起，並擊之。杖杖皆火，〔但評〕騷狐雖小，近之火動，勿以其細已甚而忽之。瞬息四散。惟遺一小髻，如胡桃殼然，紗飾而金綫。嗅之，騷臭不可言。

西僧

西僧自西域來，一赴五臺，〔呂註〕酈道元水經注：滹池水西注五臺山北。其山五巒巍然，故號五臺。○寰宇記：五臺山在代州，道經以爲紫府。山靈記：五臺山有四埵，去臺各一百二十里。據古經所載，今北臺即是中臺，中臺即是南臺，大黃尖即是北臺，栲栳山即是西臺，漫天石即是東臺。相傳文殊見於南臺，號爲南埵。一卓錫泰山。其服色言貌，俱與中國殊異。自言：「歷火燄山，山重重，〔校〕青本作童童。氣熏騰若爐竈。凡行必〔校〕青本無必字。於雨後，心凝目注，輕蹟步履之；悞蹴山石，則飛燄騰灼焉。又經流沙河，〔馮評〕觀聖教序及玄奘師西域記，火山弱水蓋有之。河中有水晶山，峭〔校〕青本作削。壁插天際，四面瑩澈，似無所隔。又有隘，可容單車；二龍交角對口，把守之。過者先拜龍；龍許過，則口角自開。龍色白，鱗鬣皆如晶然。」僧言：「途中歷十八寒暑矣。離西土〔校〕青本作域。者十有二人，至中國僅存其二。西土傳中國名山四：一泰山，一華山，一五臺，一落伽〔呂註〕一統志：普陀落伽山在浙江定海縣東，一名梅岑山。或謂梅福煉丹於此。旁有善財巖潮音洞，乃觀音大士化現處。也。相傳山上偏地皆黃金，觀音、文殊〔呂註〕傳燈録：招賢大師僧云：河沙諸佛體皆同，如何有種種名字？師云：從耳根返源名爲觀音，從眼根返源名爲文殊，從心根返源名爲普賢。觀音是佛，無緣大慈；文殊是佛，妙觀察智；普賢是佛，無爲妙行。猶生。能至其處，則身便是佛，長生不死。」聽其所言狀，亦猶世人之慕西土也。〔馮評〕貧賤慕富貴者之享榮華，富貴又慕貧賤者之得清閒，彼此相羨，都忘本來面目。倘有西游人，與東渡者中途相值，各述所有，當必相視失笑，兩免跋涉矣。

〔馮評〕紀曉嵐曰：「靈鷲山在今之拔達克善，諸佛菩薩骨塔俱存，有石室六百間，即大雷音寺也。回部游牧者居之。我兵追剿波羅泥都霍集占，至其地，亦無他異。」六祖惠能曰：「東方人造罪念佛，求生西方；西方人造罪念佛，又求生何國？」妙哉斯言！

〔何評〕説過火燄山差異。

〔但評〕佛在心頭，能盡人心，即是佛心。必履其地以求之，是不能解佛所説義也。不住色，不住相；以法求，以音聲求，且猶不可，況以偏地黃金而生慕心哉！

老饕

[呂註] 蘇軾老饕賦：蓋聚物之夭美，以養吾之老饕。○ [馮評] 楊維楨大唐鍾山進士歌：老饕血食豈敢饕。

邢德，澤州人，緑林[呂註] 前漢書，王莽傳：南郡張霸，江夏羊牧、王匡等，起雲杜緑林，號曰下江兵。○按：緑林，山名，在荆州當陽縣東北。[何註] 緑林當是碌林之譌。按後漢新市人王匡、王鳳等共攻離鄉，聚藏於碌林中。碌林山在荆州。之傑也。能挽强弩，[校] 青本無弩字。發連矢，稱一時絶技。而生平落拓，不利營謀，出門輒虧其貲。兩京大賈，往往喜與邢俱，途中恃以無恐。會冬初，有二三估客，[呂註] 正韻：估，公土切，音古。市稅，又論物貨也。薄假以貲，邀同販鬻；[何註] 販鬻，販賣也。邢復自罄其囊，將并[校] 青本作共。居貨。有友[校] 青本作友有。善卜，因詣之。友占曰：「此爻爲『悔』，所操之業，即不母而子亦有損焉。」邢不樂，欲中止；而諸客强速之行。至都，果符所占。臘將半，匹馬出都門。自念新歲無貲，倍益怏悶。時晨霧[校] 此據青本，抄本作露。濛濛，暫趨臨路店，解裝覓飲。見一頒白叟，共兩少年，酌北牖下。一僮侍，黄髮蓬蓬然。邢於南座，對叟休止。僮行觴，悮翻柈具，污叟衣。少年怒，立摘其耳。捧巾持帨，[校] 青本作持巾捧帨。○ [何註] 帨音稅，亦巾也。代叟指拭。［何註］揩，楷平聲，摩擦也。拭，亦揩也。既見僮手拇俱有鐵箭鐶，［何註］箭鐶，猶今之搬指也。厚半寸；［校］青本下有强字。○［呂註］按算家以有餘爲强。古樂府木蘭詩：策勳十二轉，賞賜百千强。杜甫詩：四松初栽時，大抵三尺强。韓愈聽琴詩：失勢一落千丈强。每一鐶，約重二兩餘。食已，叟命少年，於革囊中，探出鏹物，堆纍几上，稱秤握算，可飲數杯時，始緘裹完好。少年於櫪中［校］青本作下。牽一黑跛騾來，扶叟乘之；僮亦跨羸馬［何註］羸馬，瘦馬也。相從，［馮評］跛騾羸馬，皆着意用出字眼。出門去。兩少年各腰弓矢，捉馬俱出。邢窺多金，窮睛旁睨，饞焰若炙。輟飲，急尾之。視叟與僮猶款段於前，乃下道斜馳出叟前，緊啣關弓，怒相向。［但評］孟浪乃爾。叟俯脱左足靴，微笑云：「而不識得老饕也？」［校］青本作耶。○［馮評］饕餮惡獸，性貪，食物最多。邢滿引一矢去。叟仰卧鞍上，伸其足，開兩指如箝，夾矢住。笑曰：「技但止此，何須而翁手敵？」［但評］妙只以足敵之。邢怒，出其絶技，一矢剛發，後矢繼至。叟手掇［校］青本下有其字。一，似未防其連珠；［呂註］王弇州史料：弘治中，李嵗上疏，謂臣所造兵器，如連珠飛箭，自一至十，自十至百，自百至千架，走戰之奇，亘古未有。後矢直貫其口，踣然而墮，啣矢僵眠。［但評］妙，又以眠待之。僮亦下。邢喜，謂其已斃，近臨之。叟吐矢躍起，鼓掌曰：「初會面，何便作此惡劇？」［馮評］不信有此絶技。友人曰：此小説也。余謂廿三史類此不少。又曰：不見經之奇技，非常理所能測，亦不得盡謂其無也。邢大驚，馬亦駭逸。以此知叟異，不敢復返。走三四十里，值方面［呂註］後漢書，馬融傳：方面重寄。注：謂四方之一面也。綱紀，囊物赴都；要取之，略可千金，意氣始得揚。方疾鶩［何註］鶩音務，奔也。間，聞後有蹄聲；回首，則僮易跛騾來，駛若飛。叱曰：「男子勿行！獵取［呂註］見前漢書，何並傳注：謂侵奪取之若漁獵。之貨，宜少瓜分。」［呂註］前漢書，賈誼傳：高皇帝瓜分天下，以王功臣。邢曰：「汝識『連珠箭邢某』否？」［何評］邢亦自負。僮云：［校］青本作曰。「適已承教矣。」邢以僮貌不揚，［但評］以貌取人，鮮不誤事。○孟浪乃爾。又無弓矢，易之。一發三矢，連遻不斷，如羣隼［何註］隼，鳥也。飛翔。僮殊不忙迫，手接二，口啣一。笑曰：「如此技藝，辱寞煞［何註］辱寞煞，猶言羞殺。煞即殺字。人！乃翁傯遽，［何註］傯遽，傯從匆，音總，迫促也。未暇尋得弓來；此物亦無用處，請即擲還。」［但評］妙，即以其矢擲還之。遂於指上脱鐵鐶，穿矢其中，以手力擲，嗚嗚風鳴。邢急撥以弓；弦適觸鐵鐶，鏗然斷絶，弓亦綻裂。邢驚絶。未及覷避，矢過貫耳，不覺翻墜。僮下騎，便將［校］青本作將便。搜括。邢以弓臥撻之。僮［校］青本下有怒字。奪弓去，拗［何註］拗從幼，入聲，備折也。折爲兩；又［校］青本下有復總二字。折爲四，拋置之。已，乃一手握邢兩臂，一足踏邢兩股；臂若縛，股若壓，極力不能少動。［但評］一發三矢，今只還一矢，且折一弓，所謂即不母而子亦有損焉。［馮評］天下事强中更有强者，技藝文章無不皆然。腰中束帶雙疊，可駢三指許；僮以一手捏之，隨手斷如灰燼。取金已，乃超乘，［呂註］左傳，僖三十三年：秦師過周北門，左右免冑而下，超乘者三百乘。注：超乘者，上車而超之，免冑而下，超乘而上，欲其速也。作一舉手，致聲「孟浪」，〔呂註〕莊子，齊物論：夫子以爲孟浪之言，而我以爲妙道之行也。注：孟浪，輕率也。○〔但評〕本笑其孟浪，而乃自以爲孟浪，語妙有味。霍然遁去。邢歸，卒爲善士。每向人述往事不諱。此與劉東山〔呂註〕見宋幼清九籥集。事蓋彷彿焉。

〔何評〕天下之大，不可謂無人。

〔但評〕書云：「滿招損，謙受益，時乃天道。」易，彖辭：「天道虧盈而益謙。」人有盈滿之志，則虧損因之，如影隨形，不可逃也。觀於器滿則溢，月盈則食，君子慎焉。老饕何足異？顧以蓬蓬黄髮，笑對關弓，足箝手掇口銜，從容乃爾；而邢未知進退，自詡連珠，以一貌不揚，手無械之僮，鐵鐶代弓，擲還三矢，遂乃身如墮鳥，形似縛雞，孟浪一聲，腰金盡失。以盜盜盜，事不足稱；亦可見天下事能者甚多，未可以一己之微長，俯視一切，而螳臂當車，猶其後也。「大智若愚，大勇若怯」，士君子應三復斯言。

連城

喬生，晉寧人。少負才名。年二十餘，猶偃蹇。爲人[校]青本無上五字。有肝膽。[但評]未知肝膽向誰是，令人却憶平原君。若喬生者，吾亦將買絲繡之。與顧生善；顧卒，時卹其妻子。[馮評]代筆。邑宰以文相契重；宰終於任，家口淹滯[何註]淹滯，遲留也。不能歸，生破產扶柩，往返二千餘里。以故士林益重之，而家由此益[校]青本作日。替。史孝廉有女，字連城，工刺繡，知書。父嬌愛之。出所刺「倦繡圖」，徵少年題詠，意在擇壻。生獻詩云：「慵[何註]慵音鱅，懶也。鬟高髻緑婆娑，[何註]婆娑，舞貌，喻不整齊也。早向蘭窗繡碧荷；刺到鴛鴦魂欲斷，[呂註]江湖紀事：宋時，潮州一富人行江上，見二人美貌，曰：「一兄一妹，雙生也。因攜以歸。兄能捕魚，妹專刺鴛鴦。富人欲犯之，不從，題詩於壁曰：終日刺鴛鴦，懶把蛾眉掃；且歸水雲鄉，百年可偕老。化雙鴛鴦飛去。暗停針綫蹙雙蛾。」又贊挑繡之工云：「繡綫挑來似寫生，[呂註]潛確類書：五代時，黃筌與其子居宷並善花卉。用筆極細，不見墨蹟，謂之寫生。又東游記事：趙昌善畫花果，每晨露遶欄諦玩，於手中調色寫之，謂之寫生。幅中花鳥自天成；

當年織錦〔呂註〕晉書，列女傳：竇滔妻蘇氏，始平人也，名蕙，字若蘭。善屬文。滔，苻堅時爲秦州刺史，被徙流沙。蘇氏思之，織錦爲迴文旋圖詩以贈滔，宛轉循環以讀之，詞甚悽惋。凡八百四十字，文多不録。○唐則天皇后璇璣圖詩序：前秦苻堅時，秦州刺史扶風竇滔妻蘇氏，陳留令武公蘇道賢第三女也，名蕙，字若蘭。初，滔有寵姬趙陽臺，歌舞之妙，無出其右。滔置之別所。蘇氏知而獲焉，苦加捶辱。滔深以爲恨。及將鎮襄陽，邀蘇氏同往。蘇氏忿之，不與偕行。滔乃攜陽臺之任，絶蘇氏音問。蘇氏悔恨自傷，因織錦爲迴文，五彩相宣，瑩心暉目；縱横八寸，題詩二百餘首，計八百餘言；縱横反覆，皆爲章句，名曰璇璣圖以贈滔。○按二説不同。以圖中詩意推之，後説爲近。非長技，倖把迴文感聖明。」〔但評〕首作能傳情，次作得體。風流藴藉，無半字輕佻。連城得詩稱賞，矯命贈燈火之資，不可謂非感得其正者。女得詩喜，對父稱賞。父貧之。女逢人輒稱道；又遣媼矯父命，贈金以助燈火。生歎曰：「連城我知己也！」〔馮評〕知己是一篇眼目。傾懷結想，如飢〔校〕青本作渴。思啗。〔但評〕傾懷結想，如渴思啗，八字真寫得出。情耶理耶？必有能辨之者。不觀其既經絶望，而夢魂中猶佩戴耶？無何，女許字於鹾賈〔呂註〕禮，曲禮：鹽曰鹹鹾。〔何註〕鹾賈，鹽商也。鹾，才何切。之子王化成，〔何評〕孝廉不當如此。生始絶望；然夢魂中猶佩戴之。〔校〕青本下有也字。未幾，女病瘵，〔何註〕瘵，勞病也。沈痼不起。有西域〔校〕此據青本，抄本作城。頭陀〔呂註〕釋氏要覽：天竺言頭陀，此言斗藪。斗藪煩惱，故曰頭陀。此言唐言也。○按：梵語杜多，漢言抖擻。謂三毒如塵，能坌污真心；此人能振掉除去，故稱抖擻。今訛作頭陀。〔何註〕頭陀，僧也。文選有頭陀寺碑，注：頭陀，抖擻也。又頭陀，去煩惱也。自謂能療；但須男子膺肉一錢，擣合藥屑。史使人詣王家告壻。壻笑曰：「癡老翁，欲我剜〔校〕青本作剜我。心頭肉〔呂註〕聶夷中詩：二月賣新絲，五月糶新穀；醫得眼前瘡，剜卻心頭肉。也！」〔校〕青本作耶。○〔何評〕固然。使返，史乃〔校〕青本作怒。言於人曰：「有能割肉者妻之。」生聞而往，自出白刃，刲膺授僧。血濡袍袴，僧敷藥始止。合藥三丸。三日服盡，疾若失。史將踐其言，先告王。王怒，欲[校]青本欲上有忿字。訟官。史乃設筵招生，以千金列几上，曰：「重負大德，請以相報。」[何評]孝廉憒憒。因具白背盟之由。生佛然曰：「僕所以不愛膺[校]青本作膚。肉者，聊以報知己耳，豈貨肉哉！」[馮評]假夢真情，蓋欲以一死酬知己也。[但評]區區之身，已許知己矣。報之惟恐不得當，何敢自愛，又何肯受貨乎？拂袖而歸。女聞之，意良不忍，託媼慰諭之。且云：「以彼才華，當不久落。天下何患無佳人？我夢不祥，三年必死，不必與人爭此泉下物也。」生告媼曰：「『士爲知己者死』，[呂註]前漢書，司馬遷傳：士爲知己者死，女爲悦己者容。○[但評]一篇主意。不以色也。[但評]不以色三字說得錚錚有聲。果知我而不諧，所謂終身不御，不得謂非琴瑟也。夫何害？誠恐連城未必真知我，但得真知我，不諧何害？」[何評]名士風流。媼代女郎矢誠自剖。生曰：「果爾，相逢時，當爲我一笑，死無憾！」[何評]亦達亦癡。媼既去，踰數日，生偶出，遇女自叔氏歸，睨之。女秋波轉顧，啓齒嫣然。[馮評]一對情種。[何評]知己。生大喜[但評]大喜者，若曰，我情願爲你死。曰：「連城真知我者！」會王氏來議吉期，女前症又作，數月尋死。[校]青本作卒。○[但評]聞吉期而前症作，心頭肉作祟，不問可知。是連城亦爲知己死也。曷以知之？不聞其三年必死之言乎？生往臨弔，今而後得死所矣。生往臨弔，一痛而絶。史舁送其家。生自知已死，亦無所戚。出村去，猶冀一見連城。遥望南[校]青本作西。北一道，行人連緒如蟻，因亦混身雜迹其中。俄頃，入一廨署，值顧生，[馮評]串顧生，不測前伏筆之妙。驚問：「君何得來？」即把手將送令歸。生太息，言：「心事殊未了。」顧曰：「僕在此典牘，頗得委任。倘可效力，不惜也。」生問連城。顧即導生旋轉[校]上二字，青本作歷。多所，見連城與一白衣女郎，泪睫慘黛，[何註]淚睫，猶淚眼也。慘黛，謂於眉目間見慘態也。藉坐廊隅。見生至，驟起似喜，略問所來。生曰：「卿死，僕何敢生！」[馮評]論語句法。[何評]翻四書語。連城泣曰：「如此負義[校]青本下有之字。人，尚不吐棄之，身殉何爲？然已不能許君今生，願矢來世耳。」生告顧曰：「有事君自去，僕樂死不願生矣。[但評]知己既亡，則茫茫天壤，有何生趣，有何樂境？幸相逢於泉下，則前日之不敢生，原爲與卿同死；今果死而見卿，樂莫樂於死矣。生不自由，何願之有？但煩稽連城託生何里，行與俱去耳。」顧諾而去。白衣女郎問生何人，[馮評]又帶起一人，似隨手搊出，可添文字波瀾。金聖嘆所謂獺尾法。連城爲緬述之。女郎聞之，若不勝悲。連城告生曰：「此妾同姓，小字賓娘，長沙史太守女。一路同來，遂相憐愛。」生視[校]青本作睨。之，意態憐人。方欲研問，而顧已返，[馮評]接筆快。向生賀曰：「我爲君平章[何註]平無不到，章無不明，謂斟酌盡善也。書：平章百姓。已確，即教小[校]上二字，青本作令。娘子從君返魂，好否？」兩人各[校]青本作皆。喜。方將拜別，賓娘大哭曰：「姊去，我安歸？乞垂憐救，妾[校]青本作我。爲姊捧帨[何註]言甘爲吾姊侍從。耳。」連城淒然，無所爲計，轉謀生。生又哀顧。顧難之，峻辭以爲不可。〔馮評〕若一求便允，天下容有此事，才士斷無此文，嫌其太平也。故文人之筆，無往不曲，直則少情，曲則有味。生固强之。乃曰：「試妾爲之。」去食頃而返，搖手曰：「何如！誠萬分不能爲力矣！」賓娘聞之，宛轉嬌啼，惟依連城肘下，恐其即去。慘怛無術，相對默默；而睹其愁顏〔校〕此據青本，抄本作黯。戚容，使人肺腑酸柔。顧生憤然曰：「請攜賓娘去。脱有愆尤，小生拚身受之！」賓娘乃喜，從生出。生憂其道遠無侶。賓娘曰：「妾從君去，不願歸也。」〔但評〕如此情種，那得不從。果能相從，不活何害。生曰：「卿大〔校〕青本作太。癡矣。不歸，何以得活也？〔校〕青本無也字。他日至湖南，勿復走〔校〕此據青本，抄本作去。避，爲幸多矣。」適有兩媪攝牒赴長沙，生屬〔校〕屬，青本作囑之。賓娘，泣別而去。途中，連城行蹇緩，里餘輒一息；凡十餘息，始見里門。連城曰：「重生後，懼有反〔校〕青本作翻。覆。請索妾骸骨來，妾以君家生，當無悔也。」〔何評〕甚密。〔但評〕索骸骨而生，可云計出萬全矣。豈知生後仍有反覆乎？生時不自由，爲古今才子佳人一哭。生然之。偕歸生家。女惕惕若不能步，生佇待之。女曰：「妾至此，四肢搖搖，似無所主。志恐不遂，尚宜審謀，不然，生後何能自由？」相將入側廂中。嘿定少時，連城笑曰：「君憎妾耶？」〔何評〕宛然。生驚問其故。赧然曰：「恐事不諧，重負君矣。請先以鬼〔校〕青本作魂。報也。」〔但評〕生以肉報，女以魂報：一報於生前，一報於死後；一報於將死之際，一報於將生之前。是真可以同生，可以同死；可以生而復死，可以死而不生。只此一情，充塞天地，感深知己。作者其有美人香草之遺意乎？生喜，極盡懽戀。因徘徊不敢遽生，[校]青本作出。寄廂中者三日。連城曰：「諺有之：『醜婦終須見姑嫜。』戚戚於此，終非久計。」乃促生入。纔至靈寢，豁然頓蘇。家人驚異，進以湯水。生乃使人要史來，請得連城之尸，自言能活之。史喜，從其言。方舁入室，視之已醒。[校]青本作甦。○[馮評]簡筆。告父曰：「兒已委身喬郎矣，[校]青本無矣字。更無歸理。如有變動，但仍一死！」史歸，遣婢往役給奉。王聞，具詞申理。[馮評]生波。官受賂，判歸王。[馮評]小曲折。生憤懣欲死，亦無奈之。連城至王家，忿不飲食，惟乞速死。室無人，則帶懸梁上。越日，益憊，殆將奄逝。[何註]奄，忽也。逝，往也。王懼，送歸史。史復舁歸生。王知之，亦無如何，遂安焉。連城起，每念賓娘，欲遣信探[校]此據青本，抄本作參。之，以道遠而艱於往。一日，家人進曰：[校]青本作入白。「門有車馬。」夫婦出視，則賓娘已至庭中矣。[馮評]喬生尋去，便是呆筆；太守送來，乃是活筆。文字要煩，則千言未已；要簡，則一句便了。相見悲喜。太守親詣送女，生延入。太守曰：「小女子賴君復生，誓不他適，今從其志。」生叩謝如禮。孝廉亦至，敍宗好焉。生名年，字大年。

異史氏曰：「一笑之知，許之以身，世人或議其癡；彼田橫五百人，[呂註]前漢書，高帝紀：故齊王田橫，與其徒屬五百餘人，居海島中。帝恐其爲亂，赦橫罪，召之。橫謂二客曰：橫與漢王俱南面稱孤；今漢王爲天子，而橫乃北面事之，其恥已甚矣。遂自剄，令客奉其首，從使者馳奏之。帝以王禮葬之。既葬，二客自刎。五百人在島中者，亦皆自殺。[何註]

田横，秦末人。赴召至尸乡厩曰：漢王不過欲見我面貌耳。斬吾頭，馳三十里，尚未能敗也。遂自刎。豈盡愚哉。此知希之貴，［呂註］老子：知我者希，則我者貴。賢豪所以感結而不能自已也。顧茫茫海内，遂使錦繡才人，僅傾心於蛾眉之一笑也。悲夫！」［校］此據青本，抄本無此段。

王阮亭曰：「雅是情種。不意牡丹亭後，復有此人。」［校］抄本無此段。〇［馮評］牡丹亭麗娘復生，柳生未死也，此固勝之。

［何評］連城愛文士，矞年重知己，乃可死死生生。

［但評］賓娘一事，只由情感推而言之。

霍生

文登霍生，與嚴生少相狎，長相謔也。〔馮評〕左傳，襄六年：宋華弱與樂轡少相狎，長相優，又相謗也。聊齋用之。口給交禦，惟恐不工。霍有鄰媼，曾與嚴〔校〕上二字，青本作爲嚴生。妻導産。偶與霍婦語，言其私處有兩贅疣。〔吕註〕莊子，大宗師：附贅縣疣。注：疣音由，結肉也。〔何註〕贅疣，今謂之瘤，俗謂瘦瘤。婦以告霍。霍與同黨者謀，窺嚴將至，故竊語云：「某〔校〕青本作其。妻與我最昵。」衆故不信。霍因捏造端末，且云：「如不信，其陰側有雙疣。」嚴止窗外，聽之既悉，不入逕去。至家，苦掠其妻；〔馮評〕苦掠其妻，只以一言爲據，私處之語，嚴生不得不信也。妻不服，搒益殘。妻不堪虐，自經死。霍始大悔，然亦不敢向嚴而白其誣矣。〔但評〕終日羣居，言不及義，口給交禦，唯恐不工；至於戲弄成真，寃仇莫釋，以狎謔而致怨毒，是亦不可以已乎！好談人閨闥者，禍恒烈；即不然，亦將脣際突長雙疣，使其終身不敢言矣。嚴妻既死，其鬼夜哭，舉家不得寧焉。無何，嚴暴卒，鬼乃不哭。霍婦夢女子披髮大叫曰：「我死得良苦，汝夫妻

〔校〕青本作婦。何得歡樂耶！」既醒而病，數日尋卒。霍亦夢女子指數詬罵，以掌批其吻。〔何註〕批其吻，吻口兩旁批擊也。驚而寤，覺脣際隱痛，〔馮評〕不取死報，而加於脣，昭衆目示相稱，不予以速死也，亦終必亡而已矣。捫之高起，三日而成雙疣，遂爲痼疾。不敢大言笑；啓吻太驟，則痛不可忍。

異史氏曰：「死能爲厲，其氣冤也。私病加於脣吻，神而近於戲矣。」

邑王氏與同窗某狎。其妻歸寧，王知其驢善驚，先伏叢莽中，伺婦至，暴出；驢驚婦墮，惟一僮從，不能扶婦乘。王乃殷勤抱控甚至，婦亦不識誰何。王揚揚以此得意，〔校〕青本作志。謂僮逐驢去，因得〔校〕青本作遂。私其婦於莽中，述袒〔校〕青本作裼服。〇〔何註〕袒，詩詁：上衣也。袴履甚悉。某聞，大慚而去。少間，自窗隙中，見某一手握刃，一手捉妻來，意甚怒〔校〕青本無怒字。惡。大懼，踰垣而逃。某〔校〕青本下有亦字。從之。追二三里地，〔校〕青本無地字。不及，始返。〔馮評〕夢中人自老，天際月常明。王盡力極奔，肺葉開張，以是得吼〔何註〕吼，哮喘也。疾，數年不愈焉。〔但評〕破壞人名節而致疾，疾不可爲也。

〔何評〕言人之不善，當如後患何？可爲亂言者戒也。

汪士秀

汪士秀，廬州人。剛勇有力，能舉石舂。［何註］石舂，石臼也。孟光力能舉石臼。父子善蹴鞠。［吕註］劉向別録：蹴鞠，黄帝所造，本兵勢也。以革爲圓囊，實以毛髮之屬，蹴蹋之。［何註］鞠與毬同，氣毬也。劉向別録：寒食蹴鞠，黄帝所造，以練武士。父四十餘，過錢塘没［校］青本作溺。焉。積八九年，汪以故詣湖南，夜泊洞庭。時望月東升，澄江如練。［吕註］謝朓詩：澄江淨如練。〇［馮評］寫景好。方眺矚間，忽有五人自湖中出，攜大席，平鋪水面，略可半畝。紛陳酒饌，饌器磨觸作響，然聲温厚，不類陶瓦。已而三人踐席坐，二人侍飲。坐者一衣黄，二衣白；頭上巾皆皂色，峩峩［何註］峩音我，高貌。然下連肩背，制絶奇古，而月色微茫，不甚可晰。［何註］晰音錫，明也。侍者俱［校］青本下有墨字。褐衣；其一似童，其一似叟也。但聞黄衣人曰：「今夜月色大佳，足供快飲。」［馮評］鬼子於此，清興不淺。白衣者曰：「此夕風景，大似廣利王宴梨花島［吕註］按，唐會要：天寶十載正月，封東海爲廣德公，南海爲廣利公，西海爲廣潤公，北海爲廣澤公。宋真宗康定元年，詔加東海淵聖廣德王，南海洪聖廣利王，西海通聖廣潤王，北海沖聖廣澤王。〇宴梨花島未詳。時。」三人互勸，引釂競［校］青本無競字。浮白。但語略小，即不可聞。舟人隱伏，不敢動息。汪細審侍者叟，酷類父；而聽其言，又〔校〕青本無又字。非父聲。二漏將殘，忽一人曰：「趁此明月，〔校〕青本作月明。宜一擊毬爲樂。」即見僮汲〔校〕青本作没。水中，取一圓出，大可盈抱，中如水銀滿貯，表裏通明。坐者盡起。黄衣人呼叟共蹴之。蹴起丈餘，光摇摇射人眼。俄而碋〔何註〕碋音轟，聲也。然遠起，飛墮舟中。汪技癢，極力踏去，覺異常輕軟。踏猛似破，騰尋丈；中有漏光，下射如虹，蚩然疾落；又如經天之彗，直投水中，滚滚作沸泡聲而滅。席中共怒曰：「何物生人，敗我清興！」叟笑曰：「不惡不惡，此吾家流星拐〔何註〕流星拐，蹴鞠采名也。如騰起左脚，即以右脚從後蹴鞠始起也。也。」白衣人嗔其語戲，怒曰：「都方厭惱，老奴何得作懽？便同小烏皮捉得狂子來；不然，脛股當有椎喫〔何註〕椎，擊物椎也。言不然脛股當吃椎也。也！」汪計無所逃，即亦不畏，捉刀立舟中。倏見僮叟操兵來。汪注視，真其父也。疾呼：「阿翁！兒在此。」叟大駭，相顧悽斷。僮即反身去。叟曰：「兒急作匿，不然都死矣。」言未已，三人忽已登舟。面皆漆黑，睛大於榴。攫叟出。汪力與奪，摇舟斷纜。汪以刀截其臂〔校〕青本下多一臂字。落，黄衣者乃逃。一白衣人奔汪；汪剁其顱，墮水有聲，鬨然俱没。方謀夜渡，旋見巨喙出水面，深〔校〕青本下有闕字。若井。四面湖水奔注，砰砰〔何註〕砰，石聲。作響。俄一噴湧，則浪接星斗，萬舟簸盪。湖人大恐。舟上有石鼓二，皆重百斤。汪舉一以投，激水雷鳴，浪漸消；又投其一，風波悉平。汪疑父爲鬼。叟曰：「我固未嘗死也。溺江〔校〕青本下有中字。者十九人，皆爲妖物所食；我以蹋圓得全。物得罪於錢塘君，故移避洞庭耳。三人魚精，所蹴魚胞也。」父子聚喜，中夜擊棹而去。天明，見舟中有魚翅，徑四五尺許，乃悟是夜間所斷臂也。

王阮亭云：「此條亦恢詭。」

〔何評〕怪幻。

商三官

故諸葛城，有商士禹者，士人也。以醉謔忤邑豪。豪嗾[何註]嗾音鏃。方言：秦、晉、冀、隴使犬聲，比語也。家奴亂捶[何註]捶，撻也。之。舁歸而死。[校]青本作斃。禹二子，長曰臣，次曰禮。一女曰三官，年十六，出閣有期，以父故不果。兩兄出訟，經歲不得結。壻家遣人參母，請從權畢姻事。母將許之。女進曰：「焉有父尸未寒而行吉禮？彼獨無父母乎？」[馮評]正論凜然，胸已另有主見。[但評]光明正大，見理既真，私情自然斷絶。壻家聞之，慚而止。無何，兩兄訟不得直，負屈歸。舉家悲憤。兄弟謀留父尸，張再訟之本。三官曰：「人被殺而不理，時事可知矣。[但評]時事可知四字，寃抑之氣，充塞九州六合。然必如商三官者，方可爲是言；不然，知天不能爲我生一閻羅包老，亦將飲泣吞聲已耳。時事固可知，子道復何如乎？天將爲汝兄弟專生一閻羅包老[呂註]宋史：包拯字希仁，合肥人。爲御史時，危言鯁論，權貴斂迹。童稚婦女皆知其名。京師語曰：關節不到，有閻羅包老。耶？[馮評]詞令妙。骨骸[校]青本作骸骨。暴露，於心何忍矣。」[但評]

其才其識，足愧鬚眉。二兄服其言，乃葬父。葬已，三官夜遁，不知所往。［馮評］俊鶻翻身，一瞥而去。母慚怍，唯恐壻家知，［校］青本作聞。不敢告族黨，但囑二子冥冥偵察之。幾半年，［校］青本作歲。杳不可尋。會豪誕辰，招優爲戲。優人孫淳攜二弟子往執役。其一王成，姿容平等，而音詞清徹，羣贊賞焉。其一李玉，貌韶［校］青本作韻。秀如好女。［馮評］譎出許多脚色。呼令歌，辭以不稔；强之，所度曲半雜兒女俚謠，合座爲之鼓掌。孫大慚，白主人：「此子從學未久，祇解行觴耳。幸勿罪責。」即命行酒。玉往來給奉，善覷主人意向。豪悦之。酒闌人散，留與同寢。玉代豪拂榻解履，殷勤周至。醉語狎之，但有展笑。［但評］給奉殷勤，可以强爲；展笑中不露殺氣，則神明不可測矣。豪惑益甚，［校］青本作益惑之。盡遣諸僕去，獨留玉。玉伺諸僕去，［校］青本作俟諸僕出。闔扉下楗焉。諸僕就別室飲。移時，聞廳事［呂註］集韻：古者治官處謂之聽事，言受事察訟也。後語省直曰聽，故加广。中格格有聲。［但評］殺仇只用虛寫，神氣已足。一僕往覘之，見室内冥黑，寂不聞聲。行將旋踵，忽有響聲甚厲，如懸重物而斷其索。亟問之，並無應者。呼衆排闔入，則主人身首兩斷；玉自經死，繩絶墮地上，梁間頸際，殘綆儼然。衆大駭，傳告内闥，羣集莫解。衆移玉尸於庭，覺其襪履，虛若無足；解之，則素舄如鉤，蓋女子也。益駭。呼孫淳［校］青本下有研字。詰之。淳駭極，不知所對。但云：「玉月前投作弟子，願從壽主人，實不知從［校］從，青本作所自。來。」［馮評］智略深沈，勝似秦女髹，更爲刺客傳所未有。以其服凶，疑是［校］青本作其。商家刺客。暫以二人邏守之。女貌如生；［校］青本作玉。撫之，肢體温軟。二人竊謀淫之。一人抱尸轉側，方將緩其結束，忽腦如物擊，口血暴注，頃刻已死。［馮評］何其神也！其一大驚，告衆。衆敬若神明焉。［但評］凜凜然有生氣，至今讀之，我亦敬若神明。且［校］青本作旦。以告郡。郡官問臣及禮，並言：「不知。但妹亡去，已半載矣。」俾往驗視，果三官。官奇之，判二兄領葬，勅豪家勿仇。

異史氏曰：「家有女豫讓［呂註］史記，刺客列傳：豫讓者，晉人也。故嘗事范中行氏，而無所知名。去而事智伯，智伯甚尊寵之。及智伯伐趙襄子，趙襄子與韓、魏合謀滅智伯，滅智伯之後而三分其地。豫讓遁逃山中，曰：嗟乎！士爲知己者死，女爲悦己者容。今智伯知我，我必爲報讎而死，以報智伯，則吾魂魄不愧矣。乃變姓名爲刑人，入宮塗廁中。挾匕首，欲以刺襄子。襄子如廁，心動。執問塗廁之刑人，則豫讓内持刀兵曰：欲爲智伯報讎。左右欲誅之。襄子曰：彼義人也。吾謹避之耳。卒釋去之。居頃之，豫讓又漆身爲厲，吞炭爲啞，使形狀不可知。行乞於市，其妻不識也。頃之，襄子當出，豫讓伏於所當過之橋下。襄子至橋，馬驚。襄子曰：此必是豫讓也。使人問之，果豫讓也。於是襄子乃數豫讓曰：子不嘗事范中行氏乎？智伯盡滅之，而子不爲報讎，而反委質，臣於智伯。智伯亦已死矣，而子獨何以爲之報讎之深也？豫讓曰：臣事范中行氏，范中行氏皆衆人遇我，我故衆人報之。至於智伯，國士遇我，我故國士報之。今日之事，臣固伏誅。然願請君之衣而擊之焉，以致報讎之意，則雖死不恨。非所敢望也，敢布腹心。於是襄子大義之。乃使使持衣與豫讓。豫讓拔劍三躍而擊之曰：吾可以下報智伯矣。遂伏劍自殺。而不知，則兄之爲丈夫者可知矣。然三官之爲人，即蕭蕭易水，［呂註］戰國策：燕太子丹使荊軻刺秦王。丹祖送於易水上。高漸離擊筑，荊軻歌，宋如意和之曰：風蕭蕭兮易水寒，壯士一去兮不復還。亦將羞而不流；況碌碌與世浮沉［校］青本作沉浮。者耶！願天下閨中人，買絲繡之，［呂註］李賀詩：買絲繡作平原君，有酒惟澆趙州土。［何註］周禮，考工記：畫繢之事，五采備爲繡。其功德當不減於奉壯繆也。」

王阮亭云：「龐娥、［呂註］三國志，魏志，龐淯傳：外祖父趙安爲同縣李壽所殺。淯舅兄弟三人，同時病死。淯母娥，自傷父仇不報，乃幃車袖劍，白日刺壽於都亭前。訖，徐詣縣，顏色不變，曰：父仇已報，請受戮。謝小娥，［呂註］廣輿記：謝小娥幼有志操。許嫁段居貞。父與居貞同爲賈，爲盜申春、申蘭所殺。小娥詭服爲男子，託傭申家，斬蘭首；大呼捕賊。鄉人擒春。小娥乃削髮爲尼。得此鼎足矣。」

［何評］可旌曰孝烈。

于江

鄉民于江，父宿田間，爲狼所食。江時年十六，得父遺履，悲恨欲死。夜俟母寢，潛持鐵槌[校]青本作挾鐵錘。去，眠父所，[校]所，青本作死處。冀報父仇。少間，一狼來，逡巡嗅之。江不動。無何，摇尾掃其額，又漸俯首舐其股。江迄不動。[但評]誘敵而不爲敵所動，老成持重，是謂將才。既而懽躍直前，將齕其[校]青本下有額字。領。江急以錘擊狼腦，立斃。起置草中。少間，又一狼來，如前狀。又斃之。以[校]青本作卧。至中夜，杳無至者。忽小睡，夢父曰：「殺二物，足洩我恨。然首殺我者，其鼻白；此都非是。」江醒，堅卧以伺之。既明，無所復得。欲曳狼歸，恐驚母，遂投諸眢井[吕註]左傳，宣十二年：目於眢井而拯之。注：井枯無水曰眢。[何註]眢音剜，眸子枯陷也，因爲枯井之喻。而歸。至夜復往，亦無至者。如此三四夜。忽一狼來，齧其足，曳之以行。行數步，棘刺肉，石傷膚。江若死者。[但評]較前更凶險，更成謀，更堅心，更老氣，即强有力者，未能辨此，況童稚乎？嗚呼！抑何偉乎！狼乃置之地上，意將齕腹。江驟起錘之，仆；又連錘之，斃。細視之，真白鼻也。大喜，負之以歸，始告母。母泣從去，探智井，得二狼焉。

異史氏曰：「農家者流，乃有此英物耶？義烈發於血誠，非直勇也，智亦異焉。」

［何評］連斃三狼，父讎卒報，孰得年少輕之？

小二

滕邑趙旺，夫妻奉佛，不茹葷血，〔馮評〕入邪教之根。鄉中有「善人」之目。家稱小有。一女小二，絶慧美。趙珍愛之。年六歲，使與兄長春，並從師讀，凡五年而熟五經焉。同窗丁生，字紫陌，長於女三歲，文采風流，頗相傾愛。私以意告母，求婚趙氏。趙期以女字大家，故弗許。未幾，趙惑於白蓮教；〔何評〕可憫。徐鴻儒既反，一家俱陷爲賊。小二知書善解，凡紙兵豆馬之術，一見輒精。小女子師事徐者六人，惟二稱最，因得盡傳其術。趙以女故，大得委任。時丁年十八，游滕泮矣，而不肯論婚，意不忘小二也。潛亡去，投徐麾下。〔何評〕涉險非宜。女見之喜，優禮逾於常格。女以徐高足，〔呂註〕世說：鄭玄在馬融門下三年，不得相見，高足弟子傳授而已。主軍務；晝夜出入，父母不得閒。丁每宵見，嘗斥絶諸役，輒至三漏。丁私告曰：「小生此來，卿知區區之意否？」〔校〕青本作乎。女云：「不知。」丁曰：「我非妄意攀龍，[呂註]後漢書，光武紀：耿純進曰：天下士大夫捐親戚、棄土壤，從大王於矢石之間者，其計固望其攀龍鱗、附鳳翼，以成其所志耳。[何註]攀龍，猶言從龍，用黄帝鑄鼎升天事。所以故，實爲卿耳。左道無濟，止取滅亡，[馮評]千古百萬無頭鬼，恨不聞此言。卿慧人，不念此乎？能從我亡，則寸心誠不負矣。」女憮然爲間，豁然[校]青本作如。夢覺，曰：「背親而行，不義，請告。」二人入陳利害，趙不悟，[何評]可憫。曰：「我師神人，豈有舛錯？」女知不可諫，乃易髫而髻。[何註]髫音迢，小兒垂結也。髻音計，總髮也。謂作婦人首飾也。出二紙鳶，與丁各跨其一；鳶肅肅展[校]青本作振。翼，似鶼鶼[呂註]爾雅，釋鳥：南方有比翼鳥焉，不比不飛，其名謂之鶼鶼。之鳥，比翼而飛。質明，抵萊蕪界。女以指撚鳶項，忽即斂墮。遂收鳶；更以雙衛，馳至山陰里，託爲避亂者，僦屋而居。二人草草出，嗇[何註]不豐也。於裝，薪儲[何註]薪，柴薪也。儲，蓄也。不給。丁甚憂之。假粟比[校]此據青本，抄本作北。舍，莫肯貸以升斗。女無愁容，但質簪珥。閉門静對，猜燈謎，憶亡書，以是角低昂；負者，駢二指[何註]駢二指，并二指也。擊腕臂焉。[馮評]一對小夫婦，小窗呢呢爾汝，瑣瑣幽事，如話如畫。西鄰翁姓，緑林之雄也。一日，獵歸。女曰：「富以其鄰，[何註]易經注：以鄰致富也。我何憂？暫假千金，其與我乎！」丁以爲難。女曰：「我將使彼樂輸也。」乃翦紙作判官狀，置地下，覆以雞籠。然後握丁登榻，煮藏酒，檢周禮爲觴政：任言是某册第幾葉，第幾人，［校］青本作行。即共翻閲。［馮評］雅韻極矣，予家有袁中郎集，其中觴政一則，此略似之。其人得食傍、水傍、酉傍者飲；得酒部者倍之。既而女適得「酒人」，丁以巨觥引滿促釂。女乃祝曰：「若借得金來，君當得飲部。」丁翻卷，得「鼈人」。女大笑曰：「事已諧［何註］事已諧，猶言事已成也。矣！」滴漉［校］青本作瀝。授爵。丁不服。女曰：「君是水族，［校］青本作卒。宜作鼈飲。」［吕註］畫墁録：蘇舜欽、石延年輩有名鬼飲、了飲、囚飲、鼈飲、鶴飲。鬼飲者，夜不以燒燭。了飲者，飲次挽歌哭泣而飲。囚飲者，露頂圍立。鼈飲者，以毛席自裹其身，伸頸出；飲畢復縮之。鶴飲者，一杯復登樹，下再飲耳。［何註］石曼卿與客飲，著械謂之鼈飲，束藁謂之囚飲。方喧競所，［校］青本作時。聞籠中戛戛。［何註］戛戛，如擊物有聲也。女起曰：「至矣。」啓籠驗視，則布囊中有巨金纍纍［何註］纍音擂。纍纍乎端如貫珠。又釋文：纏繞也。充溢。丁不勝愕喜。後翁家媪抱兒來戲，［馮評］看他補敘無痕。竊言：「主人初歸，篝燈夜坐。地忽暴裂，深不可底。一判官自内出，言：『我地府司隸也。太山帝君會諸冥曹，造暴客惡録，須銀燈千架，架計重十兩；施百架，則消滅罪愆。』主人駭懼，焚香叩禱，奉以千金。判官荏苒而入，地亦遂合。」［但評］此等處，左道亦可救急，否則柔弱女子，其奈之何。夫妻［校］青本作婦。聽其言，故嘖嘖［何註］管子：嘖室之議。注：謂議論者言語讙嘖也。詫異之。而從此漸購牛馬，蓄廝婢，自營宅第。里無賴子窺其富，糾諸不逞，［何註］左傳，襄十年：故五族聚羣不逞之人因公子之徒以作亂。不逞，即俗謂不知檢點之人。踰垣劫丁。丁夫婦始自夢中醒，則編菅［吕註］左傳，昭二十七年：或取一編菅焉。注：編菅，苫也。

〔何註〕菅音姦，草名。編菅爇火以照賊也。爇照，寇集滿屋。二人執丁；又一人探手女懷。女袒而起，戟指而呵曰：「止，止！」盜十三人，皆吐舌呆立，癡若木偶。女始著袴下榻；呼集家人，一一反接其臂，逼令供吐明悉。乃責之曰：「遠方人埋頭澗谷，冀得相扶持；何不仁至此！緩急人所時有，窘急者不妨明告，我豈積殖自封〔呂註〕書，仲虺之誥：不殖貨利。注：興利生財曰殖。○國語，吳語：封殖越國。注：壅本曰封。〔何註〕積殖自封，言非積所生殖之財以自封，而不背施惠於貧窮者。者哉？豺狼之行，本合盡誅；但吾所不忍，姑釋去，再犯不宥！」〔但評〕所謂怨仇宜解不宜結者，惟忍事乃真能事。諸盜叩謝而去。居無何，鴻儒就擒，趙夫婦妻子俱被夷誅；生齎金往贖長春之幼子以歸。兒時三歲，養爲己出，使從姓丁，名之承祧。於是里中人漸知爲白蓮教〔校〕青本無教字。戚裔。適蝗害稼，女以紙鳶數百翼放田中，蝗遠避，不入其隴，以是得無恙。里人共嫉之，羣首於官，以爲鴻儒餘黨。〔馮評〕不德而反嫉之，真豺狼也。官瞰其富，肉視之，〔呂註〕史記，項羽本紀：樊噲曰：如今人方爲刀俎，我爲魚肉。〔何註〕漢書，游俠傳：原涉曰：尹君何壹魚肉涉也。收丁。丁以重賂啗令，始得免。女曰：「貨殖之來也苟，固〔校〕青本無固字。宜有散亡。然蛇蝎之鄉，不可久居。」〔但評〕前者富以其鄰，今則惟鄰是卜矣。因賤售其業而去之，止於益都之西鄙。女爲人靈巧，善居積，經紀過於男子。嘗開琉璃廠，〔馮評〕若處處以術取財，便同兒戲，此爲大雅。每進工人而指點之，一切碁燈，其奇式幻采，諸肆莫能及，以故直昂得速售。居數年，財益稱雄。而女督課婢僕嚴，食指數百無冗口。〔何註〕無冗口，冗，茸上聲，謂無事備員者也。暇輒與丁烹茗著棋，〔校〕青本作弈。或觀書史爲樂。錢穀出入，以及婢僕業，〔校〕青本無業字。凡五日一課；女自持籌，丁爲之點籍唱名數焉。〔馮評〕亦治家要言。勤者賞賚有差；惰者鞭撻罰膝立。是日給假不夜作，夫妻設肴酒，呼婢輩〔校〕青本作諸婢。度俚曲爲笑。女明察如〔校〕青本作若。神，人無敢欺。而賞輒浮於其〔校〕青本無其字。勞，故事易辦。村中二百餘家，凡貧者俱量給資本，鄉以此無游惰。值大旱，女令村人設壇於野，乘輿夜〔校〕此據青本，抄本作野。出，禹步〔呂註〕史記，夏帝本紀：禹勤溝洫，手足胼胝。故世傳禹病偏枯，步不相過，今巫傳禹步是也。作法，甘霖傾注，五里内悉獲霑足。〔馮評〕得左道而正用之，遂足利濟鄉里，譬諸砒霜毒物，亦有時備藥籠之用，顧用者何如耳。人益神之。女出未嘗障面，村人皆見之。或少年羣居，私議其美；及覿面逢之，俱肅肅無敢仰視者。每秋日，村中童子不能耕作者，授以錢，使采荼薊，幾二十年，積滿樓屋。人竊非笑之。會山左大饑，人相食；女乃出菜，雜粟贍饑者，近村賴以全活，無逃亡焉。

異史氏曰：「二所爲，殆天授，非人力也。〔呂註〕史記，淮陰侯列傳：信曰：且陛下所謂天授，非人力也。然非一言之悟，騈死〔何註〕騈死，騈音受誅也。已久。由是觀之，世抱非常之才，而誤入匪僻〔何註〕匪，非上聲。僻，批入聲。匪僻，邪僻也。以死者，當亦不少。［馮評］吾憫王鐵鎗諸人。焉知同學六人中，遂無其人乎？使人恨不遇［校］此據青本，抄本作爲。丁生耳。」

［何評］智莫如婦。然使不遇丁，則駢戮已久，所謂智者安在哉？丁知左道滅亡，而從井救人，投徐麾下，豈非目能見萬里，而不能自見其睫乎？

［但評］既爲秀才，而乃以風流相愛故，陷身爲賊，癡之極矣！幸小二慧人，豁如夢覺，悟左道之無濟，作比翼之齊飛；不然者，紙鳶未跨，玉石俱焚，雖非妄意攀龍，亦似甘心從賊耳。與其豺狼之行，蛇蝎之鄉，奚啻霄壤哉？異史氏以丁生一言之悟小二，爲小二幸；余更以小二之跨鳶而出丁生，爲丁生幸。

庚　娘

金大用，中州舊家子也。聘尤太守女，字庚娘，麗而賢。[馮評]此篇與芙蓉屏傳奇相似，然無此奇特。逑[何註]逑音求，匹也。詩，周南：君子好逑。好甚敦。以流寇之亂，家人離逷。[何註]逷音逖，遠也。詩，大雅：用逷蠻方。金攜家南竄。途遇少年，亦偕妻以逃者，自言廣陵王十八，願爲前驅。金喜，行止與俱。至河上，女隱告金曰：「勿與少年同舟。彼屢顧我，目動而色變，中叵測[呂註]唐書，尹愔傳：父思貞受業於國子博士。王道珪見之曰：吾閱人多矣，尹子叵測也。注：說文：叵，不可也。[何註]叵測，不可測度也。叵音頗，不可也。後漢書，呂布傳：布目備曰：大耳兒最叵信。也。」[何評]有識。[但評]慧眼靈心，真有知幾之哲；惜金未能見幾而作耳。金諾之。[但評]無因而至，胡乃不疑？況幣重而言甘，目動而色變，女告之而漫應之，何智出婦人下哉？金亦庸庸可恨。王殷勤，覓巨舟，代金運裝，劬勞臻至。金不忍卻。[馮評]此之謂小不忍。又念其攜有少婦，應亦無他。婦與庚娘同居，意度亦頗温婉。王坐舡[校]青本作船。頭上，與櫓[何註]櫓音魯，進舟具也。人傾語，似其熟識戚好。未幾，日落，水程迢遞，[何註]迢遞，言遠也。漫漫不辨南北。金四顧幽險，頗涉疑怪。〔但評〕何見事之晚也。頃之，皎月初升，見彌望皆蘆葦。既泊，王邀金父子出户一豁。〔何註〕一豁，言一豁心目也。乃乘間擠〔何註〕擠音霽，推也。韓愈文：反擠之又下石焉，皆是也。金入水。金〔校〕此據青本，抄本下有有老二字。父見之，欲號。舟人以篙築之，亦溺。生母聞聲出窺，又築溺之。王始喊救。母出時，庚娘在後，已微窺之。既聞一家盡溺，即亦不驚。但哭曰：「翁姑俱没，我安適歸！」〔馮評〕此等識見局度，男子中亦少。〔何評〕成算。〔但評〕警變非常，倉卒中能定大計，不露聲色，非智勇兼備者，不能爲此，文亦傳得真神出。○自告金後，已難置懷，乃微窺之。既聞之，即亦不驚，曰：翁姑俱没。哭是真哭。曰：我安適歸。言是僞言。一若全不念及其夫者，遂使賊人墮其計中，並無疑者。豈惟推倒智勇，直是瞻仰神人。王入勸：「娘子勿〔校〕青本作無。憂，請從我至金陵。家中田廬，頗足贍給，〔何註〕贍，時艷切。説文：亦給也。保無虞也。」女收涕曰：「得如此，願亦足矣。」王大悦，給奉良殷。既暮，曳女求懽。女託體姅，〔吕註〕集韻：姅音半。説文：婦人污也。漢律：姅變不得侍祠。嬪婦以敍御夫君，有月事者以丹注面。或曰傷孕，非。王乃就婦宿。初更既盡，夫婦喧競，不知何由。但聞婦曰：「若所爲，雷霆恐碎汝顱矣！」〔但評〕此婦亦有見識，有志氣，宜其不死而卒歸於金也。○雷霆已假手於女矣。王乃撾婦。婦呼云：「便死休！誠不願爲殺人賊婦！」王吼怒，捽婦出。便聞骨董一聲，遂譁言婦溺矣。〔馮評〕插此段幻甚。未幾，抵金陵，導庚娘至家，登堂見媪。媪訝非故婦。王言：「婦墮水死，新娶此耳。」歸房，又欲犯之。庚娘笑曰：〔馮評〕笑中有力。「三十許男子，尚未經人道耶？〔校〕青本作也。市兒初合巹，亦須一杯薄漿酒；汝家[校]青本無家字。沃饒，當即[校]青本作亦。不難。清醒相對，是何體段？」[但評]古有談笑却雄兵者，人皆以爲奇。此則大讎大敵，近在咫尺，污在頃刻，危在須臾，以柔脆當此，惟有一死，且慮不能潔而死耳；乃談笑而從容出之，若行所無事。蜀昭烈帝謂趙子龍一身都是膽，吾於庚娘亦云。王喜，具酒對酌。庚娘執爵，勸酬殷懇。王漸醉，辭不飲。庚娘引巨椀，强媚勸之。王不忍拒，又飲之。於是酣醉，裸脱促寢。庚娘撤器滅燭，託言溲溺。出房，以刀入，暗中以手索王項，王猶捉臂作昵聲。庚娘力切之，不死，號而起；又揮之，始殪。[馮評]吾於寄園寄所寄見費金蛾刺李隻虎事類此。[但評]有識有膽，有心有手。讀至此，忽爲之喜，忽爲之驚，忽爲之奮，忽爲之懼；忽而願其必能成功而欲助之，忽而料其未能成功而欲阻之。及觀暗中以手索項，則爲之寒噤，怕往下看；又急欲往下看。看至切之不死數句，强者拍案呼快，弱者頸縮而不能伸，舌伸而不能縮，只有稱奇稱難而已。乃行之者從容顧盼，談笑自如，是惟不作兒女態者，乃能行丈夫事。豈但不敢雌之，直當聖之神之，恭敬禮拜而供養之，而禱祀之。媪彷彿有聞，趨問之。女亦殺之。王弟十九覺焉。庚娘知不免，急自刎。刀鈍鈌[校]似應作缺。青本無鈌字。○[但評]非刀鈍也，殆有天焉。不可入，啓户而奔。十九逐之，已投池中矣。呼告居人，救之已死，色[校]青本無色字。麗如生。共驗王尸，見窗上一函，開視，則女備述其寃狀。羣以爲烈，謀斂貲作殯。天明，集視者數千人；見其容，皆朝拜之。終日間，得金百，[校]青本作百金。於是葬諸南郊。好事者，爲之珠冠袍服，瘞藏豐滿[校]青本作備。焉。[馮評]隨手伏下盜墓。初，金生之溺也，浮片板上，得不死。將曉，[校]青本作晚。至淮上，爲小舟所救。舟蓋富民尹翁專設以拯溺者。金既蘇，詣翁申謝。翁優厚之，留教其子。［馮評］生下。金以不知親耗，將往探訪，故不決。俄白：「撈得死叟及媼。」金疑是父母，奔驗果然。翁代營棺木。生方哀慟，［校］青本作痛。又白：「拯一溺婦，自言金生其夫。」［馮評］奇幻之筆，真如天花亂墜。［但評］金生其夫句，雖是故作驚人語；然不願爲賊人婦時，天已啓其衷；及被拯後，遂不覺衝口而出耳。意若曰：彼已殺其夫而奪其妻，我實不爲彼婦矣。不此之夫，而誰夫乎？生揮涕驚出，女子已至，殊非庚娘，乃王［校］此據青本，抄本無王字。十八婦也。向金大哭，請勿相棄。金曰：「我方寸已亂，［呂註］三國志，蜀志，諸葛亮傳：操獲徐庶母。庶辭先主而指其心曰：本欲與將軍共圖王霸之業者，以此方寸之地也；今已失老母，方寸亂矣。請從此別。何暇謀人？」婦益悲。尹［校］青本下有審字。得其故，喜爲天報，勸金納婦。金以居喪爲辭，且將復仇，懼細弱作累。婦曰：「如君言，脫庚娘猶在，將以報仇居喪去之耶？」［何評］婦言亦善，但擬不倫。翁以其言善，請暫代收養，金乃許之。卜葬翁媼，婦縗絰哭泣，如喪翁姑。既葬，金懷刃托鉢，將赴［校］此據青本，抄本作越。廣陵。婦止之曰：「妾唐氏，祖居金陵，與豺子同鄉。前言廣陵者，詐也。且江湖水寇，半伊同黨，仇不能復，祇取禍耳。」［但評］止金數言，老成持重。金徘徊不知所謀。忽傳女子誅仇事，洋溢河渠，姓名甚悉。金聞之一快，然益悲。［但評］婦人不忘襲仇，我反忘之。辭婦曰：「幸不污辱。家有烈婦如此，何忍負心再娶？」婦以業有成説，不肯中離，願自居於媵妾。會有副將軍袁公，與尹有舊，適將西發，過尹；見生，大相知愛，請爲記室。無何，流寇犯順，[馮評]篇有流寇，字不落空。袁有大勳；金以參機務，敍勞，授游擊以歸。夫婦始成合巹之禮。居數日，攜婦詣金陵，將以展庚娘之墓。暫過鎮江，欲登金山。漾舟中流，欻一艇過，中有一嫗及少婦，怪少婦頗類庚娘。舟疾過，婦自窗中窺金，神情益肖。[馮評]羅浮風雨，兩山自合，令人迷離莫辨。驚疑不敢追問，急呼曰：「看羣鴨兒飛上天耶！」[校]青本作也。少婦聞之，亦呼云：「饞猧[何註]饞音讒，饕也。猧音倭，犬名。元微之詩：嬌猧睡猶怒。又明皇與諸王圍棋，負；太真放康國猧子亂其局。兒欲喫貓子腥耶！」蓋當年閨中之隱謔也。[馮評]如史記中引古諺謠，倍添澤色。[但評]金山舟中已覿面矣，却用閨中隱語而識之。此忙中生趣法。金大驚，返棹近之，真庚娘。[校]青本下有也字。○[但評]天外飛來，事奇文亦奇。青衣扶過舟，相抱哀哭，傷感行旅。唐氏以嫡禮見庚娘。庚娘驚問，金始備述其由。庚娘執手曰：「同舟一話，心常不忘，不圖吴越一家矣。蒙代葬翁姑，所當首謝，何以此禮相向？」乃以齒序，唐少庚娘一歲，妹之。先是，[校]青本作自。庚娘既葬，自不知歷幾[校]青本作幾歷。春秋。忽一人呼曰：「庚娘，汝夫不死，尚當重圓。」遂如夢醒。捫之，四面皆壁，始悟身死已葬。祇覺悶悶，亦無所苦。有惡少[校]青本下有年字。窺其葬具豐美，發冢破棺，方將搜括，見庚娘猶活，相共駭懼。庚娘恐其害己，哀之曰：「幸汝輩來，使我得睹天日。頭上簪珥，悉將去。願鬻我爲尼，更可少得直。我亦不洩也。」[但評]庚娘出死入生，皆得於才智，得於真誠。士之盤根錯節者，亦當如是。盜稽首曰：「娘子貞烈，神人共欽。[馮評]一句綰合。小人輩不過貧乏無計，作此不仁。但無漏言幸矣，何敢鬻作尼！」[但評]固是恐其害己，實亦幸賴此輩得睹天日。哀之而推心置腹以處之，盜得不稽首括耳乎？詩，大雅：柔亦不茹，剛亦不吐。庚娘有之。庚娘曰：「此我自樂之。」又一盜曰：「鎮江耿夫人，寡而無子，若見娘子，必大喜。」庚娘謝之。自拔珠飾，悉付盜。盜不敢受；固與之，乃共拜受。遂載去，至耿夫人家，託言舡[校]青本作船。風所迷。耿夫人，巨家，寡媪自度。見庚娘大喜，以爲己出。適母子自金山歸也。庚娘緬述其故。金乃登舟拜母，母款之若壻。邀至[校]青本下有其字。家，留數日始歸。後往來不絶焉。

異史氏曰：「大變當前，淫者生之，貞者死焉。生者裂人眥，死者雪人涕耳。至如談笑不驚，手刃仇讐，千古烈丈夫中，豈多匹儔哉！誰謂女子，遂不可比蹤彥雲[呂註]世說：王廣娶諸葛誕女。入室謂婦曰：新婦神色卑下，殊不似公休。婦曰：大丈夫不能彷彿彥雲，而令婦人比蹤英傑。○公休，諸葛誕字。彥雲，王淩字，廣之父也。○三國志注，魏略：王淩字彥雲，太原祁人。正始初爲征東將軍，密欲立楚王彪。司馬宣王自討之。淩自縛歸罪。行至項城，夜呼掾屬與訣曰：行年八十，身名俱滅，命耶！遂自殺。○按，異苑：宣帝誅王淩後寢疾，日見淩來逼。帝呼曰：彥雲緩我！身上便有打處。賈逵亦爲祟，少日遂薨。初，淩既被執，過賈逵廟，呼曰：賈梁道，王淩魏之忠臣，惟爾有神知之。故逵助焉。也？」

〔何評〕庚娘貞烈，所不待言，乃其智誠不可及也。使其貞而不智，安能剸刃於仇人之胸若是快哉！

〔但評〕殺人之夫與其親而奪之婦，不謂己之婦早若有奪之者，而死不願爲其婦也。夫婦已從至家矣，且居然具酒對酌矣；乃昵聲未竟，號聲忽起，項上頭只换一杯合巹酒耳。殺人之母，人亦殺其母。不惟人之婦仍歸其夫，而己之婦且先夫之。惡人何曾少得便宜？善人何曾終受委屈？

宮夢弼

柳芳華，保定人。財雄一鄉，慷慨好客，座上常百人。急人之急，千金不靳。賓友假貸常不還。惟一客宮夢弼，陝人，生平無所乞請。[何評]岸然自異。每至，輒經歲。詞旨清[校]青本作瀟。灑，柳與寢處時最多。柳子名和，時總角，[呂註]詩，齊風：總角丱兮。疏：謂總聚其髮以爲兩角也。叔之。宮亦喜與和戲。每和自塾歸，輒與發貼地磚，埋石子僞作埋[校]青本作藏。金爲笑。屋五架，掘藏幾徧。衆笑其行稚，而和獨悅愛之，尤較諸客昵。後十餘年，家漸虚，不能供多客之求，於是客漸稀；[何評]世情如是。然十數人徹宵談讌，[何註]徹宵，通宵也。談讌，讌通燕，合語也。晉書，王羲之傳：欲與親知，時作歡讌。猶是常也。年既暮，日益落，尚割畝得直，以備雞黍。[何註]杜甫詩：故人具雞黍，邀我至田家。和亦揮霍，學父結小友，[何註]李泌年七歲，張九齡呼爲小友。柳不之[校]青本作加。禁。無何，柳病卒，至無以治凶具。宮乃自出囊金，爲柳經紀。[但評]是固生平無所乞請者。和益德之。事無大小，悉委宮叔。宮時自外入，必袖瓦礫，[何註]礫音歷，石之細者。西京賦：爛若磧礫。至室則抛擲暗陬，[何註]暗陬，黑暗之隅也。陬，將侯切。史記，絳侯世家：後吴奔壁東南陬。更不解其何意。和每對宫憂貧。宫曰：「子不知作苦之難。[何評]此豈戲言耶？無論無金；即授汝千金，可立盡也。男子患不自立，何患貧？」[但評]今之不知以此教子者多矣，況父執乎？○教和數語，千金一字。如此父執，只合於神仙中求之。顧神仙不可多得，奈何，奈何！一日，辭欲歸。和泣囑速返，宫諾之，遂去。和貧不自給，典質漸空。日望宫至，以爲經[校]青本作一爲紀。理，而宫滅迹匿影，去如黄鶴矣。[吕註]崔顥詩：黄鶴一去不復返。[何註]去如黄鶴，謂一去不返也。○[馮評]用唐人一去不復返句。最喜聊齋不多用書，每綴拾一二字，便覺古色斑爛，復活脱靈動。先是，[校]青本作自。柳生時，爲和論親於無極黄氏，素封也。後聞柳貧，陰有悔心。柳卒，訃告之，即亦不弔；猶以道遠曲原之。和服除，母遣自詣岳所，定[校]青本作訂。婚期，冀黄憐顧。比至，黄聞其衣履穿敝，[校]青本作敝穿。○[吕註]莊子：莊子衣大布而補之。王曰：何先生之憊耶？莊子曰：衣敝履穿，貧也，非憊也。斥門者不納。寄語云：「歸謀百金，可復來；不然，請自此絶。」和聞言[校]青本無言字。痛哭。對門劉媪，憐而進之食，贈錢三百，慰令歸。母亦哀憤無策。因念舊客負欠者十常八九，俾擇富貴[校]青本作厚。者求助焉。和曰：「昔之交我者爲我財耳。[何評]道破。[但評]一語駡盡世俗之交。使兒駟馬高車，假千金，亦即[校]青本作即亦。匪難；如此景象，誰猶念囊恩、憶故好耶？［何評］世情如是，可慨。［但評］勘破世情語，令人欲作廣絶交論。且父與［校］青本作予。人金貲，曾無契保，責負亦難憑也。」母故强之。和從教。凡二十餘日，不能致一文；［但評］是皆假貸不還者。惟優人李四，舊受恩卹，聞其事，義贈一金。［馮評］寫世情之薄，卻借一優人反襯出來。［何評］衆客不及一優。［但評］座上客百人，何竟不及一優伶！○義贈僅得之優人，座上客自居何等？母子痛哭，自此絶望矣。黄女已及笄，聞父絶和，竊不直之。黄欲女別適。女泣曰：「柳郎非生而貧者也。使富倍他日，豈仇我者所能奪乎？今貧而棄之，不仁！」黄不悦，曲諭百端，女終不揺。翁媪並怒，旦夕唾罵［何註］唾，吐卧切，口液也。罵，詈也。唐書：婁師德唾面自乾。唾罵，唾且罵也，按今人唾亦有罵意。之，女亦安焉。［但評］黄聞女言而不知羞，猶曲諭之，且唾罵之，吾不知其何以措詞也。女惟有安之而已。無何，夜遭寇劫，［但評］天厭之。黄夫婦炮烙幾死，家中席捲一空。荏苒三載，家益零替。［何註］猶覆敗也。零，落也。替，廢也。有西賈聞女美，願以五十金致聘。黄利而許之，將强奪其志。女察知其謀，毁裝塗面，乘夜遁去，丐食於途。［但評］其志貞，其氣果。知明處當守經達權，此志士仁人之事，不意得諸巾幗。○毁裝塗面，丐食歸夫，犂牛之子，天鑒之矣。聞其事而不哭者，非人情也，況母子乎。閲兩月，［何註］閲，歷也。閲兩月，經歷兩月也。始達保定，訪和居址，直造其家。母以爲乞人婦，故咄之。女嗚咽自陳。母把手泣［校］青本下有下字。曰：「兒何形骸至此耶！」女又慘然而告以故。母子俱哭。便爲盥沐，顔色光澤，眉目焕映。母子俱喜。然家三口，日僅一啗。［馮評］山窮水盡矣，下別開世界。母泣曰：「吾母子固應爾；所憐者，負吾賢婦！」[但評]母是慈母。女笑慰之曰：「新婦在乞人中，稔其況味，今日視之，覺有天堂地獄[呂註]王敬哉冬夜箋記：地獄之説，如洞賓所説，最切人之性。念於善，則屬陽明，其性入於輕清，此天堂之階也。念於惡，則屬陰濁，其性入於昏暗，此地獄之路也。天堂地獄，非果有主之者，由人心化成耳。○顧寧人山東考古録：地獄之説，本於宋玉招魂之篇。長人、土伯，則夜叉、羅刹之論也。爛土、雷淵，則刀山、劍樹之地也。雖文人之寓言，而意已近之矣。漢、魏以下，遂演其説而附之釋氏之書。昔宋儒胡寅謂閻立本寫地獄變相，而周興、來俊臣得之，以濟其酷。又孰知宋玉之文，實爲之祖？孔子謂作俑不仁，有以也夫。○李丹天堂地獄偈：釋迦生中國，設教如周孔；周孔生西方，設教如釋迦。天堂無則已，有則君子登；地獄無則已，有則小人入。之別。」母爲解頤。[但評]婦是賢婦。女一日入閒舍中，見斷草叢叢，無隙地；漸入内室，塵埃積中，暗陬有物堆積，蹴之迕足，拾視皆朱提。[呂註]前漢書，食貨志：朱提銀八兩爲一流。注：朱提，縣名，屬犍爲，出善銀。○按：朱音殊，提音時。○[但評]天報之。○白金必自女發之，天之所以報賢婦者如是。蓋婦固素封之家也；日僅一咍，而以乞人況味較之，其貞静何如，其孝順何如。彼藏金固仙人所瘞者也，不自女發之，何以勸善？驚走告和。和同往驗視，則宮往[校]青本作曩。日所抛瓦礫，盡爲白金。因念兒時常[校]青本作嘗。與瘞石室中，得毋皆金？而故第[校]此據青本，抄本作地。已典於東家。急贖歸。斷磚殘缺，所藏石子儼然露焉，頗覺失望；及發他磚，則燦燦[何註]燦，明也。皆白鏹也。頃刻間，數巨萬[呂註]史記，越世家：陶朱公候時轉物，逐什一之利，致資累巨萬。注：巨萬，萬萬也。矣。由是贖田産，市奴僕，門庭華好過昔日。因自奮曰：「若不自立，負我宮叔！」[但評]負我宮叔一語，既能自立，而又不忘本，如此之人，豈終淪落。刻志下帷，三年中鄉選。乃躬賫白〔校〕青本作百。金往酬劉媼。〔馮評〕英雄第一開心事，撒手千金報德時，如王孫之於漂母矣。鮮衣射目；僕〔校〕青本僕上有俊字。十餘輩，皆騎怒馬如龍。媼僅一屋，和便坐榻上。人譁馬騰，充溢里巷。黃翁自女失亡，〔校〕青本作亡失。西賈逼退聘財，業已耗去殆半，售居宅，始得償。以故困窘如和曩日。聞舊壻烜燿，閉户自傷而已。媼沽酒備饌款和，因述女賢，且惜女遁。問和娶否。和曰：「娶矣。」食已，强媼往視新婦，載與俱歸。至家，女華妝出，羣婢簇擁若仙。相見大駭，遂敍往舊，殷問父母起居。居數日，款洽優厚，製好衣，上下一新，始送令返。媼詣黃許報女耗，兼致存問。夫婦大驚。媼勸往投女，黃有難色。既而凍餒難堪，不得已如保定。既到門，見閈閎峻麗，閽人〔校〕青本作者。○〔呂註〕禮，祭統：閽者，守門之賤者也。怒目張，終日不得通。〔但評〕此固斥門者不納之素封也，今所見之門者又何若哉？顧和不得入門，而只有劉媼憐之；黃不得入門，而偏有婦人達之。和但在門外痛哭；黃乃在門内慚懼。一婦人出，黃温色卑詞，告以姓氏，求暗達女知。少間，婦出，導入耳舍。曰：「娘子極欲一覲；然恐郎君知，尚候隙也。翁幾時來此？得毋〔校〕青本作勿。饑否？」黃因訴所苦。婦人〔校〕青本作入。以酒一盛、饌二簋，〔何註〕盛，猶云一壺。二簋，猶云二品也。出置黃前。又贈〔校〕青本作置。五金，曰：「郎君宴房中，娘子恐不得來。明旦，宜早去，〔校〕青本作出。勿爲郎聞。」〔馮評〕蘇季子、朱翁子兩傳，寫人情冷煖，世態炎涼，可云曲盡，此亦不減。黃諾之。早起趣裝，則管鑰未啓，止於門中，坐襆囊〔何註〕襆囊，被囊也。以待。忽譁主人出。黄將斂避，和已睹之，怪問誰何，〔馮評〕似太裝腔，然非此配不過前一段文字。家人悉無以應。和怒曰：「是必奸宄！可執赴有司。」〔何評〕酷似。衆應聲出，短綆綳縶樹間。〔但評〕綳縶樹間時，一似裝成圈套者，報亦巧矣。黄慚懼不知置詞。未幾，昨夕婦出，跪曰：「是某舅氏。以前夕來晚，故未告主人。」和命釋縛。婦送出門，曰：「忘囑門者，遂致參差。娘子言：相思時，可使老夫人僞爲賣花者，同劉媪來。」〔馮評〕此時如天上仙人在雲端裏坐。黄諾，歸述於嫗。嫗念女若渴，〔校〕上二字，青本作急。以告劉媪，媪果與俱至和家。凡啓十餘關，始達女所。女著帔頂髻，珠翠綺紈，散〔校〕青本無散字。香氣撲人；嚶嚀〔何註〕嚶嚀，猶謦欬也。嚶，一喻聲之細；嚀，囑辭也。一聲，大小婢媪，奔入滿側，移金椅牀，置雙夾膝。〔呂註〕按：竹夫人，唐人謂之竹夾膝，陸龜蒙所詠是也。○〔馮評〕極寫尊貴身分，偶以一二字十分露出。慧婢瀹茗；各以隱語道寒暄，相視淚熒。至晚，除室安二媪；裀褥温耎，並昔年富時所未經。居三五日，女意殷渥。媪輒引空處，泣白前非。女曰：「我子母有何過不忘；但郎忿不解，妨他聞也。」每和至，便走匿。一日，方促膝坐，和遽入，見之，怒詬曰：「何物村嫗，敢引身與娘子接坐！宜撮〔何註〕撮，三指取物也。前漢書，律曆志：量多少者，不失圭撮。注：四圭曰撮；三，三指撮之也。鬢毛令盡！」〔但評〕嫗亦怒而唾罵女者，前已被賊炮烙，今日自宜撮鬢毛。劉媪急進曰：「此老身瓜葛，王嫂賣花者，幸勿罪責。」

和乃上手謝過。即坐曰：「姥來數日，我大忙，未得展敍。黃家老畜産尚在否？」[但評]對面呵罵，痛快之至！復以劉媪相形，老畜産豈值一甌粥哉。嫗只愧喪而不即死，終是無羞恥人。笑云：[校]青本作答曰。「都佳。但是貧不可過。官人大富貴，何不一念翁壻情也？」和擊桌曰：[何評]裝得酷似。「曩年非姥憐賜一甌粥，更何得旋鄉土！今欲得而寢處之，[呂註]左傳，襄二十八年：譬之如禽獸，吾寢處之矣。[何註]寢處之，言欲食其肉而寢其皮也。何念焉！」言至忿際，輒頓足起罵。女恚曰：「彼即不仁，是我父母。我迢迢遠來，手皴瘃，[呂註]漢書，趙充國傳：將士寒，手足皴瘃。注：皴，皮細起也。瘃，寒創也。[何註]皴音逡，觸寒膚病也。瘃音劚，中寒瘡也。足趾皆穿，亦自謂無負郎[校]青本無郎字。君；何乃對子罵父，使人難堪？」[馮評]如聞香口，真是好聽。[但評]雖是責之以禮，亦必己無假而後可。○對子罵父，責之以禮，然使無丐食遠來一節，不能說得如此嘴響。和始斂怒，起身去。黃嫗愧喪無色，辭欲歸。女以二十[校]上二字，青本作廿。金私付之。既歸，曠絶音問，女深以爲念。和乃遣人招之。夫妻至，慚怍無以自容。和謝曰：「舊歲辱臨，又不明告，遂使[校]此據青本，抄本作是。開罪良多。」黃但唯唯。和爲更易衣履。留月餘，黃心終不自安，數告歸。和遺白金百兩曰：「西賈五十金，我今倍之。」黃汗顏受之。和以輿馬送還，暮歲稱小豐[校]青本作封。焉。[但評]西賈五十金，老畜産所利也。今倍之而汗顏受之，其與寢處之何以殊哉。稱小封，愧之也。彼固素封而行不義者也，小封而出於倍西賈之金，愧孰甚焉。[馮評]更不必札宫叔，文有隨手抛過，此類是也。

異史氏曰：「雍門泣〔呂註〕桓譚新論：雍門周以琴見孟嘗君曰：臣竊爲足下有所悲。天道不常盛，千秋萬歲之後，宗廟必不血食。高臺既已傾，曲池又已平。墳墓生荆棘，兔狐穴其中。游兒牧豎，躑躅其足而歌其上，曰：孟嘗君之尊貴，亦猶是乎？於是孟嘗君喟然太息，涕淚承睫而未下。雍門周引琴而鼓之，終而成曲。孟嘗君遂欷歔而就之曰：先生鼓琴，使文立若亡國之人也。後，朱履〔呂註〕史記，春申君列傳：趙平原君使人於春申君，春申君舍之於上舍。趙使欲夸楚，爲玳瑁簪刀劍室，以珠玉飾之。請命春申君客。春申君客三千餘人，其上客皆躡珠履以見趙使，趙使大慙。○按：珠作朱，疑誤。杳然，〔何註〕雍門泣後，珠履杳然，謂自此之後，珠履三千，絶跡孟嘗之門已。令人憤氣杜門，不欲復交一客。然良朋葬骨，化石成金，不可謂非慷慨好客之報也。閨中人坐享高奉，儼然如嬪嬙，〔呂註〕國語，晉語：秦穆公曰：寡人之適此，爲太子圉之辱，備嬪嬙焉。注：嬪嬙，婦官名。非貞異如黃卿，孰克當此而無愧者乎？造物之不妄降福澤也如是。」

鄉有富者，居積取盈，搜算入骨。窖鏹數百，惟恐人知，故衣敗絮、啗糠粃以示貧。親友偶來，亦曾無作雞黍之事。或言其家不貧，便瞋〔校〕青本無瞋字。目作怒，〔校〕青本作努。其仇如不共戴天。〔呂註〕禮，曲禮：父之讎，弗與共戴天。暮年，日餐榆屑一升，臂上皮摺垂一寸長，而所窖終不肯發。後漸尫羸。瀕死，兩子環問之，猶未遽告；迨覺果危急，欲告子，子至，已舌蹇不能聲，惟爬抓心頭，呵呵而已。死後，子孫不能具棺木，〔校〕青本無木字。遂藁葬焉。嗚呼！若窖金而以爲富，則大帑〔呂註〕說文：帑音讜，金幣所藏也。數千萬，何不可指爲我有哉？愚已！

［何評］柳父揮金獲報，非能散者乃能聚哉？黄女不厭貧寒，終享富厚，惟處約者乃能處樂也。至宫嘗戒和以不知作苦之難，和恐負宫而奮其自立之志，則既富且貴，固非倖致耳。

［但評］「買絲繡作平原君」，爲思慕其慷慨好施而作也。好客顧不重耶？雖然，亦問座上客何如人耳：苟得其人，則數千人不爲多；非然者，牀頭金盡，紛紛作鳥獸散矣。如宫者，豈數數覯哉！

雊鴝

王汾濱言：其鄉有養八哥［吕註］本草：雊鴝身首俱黑，兩翼下各有白點，飛則見，如書八字。俗謂之八哥。○幽明録：五月五日，翦其舌端，令圓；教令學語，能人言。○負暄雜録：南唐李主諱煜，改雊鴝爲八哥，亦曰八八兒。者，教以語言，甚狎習，出遊必與之俱，相將數年矣。一日，將過絳州，去家尚遠，［校］此據青本，抄本無上四字。而資斧已罄。其人愁苦無策。鳥云：「何不售我？送我王邸，當得善價，不愁歸路無貲也。」其人云：「我安忍！」鳥言：「不妨。主人得價疾行，待我城西二十里大樹下。」［但評］今之騙局亦夥矣。以人謀之，以人爲之，已不可以理測，不可以情窺；小鳥何知，而又代人謀？此其前身不待問而知矣。其人從之。攜至城，相問答，觀者漸衆。有中貴［吕註］前漢書，李廣傳：上使爲中貴人從廣。注：中貴人，内臣之佞幸者也。［何註］中貴，王府内監也。注：居中朝而貴者。見之，聞諸王。王召入，欲買之。其人曰：「小人相依爲命，不願賣。」王問鳥：「汝願住否？」言：［校］青本言上有答字。「願住。」王喜。鳥又言：「給價十金，勿多予。」王益喜，立畀十金。其人故作懊恨狀而去。［校］青本作出。王與鳥言，［校］青本作語。應對便捷。呼肉啖之。食已，鳥曰：「臣要浴。」王命金盆貯水，開籠令浴。浴已，飛簷間，梳翎抖羽，尚與王喋喋不休。頃之，羽燥，翩躚［何註］翩躚，輕舉貌，音篇千。而起。操晉聲曰：「臣去呀！」顧盼已失所在。［但評］既能作計，而復以從容出之，使人不疑，此可爲念秧之祖。王及内侍，仰面咨嗟。急覓其人，則已渺矣。後有往秦中者，見其人攜鳥在西安市上。畢載積先生記。

王阮亭云：「可與鸚鵡、秦吉了同傳。」

［何評］鳥詐，雖能言，不亦禽獸之心乎？

劉海石*

劉海石，蒲臺人，避亂於濱州。時十四歲，與濱州生劉滄客同函丈，〔呂註〕禮，曲禮：若非飲食之客則布席，席間函丈。注：函，容也。講問宜相對容丈，足以指畫也。因相善，訂爲昆季。無何，海石失怙恃，奉喪而歸，音問遂闕。滄客家頗裕。年四十，生二子：長子吉，十七歲，爲邑名士；次子亦慧。滄客又内邑中倪氏女，大嬖之。後半年，長子患腦痛卒，夫妻大慘。無幾何，妻病又卒；踰數月，長媳又死；而婢僕之喪亡，且相繼也：〔何評〕可畏。滄客哀悼，殆不能堪。一日，方坐愁間，忽閽人通海石至。滄客喜，急出門迎以入。方欲展寒溫，海石忽驚曰：「兄有滅門之禍，不知耶？」滄客愕然，莫解所以。海石曰：「久失聞問，竊疑〔校〕青本作意。近況未必佳也。」滄客泫然，因以狀對。海石欷歔。既而笑曰：「災殃未艾，余初爲兄弔也。然幸而遇僕，請爲兄賀。」滄客曰：「久不晤，豈近精『越人術』〔呂註〕史記，扁鵲倉公列傳：扁鵲者，渤海郡鄭人也。姓秦氏，名越人。少時爲人舍長。舍客長桑君過，扁鵲獨奇之，常謹遇之。長桑君亦知扁鵲非常人也。乃出其懷中藥予扁鵲：飲是以上池之水，三十日當知物矣。扁鵲以其言，飲藥三十日，視見垣一方人；以此視病，盡見五藏癥結，特以診脈爲名耳。耶？」海石曰：「是非所長。陽宅風鑑，頗能習之。」〔何評〕托故。滄客喜，便求相宅。海石入宅，内外徧觀之。已而請睹諸眷口；滄客從其教，使子媳婢妾，俱見於堂。滄客一一指示。至倪，海石仰天而視，大笑不已。衆方驚疑，但見倪女戰慄無色；身暴縮短，僅二尺餘。海石以界方擊其首，作石缶聲。海石揪其髮，檢腦後，見白髮數莖，欲拔之。女縮項跪啼，言即去，但求勿拔。海石怒曰：「汝凶心尚未死耶？」就項後拔去之。女隨手而變，黑色如貍。衆大駭。海石掇納袖中，顧子婦曰：「媳受毒已深，背上當有異，請驗之。」婦羞，不肯袒示。劉子固强之，見背上白毛，長四指許。海石以針挑出，〔校〕抄本作去。曰：「此毛已老，七日即不可救。」又視〔校〕抄本作顧。劉子，亦有毛，裁二指。曰：「似此可月餘死耳。」滄客以及婢僕，並刺之。曰：「僕適不來，一門無噍類〔呂註〕前漢書，高帝紀：襄城無噍類。注：噍，作笑切。言無有活而噍食者也。矣。」問：「此何物？」曰：「亦狐屬。吸人神氣以爲靈，最利人死。」滄客曰：「久不見君，何能神異如此！無乃仙乎？」笑曰：「特從師習小技耳，何遽云仙。」問其師，答云：「山石道人。適此物，我不能死之，將歸獻俘於師。」言已，告別。覺袖中空空，駭曰：「亡之矣！尾末有大毛未去，今已遁去。」衆俱駭然。海石曰：「領毛已盡，不能化〔校〕抄本作作。

人，止能化獸，遁當不遠。」於是入室而相其貓，出門而嗾其犬，皆曰無之。啓圈笑曰：「在此矣。」滄客視之，多一豕。聞海石笑，遂伏，不敢少動。提耳捉出，視尾上白毛一莖，硬如針。〔但評〕尾大不掉者有獸心，有獸行必其末有如針之一毛在也。拔之真可以利天下矣。方將檢拔，而豕轉側哀鳴，不聽拔。〔但評〕偏造孽多人一毛不肯拔。海石曰：「汝造孽既多，拔一毛猶不肯耶？」執而拔之，隨手復化爲貍。納袖欲出。滄客苦留，乃爲一飯。問後會，曰：「此難預定。我師立願弘，〔校〕青本作弘願。常使我等遨世〔校〕世，青本作遊海。上，拔救衆生，未必無再見時。」及別後，細思其名，始悟曰：「海石殆仙矣。『山石』合一『岩』字，蓋呂仙〔校〕稿本仙原作祖，改仙。抄本作祖。○〔呂註〕續仙傳：呂仙諱岩，字洞賓。舉進士不第。遇正陽真人，得道，受天仙劍法，得九九數。號純陽子，亦稱回道人。在五季及宋時仙蹟最著。諱也。」

〔但評〕孽一女而致滅門之禍，至幾無噍類。其兇心不死，毒口橫吞，旁觀者始爲之驚，繼爲之笑，將欲爲之擊其首、揪其髮、拔其毛，納諸袖中，投諸海外，翦除妖孽，拔救衆生。而孽之者方且受其蠱惑，縱其陰謀，甘其酖毒，而至死不知悔悟。安得呂仙遣衆弟子遨遊普天下，使皆縮項跪啼，還形變相，各各獻俘，而俾無遺種哉？

諭鬼*

青州石尚書茂華爲諸生時，郡門外有大淵，不雨亦不涸。邑中獲大寇數十名，刑於淵上。鬼聚爲祟，經過者輒被［校］抄本無被字。曳入。一日，有某甲正遭困厄，忽聞羣鬼惶竄曰：「石尚書至矣！」未幾，公至，甲以狀告。公以堊灰題壁示云：「石某爲禁約事：照得厥念無良，致嬰雷霆之怒；所謀不軌，遂遭鈇鉞之誅。只宜返罔兩［何註］罔兩，鬼魅也。之心，爭相懺悔；庶幾洗髑髏［呂註］博雅：乇頣顱謂之髑髏。之血，脱此沈淪。爾乃生已極刑，死猶聚惡。跳踉而至，披髮成羣；躑躅以前，搏膺作厲。黄泥塞耳，輒逞鬼子之凶；白晝爲妖，幾斷行人之路！彼丘陵三尺外，管轄由人；豈乾坤兩大中，凶頑任爾？諭後各宜潛蹤，勿猶怙惡。無定河邊之骨，静待輪迴；金閨夢裏之魂，還踐鄉土。如蹈前愆，必貽後悔！」自此鬼患遂絶，淵亦尋乾。［校］青本無此篇。

泥鬼*

余鄉唐太史濟武，［呂註］名夢賚，字濟武，號嵐亭，別號豹岩，淄川人，軍籍。順治戊子舉人，乙丑進士，授庶吉士，八年受祕書院檢討。罷歸，卜築城之東南隅王樵蘊室舊地，中有志壑堂、林臯閣、晝餘亭、牛山橋、嬉春臺、四桐齋諸勝。著有志壑堂詩集行世。數歲時，有表親某，相攜戲寺中。太史童年磊落，膽即［校］青本作氣。最豪，見廡中泥鬼，睜［何註］睜音穽。字林：眳睜怒也，不悅視也。瑠璃眼，甚光而巨，愛之，陰以指抉取，懷之而歸。既抵家，某暴病不語。移時忽起，厲聲曰：「何故抉［校］此據青本，稿本、抄本作掘。我［校］抄本作吾。睛！」譟叫不休。［但評］鬼亦勢利，專欺弱人。衆莫之知，太史始言所作。家人乃祝曰：「童子無知，戲傷尊目，行奉還也。」乃大言曰：「如此，我便當去。」言訖，仆地遂絕，良久而甦，問其所言，茫不自覺。乃送睛仍安鬼眶中。

異史氏曰：「登堂索睛，土偶何其靈也？顧太史抉睛，而何以遷怒於同遊？蓋以玉堂［呂註］前漢書，揚雄傳：歷金門、上玉堂有日矣。夢溪筆談：唐翰林院在禁中，乃人主燕居之所。玉堂、承明、金鑾殿皆在其間。李宗諤翰苑雜記：太宗皇帝御書飛白玉堂之署四字，淳化三年賜，今在本院玉堂門上。之貴，而且至性觥觥，〔呂註〕後漢書，郭憲傳：關東觥觥郭子橫。注：觥觥，剛直貌。觀其上書北闕，〔馮評〕爲張煊上書一案。拂袖南山，神且憚之，而況鬼乎！」

〔馮評〕昔唐六如讀書某寺，取佛座上塵板煨火煖寒。一措大效之，頭足昏眩，發狂。病者作神語曰：「唐寅則可，汝何人，敢亦爾耶？」

夢別*

王春李先生〔呂註〕名憲，字王春。崇禎丙子舉人，順治丙戌進士，孝豐縣知縣。之祖，與先叔祖玉田公〔呂註〕名生汶，字澄甫。萬曆乙酉舉人，壬辰進士，玉田縣知縣。交最善。〔校〕抄本作好。一夜，夢公至其家，黯然相語。問：「何來？」曰：「僕將長往，故與君〔校〕抄本下有來字。別耳。」問：「何之？」曰：「遠矣。」遂出。送至谷中，見石壁有裂罅，便拱手作別，以背向罅，逡巡倒行而〔校〕上三字，青本作走。入，呼之不應，因而驚寤。及明，以告太公敬一，〔呂註〕名思豫。性方嚴，與兄同居，始終無間。猶子婚嫁，皆身任之。父病，私爲嘗糞。嘗遠出，屬其戚某守舍。某胠篋取二十餘金埋之，爲役夫王孟夏所發。公出他金賞孟夏，而以原金與某曰：吾久欲爲汝作家，因循未果；向以些須贈，而藏之不謹何也？淄川志及濟南志皆載其事，因附識於此。且使備弔具。曰：「玉田公捐舍〔呂註〕史記，蘇秦列傳：奉陽君捐館舍。〔何註〕捐舍，謂捐棄館舍也。回紇大帥藥葛羅曰：懷恩言天可汗已晏駕，會公亦捐館，我是以來。矣！」太公請先探之，信，而後弔之。不聽，竟以素服往。至門，則提旛挂矣。嗚呼！古人於友，其死生相信如此；喪輿待巨卿而行，〔呂註〕後漢書，獨行傳：范式字巨卿，與汝南張劭爲友。

劭字元伯。元伯卒，式忽夢見元伯，呼曰：巨卿！吾以某日死，當以爾時葬。子未我忘，豈能相及？式怳然覺悟，馳往赴之。未及到，而喪已發引；既至壙，將窆，而柩不肯進。移時，乃見有素車白馬，號哭而來。其母望之曰：是必范巨卿也。巨卿既至，叩喪而言曰：行矣元伯！死生路異，永從此辭。因執紼而引，柩於是乃前。

豈妄哉！

犬燈*

韓光禄大千〔吕註〕名茂椿，淄川人。通政司右通政。源子。以歲貢廕授光禄寺署丞，奉裁補太僕寺主簿，授徵仕郎。之僕，夜宿廈間，見樓上有燈，如明星。未幾，熒熒飄落，及地化爲犬。睨之，轉舍後去。急起，潛尾之，入園〔校〕抄本作院。中，化爲女子。心知其狐，還臥故所。俄，女子自後來，僕陽寐以觀其變。女俯而撼〔何註〕撼，摇撼之也。之。僕僞作醒狀，問其爲誰。女不答。僕曰：「樓上燈光，非子也耶？」女曰：「既知之，何問焉？」遂共宿止，晝別宵會，以爲常。主人知之，使二人夾僕臥；二人既醒，則身臥牀下，亦不知〔校〕抄本作覺。墮自何時。主人益怒，謂僕曰：「來時，當捉之來；不然，則有鞭楚！」僕不敢言，諾而退。因念：捉之難；不捉，懼罪。展轉無策。忽憶女子一小紅衫，密著其體，未肯暫脱，必其要害，執此可以脅之。〔何評〕僕亦黠。夜分，〔校〕抄本作來。女至，問：「主人囑汝捉我乎？」曰：「良有之。但我兩人情好，何肯此爲？」［校］青本作爲此。及寢，陰搊其衫。女急啼，力脱而去。從此遂絶。後僕自他方歸，遥見女子坐道周；至前，則舉袖障面。僕下騎，呼曰：「何作此態？」女乃起，［但評］化燈光而來，搊紅衫而去；適才作態，旋復原情。此狐頗知進退。握手曰：「我謂子已忘舊好矣。既戀戀有故人意，情尚可原。前事出於主命，亦不汝怪也。但緣分已盡，今設小酌，請入爲別。」時秋初，高粱正茂。女攜與俱入，則中有巨第。繫馬而入，廳堂中酒肴已列。甫坐，羣婢行炙。日將暮，僕有事，欲覆主命，遂別。既出，則依然田隴耳。

［何評］究不知小紅衫爲何物。

番僧*

釋體空言：「在青州，見二番僧，象貌奇古；耳綴雙環，被黃布，鬚髮鬈［何註］鬈音權。詩，齊風：其人美且鬈。注：鬚鬢好貌。如。［馮評］狀番僧如見。自言從西域來。聞太守重佛，謁之。太守遣二隸，送詣叢林。［呂註］梵語貧婆，此言叢林，譬如大樹叢叢，故僧聚處爲叢林。和尚靈轡，不甚禮之。執事者見其人異，私款之，止宿焉。或問：『西域多異人，羅漢［呂註］楞嚴經：富樓那云：世尊知我有大辨才，以音聲教我發揚，我於佛前助佛轉輪，因獅子吼，成阿羅漢。得無有奇術否？』其一囅然笑，出手於袖，掌中托小塔，高裁盈尺，玲瓏可愛。壁上最高處，有小龕，［何註］龕音堪，供佛小堂。僧擲塔其中，矗［何註］矗，丑六切，長直貌。阿房宮賦：矗不知其幾千萬落。然端立，無少偏倚。視塔上有舍利［呂註］釋氏要覽，注：釋迦既化，弟子阿難等焚其身，有骨子如五色珠，光瑩堅固，名曰舍利子，因造塔藏之。〇又龍樹心經：舍利子亦名舍利弗，乃佛弟子名。以其母眼如舍利弗鳥之眼，故因其母而立名。或云，舍利鳥，則此間所謂鶖鳥，其眼圓，因以舍利稱其母。此言舍利子，若曰婦人舍利者之子也。［何註］舍利，僧之精氣結成者。放光，照耀一室。少間，以［校］青本作一。手招之，仍落掌中。其一僧乃袒臂，伸左肱，長可六七尺，而右肱縮無有矣；轉伸右肱，亦如左狀。」

［何評］番僧所爲，並非彼教中精妙處，宜和尚之不禮也。

狐妾*

萊蕪劉洞九，官汾州。獨坐署中，聞亭［校］青本作庭。外笑語漸近。入室，則四女子：一四十許，一可三十，一二十四五已來，末後一垂髫者。並立几前，相視而笑。劉固知官署多狐，置不顧。少間，垂髫者出一紅巾，戲拋面上。劉拾擲窗間，仍不顧。四女一笑而去。一日，年長者來，謂劉曰：「舍妹與君有緣，願無棄葑菲。」［校］詩，邶風：采葑采菲，無以下體。［何註］葑，蔓菁也。菲似葍。劉漫應之。女遂去。俄偕一婢，擁垂髫兒來，俾與劉並肩坐。曰：「一對好鳳侶，今夜諧花燭。勉事劉郎，我去矣。」劉諦視，光豔無儔，遂與燕好。詰其行蹤。［校］抄本作跡。女曰：「妾固非人，而實［校］青本下有亦字。人也。妾，前官之女，蠱於狐，奄忽以死，窆園內。衆狐以術生我，遂飄然若狐。」劉因以手探尻際。［但評］固非人而實亦人，此其所可留者。若亦人而實非人，則爲害甚矣，豈在尻際之分哉。女覺之，笑曰：「君將無謂狐有尾耶？」轉身云：「請試捫之。」自此，遂留不去。每行坐與小婢俱。家人俱尊以小君禮。婢媪參謁，賞賚〔校〕青本作賫。甚豐。值劉壽辰，賓客煩多，共三十餘筵，須庖人甚衆；先期牒拘，僅一二到者。劉不勝恚。女知之，便言：「勿憂。庖人既不足用，不如並其來者遣之。妾固短於才，然三十席亦不難辦。」劉喜，命以魚肉薑桂，〔校〕抄本作椒。悉移内署。家中人但聞刀砧〔何註〕搗花搗草，俱謂之砧。切肉之砧，江南方言謂之碪版，殆取義類砧而用則須版，故名。聲，繁碎〔校〕抄本無碎字。不絶。門内設一〔校〕抄本作以。几，行炙者置柈其上；轉視，則肴俎已滿。托去復來，十餘人絡繹於道，取之不竭。〔校〕抄本作絶。末後，行炙人來索湯餅。内言曰：「主人未嘗預囑，咄嗟〔吕註〕晉書，石崇傳：嘗爲客作豆粥，咄嗟便辦。注：咄嗟，咨語也。〔何註〕咄嗟，三蒼詁易：度也，猶呼吸間也。何以辦？」既而曰：「無已，其假之。」少頃，呼取湯餅。視之，三十餘碗，蒸騰几上。客既去，乃謂劉曰：「可出金貲，償某家湯餅。」劉使人將直去。則其家失湯餅，方共驚異；〔校〕抄本作疑。使至，疑始解。一夕，夜酌，偶思山東苦醁。女請取之。遂出門去。移時返曰：「門外一甖，〔何註〕甖音罌，瓦器。劉伶酒德頌：先生方捧甖承槽，銜杯漱醪。可供數日飲。」劉視之，果得酒，真家中甕頭春〔吕註〕孟浩然詩：已言雞黍熟，復道甕頭春。謂初熟酒。〔何註〕甕頭春，酒名。也。越數日，夫人遣二僕如汾。途中一僕曰：「聞狐夫人犒賞優厚，此去得賞金，可買一裘。」女在署已知之，向劉曰：「家中人將至。可恨傖奴無禮，必報之。」明日，〔校〕抄本無上二字。

僕甫入城，頭大痛，至署，抱首號呼。共擬進醫藥。劉笑曰：「勿須療，時至當自瘥。」衆疑其獲罪小君。僕自思，初來未解裝，罪何由得？無所告訴，漫膝行而哀之。簾中語曰：「爾謂夫人，則亦〔校〕抄本無亦字。已耳，何謂狐也？」〔但評〕世有據其實而又不肯受其名者，狐夫人之類也。嘗聞鄙人有被劫者，以手據地，稱之曰强盜老爺。賊訶曰：老爺則老爺已耳，何謂强盜也！正與此對。僕乃悟，叩不已。又曰：「既欲得裘，何得復無禮？」已而曰：「汝愈矣。」言已，僕病若失。僕拜欲出，忽自簾中擲一裹出，曰：「此一羔羊裘也，可將去。」僕解視，得五金。劉問家中消息，僕言都無事，惟夜失藏酒一罌，稽其時日，即取酒夜也。羣憚其神，呼之「聖仙」。劉爲繪小像。時張道一〔呂註〕未詳。○按萊蕪張并汸先生，名四教。順治丙戌進士，官翰林兵備道，曾視學山右。道一或其別號與？爲提學使，聞其異，以桑梓誼詣劉，欲乞一面。女拒之。劉示以像，張强攜而去。歸懸座〔校〕青本作左。右，朝夕祝之云：「以卿麗質，何之不可？乃托身於鬖鬖之老！下官殊不惡於洞九，何不一惠顧？」女在署忽謂劉曰：「張公無禮，當小懲之。」一日，張方祝，似有人以界方擊額，崩然甚痛。〔但評〕學使亦爲此耶？界方擊額，尚是風流罪過。大懼，反卷。劉詰之，使隱其故而詭對之。〔校〕抄本無之字。劉笑曰：「主人額上得毋〔校〕青本作無，通毋。痛否？」使不能欺，以實告。無何，壻亓〔何註〕亓，古其字，姓也，漢有陽河侯其石。生來，請覲之。女固辭。〔校〕抄本下有之字。亓請之堅。劉曰：「壻非他人，何拒之深？」女曰：「壻相見，必當有以贈之；渠望我奢，自度不能滿其志，故適不欲見耳。」既固請之，乃許以十日見。及期，亓入，隔簾揖之，少致存問。儀容隱約，不敢審諦。既〔校〕抄本作即。退，數步之外，輒回眸注盼。但聞女言曰：「阿壻回首矣！」言已，大笑，烈烈如鴞鳴。亓聞之，脛股皆軟，摇摇然若喪魂魄。既出，坐移時，始稍定。乃曰：「適聞笑聲，如聽霹靂，竟不覺身爲己有。」〔但評〕大笑烈烈如鴞，使聞者如聽霹靂，身非己有，吾亦不願聞此笑。吾甚願天下美婦人皆能爲此笑。少頃，婢以女命，贈亓二十金。亓受之，謂婢曰：「聖仙日與丈人〔呂註〕青城山記：青城山爲五岳之長，故名丈人峯。今世俗呼人婦翁爲令岳，妻之伯叔爲列岳，因此。○呂藍衍言鯖：唐時稱父執及朋友之父曰丈人，因稱母曰丈母。今以岳父母爲丈人、丈母，沿此。○孫持正云：俗呼妻父爲岳丈，以泰山有丈人峯、丈人觀，似亦有理。而呼妻母爲泰水，此何義耶？晉樂廣爲衛玠妻父，俗所謂岳丈，或當云樂丈耳。○按：妻之父爲外舅，母爲外姑，見爾雅、釋名諸書，而丈人之名，其來亦遠。觀野客叢書，后山送外舅詩：丈人東南英。注：謂丈人字，俗以爲婦翁之稱。又觀三國志，裴松之注獻帝舅車騎將軍董承句云：古無丈人之名，故謂之舅。松之宋元嘉時人，呼婦翁爲丈人，已見此時，則是南北朝已有此稱也。居，寧不知我素性揮霍，不慣使小錢耶？」女聞之曰：「我固知其然。囊底適罄；向結伴至汴梁，其城爲河伯〔呂註〕搜神記：馮夷，潼鄉隄首人，以八月上庚日投河死，上帝署爲河伯。占據，〔校〕抄本作據佔。庫藏皆没水中，入水各得些須，何能飽無饜之求？且我縱能厚餽，彼福薄亦不能任。」女凡事能〔校〕抄本無能字。先知；〔校〕青本下有之字。遇有疑難，與議，無不剖。一日，並坐，忽仰天大驚曰：「大劫將至，爲之奈何！」劉驚問家口。曰：「餘悉無恙，獨二公子可慮。

此處不久將〔校〕青本作當。爲戰場，君當求差遠去，庶免於難。」劉從之。乞於上官，得解餉雲貴間。道里遼遠，聞者弔之；而女獨賀。無何，姜瓖〔呂註〕按：瓖，明末官大同總兵，李賊抵城，瓖叛，出迎賊，以城降。後爲流寇王輔臣所殺。詳見王漁洋先生香祖筆記。〔何註〕瓖音襄。叛，〔馮評〕順治五年十二月初三日，大同總兵姜瓖閉城叛，英親王聞之，圍其城，屢招諭之。順治六年八月，僞總兵楊振威斬姜瓖、其兄姜琳、弟有光首獻，大同平。汾州沒爲賊窟。劉仲子自山東來，適遭其變，遂被〔校〕抄本下有其字。害。城陷，官僚皆罹於難，惟劉以公出得免。盜平，劉始歸。尋以大案罣悮，貧至饔飧不給；而當道者又多所需索，因而窘憂欲死。女曰：「勿憂，牀下三千金，可資用度。」劉大喜，問：「竊之何處？」曰：「天下無主之物，取之不盡，何庸竊乎。」劉借〔校〕青本作營。謀得脱歸，女從之。後數年忽去，紙裹數事留贈，中有喪家挂門之小旛，長二寸許，羣以爲不祥。劉尋卒。

〔何評〕此狐懲張處可取，餘亦無他異。

雷曹*

樂雲鶴、夏平子，二人少同里，長同齋，相交莫逆。夏少慧，十歲知名。樂虛心事之，夏亦相規不勸，樂文思日進，由是名並著。而潦倒場屋，戰輒北。〔呂註〕國語：三戰三北，乃至於吳，越師遂入吳國。注：北，奔也，敗也。按：北方幽隱之地，故軍敗曰北。無何，夏遘疫〔校〕抄本下有而字。○〔何註〕疫，瘟病也。卒，家貧不能葬，樂鋭身自任之。遺襁褓子及未亡人，〔呂註〕左傳，莊二十八年：今令尹不尋諸仇讐，而於未亡人之側。注：婦人既寡，自稱未亡人。樂以時恤諸其家；每得升斗，必析而二之，夏妻子賴以活。於是士大夫益賢樂。〔但評〕賢字包下二德字。樂恒産無多，又代夏生憂内顧，〔呂註〕左思詩：外望無存禄，内顧無斗儲。家計日蹙。〔但評〕不死其友而撫其孤，恤其嫠，又以恒産無多，而家計因之日蹙。如此方不愧莫逆二字，吾見亦僅矣。乃嘆曰：「文如平子，尚碌碌〔何註〕碌音禄，隨從之貌。史記，酷吏列傳：九卿碌碌奉其官。以没，而況於我！人生富貴須及時，戚戚終歲，恐先狗馬填溝壑，負此生矣，不如早自圖也。」於是去讀而賈。操業半年，家貲小泰。一日，客金陵，休於旅舍。見一人頎，〔何註〕頎音祈，長貌。詩，衛風：碩人其頎。然而長，筋骨隆起，徬徨座側，色黯淡，有戚容。樂問：「欲得食〔校〕青本下有也字。耶？」其人亦不語。樂推食〔何註〕史記，淮陰侯列傳：漢王解衣衣我，推食食我。食之；則以手掬啗，頃刻已盡。樂又益以兼人之饌，食復盡。遂命主人割豚肩，〔校〕此據青本，稿本作豚脅，抄本作豕脅。堆以蒸餅，又盡數人之餐。〔馮評〕昔人喜觀豪客飲，予喜觀健兒食，足長精神，壯氣慨也。〔稿本無名氏乙評〕一飯耳，凡作三層寫，便見得樂子多少慷慨矣。少□□□□□□□忍忘。慳吝人那解釋此。始果腹而謝曰：「三年以來，未嘗如此飫〔何註〕飫音淤，去聲。飽也，饜也。飽。」〔馮評〕此客可人。樂曰：「君固壯士，何飄泊若〔校〕青本作如。此？」曰：「罪嬰〔校〕抄本作攖，通嬰。○〔何註〕嬰音纓，觸犯也。韓非子，說難：龍喉下有逆鱗徑尺，人有嬰之，則必殺人。天譴，〔何註〕譴，責也。不可說也。」問其里居，曰：「陸無屋，水無舟，〔呂註〕南史：張融爲中書郎，假東出。武帝問融住在何處。答曰：臣陸居無屋，舟居無水。後問其從兄緒。緒曰：融近東出，未有居止，權牽小舟於岸上住。上大笑。朝村而暮郭耳。」〔校〕抄本作也。○〔但評〕語似飄零落寞，却是神曹身分。樂整裝欲行，其人相從，戀戀不去。〔但評〕樂之難，非神人莫能拯。其人之所以戀戀不去者，豈爲一飯哉？即此一飯，亦非他人所能者。樂辭之。告曰：「君有大難，吾不忍忘一飯之德。」〔但評〕雷曹報德，在一飯，不在一飯。樂異之，遂與偕行。途中曳與同餐。辭曰：「我終歲僅數餐耳。」益奇之。次日，渡江，風濤暴作，估舟〔何註〕估舟，載貨之商船也。盡覆，樂與其人悉没江中。俄風定，其人負樂踏波出，登客舟，又破浪去；少時，挽一船〔校〕抄本作舟。至，扶樂入，囑樂卧守，復躍入江，以兩臂夾貨出，擲舟中；又入之：數入數出，列貨滿舟。樂謝曰：「君生我亦良足矣，敢望珠還〔呂註〕後漢書，孟嘗傳：嘗遷合浦太守。海出珠寶。先時宰守並多貪穢，詭人採求，不知紀極，珠遂漸徙於交趾郡界。嘗到官，革易前弊，求民病利；曾未踰歲，去珠復還。哉！」〔但評〕能葬死友者，人必生我；能析升斗者，珠必還我。檢視貨財，並無亡失。益喜，驚爲神人，放舟欲行。其人告退，樂苦留之，遂與共濟。樂笑云：「此一厄也，止失一金簪耳。」其人欲復尋之。樂方勸止，已投水中而沒。驚愕良久。忽見含笑而出，以簪授樂曰：「幸不辱命。」〔但評〕金簪亦復何奇，極言其不遺一物，以見善人之報耳。江上人罔不駭異。樂與歸，寢處共之。每十數日始一食，食則啖嚼無算。一日，又言別，樂固挽之。適晝晦欲雨，聞雷聲。樂曰：「雲間不知何狀？雷又是何物？安得至天上視之，此疑乃可解。」其人笑曰：「君欲作雲中遊耶？」少時，樂倦甚，伏榻假寐。既醒，覺身搖搖然，不似榻上；開目，則在雲氣中，周身如絮。驚而起，暈如舟上。踏之，耎無地。仰視星斗，在眉目間。〔馮評〕夏日大雨後，白雲瀰漫，天上忽劃開半壁，漏出日光，雲如崩巖，雷聲隱隱，裹於雲中。此時縱情一往，身隨心去，儼然如在天上，是此景氣。遂疑是夢。細視星嵌〔校〕此據青本，稿本、抄本作箝。天上，如老〔校〕青本無老字。蓮實之在蓬也，〔校〕青本無也字。大者如甕，次如瓿，〔何註〕瓿音剖，小甖也。小如盎〔何註〕盎，盂也。盂。以手撼之，大者堅不可動；小星〔校〕青本作者。動搖，〔校〕抄本作搖動。似可摘而下者。遂摘其一，藏袖中。〔馮評〕日月星辰繫焉，樓高摘星，硬下注脚。撥雲下視，則銀海

[校]抄本作河。蒼茫，見城郭如豆。[但評]高視闊步，包羅萬有，滄海粟渺，星辰袖藏。大德者有此分量，有此心胸，有此境界，不可作夢幻觀。◯置身本在青雲間，作雲中遊，而手摘星辰，眼俯銀海，乃其分内事也，復奚疑。愕然自念：設一脱足，此身何可復問。俄見二龍夭矯，[何註]夭，屈也。矯，健也。謂曲而健也。駕縵[校]青本作幔。車來。尾一掉，如鳴牛鞭。車上有器，圍皆數丈，貯水滿之。有數十人，以器掬水，[何註]掬水，俗謂舀水。徧灑雲間。忽見樂，共怪之。樂審所與壯士在焉，語衆曰：[校]抄本作云。「是吾友也。」因取一器授樂，令灑。[但評]能與雷曹爲友，其量自可灑潤。能濟人急者，乃可分灑。時苦旱，樂接器排雲，約望故鄉，盡情傾注。[馮評]此用李靖行雨事。未幾，謂樂曰：「我本雷曹，前悮行雨，罰謫三載；今天限已滿，請從此別。」乃以駕車之繩萬尺[校]抄本作丈。擲前，[校]青本無上二字。使握端縋下。樂危之。其人笑言：「不妨。」樂如其言，飀飀然瞬息及地。[但評]上天下地，行如無事，非胸中磊落光明，何以得此。視之，則墮立村外。繩漸收入雲中，不可見矣。時久旱，十里外，雨僅盈指，獨樂里溝澮皆滿。歸探袖中，摘星仍在。出置案上，黯黝如石；[何註]黝，幺糾切，微青色。黯，乙減切，深黑也。謂青黑如石也。入夜，則光明焕發，映照四壁。益寶之，什襲而藏。每有佳客，出以照飲。正視之，則[校]抄本無則字。條條射目。一夜，妻坐對握髮，忽見星光漸小如螢，流動横飛。妻方怪咤，[何註]怪咤，猶咤異也。

已入口中，咯〔何註〕咯，吐聲。之不出，竟已下咽。〔但評〕少微放大光明，天上攜來，口中咽下，覺夢入懷，夢墜身者，尚爲虚幻。愕奔告樂，樂亦奇之。既寢，夢夏平子來，曰：「我少微星〔呂註〕星經：少微四星在太微西，士大夫之位也。第一星曰處士，二爲議士，三爲博士，四爲丈夫。也。〔校〕稿本下原有因先君失一德促余壽齡十字，塗去。抄本有此十字。君之惠好，在中不忘。又蒙自天上〔校〕抄本作上天。攜歸，可云有緣。今爲君嗣，以報大德。」〔但評〕少微報德，在有緣，不在一己之緣。○有因乃有緣，有德乃有報；有因者不求緣而緣自至，有德者不望報而報自來。樂三十無子，得夢甚喜。自是妻果娠；〔何註〕娠音申，女妊身動也。及臨蓐，〔呂註〕桓寬遊暑録：婦人疾，莫大於産蓐。○蓐，陳草也。〔何註〕蓐，草也。臨産必藉褥，故曰臨蓐。光耀〔校〕抄本作輝。滿室，如星在几上時，因名「星兒」。機警非常，十六歲，及進士第。

異史氏曰：「樂子文章名一世，忽覺蒼蒼之位置我者不在是，遂棄毛錐〔呂註〕五代史：史弘肇位方鎮，常言安朝廷，定禍亂，直須長槍大劍，毛錐子安足用哉？三司使王章曰：無毛錐子，軍賦從何集乎？如脱屣，此與燕頷投筆〔呂註〕後漢書，班超傳：超家貧，常爲官傭書。嘗輟業投筆嘆曰：大丈夫當立功異域，以取封侯，安能久事筆硯間乎？其後行詣相者，曰：祭酒，布衣諸生耳，而當封侯萬里之外。超問其狀。相者指曰：燕頷虎頸，飛而食肉，此萬里侯相也。者，〔校〕抄本無者字。何以少異？至雷曹感一飯之德，少微酬良友之知，豈神人之私報恩施哉，乃造物之公報賢豪耳。」

〔何評〕感雷摘星，剪裁作對。

賭符*

韓道士，居邑中之天齊廟。［呂註］黄飛虎封東嶽泰山天齊仁聖大帝之職。見封神演義。多幻術，共名之「仙」。先子與最善，每適城，輒造之。一日，與先叔赴邑，擬訪韓，適遇諸途。韓付鑰曰：「請先往啓門坐，少旋我即至。」乃如其言。詣廟發扃，則韓已坐室中。諸如此類。［校］青本下有甚多二字。

先是，有敝族人嗜博賭，［校］青本作賭博。因先子亦識韓。值大［校］青本作天。佛寺來一僧，專事樗蒲，賭甚豪。族人見而悦之，罄貲往賭，大虧；心益熱，典質田産，復往，終夜盡喪。邑邑［校］此據青本，稿本、抄本少一邑字。不得志，便道詣韓，精神慘淡，言語失次。韓問之，具以實告。韓笑云：「常賭無不輸之理。倘能戒賭，我爲汝覆［校］青本作復，下同。之。」［但評］常賭必輸，其理固然。韓以道士而授符使復，毋乃多事。特以僧專事樗蒲，先犯貪戒，故以此破之耳。族人曰：「倘得珠還合浦，花骨頭當鐵杵碎之！」韓乃以紙書符，授佩衣帶間。囑曰：「但得故物即已，勿得隴復望蜀［呂註］後漢書，岑彭傳：彭與吴漢圍隗囂於西城。帝敕彭書曰：兩城若下，便可將兵南擊蜀虜。人苦不知足，既平隴，復望蜀。注：謂隗囂平，復擊公孫述也。也。」又付千錢，約贏而償之。族人大喜而往。僧驗其貲，易之，不屑與賭。族人强之，請以[校]抄本無以字。一擲爲期。僧笑而從之。乃以千錢爲孤注。[呂註]宋史：王欽若曰：吾聞博者輸錢不盡，乃罄所有出之，謂之孤注。[何註]孤注，只剩此一注也。真宗澶淵之役，王欽若謗曰：寇準以陛下爲孤注。僧擲之無所[校]青本無所字。勝負，族人接色，一擲成采；僧復以兩千爲注，又敗；漸增至十餘千，明明梟色，呵之，皆成盧雉：計前所輸，頃刻盡覆。陰念再贏數千亦[校]抄本作爲。更[校]青本無更字。佳，乃復博，[但評]果然得隴望蜀，蓋賭局中無有不貪者。則色漸劣；心怪之，起視帶上，則符已亡矣，大驚而罷。載錢歸廟，除償韓外，追而計之，並末後所失，適符原數也。已乃愧謝失符之罪。韓笑曰：「已在此矣。固囑勿貪，而君不聽，故取之。」

異史氏曰：「天下之傾家者，莫速於博；天下之敗德者，亦莫甚於博。[馮評]予不喜博，嘗作陶士行語曰：此牧豬奴戲也。費財費時，大丈夫豈屑爲之！鄉里相知勸曰：子仕途中人，將來何以和衆，接羣居之歡？予終恥之。入其中者，如沉迷海，將不知所底矣。夫商農之人，具[校]抄本作俱。有本業；詩書之士，尤惜分陰。[呂註]晉書，陶侃傳：大禹聖者，乃惜寸陰；至於衆人，當惜分陰。負耒橫經，[呂註]後漢紀：董春字紀陽，少好學，究極聖指。從者數百人，橫經捧手，次第問難。[何註]倪寬傳：帶經而鋤，休息輒讀。固成家之正路；清談薄飲，猶寄興之生涯。爾乃狎比[何註]狎比，親昵也。淫朋，[何註]淫朋，邪友也。纏綿永夜。傾囊倒篋，懸金於嶮巇［呂註］楚辭：何周道之平易兮，然蕪穢而險巇。注：險巇，猶顛危也。劉峻廣絶交論：世情嶮巇，一至于此！歐陽修詩：平地生嶮巇。險巇作嶮巇。［何註］嶮巇音險羲，危險也。之天；呵雉呼盧，［校］抄本作呼雉呵盧。乞靈於淫昏之骨。［呂註］未詳。○左傳，僖十九年：宋公使邾文公用鄫子于次睢之社。子魚曰：祭祀以爲人也；民，神之主也。用人其誰享之？今一會而虐二國之君，又用諸淫昏之鬼，將以求霸，不亦難乎？盤旋五木，［呂註］宋程大昌樗蒲經：骰，古惟斲木爲子，一局五子，故名五木。似走圓珠；手握多張，［校］此據青本，稿本、抄本作章。如擎團扇。左覷人而右顧己，望穿鬼子之睛；陽示弱而陰用强，費盡罔兩之技。門前賓客待，猶戀戀於場頭；舍上火烟［校］青本作烟火。生，尚眈眈於盆裏。忘餐廢寢，則久入成迷；舌敝脣焦，［呂註］戰國策：舌敝耳聾，不見成功。○杜甫詩：脣焦口燥呼不得。則相看似鬼。［但評］寫盡蕩子醜態。迨夫全軍盡没，熱眼空窺。視局中則叫號濃焉，技癢英雄之臆；顧橐［校］抄本作囊。底而貫索空矣，灰寒壯士之心。［呂註］李白詩：牀頭黄金盡，壯士無顏色。引頸徘徊，覺白手之無濟；垂頭蕭索，始玄夜［何註］玄夜，黑夜也。劉公幹詩：遺思在玄夜。以方歸。幸交謫之人眠，恐驚犬吠；苦久虚之腹餓，敢怨羹殘。既而鬻子質田，冀還珠［校］此據青本，稿本、抄本作珠還。於合浦；不意火灼毛盡，［校］抄本作燼。終撈月於滄江。［呂註］未詳。○按：江南太平府有捉月亭。世傳李太白過采石酒狂，從水中捉月而溺，因以名亭。○［但評］寫盡蕩子敗興。及遭敗後我方思，已作下流之物；試問賭中誰最善？羣指［校］青本作推。無袴［呂註］三國志注引魏略：賈逵少孤，家貧，冬常無袴；過其妻兄柳孚宿，著孚袴去。之公。甚而枵腹難堪，遂棲身於暴客；搔頭〔何註〕搔頭，束手無策者之常態也。詩，邶風：搔首踟躕。莫度，至仰給於香匳。〔何註〕指妝匳中物也。○〔但評〕寫盡蕩子下落。嗚呼！敗德喪行，傾產〔校〕抄本作財。亡身，孰非博之一途致之哉！」

〔何評〕喝雉呼盧，此又濟之以術。

阿霞*

文登景星者，少有重名。與陳生比鄰而居，齋隔一短垣。一日，陳暮過荒落之墟，聞女子啼松柏間；近臨，則樹橫枝有懸帶，若將自經。陳詰之，揮涕而對曰：「母遠去，託妾於外兄。不圖狼子野心，[呂註]左傳，宣四年。[何註]左傳，宣四年：諺曰：狼子野心。是乃狼也，其可畜乎！畜我不卒，[呂註]詩，邶風：父兮母兮，畜我不卒。伶仃[何註]伶仃音靈丁，孤獨也。韓文：伶仃孤苦。如此，不如死！」言已，復泣。陳解帶，勸令適人。女慮無可託者。陳請暫寄其家，女從之。既歸，挑燈審視，丰韻殊絕。大悅，欲亂之。女厲聲抗拒，紛紜之聲，達於間壁。景生踰垣[校]青本作牆。來窺，陳乃釋女。女見景，[校]抄本下有生字。凝眸停諦，[校]青本、抄本作睇。久乃奔去。二人共逐之，不知去向。景歸，闔[校]此據同本，稿本、青本、抄本作閤。户欲寢，則女子盈盈自房中出。驚問之。答曰：「彼德薄福淺，不可終託。」[馮評]陳生德薄，後景生出妻，獨非德薄乎？狐仙亦暗於物色矣。景大喜。詰其姓氏，曰：「妾祖居於齊。爲齊姓，[校]抄本作以齊爲姓。小字阿霞。」入以游詞，笑不甚拒，遂與寢處。齋中多友人來往，女恒隱閉深房。過數日，曰：「妾姑去。此處煩〔校〕青本作繁。雜，困人甚。繼今，請以夜卜。」〔呂註〕左傳，莊二十二年：臣卜其晝，未卜其夜。問：「家何所？」曰：「正不遠耳。」遂早去，夜果復來，懽愛綦篤。又數日，謂景曰：「我兩人情好雖佳，終屬苟合。家君宦遊西疆，明日將從母去，容即乘間稟命，而相從以終焉。」問：「幾日別？」約以旬終。既去，景思齋居不可常，移諸內，又慮妻妒。計不如出妻。志既〔校〕青本作遂。決，妻至輒詬厲。妻不堪其辱，涕欲死。景曰：「死恐見累，請蚤歸。」遂促妻行。妻啼曰：「從子十年，未嘗有〔校〕抄本無有字。失德，何決絕如此！」〔但評〕未嘗失德，而決絕如此，是自絕於天也。景不聽，逐愈急。妻乃出門去。自是堊壁〔呂註〕劉熙釋名：堊，亞也，次也。先泥之，後以灰飾之也。〔何註〕堊音惡。色土也，所以飾壁。子虛賦：其土則丹青赭堊。清塵，引領翹待；不意信杳青鸞，〔呂註〕西王母事。青鸞即青鳥也。詳見羅刹海市。〔何註〕七月七日，漢武生日，有青鳥集殿前。帝問東方朔，對曰：是名青鸞，王母將至矣。故後人以音信爲青鸞也。如石沉海。〔呂註〕西廂記：似石沉大海。妻大歸後，數浼知交，請復於景，景不納；遂適夏侯氏。夏侯里居，與景接壤，以田畔之故，世有郤。景聞之，〔校〕青本無之字。益大恚恨。然猶冀阿霞復來，差足自慰。越年餘，並無蹤緒。會海神壽，祠內外士女雲集，景亦在。遥見一女，甚似阿霞。景近之，入於人中；從之，出於門外；又從之，飄然竟去。[但評]望望然去之，若將浼焉。景追之不及，恨悒而返。後半載，適行於途，見一女郎，著朱衣，從蒼頭，鞚[何註]鞚，馬勒也。黑衛來。望之，霞也。因問從人：「娘子爲誰？」答言：「南村鄭公子繼室。」又問：「娶幾時矣？」曰：「半月耳。」景思，得毋悮耶？女郎聞語，回眸一睇，景視，真霞。[校]上四字，抄本作真阿霞也。見其已適他姓，憤填胸臆，大呼：「霞娘！何忘舊約？」從人聞呼主婦，欲奮老拳。[呂註]晉書，石勒載記：初，勒與李陽鄰居，歲常争麻地，迭相毆擊。至是乃使召陽。既至，勒與酣謔，引陽臂笑曰：孤往日厭卿老拳，卿亦飽孤毒手。女急止之。啓幛紗謂景曰：「負心人何顔相見？」景曰：「卿自負僕，僕何嘗負卿？」女曰：「負夫人甚於負我！結髮者如是，而況其他？[馮評]正學先生曰：糟糠之妻固如此，貧賤之交可知矣。即負夫人甚於負我之説，此語甚確，可以觀人。[何評]糟糠之妻尚如此。[但評]數語鐵案。○聞之如霹靂驚心。向以祖德厚，[但評]其所厚者薄。名列桂籍，故委身相從；今以棄妻故，冥中削爾禄秩，[何評]可懼也。今科亞魁王昌，即[校]青本無即字。替汝名者也。[但評]有替名之人可證，乃令薄倖者無從躲閃。我已歸鄭君，[校]抄本作姓。無勞復念。」景俯首帖耳，[何註]如犬之畏人然。口不能道一[校]此據抄本，稿本、青本無一字。詞。視女子，策蹇去如飛，悵恨而已。是科，景落第，亞魁果王氏昌名。鄭亦捷。[校]抄本無上三字。景以是得薄倖名。[馮評]警世。[但評]薄倖名是亞魁換得來。四十無偶，家益替，恒趁[校]青本作趨。

食於親友家。偶詣鄭，鄭款之，留宿焉。女窺客，見而憐之。問鄭曰：「堂上客，非景慶雲耶？」問所自識，曰：「未適君時，曾避難其家，亦深得其豢養。彼行雖賤，而祖德未斬；且與君爲故人，亦宜有綈袍〔呂註〕史記，范雎蔡澤列傳：范雎者，魏人也。字叔。先事魏中大夫須賈。須賈使於齊，范雎從。齊襄王使人賜雎金十斤及牛酒，須賈知之，以爲雎持魏國陰事告齊，故得此饋。既歸，以告魏齊。魏齊大怒，使舍人笞擊雎，折脅摺齒。雎佯死，伏匿，更名姓曰張禄；既相秦，秦號曰張禄而魏不知。魏使須賈于秦。范雎聞之，爲微行敝衣閒步之邸，見須賈。留與坐，飲食，曰：范叔一寒如此哉！乃取其一綈袍以賜之。後賈因門下人謝罪。雎曰：公之所以得無死者，以綈袍戀戀有故人之意。〔何註〕唐詩：尚有綈袍贈，應憐范叔寒。綈，説文：厚繒。釋名：色綠而澤者。急就篇，注：今之平紬。正義曰：今之麄袍。之義。」鄭然之，易其敗絮，留以數日。夜分欲寢，有婢持廿餘金〔校〕上四字，抄本作持金二十餘兩。贈景。〔王評〕忽□忽景，阿霞亦殊□。女在窗外言曰：「此私貯，聊酬夙好，可將去，覓一良匹。幸祖德厚，尚足及子孫。〔何評〕可勉也。無復喪檢，以促餘齡。」〔但評〕以祖德故，只削其科名，而不絕其嗣；後若復喪檢，惟有促其年壽而已。○慈悲之心，正大之語，神乎仙乎！薄倖喪檢人如何消受得起。景感謝之。〔馮評〕前突敍一陳生與景善，以後並不之及，前人陳法中亦有之。既歸，以十餘金買搢紳家婢，甚醜悍。舉一子，後登兩榜。鄭官至吏部郎。既没，女送葬歸，啓輿則虚無人矣，始知其非人也。噫！人之無良，舍其舊而新是謀，〔呂註〕左傳，僖二十八年：原田每每，舍其舊而新是謀。卒之卵〔校〕青本作巢。覆而鳥亦飛，天之所報亦慘矣！

［何評］無故出妻，定非佳士，欺人且不可，況冥中乎？削其禄秩，宜矣。

［但評］不求之至而自至，且欲相從以終，倚其福、重其德也。訂約别去，豈虚語哉？十年糟糠，無失德而見逐，何負心也！「負夫人甚於負我」，此理甚明，人所易曉；乃負重名者坦然行之而無疑，至於奪名削禄而猶夢夢，名果可信哉！啓紗數語，借以彰天道之常，即以警後世之士。廿金之贈，幸蒙祖德而不至絶其嗣，亦可危矣。「自求多福」，學者何昧斯言？

李司鑑*

李司鑑，永年舉人也。於康熙四年九月二十八日，打死其妻李氏。地方報廣平，行永年〔校〕上二字，青本作官。查審。司鑑在府前，忽於肉架下，〔校〕抄本作上。奪〔校〕青本作攜。一屠刀，奔入城隍廟，登戲臺上，〔但評〕舉子登臺，自是好戲。對神而跪。自言：「神責我不當聽信奸人，在鄉黨顛倒是非，着我割耳。」遂將左耳割落，抛臺下。又言：「神責我不應騙人銀錢，着我剁〔校〕抄本作割。指。」遂將左指剁去。又言：「神責我不當姦淫婦女，使我割腎。」遂自閹，昏迷僵仆。〔但評〕神責之而使之自割、自剁、自閹，奇矣。而皆使之自供其罪狀，省却定讞時許多口舌，許多文卷，許多刑獄，而登臺自白，則尤甚於梟示矣。讀之當呼快快。時總督朱雲門〔呂註〕名昌祚，山東高唐州人，後徙歷城。明崇禎十一年冬，大清兵至，高唐公年甫十餘歲，與父兄離散，隨王師出關。國朝定鼎，隸漢軍籍。順治十年，以才學遴授宗人府啓心郎。十八年，遷浙江巡撫，賑荒安民。時嚴逋賦，江南士大夫褫革者五萬餘家；公抗疏辨論，兩浙獨獲免。越三年，浙人德之，爲作大政記。晉直隸、山東、河南三省總督。康熙五年蒞任時，輔政大臣鼇拜以鑲黃旗地瘠，傳旨换正白旗地及民墾熟地，公疏請停圈，與户部尚書蘇納海、保定巡撫王登聯，同忤鼇拜意，三人一并立絞。八年，聖祖仁皇帝親政，得昭雪，賜謚勤愍，諭祭葬。廕其子紱，督捕右理事，尋遷大理寺卿。題參革褫究擬，已奉俞〔校〕青本作諭。旨，而司鑑已伏冥誅矣。邸抄。［校］稿本上二字稍偏右，青本邸上有見字。○［吕註］邸，郵舍也。邸抄謂郵報。

［何評］顯報。

*五羖大夫

河津暢體元，字汝玉。爲諸生時，夢人呼爲「五羖大夫」，［呂註］爾雅，疏：黑羊牝者曰羖。○楚國先賢傳：百里奚，字井伯，楚國人。少仕於虞爲大夫。晉欲假道於虞以伐虢，諫而不聽，奚乃去之。説苑：秦穆公使賈人載鹽於虞。諸賈人買百里奚以五羊皮。穆公觀鹽，怪其牛肥，問其故。對曰：飲食以時，使之不暴，是以肥也。公令有司沐浴衣冠之。公孫支讓其卿位，號曰五羖大夫。○史記，秦本紀：晉獻公滅虞、虢，虜虞君與其大夫百里奚。既虜百里奚，以爲秦穆公夫人媵於秦。百里奚亡秦走宛，楚鄙人執之。穆公聞百里奚賢，欲重贖之。恐楚人不與，乃使人謂楚曰：吾媵臣百里奚在焉，請以五羖羊皮贖之。楚人遂許與之。穆公授之國政，號曰五羖大夫。○朱竹垞云：孟子：百里奚自鬻於秦養牲者，五羊之皮，食牛。趙岐注：人言百里奚自賣五羖羊皮，爲人養牛。自賣句截。五羖羊皮，爲人養牛，蓋言衣此食牛也。朱子集註云：人言其自賣於秦養牲者之家，得五羊之皮而爲之食牛，殆言因自鬻得五羊之皮；解者遂疑鬻身止得五羊皮，非已。扊扅歌云：百里奚，初娶我時五羊皮。又曰：西入秦，五羖皮。然則奚蓋服五羊之皮入秦者。紉五羊爲裘，毛之最豐而賤者所服也。曩客代州，言之李孔德。孔德不以爲然。偶讀范處義詩補傳，釋羔羊之詩，言素絲必以五言，蓋合五羊之皮爲一裘，循其合處以素絲爲英飾也。百里奚衣五羊之皮，爲秦養牲，蓋彷古制。古之羔裘，其制甚精。養牲者被五羊之皮，蓋賤者之服；而召南在位之君子亦服之，非節儉而何？史記，秦本紀云：百里奚亡秦走宛，楚鄙人執之。穆公聞其賢，欲重贖之。恐楚人不與，乃使人謂楚曰：吾媵臣百里奚在焉，請以五羖羊皮贖之。楚人遂許與之。蓋百里奚在秦，五羖其素所被服。穆公慮楚不信，故以其所衣之衣與之。不然，則五羖微物，楚人豈貪之乎？太原閻百詩好駁正註疏之失，作孟子劄記，因書此質焉，並以寄孔德。○按：此説甚似有理，附識於此，以備參考。喜爲佳兆。及遇流寇之亂，盡剥其衣，閉置空室。時冬月，寒甚，暗中摸索，〔吕註〕世説：許敬宗見人多忘之，或謂其不聽。許曰：卿自難記；若遇何、劉、沈、謝，暗中摸索亦可識。得數羊〔校〕青本無羊字。皮護體，僅不至死。質明，視之，恰符五數。啞然自笑神之戲己也。後以明經授雒南〔何註〕雒南縣，屬河南郡，雒，前漢書，地理志：顔師古曰：漢火行，火行忌水，故去水而加佳。知縣。畢載積先生志。〔校〕青本無上六字，稿本、抄本此六字偏右。

〔附池北偶談一則〕河津人暢體元者，少時夢神人呼爲「五羖大夫」，頗以自負。及流寇之亂，體元爲賊掠，囚縶一室。冬夜寒甚，於壁角得五羊皮覆其身。乃悟神語蓋戲之耳。後以明經仕雒南知縣。

毛狐*

農子馬天榮，年二十餘。喪偶，貧不能娶。偶芸田間，見少婦盛妝，踐禾越陌而過，貌赤色，致亦風流。馬疑其迷途，顧四野無人，戲挑之。婦亦微納。〔校〕青本作笑。欲與野合。笑〔校〕青本無笑字。曰：「青天白日，寧宜爲此。子歸，掩門相候，昏夜我當至。」馬不信。婦矢之。馬乃以門户向背具〔校〕抄本作俱。告之，婦乃去。夜分，果至，遂相悦愛。覺其膚肌嫩甚；火之，膚赤薄如嬰兒，〔馮評〕左傳，襄二十六年：宋芮司徒生女子，赤而毛，棄諸堤下。同此。細毛徧體，異之。又疑其蹤蹟無據，自念得非狐耶？遂戲相詰。婦亦自認不諱。馬曰：「既爲仙人，自當無求不得。既蒙繾綣，寧不以數金濟我貧？」〔何評〕農子語。婦諾之。次夜來，馬索金。婦故愕曰：「適忘之。」將去，馬又囑。至夜，問：「所乞或勿〔校〕青本作又。忘耶？」〔校〕抄本作也。婦笑，請以異日。踰數日，馬復索。婦笑向袖中出白金二鋌，約五六金，翹邊細紋，雅可愛玩。馬喜，深藏於櫝。積半歲，偶需金，因持示人。人曰：「是錫也。」以齒齕之，應口而落。馬大駭，收藏而歸。至夜，婦至，憤致誚讓。婦笑曰：「子命薄，真金不能任也。」一笑而罷。馬曰：「聞狐仙皆國色，[呂註]公羊傳：驪姬者，國色也。殊亦不然。」婦曰：「吾等皆隨人現化。[馮評]豫讓國士、衆人，亦所謂隨人變化。子且無一金之福，落雁沉魚，[呂註]莊子：毛嬙、驪姬，魚見之藏，鳥見之飛，落雁沉魚意也。○麗情集：有落雁沉魚之容，蔽月羞花之貌。何能消受？[但評]消受二字，從因果中抉出。以我蠢陋，[校]抄本作陋質。固不足以奉上流；然較之大足駝背者，即爲國色。」[何評]調侃也。[但評]由此觀之，則人之所以能消受者，亦當自愛惜，不可暴殄而剥削也。過數月，忽以三金贈馬，曰：「子屢相索，我以子命不應有藏金。今媒聘有期，請以一婦之貲相餽，亦借以贈別。」馬自白無聘婦[校]青本作媒。之説。婦曰：「一二日，自當有媒來。」馬問：「所言姿貌如何？」[校]青本、抄本作何如。曰：「子思國色，自當是國色。」[但評]不能任真金，復妄思國色。答語囫圇妙。馬曰：「此即不敢望。但三金何能買婦？」婦曰：「此月老[呂註]續幽怪録：韋固少未娶。旅次宋城，遇老人倚囊而坐，向月檢書。問之。曰：此天下之婚牘耳。問：囊中何物？曰：赤繩耳。以此繫夫婦之足，雖仇家異域，此繩一繫，終不可易。固問：予妻何在？曰：君妻乃此店北賣菜陳嫗女。固遂之菜市，見嫗抱二歲女，敝陋亦甚。怒，磨刀付奴，翌日刺於稠人中，傷眉間。後固以父蔭參相州軍事，刺史王泰妻以女，容貌端麗，眉間常貼花鈿。問之。曰：妾郡守之猶子也。父卒於宋城。時方襁褓，乳媪鬻蔬以終朝夕。嘗抱於市，爲賊所傷。固遂與言往事。宋城宰聞之，名其店曰定婚店。註定，非人力也。」馬問：「何遽言別？」曰：「戴月披星，終非了局。使君自有婦，[呂註]古樂府，陌上桑行：使君自有婦，羅敷自有夫。［何註］邯鄲美女姓秦名羅敷，爲王仁妻。採桑陌上，趙王欲奪之。羅敷善歌，作陌上桑之歌以自明。搪塞何爲？」天明而去。［校］青本作歸。授黄末一刀圭，曰：「別後恐病，服此可療。」次日，果有媒來。先詰女貌，答：「在妍媸之間。」「聘金幾何？」「約四五數。」馬不難其價，而必欲一親見其人。媒恐良家子不肯衒露。［何註］衒露，俗云賣弄也。既而約與俱去，相機因［校］此據青本，稿本字跡不清，似是圖字，抄本無此字。便。既至其村，媒先往，使馬待［校］抄本作候。諸村外。久之，來曰：「諧矣。余表親與同院居，適往見女，坐室中。請即僞爲謁表親者而過之，咫尺可相窺也。」馬從之。果見女子坐堂［校］抄本作室。中，伏體於牀，倩人爬［校］青本作搔。背。［何評］此局甚多。馬趨過，掠之以目，貌誠如媒言。及議聘，並不爭直，但求得［校］抄本無得字。一二金，妝［校］抄本作裝。女出閣。馬益廉之，乃納金，並酬媒氏及書券［呂註］説文：券，契也，以木牘爲要約之書也。者，計三兩已盡，亦未多費一文。擇吉迎女歸，入門，則胸背皆駝，項縮如龜，下視裙底，蓮舡［校］青本、抄本作船。○［呂註］未詳。○李白詩：太華峯頂玉井蓮，花開十丈藕如船。當本此。盈尺。乃悟狐言之有因也。

異史氏曰：「隨人現化，或狐女之自爲解嘲；然其言福澤，良可深信。余每謂：非祖宗數世之修行，不可以博高官；非本身數世之修行，不可以得佳人。信因果［呂註］

南史：竟陵王子良謂范縝曰：君不信因果，何得富貴貧賤？縝曰：貴賤雖復殊途，因果竟在何處？者，必不以我言爲河漢[呂註]莊子，逍遙遊：肩吾問于連叔曰：吾聞言于接輿，大而無當，往而不返；吾驚怖其言，猶河漢而無極也。[何註]謂迂遠也。莊子：不以我言爲河漢。也。」

[何評]農人思國色，始知好色人之所欲，性也；然有命焉。

翩翩*

羅子浮，邠[校]青本作汾，下同。人。父母俱早世。八九歲，依叔大業。業爲國子左廂，富有金繒[何註]繒，疾陵切，音蹭。帛之總名。灌嬰傳：睢陽販繒者也。而無子，愛子浮[校]稿本子浮原作羅，改子浮。青本、抄本作羅。若己出。十四歲，爲匪人誘去作狹邪遊。[但評]生邪。會有金陵娼，僑寓郡中，生悅而惑之。[但評]入惑。娼返金陵，生竊從遁去。[但評]沉淪。居娼家半年，牀頭金盡，[呂註]李白詩：牀頭黃金盡，壯士無顏色。大爲姊妹行齒冷。[呂註]宋史，樂預傳：人笑褚公，至今齒冷。然猶未遽絶之。無何，廣創[校]青本作瘡創，抄本作廣瘡。〇[何註]瘡，創本字，傷破也。潰臭，[但評]業果。沾染牀席，逐[校]此據青本，稿本原爲惡字，塗去，未補。而出。丐於市。市人見輒遥避。[但評]墮落。自恐死異域，[但評]恐怖。乞食西行；日三四十里，[但評]苦惱。漸至邠界。又念敗絮膿[校]青本作濃。穢，無顏入里門，[但評]愧悔。尚趦趄近邑間。日既[校]抄本作就。暮，欲趨山寺宿。遇一女子，容貌若仙。近問：「何適？」生以實告。女曰：「我出家人，居有山洞，可以下榻，［呂註］後漢書，陳蕃傳：蕃爲豫章太守，不接賓客。惟徐穉來，輒下一榻，去則懸之。○按，陳蕃傳：蕃爲樂安太守。郡人周璆字孟玉，高潔之士。蕃字而不名，特爲置一榻待之。此亦仲舉事，合在徐穉前。頗不畏虎狼。」［馮評］一拍即合，以文章波瀾在後半也。生喜，從去。［校］青本作往。○［但評］生緣。入深山中，見一洞府。入則門橫溪水，石梁駕之。又數武，有石室二，光明徹照，無須燈燭。［但評］善境。命生解懸鶉，浴於溪流。曰：「濯之，創［校］抄本作瘡。下同。當愈。」［但評］洗心。又開幛拂褥促寢，曰：「請即眠，當爲郎作袴。」乃取大葉類芭蕉，翦綴［何註］綴，連也，緝也。作衣。［馮評］皇古之世，草衣卉服，仙人狡獪，幾欲過之。生臥視之。［但評］定念。製無幾時，摺疊牀頭，曰：「曉取著之。」乃與對榻寢。［但評］安處。生浴後，覺創瘍無苦。既醒，摸之，則痂厚結矣。詰旦，將興，心疑蕉葉不可著。取而審視，則［校］青本無則字。緑錦滑絕。少間，具餐。女取山葉呼作餅，食之，果餅；又翦作雞、魚，烹之皆如真者。［馮評］喫著不盡。［但評］非實非虛。室隅一罌，貯佳醞，輒復取飲；少減，則以溪水灌益之。［但評］不增不減。數日，創痂盡脫，就女求宿。女曰：「輕薄兒！甫能安身，便生妄想！」［但評］借醒題意。生云：「聊以報德。」遂同臥處，大相歡愛。一日，有少婦笑入，曰：「翩翩小鬼頭快活死！薛姑子好夢，幾時做得？」［呂註］未詳。○唐蔣防霍小玉傳有蘇姑子好夢之句。○［馮評］飄然而來，語亦兀突，摹捉不定。［但評］既能猛省，即歡喜地，豈夢夢者所得妄想。女迎笑曰：「花［校］此據青本、抄本，稿本原有花字，塗去。下同。城娘子，貴趾久弗涉，今日西南風緊，吹送來［校］此據青本，抄本、稿本無來字。也！［但評］西南得朋旁解，皆利西南。○吐屬俱佳，脱去俗塵萬斛。小哥子抱得未？」曰：「又一小婢子。」女笑曰：「花娘子瓦窑［吕註］詩，小雅：乃生女子，載寢之地，載衣之裼，載弄之瓦。傳：瓦，紡塼也。弄之以瓦，習其所有事也。○堅瓠集：無錫鄒光大連年生女，俱招翟永齡飲。翟作詩云：去歲相招因弄瓦，今年弄瓦又相招；作詩上覆鄒光大：令正原來是瓦窑！［何註］瓦窑，戲謂弄瓦多也。詩：乃生女子，載寢之地，載衣之裼，載弄之瓦。裼，褓也。哉！［但評］再索三索，爲離爲兑，跟上西南二字。那弗將來？」曰：「方嗚之，睡卻矣。」於是坐以款飲。又顧生曰：「小郎君焚好香也。」生視之，年廿［校］廿，抄本作二十。有三四，綽有餘妍。心好之。剥果誤落案下，俯［校］抄本下有地字。假拾果，陰捻翹鳳；花城他顧而笑，若不知者。生方怳［何註］怳與恍通。道德經：道之爲物，惟怳惟忽。然神奪，頓覺袍袴無温；自顧所服，悉成秋葉。［但評］安得秋葉衣被服天下薄倖郎，使其慚顔息慮，不敢妄想。幾駭絶。［但評］一有妄心，即生幻境，既不定静，如何能安。危坐移時，［但評］轉定。漸變如故。［但評］即復。竊幸二女之弗見也。［但評］不自慎獨，念慮終不能盡净，所謂天人交戰，理欲關頭。少頃，酬酢間，又以指搔纖掌。城［校］抄本城上有花字。下同。坦然笑謔，殊不覺知。突突怔忡間，衣已化葉，移時始復變。［馮評］鎖住心猿，賴此秋葉。由是慚顔息慮，不敢妄想。［但評］至此才是真定。○遑欲時，似欲來引我；窒欲者，以我去禁欲。城笑曰：「而家小郎子，大不端好！［但評］人之視己。若弗是醋葫蘆娘子，恐跳迹入雲霄去。」女亦哂曰：「薄倖兒，便直得寒凍殺！」相與鼓掌。花城離席曰：「小婢醒，恐啼腸斷矣。」女亦起曰：「貪引他家男兒，不憶得小江城啼絶矣。」花城既去，懼貽誚責；女卒晤對如平時。[校]抄本作居。○[但評]能改即止。居無何，秋老風寒，霜零木脱，[何評]淒絶。女乃收[校]青本下有拾字。落葉，蓄旨御冬。顧生肅縮，乃持襆掇拾洞口白雲，爲絮複衣；[馮評]雲想衣裳，明月聲花。[但評]拾雲爲絮，以葉寫書，於人何求，於己何歉。著之，温燠如襦，[校]抄本作繻。○[何註]襦，棉衣也。釋名：單襦如繻而無絮。喜雨亭記：寒者不得以爲襦。且輕鬆常如新綿。[但評]心不外放，視一切如浮雲。未來不逆，過去不留，當前不泥。太虚之中，一任白雲之出與盡。無一毫拖累，自然輕鬆；有十分生趣，自然快樂。逾年，生一子，極惠美。日在洞中弄兒爲樂。然每念故里，乞與同歸。女曰：「妾不能從；不然，君自去。」[馮評]温柔鄉白雲鄉，老死是洞可也。因循二三年，兒漸長，遂與花[校]此據青本，稿本原爲花字，改江字。城訂爲姻好。生每以叔老爲念。女曰：「阿叔臘故大高，[何註]道書：正月朔爲天臘，午日爲地臘，七夕爲道德臘，十月朔爲民歲臘，十二月正臘日爲王侯臘。臘大高，猶言年大高也。幸復强健，無勞懸耿。待保兒婚後，去住由君。」女在洞中，輒取[校]青本作以。葉寫書教兒讀，兒過目即了。[但評]此以下寫漸入自然之境。女曰：「此兒福相，放教入塵寰，無憂[校]青本下有不字。至臺閣。」未幾，兒年十四。花城親詣送女。女華妝至，容光照人。夫妻大悦，舉家讌集。翩翩扣釵而歌曰：「我有佳兒，不羨貴官。我有佳婦，[呂註]唐書，褚遂良傳：先帝執陛下手語臣曰：朕佳兒佳婦，今以付卿。不羨綺紈。今夕聚首，皆當喜歡。［但評］無畔援，無歆羨，天倫至樂，隨地而安。茅屋菜羹，太和頤養，不可爲外人道。○扣釵作歌，詞意亦翩翩可喜。惟其不羨，乃能喜歡；惟能喜歡，乃能加餐飯也。彼不知足者，徒取辱耳。爲君行酒，勸君加餐。」既而花城去，與兒夫婦對室居。新婦孝，依依膝下，宛如所生。生又言歸。女曰：「子有俗骨，終非仙品；兒亦富貴中人，可攜去，我不誤兒生平。」新婦思別其母，花城已至。兒女戀戀，涕各滿眶。兩母慰之曰：「暫去，可復來。」翩翩乃翦葉爲驢，令三人跨之以歸。大業已老歸［校］抄本作歸老。林下，意姪已死，忽攜佳孫美婦歸，喜如獲寶。入門，各視所衣，悉［校］青本下有芭字。蕉葉；破之，絮蒸蒸騰去。乃並易之。後生思翩翩，偕兒往探之，則黃葉滿徑，洞口雲［校］抄本作路。迷，［何評］杳然。零涕而返。［但評］人當洗濯自新之後，從前所爲，真有不堪回首者，安得不零涕。

異史氏曰：「翩翩、花城，殆仙者耶？餐葉衣雲，何其怪也！然幃幄誹謔，［何註］誹音斐，或作非。非，非議也。謔，戲也。恐是俳笑之譌。狎寢生雛，亦復何殊於人世？山中十五載，雖無『人民城郭』之異；而雲迷洞口，無蹟可尋，睹其景況，真劉、阮返棹時［吕註］神仙傳：劉晨、阮肇入天台采藥，遠不得返。遙望山上有桃樹子熟，遂至其下，噉數枚，飢止體充。欲下山以杯取水，見蕪菁葉流下，甚鮮妍；復有一杯流下，有胡麻飯焉。乃復度山。出山一大溪，溪邊有二女，色甚美。見二人持杯，笑曰：劉、阮二郎，來何晚耶？因邀至家。東西壁各有絳羅帳；帳角掛鈴，上有金銀交錯。具饌，有胡麻飯及羊脯、牛肉甚美。食畢，行酒。俄有羣婢持桃子笑曰：賀汝壻來。酒酣作樂，夜各就一帳宿。款留半年，思歸。女遂相送，指示歸路。鄉邑零落，已十世矣。［何註］劉阮入天台山，遇仙女留住。未幾思歸；既歸，而入山之境遂迷不可往。矣。」

〔何評〕羅子雖懷俗骨，實有仙緣；不然，則乞食西還，宜填溝壑久矣，何敗絮膿穢，尚蒙仙人之顧盼哉！

〔但評〕此篇亦寓言也。雖有惡人，齋戒沐浴，可祀上帝。浮蕩子能翩然自反，則瘡潰可濯，氣質一新；葉可餐，雲可衣，隨在皆自得，無處非仙境也。顧或塵心未浄，俗骨未刬，眷戀花城，復生妄想，則敗絮膿穢，故我依然。薄倖兒欲跳跡入雲霄去，便直得寒凍殺矣！佳兒佳婦，幸得之翩反自新之時。果能教以義方，不誤其生平，又何必羨貴官、羨綺紈哉？

黑獸*

聞李太公敬一言：「某公在瀋[何註]瀋音沈。陽，宴集山顛。俯瞰山下，有虎啣物來，以爪穴地，瘞之而去。使人探所瘞，得死鹿。乃取鹿而虛[校]抄本無虛字。掩其穴。少間，虎導一黑獸至，[馮評]物各有制，其理最精。毛長數寸。虎前驅，若邀尊客。既至穴，獸眈眈蹲伺。虎探穴失鹿，戰伏不敢少動。獸怒其誑，以爪擊虎額，虎立斃。獸亦逕去。」

異史氏曰：「獸不知何名。然問其形，殊不大於虎，而何延頸受死，懼之如此其甚哉？凡物各有所制，理不可解。[馮評]嚴鶴堂曰：白帝城之役，先主聽法孝直而不聽武侯；唐太宗獨信魏徵。雖君臣不可以制，言亦猶是也。在他人則不能也。此論亦新。如獮最畏狨：[何註]獮音蘇，狨音戎，皆猿屬。遥見之，則百十成羣，羅而跪，無敢遁者。凝睛定息，聽狨至，以爪徧揣其肥瘠；肥者則以片石誌顛頂。獮戴石而伏，悚若木雞，[呂註]列子：紀賓子爲周宣王養鬬雞。十日而問雞可鬬乎？曰：未也。方虛驕而持氣。十日，又問。曰：未也。猶應景響。十日，又問。曰：未也。猶疾視而勝氣。十日，又問，曰：幾矣。雞雖有鳴者，已無變矣。望之若木雞，其德全矣。惟恐墮落。狨揣誌已，乃次第按石取食，［呂註］陸佃云：狨尾作金色，俗謂金線狨。狨一名猱，獮猴也。楚人謂之沐猴。甚愛其尾，毛柔長可藉。宋制：官二品狨坐。不言食猴。食猴者，名石獮，見異物類苑。又黄山志：盧狄似穿山甲而無鱗，嗜猿及蜂。每呼羣猿至，羅跪於下，擇肥者以木葉覆其頂而食之。○［但評］揣其肥瘠而志之，而裂食之，狨之下忙殺多少巨狼。餘始鬨散。余嘗謂貪吏似狨，亦且揣民之肥瘠而志之，而裂食之；而民之戢耳聽食，莫敢喘息，蚩蚩之情，亦猶是也。可哀也夫！」

［何評］此物疑是駮，見山海經。陳元孝有狨賦，意與讚同。